त्रिलोक नाथ पांडेय

उत्तर प्रदेश के वाराणसी (अब चन्दौली) ज़िले के नेकनामपुर गाँव में 1 जुलाई, 1958 को जन्मे त्रिलोक नाथ पांडेय की आरम्भिक शिक्षा गाँव के विद्यालय में हुई। उसके बाद, इन्होंने काशी हिन्दू विश्विद्यालय एवं इलाहाबाद विश्वविद्यालय से उच्च शिक्षा प्राप्त की। भारत सरकार के गृह मंत्रालय में वरिष्ठ अधिकारी के रूप में देश के विभिन्न स्थानों पर पदस्थापित रहे। सराहनीय सेवाओं के लिए भारतीय पुलिस पदक (2010) एवं विशिष्ट सेवाओं के लिए राष्ट्रपति द्वारा पुलिस पदक (2017) से अलंकृत किये जा चुके हैं। अंग्रेज़ी और हिन्दी दोनों भाषाओं में लिखते हैं।

आपकी प्रकाशित कृतियाँ हैं—'प्रेम लहरी', 'चाणक्य के जासूस', 'महाब्राह्मण' (उपन्यास); 'खुफ़ियागीरी युगे-युगे', 'काशीकथा' (कहानी-संग्रह)।

ई-मेल : triloknathpandeytnp@gmail.com

चाणक्य के जासूस

जासूसी के गोपन संसार को उजागर करता
ऐतिहासिक उपन्यास

त्रिलोक नाथ पांडेय

राजकमल पेपरबैक्स

राजकमल पेपरबैक्स में
पहला संस्करण : 2020
तीसरा संस्करण : 2024

राजकमल पेपरबैक्स : उत्कृष्ट साहित्य के जनसुलभ संस्करण

राजकमल प्रकाशन प्रा. लि.
1-बी, नेताजी सुभाष मार्ग, दरियागंज
नई दिल्ली-110 002
द्वारा प्रकाशित

शाखाएँ : अशोक राजपथ, साइंस कॉलेज के सामने, पटना-800 006
पहली मंजिल, दरबारी बिल्डिंग, महात्मा गांधी मार्ग, प्रयागराज-211 001
1, अनमोल सोराबजी संतुक लेन, धोबी तलाव, मरीन लाइंस, मुम्बई-400 002

वेबसाइट : www.rajkamalprakashan.com
ई-मेल : info@rajkamalprakashan.com

विकास कंप्यूटर एंड प्रिंटर्स
ट्रॉनिका सिटी-201 102
द्वारा मुद्रित

मूल्य : ₹ 399

CHANAKYA KE JASOOS
Novel by Trilok Nath Pandey

ISBN : 978-93-89598-42-1

अनाम गुप्तचरों को

ऋग्वैदिक काल से जिनकी प्रशंसा में गीत गाया जाता रहा है—

सहस्त्रधारेऽव ते समस्वरन्दिवो नाके मधुजिह्वा असश्चतः।
अस्य स्पशो न नि मिषन्ति भूर्णयः पदेपदे पाशिनः सन्ति सेतवः॥

—ऋग्वेद : 9.73.4

चलते-फिरते तीव्र, रखते दुष्टजनों पर नजर।
पलक झपकती नहीं, सर्वत्र हैं ये अथक गुप्तचर।
बोलें मीठी वाणी, पर कोई पकड़ न पाए इनको,
रक्षक सहस्त्रजनों के, पर पीड़ित करते दुष्टजनों को।

आभार

इस उपन्यास की मूल संकल्पना चौथी शताब्दी के संस्कृत के प्रसिद्ध नाटककार विशाखदत्त के नाटक 'मुद्राराक्षस' से ली गई है।

'मुद्राराक्षस' की कहानी को केस स्टडी बनाकर मैं बहुत दिनों तक भारतीय गुप्तचर अकादमी में वरिष्ठ गुप्तचर अधिकारियों को गुप्तचर्या के महीन दाँव-पेच सिखाता रहा। पढ़ते-पढ़ाते यह कहानी मेरे मन में गहरे बैठ गई।

मेरी अध्यापन-कला से प्रभावित होकर कई लोगों ने अनुरोध किया कि मैं इस कहानी को नए ढंग से, नए कलेवर में सृजित करूँ ताकि जासूसी के मूल सिद्धान्त सामान्य लोगों को समझ में आ जाए।

उन सभी अनाम मित्रों एवं शिष्यों का हार्दिक आभार सृजन के प्रेरणा-स्तम्भ बने रहने के लिए। 'मुद्राराक्षस' जैसे अद्‌भुत नाटक के रचनाकार विशाखदत्त को शत-शत नमन।

एक

प्रतिशोध

1

पाटलिपुत्र में अभी हाल में ही एक अनोखी घटना घट गई, जिसने मगध साम्राज्य को बुरी तरह झकझोर दिया। वैसे भी, मगध साम्राज्य का अधिकांश इतिहास खून से सना था। राजमहल षड्यंत्रों के केन्द्र थे। कब, कौन, किसका गला काट लेगा कहा नहीं जा सकता था। घृणा, अविश्वास और चालबाजियों की भरमार थी।

इस सिलसिले की शुरुआत तभी हो गई थी जब इस साम्राज्य का संस्थापक हर्यंकवंश[1] का पहला राजा बिम्बिसार (546-494 ईस्वी पूर्व) अपने ही बेटे अजातशत्रु के हाथों मारा गया था। बाद में, इस वंश का आखिरी शासक नागदशक (413 ईस्वी पूर्व) अपने मंत्री शिशुनाग के षड्यंत्रों का शिकार होकर जान गँवा बैठा। शिशुनाग वंश के आखिरी सम्राट महानन्द का अन्त तो अत्यन्त लोमहर्षक रहा।

महानन्द की एक-से-बढ़कर-एक कई सुन्दर रानियाँ थीं, किन्तु वह निपुणिका नाम की एक दासी पर अपनी जवानी के दिनों में लट्टू था। निपुणिका जाति की नाइन थी, किन्तु अपनी नीति-निपुणता से वह राजमहल के जनाने में बेरोक-टोक आती-जाती थी। इसी दौरान, अपनी नमकीन खूबसूरती का स्वाद उसने सम्राट को कई बार चखाया और अन्ततः उसकी उपपत्नी बन रनिवास की स्थायी निवासिनी बन गई।

निपुणिका रनिवास में स्थान तो पा गई, किन्तु अन्य रानियाँ उसे बात-बात पर अपमानित और प्रताड़ित करतीं। उसे शूद्रा कहकर पुकारा जाता। संग-साथ और भोज-भात से उसे दूर रखा जाता। गृह-कलह के डर से महाराज महानन्द चाहकर भी निपुणिका के लिए कुछ न कर पाते। प्रताड़ना तब और बढ़ गई जब सम्राट वृद्ध हो गए और उनके बच्चे जवान।

निपुणिका की एक ही सन्तान थी। नाम था पद्म। पद्म एक सुन्दर और सुशील बालक था, किन्तु माता को मिलनेवाला तिरस्कार उसके हिस्से में भी आया। प्रतिदिन की प्रताड़ना से पद्म के मन में क्रोध और प्रतिशोध की भावना बढ़ने लगी। फलस्वरूप, युवावस्था तक पहुँचते-पहुँचते पद्म क्रूर स्वभाव का हो गया।

एक रात पद्म ने प्रतिशोध में अपने सभी सौतेले भाइयों, रानियों और यहाँ तक कि बूढ़े सम्राट की भी सोते समय हत्या कर दी। सुबह उसने स्वयं को सम्राट घोषित कर दिया। रातोरात पासा पलटते देख अधिकांश दरबारी और राजकर्मचारी पद्म के पक्ष में हो गए। प्रजा को प्रसन्न करने के लिए उसने कई नई लोक-लुभावन योजनाओं की घोषणा की। पितृहन्ता होने के दोष से बचने और मृत सम्राट के प्रति अतिरिक्त सम्मान प्रकट करने के लिए पद्म ने उनके नाम महानन्द को दो भागों में विभक्त कर अपने मूलनाम 'पद्म' के आगे-पीछे जोड़ लिया और बन गया महापद्मनन्द। यही महापद्मनन्द नन्दवंश का संस्थापक सम्राट बना।

2

पाटलिपुत्र में आचार्य चित्रकुंडल की पाठशाला में सिर्फ विशिष्ट जनों के बच्चे पढ़ते थे। उनमें तीन बच्चे एक ही कक्षा में थे और तीनों के घर अड़ोस-पड़ोस में ही थे। पहला बच्चा था विष्णु जो मगध साम्राज्य के शिक्षा सचिव आचार्य चणक का पुत्र था। दूसरे बच्चे का नाम सुजात था जो प्रधान न्यायाधीश नागदत्त का पुत्र था। तीसरी एक बच्ची थी जिसका नाम सुवासिनी था और वह महामात्य शकटार की पुत्री थी। सुवासिनी अत्यन्त सुन्दर, परन्तु खिलन्दड़ी थी। विष्णु अत्यन्त प्रखर मेधा का था, किन्तु साँवला और चेचक के दाग के कारण किंचित कुरूप दिखता था। सुजात सुदर्शन होने के साथ-साथ चतुर और काइयाँ था। तीनों साथ-साथ पढ़ते और खेलते-कूदते थे। विष्णु सुवासिनी को चाहता था, किन्तु सुवासिनी सुजात को पसन्द करती थी।

आचार्य चणक बड़े स्वाभिमानी विद्वान थे। उनकी विद्वत्ता की बड़ी धाक थी। अपनी विद्वत्ता के आगे वह किसी को कुछ न समझते थे और कई बार शिक्षा सम्बन्धी अपने प्रगतिशील विचारों को लेकर सम्राट महापद्मनन्द से भी उलझ जाते थे। एक बार स्थिति ऐसी आ गई कि चणक से नाराज होकर सम्राट ने उन्हें मृत्युदंड देने का निर्णय ले लिया। चणक के बचाव में खड़े होने के कारण

शकटार की न केवल महामात्य की नौकरी चली गई, बल्कि उन्हें सपरिवार कारावास में डाल दिया गया। इन सबमें प्रधान न्यायाधीश नागदत्त की बड़ी सन्दिग्ध भूमिका रही। पुरस्कारस्वरूप, उन्हें महामात्य का पद प्राप्त हो गया।

***

चणक को मृत्युदंड प्राप्त हो जाने पर उनकी पत्नी चणकी पुत्र विष्णु को लेकर पाटलिपुत्र से भाग निकली और नजदीक के ही कुम्हरार[2] गाँव में छुपकर रहने लगी। चणकी पति का वियोग अधिक दिन न सह सकी और असमय मृत्यु को प्राप्त हो गई। अनाथ विष्णु किन्हीं शुभचिन्तकों की गुप्त सहायता से भागता-भागता तक्षशिला पहुँच गया और विश्वविद्यालय के कुलपति के समक्ष जा खड़ा हुआ। कुलपति, किशोर विष्णु की प्रतिभा से बहुत प्रभावित हुए। उन्होंने विश्वविद्यालय में प्रवेश का उसका निवेदन सहर्ष स्वीकार कर लिया। कालान्तर में यह बालक विष्णु राजनीतिशास्त्र का महान आचार्य विष्णुगुप्त बना और चाणक्य के विशेषण से विख्यात हुआ।

3

महापद्मनन्द ने सीमावर्ती राजाओं को जीतकर मगध साम्राज्य का बहुत दूर तक विस्तार किया। अपनी प्रतिभा के बल पर उसने मगध साम्राज्य को समृद्धि के शिखर पर पहुँचा दिया। अपने सामर्थ्य की सनक में महापद्मनन्द अधीनस्थ राजाओं को तरह-तरह से प्रताड़ित करता था और उन्हें अपमानित करने का कोई अवसर न चूकता था। ये राजा भी कम न थे। अपने उच्च जातीय अहंकार में वे सम्राट को शूद्र-मूल का होने के कारण नीचा समझते थे। अभिजात्य दम्भ के कारण उन्हें महापद्मनन्द की अधीनता अखरती थी। किन्तु, मगध साम्राज्य की सामर्थ्य के सामने वे बौने थे।

एक बार कई अधीनस्थ राजाओं का जुटना हुआ प्रयाग में महाकुम्भ के अवसर पर। इनमें कोशल के इक्ष्वाकु, रूहेलखंड के पाँचाल, काशी के प्रत्यर्दन, महिष्मती के हैहय, इन्द्रप्रस्थ के कुरु, ब्रजमंडल के शूरसेन, मिथिला के मैथिल और कलिंग के खारवेल प्रमुख थे। इन क्षत्रिय राजाओं का जब जमावड़ा हुआ तो इनके मन का दर्द एक साथ फूट पड़ा। सबने शूद्र सम्राट से छुटकारा पाने की छटपटाहट व्यक्त की। लेकिन, सबने स्वीकार किया कि रणक्षेत्र में मगध सम्राट को जीतना मुश्किल है, चाहे इन सभी राजाओं की सेनाएँ एक साथ मिलकर ही क्यों न लड़ें।

विचार-विमर्श गहन चला। मगध साम्राज्य की मजबूतियों और कमजोरियों की विस्तार से चर्चा हुई। कुछ राजाओं ने विशेष रूप से उल्लेख किया कि मगध साम्राज्य का शासन-प्रशासन और सैन्य-संचालन बुद्धिमान मंत्रियों के देख-रेख वाले विभिन्न विभागों द्वारा संचालित होता है। ऐसे मंत्रियों के रहते सम्राट महापद्मनन्द को हराना असम्भव है।

काशी के राजा प्रत्यर्दन ने अन्य राजाओं से भिन्न अपना विचार रखा। उसका कहना था कि महापद्मनन्द के मंत्रीगण उतने बुद्धिमान नहीं हैं जितना आँका जा रहा है। अपने तर्क की पुष्टि के लिए उसने सुझाव दिया कि क्यों न एक जटिल ग्रन्थि (गुत्थी) सम्राट के दरबार में भेजकर देखा जाए कि क्या सम्राट या उनके मंत्रीगण उसे सुलझा पाते हैं।

राजा प्रत्यर्दन का प्रस्ताव सबको भा गया। उसके प्रस्ताव के अनुसार भूर्जपत्र पर एक प्रहेलिका लिखी गई और उसे एक स्वर्ण-मंजूषा में सम्राट के पास भेजा गया।

पहले तो सम्राट यह देखकर बहुत गरमाया कि इन राजाओं की इतनी हिम्मत कि इस तरह की पहेलियाँ सम्राट और उनके मंत्रियों के सामने पेश करें। किन्तु, अपने कुछ मंत्रियों के समझाने पर वह इस बात के लिए तैयार हो गया कि जिन्हें रणक्षेत्र में रौंदा उनसे बुद्धिक्षेत्र में क्यों मुँह मोड़ें!

चुनौती तो सम्राट ने स्वीकार कर ली, लेकिन उसका हल किसी को न सूझ रहा था। पहेली थी—

असत्यं सत्यमाख्यातं
सत्यमुक्तं तथाऽनृतम्।
श्वानो द्वारि स्थितोऽनिष्ठः
गर्दभोऽपुच्छो को वद।

पहेली बड़ी गूढ़ थी। इसे हल करना तो दूर, इसके सिर-पूँछ का पता भी ठीक से न लग रहा था। पहेली और भी रहस्यमय लगने लगी जब काव्य के एक जाने-माने आचार्य ने काफी प्रयास के बाद इसे सबके समझने के लिए लोकभाषा में अनुवाद किया—

असत्य ही सत्य है
सत्य असत्य है
द्वार का कुत्ता निष्ठावान नहीं
गधे की पूँछ नहीं। कौन है? बूझो।

यह अनुवाद शाब्दिक था। तात्पर्य किसी के समझ में न आ रहा था। सारे-के-सारे मंत्री हैरान थे कि पहेली का हल क्या है! राजसभा में बेचैनी छा गई। अन्ततः, सम्राट ने राजधानी पाटलिपुत्र में यह घोषणा करवाई कि जो कोई भी इस गुत्थी का हल खोज निकालेगा उसे प्रचुर पुरस्कार दिया जाएगा।

बहुतों ने प्रयास किया; अपने-अपने हल सुझाए; अपने-अपने तर्क दिए, किन्तु सन्तोषप्रद हल किसी का न पाया गया। अन्ततः, सुजात सामने आया।

सुजात भूतपूर्व प्रधान न्यायाधीश नागदत्त का बेटा था। आचार्य चणक को मृत्युदंड सुनाने और शकटार को महामात्य पद से हटाकर कारावास में भेजवाने का षड्यंत्र करने के पुरस्कारस्वरूप नागदत्त को महामात्य का पद प्राप्त हुआ था। किन्तु, वह यह महत्त्वपूर्ण पद अधिक दिनों तक सँभाल न पाए। दूसरे, अपने बेटे सुजात के भारी दबाव में उन्होंने शकटार की बेटी सुवासिनी को कारावास से छलपूर्वक मुक्त करा कर सुजात से उसका विवाह करवा दिया। इन सब कारणों से सम्राट महापद्मनन्द नागदत्त से रुष्ट हो गया और उन्हें महामात्य पद छोड़ना पड़ा। तब से यह पद खाली पड़ा था।

सुजात भोजपत्र पर लिखी पहेली को बड़ी देर तक निहारता रहा और उसका भाव मन में गुनता रहा। अन्ततः, उसकी मुखमुद्रा प्रसन्नता से खिल उठी। लगा जैसे कोई सूत्र उसके हाथ लग गया। उसने सम्राट के सामने सिर झुकाते हुए कहा, "महाराज, पाटलिपुत्र बुद्धिमानों से विहीन नहीं है। यदि आप मुझे एक सहस्त्र कार्षापण[3] और एक माह का समय दें तो मैं इस प्रहेलिका का हल ढूँढ़ निकालूँगा।"

अब तक की असफलताओं से चिढ़े सम्राट ने एक उचटती नजर सुजात पर डाली और सिर को अनमने ढंग से हिलाकर प्रस्ताव को स्वीकृति प्रदान कर दी।

***

महीने भर का समय माँगनेवाला सुजात दो सप्ताह में ही राजसभा में वापस लौट आया। एक सहस्त्र कार्षापणों में से पाँच सौ कार्षापण लौटाते हुए उसने बताया कि पहेली को उसने हल कर लिया है। सुजात की ईमानदारी, कर्तव्यनिष्ठा और आत्मविश्वास से आश्चर्यचकित सम्राट ने हल प्रस्तुत करने का आदेश दिया।

सुजात ने सूचित किया कि पहेली का उत्तर उसे दे दिया गया है जिसने पहेली भेजी थी। प्रमाण के लिए, यदि सम्राट चाहें, तो उसे बुलाकर पूछ सकते हैं। आश्चर्यचकित सम्राट ने पूरी बात जानने की इच्छा व्यक्त की।

सुजात ने निवेदन किया कि वह हल सम्राट को एकान्त में बताना चाहता है। सम्राट ने निवेदन तुरन्त सहर्ष स्वीकार कर लिया। राज्यसभा तुरन्त विसर्जित कर दी गई और दोनों एक एकान्त कक्ष में चले गए।

***

सुजात ने बताया—अपने प्रयास में सहयोग के लिए अपनी पत्नी सुवासिनी के साथ मैं चुपके से काशी महाजनपद[4] की राजधानी वाराणसी में जा बसा। सुवासिनी चंचला प्रकृति और सहज-विश्वासी प्रवृत्ति की है। अत: उसने जल्दी ही अड़ोस-पड़ोस की स्त्रियों से बहनापा जोड़ लिया।

इस बीच, मैंने पता कर लिया कि काशिराज प्रत्यर्दन एक वेश्या पर लट्टू रहता है। वह वेश्या को रोज रात को सहवास के लिए राजप्रासाद में बुलाता है और बदले में हर सुबह उसे पाँच कार्षापण देता है।

उस वेश्या के घर का पता पूछते हुए एक रात मैं उसके घर पहुँच गया, जहाँ उसकी बूढ़ी माँ मिली। उस बुढ़िया को दस कार्षापण देते हुए मैंने कहा कि अपनी बेटी से कह देना कि मैं उससे मिलने आया था। काशिराज के पास से लौटने पर वेश्या आश्चर्य में पड़ गई कि वह कौन हो सकता है जो अकारण दस कार्षापण देकर चला गया! दूसरी रात मैंने फिर वहाँ पहुँचकर बुढ़िया को बीस कार्षापण देते हुए उसकी बेटी से मिलने की बात दुहराई। घर लौटने पर वेश्या उस व्यक्ति से मिलने को व्यग्र हो उठी जो बिना कुछ किए अब तक तीस कार्षापण दे चुका था। तीसरे दिन, मैं दिन में उस वेश्या के यहाँ पहुँचा, उसे तीस कार्षापण और देते हुए उसकी नंगी पीठ देखना चाहा। जब वेश्या ने वैसा ही किया तो मैंने अपने हाथ में ली हुई एक छड़ी से उसकी नंगी पीठ पर दो बार प्रहार किया और कहा कि यह बात किसी को न बताना। इतनी-सी बात के लिए साठ कार्षापण पा चुकी वेश्या बड़ी ख़ुशी-ख़ुशी इस बात के लिए तैयार हो गई कि यह बात वह किसी को न बताएगी।

लौटते समय मैंने बधिक की दुकान से ताजे कटे हुए बकरे का सिर खरीदा और उसे एक झोले में छुपाकर घर लाया और अपनी सहज-विश्वासी पत्नी से बोला, "आज एक गुप्त द्वन्द्व युद्ध में मैंने काशी के युवराज का सिर काट लिया और सिर झोले में लेता आया हूँ। आओ, इसे जल्दी से घर के आँगन में गाड़ कर छुपा देते हैं।"

मेरी पत्नी ने गाड़ने में सहयोग तो किया, लेकिन मेरे मना करने

के बावजूद यह बात उसने पड़ोसी महिलाओं को बता दी। पड़ोसी महिलाओं ने यह बात अन्य महिलाओं को बताई और इस तरह यह बात पूरे नगर में फैल गई। फिर क्या था! नगर के दो आरक्षी[5] प्रहरी मेरे द्वार पर आ धमके मुझे पकड़ने के लिए। उन्हें टरकाने के लिए मैंने दोनों को दस-दस कार्षापण घूस दिया और वे बिना मुझे पकड़े चुपचाप चले गए। अगले दिन चार आरक्षी आए पकड़ने के लिए और सबको दस-दस कार्षापण घूस देकर उन्हें खाली हाथ लौटा दिया। तीसरे दिन आठ आरक्षी आए तो मैंने उन्हें घूस देने से बिलकुल मना कर दिया। परिणामस्वरूप, वे मुझे पकड़ ले गए। मुझे काशिराज प्रत्यर्दन के समक्ष युवराज की हत्या के आरोप में प्रस्तुत किया गया। क्रुद्ध होकर काशिराज ने मुझे मृत्युदंड से दंडित करने का आदेश दे दिया। मैंने काशिराज से सविनय निवेदन किया, "मैं पाटलिपुत्र का सुजात हूँ और आपकी पहेली का उत्तर लेकर मगध सम्राट की ओर से आया हूँ।" काशिराज के आश्चर्य का ठिकाना न रहा। वह अब तक यह भी भूल चुका था कि पहेली क्या थी। मैंने पहेली उन्हें सुनाई—

असत्यं सत्यमाख्यातं
सत्यमुक्तं तथाऽनृतम्।
श्वानो द्वारि स्थितोऽनिष्ठः
गर्दभोऽपुच्छो को वद।

वहाँ उपस्थित आरक्षियों एवं अन्य सामान्य जनों को समझाने के लिए मैंने पहेली को लोकभाषा में अनुवाद करके भी सुनाया—

काशिराज चुपचाप सुनते रहे। पहेली के हल को समझाते हुए मैंने कहा, "वह वेश्या जो रात भर आपके साथ सोती है उसे आप अपने प्रति सत्यनिष्ठ समझते हैं, लेकिन वह आपके प्रति कम सत्यनिष्ठ है और मेरे प्रति अधिक। उसकी पीठ पर मैंने मारा पर असत्य का सहारा लेकर उसने यह बात आपसे छुपा ली और मेरे प्रति सत्यनिष्ठ बनी रही। मेरी पत्नी ने मेरे प्रति सत्यनिष्ठ होने के बावजूद मेरे असत्य वचन पर विश्वास कर लिया और असत्य को सत्य की तरह फैला दिया। आपके आरक्षी अपराधी के द्वार के कुत्ते हैं। मुझे अपराधी जान कर भी मेरे द्वार पर कौर पाकर ये कुत्ते की तरह पूँछ हिलाने लगे और आप बिना पूँछ के गधे हैं जो बिना जाने कि युवराज की हत्या सचमुच हुई

है या नहीं मुझे मृत्यदंड का आदेश दे दिया। आपके युवराज जीवित हैं और गुरुकुल में सकुशल हैं।"

लज्जित काशिराज ने तुरन्त वेश्या को बुलवाया और एक दूत को युवराज का कुशल-क्षेम जानने के लिए दौड़ाया। कुछ ही देर में वेश्या आ उपस्थित हुई और दूत भी गुरुकुल से लौट आया। वेश्या की पीठ पर छड़ी के चिह्न पाए गए और गुरुकुल में युवराज के सकुशल होने का समाचार मिला।

मैंने काशिराज से क्षमा-याचना करते हुए कहा, "आपके प्रति अभद्र भाषा का प्रयोग करने के लिए मैं क्षमा चाहता हूँ, महाराज। किन्तु मैं विवश था। आपकी पहेली का उत्तर यही था। मैं आशा करता हूँ कि मगध सम्राट के अनुचरों की बुद्धिमत्ता का आपको आभास हो गया होगा। साथ ही, आपकी बौद्धिक क्षमता का भी लोगों को पता लग गया।"

काशिराज खिसिया कर रह गया। अपनी झेंप मिटाने के लिए उसने मुझे काफी धन और सम्मान देकर विदा किया।

***

युवा सुजात की बुद्धिमत्ता से सम्राट महापद्मनन्द बड़ा प्रसन्न हुआ। उसने उसे अपना विशेष सहायक और सलाहकार नियुक्त किया। सम्राट के स्वाभिमान की रक्षा करने के कारण सुजात को 'राक्षस' (रक्षा करनेवाला) की उपाधि प्रदान की गई।

***

इतिहास स्वयं को दुहराने की ताक में था। महापद्मनन्द के बूढ़े होते-होते नन्दवंश में एक बार फिर सत्ता-संघर्ष शुरू हो गया।

महापद्मनन्द के नौ बेटे हुए, जो नवनन्द[6] कहलाए। सब एक-से-बढ़कर—एक दुष्ट। उनमें सबसे छोटा धन सबसे बदमाश निकला। बड़ा विलासी और क्रूर। सत्ता के संघर्ष में उसने बड़ी क्रूरता से बूढ़े बाप और बड़े भाइयों की हत्या करके मगध का राजसिंहासन हथिया लिया। नए सम्राट का नाम हुआ धननन्द जो उसकी धनलोलुपता के कारण उस पर बड़ा फबता था।

चतुर सुजात ने बड़ी कूटनीतिक समझदारी का परिचय देते हुए मगध साम्राज्य के सत्ता-संघर्ष में धननन्द का साथ दिया। धननन्द सुजात की योग्यता

का बहुत पहले से प्रशंसक था। सम्राट बनते ही उसने सुजात को अपना महामात्य बनाया। सुजात ने भी अपना कलेवर बदल लिया। उसने अपने माँ-बाप का दिया हुआ नाम 'सुजात' और पुराने सम्राट की दी हुई उपाधि 'राक्षस' को त्याग कर अपने गोत्र नाम 'कात्यायन' को अपना नाम बनाया और इस प्रकार वह महामात्य कात्यायन बन गया। सम्राट ने उसे मगध साम्राज्य के गुप्तचर विभाग का प्रभार भी सौंप दिया।

कालान्तर में, महामात्य कात्यायन सम्राट धननन्द का सर्वाधिक विश्वसनीय और समर्पित सेवक साबित हुआ। यही कारण है कि राजकार्य का दायित्व कात्यायन पर छोड़कर सम्राट धननन्द भोग-विलास में डूब गया।

4

पाटलिपुत्र नगर के यात्री विश्रामगृह का मालिक त्रिलोचन बड़ी हैरानी में था। विश्रामगृह के कक्ष संख्या पाँच में ठहरा यात्री उसे विचित्र दिखता था—दुबला-पतला, काला-कलूटा, चेचक के दागों से भरा चेहरा, उस पर दो उभरी गोल-गोल आँखें, तोते-जैसी नाक, मझोला कद, कन्धे थोड़े आगे की ओर झुके हुए।

उस यात्री ने अपना नाम विष्णु और पता तक्षशिला बताया था। त्रिलोचन परेशान था कि उस यात्री का न तो नाम असली लग रहा था और न पता। विष्णु भी कोई नाम होता है! उसकी वाणी और उच्चारण से साफ़ झलकता था कि वह यहीं कहीं का मूल निवासी है।

विष्णु कई दिनों से पाटलिपुत्र में भटक रहा था। वह जहाँ जाता एक ही रट लगाता कि राष्ट्र पर आपदा आई हुई है। लोग आश्चर्य से पूछते "कैसी आपदा?" विष्णु को उनके अज्ञान और आत्मकेन्द्रण से बड़ी खीझ होती। वह या तो चुप रह जाता या फिर कहता कि सम्राट को बताऊँगा। लोग उसे सिरफिरा समझते। वह नगरदंडाधिकारी से मिला। उसने टका-सा जवाब दे दिया कि भला वह क्या कर सकता है! विष्णु सम्राट के विशेष सुरक्षाधिकारी से मिला, जो उस पर नाराज हो गया। वह चिल्लाकर बोला, "तुम अपनी ही रट लगाए जा रहे हो और आपदा की बात सम्राट को बताना चाहते हो। तुम्हें सम्राट की व्यस्तताओं और क्रोध का पता है?"

विष्णु महामात्य कात्यायन के सचिव मिलिन्द कायस्थ से मिला और यह जताते हुए कि वह उसका बचपन का मित्र है उससे मिलाने को कहा ताकि महामात्य को आगामी आपदा से सतर्क कर सके या फिर स्वयं सम्राट

से मिलकर उन्हें आनेवाले संकट से सावधान कर दे। विष्णु ने तो यहाँ तक सुना था कि सारा कर्ता-धर्ता कात्यायन ही है। अगर उससे मुलाकात हो जाए तब भी बात बन सकती है। किन्तु, विष्णु के निवेदन के प्रत्युत्तर में कात्यायन का नकारात्मक जवाब आ गया।

कात्यायन विष्णु से मिलना न चाहता था। उसने सोचा, विष्णु बहुत क्रांतिकारी विचारों वाला है। मिलकर वह न जाने किस संकट में फँसा देगा। उसे सम्राट से भी मिलने देना ठीक न होगा। जिस प्रकार कभी उसके बाप चणक ने पूर्व सम्राट से वैमनस्य मोल लेकर स्वयं अपना और महामात्य शकटार का सत्यानाश कर लिया था उसी प्रकार विष्णु भी वर्तमान सम्राट से अवश्य उलझ पड़ेगा और साथ में मैं भी मारा जाऊँगा।

अधिकारियों की ओर से निराश होकर विष्णु जन सामान्य की ओर मुड़ा इस आस में कि कभी-कभी सामान्य लोग भी बड़े काम करा देते हैं। लेकिन, उसने देखा कि लोग सम्राट से बुरी तरह भयभीत हैं। सम्राट के कर्मचारी प्रजा को तरह-तरह से तंग कर रहे हैं—जरूरत से ज्यादा कर क्रूरतापूर्वक वसूल रहे हैं और लोगों की धन-सम्पत्ति एवं स्त्रियाँ सम्राट के नाम पर उठा लेते हैं। मालूम हुआ कि सम्राट अधिकतर भोग-विलास में लिप्त रहता है और प्रशासन का अधिकतर कार्य अधिकारियों और मंत्रियों के जिम्मे छोड़ देता है। ऐसी स्थिति में ये अधिकारी प्रजा का भरपूर शोषण करते हैं।

एक दिन विष्णु एक मदिरालय में पहुँच गया जहाँ लोग मदिरा पीने में व्यस्त थे, कुछ जुआ खेलने में लगे थे। मदिरा विभाग के अधिकारी जबरदस्ती कर वसूलने और अलग से अपने लिए कुछ ऐंठ लेने में व्यस्त थे। कई जगहों पर उसने देखा कि कई लोग सम्राट के सुख और प्रसाधन की सामग्रियाँ तैयार करने में लगे थे। कोई इत्र बना रहा था, तो कोई वस्त्र। एक जगह उसने सुन्दरियों के एक झुंड को अधिकारियों द्वारा जानवरों की तरह जबरदस्ती हाँककर ले जाते देखा। पूछने पर पता चला कि उन्हें सम्राट के निरीक्षण के लिए ले जाया जा रहा है ताकि वह अपने उपभोग के लिए मनपसन्द सुन्दरियों को छाँट ले।

***

विष्णु आज बड़ा उद्विग्न था। विश्रामगृह के सहन में बने पत्थर के रास्ते पर वह कब से तेजी से चहलकदमी कर रहा था। त्रिलोचन उसे देखकर बड़ा हैरान था। विष्णु बार-बार एक छोर से दूसरी छोर आ-जा रहा था। तेजी से चलने से उसके मुंडित सिर पर लम्बी चोटी इधर-उधर बल खाती उछल रही

थी। बीच-बीच में उसकी मुट्ठियाँ भिंच जातीं और मुखमुद्रा कठोर हो जाती।

अचानक वह टहलना बन्द कर अपने कमरे की ओर दौड़ पड़ा। वहाँ जल्दी-जल्दी कपड़े बदलकर वह बड़ी तेजी से विश्रामगृह से बाहर निकल गया।

पाटलिपुत्र की गलियों, सड़कों और चौराहों से तेजी से गुजरते हुए विष्णु आखिर राजभवन के दुर्गद्वार पर पहुँच गया। पहले चार बार उसे यहीं से वापस लौटा दिया गया था, लेकिन इस बार उसने दृढ़ निश्चय कर लिया था कि चाहे जैसे भी हो वह राजभवन में प्रवेश करेगा और सम्राट से सीधे जा मिलेगा।

दुर्गद्वार पर तनिक रुक कर विष्णु ने स्थिति का जायजा लिया। फिर अचानक, बड़े आत्मविश्वास और सधे हुए क़दमों से वह उस कक्ष की ओर बढ़ा जहाँ प्रधान सुरक्षा-प्रहरी अपने कुछ सहायक प्रहरियों के साथ विराजमान था। उसे मालूम था कि राजभवन में प्रवेश की अनुमति देने का अधिकार प्रधान प्रहरी को ही था।

पहुँचते ही विष्णु प्रधान प्रहरी को एक तरफ ले जाकर कान में कुछ फुफुसाया। न जाने कान में उसने क्या कहा कि प्रधान प्रहरी अत्यन्त विनम्र हो गया। सबकी आँख बचाकर विष्णु ने अपने वस्त्रों में छिपाई कार्षापणों की एक थैली जल्दी से निकाल कर उसे थमा दी। प्रधान प्रहरी ने न केवल प्रवेश की अनुमति दे दी, बल्कि एक प्रहरी मार्गदर्शन के लिए भी साथ लगा दिया।

***

अब विष्णु को कोई कठिनाई नहीं थी। राजभवन के लम्बे बरामदों, खुले आँगनों और चक्करदार सीढ़ियों से होता हुआ प्रहरी उसे लिए जा रहा था। बीच-बीच में प्रहरी भीतरी भाग के प्रहरियों से सम्राट की तात्क्षणिक स्थिति की जानकारी लेता जा रहा था। अन्ततः, दोनों राजभवन के अन्तिम भाग में पहुँच गए जहाँ रंगमंडप स्थित था।

रंगमंडप से कुछ दूर पहले ही प्रहरी ने विष्णु को छोड़ दिया, इस आग्रह के साथ कि वह अब आगे स्वयं चला जाए।

रंगमंडप पहुँचकर विष्णु ज्यों ही उसमें प्रवेश करना चाहा, द्वार प्रहरी ने उसे रोक लिया। काले रंग और कुरूप दिखनेवाले विष्णु की लाल-लाल आँखों में अधीरता साफ झलक रही थी। उसने आग्रह-भरे स्वर में प्रहरी से कहा, "मुझे

तुरन्त सम्राट से मिलना है।" आगन्तुक के स्वर में अधीरता और अधिकार की खनक होने के बावजूद, प्रहरी प्रभावित हुए बिना विनम्रता से बोला, "महोदय, महाराज इस समय अत्यन्त गोपनीय संगोष्ठी में विचार-विमर्श कर रहे हैं और उसमें बाधा पहुँचाना अक्षम्य है।"

विष्णु ने बड़ी चालाकी से अपना रौब बढ़ाते हुए अकड़ से आदेश दिया, "जाओ, शीघ्र सम्राट से कहो—तक्षशिला विश्वविद्यालय से आचार्य विष्णुगुप्त अत्यन्त महत्त्वपूर्ण सन्देश लेकर आए हैं और तुरन्त मिलना चाहते हैं।"

आगन्तुक के अद्भुत आत्मविश्वास और दृढ़ता से प्रहरी अब प्रभावित हुए बिना न रह सका। सम्मानपूर्वक उसने निवेदन किया, "महोदय, आप क्षण भर यहाँ प्रतीक्षा करें। मैं अति शीघ्र महामात्य कात्यायन से अनुमति लेकर आता हूँ।"

***

प्रहरी के जाते ही सुनसान द्वार देखकर विष्णु रंगमंडप में घुस गया। किन्तु, यह क्या! यह क्या देख रहा है वह!! क्या यही गोपनीय मंत्रणा है!!! आगन्तुक दंग।

लगभग उसी समय रंगमंडप के मृदंगवादक की दृष्टि इस अजनबी आगन्तुक पर पड़ी और उसके हाथ रुक गए। मारे आश्चर्य के उसके मुँह से घुटी-सी चीख निकल गई। इससे अन्य वादकों के हाथ भी रुक गए। वाद्ययंत्र बन्द होते ही नर्तकियों के पाँव थम गए। मदिरा से मस्त धननन्द के एक नर्तकी के अनावृत उरोजों से अठखेलियाँ करते हाथ भी अचानक थम गए।

सम्राट एकबारगी समझ न पाया कि मामला क्या है। लेकिन, वादकों और नर्तकियों को द्वार की ओर देखते देखकर सम्राट का ध्यान द्वार पर खड़े व्यक्ति पर गया। एक अजनबी की अवांछित उपस्थिति से सम्राट चिढ़ गया। जोर से उसने पूछा, "कौन हो तुम? यहाँ तक कैसे आ गए?"

आगन्तुक ने सम्राट के क्रोध की बिलकुल परवाह न की। उसने विनम्रता और सम्मान से हाथ जोड़ते हुए कहा, "मैं रंग में भंग डालने के लिए क्षमा चाहता हूँ, महाराज। किन्तु, कार्य ही कुछ ऐसा आवश्यक है जिसने मुझे यह धृष्टता करने के लिए विवश कर दिया।"

"लेकिन, तुम हो कौन?" सम्राट ने क्रोध से चिल्लाते हुए अपना प्रश्न दुहराया। आगन्तुक की विनम्रता और आवश्यक कार्य के उल्लेख ने सम्राट के ऊपर कोई प्रभाव न डाला।

"महाराज, मैं मगध साम्राज्य के भूतपूर्व शिक्षा सचिव स्वर्गीय महाब्राह्मण चणक का पुत्र विष्णुगुप्त हूँ। मैं तक्षशिला में राजनीतिशास्त्र का आचार्य हूँ।" आगन्तुक ने अपना परिचय दिया। एक क्षण रुक कर उसने अपनी बात फिर कहनी शुरू की, "लेकिन, महाराज, महत्त्वपूर्ण यह नहीं है कि मैं कौन हूँ, महत्त्वपूर्ण यह है कि मैं क्या सन्देश लाया हूँ और क्या सम्मति देना चाहता हूँ।"

सम्राट के होंठों पर तिरस्कारपूर्ण मुस्कान बिखर गई, "अच्छा, तो आप हैं चाणक्य! सुना है आपके बारे में। आपके पिता को भी सम्मति देने की सनक सवार रहती थी और उसी की सवारी करते-करते वे स्वर्ग पहुँच गए। अब आप आए हैं सम्मति देने। क्या आप भी सम्राट को अपना विद्यार्थी समझते हैं, आचार्य?" आचार्य शब्द का उच्चारण धननन्द ने ऐसे ढंग से किया कि उसका व्यंग्य घृणा के रूप में विकृत होकर व्यक्त हुआ।

चाणक्य ने सम्राट के व्यंग्य की परवाह किए बिना जल्दी से अपनी बात शुरू कर दी, "महाराज, यह पुरानी बातों को दुहराने का समय नहीं है। इस समय राष्ट्र खतरे में है। सभी सोलह महाजनपदों में मात्र मगध ही समर्थ है जो राष्ट्र के ऊपर आई आपदा को रोक सकता है।" चाणक्य क्षण भर रुक कर फिर बोलना शुरू किया, "मकदूनिया का सम्राट अलक्षेन्द्र (सिकन्दर) अपनी सेना लेकर भारतवर्ष पर आक्रमण कर चुका है। अगर समय रहते उसे रोका न गया तो भारतवर्ष के हृदयस्थल मगध तक वह आ पहुँचेगा। इस समय आप ही भारत के सबसे बड़े सम्राट हैं। अत: शत्रु को रोकने का उत्तरदायित्व भी आप का ही है। मैं मगध का नागरिक हूँ। इस नाते आपको सतर्क करके मैंने अपना कर्तव्य निभाया। अब आपकी बारी है।"

ब्राह्मणों और आचार्यों के प्रति धननन्द की घृणा जगजाहिर थी। एक तो वह अपनी मौज-मस्ती में खलल पड़ने से क्रुद्ध था, दूसरे, चाणक्य की चुनौतीपूर्ण सलाह से उसके तन-बदन में आग लग गई। मारे क्रोध के चिल्लाता वह चाणक्य के पास पहुँचा और लात से जोरदार प्रहार किया। इस अचानक प्रहार से चाणक्य जमीन पर गिरते-गिरते बचा। इसके पहले कि चाणक्य बदले में कुछ कर पाता, प्रहरियों और अनुचरों ने उसे घेर लिया। गुस्से से उफनते हुए सम्राट ने चिल्लाते हुए आदेश दिया, "इस काले-कलूटे ब्राह्मण को इसकी शिखा पकड़कर घसीटते हुए ले जाओ और राजप्रासाद के बाहर फेंक दो।"

अपने अपमान से चाणक्य बहुत क्रुद्ध हुआ। उसके क्रोध से प्रहरी और अनुचर भी भयभीत हो गए। उसने अपनी शिखा खोलते हुए चिल्लाकर कहा,

"यह ब्राह्मण अपनी शिखा तब तक न बाँधेगा जब तक इस दुष्ट, आततायी राजा का नाश न कर देगा।" इस घोषणा से सम्राट और चिढ़ गया। उसने चाणक्य पर एक और लात चला दी। चाणक्य झटके से पीछे हट गया जिससे सम्राट का प्रहार खाली गया और वह औंधे मुँह लुढ़क गया।

इसी बीच, महामात्य कात्यायन दौड़ता हुआ आ पहुँचा और सम्राट को अपने हाथों से सहारा देकर उठा लिया।

5

अपने अपमान से बुरी तरह बौखलाया चाणक्य भागा चला जा रहा था। उसे पता न था कि वह कहाँ जा रहा है। उसके मस्तिष्क में उथल-पुथल मची हुई थी। उसे लग रहा था कि राष्ट्र पर आपदा न सिर्फ बाहरी आक्रान्ता से है, बल्कि भीतरी शासक से भी है। बाहरी आक्रमणकारी से तो युद्ध लड़ा जा सकता है, लेकिन घर का स्वामी ही जब घर में आग लगाने लगे तो घर कैसे बचे! वह सोच रहा था कि जब उसके जैसे सुशिक्षित ब्राह्मण को वह प्रताड़ित कर सकता है तो सामान्य प्रजाजन की क्या दुर्गति करता होगा। अब उसे विश्वास होने लगा कि धननन्द पर लगनेवाले आरोप सही होंगे। उसने सुन रखा था कि धननन्द अपने लालच और कामुकता में इतना आतुर हो जाता है कि नैतिकता के सारे मानदंडों को परे रख कर प्रजा का शोषण करता है। इसकी कुछ झलक तो उसने पाटलिपुत्र में ठहरने के दौरान ही देख ली थी। तो फिर, ऐसे शासक से भारत भूमि की रक्षा कैसे हो? जिससे रक्षा की अपेक्षा में वह गया था अब उसी से रक्षा की आवश्यकता होने लगी।

अपने निजी अपमान की अपेक्षा उसे अब राष्ट्र की चिन्ता सताने लगी। उसने मगध सम्राट को समूल नष्ट कर नए योग्य शासक को राजसिंहासन पर बैठाने का निश्चय किया।

चाणक्य अब मगध सम्राट के विनाश के उपाय खोजने लगा। लेकिन, इतने बड़े साम्राज्य के इतने हठीले सम्राट का विनाश करना कोई हँसी-खेल न था। फिर भी, अपनी प्रतिज्ञा पर दृढ़ता से अड़ा हुआ चाणक्य चला जा रहा था। उसे अब अपनी सुध-बुध न थी। उसके सामने एकमात्र लक्ष्य था—प्रतिशोध।

संयोग से चाणक्य को एक सोलह वर्षीय किशोर अपने चरवाहे साथियों के साथ राजकीलम[7] खेल खेलते दिख गया। चन्द्र नामक

वह किशोर चाणक्य को अपने प्रतिशोध का सबसे सही साधन लगा।

चाणक्य के आग्रह पर चन्द्र उसे अपने घर ले गया।

***

मोरिय नगर की एक गन्दी बस्ती के टूटे-फूटे झोंपड़े में एक दुखियारी महिला चाणक्य के आगमन से दुखी और भयभीत थी। उसे लगा कि चाणक्य धननन्द का कोई गुप्तचर है जिसने उसके गुप्त निवास का पता ढूँढ़ निकाला। बहुत समझाने पर आखिर उसे विश्वास हुआ कि वह गुप्तचर नहीं, हितैषी है। बहुत कुरेदने पर उसने चाणक्य को अपनी आपबीती बताई।

महिला ने अपना नाम मुरा बताया और कहा कि कभी वह सम्राट धननन्द की ताम्बुलकरंकवाहिनी (पानदान हाथ में लेकर साथ चलनेवाली दासी) थी। सम्राट उसके तीखे नैन-नक्श पर रीझा रहता था। सम्राट के साथ पान का पात्र लेकर चलते समय वह कभी उसके उन्नत उरोजों को मसल देता तो कभी उभरे चूतड़ों पर चुटकी काटकर हँसने लगता। वह कसमसा कर रह जाती। लेकिन, इसकी चर्चा कभी भी वह अपने प्रेमी प्रवीर से न करती।

उच्च क्षत्रिय कुल का प्रवीर महाराज की निजी सुरक्षा टुकड़ी का नायक था।

एक बार मौज में आकर सम्राट ने मुरा को दबोच लिया और उससे बलात्कार का प्रयास करने लगा। मुरा की चीख-पुकार पर प्रवीर दौड़कर उसे बचाने पहुँचा। अपनी वासना-पूर्ति में विघ्न पड़ता देख सम्राट अत्यन्त क्रुद्ध हो गया और प्रवीर को तुरन्त बन्दी बना लेने का आदेश दिया।

मुरा और प्रवीर राजभवन के चप्पे-चप्पे से परिचित थे। सैनिकों और सुरक्षाकर्मियों को चकमा देते हुए वे भाग निकले। छुपते-छुपाते दोनों मोरिय नगर पहुँच गए। वहाँ एक अनाम-सी गन्दी बस्ती में दोनों छुपकर रहने लगे।

मुरा शीघ्र ही गर्भवती हो गई।

***

एक दिन, अपने अज्ञातवास से ऊब कर प्रवीर छुपते-छुपाते पाटलिपुत्र जा पहुँचा, किन्तु उसकी खोज में निरन्तर लगे गुप्तचरों ने उसे पहचान लिया। सम्राट ने उसको मृत्युदंड का आदेश दिया, यद्यपि शर्त रखी कि अगर वह मुरा को सौंप दे या कम-से-कम उसका पता बता दे तो मृत्युदंड क्षमा किया जा सकता है।

मुँह न खोलने पर प्रवीर को तरह-तरह से सताया गया—बुरी तरह पीटा गया; उल्टा लटकाया गया; आग पर गरमाया गया; मिर्चे के धुएँ में रखा गया,

लेकिन प्रवीर ने मुँह न खोला। उसने अपनी प्रेमिका को कामुक सम्राट को सौंपने की अपेक्षा मृत्युदंड स्वीकार करना श्रेयस्कर समझा।

गर्भवती मुरा घोर दरिद्रता और अज्ञातवास में जीती रही। समय आने पर उसे एक पुत्र पैदा हुआ जिसका नाम उसने चन्द्र रखा। जिसे खुद अपना पेट पालना भारी पड़ रहा हो, वह बच्चे का पालन-पोषण कैसे करे! थोड़ा-सा ही बड़ा होने पर मुरा ने बच्चे को एक पड़ोसी चरवाहे के साथ मवेशी चराने के काम में लगा दिया ताकि आजीविका के लिए कुछ आय हो सके।

***

चाणक्य ने मुरा की दुर्दशा पर बहुत व्यथा व्यक्त की। उसकी संवेदनाओं को कुरेदते हुए उसने उसे उकसाया, "तुम्हारी दुर्दशा के प्रतिशोध का समय आ गया है, बहन।" मुरा चुपचाप सूनी आँखों से चाणक्य की ओर ताकती रही। कुछ देर बाद मुरझाई-सी आवाज में वह बोली, "मैं अबला भला कैसे प्रतिशोध ले सकती हूँ?" अवसर की संवेदनशीलता को आँकते हुए चाणक्य ने तत्क्षण कहा, "तुम अबला नहीं सबला हो। मैं जो तुम्हारे साथ हूँ। और सबसे बढ़कर तो तुम्हारा बेटा है।"

मुरा अब सतर्क हो गई, "मैं अपना पति पहले ही खो चुकी हूँ, अब अपना पुत्र नहीं खोना चाहती। मैं अपना अपमान सह कर चुपचाप शान्त रहना चाहती हूँ।" चाणक्य ने पलटकर तर्क दिया, "बहन, यह मात्र तुम्हारे अपमान की बात नहीं, समस्त नारी-जगत के अपमान की बात है। क्या तुम्हें पता नहीं है कि आततायी धननन्द न जाने कितनी अबलाओं का सतीत्व हरण करता है?"

अपने अपमान की बात बड़ी चालाकी से छुपाते हुए चाणक्य मुरा को फिर से उत्साहित करने लगा, "सारी प्रजा धननन्द के अन्याय से कराह रही है। तरह-तरह के कर लाद कर वह अपना कोष भरता रहता है और रात-दिन सुरा-सुन्दरियों में डूबा रहता है।"

अपनी बात का मुरा पर प्रभाव पड़ता देख चाणक्य ने तुरन्त प्रस्ताव रखा, "तुम अपना बेटा हमें दे दो। इसमें चक्रवर्ती सम्राट के सारे लक्षण हैं। यह धननन्द से तुम्हारे अपमान का प्रतिशोध लेगा और सम्पूर्ण राष्ट्र की रक्षा करेगा।"

चाणक्य के प्रस्ताव पर मुरा भयभीत हो गई, "मैं अपने पुत्र बिना जीवित नहीं रह सकती।" चाणक्य ने पीछा न छोड़ा, "मैं इसे सर्वदा के लिए थोड़े ही ले जा रहा हूँ। मैं तक्षशिला का आचार्य विष्णुगुप्त हूँ, इसकी शिक्षा-दीक्षा का वहाँ उचित प्रबन्ध करूँगा।"

मुरा को चुप देखकर चाणक्य का उत्साह बढ़ा, "बेटे की प्रगति में रोड़ा न बनो, बहन। अपने मोह-पाश से इसे मुक्त करो। इसे आगे बढ़ने दो।"

6

चाणक्य ने चन्द्र का पूरा नाम रखा चन्द्रगुप्त और मुरा का पुत्र होने के नाते उसे उपनाम दिया मौर्य। उसने उसे तक्षशिला विश्वविद्यालय में प्रवेश दिला कर उसके शिक्षण-प्रशिक्षण का विशेष प्रबन्ध किया। धर्मशास्त्र, नीतिशास्त्र, अर्थशास्त्र और छन्दशास्त्र के साथ साहित्य और कलाओं की विविध शाखाओं में चन्द्रगुप्त मौर्य को शिक्षा मिलने लगी। विविध प्रकार के अस्त्र-शस्त्रों के प्रयोग के साथ-साथ घुड़सवारी, युद्ध-कला, सैन्य-संचालन और नेतृत्व-क्षमता के विकास के लिए विशेष ध्यान दिया गया। अन्य आचार्य आश्चर्यचकित थे कि विष्णु एक विद्यार्थी पर इतना ध्यान क्यों केन्द्रित किए हुए हैं, किन्तु चाणक्य के दृढ़ निश्चयी स्वभाव के चलते सब चुप रहते थे। चन्द्रगुप्त भी अपनी प्रतिभा, परिश्रम और समर्पण के कारण शीघ्र ही सारे आचार्यों का प्रिय बन गया।

पढ़ाई के साथ-साथ चाणक्य चन्द्रगुप्त को तरह-तरह की नीतिपरक कहानियाँ सुनाया करता था। इन्हीं कहानियों के बीच वह समय-समय पर मुरा और प्रवीर के दमन की कथा भी परोक्ष रूप से चन्द्रगुप्त को सुनाता था और उसे धननन्द के अत्याचारों के विरुद्ध उत्तेजित करता था।

***

चाणक्य को हमेशा चिन्ता लगी रहती थी कि चन्द्रगुप्त, चाहे वह कितना भी बलशाली और विद्वान हो जाए, लेकिन मगध साम्राज्य की विशाल सेना का सामना करने के लिए उसे सैन्य-बल की आवश्यकता पड़ेगी। और, सेना इकट्ठी करने के लिए धन की आवश्यकता होगी। यह सोचकर चाणक्य ने अपने पुराने शिष्यों से आर्थिक सहायता का आह्वान किया, किन्तु इस प्रकार संचित धन अत्यल्प और अपर्याप्त था। तब चाणक्य ने चन्द्रगुप्त को उकसाया कि बनियों के व्यापारिक बेड़ों को कभी-कभी रास्तों में लूट कर भी वह धन जुटा सकता है। इन सबसे इकट्ठा हुए धन से एक छोटी-सी सेना गुप्त रूप से खड़ी की गई।

सेना तो खड़ी हो गई, लेकिन वह इतनी छोटी थी कि मगध साम्राज्य

की विशाल सेना[8] की तुलना में आँधी के आगे तिनके जैसी थी। चाणक्य को पता था कि मगध की सेना में बीस हजार अश्वारोही, दो लाख पैदल सैनिक, दो हजार रथ और तीन हजार हाथियों का समूह था। ऐसे में उन्हें लग रहा था कि जब तक किसी अन्य राजा का साथ न मिलेगा, मगध साम्राज्य को जीतना असम्भव होगा।

चाणक्य एक दिन चन्द्रगुप्त के साथ गान्धार[9] नरेश आम्भिक[10] से सहायता और सहयोग माँगने राजधानी तक्षशिला जा पहुँचा। महाराज आम्भिक सुप्रसिद्ध तक्षशिला विश्वविद्यालय के कुलाधिपति भी थे और और उन्हीं के संरक्षण में विश्वविद्यालय चलता था। आम्भिक ने तक्षशिला के आचार्य विष्णुगुप्त का बहुत आदर-सत्कार किया और विश्वविद्यालय के विविध कार्य-कलापों, शिक्षण-प्रशिक्षण और सुख-सुविधा के बारे में विस्तृत जानकारी ली और विश्वास दिलाया कि विश्वविद्यालय को वित्त की कभी कमी न होने दी जाएगी।

उचित अवसर देखकर चाणक्य ने धननन्द के अत्याचारों की कहानी कहनी शुरू कर दी और चन्द्रगुप्त के साथ मिलकर मगध साम्राज्य पर आक्रमण की योजना सुझाई। विद्या-व्यसनी राजा आम्भिक चाणक्य के इस प्रस्ताव से आश्चर्य में पड़ गए और किंचित व्यंग्य से बोले, "आचार्य, मैं तो आपको राजनीतिशास्त्र का महान विद्वान समझता था। मुझे न पता था कि आप में राजनीतिक महत्त्वाकांक्षा भी छिपी है जिसकी पूर्ति के लिए आप मुझे साधन के रूप में प्रयोग करना चाहते हैं।"

चाणक्य कुछ स्पष्टीकरण दे पाता इसके पूर्व ही राजा ने उन्हें रोकते हुए कहा, "तक्षशिला विश्वविद्यालय मेरी ही वित्तीय व्यवस्था से चलता है। विश्वविद्यालय में शोध कार्यों और उच्च अध्ययन के लिए और धन देने में मुझे प्रसन्नता होगी। साम्राज्य-विस्तार की अपेक्षा मुझे विद्या-वृद्धि में अभिरुचि है। मुझे क्षमा करें, आचार्य। मैं इतना मूर्ख नहीं हूँ कि आप के चढ़ाने पर मगध साम्राज्य की विशाल सेना से जा टकराऊँ।"

इसके आगे राजा ने चाणक्य की एक न सुनी और उन्हें खाली हाथ लौटना पड़ा।

***

चाणक्य की चिन्ता अब और बढ़ गई। रात-दिन वह इसी उधेड़बुन में लगे रहते। अचानक उन्हें सूझ पड़ा कि क्यों न पर्वतीय पौरव प्रदेश के राजा पुरु[11] को सहयोग के लिए सहमत किया जाए। आखिर, इसी राजा ने झेलम के तट पर

महान योद्धा अलक्षेन्द्र के दाँत युद्ध में खट्टे कर दिए थे और हार कर भी उसके विश्व-विजय के अभियान को विराम के लिए विवश कर दिया था। चाणक्य ने सुन रखा था कि पुरु बड़ा वीर है और उसने अपनी सेना में प्रशिक्षित हाथियों और भयानक पहाड़ी कुत्तों के विशेष दल बना रखे हैं।

***

पौरव प्रदेश की राजधानी पुरुषपुर में राजा पुरु के विशेष परामर्श-कक्ष में चार लोग बैठे थे—स्वयं राजा पुरु, उनके प्रधान मंत्री त्रिगुणायत, आचार्य विष्णुगुप्त अर्थात् चाणक्य और युवा योद्धा चन्द्रगुप्त।

चाणक्य की प्रशंसा से राजा पुरु फूले न समा रहे थे। "महाराज, आपने विदेशी आक्रान्ता अलक्षेन्द्र से भारतभूमि की रक्षा करके महान कार्य किया है। यह मात्र संयोग ही था कि वर्षा के कारण आपकी सेना को पराजित होना पड़ा, लेकिन आपकी वीरता का लोहा शत्रु को भी मानना पड़ा। तभी तो आपके पराक्रम के आगे उसे अपना विश्व-विजय का अभियान रोककर लौट जाना पड़ा।"

लम्बे कद-काठी और गौर वर्ण वाले राजा पुरु ने अपनी पलकों को झपका कर चाणक्य के प्रति आभार व्यक्त किया, यद्यपि प्रधान मंत्री त्रिगुणायत चाणक्य को संशय से लगातार घूरे जा रहा था। उसके घूरने की चिन्ता किए बिना चाणक्य ने बात आगे बढ़ायी, "महाराज, एक बार पुनः भारत भूमि उद्धार के लिए आप की ओर आशा से देख रही है।"

थोड़ी देर रुक कर चाणक्य ने पुरु की आँखों में उभरे प्रश्न को मन-ही-मन तौला। आश्वस्त होकर उसने फिर अपनी बात प्रारम्भ की, "भारत भूमि के हृदय-स्थल में स्थित मगध के सम्राट धननन्द से मगध की समस्त प्रजा पीड़ित है। विविध

करों के द्वारा प्रजा का धन हस्तगत कर धननन्द बहुत धनी हो गया है। प्रजा के कल्याण की बात तो दूर वह लोगों की पारिवारिक प्रतिष्ठा को कलुषित करने में भी संकोच नहीं करता।"

चाणक्य की बातें पुरु को रुचिकर न लगीं। चाणक्य ने इसे शीघ्र भाँप लिया और एक बार पुनः पुरु की प्रशंसा कर उन्हें प्रोत्साहित करने लगा, "महाराज, मात्र आप ही समर्थ हैं जो आततायी शूद्र सम्राट से लोगों की रक्षा कर सकते हैं।"

झल्लाकर पुरु पूछ बैठे, "आखिर आप हमसे चाहते क्या हैं?"

"आप मगध पर आक्रमण कर मगध साम्राज्य को अपने आधिपत्य में ले लें," चाणक्य ने एकदम सीधा सुझाव दिया।

पुरु ने ऐसा दुस्साहस करने से स्पष्ट अस्वीकार कर दिया। किन्तु, चाणक्य कहाँ माननेवाले थे! उन्होंने तुरन्त तर्क दिया, "आप इस लघु सीमान्त प्रदेश से कब तक सन्तुष्ट रहेंगे, जबकि भारतवर्ष के हृदय-स्थल में बसा विशाल मगध साम्राज्य आपकी प्रतीक्षा कर रहा है।"

पुरु बात बीच में ही काटते हुए बोले, "आचार्य, यह इतना सरल नहीं है। आपकी इस योजना की भयावहता मैं समझता हूँ।"

चाणक्य ने फिर से अपना तर्क रखा, "इसकी लब्धि भी बहुत बड़ी है। मगध का विशाल साम्राज्य तो मिलेगा ही, साथ में सम्राट धननन्द का अत्यन्त गोपनीय राजकोष भी मिलेगा, जिसे उसने गंगा की तलहटी में छुपा रखा है।"

साम्राज्य और धन के सपने दिखाने के बाद भी चाणक्य ने अपनी बात जारी रखी, "और आप अकेले ही थोड़े हैं इस अभियान में। यह वीर युवक और इसकी छोटी किन्तु प्रशिक्षित सेना भी है साथ। और साथ में मैं भी हूँ अपनी समस्त विद्याओं के साथ। उधर, सम्राट धननन्द के लूट-खसोट और भोग-विलास से तंग आ चुकी मगध की प्रजा किसी भी क्षण विद्रोह करने के लिए तैयार बैठी है। आप अपनी सेना में पड़ोसी पर्वतीय प्रदेशों की अन्य जनजातियों से भाड़े के सैनिक भर्ती करके अपनी सेना का विस्तार कर सकते हैं। आप चाहें तो अपने पड़ोसी राजाओं से सन्धि करके भी अपनी सैन्य-शक्ति में वृद्धि कर सकते हैं।"

प्रधानमंत्री त्रिगुणायत चाणक्य के प्रस्ताव से चमत्कृत हो गया। उसे एक विशाल साम्राज्य का महामात्य बनने की सम्भावना दिखने लगी। उसने सिर हिलाकर प्रस्ताव का समर्थन किया। परिणामस्वरूप, वार्ता आगे बढ़ी और देर तक चलती रही। अन्ततः, चाणक्य पुरु और त्रिगुणायत को सुहाने सपने दिखाने में सफल हो गया।

अल्पाहार और अल्प विराम के बाद वार्ता का अगला दौर फिर चला। इसमें यह तय हुआ कि राज्य और धन का बँटवारा पुरु और चन्द्रगुप्त के बीच आधा-आधा होगा। चाणक्य ने जब सन्धि की शर्तों को थोड़ा और स्पष्ट करते हुए कहा कि महाराज पुरु अपने अधीन लड़नेवाले राजाओं को अपने हिस्से से ही हिस्सा देंगे, तो पुरु और उनके प्रधानमंत्री त्रिगुणायत का मुँह लटक गया।

स्थिति स्पष्ट करते हुए चाणक्य ने कहा कि अन्य राजाओं के जुड़ने से विजय की सम्भावना बहुत बढ़ जाएगी और उसके बदले उन्हें थोड़ा हिस्सा देने में कोई हानि नहीं है। चाणक्य के स्पष्टीकरण से पुरु और त्रिगुणायत को

बात अच्छी तरह समझ में आ गई और उनकी हिचकिचाहट दूर हो गई। वे और भी प्रभावित हो गए जब चाणक्य ने खुद के लिए कुछ न चाहा। अपने प्रति उदासीनता दिखाते हुए चाणक्य ने कहा, "जिसमें आप दोनों का कल्याण हो उसी में मेरा सुख है।"

***

पुरु ने शीघ्र ही कौलूता के राजा चित्रवर्मन, मलयांचल के राजा सिंहनाद, कश्मीर के राजा पुष्कराक्ष, सिन्धुप्रदेश के राजा सिन्धुसेन और यवन राजा मेघानक से सम्पर्क किया। उन्हें सैन्य अभियान में सहभागी बनने को सहमत कर लेने में पुरु को कोई विशेष कठिनाई न हुई। उनमें शीघ्र सैन्य-सन्धि सम्पन्न हो गई। जीते हुए साम्राज्य में से आधा पुरु के लिए और बाकी आधे में से पाँच मित्र राजाओं की बराबर-बराबर की हिस्सेदारी तय हुई।

दो

प्रवाद

1

आचार्य विष्णुगुप्त तक्षशिला विश्वविद्यालय से गायब थे। साथ में उनके बीस वरिष्ठ अन्तेवासी (आवासीय शिष्य) भी गायब थे। विष्णुगुप्त का विश्वविद्यालय से इस तरह गायब हो जाना कोई नई बात नहीं थी, लेकिन साथ में बीस वरिष्ठ विद्यार्थियों का गायब हो जाना चिन्ता का विषय था। आश्चर्य की बात तो यह थी कि चाणक्य का सर्वाधिक प्रिय शिष्य चन्द्रगुप्त गायब न हुआ था। यह पहली बार था जब चाणक्य चन्द्रगुप्त से दूर हुए थे, अन्यथा वे उसे सदैव अपने साथ लिए रहते थे।

इतने विद्यार्थियों के एक साथ गायब हो जाने से विश्वविद्यालय प्रशासन में हड़कम्प मचा हुआ था। आचार्य धर्मशील सबसे अधिक बौखलाए हुए थे। विश्वविद्यालय के कुलानुशासक होने के नाते सबकी सुरक्षा का दायित्व उनके ऊपर था, और सबके ऊपर अनुशासन बनाए रखना वे अपना प्रमुख कर्तव्य मानते थे। वे चिढ़े हुए थे कि विष्णुगुप्त कभी उनकी परवाह नहीं करते थे और खुलेआम विद्यार्थियों को बरगलाने और अनुशासन-भंग करने में लगे रहते थे। इस बार भी उन्होंने न कुलपति से अनुमति ली और न कुलानुशासक को सूचित किया। बिना किसी सूचना के इतने विद्यार्थियों के साथ अचानक गायब हो जाना घोर आपत्तिजनक था, ऐसा मानना था कुलानुशासक आचार्य धर्मशील का।

धर्मशील सैन्य-विज्ञान के आचार्य थे और विष्णुगुप्त राजनीति-विज्ञान के। धर्मशील प्राय: आरोप लगाते थे कि विष्णुगुप्त अपने विषय राजनीति-विज्ञान में केन्द्रित रहने की अपेक्षा उनके सैन्य-विज्ञान में अनावश्यक हस्तक्षेप

करते थे। एक बार तो धर्मशील ने विद्वत्परिषद में औपचारिक शिकायत भी की थी कि विष्णुगुप्त राजनीति-विज्ञान के स्थापित सिद्धान्तों को न पढ़ाकर अनोखे और अभिनव सिद्धान्त प्रतिपादित करते रहते थे। उन्होंने यह भी आरोप लगाया था कि विष्णुगुप्त विद्यार्थियों को ऊल-जुलूल क्रांतिकारी बातें सिखाते थे और प्रायः उन्हें वर्तमान शासन-व्यवस्था के विरुद्ध विद्रोह करने के लिए उकसाते थे।

धर्मशील कुढ़े हुए थे क्योंकि विद्वत्परिषद ने चाणक्य के विरुद्ध उनके आरोपों को सिरे से नकार दिया था। यही नहीं, बल्कि परिषद् ने साफ़-साफ़ कहा कि विश्वविद्यालय ही वह स्थान है जहाँ नए विचारों का अनुसन्धान और सम्पोषण होते रहना चाहिए। परिषद का स्पष्ट मानना था कि विष्णुगुप्त के शोधकार्य सर्वदा उत्कृष्ट कोटि के होते हैं और उनमें कभी कोई त्रुटि नहीं पाई गई है।

विष्णुगुप्त और उनके विद्यार्थियों के इस तरह अचानक गायब हो जाने से धर्मशील को एक बार फिर उपालंभ के लिए अवसर मिल गया। इस बार उन्होंने आरोप विश्वविद्यालय की अनुशासन समिति के समक्ष प्रस्तुत किया, जिसकी अध्यक्षता स्वयं कुलपति महामहोपाध्याय[12] पंडित पीताम्बरदत्त कर रहे थे।

धर्मशील ने विष्णुगुप्त के विरुद्ध आरोपों की झड़ी लगा दी और माँग की कि यदि विष्णुगुप्त के विरुद्ध कठोर अनुशासनात्मक कार्रवाई न की गई तो वे बिलकुल स्वेच्छाचारी हो जाएँगे जिसका प्रभाव अन्य आचार्यों और विद्यार्थियों पर भी पड़ेगा। कुलपति ने धर्मशील को डाँट लगाते हुए कहा कि यह समय विष्णुगुप्त और उनके विद्यार्थियों को जल्दी से जल्दी खोज निकलने का है, न कि उनके विरुद्ध आरोपों के सुनवाई का। उन्होंने गायब हुए आचार्य और विद्यार्थियों को तुरन्त खोज निकालने का आदेश दिया। कुलानुशासक होने के नाते यह दायित्व धर्मशील के ऊपर ही आया।

***

चाणक्य के बारे में चन्द्रगुप्त से बहुत कड़ी पूछताछ की गई, पर वह मौन रहा। आचार्य चाणक्य ने उसे चुप रहने के लिए पहले ही चुपके से समझा दिया था। एक दिन बाद वह भी गायब हो गया।

जब सारी खोजबीन बेकार हो गई और चाणक्य व उनके विद्यार्थियों का कोई पता न लगा, तो चिन्तित होकर कुलपति और कुलानुशासक विश्वविद्यालय

के कुलाधिपति महाराज आम्भिक के पास पहुँचे। आम्भिक ये सब जानकर बड़े अचरज में पड़ गए। कुलानुशासक धर्मशील ने उनसे भी चाणक्य की शिकायत की, जिससे चाणक्य से पहले से ही चिढ़े हुए आम्भिक ने चाणक्य के आचरण पर घोर अप्रसन्नता व्यक्त की। उन्होंने बताया कि कुछ दिनों पहले चाणक्य मगध साम्राज्य पर आक्रमण की योजना लेकर उनसे मिले थे। उन्हें आशंका हुई कि कहीं मगध सम्राट के गुप्तचरों को इसकी भनक न लग गई हो और उन सबों ने किसी अभियान के अन्तर्गत चाणक्य और उनके विद्यार्थियों का अपहरण न कर लिया हो।

कुलपति और कुलानुशासक पौरव प्रदेश के राजा पुरु के पास भी गए। पुरु ने बताया कि चाणक्य तो बड़ी महत्त्वाकांक्षी योजनाएँ लेकर कुछ दिनों पहले उनके पास आए थे और अब पता नहीं स्वयं कहाँ गायब हो गए।

लौटते समय धर्मशील चाणक्य के विरुद्ध बहुत भड़के हुए थे। पंडित पीताम्बरदत्त चाणक्य की गतिविधियों से बड़े खिन्न थे।

2

तक्षशिला की दक्षिण दिशा से एक छोटी-सी पहाड़ी नदी बहती थी—ताम्रा। आगे जाकर यह सिन्धु में मिल जाती थी। यूँ तो ताम्रा में बहुत कम पानी होता था और सरलता से उसे पार किया जा सकता था, लेकिन वर्षा ऋतु में यह बहुत विकराल रूप धारण कर लेती थी।

ताम्रा के किनारे-किनारे उत्तरापथ नामक एक राजपथ गुजरता था। यह राजपथ गान्धार से शुरू होता था और तक्षशिला होते हुए, आगे गंगा के समान्तर चलता हुआ मगध साम्राज्य की राजधानी पाटलिपुत्र पहुँचता था। व्यापारिक और सामरिक दृष्टि से यह बहुत महत्त्वपूर्ण राजपथ था। झुंड के झुंड व्यापारी इस राजपथ पर चलते थे।

***

ताम्रा के आस-पास के क्षेत्रों में अत्यन्त क्रूर दस्युओं का एक दल सक्रिय था जो उत्तरापथ से गुजरनेवाले व्यापारियों को लूट कर ताम्रा पार के घने जंगलों में जा छुपता था। दस्युओं का आतंक दिन पर दिन बढ़ता गया और एक समय ऐसा आया कि वे गांधार नरेश प्रहर्षण के लिए भारी चुनौती बन गए। प्रहर्षण वर्तमान नरेश आम्भिक के पिता थे।

दस्यु-दमन के लिए प्रहर्षण ने अपने छोटे भाई संकर्षण के नेतृत्व में एक सैनिक दल भेजा। किन्तु, वह दल लापता हो गया। काफी समय बीत जाने पर भी जब उस सैनिक दल का कुछ पता न चला तो परेशान होकर प्रहर्षण ने दूसरा सैनिक दल पहले वाले दल को खोजने के लिए भेजा। यह दूसरा दल जल्द ही लौट आया—बहुत भयभीत और घबराया हुआ।

खोजी दल ने लौटने पर बताया कि पहले दल के सैनिक दस्युओं का पीछा करते हुए गहरे घने जंगल में पहुँच गए तो वहाँ सोया हुआ एक दानव इतने मानवों को देखकर बहुत क्रुद्ध हो गया और सबको मारकर खा गया। मरे हुए वे सब लोग प्रेत बन गए। आधी रात को जंगल में ये सब प्रेत हू...हू करते हुए रोते-चिल्लाते हैं। कई सैनिकों ने तो भूतों के रोने-चिल्लाने की आवाजें साफ़ सुनने का दावा किया।

लौटकर आए सैनिकों ने दानव और मरे हुए मानवों की प्रेत-लीला लोगों को तरह-तरह से सुनाई। लोग ताम्रा के उस पार वाले जंगल की ओर पहले भी डकैतों के डर से न जाते थे। अब भयंकर दानव और भूत-प्रेतों की कहानियों ने लोगों को ऐसा डरा दिया कि वे उधर देखने से भी डरने लगे। इसलिए इस जंगल का नाम पड़ गया—कालवन, अर्थात् मौत का जंगल।

३

तक्षशिला विश्वविद्यालय में अध्ययन-अध्यापन की एक अद्भुत व्यवस्था थी। विभिन्न विषयों के आचार्य विभिन्न कक्षाओं में जाकर व्याख्यान नहीं देते थे। बीस-बीस विद्यार्थियों की टोलियाँ निर्धारित पाठ्यक्रम पढ़ने के लिए निर्धारित कार्यक्रम के अनुसार निर्धारित आचार्य के आवास पर जाती थीं।

विश्वविद्यालय परिसर में ही आचार्यों के आवास बने हुए थे, जिनमें उनके अपने परिवार के निवास के साथ-साथ सामने खुला बरामदा और उसके सामने खुली सहन थी। इस बरामदे या खुली सहन में ही कक्षाएँ लगती थीं। सहन में सुविधा के लिए छायादार वृक्ष लगे हुए थे। साथ ही लगा हुआ एक विशाल कक्ष था जिसमें बीस विद्यार्थियों के रहने, खाने और सोने की व्यवस्था होती थी। इसे छात्रावास कहते थे।

विद्यार्थियों की टोलियों को दो नामों से पुकारा जाता था—प्रवासी और आवासी। प्रवासी टोलियाँ वे होती थीं जो बारी-बारी से विभिन्न आचार्यों के यहाँ जाकर पढ़ती थीं, और आवासी टोलियाँ वे होती थीं जो एक निश्चित

आचार्य के आवास से सटे हुए छात्रावास में रहती थीं। किसी आवासी टोली की पहचान उस आचार्य के नाम से होती थी जिस आचार्य के छात्रावास में वह रहती थीं।

यूँ तो सभी टोलियों को जी-जान से पढ़ाने की सभी आचार्यों की जिम्मेदारी होती थी, लेकिन अपनी-अपनी आवासी टोलियों के विद्यार्थियों के रहन-सहन, अध्ययन, परिष्कार, संस्कार और चरित्र-निर्माण का निजी उत्तरदायित्व उस आचार्य विशेष का होता था जिसके छात्रावास में वे निवास करते थे। इन छात्रों के व्यक्तित्व-विकास का ध्यान रखना उस आचार्य का विशेष और व्यक्तिगत कर्तव्य होता था। हर आचार्य अपने आवासीय छात्र को अपनी प्रतिमूर्ति के रूप में गढ़ देना चाहता था। अपना आदर्श, अपनी विद्वत्ता, अपना वात्सल्य और यहाँ तक कि अपना अहं भी आचार्य अपने विद्यार्थी से जोड़ लेते थे। इस कारण पूरे विश्वविद्यालय में प्रतिभा-विकास की प्रबल प्रतिस्पर्धा रहती थी।

विद्याध्ययन की पूर्णता पर दीक्षांत समारोह आयोजित होते थे। एक परम्परा थी इस समारोह के ठीक पहले छात्रों द्वारा अपने-अपने आवासीय आचार्य को गुरु-दक्षिणा देने की। एक आचार्य के सान्निध्य में उसके पुत्र की भाँति दस वर्षों तक रहनेवाले विद्यार्थी की ओर से अपने आचार्य के प्रति यह प्रतीकात्मक कृतज्ञता-ज्ञापन था। विश्वविद्यालय में विद्यार्थी लगभग पन्द्रह वर्ष की आयु में प्रवेश पाते थे और पच्चीस वर्ष तक शिक्षा पूर्ण कर विश्वविद्यालय से निकल जाते थे। इन दस वर्षों में आवासीय गुरु और शिष्य के बीच अद्‌भुत स्नेह-सम्बन्ध बन जाता था।

यद्यपि सभी आचार्य अध्यापन के बदले विश्वविद्यालय की केन्द्रीय व्यवस्था से वेतन पाते थे, लेकिन अपने विद्यार्थियों से गुरु-दक्षिणा पाने का आकर्षण उनमें बना रहता था। यद्यपि यह गुरु-दक्षिणा स्वैच्छिक और प्रतीकात्मक होती थी, फिर भी कुछ आचार्य मुँह खोल कर कुछ विशेष वस्तुएँ गुरु-दक्षिणा के रूप में माँग लेते थे।

विष्णुगुप्त अर्थात् चाणक्य ही एक ऐसे आचार्य थे जो इस गुरु-दक्षिणा परम्परा के विरोधी थे। वे अपने आवासीय विद्यार्थियों से कुछ भी लेने से मना कर देते थे। वे मानते थे कि वेतनभोगी होने के उपरान्त यदि आचार्य गुरु-दक्षिणा स्वीकार करता है तो वह अवैध है। इससे गुरु की महिमा कम होती है।

बड़े आश्चर्य की बात थी कि आचार्य चाणक्य अपने आदर्शों से इस बार च्युत हो गए। हल्ला था कि चाणक्य भी अब गुरु-दक्षिणा स्वीकार करेंगे। चाणक्य के आवासीय विद्यार्थियों में हर्ष और उत्सुकता के भाव उभर आए। हर्ष इस बात

का कि उनके गुरु, जिन्होंने अपने विद्या-दान के बदले कभी किसी से कुछ न स्वीकार किया, उनसे गुरु-दक्षिणा स्वीकारने को तैयार हैं। उत्सुकता इस बात की कि गुरु-दक्षिणा में उनके गुरु उनसे क्या माँगेगे क्योंकि आचार्य चाणक्य को तो किसी से कोई वस्तु पाने का लालच रहा ही नहीं।

***

चाणक्य के विद्यार्थियों के आश्चर्य का ठिकाना न रहा जब आचार्य ने चुपके से उन्हें एकान्त में बुलाया और समझाते हुए बोले, "वत्सगण, मानव-जीवन प्राय: तीन प्रकार का होता है—निजी जीवन, सार्वजनिक जीवन और गुप्त जीवन। मैं आप लोगों को एक चौथे प्रकार के जीवन से परिचित कराऊँगा, जो इन तीनों प्रकार के जीवनों का अद्भुत मिश्रण होगा।"

अपने शिष्यों के मनोभावों को भाँपने के लिए आचार्य क्षण भर के लिए रुके; फिर बोलना शुरू किए, "किन्तु, मेरे प्रिय शिष्यो, आप लोगों को शपथ लेनी होगी—गोपनीयता की शपथ—इसके पहले कि चौथे प्रकार के जीवन से आपको परिचित कराया जाए।"

अचानक चाणक्य के स्वर में कठोरता आ गई, "इस गुरुमंत्र को हृदयंगम कर लो—अपनी गोपनीयता कभी भंग न करो। प्राधिकृत व्यक्ति के अतिरिक्त अन्य किसी को भी अपनी भनक भी न लगने देना, अन्यथा इच्छित कार्य तो नष्ट होगा ही तुम्हारा स्वयं का सुरक्षा-कवच भी नष्ट हो जाएगा। याद रखो—मंत्रविस्रावी कार्यं नाशयति। वे मूर्ख होते हैं जो अपने गुरु की बताई गोपनीय बातों को व्यक्त कर देते हैं—भर्त्राधिकं रहस्ययुक्तं वक्तुमिच्छन्त्यबुद्धय:।"

अपने गुरु के अनोखे आचरण से शिष्यगण पहले ही स्तब्ध थे। अब उनकी रहस्यमय बातों से वे और अधिक आश्चर्य में पड़ गए। उन्हें समझ न आ रहा था कि इस नए प्रकार के जीवन और गोपनीयता पर इतने जोर दिए जाने का आशय क्या है? क्यों उनके गुरु आज इस तरह की बहकी-बहकी बातें कर रहे हैं? उनमें से एक ने साहस करके अन्तत: पूछ ही लिया, "गुरुदेव, इस नए प्रकार के जीवन और गोपनीयता की आवश्यकता क्या है? इनसे क्या उद्देश्य पूरा होगा?"

"एक महान उद्देश्य," चाणक्य ने सपाट उत्तर दिया।

"उस महान उद्देश्य के बारे में कृपया कुछ बताएँगे, आचार्य?" दूसरे शिष्य ने थोड़ी ढिठाई से पूछा।

"अधीर मत होओ," चाणक्य ने डाँट लगाई। लेकिन, शीघ्र ही उन्होंने

अपनी वाणी संयत करते हुए भविष्यदर्शी अन्दाज में कहा, "ऐसा महान कार्य जो इतिहास की धारा परिवर्तित कर देगा। मानवता इस परिवर्तन को सदैव आदर और आश्चर्य से स्मरण करेगी।"

चाणक्य ने अपनी बात में थोड़ा और जोश घोलते हुए शिष्यों को प्रोत्साहित किया, "लेकिन, वह परिवर्तन आएगा आप जैसे वीर-बाँकुरों के अथक प्रयास से। आप सब भारत के भाग्य-विधाता हो। आप निरंकुश शासक के गर्वोन्नत सिर को भी अपने चरणों में झुका सकते हो। यही हमारी गुरु-दक्षिणा होगी। एक सच्चा गुरु अपने समर्थ शिष्यों से इससे बड़ी गुरु-दक्षिणा क्या माँग सकता है!"

चाणक्य की बातों ने शिष्यों के ऊपर सशक्त प्रभाव डाला। सब-के-सब उत्साह से भर उठे। चाणक्य ने देखा कि अवसर अच्छा है। उन्होंने माँग की, "क्या आप परिवर्तन के लिए तैयार हैं? क्या आप भारत के भाग्य को परिवर्तित करने के लिए स्वयं को समर्पित करेंगे?"

चाणक्य सुखद अनुभूति से भर उठा जब सारे शिष्यों ने एक स्वर से उत्तर दिया, "हाँ, गुरुदेव।"

"तो, पहले आप प्रतिज्ञा करिए कि ये सारी बातें और सारा प्रयास आप गुप्त रखेंगे। क्या आप तैयार हैं?"

"हाँ, गुरुदेव।"

चाणक्य ने फिर सभी शिष्यों को गोपनीयता की विधिवत शपथ दिलाई।

4

जल्दी ही एक रात जब विश्वविद्यालय के लोग गहरी नींद में सो रहे थे तो चाणक्य अपने आवासीय शिष्यों के साथ चुपके से खिसक लिए। मुँह अँधेरे ही यानी सुबह होने से पहले ही वे सब ताम्रा के तट पर जा खड़े हुए। चाणक्य उन्हें ताम्रा के किनारे-किनारे ले जा रहे थे। वे ऐसी जगह जा रुके जहाँ नदी काफी छिछली थी। जब चाणक्य ने उन्हें ताम्रा पार कर कालवन में चलने को कहा तो डर के मारे सबकी घिग्घी बँध गई।

अपने शिष्यों को इस तरह भयभीत होता देख चाणक्य के रूखे चेहरे पर मुस्कान की एक लकीर खिंच गई। फिर, वह अचानक जोर-जोर से हँसने लगे। अपने शिष्यों को अपनी हँसी पर स्तब्ध देख चाणक्य ने हँसते हुए कहा, "मैं सब समझ रहा हूँ, तुम सबके भय का कारण। लेकिन, तुम्हारा भय निर्मूल है। हमने सारा अन्वेषण कर लिया है। झूठी है कालवन के भूत-प्रेतों की कहानी।

सब प्रवाद है। कालवन एकदम निरापद है। इसकी सत्यता मैं जानता हूँ। सुनना चाहो, तो सुनो।"

चेलों के चेहरों पर अब भय की जगह जिज्ञासा जाग उठी। सब के सब अब उत्सुक थे उस सत्य को जानने के लिए जो उनके गुरु चाणक्य जानने का दावा कर रहे थे। चाणक्य ने सुनाया, "दस्युओं ने कालवन में भय का आवरण बना रखा था। दस्युओं के भय से लोग कालवन में न जाते थे और दस्यु लूट-पाट करके कालवन में जाकर मजे से रहते थे। संकर्षण के नेतृत्व में जब सैन्य दल ने डाकुओं के शरण-स्थल पर धावा बोला तो डाकू घने जंगल में भीतर की ओर भागे। उनका पीछा करता सैन्य दल भी अनजान और घनघोर जंगल में पहुँच गया जहाँ उनमें और दस्युओं में संघर्ष हुआ। इस संघर्ष में सारे दस्यु मारे गए, लेकिन लौटते समय सैन्य दल रास्ता भूल गया। भटकते सैनिकों में से कुछ भूख और प्यास से मर गए और कुछ जंगली जानवरों द्वारा मारे गए।"

"फिर?" रमण नामक शिष्य ने बड़े भोलेपन से पूछा।

"फिर," चाणक्य ने फिर आगे बताना शुरू किया, "इस सम्बन्ध में अनेक प्रवाद प्रचलन में चल पड़े। एक प्रवाद तो यह था कि आक्रमण होते ही दस्यु जंगल में भीतर की ओर भागे और भागते-भागते ऐसी जगह पहुँच गए जहाँ एक दानव रहता था। अवांछित लोगों को देखकर दानव बहुत क्रुद्ध हुआ और सभी दस्युओं को मार डाला। बाद में पीछा करते हुए पहुँचे सैनिकों और सेनानायक संकर्षण को भी दानव ने मार डाला।

"एक दूसरा प्रवाद भी है," चाणक्य ने बोलना जारी रखा, "कुछ लोगों का मानना है कि राजा प्रहर्षण अपनी रानी रसिका और छोटे भाई संकर्षण के बीच अवैध सम्बन्धों को लेकर बड़ा खिन्न रहता था। संकर्षण से छुटकारा पाने के लिए राजा ने षड्यंत्र करके उसे सैन्य दल के साथ दस्यु-उन्मूलन के लिए भेजा और सैनिक टुकड़ी सहित संकर्षण और दस्युओं को मरवा दिया। षड्यंत्र के अन्तर्गत ही बाद में एक खोजी दस्ते को भेजा गया जो एक रात जंगल में रुक कर वापस भाग आया और प्रवाद प्रचलित कर दिया गया कि पहले वाले सभी लोग मर कर भूत बन गए हैं।"

इस अफवाह का विश्लेषण करते हुए चाणक्य ने अनुमान लगाया, "यह भी हो सकता है कि अन्वेषी दल के सैनिकों को भूतों की कहानियाँ सुना-सुना कर डराया गया हो और जब रात में जंगल में उन्होंने वन्य जीवों के दहाड़ने, चीखने-चिल्लाने की आवाजे सुनीं तो उसे वे भूतों की आवाजें मान बैठे और

बुरी तरह डर गए। ये डरे हुए सैनिक ही भूतों की कहानी को प्रवाद के रूप में इधर-उधर फैलाने के काम आए।"

"तो, क्या सचमुच कालवन निरापद है और भूतों का भय प्रवाद मात्र है?" चाणक्य के प्रमुख शिष्य प्रभाष ने हैरत से पूछा।

"हाँ, भाई। मैं स्वयं इस सत्य का साक्षी हूँ। अभी हाल में ही मैंने एक रात कालवन में बिताया, लेकिन भयानक मुझे वहाँ कुछ न मिला। हाँ, कुछ विशेष तथ्यों का पता अवश्य लगा जिनसे मैं तुम लोगों को शीघ्र ही परिचित कराऊँगा।"

इतना कह चाणक्य जोर से ठठाकर हँसने लगे। पता नहीं वह अपने शिष्यों के भय को हँसी में उड़ाना चाह रहे थे या प्रवादों की व्यर्थता पर हँस रहे थे या फिर कालवन में खोजे गए नए तथ्यों को याद कर वह मौज में हँसने लगे थे। कौन जाने!

तीन

प्रशिक्षण

1

ताम्रा पार कर युवा शिष्यों सहित चाणक्य ने कालवन में प्रवेश किया। शिष्यों का भय अब काफी हद तक दूर हो चुका था। प्रवेश करते ही चाणक्य दाहिनी ओर मुड़े और नदी के किनारे-किनारे उन्हें ले चले।

चाणक्य चुपचाप चले जा रहे थे। सभी युवक चुपचाप उनके पीछे चल रहे थे। वे सब उत्सुक थे जानने को कि उनके गुरु उन्हें कहाँ लिए जा रहे हैं, लेकिन पूछ कोई न रहा था, यह सोचकर कि उचित समय पर गुरु स्वयं बताएँगे।

नदी के किनारे कोई घंटा भर चलने के बाद वे लोग पहुँचे वहाँ जहाँ एक अकेला बबूल का पेड़ खड़ा था। चाणक्य कुछ देर बबूल को बड़े ध्यान से देखते रहे और फिर बाईं ओर मुड़ कर चल पड़े। यह रास्ता कुछ ही देर बाद सघन वन में जा घुसा। उस रास्ते पर पूरा दल लगभग डेढ़ घंटा चला।

अन्त में वे सब एक बहुत बड़े खुले मैदान में पहुँच गए। वह मैदान एक बहुत बड़ी झील के किनारे था। झील का जल बहुत स्वच्छ था और आस-पास का दृश्य बड़ा मनोरम। पूरा दल झील के किनारे रुक कर नित्यकर्म से निवृत्त होकर सन्ध्योपासना[13] में प्रवृत्त हुआ।

वहाँ से वह दल फिर आगे बढ़ा। अब चाणक्य उन्हें झील से लगी पहाड़ी के किनारे-किनारे लिए जा रहे थे। थोड़ी ही देर में चाणक्य रुक गए एक विशाल तमाल वृक्ष के नीचे, जिसकी एक मोटी शाखा विचित्र ढंग से पहाड़ी की ओर निकली हुई थी। युवकों को उस वृक्ष के नीचे खड़े होकर अगले आदेश की प्रतीक्षा करने का आदेश देकर चाणक्य पहाड़ी पर चढ़ने लगे उस दिशा में जिधर मोटी शाखा फैली हुई थी।

चाणक्य बड़े सधे हुए क़दमों से पहाड़ी चढ़ रहे थे। शायद क़दमों की संख्या गिनते जा रहे थे। शायद सौ की गिनती पूरी कर ली हो, तभी तो वे रुक गए और उनकी आँखें कुछ खोजने लगीं। जब उन्होंने एक चट्टान के एक फलक पर एक छोटा-सा स्वस्तिक[14] का निशान उभरा देखा तो उसे हाथों से टटोल कर देखने लगे। फिर, वहीं से उस चट्टान की आधी परिक्रमा करते हुए कोई पचास कदम चल कर रुक गए। वहाँ रुक कर चाणक्य बिखरी शिलाओं में कुछ खोजने लगे। वे कुछ परेशान और दिग्भ्रमित दिख रहे थे। इधर, तमाल वृक्ष के नीचे खड़े उनके शिष्य उनकी इस गतिविधि से स्तब्ध और आश्चर्यचकित थे।

अकस्मात्, चाणक्य ताली पीट कर हँसने लगे। उन्हें अपार हर्ष हुआ झाड़ियों से आच्छादित एक शिलाखंड पर उकेरे हुए शिवलिंग[15] के चिह्न को देखकर। हाथ हिलाकर उन्होंने युवकों को शीघ्र वहाँ पहुँचने का संकेत किया।

***

चाणक्य के आदेश पर सारे शिष्यों ने एक साथ जोर लगाकर शिवलिंग के चित्र वाले शिलाखंड को बड़ी मेहनत से एक तरफ खिसकाया। शिवलिंग के एक तरफ खिसकते ही वहाँ एक संकरा-सा गड्ढा दिखा जिसमें एक बार में सिर्फ एक आदमी उतर सकता था। चाणक्य ने हाथ लटका कर गड्ढे के मुहाने पर पड़ी पत्थर की एक पतली पट्टिका को एक तरफ से उठाकर दूसरी तरफ खड़ा कर दिया और फुर्ती से उस गड्ढे में उतर गए। शिष्यों को उन्होंने एक-एक कर पीछे आने को कहा।

पट्टिका हटाते ही गड्ढा नीचे जाती एक सीढ़ी में खुल गया। चाणक्य उस सीढ़ी से नीचे उतरने लगे जैसे उस जगह से उनका कोई पुराना परिचय हो। आश्चर्यचकित हो शिष्य बारी-बारी से गड्ढे में उतरकर चुपचाप चाणक्य का अनुकरण करते हुए चलने लगे। चाणक्य के निर्देशानुसार आखिरी शिष्य ने अपने दोनों हाथों से पट्टिका को खिसका कर गड्ढे का मुँह फिर बन्द कर दिया।

युवकों के अचरज का ठिकाना न रहा जब सब सीढ़ियों से उतरकर वे एक बड़े-से कक्ष में पहुँचे। वह बड़ा कमरा कोई सभाकक्ष लगता था। उस सभाकक्ष के चारों ओर छोटी-छोटी कोठरियाँ बनी हुई थीं और कोठरियों के वातायन (झरोखे) पहाड़ी की ढलान की ओर खुले हुए थे। आश्चर्यजनक रूप से ये वातायन बाहर की ओर से झाड़ियों से आच्छादित थे। बाहर की ओर

से देखने पर ये झाड़ियाँ स्वाभाविक रूप से उगी दिखती थीं, जबकि भीतर से देखने पर स्पष्ट था कि झाड़ियाँ जानबूझकर बड़ी समझदारी से उगाई गई थीं ताकि वातायन किसी बाहरी व्यक्ति की नजर में न आने पाएँ।

सभाकक्ष की बाईं ओर चार कोठरियाँ थीं जिनमें से हर एक में पाँच युवकों के ठहरने का प्रबन्ध किया हुआ था। सामने की दीवार से लगी तीन कोठरियाँ थीं जिनमें से एक में चाणक्य का निवास और दूसरे में आयुधागार और तीसरे में भंडारगृह बनाया गया था। दाहिनी दीवार से लगी चार कोठरियों में से एक रसोई, दूसरी भंडार, तीसरी खाली और चौथी आपात्कालिक शौचालय के लिए नियत की गई थी। युवकों को यह देखकर बड़ा अचरज हुआ कि पूरा परिसर आरामदायक रहन-सहन की सुविधाओं से युक्त था, और लगता था कि उन सबको वहाँ ठहरने की पूर्वसूचना के साथ जानबूझकर सब प्रबन्ध किया गया था।

***

अपनी-अपनी कोठरियों में व्यवस्थित हो जाने और थोड़ा विश्राम कर लेने के बाद चाणक्य ने सबको सभाकक्ष में बुलाया। अभी तक सभी युवक अनजान थे कि आखिर किसलिए उन्हें वहाँ लाया गया है। मालूम तब हुआ जब चाणक्य ने एक संक्षिप्त सम्बोधन में बताया कि उन्हें एक विशेष प्रशिक्षण के लिए वहाँ लाया गया है जो एक महीने तक चलेगा। प्रशिक्षण की संक्षिप्त रूपरेखा खींचते हुए चाणक्य ने बताया कि प्रशिक्षण मुख्यतः दो भागों में होगा और दोनों सामानांतर चलेंगे। पहला भाग शारीरिक होगा जो बाहर झील के किनारे वाले मैदान में चलेगा और दूसरा भाग सैद्धान्तिक होगा जो कक्षाओं के रूप में इसी सभाकक्ष में चलेगा।

साथ ही, पाँच-पाँच युवकों के चार दल बनाए गए और एक-एक दल को क्रमशः सुरक्षा, स्वच्छता और रसोई की जिम्मेदारी सौंपी गई। शेष एक दल को कहा गया कि वे उन घोड़ों की देखभाल करेंगे जिन्हें झील के किनारे पेड़ों के झुरमुट के पीछे गोपनीय रूप से बनाए गए मन्दुर (अश्वशाला, अस्तबल) में चुपके से रखा गया है। बताया गया कि उन घोड़ों का प्रयोग प्रशिक्षण के लिए होना है। यह भी बताया गया कि पूरे पाठ्यक्रम का एक भाग प्रायोगिक प्रशिक्षण का होगा।

अगले दिन ब्रह्ममुहूर्त में झील के किनारे वाले मैदान में इकट्ठा होने के आदेश के साथ बैठक भंग हो गई ताकि सभी लोग आवश्यक प्रबन्ध और विश्राम कर लें।

***

ब्रह्ममुहूर्त में झील के किनारे नित्यकर्म से निवृत्त हो और संध्योपासना सम्पन्न करके जब सब मैदान में एकत्र हुए तो प्रशिक्षण की औपचारिक शुरुआत करते हुए चाणक्य ने स्वस्ति-वाचन[16] किया :

आ नो भद्राः क्रतवो यन्तु विश्वतोऽदब्धासो अपरीतास उद्भिदः।
देवा नोयथा सदमिद् वृधे असन्नप्रायुवो रक्षितारो दिवेदिवे॥

आएँ हमारे पास चारों ओर से कल्याणकारी विचार, जो दबाए न दबें, रोके न रुकें, गुप्त ज्ञान प्रकट करें। देवतागण हमारी प्रगति में बाधा न बनें; देवतागण प्रतिदिन हमारी वृद्धि में सहायक हों।

देवानां भद्रा सुमतिर्ऋजूयतां देवानां रातिरभि नो नि वर्तताम्।
देवानां सख्यमुप सेदिमा वयं देवा न आयुः प्र तिरन्तु जीवसे॥

स्वजन-स्नेही देवों की श्रेष्ठ बुद्धि हमें मिले। उनका दिया वरदान मिले, उनकी मैत्री मिले। देवगण हमारी आयु-वृद्धि करें ताकि हम श्रेष्ठ जीवन भरपूर जिएँ।

तान् पूर्वयानिविदाहूमहे वयंभगं मित्रमदितिं दक्षमस्त्रिधम्।
अर्यमणंवरुणंसोममश्विना सरस्वती नः सुभगा मयस्करत्॥

करते हैं आह्वान हम वैदिक ऋचाओं द्वारा भग, मित्र, अदिति, प्रजापति, अर्यमण, वरुण, चन्द्रमा और अश्विनीकुमारों का। भगवती सरस्वती हमें प्रदान करें महावाणी, सुख और समृद्धि।

तन्नो वातो मयोभु वातु भेषजं तन्माता पृथिवी तत् पिता द्यौः।
तद् ग्रावाणः सोमसुतो मयोभुवस्तदश्विना शृणुतं धिष्ण्या युवम्॥

वायुदेव हमें सुखकारी औषधियाँ दें। धरती माँ और दैवीय हमें सुखकारी औषधियाँ दें। सोमपायी ग्रावा औषधि के अदृष्ट रूप को प्रकट करें। हे अश्विनी कुमारो, आप सबके आधार हैं, हमारी प्रार्थना सुनें।

तमीशानं जगतस्तस्थुषस्पतिं धियंजिन्वमवसे हूमहे वयम्।
पूषा नो यथा वेदसामसद् वृधे रक्षिता पायुरदब्धः स्वस्तये॥

हम स्थावर-जंगम के स्वामी, बुद्धि को सन्तोष देनेवाले रुद्रदेवता का रक्षा के निमित्त आवाहन करते हैं। वैदिक ज्ञान एवं धन की रक्षा करनेवाले, पुत्र

आदि के पालक, अविनाशी पुष्टि-कर्ता देवता हमारी वृद्धि और कल्याण के निमित्त हों।

स्वस्ति न इन्द्रो वृद्धश्रवाः स्वस्ति नः पूषा विश्ववेदाः।
स्वस्ति नस्ताक्ष्यों अरिष्टनेमिः स्वस्ति नो बृहस्पतिर्दधातु॥

महती कीर्ति वाले ऐश्वर्यशाली इन्द्र हमारा कल्याण करें, जिनको संसार का विज्ञान और जिनका सब पदार्थों में स्मरण है, सबके पोषणकर्ता वे पूषा (सूर्य) हमारा कल्याण करें। जिनकी चक्रधारा के समान गति को कोई रोक नहीं सकता, वे गरुड़देव हमारा कल्याण करें। वेदवाणी के स्वामी बृहस्पति हमारा कल्याण करें।

भद्रं कर्णेभिः शृणुयाम देवा भद्रं पश्येमाक्षभिर्यजत्राः।
स्थिरैरंगैस्तुष्टुवांसस्तनूभिर्व्यशेम देवहितं यदायुः॥

हे यजमान के रक्षक देवताओ! हम दृढ़ अंगों वाले शरीर से पुत्र आदि के साथ मिलकर आपकी स्तुति करते हुए कानों से कल्याण की बातें सुनें, नेत्रों से कल्याणमयी वस्तुओं को देखें, देवताओं की उपासना-योग्य आयु को प्राप्त करें।

शतमिन्नु शरदो अन्ति देवा यत्रा नश्चक्रा जरसं तनूनाम।
पुत्रासो यत्र पितरो भवन्ति मा नो मध्या रीरिषतायुर्गन्तोः॥

हे देवताओ! आप सौ वर्ष की आयु-पर्यन्त हमारे समीप रहें, जिस आयु में हमारे शरीर को जरावस्था प्राप्त हो, जिस आयु में हमारे पुत्र पिता अर्थात् पुत्रवान् बन जाएँ, हमारी उस गमनशील आयु को आपलोग बीच में खंडित न होने दें।

अदितिर्द्यौरदितिरन्तरिक्षमदितिर्माता स पिता स पुत्रः।
विश्वेदेवा अदितिः पंचजना अदितिर्जातमदितिर्जनित्वम॥

अखंडित पराशक्ति स्वर्ग है, वही अन्तरिक्ष-रूप है, वही पराशक्ति माता-पिता और पुत्र भी है। समस्त देवता पराशक्ति के ही स्वरूप हैं, अन्त्यज सहित चारों वर्णों के सभी मनुष्य पराशक्तिमय हैं, जो उत्पन्न हो चुका है और जो उत्पन्न होगा, सब पराशक्ति के ही स्वरूप हैं।

ॐ द्यौः शान्तिरन्तरिक्षँ शान्तिः, पृथ्वी शान्तिरापः शान्तिरोषधयः शान्तिः।
वनस्पतयः शान्तिर्विश्वे देवाः शान्तिर्ब्रह्म शान्तिः, सर्वं शान्तिः, शान्तिरेव शान्तिः, सा मा शान्तिरेधि॥ ॐ शान्तिः शान्तिः शान्तिः॥

द्युलोक शान्तिदायक हों, अन्तरिक्ष लोक शान्तिदायक हों, पृथ्वीलोक शान्तिदायक हों। जल, औषधियाँ और वनस्पतियाँ शान्तिदायक हों। सभी देवता, सृष्टि की सभी शक्तियाँ शान्तिदायक हों। ब्रह्म अर्थात् महान परमेश्वर हमें शान्ति प्रदान करने वाले हों। उनका दिया हुआ ज्ञान, वेद शान्ति देनेवाले हों। सम्पूर्ण चराचर जगत शान्ति पूर्ण हों अर्थात् सब जगह शान्ति ही शान्ति हो। ऐसी शान्ति मुझे प्राप्त हो और वह सदा बढ़ती ही रहे। अभिप्राय यह है कि सृष्टि का कण-कण हमें शान्ति प्रदान करनेवाला हो। समस्त पर्यावरण ही सुखद व शान्तिप्रद हो। ॐ शान्ति शान्ति।

चाणक्य बड़ी तन्मयता से मंत्रोच्चार करते जा रहे थे और उनके शिष्य अपने-अपने दाएँ हाथ में पुष्प, कुश, तिल, जौ, जल, और द्रव्य लेकर कार्य सम्पन्न करने का मन-ही-मन संकल्प ले रहे थे।

स्वस्ति-वाचन समाप्त कर चाणक्य मौन हो गए। चारों तरफ गहन शान्ति छा गई। मौन रहकर चाणक्य शान्ति की शक्ति और प्रकृति की सुषमा को जैसे अपने अन्तर में आत्मसात कर रहे थे। सभी शिष्य भी चुपचाप उनका अनुसरण कर रहे थे।

कुछ देर बाद चाणक्य ने मौन तोड़ा और सामने मैदान की ओर संकेत करते हुए शिष्यों को पन्द्रह चक्कर दौड़कर लगाने को कहा। मैदान बहुत बड़ा था। पूरा पन्द्रह चक्कर लगाना सभी शिष्यों के लिए सम्भव भी न था, किन्तु अपने गुरु के आज्ञा-पालन के लिए सभी शिष्य एक साथ दौड़ पड़े। इस दौड़ से चाणक्य शिष्यों की शारीरिक क्षमता का ठीक-ठीक से आकलन कर लेना चाहते थे।

यह शारीरिक प्रशिक्षण और अभ्यास का कार्य दोपहर की सन्ध्योपासना तक चला। दोपहर की सन्ध्योपासना झील के किनारे करने के पश्चात् सब पहाड़ी के गर्भ में स्थित अपने आवास परिसर में लौट आए जहाँ भोजन और अल्प विश्राम के पश्चात् सभाकक्ष में कक्षाएँ सायं की सन्ध्योपासना तक चलनी थीं। सायं की सन्ध्योपासना अपनी कोठरियों में करने के पश्चात् फिर सभाकक्ष में चर्चा के लिए जुटना था। तत्पश्चात् भोजन और रात्रि-विश्राम करना था। यही प्रतिदिन की समय-सारिणी नियत की गई थी।

***

पहले दिन की पहली कक्षा को सम्बोधित करते हुए चाणक्य ने युद्ध की व्यर्थता पर प्रकाश डाला। सभी शिष्य आश्चर्य से चाणक्य की बात सुन रहे थे। उन्हें गर्व

था कि उनके गुरु नीति के महान विद्वान थे। राजनीति, कूटनीति और अर्थनीति के निर्धारण में उनका असाधारण अधिकार था। लेकिन, उन्हें आश्चर्य हो रहा था कि गुरु आज कैसी बहकी-बहकी बातें कर रहे हैं। युद्ध का विरोध तो पहले कभी इन्होंने किया नहीं था, आज कैसे उलटी गंगा बहा रहे हैं। या तो इनकी बातें अति प्रगतिशील हैं या ये फिर कुछ नए प्रयोग करनेवाले हैं।

शिष्यों को संशय और उहापोह में पड़ा देख चाणक्य ने उन्हें तर्क-वितर्क के लिए आमंत्रित किया। फिर क्या था, प्रचंड वाद-विवाद छिड़ गया। चाणक्य मंद-मंद मुस्काते हुए इस विवाद में चुप ही रहे। उन्होंने अपने युवा शिष्यों को खुला छोड़ दिया था ताकि उनके विचार खुल कर बाहर आ सकें।

प्रभाष ने अपना पक्ष रखा, "युद्ध बहुत महंगा मामला है। यह राज्य की समृद्धि को जड़ से हिला देता है।"

बीच में दखल देते हुए रमण ने अपनी बात घुसेड़ दी, "युद्ध प्रजा के जान-माल पर बहुत भारी पड़ता है। स्त्रियाँ विधवा हो जाती हैं और बच्चे अनाथ। बूढ़े माता-पिता को कोई सहारा देनेवाला नहीं बचता है।"

मित्रसेन ने तर्क दिया, "युद्ध में विजय अनिश्चित होती है। भीषण हिंसा के बीच न जाने कौन सा कारक उभर आए जो जीती हुई बाजी को भी पलट दे।"

देवदत्त जो बड़ी देर से दूसरों की बात बड़े गौर से सुन रहा था आखिर उकता कर पूछा, "तो किसी आततायी को नष्ट करने का उपाय क्या है? यदि शत्रु हमें क्षति पहुँचाने पर तुला हो तो हम क्या करें? आखिर युद्ध का विकल्प क्या है?"

चाणक्य ने जो अब तक चुपचाप बैठे थे, देवदत्त के अन्तिम वाक्य को लपक लिया और कोई जवाब देने के बजाय सवाल को उल्टा दे मारा, "युद्ध का विकल्प क्या है?"

इस प्रश्न को चाणक्य ने ऊँची आवाज में दो-तीन बार दुहराया ताकि सभी शिष्य उत्तर ढूँढ़ने के लिए उद्वेलित हो जाएँ। सबके सब उद्वेलित हुए भी, और उत्तर ढूँढ़ने के लिए गहन मनन में डूब गए। काफी देर तक सन्नाटा छाया रहा। कोई उत्तर नहीं, कोई हल लेकर आगे न आया। ज्यादातर उहापोह या असमर्थता में डूबे हुए थे, जबकि कुछ बोलने से पहले अपने उत्तर को तर्कों से और प्रौढ़ करने में लगे हुए थे। इसी बीच, प्रभाष उठ खड़ा हुआ जवाब देने के लिए, "गुप्तचरों की सटीक सूचनाओं के बल पर लड़ा गया युद्ध एक सही विकल्प हो सकता है। यह कई अनावश्यक और सहगामी क्षतियों से बचा सकता है। युद्ध अगर रोका नहीं जा सकता तो गुप्तचरों की सहायता से इसकी विभीषिका को कम किया जा सकता है।"

इस उत्तर पर चाणक्य बहुत प्रसन्न हुए। आशीर्वाद की मुद्रा में अपना दाहिना हाथ उठाकर उन्होंने कहा, "साधु, प्रभाष। सर्वोत्तम उत्तर है तुम्हारा।" मुस्कराते हुए उन्होंने पूरी चर्चा को सूत्रबद्ध किया, "प्रागेव विग्रहो न विधिः (पहले ही युद्ध छेड़ना/करना कोई उपाय नहीं है)। साम, दाम, दंड, भेद की नीति अपनाओ। युद्ध अन्तिम विकल्प के रूप में भी स्वीकार्य नहीं है। इसकी विभीषिका विकट है।"

युद्ध के विषय पर शिष्यगण अभी भी दिग्भ्रमित दिख रहे थे। चाणक्य उन्हें यह विषय कोई ऐतिहासिक दृष्टान्त देकर समझाना चाहते थे। अकस्मात् उन्हें एक दृष्टान्त सूझ भी गया और उन्होंने प्रस्ताव रखा, "आप लोग इतिहास की एक घटना सुनो—

"कोसलराज प्रसेनजित और काशिराज अष्टरथ के बीच एक बार बड़ी शत्रुता बढ़ गई। शत्रुता इतनी बढ़ गई कि कोसलराज प्रसेनजित ने काशिराज अष्टरथ पर आक्रमण करने का मन बना लिया। उसने चुपके से अपने गुप्तचर काशी की राजधानी वाराणसी भेजे ताकि शत्रु की शक्ति का सही आकलन हो सके।

"काशिराज के गुप्तचर कहीं ज्यादा होशियार थे। उन्होंने कोसलराज की योजना का चुपके से पता लगा लिया और वाराणसी में कोसलराज के गुप्तचरों को पहचान लिया। उन्होंने अपने राजा काशिराज को सारी बात बताई। काशिराज ने अपने मंत्रियों और सेनानायकों से सलाह-मशविरा किया और एक छल की योजना बनाई। योजना के अनुसार काशी की अधिकांश सेना को छुपा दिया गया और जानबूझकर अपनी स्थिति कमजोर दिखाई गई।

"अपने गुप्तचरों की खबरों के आधार पर कोसलराज ने तुरन्त धावा बोल दिया। किन्तु, युद्धभूमि में उन्हें कुछ और ही दिखा। उनके गुप्तचरों की सूचनाओं के विपरीत काशी की विशाल सेना उनका सामना करने के लिए खड़ी थी। विवश होकर कोसलराज को बिना लड़े काशिराज के समक्ष समर्पण करना पड़ा।"

इस दृष्टान्त का शिष्यों पर क्या प्रभाव पड़ा इसे आँकने के लिए चाणक्य थोड़ी देर रुके। फिर उन्होंने अपनी बात शुरू की, "युद्ध की सर्वोत्तम स्थिति वह है जब बिना लड़े ही शत्रु को परास्त कर दिया जाए। यह कार्य सैनिकों से नहीं गुप्तचरों से होता है। इसके लिए गुप्तचर को गुप्तचर्या की

विधा में पूर्णत: प्रशिक्षित होना चाहिए। आप सबको इसी प्रशिक्षण के लिए यहाँ लाया गया है।"

***

सारे के सारे शिष्य प्रौढ़ थे। शिक्षा की सभी विधाओं में वे पूर्ण स्नातक थे। उनकी शिक्षा तक्षशिला विश्वविद्यालय में ही सम्पूर्ण हो चुकी थी। परम्परागत युद्धकला में वे निपुण थे और विविध अस्त्र-शस्त्रों के प्रयोग में पूर्ण पारंगत। घुड़सवारी उन्हें आती थी; हाथियों और रथों का संचालन वे कर सकते थे। सेना की व्यूह-रचना में विभिन्न विधियों का प्रयोग करना वे जानते थे। एक अच्छे सेनानायक के गुण उनमें विकसित हो चुके थे। लेकिन, चाणक्य उन्हें समझा रहे थे कि गुप्तचर को कुछ और भी सीखने की आवश्यकता होती है। एक सैनिक या सेनानायक की शक्ति उसके लिए पर्याप्त नहीं होती है। परम्परागत अस्त्र-शस्त्र[17] धारण करना गुप्तचर की स्वयं की सुरक्षा के प्रति संकट उत्पन्न कर देता है। अपनी बात समेटते हुए उन्होंने एक सूक्ति कही, "गुप्तचर्या बुद्धिबल का संघर्ष है, शस्त्रों का नहीं।"

सर्वदा जिज्ञासु रहनेवाले प्रभाष ने कुछ परेशान-सा होते हुए पूछ लिया, "तो फिर, गुप्तचर अपनी रक्षा कैसे करेगा, विशेषकर उसे जब शस्त्र से सुसज्जित शत्रु से सामना करने की आवश्यकता पड़ जाए?"

"प्रतीक्षा करो, प्रभाष। मैं रक्षा का उपाय बताऊँगा," चाणक्य ने मुस्कराते हुए कहा।

ये सारी बातें सुबह की सूर्योपासना के पश्चात् झील के किनारे हो रही थीं। समय-सारिणी के अनुसार यह शारीरिक प्रशिक्षण का समय था। अचानक चाणक्य ने घूँसा तान दिया, और इसके पहले कि कोई उनकी गतिविधि को भाँप सके उन्होंने मित्रसेन की गर्दन पर एक हलका-सा घूँसा जड़ दिया। परिणामस्वरूप, मित्रसेन, अपनी मजबूत कद-काठी के बावजूद, जमीन पर ढहकर बेहोश हो गया। चाणक्य की इस हरकत से सारे शिष्य सकते में आ गए।

"घबराने की कोई बात नहीं," कहते हुए चाणक्य जमीन पर पड़े हुए मित्रसेन के ऊपर झुके और उसकी गर्दन को हलके से मलने लगे। थोड़ी ही देर में मित्रसेन होश में आ गया और उठ बैठा। वह बड़े आश्चर्य से देख रहा था कि कैसे वह अचानक जमीन पर जा गिरा था।

मित्रसेन के साथी चाणक्य की इस हरकत पर हैरान-परेशान थे, लेकिन चाणक्य के चेहरे पर एक रहस्यमयी मुस्कान थी। मुस्कान और गहरा गई जब

उन्होंने बताना शुरू किया, "यही वह अस्त्र है जो किसी गुप्तचर की आत्म-रक्षा के काम आता है। इसे मर्माघात कहते हैं, अर्थात् मर्म पर आघात। मर्म क्या है यह बहुत कम लोगों को पता है। बड़ी साधना के बाद मर्माघात विद्या सध पाती है। लेकिन, मैं तुम सब को यह सिखाऊँगा, और सिखाऊँगा कि कैसे तुम लोग इसे शीघ्र सीख लो। एक बार इसकी समझ आ जाने पर तो बस अभ्यास करना रह जाता है, और अभ्यास तो गहन और निरन्तर चलना चाहिए। तो, फिर सुनो और समझो पहले इस विद्या का सैद्धान्तिक पक्ष।"

चाणक्य थोड़ी देर रुके देखने के लिए कि सभी शिष्यों का ध्यान उन्हीं की ओर है या नहीं। आश्वस्त होकर उन्होंने फिर बोलना शुरू किया, "मर्माघात के सम्यक् प्रयोग के लिए दो बातों को जानना बहुत आवश्यक है—पहला, मानव शरीर के मर्म स्थानों को जिन पर आघात करके शत्रु को अस्थायी रूप से संज्ञाशून्य किया जा सके, और दूसरा, आघात का यथोचित परिमाण जिससे इच्छित परिणाम प्राप्त हो सकें।"

अपनी बात को और स्पष्ट करने के लिए चाणक्य ने एक शिष्य को अपने निकट बुलाकर खड़ा किया ताकि अपनी बात का सजीव निरूपण कर सकें। उन्होंने उस शिष्य के शरीर के अलग-अलग मर्मस्थलों को छू-छू कर उनकी पहचान कराई। गिनती करने पर मर्मस्थलों की कुल संख्या अठारह निकली।"

आगे, आघात कितनी जोर से करना चाहिए इस विषय पर विस्तार से चर्चा करते हुए आचार्य ने चेताया, "मर्मस्थल पर आवश्यकता से अधिक बल से प्रहार करने पर शत्रु की मृत्यु भी हो सकती है। इस प्रकार का अनुचित आघात जानबूझकर या असावधानीवश हो सकता है, जो मर्माघात के आदर्शों के बिलकुल विपरीत है। गुप्तचर्या में अनावश्यक हिंसा सर्वथा वर्जित है।"

***

आन्तरिक कक्षा में उस दिन अपना व्याख्यान प्रारम्भ करने से पूर्व चाणक्य ने सभी भावी गुप्तचरों को गोपनीयता की आवश्यकता के बारे में फिर समझाया, "गुप्तचर्या भयावह कार्य है। इसमें पग-पग पर सजग गोपनीयता[18] की आवश्यकता पड़ती है। चाहे गुप्तचर को अपनी पहचान छुपानी हो, चाहे साधन और साध्य की गोपनीयता हो या चाहे एकत्र की गई सूचनाओं को गोपनीय रखने की आवश्यकता—हर जगह गोपनीयता की आवश्यकता पड़ती है। गोपनीयता हटी, दुर्घटना घटी। सारा का सारा अभियान असफल हो जाता है यदि गोपनीयता की श्रृंखला किसी भी बिन्दु पर कमजोर हो जाती

है। इससे न सिर्फ अभियान व्यर्थ हो जाता है, बल्कि गुप्तचर का स्वयं का जीवन भी खतरे में पड़ जाता है। यदि गुप्तचर द्वारा एकत्र की गई सूचना गलती से शत्रु के हाथ लग जाती है तो विस्फोटक परिणाम हो सकते हैं। गुप्त अभियान के सारे प्रयास क्षण भर में ध्वस्त हो जाते हैं। इसीलिए कहा गया है कि एक गुप्तचर के पकड़े जाने पर एक सहस्त्र सैनिकों के मारे जाने के बराबर क्षति होती है।"

आगे, अपने व्याख्यान में चाणक्य ने गोपनीयता के विविध आयामों पर विस्तार से चर्चा की। प्रतिबन्धित[19] गोपनीयता के सिद्धान्त को समझाते हुए चाणक्य ने जोर दिया कि 'जानने की आवश्यकता[20]' के अनुरूप ही संवेदनशील सूचनाओं का प्रवाह होना चाहिए। उन्होंने सलाह दी कि कोई भी गोपनीय सूचना किसी प्राधिकृत (जिसे उस सूचना को जानने का अधिकार हो) व्यक्ति के अतिरिक्त किसी अन्य को न बतानी चाहिए—चाहे वह आपका घनिष्ठ मित्र या सहकर्मी गुप्तचर ही क्यों न हो।"

गोपनीयता का महत्त्व शिष्यों के मस्तिष्क में भलीभाँति बैठ जाए इसके लिए चाणक्य ने तुरन्त एक श्लोक की रचना की और गा कर सुनाया—

न विश्वेस्त्कुमित्रे च मित्रे चापि न विश्वसेत
कदाचित्कुपितम मित्रं सर्व गुह्यं प्रकाशयेत।

किसी मित्र पर तो विश्वास करो ही नहीं कभी, कुमित्र पर तो एकदम ही नहीं, न जाने किस घड़ी में मित्र कुपित हो जाए और सारा गुप्त भेद खोल दे।

अगले ही क्षण चाणक्य ने एक और श्लोक गाया—

मनसा चिन्तितं कार्यं वाचा नैव प्रकाशयेत्।
मंत्रेण रक्षयेद् गूढं कार्य चापि नियोजयेत्॥

मन में सोचे हुए कार्य को मुँह से बाहर नहीं निकालना चाहिए। मंत्र के समान गुप्त रखकर उसकी रक्षा करनी चाहिए। गुप्त रखकर ही उस काम को करना भी चाहिए।

श्लोक समाप्त करते ही चाणक्य ने फिर चेताया, "गोपनीयता कभी न भंग करो, अन्यथा तुम स्वयं समाप्त हो जाओगे।"

***

शारीरिक प्रशिक्षण के कार्यक्रम में चाणक्य ने कुछ ऐसी चीजें सम्मिलित कीं जिनकी गुप्तचरों को विशेष जरूरत पड़ती है। विभिन्न प्रकार से चलना इन्हीं में

से एक विशेषता थी, जैसे बिना संशय उत्पन्न किए स्वाभाविक रूप से चलना, किसी पर दृष्टि रखते हुए तेजी से कदम बढ़ाते हुए चलना, किसी का पीछा करते हुए तेज दौड़ना, किसी विपरीत परिस्थिति से निकल भागने के लिए बहुत तेज दौड़ना, बहुत धीमे चलते हुए किसी पर अधिकतम नजर रखने का प्रयास करना, नि:शब्द चलना, आभासी[21] चाल चलना, वगैरह। घुड़सवारी भी इसी का भाग था।

घुड़सवारी में पहले से ही प्रवीण होने के बावजूद चाणक्य ने युवा शिष्यों को गुप्तचर्या में घोड़ों के प्रयोग करने के कई उपाय सिखाए और उनका अभ्यास कराया। इसके लिए उन्होंने शिष्यों को दो दलों में बाँट दिया। एक दल के सदस्य अपने घोड़ों पर चढ़कर चलते थे तो दूसरे दल के लोग अपने घोड़ों पर चढ़कर उनका पीछा करते थे, और पहले वालों की बगल से तेजी से गुजरते हुए उनका सामान छीनकर भागते थे। यह अभ्यास दलगत (समूह में) के साथ-साथ एकल (अकेले) भी कराया जाता था। इन सारे अभ्यासों के दौरान चाणक्य स्वयं घोड़े पर चढ़कर शिष्यों के बीच रहते थे और अभ्यास-कार्यों पर तीक्ष्ण दृष्टि रखते थे। बाद में, वे शिष्यों की त्रुटियों और विशेषताओं का विश्लेषण करके उन्हें सुधार के सुझाव देते थे।

***

अपने स्वभाववश चाणक्य अपने परिवेश के प्रति चौकन्ने रहते थे। इर्द-गिर्द की गतिविधियाँ उनकी तीक्ष्ण दृष्टि से बच नहीं पाती थीं। एक दिन उनकी दृष्टि एक असामान्य घटना पर जा टिकी।

झील के किनारे जिस पेड़ के नीचे बैठकर चाणक्य शिष्यों को शारीरिक शिक्षा के बारे में निर्देश दिया करते थे उस पेड़ पर कुछ पक्षी भी रहते थे। उनमें से कुछ तोते भी थे। तोते आश्चर्यजनक रूप से चाणक्य की आवाज की नक़ल करते थे। तोतों में मानवों जैसी समझदारी और नकल करने की प्रवृत्ति से चाणक्य उनसे मन-ही-मन बड़े प्रभावित हुए। उनके मन में आया कि क्यों न तोतों की इस विशेषता का उपयोग गुप्तचर्या में किया जाए। यद्यपि उन्होंने इस बात की चर्चा अपने शिष्यों से न की, लेकिन चाणक्य के मस्तिष्क में यह बात चक्कर काटती रही।

***

अगले दिन, कक्षा में चाणक्य ने अपने शिष्यों से पूछा, "पूरे पक्षी-जगत में कौन-

सा पक्षी सबसे अधिक बुद्धिमान है?" इस प्रश्न पर सारे शिष्य भौचक्क रह गए। गुप्तचर्या की कक्षा में इस प्रश्न का क्या औचित्य, वे समझ न पा रहे थे। हैरत में वे और पड़ गए जब आचार्य ने प्रश्न पुनः दुहराया। थोड़ी देर बाद, शिष्यगण एक-एक कर उत्तर देने लगे। ज्यादातर ने कौए को सबसे चालाक पक्षी बताया। कुछ ने चील को, कुछ ने बाज को, किसी ने कबूतर को और एक ने तो मौज में आकर उल्लू को सबसे बुद्धिमान पक्षी बताया। उनमें से सुशान्त ही एक ऐसा शिष्य था जिसने तोते को बुद्धिमान पक्षी बताया।

चाणक्य अपना पत्ता अभी खोलना नहीं चाहते थे। किसी उत्तर को सही या गलत ठहराने के बजाय उन्होंने एक कथा कहना प्रारम्भ किया—

> "एक बार एक पेड़ के नीचे शिव पार्वती को कथा सुना रहे थे। पार्वती हुंकारी भरते हुए कथा सुन रही थीं। कथा सुनते-सुनते पार्वती को नींद आ गई, लेकिन हुंकारी जारी रही। थोड़ी देर बाद पार्वती हड़बड़ा कर जगीं और बीच में सो जाने के लिए माफ़ी माँगने लगीं। शिव को आश्चर्य हुआ कि जब पार्वती सो रही थीं तो हुंकारी कौन भर रहा था। शिव ने गौर किया तो मालूम हुआ कि वृक्ष पर बैठा एक तोता पार्वती के बदले हुंकारी भर रहा था। बाद में यही तोता महर्षि शुकदेव के रूप में प्रसिद्ध हुआ।"

यह कथा कहकर चाणक्य ने जोरदार ठहाका लगाया। इस हँसी ने शिष्यों को हैरत में डाल दिया। इस तरह अपने आचार्य को हँसते हुए शिष्यों ने कम ही देखा था और न ही कभी उनको इस तरह की पोंगा-पंडिताई वाली अगम्भीर कथा कहते सुना था। अपने शिष्यों की असहजता भाँपकर चाणक्य ने मुस्कराते हुए कहा, "यह कथा एक गल्प है। ब्राह्मणों के उर्वर मस्तिष्क की उपज है, लेकिन इसमें तत्त्व यह है कि यह कथा तोते की बुद्धिमत्ता को भलीभाँति निरूपित करती है। तोता लगभग मनुष्यों-जैसा ही बुद्धिमान होता है। तो, तो...?" चाणक्य बोलते-बोलते रुक गए और शिष्यों की ओर रहस्यपूर्ण प्रश्नात्मकता से देखने लगे। वे चाह रहे थे कि उनके अधूरे वाक्य को कक्षा स्वयं पूरी करे। लेकिन, कक्षा तो स्तब्ध और विभ्रम बैठी रही।

अपनी बात की छूटी छोर फिर अपने हाथों में लेते हुए चाणक्य ने खुद ही जवाब दिया, "तो, यदि एक तोते को गुप्तचर्या की कला में प्रशिक्षित किया जाए तो वह भी मनुष्यों की तरह ही गुप्त अभियानों में सहायक हो सकता है। तोते के साथ एक अतिरिक्त लाभ यह है कि पक्षी होने के कारण वह बेधड़क

कहीं भी आ-जा सकता है और उसकी उपस्थिति किसी के मन में अनावश्यक सन्देह भी न उत्पन्न करेगी। सन्दिग्धों पर दृष्टि रखने के साथ-साथ वह गोपनीय संवाद का अच्छा सेतु बन सकता है। इस विश्वास के चलते कि तोते भविष्य बता सकते हैं एक प्रशिक्षित तोते के माध्यम से किसी व्यक्ति में उसकी भावी योजनाओं के प्रति भ्रम और अविश्वास पैदा किया जा सकता है और उसका आत्मविश्वास भी कमजोर किया जा सकता है..." चाणक्य सम्भवत: तोतों का और गुणगान करते, किन्तु कक्षा में से किसी ने बीच में ही पूछ लिया, "लेकिन, क्या तोते को गुप्तचर्या सिखाई जा सकती है? क्या यह सम्भव है?"

चाणक्य ने बड़ी दृढ़ता से उत्तर दिया, "हाँ, यह सम्भव है।" कक्षा में व्याप्त अविश्वास और असमंजस को भाँपकर चाणक्य ने अपनी बात को और स्पष्ट किया, "तोते को प्रशिक्षित किया जा सकता है यदि कोई प्रशिक्षक हो जो पहले तोते से भावनात्मक स्तर पर जुड़ जाए और तोतामित्र बन जाए। ऐसा प्रशिक्षक अपनी सीखी हुई गुप्तचर्या की कला तोते को सिखा सकता है।"

कक्षा में अभी भी हैरानी तारी थी। तोते का जासूस बनना उन्हें कपोल-कल्पना और सनक लग रहा था। उनका मन मान नहीं रहा था कि किसी पक्षी को मनुष्य के बराबर मान लिया जाए। विभ्रम की इस स्थिति में चाणक्य ने गम्भीर स्वर में कहा, "असम्भव कुछ नहीं। मैं यह करके दिखाऊँगा यदि तुममें से कोई इस काम के लिए आगे आए। मैं जानता हूँ यह दुष्कर कार्य है, लेकिन असम्भव नहीं। और, याद रहे अगर ऐसा सम्भव हुआ तो यह एक महान उपलब्धि होगी। अपनी जातिगत विशिष्टताओं के कारण तोता मनुष्यों से कहीं अधिक उपयोगी गुप्तचर सिद्ध होगा। तुम लोगों में से कौन है जो तोतामित्र बनने को तैयार है? कौन है जो इस काम को कर सके?"

कक्षा में सन्नाटा छा गया। चाणक्य जानते थे कि उनकी इस सनक का कोई साझीदार नहीं है। फिर भी, उन्होंने अपने शिष्यों से उम्मीद न छोड़ी। लेकिन, वे किसी अनिच्छुक शिष्य पर यह ज़िम्मेदारी न डालना चाहते थे। वे खोज रहे थे उस शिष्य को जो तोते के प्रति स्नेह और समर्पण से भरा हो और तोते की मित्रता और विश्वास सहज रूप से अर्जित कर सके।

सुशान्त की आँखों में चाणक्य को कुछ चमक दिखी। उन्हें सुशान्त में सम्भावना दिखी। सुशान्त ही था जिसने पहले उनके सवाल का सही जवाब दिया था कि तोता सबसे समझदार पक्षी होता है। चाणक्य को अपनी ओर उम्मीद-भरी निगाहों से ताकता देख सुशान्त का हौसला बढ़ा। वह लपककर खड़ा हो गया और तोता परियोजना के लिए अपनी हामी भर दी।

सुशान्त की स्वीकृति से चाणक्य को बड़ा सन्तोष मिला। मगन हो उन्होंने कहा, "साधु, सुशान्त। अब ध्यान से सुनो कि तुम्हें करना क्या है।" सुशान्त ने अपना पूरा ध्यान चाणक्य की बातों पर केन्द्रित कर लिया, जबकि कक्षा के और लोग उसके भी सनक जाने पर मन-ही-मन मुस्कराने लगे। चाणक्य ने बोलना और सुशान्त ने सुनना जारी रखा, "सम्प्रति तुम्हें इतना ही जानना पर्याप्त है कि तुम्हें तोतामित्र बनना है—तोते का शिक्षक और संरक्षक। एक तोता तुम्हें पकड़कर दिया जाएगा और आगे का कार्य तुम्हें अपनी समझ से करना होगा। कक्षा में गुप्तचर्या की जो बातें तुम सीखोगे वे बातें एकान्त में तुम तोते को सिखाना।"

सुशान्त को कक्षा के तुरन्त बाद अपने कक्ष में आकर मिलने का निर्देश देकर चाणक्य ने कक्षा विसर्जित कर दी। अपने कक्ष में उन्होंने सुशान्त को फिर समझाना शुरू किया, "तोते को सिर्फ तोता न समझना, उससे मानव की तरह व्यवहार करना। गहन संवेदना और समझ के साथ उससे व्यवहार करना, क्योंकि तोता अन्य पक्षियों की अपेक्षा अधिक संवेदनशील होता है। सर्वदा उसके साथ रहो। उसको कुछ सिखाओ, उससे कुछ सीखो। व्यवस्था-सम्बन्धी तुम्हारे कार्य से तुम्हें मुक्त किया जाता है ताकि तुम अधिकतर समय तोते को दे सको और शीघ्र उसके साथ मधुर मैत्री सम्बन्ध विकसित कर सको।"

अगले दिन शारीरिक प्रशिक्षण के दौरान चाणक्य के निर्देश पर शिष्यों ने उस पेड़ पर से एक तोता पकड़ा जिसे तुरन्त सुशान्त के सुपुर्द कर दिया गया।

***

शारीरिक प्रशिक्षण के साथ-साथ कक्षाएँ भी लगातार चल रही थीं। गुप्तचर्या के लिए आवश्यक शारीरिक क्षमता के विकास के साथ-साथ गुप्तचर्या की विधियों का क्षेत्राभ्यास भी चल रहा था। इधर कक्षाओं में भी चाणक्य गुप्तचर्या की नई-नई विधियों के बारे में लगातार पढ़ा रहे थे। इनमें से कुछ प्रारम्भिक कक्षाएँ छद्म आवरण[22] धारण करने की आवश्यकता और कला पर थीं। चाणक्य ने समझाया, "वेश बदलकर अपनी असली पहचान छुपा लेना गुप्तचर्या के लिए एक अनिवार्य आवश्यकता होती है। आवश्यकता के अनुसार गुप्तचर विविध रूप धारण करता है; जैसे विद्यार्थी, संन्यासी, गृहस्थ, व्यवसायी, भगोड़ा सैनिक, घुमक्कड़ साधु, अनाथ, रसशास्त्री, बूढ़ी भिक्षुणी, संन्यासिनी या वेश्या।" यहाँ पर चाणक्य थोड़ी देर के लिए रुके और अपनी बात स्पष्ट करते हुए बोले, "सामान्यत: किसी गुप्तचर को वेश बदलने की आवश्यकता तब तक नहीं पड़ती जब तक उसे किसी प्रयोजन विशेष में न लगा दिया जाए और वहाँ

पहचान प्रकट हो जाने पर कार्य बिगड़ जाने का डर न हो या गुप्तचर के जान के लाले न पड़ जाएँ। साधारण परिस्थितियों में गुप्तचर अपनी सामान्य वेशभूषा में ही अपना व्यक्तित्व छिपा लेता है या भीड़ का भाग बनकर सूचनाएँ चुपके से इकट्ठा कर लेता है।"

चाणक्य ने चेताया कि छद्म आवरण धारण करने में हमेशा बहुत सावधानी बरतने की जरूरत होती है, अन्यथा लेने के देने पड़ सकते हैं। उन्होंने समझाया, "गुप्तचर के व्यक्तित्व के साथ उसके छद्म आवरण का तालमेल ठीक होना चाहिए। गुप्तचर अपने आवरण का अभ्यास अच्छी तरह कर लिया करे नहीं तो उसका कपट शत्रुओं में और जनसामान्य में भी सहज सन्देह उत्पन्न कर सकता है। किसी स्थान विशेष में उसकी अनावश्यक उपस्थिति को लेकर प्रश्न उठते हैं तो सन्तोषजनक उत्तर देने के लिए गुप्तचर को तत्पर रहना चाहिए। इसके लिए उसे उच्चस्तरीय प्रत्युत्पन्नमति (हाजिरजवाबी) की आवश्यकता होती है।"

इस बीच, चाणक्य को लगा कि सत्यशील कुछ अशान्त दिख रहा है। यूँ तो वह पिछले कई दिनों से असहज और अशान्त लग रहा था, लेकिन आज तो वह विशेष रूप से तनावग्रस्त लग रहा है। चाणक्य ने उसे पुचकारते हुए पूछा, "क्या बात है, वत्स सत्यशील? क्या समस्या है तुम्हें?" सत्यशील ने बात टालनी चाही, लेकिन चाणक्य मामला जानने के लिए अड़ गया। "सत्यशील, हमारे शास्त्र हमें सावधान करते हैं—संशयात्मा विनश्यति—सन्देह में पड़े हुए का नाश हो जाता है। और, यह तुम सबको भलीभाँति स्मरण रखना चाहिए कि गुप्तचर्या में संकट की सम्भावनाएँ अत्यधिक होती हैं। यदि समय रहते तुम अपने संशयों को दूर नहीं कर लोगे तो आगे संकट में पड़ने की सम्भावना बढ़ती जाएगी। यदि तुम्हें किसी विषय में संशय हो तो उसे अभी दूर कर लो।" सत्यशील को हिचकिचाता देख चाणक्य ने पुचकारा, "आओ, वत्स सत्यशील, विचलित मत होओ। अपने मन की व्यथा कहो; खुल कर कहो।"

चाणक्य के प्रोत्साहन पर सत्यशील ने अपना सन्ताप व्यक्त किया, "आचार्य, आप जिस विद्या का प्रशिक्षण हमें दे रहे हैं वह दुराचरण नहीं है? हम इसे दूसरों को ठगने के लिए ही तो सीख रहे हैं, तो फिर यह अनैतिक न हुआ? क्या हमारे शास्त्र ऐसे असत् आचरण की अनुमति देते हैं?" पूछते-पूछते सत्यशील मारे उत्तेजना के हाँफने लगा।

"वत्स सत्यशील, शान्त हो जाओ। जो बातें तुम्हारे मन में हैं वही हमारे मन में भी हैं। हम सारे गुप्तचर कभी-न-कभी इस नैतिक-अनैतिक के द्वन्द्व से जूझते हैं। हमारी आत्मा पर सदाचार से विचलन का भारी बोझ रहता है।"

चाणक्य ने सत्यशील से गहरी संवेदना और सहानुभूति जताई। "मैं पूछता हूँ आखिर गुप्तचर्या की आवश्यकता ही क्यों है?" चाणक्य ने प्रश्न उठाया, और स्वयं उसका उत्तर भी दिया, "ऐसे समाज में जहाँ सभी सज्जन हों गुप्तचरों का कोई आवश्यकता नहीं। लेकिन, जब समाज में दुर्जनों का आधिक्य हो जाता है और सुसभ्य समाज का अस्तित्व ही संकट में पड़ने लगता है तो अच्छाई और बुराई में संघर्ष अनिवार्य हो जाता है। गुप्तचर इस संघर्ष की विभीषिका को कम करने में सहायक होता है। वह शस्त्रबल के बजाय बुद्धिबल से समस्याओं के निराकरण का प्रयास करता है। इसके लिए यदि वह कुछ छल-छद्म अपनाता है तो स्वीकार्य होना चाहिए। बड़ी बुराइयों को टक्कर देने के लिए छोटी बुराइयों की सहायता लेने में कोई विशेष हानि नहीं है। साध्य की शुचिता साधन के अशौच को ढक देती है। साधन की शुचिता मात्र दुराग्रह है और राजकार्य दुराग्रह से नहीं चला करते।"

चाणक्य थोड़ी देर के लिए रुके और फिर एक सूक्ति-वाक्य दोहराया, "व्यक्तिधर्म से बड़ा है राजधर्म। राजधर्म से बड़ा है राष्ट्रधर्म। हम गुप्तचर राष्ट्र के लिए जीते-मरते हैं।"

सत्यशील ने स्वीकार्यता में सिर हिलाया और अन्ततः चाणक्य के समक्ष सिर झुका दिया। चाणक्य के तर्कों से वह पूर्णतः आश्वस्त प्रतीत होता था।

***

चाणक्य चाहते थे कि उनके शिष्य शारीरिक और मानसिक रूप से मजबूत गुप्तचर के रूप में विकसित हों। यद्यपि वे सन्तुष्ट थे कि शारीरिक प्रशिक्षण शिष्यों की शारीरिक शक्ति बढ़ाने के लिए पर्याप्त थे, किन्तु वे अनुभव कर रहे थे कि शिष्यों को समर्थ गुप्तचर बनने के लिए मानसिक रूप से और सुदृढ़ होना चाहिए। वे याद दिलाते रहते थे कि गुप्तचर्या में शारीरिक बल की अपेक्षा बुद्धिबल की अधिक आवश्यकता है।

यद्यपि मानसिक विकास के लिए ध्यान और प्रार्थना के कई परम्परागत कार्यक्रम चलाये जा रहे थे, किन्तु कुछ नवीन, अधिक प्रभावशाली उपायों की आवश्यकता उन्हें अनुभव हो रही थी ताकि प्रत्युत्पन्नमति और मानसिक सजगता को बढ़ाया जा सके।

चाणक्य ने कभी किसी बौद्ध भिक्षु से एक अनोखी ध्यान-साधना सीखी थी। बौद्ध भिक्षु उसे विपस्सना (विपश्यना) कहते थे और दावा करते थे कि उसके निरन्तर अभ्यास से मस्तिष्क की शक्तियों को केन्द्रीभूत किया जा सकता

है जिससे चीजों को सम्यक् परिप्रेक्ष्य में समझने की अपार शक्ति मिलती है। उनका कहना था कि बुद्ध ने विपश्यना-साधना से ही बोधि प्राप्त की थी। चाणक्य बहुत दिनों तक यह साधना करते रहे और इससे उत्पन्न शक्ति को वह चमत्कारिक मानते थे। बाद में, उन्होंने विपस्सना के सैद्धान्तिक पक्ष का भी गम्भीर अध्ययन किया और पाया कि यह साधना-पद्धति तो अत्यन्त प्राचीन है और वेद में भी इसके संकेत हैं। उन्हें बड़ा दुख था कि ऋषियों ने इस पद्धति को जानबूझकर गोपनीय रखा।

चाणक्य ने अपने शिष्यों पर विपश्यना का प्रयोग परखने का निर्णय लिया और तुरन्त ही उसे शारीरिक प्रशिक्षण के कार्यक्रम में सम्मिलित कर लिया। उन्होंने सभी शिष्यों को दिन में तीन बार—प्रातः, अपराह्न और सायं—सम्मिलित रूप से विपश्यना का अभ्यास अनिवार्य कर दिया।

***

गुप्तचरों की नैतिकता पर सत्यशील के सन्देह के कारण प्रशिक्षण का जो कार्य अवरुद्ध हो गया था वह अगले दिन से फिर प्रारम्भ हो गया। चाणक्य ने फिर से जोर देकर कहा कि छद्मवेश धारण करने में गुप्तचर को बहुत सतर्कता बरतनी चाहिए। उसे अपनी शारीरिक रचना, बौद्धिक स्तर, दिए गए कार्य की परिस्थिति एवं आवश्यकता के अनुरूप वेश धारण करना चाहिए।

चाणक्य एकदम ठिठक गए जब उन्हें लगा कि वेश बदलने की कला पर वह मात्र प्रवचन दिए जा रहे हैं जबकि इस विषय पर कुछ प्रयोगात्मक प्रशिक्षण दिये जाने की आवश्यकता है। उन्हें लगा कि वास्तविक जगत में गुप्तचर्या के लिए खुला छोड़ देने से पहले शिष्यों को अनुरूपित परिस्थिति में स्वाँग रचने का अभ्यास कराया जाना चाहिए।

***

चाणक्य शिष्यों को प्रशिक्षण परिसर में स्थित भंडारगृह में ले गए। वहाँ पड़े दो बड़े-बड़े लोहे के सन्दूकों की ओर संकेत करते हुए उन्होंने कहा, "इन मंजूषाओं में विविध प्रकार के वस्त्र रखे हुए हैं। तुममें से प्रत्येक अपनी पसन्द और योजना के अनुसार स्वाँग रचने के लिए वस्त्र चुन लेना और अपनी-अपनी काल्पनिक परिस्थितियों का वर्णन करते हुए उनमें गुप्तचर का कार्य करने का प्रस्तुतीकरण करना। मैं देखना चाहता हूँ कि तुम लोग स्वाँग कितनी कुशलता से करते हो।"

इसी बीच, चाणक्य को जैसे कुछ याद आ गया। वे सारे शिष्यों को लेकर पुनः कक्षा में आ गए। आते ही उन्होंने यह श्लोक गा कर सुनाया—

अनृतं साहसं माया मूर्खत्वमतिलोभिता।
अशौचत्वं निर्दयत्वं स्त्रीणां दोषाः स्वभावजाः॥

स्त्रियाँ स्वभाव से ही झूठी, छली-कपटी और होती हैं दुस्साहसी। धोखा बड़े मजे से दे सकती हैं वे। मस्ती में मूर्खतापूर्ण बातें भी करती हैं। लोभ, अशौच और निष्ठुरता उनके आभूषण हैं।

युवा शिष्यों को बड़ा आश्चर्य हो रहा था कि आचार्य ने यह कौन-सा बेतुका राग छेड़ दिया। स्त्रियों की निन्दा की कोई प्रासंगिकता उन्हें समझ न आ रही थी।

इसी बीच, चाणक्य को जैसे कुछ याद आ गया। वे सारे शिष्यों को लेकर पुनः कक्षा में आ गए। लगता था वह कहीं कुछ विचारों में खोये हुए थे। वे मन ही मन कुछ गुनगुना, भुनभुना रहे थे। आचार्य की इस दशा पर युवा शिष्यों को बड़ा आश्चर्य हो रहा था। अचानक चाणक्य ने युवा शिष्यों को सम्बोधित करना शुरू किया, "स्त्रियाँ अपनी शारीरिक संरचना, सौन्दर्य सम्पन्नता और स्वभावगत वैशिष्ट्य के कारण कई बार पुरुषों से अधिक सामर्थ्यवान होती हैं।"

युवा शिष्यों को हैरानी हो रही थी कि आचार्य ने यह कौन-सा बेतुका राग छेड़ दिया। अपने शिष्यों की प्रतिक्रिया की परवाह किये बिना चाणक्य बड़बड़ाते जा रहे थे, "स्त्रियों का सामर्थ्य और अधिक धारदार एवं मारक हो जाता है जब वह इन पर अपनी कामुकता का आवरण चढ़ा देती है। फिर तो कोई भी ऐसा पुरुष नहीं बचता जो उनके नयनों की कटार से घायल न हो जाए।"

इस स्त्री-प्रसंग को वर्तमान विषय की ओर अचानक मोड़ते हुए चाणक्य ने इसे एक अनोखी प्रासंगिकता प्रदान की, "स्त्रियों के सामर्थ्य का गुप्तचर्या में विशेष उपयोग हो सकता है। कठोर-से-कठोर पुरुष के हृदय में भी स्त्री बड़ी सरलता से प्रवेश कर सकती है और उसे अपने मोहपाश में फंसा कर उसकी गोपनीय बातें जान सकती है। अन्तःपुरों में जहाँ मात्र स्त्रियों का निवास होता है वहाँ भी वह बिना कोई सन्देह पैदा किए बेधड़क जा सकती है।"

आचार्य थोड़ी देर के लिए रुक कर गहरी उसासें लेने लगे, और फिर बड़े उदास मन से बोले, "दुर्भाग्यवश हमारे बीच कोई महिला नहीं है जिसे गुप्तचर का प्रशिक्षण दिया जा सके।" वे फिर चुप हो गए मानो मन-ही-मन कुछ सोच रहे हों। फिर हकलाते हुए बोलना शुरू किया, "लेकिन...लेकिन...हम इस कमी

को पूरा कर सकते हैं यदि कोई पुरुष गुप्तचर महिला गुप्तचर का छद्मवेश धारण करके कुशलता से महिला का स्वाँग करने लगे।"

सभी शिष्य बड़े आश्चर्य से चाणक्य की बात सुन रहे थे। उनमें से एक ने आखिर पूछ ही लिया, "आचार्य, क्या ऐसा सम्भव है कि कोई पुरुष स्त्री-वेश धारण कर किसी पुरुष को छल सके? इसमें बहुत कंटक नहीं हैं?"

"मैं सर्वदा कहता रहा हूँ कि असम्भव कुछ भी नहीं है," चाणक्य ने समझाते हुए कहा, "यदि कोई पुरुष समझदारी से स्त्री-वेश धारण करके स्त्री-सुलभ व्यवहार करने लगे तो वह किसी की भी आँख में धूल झोंक सकता है।"

"और, इसमें कंटक कितने हैं?" एक शिष्य ने कुटिल मुस्कान के साथ चिन्ता व्यक्त की। उसकी चिन्ता और मुस्कान के मिले-जुले निहितार्थ को ताड़ कर सभी शिष्य हँसने लगे।

चाणक्य ने फुर्ती से जवाब दिया, "ऐसी स्थिति में स्त्री-वेशधारी गुप्तचर को लक्षित पुरुष के निकट नहीं जाना चाहिए और दूर से ही कामुक हाव-भाव से उस व्यक्ति को लुभाना चाहिए। अगर आवश्यकता पड़े तो वह कामोत्तेजक शब्दों का भी प्रयोग कर सकता है, लेकिन फुसफुसा कर या नकिया कर थोड़ी दूर से ही बात करे ताकि लक्षित पुरुष को किसी प्रकार का सन्देह न हो।"

***

अगले दिन सबेरे-सबेरे झील में स्नान के दौरान कुछ शिष्य तैरने का अभ्यास कर रहे थे। उनमें रमण भी था, लेकिन तैराकी के मामले में अभी वह नौसिखुआ था।

सारे शिष्य स्नान समाप्त कर किनारे लौट आए थे, लेकिन रमण अभी जल में ही था। तैरते-तैरते वह झील के बीचोबीच पहुँच गया और अचानक डूबने लगा। किनारे खड़े एक शिष्य की उस पर नजर पड़ी तो एकदम कोलाहल मच गया। बचाव के लिए कुछ शिष्य अभी सोच ही रहे थे कि प्रभाष जल में कूद गया। शीघ्रता से तैरते हुए वह डूबते रमण के पास पहुँचा और उसे उबार लिया। किनारे लाकर रमण को आवश्यक उपचार दिया गया जिससे उसके शरीर में समाया पानी बाहर निकल सके।

रमण की जान तो बच गई, लेकिन चाणक्य ने इस घटना से एक सीख लिया। उसने सभी भावी गुप्तचरों को तैराकी सीखना अनिवार्य कर दिया।

***

सारे शिष्य हैरत में पड़ गए जब भंडारगृह से निकल कर एक युवती कक्षा में आ खड़ी हुई। एक स्त्री की अनापेक्षित उपस्थिति से आश्चर्यचकित चाणक्य चिल्लाने लगा, "कौन हो तुम?"

"मैं रमणिका हूँ," नकियाते हुए आगन्तुक स्त्री ने धीरे से कहा।

"यहाँ क्यों आई हो?" चाणक्य ने चिढ़कर पूछा।

"आप सब पुरुषों के मनोरंजन के लिए," स्त्री का स्वर मक्खियों की भिनभिनाहट जैसा धीमा और नकियाये संगीत जैसा था। साथ ही, उसने अपने होंठ सिकोड़ते हुए बेहद कामुक ढंग से आँख मारी।

ज्यों ही रमणिका ने कामोत्तेजक इशारे करने शुरू किए, चाणक्य चिल्ला पड़े, "साधु, रमण, साधु!" आचार्य के मुँह से शाबाशी के ये शब्द सुनकर शिष्य हैरान रह गए, लेकिन उनके आश्चर्य का ठिकाना न रहा जब उन्हें ज्ञात हुआ कि वह स्त्री कोई और नहीं बल्कि स्त्री के छद्मवेश में उनका सहपाठी रमण ही था।

चाणक्य ने रमण की पुनः प्रशंसा करते हुए सभी शिष्यों को समझाया कि गुप्तचर्या के लिए छद्मवेश बहुत समझदारी से धारण करना चाहिए ताकि बीच में ही भांडा फूटने से गुप्तचर की जान खतरे में न पड़ जाए।

***

शारीरिक प्रशिक्षण के दौरान चाणक्य मर्माघात के समुचित अभ्यास पर लगातार जोर देते रहे। मानव शरीर के अठारह मर्मस्थलों की सही पहचान शिष्यों को बार-बार करवाते थे ताकि आक्रमण के समय सही मर्मस्थल पर आघात किया जा सके। बीच-बीच में वह मर्मस्थलों के पहचान में शिष्यों ने कितनी निपुणता अर्जित की है इसकी परीक्षा भी लेते चलते थे। कमियों को सुधारने के लिए जरूरत पड़ने पर विश्लेषणात्मक निर्देश भी देते चलते थे।

साथ ही, दो विशेष शारीरिक अभ्यास भी चल रहे थे। एक था लौहमुष्टि और दूसरा वज्रमुष्टि। ये दोनों अभ्यास मुट्ठी की प्रहार-क्षमता बढ़ाने के लिए कराए जा रहे थे। चाणक्य शिष्यों को याद दिलाते रहते थे कि मर्माघात के लिए मात्र आवश्यक मात्रा में ही प्रहार-क्षमता का प्रयोग करना चाहिए। उन्होंने हर मर्मस्थल के लिए अलग-अलग बल प्रयोग की मात्रा बताई और समझाया कि आवश्यकता से अधिक बल प्रयोग शत्रु को स्थायी शारीरिक क्षति पहुँचा सकता है या उसकी जान भी ले सकता है जिसकी अनुमति न मर्माघात का सिद्धान्त देता है और न ही गुप्तचर्या का आदर्श।

***

"आचार्य, गुप्तचर की पहुँच हर जगह या हर सूचना तक तो हो नहीं सकती। कई ऐसे स्थल हो सकते हैं जहाँ किसी अनजान व्यक्ति की उपस्थिति अवांछित और आपत्तिजनक हो सकती है। ऐसे स्थान पर कोई गुप्तचर कैसे गुप्त सूचनाएँ एकत्र करता होगा?" प्रभाष ने चाणक्य से बड़ी विनम्रता से पूछा। चाणक्य इस समस्या का समाधान कर पाते इससे पहले ही अपनी बात को और स्पष्ट करने के लिए प्रभाष ने बोलना शुरू कर दिया, "उदाहरण के लिए राजा का अन्तःपुर, जहाँ रानियों का निवास होता है; जहाँ विश्वस्त दासियाँ ही नियुक्त होती हैं और जहाँ राजपरिवार के लोग ही प्रवेश पा सकते हैं, ऐसे प्रतिबन्धित स्थान में कोई गुप्तचर—चाहे वह महिला गुप्तचर ही हो—कैसे काम कर सकता है?"

प्रभाष के प्रश्न की चाणक्य ने बड़ी प्रशंसा की और मुस्कराते हुए कहा, "मैंने इस समस्या के समाधान के लिए एक विस्तृत व्याख्यान की योजना बना रखी थी। परन्तु, प्रभाष ने जिस तीव्र जिज्ञासा से इस प्रश्न को उठाया है उससे यह आवश्यक हो गया है कि इसका समाधान तुरन्त किया जाए।"

चाणक्य थोड़ी देर रुके; पूरी कक्षा पर एक उचटती नजर फेरी मानो जाँच रहे हों कि सभी सजग और सचेत हैं न! फिर, अपनी बात पुनः प्रारम्भ की, "ऐसी स्थिति में जब किसी गुप्तचर को किसी लक्षित व्यक्ति, स्थान या सूचना तक पहुँचना दुष्कर हो तो उसे ऐसे व्यक्ति की तलाश करनी चाहिए जो उसे इस कार्य में उपयोगी और सहयोगी लगे। फिर उस व्यक्ति को अपना मित्र बना लेना चाहिए और उस कार्य को स्वयं करने की अपेक्षा उस मित्र के द्वारा कराना चाहिए। ऐसे मित्र को गुप्तचर्या की शब्दावली में सूत्र कहते हैं। सूत्र गुप्तचर का गुप्तचर होता है। मुख्य गुप्तचर सूत्र गुप्तचर का नियंत्रक होता है। अतः मुख्य गुप्तचर का यह कर्तव्य होता है कि सूत्र गुप्तचर के चुनाव के तुरन्त बाद और गोपनीय कार्य में नियोजित करने से पूर्व सूत्र को गुप्तचर्या में प्रशिक्षित एवं सतर्क कर दे। अन्यथा सूत्र स्वयं तो मारा ही जाएगा, अपने नियंत्रक को भी ले डूबेगा।

प्रभाष एक बार फिर उठ खड़ा हुआ जिज्ञासा लेकर, "आचार्य, क्या यह सम्भव है कि हम अनजान आदमी के पास पहुँचकर उससे ऐसी मित्रता गाँठ लें कि वह सूत्र के रूप में गोपनीय कार्य करने के लिए सरलता से तैयार हो जाए?"

चाणक्य मंद-मंद मुस्कराने लगे। उनकी मुस्कराहट से शिष्यगण समझ गए कि आचार्य कुछ महत्त्वपूर्ण रहस्य प्रकट करनेवाले हैं। मुस्कराते हुए चाणक्य ने

कहा, "वत्सगण, मैं आप सबको एक त्रि-विन्दु मंत्र दे रहा हूँ जो सूत्र-संचालन में सदैव आप सबका मार्गदर्शन करेगा।"

शिष्यों की जिज्ञासा और उत्सुकता की थाह लेते हुए चाणक्य ने मंत्र को प्रकट करना शुरू किया, "मंत्र का प्रथम विन्दु है कि किसी भी व्यक्ति को सूत्र बनाया जा सकता है। दूसरा विन्दु है कि सभी व्यक्ति एक सामाजिक संजाल में गुँथे हुए हैं। और, तीसरा विन्दु है कि हर व्यक्ति का मूल्य है।"

"यह मंत्र तो सुनने में जितना सरल है समझने में उतना ही कठिन। आचार्य, इसे कृपया और स्पष्ट करें। हमें समझा कर बताएँ कि किस प्रकार के लोग सूत्र बनने के योग्य होते हैं?" इस बार यह जिज्ञासा प्रभंजन की थी।

"यह कई कारकों पर निर्भर करता है, जैसे किस प्रकार का कार्य है; किसके विरुद्ध कार्य होना है या किसके पास इच्छित सूचना संरक्षित है; वहाँ तक प्रस्तावित सूत्र की पहुँच कितनी है; और सूत्र उस कार्य को करने के लिए इच्छुक है या नहीं।" चाणक्य ने विषय को स्पष्ट करने की कोशिश की, किन्तु प्रभंजन और दूसरे शिष्यगण सन्तुष्ट न हुए।

प्रभंजन ने फिर पूछा, "आचार्य, कृपया कुछ उदाहरण देकर समझाएँ।"

"मैं अपने निजी अनुभव एवं अध्ययन से कह सकता हूँ कि कुछ इस तरह के लोगों को सूत्र बनाना उपयोगी होता है," अपने शिष्यों की समझ बढ़ाने के लिए चाणक्य ने अन्ततः अपने अनुभव का पिटारा खोला और सम्भावित सूत्रों की सूची गिनाई, "योग्य राजपदाधिकारी, जिसे अनुचित रूप से पदच्युत कर दिया गया हो; वह व्यक्ति जो क्षोभ से भरा हुआ हो कि पर्याप्त योग्यता होने पर भी उसे छोटे पद पर रखा गया है या अपेक्षाकृत अयोग्य व्यक्ति के अधीन रखा गया है; वे व्यक्ति जो सत्ता-संघर्ष में एक पक्ष विशेष की ओर से चाहते हैं कि दूसरा पक्ष हार जाए ताकि उन्हें अपनी योग्यता दिखाने का अवसर मिले; दलबदलू, जो प्रायः पाला बदलते रहते हैं ताकि उन्हें हर दल से कुछ मिल जाए। यह सूची अन्तहीन है। इसमें चोर, हत्यारे जैसे अपराधी भी शामिल किए जा सकते हैं और वे वेश्याएँ और रखैलें भी सूत्र का कार्य कर सकती हैं जो अपने शिकार की ताक में रहती हैं और जिन्हें सिर्फ पैसों से मतलब होता है। स्त्रियों को बहकाकर उन्हें परपुरुष से मिलानेवाली और लोगों के बीच वैमनस्य के बीज बो देनेवाली कुट्टनी सूत्र के रूप में विशेष सफल हो सकती है।"

चाणक्य अचानक यहीं रुक गए और अपने शिष्यों को चेताते हुए बोले, "किसी व्यक्ति को बहुत सोच-समझकर सूत्र बनाना चाहिए। हर हाल में उसका विश्वास जीतना चाहिए और सावधानी से उस पर नजर रखनी चाहिए नहीं तो

ऐसे व्यक्ति को पलटते देर नहीं लगती और फिर लेने के देने पड़ जाते हैं। इस खतरे को मैं मगध के इतिहास की एक घटना से समझाता हूँ—

"हर्यंक वंश के अन्तिम राजा नागदशक की अनीति और अत्याचारों से ऊब कर महामात्य शिशुनाग ने राजा के विरुद्ध विद्रोह कर दिया। उसने राजा के अत्याचारों के विरुद्ध प्रजा और सैनिकों को भड़काया और राजधानी राजगृह से भागकर पाटलिग्राम आ गया। वहीं उसने विद्रोहियों को एकत्र किया और राजा नागदशक पर आक्रमण की योजना बनाई।

"महामात्य शिशुनाग द्वारा आक्रमण की तैयारियों की बात सुनकर राजा नागदशक ने अपने सचिव को शिशुनाग के पास पाटलिग्राम भेजा ताकि वह छल से शिशुनाग के सामर्थ्य और तैयारियों का आकलन कर सके। सचिव ने बहाना बनाया कि राजा नागदशक की अनीति से नाराज होकर उसने अब पाला बदल लिया है और महामात्य शिशुनाग के साथ मिलकर राजा नागदशक को नष्ट कर देना चाहता है।

"महामात्य शिशुनाग ने राजा के सचिव का खुले हृदय से स्वागत किया, किन्तु चुपके से उस पर नजर रखने के लिए अपने गुप्तचरों को लगा दिया। गुप्तचरों ने अन्ततः एक दिन सचिव को अपने साथी के रूप में रह रहे गुप्तचर के हाथों युद्ध की तैयारियों के सम्बन्ध में संवेदनशील सूचना भेजते हुए रंगे हाथों पकड़ लिया।

"महामात्य शिशुनाग ने सचिव को धमकाया कि गुप्तचर होने के आरोप में उसे मृत्युदंड मिलेगा। इसके साथ ही उसके सामने प्रस्ताव रखा कि यदि वह राजा के विरुद्ध छेड़े गए संघर्ष में सहायता करेगा तो उसका मृत्युदंड क्षमा कर दिया जाएगा। यही नहीं, सफलता प्राप्त होने पर उसे उच्च राजकीय पद भी दिया जाएगा। भय और प्रलोभन ने प्रभाव दिखाया और सचिव सहायता के लिए सहमत हो गया।

"सचिव राजा नागदशक को पूर्ववत सूचनाएँ भेजता रहा, किन्तु अब धारा उलटी बह रही थी। अब सचिव गुप्त रूप से महामात्य शिशुनाग के लिए कार्य कर रहा था। एक दिन उसने राजा को सूचना भेजी कि महामात्य सन्धि करना चाहता है।

"अपने सचिव की भेजी हुई सूचनाओं के आधार पर जब राजा नागदशक महामात्य से सन्धि करने पहुँचा तो महामात्य द्वारा बिछाए गए जाल में फँस गया और मारा गया।"

***

प्रशिक्षण के तीसरे सप्ताह में गुप्तचर्या से जुड़े कई अन्य विषयों पर चर्चा हुई। इनमें से एक था गुप्तचरों द्वारा अपनाए जानेवाले गुप्त संवाद या संचार की विधियाँ। अनपेक्षित व्यक्तियों का ध्यान आकर्षित किए बिना लक्षित व्यक्ति तक अपनी बात चुपके से पहुँचा देने की कई विधियाँ चाणक्य ने अपने शिष्यों को सिखाईं। कूटभाषा के प्रयोग के तरीके भी बताए। इनमें दोनों तरह की भाषा थी—लिखित और मौखिक। उन्होंने जोर देकर समझाया कि कूटभाषा के प्रयोग के पहले ही दोनों पक्षों—भेजनेवाले और पानेवाले दोनों—को प्रयोग होनेवाले कूट शब्दों के निहितार्थ को अच्छी तरह समझकर तय कर लेना चाहिए, अन्यथा विकट विभ्रम की स्थिति उत्पन्न हो सकती है। इससे न केवल पूरा का पूरा गुप्त अभियान विफल हो सकता है, बल्कि सम्बन्धित व्यक्तियों के प्राण भी संकट में पड़ सकते हैं। दुर्भाग्यवश, यदि कूट शब्दों के निहितार्थ को समझने में दूसरा पक्ष विफल रहता है तो पहले वाले पक्ष को किसी रूपक या कविता के माध्यम से उसे सचेत करना चाहिए और गोपनीय संवाद की आवश्यकता को इंगित करना चाहिए।

मित्रसेन आचार्य की बात बड़े गौर से सुन रहा था, लेकिन उसके चेहरे पर संशय के भाव मँडरा रहे थे। अचानक, उसने हाथ उठाया और प्रश्न पूछने की अनुमति माँगी। उसकी ओर प्रशंसा से देखते हुए चाणक्य ने उसे उकसाया, "स्वागत है वत्स मित्रसेन, तुम्हारी जिज्ञासा का। यदि संशय को सही समय पर नहीं समाप्त किया गया तो वही संशय समय आने पर गुप्तचर का मार्ग अवरुद्ध कर देता है और कभी-कभी तो उसको घोर संकट में भी डाल देता है। अतः, वत्स मित्रसेन, अपना संशय व्यक्त करो। पूछो जो पूछना है।"

"आचार्य, ऐसी परिस्थिति आ सकती है जब किसी संकट के बारे में पूर्व चेतावनी देना अत्यन्त आवश्यक हो, किन्तु परिस्थितिवश संवाद स्थापित करना बहुत कठिन हो—चाहे वह संवाद गोपनीय हो चाहे अगोपनीय। ऐसी परिस्थिति में कोई गुप्तचर अपनी बात तुरन्त प्रेषित करने के लिए क्या करे?"

"बहुत उचित प्रश्न पूछा है तुमने, वत्स मित्रसेन। गुप्तचर्या में ऐसी स्थिति अवश्य आ सकती है। ऐसी परिस्थिति में गुप्तचर को निर्दोष-सी जान पड़नेवाली बातों के माध्यम से लक्षित व्यक्ति का ध्यान आकृष्ट करना चाहिए और अपरोक्ष ढंग से अपनी बात सम्प्रेषित करना चाहिए। क्या ढंग अपनाना है यह कई बातों पर निर्भर करता है। परिस्थिति का प्रकार, सम्प्रेषक की बुद्धिमत्ता और सम्प्रेषण का अभिनव प्रयोग इनमें से कुछ हैं। ऐसी स्थिति में गुप्तचरगण प्रायः चित्रकाव्य का प्रयोग करते हैं।"

"चित्रकाव्य?" मित्रसेन ने आश्चर्य से पूछा।

"हाँ, चित्रकाव्य," चाणक्य ने अपनी बात दोहराई। विषय को और स्पष्ट करने के लिए उन्होंने बोलना जारी रखा, "जब सप्रयास पद्य इस प्रकार लिखे जाते हैं कि उनसे कुछ विशेष आकृतियाँ बन जाती हैं या अन्योक्ति के द्वारा विशेष अर्थ निकलता हो तो उसे चित्रकाव्य कहा जाता है। इस प्रकार की रचना का बहुत अच्छा उपयोग गुप्तचर्या में भी किया जा सकता है।"

"बड़ी विचित्र बात है! चित्रकाव्य का गुप्तचर्या में उपयोग?" मित्रसेन ने आश्चर्य व्यक्त किया।

"वास्तविकता है यह। चित्रकाव्य का गुप्तचर्या में प्रायः और सफलतापूर्वक प्रयोग किया जाता है," चाणक्य ने जोर देकर कहा।

"कैसे भला? कृपया समझाकर तो बताएँ, आचार्य," मित्रसेन ने निवेदन किया।

"एक गुप्तचर को जब जरूरत पड़ती है कि अपनी बात वह गोपनीय ढंग से किसी लक्षित व्यक्ति को पहुँचाए और सामान्यतः यह सम्भव न हो तो अपनी वास्तविक बात को चित्रकाव्य के छद्‌म आवरण में लपेट कर वह व्यक्त करता है जिसे लक्षित व्यक्ति ही समझ पाता है।"

चाणक्य की बात अभी भी मित्रसेन के पल्ले न पड़ रही थी। बल्कि, पूरी कक्षा ही हैरान थी चाणक्य की अबूझ बातों पर। अचानक, प्रभाष ने प्रश्न उठाया, "आप अपनी बात को और स्पष्ट करने के लिए किसी ऐसी घटना का उल्लेख कर सकते हैं आचार्य, जहाँ चित्रकाव्य का वास्तव में उपयोग हुआ हो?"

"हाँ, क्यों नहीं? एक अच्छा उदाहरण तो महाभारत[23] से ही है। सुनो सब लोग।" चाणक्य ने बड़ी प्रसन्नता से आगे बताना शुरू किया—

> दुर्योधन द्वारा पांडवों को लाक्षागृह में जला कर मार डालने की षड्यंत्रपूर्ण योजना के अन्तर्गत जब वर्णावत भेजा जा रहा था, तो विदुर व्याकुल हो उठे। उन्हें षड्यंत्र की भनक कुछ देर पहले ही लगी थी, लेकिन प्रस्थान के समय सबके सामने वे पांडवों को सचेत न कर पा रहे थे। कोई अन्य विकल्प न पाकर उन्होंने चित्रकाव्य का आश्रय लेते हुए अवसर के अनुकूल नीतिपरक श्लोकों की तुरन्त रचना कर गाना प्रारम्भ किया—
>
> *अलोहम निशितं शस्त्रं शरीरपरिकर्तनम*
> *यो वेत्ति न तु तं घ्नन्ति प्रतिघातविदं द्विषः*

एक ऐसा तीखा अस्त्र है, जो लोहे का बना तो नहीं है, परन्तु शरीर को नष्ट कर देता है। जो उसे जानता है, ऐसे उस शस्त्र के आघात से बचने का उपाय जाननेवाले पुरुष को शत्रु नहीं मार सकते।

कक्षघ्न: शिशिरघ्नश्च महाकक्षे बिलौकस:
न दहेदिति चात्मानं यो रक्षति स जीवति।

घास-फूस तथा सूखे वृक्षों वाले जंगल को जलाने और सर्दी को नष्ट कर देनेवाली आग विशाल वन में फैल जाने पर भी बिल में रहनेवाले चूहे आदि जीव-जन्तुओं को नहीं जला सकती। जो ऐसा सोच-समझकर अपनी रक्षा का उपाय करता है, वही जीवित रहता है।

नाचक्षुर्वेत्ति पन्थानं नाचक्षुर्विन्दते दिश:
नाधृतिर्बुद्धिमाप्नोति बुध्यस्वैवं प्रबोधित:

जिसकी आँखें नहीं हैं वह मार्ग नहीं देख पाता, अंधे को दिशाओं का ज्ञान नहीं होता और जो धैर्य खो देता है, उसे सद्बुद्धि प्राप्त नहीं होती। इस प्रकार मेरे समझाने पर तुम मेरी बात को भलीभाँति समझ लो।

अनाप्तैर्दत्तमादत्ते नर: शास्त्रमलोहजम
श्वाविच्छरणमासाद्य प्रमुच्येत हुताशनात

शत्रु के दिए हुए बिना लोहे के बने शस्त्र को जो मनुष्य ग्रहण कर लेता है, वह साही के बिल में घुस कर आग से बच जाता है।

चरन मार्गान विजानाति नक्षत्रेर्विन्दते दिश:
आत्मना चात्मन: पञ्च पीडयन नानुपीड्यते।

मनुष्य घूम-फिर कर मार्ग का पता लगा लेता है, नक्षत्रों से दिशाओं का ज्ञान प्राप्त कर लेता है और जो अपने पाँचों इन्द्रियों को वश में रखता है, वह शत्रुओं से पीड़ित नहीं होता।

संक्षेप में विदुर के कहने का तात्पर्य यह था कि जो चूहों की तरह बिल में रहते हैं आग उनका कुछ नहीं बिगाड़ सकती। जो अपने शत्रु का लौहास्त्र नहीं छीन सकता वह कम से कम आग से बचने का रास्ता तो खोज ही सकता है। जो अपनी पाँचों इन्द्रियों को नियंत्रण में रखे शत्रु उसका कुछ नहीं बिगाड़ सकता।

प्रकटत: तो ये सब नीति की बातें थीं, जिसमें विदुर बड़े दार्शनिक

भाव से मानव मात्र को सचेत कर रहे थे, लेकिन चित्रकाव्य के रूप में अन्योक्ति द्वारा वह पाँचों पांडवों को आगामी आपदा के प्रति सचेत कर रहे थे। विदुर का वास्तविक उद्देश्य कोई न समझ पाया। पांडवों में भी सिर्फ युधिष्ठिर ही चेतावनी को समझ पाये।

वेद व्यास जब महाभारत की रचना करने लगे तो इस प्रसंग का उन्होंने बड़ी सूक्ष्मता से वर्णन किया और स्पष्ट कर दिया—

एवमुक्तः प्रत्युवाच धर्मराजो युधिष्ठिरः
विदुरम विदुषाम श्रेष्ठम ज्ञातमित्येव पाण्डवः।

इस प्रकार कहे जाने पर पान्डुनन्दन धर्मराज युधिष्ठिर ने विद्वानों में श्रेष्ठ विदुर जी से कहा, "मैंने आपकी बात अच्छी प्रकार समझ ली है।"

अर्थात, युधिष्ठिर ने विदुर की दार्शनिकता का अनुमोदन करते हुए गुप्त रूप से यह संकेत दे दिया कि चेतावनी उन्हें समझ में आ गई।

***

"आवेक्षण[24] गुप्तचर्या का अभिन्न अंग है," चाणक्य ने अगले दिन कक्षा में जब यह सूत्र-वाक्य बोला, तो पूरी कक्षा भौचक्की रहकर उनका मुँह ताकने लगी। चाणक्य समझ गए कि बिना विस्तृत व्याख्या किए गुप्तचर्या की सबसे सशक्त शाखा का द्वार खोल देना शिष्यों के साथ अन्याय है। मुस्कराते हुए उन्होंने तुरन्त स्पष्ट किया, "शत्रु या सन्दिग्ध पर छुपकर दृष्टि रखना ही आवेक्षण है।"

बड़ी गोपनीयता और सतर्कता से आवेक्षण को कैसे किया जाए यह चाणक्य द्वारा दिए जा रहे प्रशिक्षण का प्रमुख भाग था। इस कार्य को एकल और दलीय रूप में सुसंगत ढंग से करने के तरीकों और सावधानियों के बारे में चाणक्य अपने शिष्यों को पढ़ा रहे थे। उन्होंने बताया कि शत्रु या सन्दिग्ध पर उनके स्थिर होने और चलायमान होने दोनों ही अवस्थाओं में दृष्टि रखी जा सकती है, किन्तु दोनों के क्रियान्वयन में किंचित अन्तर है। स्थैतिक दृष्टि प्रायः एकल होती है अर्थात् एक समय में एक ही गुप्तचर निगरानी रखता है, जबकि चलायमान निगरानी में प्रशिक्षित गुप्तचरों को एक दल मिलकर यह कार्य करता है। इन सबके प्रायोगिक क्रियान्वयन के लिए चाणक्य अभ्यास प्रशिक्षण भी आयोजित कर रहे थे। वे बहुत जोर देकर समझाते थे कि निगरानी रखने में हमेशा ध्यान रखना चाहिए कि लक्षित सन्दिग्ध या शत्रु को निगरानी रखे जाने के बारे में जरा भी सन्देह न हो। अगर सन्देह होने की सम्भावना

हो तो तुरन्त दलीय पद्धति अपनाना चाहिए और बारी-बारी से गुप्तचरों को बदलते रहना चाहिए।

गुप्त रूप से पूछताछ करके किसी सन्दिग्ध या शत्रु के बारे में सूचनाएँ इकट्ठी करना गुप्तचर्या का एक प्रमुख कार्य मान कर चाणक्य अपने शिष्यों को इस कला में लगातार प्रवीण करते जा रहे थे। इसी बीच, एक दिन सर्वतोभद्र ने जानना चाहा कि यदि कोई शत्रु या सन्दिग्ध पकड़ लिया जाए तो उससे पूछताछ करके सूचनाएँ कैसे निकाली जाएँ, विशेषकर जब वह जानबूझकर उन्हें छुपा रहा हो। चाणक्य ने समझाया कि इसके लिए अलग से प्रश्नोत्तरी[25] प्रणाली अपनाई जाती है। इस प्रश्नोत्तरी प्रणाली का कैसे प्रयोग किया जाए इस विषय में चाणक्य ने कई व्याख्यान दिए और अभ्यास द्वारा शिष्यों को इस विधा में निपुण करने का पूरा प्रयत्न किया।

***

तीसरा सप्ताह बीतते-बीतते प्रशिक्षण कार्यक्रम लगभग समाप्त हो चला। अन्तिम एक सप्ताह क्षेत्राभ्यास के लिए रखा गया था, जिस दौरान सभी प्रशिक्षुओं को गुप्तचर्या कला का वास्तविक परिस्थितियों में प्रयोग करने के लिए विभिन्न स्थानों पर जाना था।

इस बीच, सुशान्त ने अपने तोते के साथ बड़ी घनिष्ठता गाँठ ली थी। उसने उसका नाम रखा था शुकदेव। सुशान्त के सहपाठी तोते के साथ उसकी गहरी मित्रता का मजाक उड़ाते हुए उसे शुकमित्र कहकर भी पुकारते थे। लेकिन, सुशान्त इन बातों की परवाह किए बिना अपने तोते में खोया रहता था। दोनों घंटों बतियाते रहते थे। तोते को सुशान्त में एक सच्चा हितैषी और संवेदनशील संरक्षक मिला था। यही कारण है कि खुला छोड़ देने पर भी वह अपने साथी तोतों के पास जाने के बजाय सुशान्त के पास ही रहता था।

लगता था सुशान्त और शुकदेव एक-दूजे के लिए ही बने हैं। दोनों को साथ-साथ बोलते-बतियाते देखना अद्भुत और अविश्वसनीय लगता था। शुकदेव अक्सर सुशान्त के शरीर के किसी न किसी अंग पर बैठा रहता था—कभी कन्धों पर तो कभी बाँहों पर। कभी सुशान्त कुछ करने में व्यस्त होता था तो शुकदेव बड़े मजे से उसके सिर पर बैठा रहता था।

चाणक्य के सूक्ष्म निरीक्षण और निर्देशन में सुशान्त शुकदेव को गुप्तचर्या में सहयोग करने की कला सिखाता जाता था। उन दोनों पर चाणक्य की दृष्टि सदैव लगी रहती थी।

2

गांधार-नरेश आम्भिक की राजधानी तक्षशिला में राजसभा के मुख्यद्वार पर प्रमुख द्वाररक्षक से एक विचित्र-सा दिखनेवाला व्यक्ति उलझा हुआ था। वह विचित्र व्यक्ति तुरन्त राजसभा में प्रवेश करके राजा से मिलना चाहता था। उसकी विचित्र वेशभूषा देखकर प्रमुख प्रहरी उसे सनकी समझ रहा था और उसे राजसभा में प्रवेश करने से रोक रहा था। आगंतुक जोर-जोर से अपनी भुजाएँ घुमाते हुए क्रोध में प्रतिवाद कर रहा था। हैरत की बात तो यह थी कि उसके सिर पर बैठा हुआ तोता भी उसकी ओर से बहस कर रहा था और आश्चर्यजनक रूप से बड़ी साफ़ मानवीय बोली में बात कर रहा था।

अन्ततः, आगन्तुक राजसभा में प्रवेश पाने में सफल हो गया। वह एकदम सीधे राजसिंहासन के समीप पहुँच गया और राजा आम्भिक के सामने जा खड़ा हुआ। राजा उसे देखकर अपनी प्रतिक्रिया अभी व्यक्त कर पाता या आगन्तुक अपना निवेदन रख पाता उससे पहले ही तोता स्पष्ट मानवीय भाषा में यह श्लोक[26] गाने लगा—

निशिक्तश्चंद्रतेजोभिः सूयते जगतो रविः
ओषध्यः षड्रसा मेध्यास्तदन्नम प्राणिनां भुविः
एवं भानुमयम ह्यन्नम भूतानां प्राणधारणम
नाथोय्यम सर्वभूतानाम तस्मात्तम शरणम् व्रज

चन्द्र चमकते अपने तेज से सूर्य जिलाता पौधों को पौधे जो अपने षडरस से जीवन देते जीवों को। धरती के सब जीव हैं पलते सूरज की ही ऊर्जा से। जीवन का यदि संरक्षण चाहो सूर्यदेव की शरण में जाओ।

तोते ने ज्यों ही गायन समाप्त किया, आगन्तुक तोतावान झमक कर आगे आया और आश्चर्य में पड़े राजा के आश्चर्य को कई गुना बढ़ाते हुए बोला, "देखा, महाराज, शुकदेव जी की दिव्यता!"

राजा आम्भिक आश्चर्य और सन्देह से उभ-चुभ होने लगे। उन्होंने धीरे से कहा, "तोता निश्चित रूप से अद्भुत है, लेकिन यह दिव्य है इसका क्या आशय है, तोतावान जी!"

तोतावान बड़ी अकड़ और अप्रसन्नता के स्वर में बोला, "शुकदेव जी ने अभी क्या कहा आपने सुना नहीं?"

"महाभारत जैसे महाकाव्य से उद्धरण गा कर सुनाना एक तोते के लिए

सचमुच महान कार्य है," राजा ने प्रशंसा के भाव में वक्तव्य दिया।

इस पर तोतावान कुछ और चिढ़ कर बोला, "बस इतना ही!"

"और क्या!" राजा आम्भिक ने तोतावान के बड़बोलेपन को कमतर करने की कोशिश की।

"शुकदेव जी की चेतावनी आपने नहीं सुनी?" तोतावान ने अपना बड़बोलापन बदस्तूर जारी रखा।

"चेतावनी? कैसी चेतावनी?"

"मैं यूँ ही शुकदेव जी को दिव्य नहीं कहता। अगर आपने ठीक से ध्यान दिया होता तो आपको साफ़ संकेत मिल गया होता कि आपका सूर्य कमजोर है और अपने भाग्य में सूर्य के प्रभाव को सुदृढ़ करने के लिए सूर्योपासना करने की आवश्यकता है।"

राजा आम्भिक मन-ही-मन तोतावान की बात से बड़े प्रभावित हुए, किन्तु तोते के दैवीय भविष्यवक्ता होने के दावे पर उनका सन्देह बना रहा। वह मामले को और गहराई से परखना चाहते थे। उन्होंने तोतावान से कहा, "क्या आपका तोता यह ठीक-ठीक बता सकता है कि अगले एक घंटे में यहाँ क्या घटनेवाला है?"

तोतावान का संकेत पाते ही तोता अपनी गर्दन झुका कर कुछ गहरे सोच में पड़ गया। थोड़ी देर बाद उसने अपनी गर्दन उठाई और आँखें मिचमिचाने लगा। कुछ देर तक पलकें झपकाने के बाद वह कुछ बड़बड़ाने लगा जो न जाने किस भाषा में था जो किसी की समझ में न आ रहा था। सिर्फ तोतावान ने उस भाषा को समझने का दावा किया और राजा आम्भिक को समझाया, "शुकदेव जी जब गहन दिव्यता की अवस्था में पहुँचकर कोई भविष्यवाणी करते हैं तो वह अमानवीय और अबोधगम्य भाषा बोलते हैं जिसे मात्र मैं समझ सकता हूँ। इनकी निरन्तर सेवा और साहचर्य के कारण यह सौभाग्य मात्र मुझे ही प्राप्त है।"

"सो तो ठीक है, लेकिन आपके शुकदेव जी कह क्या रहे हैं?" राजा आम्भिक ने व्यंग्य से पूछा।

"अगले एक घंटे के भीतर कोई महान सन्त आपकी सभा में प्रकट होनेवाले हैं—ऐसा श्री शुकदेव जी कह रहे हैं," तोतावान ने गर्दन ऊँची करके बड़ी अकड़ में कहा।

"आप और आपका तोता दोनों अगले एक घंटे तक यहीं रुकेंगे ताकि तोते की भविष्यवाणी की सत्यता परखी जा सके। असत्य पाए जाने पर दंड भुगतने के लिए भी तैयार रहिए।"

"साँच को आँच नहीं," की गर्वोक्ति के साथ तोतावान अपने तोते सहित वहीं बड़ी ठसक के साथ बैठ गया।

***

वन्दे वन्दनतुष्टमानसमतिप्रेमप्रियं प्रेमदं पूर्णं पूर्णकरं
प्रपूर्णनिखिलैश्वर्यैकवासं शिवम्।
सत्यं सत्यमयं त्रिसत्यविभवं सत्यप्रियं सत्यदं विष्णुब्रह्मनुतं
स्वकीयकृपयोपात्ताकृतिं शंकरम्॥

गाता[27] हुआ एक तांत्रिक साधु सीधे राजसभा में घुसा आ रहा था। प्रमुख प्रहरी उसके पीछे-पीछे दौड़ा आ रहा था। तांत्रिक को राजसभा में प्रवेश से अन्य प्रहरी न रोक सके थे। सूचना पाकर प्रमुख प्रहरी जब तक पहुँचा तब तक तांत्रिक राजसभा में प्रविष्ट हो चुका था। लम्बे-लम्बे डग भरता हुआ तांत्रिक अब तक राजसिंहासन के निकट पहुँच चुका था।

लम्बी-चौड़ी काया वाला तांत्रिक ऊपर से नीचे तक एकदम काले वस्त्र से ढका हुआ था। सिर पर लम्बा जटाजूट और चेहरे पर घनी दाढ़ी-मूँछ वाला वह तांत्रिक बड़ा भयावह दिख रहा था। उसकी लाल-लाल आँखें, विशाल ललाट पर रमा हुआ भस्म और गले में पड़ी रुद्राक्ष के बड़े-बड़े मनकों की माला उसकी भयावहता और बढ़ा रही थी।

तांत्रिक की दुस्साहसपूर्ण निर्भीकता और प्रमुख प्रहरी की उसको न रोक पाने की लाचारी देखकर राजा आम्भिक ने इशारे से प्रहरी को आगे बढ़ने का प्रयास करने से रोक दिया। राजा के एकदम सम्मुख पहुँचकर तांत्रिक ने जब जोरदार ढंग से दहाड़ा "हर हर महादेव," तो राजा की घिग्घी बँध गई।

राजा एक तो तांत्रिक के डील-डौल, रूप-रंग और हाव-भाव से हैरान था; दूसरे तोते की भविष्यवाणी के तुरन्त सच साबित हो जाने से आश्चर्यचकित था। अब उसे विश्वास हो चला था कि तोते में अवश्य कुछ दैवीय अंश है। राजा ने तोतावान से तोते को खरीद लेने की इच्छा प्रकट की और बदले में मुँहमाँगा दाम देने को कहा। किन्तु, तोतावान बहुत कुपित हो गया कि राजा ने पहले तो उसके शुकदेवजी की दिव्यता पर सन्देह किया और अब उसका मूल्य लगाकर उनका महत्त्व कम कर रहा है। गुस्से में पैर पटकता तोतावान अपने तोते के साथ तुरन्त वहाँ से चला गया।

इस बीच, अपनी उपेक्षा होता देख तांत्रिक बहुत क्रोधित हो गया। उसकी

आँखों से जैसे अंगारे निकलने लगे। अपने बाएँ हाथ में लिया हुआ त्रिशूल उसने ऊपर उठा लिया और हुंकार भरते हुए चिंघाड़ा, "हर हर महादेव"। उसका रौद्र रूप देखकर पूरी सभा में भय की लहर दौड़ गई। महामंत्री दौड़कर तांत्रिक के चरणों में गिर पड़ा और उसे शान्त करने का प्रयास करने लगा।

तांत्रिक ने महामंत्री को झिड़क कर भगा दिया और अपना विशाल त्रिशूल जमीन पर पटकते हुए ऊँची आवाज में चिल्लाने लगा, "मैं कालवन का तांत्रिक हूँ। मैं राजा से बात करना चाहता हूँ—केवल राजा से एकदम एकान्त में।" वह कुछ देर पागलों की तरह चिल्लाता रहा, "एकान्त, एकान्त...।"

कालवन के उल्लेख और तांत्रिक का भयावह रूप देखकर राजा आम्भिक राजसिंहासन से उठ खड़ा हुआ और मारे भय के दोनों हाथ जोड़ लिया। अपने राजा को भयभीत देखकर सभी राज पदाधिकारी और सभासद आतंकित हो उठे और शीघ्रता से वहाँ से खिसक लिए। बचा रह गया सिर्फ राजा।

राजा को अकेला पाकर तांत्रिक उनके एकदम निकट सट गया और फुसफुसा कर बोला, "कालवन में रात में तुम्हारे चाचा और सैनिकों के प्रेत मेरे पास आते हैं और अपनी मुक्ति के लिए घिघियाते हैं। प्रेतों ने हमें बताया है कि तुम्हारे पिता ने तुम्हारे चाचा और उसके सैनिकों को छलपूर्वक वन में भटका कर मरवा डाला ताकि तुम्हारी माँ और तुम्हारे चाचा के अवैध सम्बन्धों को समाप्त किया जा सके।"

इतना सुनते ही राजा तांत्रिक के चरणों में गिर पड़ा और समस्या के समाधान की याचना करने लगा। तांत्रिक ने बड़े जोर से ठहाका लगाते हुए कहा, "मैं समाधान तो कर दूँगा, लेकिन..."

"लेकिन क्या, महाराज?" राजा फिर घिघियाया।

"लेकिन इसमें व्यय बहुत आएगा," तांत्रिक ने स्पष्ट किया।

"मैं तैयार हूँ, महाराज, कुछ भी व्यय करने को। बस प्रेतों को शान्त करिए; उन्हें मुक्त और तृप्त करिए।"

"तो निकालो तुरन्त एक सहस्त्र कार्षापण।"

राजा ने तुरन्त राजकोष से माँगी हुई धनराशि दिए जाने का प्रबन्ध किया। पूरा धन पाते ही तांत्रिक वहाँ से कूच कर गया, आश्वासन देते हुए कि शीघ्र ही वह कालवन के सारे प्रेतों को नियंत्रित कर लेगा।

***

राजसभा से बाहर निकलते ही तोतावान तेजी से कहीं दूर निकल जाने के लिए

लपका। वह दूर से दूर निकल जानना चाहता था। कुछ दूर जाकर उसने अपना हुलिया बदल लिया। अब उसने एक गरीब ग्रामीण का वेश धारण कर लिया जो राजधानी तक्षशिला रोजगार की तलाश में आया था। उसने अपने तोते को भी सामान्य तोते की तरह व्यवहार करने की हिदायत दी ताकि कोई उन पर सन्देह न कर सके।

रात में तोतावान ने तक्षशिला नगर के एक गरीब नागरिक के घर आश्रय माँगा जो उसे बड़ी सरलता से मिल गया। इससे पूर्व उसने अपने तोते को एक गुप्त अभियान पर भेज दिया था।

***

तोता उड़ता-उड़ता राजमहल में पहुँच गया। इस छज्जे उस छज्जे फुदकता वह अन्ततः राजा आम्भिक के शयनकक्ष तक पहुँच गया। वहीं पर एक झरोखे में चुपके से उसने आसन जमा लिया और बिस्तर पर लेटे राजा और रानी की बात चोरी से सुनने लगा। राजा राजसभा में आए तांत्रिक के बारे में रानी को बता रहा था। शीघ्र ही, राजा-रानी की बातचीत राजपरिवार के अवैध सम्बन्धों की ओर मुड़ गई।

रानी अपनी सास और उसके प्रेमी के कामुक सम्बन्धों में रस लेने लगी। दोनों की उद्दाम कामक्रीड़ाओं की कल्पना करके राजा-रानी उत्तेजित होने लगे और शीघ्र ही प्रगाढ़ रतिक्रीड़ा में संलग्न हो गए।

तोते ने यह विवरण वापस आकर तोतावान को सुनाया। तोतावान कोई और नहीं, बल्कि चाणक्य का शिष्य सुशान्त था जो वेश बदलकर अपने प्रशिक्षित तोते के साथ अपनी सीखी हुई गुप्तचरी विद्या की परख करने निकला था।

***

तक्षशिला नगर की गलियों में एक सुन्दर युवती अपने सिर पर टोकरा रखे घूम रही थी। वह बिसातबाने का सामान बेच रही थी और महिला ग्राहकों से बड़े मीठे बोल बोल कर उन्हें अपना समान खरीदने के लिए फुसला रही थी। बीच-बीच में वह उनसे गप्पें भी मारती जा रही थी। इसी दौरान उसने भूतपूर्व रानी और उसके देवर राजकुमार संकर्षण के अवैध सम्बन्ध एवं राजा द्वारा अपने भाई को मरवा दिए जाने की बातें भी उठाईं। इस मामले पर सारी महिलाएँ आपस में सिर सटा कर फुसफुसा कर बतियाने लगीं और बहुत-सी आन्तरिक बातों को व्यक्त किया। उनमें से कुछ ने रानी और उसके देवर की वासनामय

कामक्रीड़ाओं की बड़ी अतिरंजित कहानियाँ सुनाईं।

यही सब कहते-सुनते उस युवती का सारा सामान बिक गया, किन्तु तब तक बड़ी देर हो गई और अँधेरा घिर आया। युवती को चिन्तित देखकर एक महिला ग्राहक आग्रहपूर्वक उसे अपने घर ले गई रात बिताने के लिए।

रात में उस महिला के घर में उसका जवान देवर युवती के ऊपर डोरे डालने लगा। युवती ने जब कतराना शुरू किया तो वह छेड़खानी पर उतर आया। जैसे-तैसे रात कटी। सुबह होते ही युवती वहाँ से निकल पड़ी, लेकिन दीवाना युवक उसके पीछे-पीछे चलने लगा।

एक सुनसान स्थान पर पहुँचते ही उस युवक ने युवती का हाथ पकड़ लिया और खुल कर छेड़खानी करने लगा। परेशान युवती अपने बचाव के लिए चिल्लाने लगी। संयोग से उसकी आवाज उसी रास्ते आ रहे तांत्रिक ने सुन ली। युवती की रक्षा के लिए तांत्रिक अपना त्रिशूल उठाकर छेड़खानी करनेवाले युवक को मारने दौड़ा, लेकिन युवती ने जब कूटभाषा के कुछ शब्द बोले तो वह रुक गया और हँसने लगा। इस बीच युवक भाग निकला।

वे कोई और नहीं, बल्कि चाणक्य के गुप्तचर थे जो क्षेत्राभ्यास के लिए निकले थे। तांत्रिक प्रभाष था और युवती स्त्रीवेश में रमण था। उन दोनों ने गान्धार राजपरिवार की अवैध प्रेमकथा चाणक्य से सुन रखी थी और उसी को आधार बनाकर अपने स्वाँग की कहानी गढ़ी थी। इनको अलग से सहयोग पहुँचाया था सुशान्त और उसके तोते ने।

***

पौरव प्रदेश की राजधानी पुरुषपुर में राजा पुरु की राजसभा में एक युवा कवि कविता-पाठ[28] कर रहा था—

जयति ज्वलत्प्रतापज्वलनप्राकारकृतजगद्रश।
सकलप्रणयिमनोरथसिद्धि श्रीपौरवपति पुरु:॥

जय हो, विजय हो, पौरवपति पुरु की जय हो, विजय हो। तुमने की रक्षा जगत की प्रज्वलित प्रताप की दीवार बनाकर। मनोरथ पूरे किए सभी प्रियजनों के हे पर्वतराज, बनकर महान। तेरी जय हो, विजय हो।)

युवा कवि ने जब अपने स्वर को एक लचीला अवरोह देते हुए एकदम उच्च आरोह में गाया कि आक्रमणकारी अलक्षेन्द्र के विरुद्ध अपने प्रज्वलित प्रताप

का प्राचीर खड़ा कर पर्वतराज पुरु ने आततायी आक्रान्ता से समस्त जगत की रक्षा की, तो राजा पुरु फूले न समाए। उन्होंने युवा कवि की भूरि-भूरि प्रशंसा की और एक सहस्त्र कार्षापण पारितोषिक देकर सम्मानित किया।

इसी बीच, राजसभा में एक युवा ज्योतिषी आ पहुँचा। कवि को ससम्मान विदा कर पुरु तुरन्त युवा ज्योतिषी की ओर उन्मुख हुए और मगध सम्राट धननन्द के साथ होनेवाले युद्ध का परिणाम जानने की इच्छा व्यक्त की।

पुरु के प्रश्न पर ज्योतिषी ने गम्भीर मुखमुद्रा बना ली। उसने अपने कन्धे से लटकते हुए झोले से भूर्जपत्र का एक ग्रन्थ निकाला और बड़े ध्यान से उसमें बने कुछ विचित्र चित्रों को देखने लगा। उसने कुछ प्रश्न पुरु से भी किए और तत्पश्चात् वहीं जमीन पर कुछ आड़ी-तिरछी रेखाएँ खींचने लगा। एक-दूसरे को विभिन्न कोणों पर काटने के कारण इन रेखाओं ने कई कोष्ठक बना दिए। इन कोष्ठकों में पुरु से पूछे गए प्रश्नों के उत्तरों के आधार पर कुछ अंक एवं अक्षर भरे गए। यह संरचना पूरी करके ज्योतिषी कुछ गहन गणनाएँ करने लगा, जो काफी देर चलीं।

अन्ततः, ज्योतिषी थकान और अवसाद से जमीन पर धम्म से बैठ गया। उसने दोनों हाथों से अपना सिर पकड़ लिया। उसके चेहरे पर चिन्ता की रेखाएँ खिच गईं। राजा पुरु अत्यन्त भयभीत हो गए और परिणाम तुरन्त जानने के लिए व्याकुल हो उठे।

पुरु के बार-बार पूछने पर भी ज्योतिषी चुप्पी साधे रहा। सिर पर हाथ रखे वह ऐसे चिन्तामग्न भाव में बैठा था मानो कोई बहुत नकारात्मक तथ्य वह छुपा रहा हो। उसकी कठिनाई पुरु ने भाँप ली। अतः अपने प्रश्न पर ज्यादा जोर देने के बजाय उन्होंने जानना चाहा कि युद्ध के लिए अभी हाल में की गई सन्धि की सफलता का भविष्य क्या है?

ज्योतिषी का मुख इस प्रश्न पर खिल उठा। उसने जोर देकर कहा कि गठबन्धन में ही कुछ आशा की किरण है। तक्षशिला का आचार्य इसमें सही सहायक हो सकता है। उसके साथ सन्धि उचित है।

"और पाँच अन्य राजाओं के साथ?" पुरु ने पूछा।

"हाँ, उनसे भी सन्धि लाभदायी है," ज्योतिषी ने आश्वस्त किया।

अब पुरु पुनः अपने मूल प्रश्न पर लौट आए, "ज्योतिषी जी, मेरे प्रथम प्रश्न का उत्तर कुछ अप्रिय प्रतीत होता है। सम्भवतः इसीलिए आप चुप रह गए। यदि ऐसा है तो उसके निराकरण का कोई उपाय बताएँ। आपके ज्योतिषशास्त्र में कुछ समाधान भी तो होंगे।"

ज्योतिषी पुन: अपनी भूर्जपत्र पुस्तक का गहन अवलोकन करने लगा। थोड़ी देर बाद वह गम्भीर ध्यान में निमग्न हो गया। फिर, गहरी साँसें लेते हुए बोला, "समाधान तो है। लेकिन, क्या आप उसे कर पाएँगे?"

"आप बताएँ तो। क्यों नहीं कर पाएँगे?" पुरु ने पूरे आत्मविश्वास से कहा।

"राजकार्य की व्यस्तता के चलते आपसे वह सम्भव नहीं लगता।"

"आप बताएँ तो वह निदान क्या है और हमें करना क्या है?" पुरु की उत्सुकता चरम पर पहुँच गई।

"तो सुनें। समाधान है भगवती वल्गामुखी की उपासना। दस महाविद्याओं में अष्टम् स्वरूप है माता वल्गामुखी[29] का। ये राजयोग की देवी हैं। सत्ता-असत्ता इनके अधीन हैं। इनकी आराधना से अद्भुत स्तम्भन शक्ति प्राप्त होती है," ज्योतिषी अपनी धुन में बोले जा रहा था।

पुरु ने उसे रोका और पूछा, "यह स्तम्भन क्या है?"

"स्तम्भन अर्थात् रोक देना। शत्रु की शक्ति को रोक देना, उसकी चालों को काट देना, उसके विजय में विघ्न डाल देना ही स्तम्भन है।"

ज्योतिषी अभी बोल ही रहा था कि पुरु बीच में टोक कर पूछने लगे, "तो देवी वल्गामुखी को प्रसन्न करने की विधि बताइये।"

"जैसा कि पहले ही मैं कह चुका हूँ देवी को प्रसन्न कर पाना सरल नहीं है और राजकार्य की व्यस्तता के चलते आपके लिए तो असम्भव ही लगता है।"

"तो क्या करूँ राजपद छोड़ दूँ? फिर उपासना किसलिए करूँगा?" राजा पुरु झल्ला गए।

"शान्त हों, महाराज। पूरे विधान का कुछ भाग आप करें और कठिन भाग मैं करके पूरा कर दूँगा।"

"तो बताइये मुझे क्या करना है?" पुरु ने व्यग्रता से पूछा।

"किसी गुप्त स्थान में माँ वल्गामुखी के विग्रह के समक्ष उनके मंत्र की दस लाख अविरल आवृत्ति करनी होगी। कल मंगलवार है। अगर कल से आप शुरू करें तो रात-दिन बिना रुके जप करते रहने पर आगामी मंगलवार तक दस लाख आवृत्ति पूरी हो जाएगी। साथ ही, प्रति आवृत्ति हल्दी की एक गाँठ माता को समर्पित करते जाएँ।"

"हूँ। यह तो सचमुच कठिन कार्य है। और फिर दस लाख गाँठ हल्दी की भी आवश्यकता होगी।" पुरु चिन्तित होकर बोले।

"यह तो सरल भाग है। इसका कठिन भाग है माता की वाममार्गी तांत्रिक साधना जो साथ ही समानांतर चलनी चाहिए," कहते हुए ज्योतिषी ने फुसफुसा

कर पुरु के कान में मंत्र सुनाया, "ॐ ह्लीं वल्गामुखि सर्व दुष्टानां वाचं मुखं पदं स्तम्भय स्तम्भय जिह्वां कीलय कीलय बुद्धिं विनाशय ह्लीं ॐ स्वाहा।"

इस मंत्र को राजा अभी कंठस्थ कर पाता कि ज्योतिषी कान में ही गुप्त तांत्रिक साधना का तरीका भी बताने लगा। पुरु इससे घबरा गए। पुरु की बेचारगी देखकर ज्योतिषी ने देवी की तांत्रिक साधना वाला भाग स्वयं पूरा कर देने का वचन दिया। पुरु की प्रसन्नता ज्यादा देर तक न टिकी जब ज्योतिषी ने तांत्रिक साधना के लिए दस सहस्त्र कार्षापण का खर्च बताया।

अन्ततः पुरु ज्योतिषी की जकड़ में पूरी तरह फँस गए। उसे दस सहस्त्र कार्षापण की भारी धनराशि देकर वह गुप्त मंत्रजप की तैयारियों में व्यस्त हो गए। धनराशि लेकर ज्योतिषी शीघ्रता से प्रस्थान कर गया।

***

इसी बीच, राजनीतिशास्त्र का एक युवा शोधार्थी राजा पुरु के महामंत्री त्रिगुणायत से वार्ता करने में संलग्न था। युवक ने तक्षशिला विश्वविद्यालय से अभी हाल में ही राजनीतिशास्त्र में आचार्य की उपाधि प्राप्त की थी और आगे शोधकार्य कर रहा था। अपने शोध को प्रायोगिक स्तर पर सम्पन्न करने के लिए वह त्रिगुणायत के सुदीर्घ राजनीतिक और प्रशासनिक अनुभवों से लाभ उठाना चाह रहा था। उसने उनके सामरिक गठबन्धन के विविध आयामों पर चर्चा छेड़ रखी थी और उन्हें अभी हाल में ही राजा पुरु एवं चन्द्रगुप्त/चाणक्य के बीच सम्पन्न हुए गठबन्धन की सफलताओं और सम्भावनाओं के सन्दर्भ में जाँचना चाह रहा था। इस सम्बन्ध में त्रिगुणायत के विचारों को जानने के लिए वह प्रश्न पर प्रश्न पूछे जा रहा था। वह यह भी जानना चाह रहा था कि इस गठबन्धन को कार्यरूप देने के लिए राजा पुरु की ओर से क्या तैयारियाँ चल रही हैं। साथ ही, पाँच अन्य राजाओं से पुरु द्वारा किए गए गठबन्धन की सफलता की सम्भावना कितनी है। त्रिगुणायत बड़ी सूझबूझ से अपने अनुभवों के आधार पर उत्तर दे रहा था। यह वार्ता लगभग एक प्रहर चली। सन्तुष्ट शोधार्थी विनम्र आभार व्यक्त करते हुए विश्वविद्यालय वापस लौट गया।

***

एक युवा व्यवसायी व्यवसाय-सम्बन्धी वार्ता के लिए कौलुता के राजा चित्रवर्मन के यहाँ पहुँचा हुआ था। चित्रवर्मन ने उसे अपने वाणिज्य प्रकोष्ठ के प्रमुख से वार्ता करने के लिए निर्देशित किया, तो वह लगे हाथ कुछ राजनीतिक सूचनाएँ

भी जुटाने लगा। बातों-बातों में ही उसने पता लगा लिया कि अभी हाल में ही पुरु से हुए गठबन्धन के बारे में कौलुता के लोगों की क्या प्रतिक्रिया है।

ठीक उसी वक्त एक अन्य युवा कवि मलयांचल के राजा सिंहनाद की सभा में उसकी प्रशंसा के गीत गा रहा था और अवसर मिलते ही वह भी गठबन्धन पर राजपदाधिकारियों की प्रतिक्रिया पता करने लगा।

कश्मीर का राजा पुष्कराक्ष ऐसे ही समय में एक युवा रसायनविद् से चर्चा के दौरान कामोद्दीपक औषधियों के बारे में जानकारियाँ माँग रहा था। युवा रसायनविद् को पुष्कराक्ष की तीव्र कामुकता के बारे में सहज ही पता चल गया।

सप्तसिंधुप्रदेश के राजा सिन्धुसेन घोड़ों के बड़े शौक़ीन थे। उन्हें बड़ी ख़ुशी हुई जब घोड़ों के गुण-दोषों की पहचान में निपुण एक युवक उनके यहाँ पहुँचा। बातों-बातों में उन्होंने इच्छा व्यक्त की कि मगध सम्राट के विरुद्ध युद्ध में सम्मिलित होने के लिए उनकी सेना को कुछ उत्तम कोटि के घोड़ों की जरूरत है।

अलक्षेन्द्र द्वारा अपने जीते हुए कुछ क्षेत्रों का प्रभार सँभालने के लिए नियुक्त यवन राजा मेघानक एक युवा संन्यासी से दार्शनिक वार्ता में व्यस्त थे। विमर्श के मध्य ही युवा संन्यासी ने भारतीयों के बारे में मेघानक के विचार बड़ी चतुराई से चिन्हित कर लिए।

कोई एक दर्जन अन्य युवक विभिन्न वेशभूषाओं में विभिन्न स्थानों—यथा नगरों, चौराहों, गाँवों, गलियों, खेतों, खलिहानों—में घूमते रहे; कुछ विशेष लोगों से मिलते रहे; अपनी आवश्यकता के अनुरूप सूचनाएँ गुप्त रूप से इकट्ठा करते रहे।

एक युवा आचार्य छद्मवेश में तक्षशिला विश्वविद्यालय के कुलपति महामहोपाध्याय पण्डित पीताम्बरदत्त के यहाँ पहुँच गया। कुलपति से वह नौकरी माँगने लगा। उसका तर्क था कि तक्षशिला विश्वविद्यालय से आचार्य चाणक्य के भाग जाने से जो पद रिक्त हुआ है उस पर उसे नियुक्त किया जाए।

कहना न होगा कि ये सभी युवक कोई और नहीं, बल्कि चाणक्य के प्रशिक्षित गुप्तचर थे जो सीमित क्षेत्राभ्यास के लिए बाहर निकले हुए थे।

***

लगभग एक सप्ताह के क्षेत्राभ्यास के पश्चात् सभी बीसों शिष्य कालवन में चाणक्य के पास वापस लौट आए। अपनी-अपनी एकत्र की हुई गुप्त सूचनाओं का प्रतिवेदन सबों ने अलग-अलग चाणक्य को समर्पित किया। इन सूचनाओं को चाणक्य ने अपने पास सुरक्षित रखा और किसी भी शिष्य की लाई सूचना को

किसी दूसरे शिष्य को जानने न दिया। हालांकि, सूचनाओं को एकत्र करने लिए शिष्यों द्वारा अपनाई गई विभिन्न विधाओं के गुण-दोषों की समीक्षा समवेत रूप से कक्षा में की गई ताकि सभी शिष्य एक-दूसरे की अच्छाइयों और कमियों से सीख ले सकें। चाणक्य ने शिष्यों की कमियों को सुधारने के लिए कई उपयोगी सुझाव भी दिए। इसी सत्र में एक समय ऐसा भी आया जब रमण के रमणिका बनने पर छेड़खानी का शिकार होते-होते बचने के प्रसंग पर चाणक्य सहित सभी शिष्य देर तक हँसते रहे।

***

एक रात चाणक्य और उनके शिष्य चुपके से तक्षशिला विश्वविद्यालय के प्रांगण में वापस आ पहुँचे। उनका लौट आना वैसे ही चुपचाप और अप्रत्याशित था जैसे एक महीने पहले चुपके से गायब हो जाना।

चार

प्रयाण

1

चन्द्रगुप्त को जब सूचना मिली कि उसके गुरु चाणक्य और सहपाठीगण विश्वविद्यालय परिसर में लौट आए हैं, तो वह भी शीघ्रता से आ पहुँचा। आकर उसने अपनी सेना की तैयारियों के बारे में चाणक्य को विस्तृत विवरण दिया। उसने बताया कि गान्धार और पौरव राज्यों की सीमा पर स्थित पहाड़ियों के पीछे उसने अपनी सेना को छुपा रखा है। चाणक्य ने जब जानना चाहा कि कैसे उसने इतनी बड़ी सेना खड़ी कर ली, तो चन्द्रगुप्त ने स्पष्ट किया कि उनकी सिखाई गई विधियों और नीतियों पर काम करते हुए सेना एकत्र की गई और उसे प्रशिक्षित किया गया। उसने सूचित किया कि उस क्षेत्र के पहाड़ी लोगों को सेना में भरती करके उन्हें कूट[30] युद्ध प्रणाली (छापामार) के एक दल के रूप में प्रशिक्षित और विकसित किया गया है।

चाणक्य ने चन्द्रगुप्त को चेताया कि पश्चिमोत्तर के पर्वतीय प्रदेश से भारत के हृदय में बसे पाटलिपुत्र तक की दूरी और मार्ग दोनों अति दुर्गम हैं। उसने सुझाया कि इन तथ्यों को ध्यान में रखते हुए चन्द्रगुप्त अपनी सेना छरहरी, चुस्त और चपल रखे। इसके लिए जितना सम्भव हो सके पैदल सैनिकों की संख्या कम की जाए और रथों, हाथियों और घोड़ों की संख्या में बढ़ोतरी की जाए।

चाणक्य की दी हुई सीख के अनुसार अपनी सेना को फिर से संयोजित करने के लिए चन्द्रगुप्त पुनः पर्वतीय क्षेत्र में निकल गया। उसने बहुत से पैदल सैनिकों की छँटनी कर दी। सेना को छोटी-छोटी टुकड़ियों में बाँट दिया। सबसे छोटी टुकड़ी, जिसे पत्ती नाम दिया गया, में एक रथ, एक हाथी, तीन घुड़सवार सैनिक और पाँच पैदल सैनिक रखे गए। तीन पत्तियों को मिलाकर एक सेनामुख बनाया गया। तीन सेनामुखों से मिलकर एक

गुल्म बना और तीन गुल्मों को जोड़कर एक अणि बनी, जो एक सम्पूर्ण सेना थी। चन्द्रगुप्त ने अपनी सेना का ध्येय-मंत्र रखा 'तीव्र-क्षिप्र-प्रचंड' और इसके शाब्दिक अर्थ को अपने सैनिकों के समक्ष पूरी तरह स्पष्ट करने के साथ-साथ उनका आह्वान किया कि इस शीर्ष-शब्द के निहितार्थ को अच्छी तरह हृदयंगम करके उसके क्रियान्वयन के लिए उद्यत हो जाएँ।

2

पौरव प्रदेश की राजधानी पुरुषपुर में राजा पुरु से मिलने पहुँचे हुए थे चाणक्य। राजसभा में राजा को न पाकर चाणक्य ने महामंत्री त्रिगुणायत से निवेदन किया, "मैं महाराज से तुरन्त मिलना चाहता हूँ। क्या यह सम्भव है?"

"नहीं, आप नहीं मिल सकते हैं," त्रिगुणायत ने बड़ी रुक्षता से जवाब दिया।

"क्यों? क्यों नहीं मिल सकता मैं आपके राजा से?" चाणक्य ने वैसी ही रुखाई से पलट कर पूछा।

"क्योंकि महाराज गुप्त साधना करने के लिए अन्तर्ध्यान हो गए हैं," त्रिगुणायत ने गम्भीरता से जवाब दिया।

"गुप्त साधना! कैसी गुप्त साधना?" चाणक्य ने आश्चर्य से पूछा।

"हाँ, गुप्त साधना, जो चार दिनों पहले शुरू हुई है और अभी आगे तीन दिनों और चलेगी, भगवती वल्गामुखी को प्रसन्न करने के लिए, ताकि मगध के विरुद्ध युद्ध में विजय पायी जा सके।"

"अनुष्ठान से विजय मिलेगी?" चाणक्य ने आश्चर्य व्यक्त किया।

"हाँ, आप हमारे सामरिक मित्र हैं इसलिए आपको बताया गया, अन्यथा यह गोपनीय रखा गया है," त्रिगुणायत ने अहसान जताते हुए कहा।

"किसके कहने पर यह अनुष्ठान हो रहा है?" चाणक्य की जिज्ञासा बढ़ती ही जा रही थी।

"एक युवा ज्योतिषी के कहने पर," त्रिगुणायत ने उत्तर दिया।

"युवा ज्योतिषी?" चाणक्य की जिज्ञासा और आश्चर्य का अन्त न दिख रहा था।

"हाँ, पाँच दिनों पहले एक युवा ज्योतिषी पधारे थे। उन्हीं के कहने पर हमारे महाराज देवी-पूजा का यह गोपनीय अनुष्ठान कर रहे हैं।" त्रिगुणायत ने पूरी बात स्पष्ट की।

ज्योतिषी के पधारने की बात सुनकर चाणक्य मन-ही-मन बहुत हँसे। उन्हें

हँसी आ रही थी कि उनका एक प्रशिक्षु गुप्तचर ज्योतिषी का छद्म वेश बनाकर राजा और पूरे राज-समाज को किस प्रकार बेवकूफ बना गया। प्रत्यक्षत: तो चाणक्य ने कुछ न कहा, लेकिन मन-ही-मन उन्होंने अनुभव किया कि लोगों को भ्रमजाल में डाल देने की अपार क्षमता एक कुशल गुप्तचर में होती है।

***

कुछ ही दिनों बाद, यह अनुमान लगा कर कि राजा पुरु का अनुष्ठान अब समाप्त हो गया होगा, चाणक्य पुन: पुरुषपुर पहुँच गए। अच्छा संयोग था कि पहुँचते ही चाणक्य की पुरु से मुलाकात हो गई। मिलते ही चाणक्य ने पाटलिपुत्र पर सैनिक अभियान की याद दिलाई और सुझाव दिया कि महीने भर में वर्षा ऋतु बीतनेवाली है और वर्षा ऋतु बीतते ही संयुक्त सेना का प्रयाण प्रारम्भ हो जाना चाहिए ताकि अगली वर्षा ऋतु आने से पूर्व सेना पाटलिपुत्र पहुँच जाए। उन्होंने यह भी सुझाया कि इस महीने भर के समय का उपयोग प्रयाण की तैयारियाँ करने और पुरु की अपनी सेना, चन्द्रगुप्त की सेना और पाँचों मित्र राजाओं की अपनी-अपनी सेनाओं को मिलाकर बनाई गई संयुक्त सेना का संयुक्त अभ्यास करने में करना चाहिए। यह तुरन्त शुरू हो जाना चाहिए ताकि रास्ते की कठिनाइयों और युद्ध की चुनौतियों से निपटने में तालमेल बना रहे।

चाणक्य ने यह भी सलाह दी कि तालमेल बनाए रखने और अन्य आवश्यक व्यवस्थाओं के लिए विविध समितियों का तुरन्त गठन हो जाना चाहिए। साथ ही संयुक्त सेना के सेनानायकों और अन्य पदाधिकारियों का मनोनयन भी हो जाना चाहिए ताकि सब कुछ समय से और सुचारु रूप से शुरू हो सके।

अगले ही दिन पुरु ने एक विमर्श बैठक बुलाई जिसमें वे स्वयं, उनका महामंत्री त्रिगुणायत, चन्द्रगुप्त, उसके गुरु चाणक्य और पाँचों मित्र राजाओं ने भाग लिया। बैठक में एक सर्वाधिकारप्राप्त 'युद्ध समिति' का गठन किया गया जिस पर अभियान को दिशा-निर्देश देने और नीतिगत निर्णय लेने का दायित्व सौंपा गया। पुरु को सर्वसम्मति से इस समिति का अध्यक्ष और चन्द्रगुप्त को उपाध्यक्ष मनोनीत किया गया। पाँचों मित्र राजाओं को इस समिति का सदस्य नामित किया गया।

त्रिगुणायत को न केवल इस समिति से बाहर रखा गया, बल्कि पूरे अभियान से ही उसे अलग रखा गया और उसे समझाया गया कि महाराज पुरु की अनुपस्थिति में उसे पुरुषपुर में रहकर पौरव प्रदेश की शासन-व्यवस्था चलाने की जिम्मेदारी सँभालनी है।

पुरु के युवा पुत्र मलयकेतु उर्फ़ मलय, जो चन्द्रगुप्त का समवयस्क था, को भी पाँचों मित्र राजाओं के साथ समिति का सदस्य बनाया गया। पुरु का छोटा भाई अमर अभियान में साथ चलने की जिद्द ठाने हुए था। चाणक्य की संस्तुति पर उसकी जिद्द को मान लिया गया, किन्तु उसे समिति में कोई स्थान नहीं दिया गया। हालाँकि, उसे आश्वासन दिया गया कि संयुक्त सेना के कार्यकारी प्रभारों का जब बँटवारा होने लगेगा तो उसे उपयुक्त पद दिया जाएगा।

चाणक्य ने स्वयं समिति में कोई पद या अन्य कोई पदाधिकार स्वीकार करने से स्पष्ट रूप से मना कर दिया, यद्यपि अभियान का अभिन्न अंग बने रहने को वे सहर्ष तैयार थे। उन्हीं के कहने पर अभियान का नाम 'अभियान प्रचंड प्रहार' रखा गया और ध्येय-मंत्र चन्द्रगुप्त की सेना से उधार लेकर रखा गया 'तीव्र-क्षिप्र-प्रचंड'।

अगले दिन, संयुक्त सेना के कार्यकारी पदों पर नियुक्तियों के लिए नवगठित युद्ध समिति की पुनः बैठक हुई। ये नियुक्तियाँ युद्ध समिति की संस्तुतियों के आधार पर ही होनी थीं। चाणक्य ने जानबूझकर इस प्रक्रिया से अपने को अलग रखा, यद्यपि पूरी कार्यवाही के दौरान उनकी उपस्थिति बनी रही। लगभग हर नियुक्ति में उनकी सलाह अवश्य ली गई और जब भी आवश्यक समझकर उन्होंने सलाह दी उसे अवश्य माना गया।

युद्ध समिति की सर्वसम्मति से पुरु को संयुक्त सेना का सेनाधिपति और चन्द्रगुप्त को उपसेनाधिपति नियुक्त किया गया। पाँचों मित्र राजाओं और मलय को सेनापति बनाया गया।

चाणक्य ने पिछली रात ही चन्द्रगुप्त को कई बातें अच्छी तरह समझा दी थीं। उनके समझाने के अनुसार ही चन्द्रगुप्त ने अभी हाल में ही गुप्तचर्या का प्रशिक्षण प्राप्त किए हुए चाणक्य के कई शिष्यों को युद्ध-कला में बहुत निपुण होने का दावा करते हुए कई महत्त्वपूर्ण पदों पर रखवा दिया। ये सभी सेनानायक स्तर के पदाधिकारी थे। इनमें प्रमुख थे—प्रभंजन, देवदत्त, विभाकर और अमर। प्रभंजन को घुड़सवार सेनाध्यक्ष और देवदत्त को हाथियों की सेना का प्रमुख बनाया गया। विभाकर को शस्त्रागार का संरक्षक बनाया गया। वैसे, इस पद के लिए अमर इच्छुक था, किन्तु उसे भंडार, रसद और रसोईघर का प्रभार दिया गया। उसे लगा कि उसके पास कई विभाग आ गए हैं और यही सोचकर अन्ततः वह खुश हो गया।

***

पुरु और चन्द्रगुप्त ने अगले दिन से ताबड़तोड़ बैठकें करनी शुरू कीं। इन बैठकों में सेना के विभिन्न अंगों के अध्यक्षों (सेनानायकों) और व्यवस्थापन के प्रभारियों को बारी-बारी से बुलाकर तैयारियों के बारे में निर्देश दिए जाते और जहाँ जरूरी होता जिम्मेदारियाँ सौंपी जातीं। प्रयाण और युद्ध की रणनीति के बारे में भी उनसे सलाह-मशविरा किया जाता।

इस बीच, चन्द्रगुप्त के माध्यम से चाणक्य ने चुपके से अपने अन्य गुप्तचर शिष्यों को भी संयुक्त सेना के छोटे-मोटे पदों पर रखवा दिया। अपने सारे शिष्यों को उन्होंने निर्देशित कर रखा था कि प्रकटतः वे सेना के कर्मचारी/अधिकारी के रूप में कार्य करें, किन्तु अप्रत्यक्ष रूप से गुप्तचर बने रहें और समय-समय पर मिलनेवाले निर्देशों की प्रतीक्षा करें। फ़िलहाल उन्हें निर्देश था कि वे तैयारियों के बारे में गुप्त सूचना इकट्ठी करने के साथ-साथ सेना के विशिष्ट पदाधिकारियों पर नजर रखें। अलग-अलग राजाओं की सेनाओं के बीच तालमेल और उनके बीच षड्यंत्रकारियों की सम्भावित उपस्थिति के बारे में भी गुप्त सूचनाएँ इकट्ठी करके चाणक्य को देते रहें।

युद्ध समिति की अगली बैठक में सेना की संरचना और व्यूहन पर विचार हुआ। विमर्श काफी देर तक चला और विविध प्रारूपों के गुण-दोषों की विस्तृत चर्चा हुई। चन्द्रगुप्त ने सुझाया कि उसने किस प्रकार अपनी सेना की छोटी-छोटी टुकड़ियों को क्रमशः बड़ी होती इकाइयों में समायोजित करके संगठित किया है। चन्द्रगुप्त का सुझाया हुआ प्रारूप गुण-दोषों के विवेचन के आधार पर सर्वोत्तम साबित हुआ और अन्ततः उसे ही स्वीकार कर लिया गया।

अब बारी आई सेना के व्यूहन पर विचार करने की। सबने अपने-अपने ढंग से व्यूहन के प्रारूप सुझाए, किन्तु अन्ततः सर्वसम्मति से ये दो प्रारूप स्वीकार किए गए—पथ-परिचालन के दौरान पद्म व्यूह और आक्रमण करते समय गरुण व्यूह में सेना सजेगी।

पद्म व्यूह के बारे में कहा गया कि वह कमल के छह दलों या पंखुड़ियों के आकार का होगा। हर पंखुड़ी में सैनिकों की तैनाती रहेगी और उनका प्रभार एक सेनानायक का होगा। सभी छहों पंखुड़ियाँ पुष्प के मूल में जहाँ केन्द्रित होंगी वहाँ एक अन्तर्वृत्त जैसा होगा जिसकी परिधि पर चाणक्य, चन्द्रगुप्त और पुरु-पुत्र मलय रहेंगे। इन सबके केन्द्र में सेनाधिपति महाराज पुरु विराजेंगे। सेनाधिपति तक शत्रु की पहुँच असम्भव होगी क्योंकि दो पंखुड़ियों के बीच से ज्यों ही शत्रु-सेना केन्द्र की ओर घुसने का प्रयास करेगी संयुक्त सेना केकड़े की तरह अपनी दोनों टाँगों से यानी कमल की दो पंखुड़ियों में सुसज्जित सैनिकों

के जरिये शत्रु-सेना को दो ओर से दबोच कर कुचल देगी। सेना का यह व्यूहन सिर्फ तब लागू होना था जब सेना रास्ते में हो।

धावा बोलने के लिए सेना के जिस गरुण व्यूह की योजना बनाई गई थी उसकी परिकल्पना एक ऐसे गरुण पक्षी के रूप में की गई थी जो अपने दोनों पंख फहरा कर अपने शिकार पर झपट्टा मारनेवाला हो। गरुण की 'चोंच' की जगह ऐसे हाथियों की तैनाती होनी थी जिन पर भाला, बल्लम, बरछा, त्रिशूल एवं प्रक्षेपास्त्रों से लैस, आक्रमण के लिए विशेष रूप से प्रशिक्षित सैनिक बैठेंगे। हाथियों के सूँड़ छुरियों और कटारों से मढ़े हुए होंगे ताकि आक्रमण के समय शत्रु को घायल किया जा सके। कुछ हाथियों की सूँड़ों पर लोहे के यंत्र मढ़े जाएँगे ताकि शत्रु पक्ष के लोहे के दरवाजों को तोड़ा जा सके या शत्रु की रक्षा-पंक्ति को विदीर्ण किया जा सके। हाथियों के कानों पर तीखे तलवार बाँधे जाएँगे ताकि उनसे शत्रु सैनिकों को घायल किया जा सके।

गरुड़ पक्षी के दोनों फैले हुए पंखों के आकार में अस्त्र-शस्त्रों से सुसज्जित द्रुतगामी घुड़सवार सैनिक तैनात होंगे ताकि वे झपटकर आक्रमण कर सकें। पक्षी के वक्ष-सहित पूरे शरीर के आकार में आरक्षित सैनिकों को रखा जाएगा ताकि वे शीघ्रता से आगे बढ़कर पंखों के आकार में खड़े सैनिकों के घायल होने पर उनका स्थान ले सकें।

युद्ध समिति की एक बैठक में विचार किया गया कि कौन-से उपाय अपनाए जाएँ कि सैनिक टुकड़ियों को शीघ्रता से आगे बढ़ाया जा सके। चन्द्रगुप्त के इस सुझाव को तुरन्त मान लिया गया कि इसके लिए पैदल सैनिकों की संख्या घटा कर हाथी, घोड़ों और रथों की संख्या बढ़ाई जाए। दूसरा सुझाव भी चन्द्रगुप्त की ओर से ही आया, जो यह था कि सेना की गति बढ़ाने के लिए सैनिकों को लोहे के परम्परागत भारी हथियारों के बजाय हलके तीर-धनुष और गुलेलों से सुसज्जित किया जाए। चन्द्रगुप्त को इस तरह के हथियारों के गुणों का पता अपने पर्वतीय जनजातीय सैनिकों से लगा था जो ऐसे ही हथियारों के कारण कूट युद्ध प्रणाली में बड़े निपुण थे। युद्ध समिति में चन्द्रगुप्त के दोनों सुझावों को सर्वसम्मति से मान लिए जाने के कारण उसकी योग्यता की धाक जम गई।

सेना के आवास एवं भोजन आदि से सम्बन्धित मुद्दे भी चर्चा के लिए युद्ध समिति के समक्ष आए। इस चर्चा के दौरान पुरु के छोटे भाई अमर को भी बुलाया गया। अमर यद्यपि युद्ध समिति का सदस्य नहीं था, लेकिन आवास एवं रसद विभाग का अध्यक्ष होने के नाते उसका उस बैठक में उपस्थित होना आवश्यक था।

आवास के मुद्दे पर भी चन्द्रगुप्त का प्रस्ताव समिति के सदस्यों ने सर्वसम्मति से स्वीकार कर लिया। चन्द्रगुप्त का कहना था कि सेना की यात्रा के समय शीघ्र लगा देने और जरूरत पड़ने पर तुरन्त आसानी से उखाड़ने योग्य शिविर आवासों से युक्त अस्थायी स्कन्धावार (सैनिक छावनी) की आवश्यकता पड़ेगी। इसके लिए उसके जनजातीय सैनिक बहुत उपयोगी होंगे क्योंकि अपने पशुओं के लिए नये-नये चारागाह खोजने के कारण घूमते रहने की वजह से उन्होंने कपड़े और चमड़े के तम्बुओं को खड़ा करने में विशेषज्ञता अर्जित कर रखी है।

अब तक सारे प्रस्ताव चन्द्रगुप्त की ओर से ही आए थे। इससे पुरु कुछ उकताए लग रहे थे। अत: ज्यों ही भोजन व्यवस्था का मुद्दा उठा, पुरु ने अपनी ओर से पहल करते हुए प्रस्ताव रखा कि मार्ग के लिए अन्न की व्यवस्था वे स्वयं करेंगे और अपनी राजकीय रसोई से कई सिद्धहस्त रसोइये उन्होंने भोजन तैयार करने के लिए नियुक्त किये हैं। मार्ग में ताजे मांस, फल एवं सब्जियों की स्थानीय स्तर पर व्यवस्था करने के लिए एक प्रबन्धन-मंडल बनाया गया जिसका प्रभार पुरु की सेना के एक अधिकारी को दिया गया। वसुबन्धु नाम का यह अधिकारी बहुत व्यवहारकुशल और मृदुभाषी था और स्थानीय लोगों से सम्पर्क बनाने के कार्य के लिए सर्वथा उपयुक्त था।

अमर अब तक चुप था। लेकिन, अपने विभाग से सम्बन्धित विषय पर अपनी उपेक्षा होते देखकर वह तमतमा गया। उसने तुरन्त माँग की कि तम्बुओं-कनातों और अन्न के भंडारों को ढोने के लिए उसे कई हाथी, घोड़े और ऊँट चाहिए। उसकी माँग सर्वथा उचित थी। अत: उसे बिना किसी चर्चा के तुरन्त मान लिया गया। उसमें आगे यह और जोड़ दिया गया कि इन वाहक पशुओं का संचालन योग्य व्यक्तियों को सौंपा जाए ताकि मुख्य सेना के पहुँचने से पहले ही वे तम्बू, अन्न और प्रबन्धकर्ता व्यक्तियों और रसोइयों को लेकर विश्रामस्थल पर पहुँच जाएँ। इनके साथ सेना की एक टुकड़ी भी होगी जो सुरक्षा और प्रबन्धन के लिए उत्तरदायी होगी। इनका संचालन अमर की कुशल देखरेख में होगा और अमर स्वयं इस अग्रिम दल का नेतृत्व करेंगे। अमर और उसके दल का यह दायित्व होगा कि मुख्य सेना जब विश्रामस्थल पर पहुँचे तो उसकी क्षुधा मिटाने के लिए अच्छा भोजन और आराम करने के लिए आरामदेह शिविर तैयार रहना चाहिए।

सारी कार्यवाही के दौरान चाणक्य मूकदर्शक बने रहे। अन्ततः उन्होंने अपना मुँह खोला चेतावनी देने के लिए कि यात्रा के समय सेना मार्ग के स्थानीय लोगों

से बहुत मैत्रीपूर्ण व्यवहार करे; उनकी भाषा, संस्कृति, और परम्पराओं का सम्मान करे; उनके पूजास्थलों और जलाशयों को दूषित न करे; वनस्पतियों और उनके खेतों को नुकसान न पहुँचाया जाए; और बिना मूल्य चुकाए उनसे कोई भी वस्तु बलपूर्वक न ली जाए। उनकी स्त्रियों, बच्चों और वृद्धों से सम्मानपूर्ण व्यवहार किया जाए। इन निर्देशों के उल्लंघन करनेवाले दोषी सैनिकों और उनके अधिकारियों को दंडित करने का निर्णय लेने के लिए एक समिति बनाई जाए। यदि सेना स्थानीय लोगों का सम्मान न करेगी तो वे हमारे शत्रु बन जाएँगे। ऐसी स्थिति में हमारा आगे बढ़ना मुश्किल हो जाएगा।

***

बैठकों का दौर समाप्त होते ही संयुक्त सेना का क्षेत्राभ्यास शुरू हो गया। अलग-अलग राजाओं एवं सेनानायकों के नियंत्रण वाली सेनाएँ एक-दूसरे से तालमेल नहीं बैठा पा रही थीं। उनकी अपनी-अपनी सैनिक संस्कृतियाँ, सामरिक विभिन्नताएँ और रणनीतिक प्राथमिकताएँ समस्त सेना को एक इकाई में बाँधने में बड़ी बाधा उत्पन्न कर रही थीं। इससे भयंकर भ्रम की स्थिति उत्पन्न हो गई। सब एक-दूसरे पर चिल्ला रहे थे। कोई किसी की नहीं सुन रहा था। इससे जबरदस्त कोलाहल मच गया। सेनानायकों के सामने सामंजस्य की बड़ी चुनौती खड़ी हो गई। उनके प्रयास विफल हो रहे थे। पूरा सैनिक अभ्यास लगभग असफल हो गया।

उनके नेतृत्व की खामियाँ अलग ही थीं। पुरु किंचित शिथिल थे, यद्यपि चन्द्रगुप्त अभी भी जोश से भरपूर था। पाँचों मित्र राजा बिलकुल उदासीन थे। उन्हें सैनिक अभ्यास की सफलता-असफलता से कोई विशेष मतलब नहीं था। वे अपने खाने-पीने में लगे हुए थे।

इसी बीच सेनाधिपति महाराज पुरु अपनी जिम्मेदारियाँ अपने पुत्र मलयकेतु को सौंपकर कहीं गायब हो गए। बाद में पता लगा कि सैनिक अभ्यास की असफलता से घबड़ा कर वह देवी को प्रसन्न करने के लिए गुप्त साधना हेतु किसी गोपनीय स्थान में चले गए हैं। उनकी यह साधना नौ दिनों तक चली।

पुरु की अनुपस्थिति और पाँचों राजाओं की अन्मयनस्कता ने चन्द्रगुप्त और मलय को सैनिक संचालन एवं नेतृत्व का कौशल दिखाने का मौका दे दिया। दोनों युवकों ने अथक परिश्रम किया और पूरी सेना को एक सूत्र में गूँथने में सफल हो गए।

पूजा-पाठ और साधना के बाद पुरु जब वापस लौटे तो सेना की सुचारु

व्यवस्था देखकर बहुत खुश हुए। उसे उन्होंने अपनी गुप्त साधना का परिणाम माना। दोनों युवक—चन्द्रगुप्त और मलयकेतु—उनकी इस समझ पर बस मुस्करा कर रह गए।

सेना को प्रस्थान करने में सिर्फ पाँच दिन बाकी रह गए थे और अभी काफी तैयारियाँ पूरी करनी थीं। प्रस्थान से पूर्व होनेवाली परम्परागत शस्त्रपूजा को ब्राह्मणों के बताए मुहूर्त के अनुसार सम्पन्न करने में महाराज पुरु व्यस्त हो गए। पाँचों राजा पहले जैसे ही अपने खाने-पीने में मस्त रहे।

दोनों युवकों ने विभिन्न विभागों के अध्यक्षों और इकाइयों के प्रभारियों के सहयोग एवं तालमेल से आवश्यक तैयारियाँ जल्दी-जल्दी पूरी करनी शुरू कीं। जैसे-तैसे करके आखिर निर्धारित समय में सारी तैयारियाँ पूरी हो गईं।

3

वर्षा ऋतु की समाप्ति आश्विन माह की पूर्णिमा से मानी जाती है। इसीलिए इस पूर्णिमा को लोग शरद पूर्णिमा[31] कहते हैं। इसी दिन को ब्राह्मणों ने संयुक्त सेना के प्रयाण के लिए शुभ माना था।

शुभ मुहूर्त पर ब्राह्मणों ने उच्च स्वर में मंत्र-पाठ करना शुरू किया। इसके साथ ही संयुक्त सेना में जबरदस्त कोलाहल उठा। ब्राह्मणों ने स्वस्ति-वाचन करके सभी सेनानायकों के ललाट पर दही-कुंकुम-अक्षत का तिलक लगाया और विजयश्री को वरण करने का आशीर्वाद दिया। सेना एक स्वर में चिल्ला उठी—'तीव्र-क्षिप्र-प्रचंड'। सेना के इस ध्येय-मंत्र से दिग्दिगन्त गूँज उठा, जैसे युद्ध से पहले ही जयघोष हो रहा हो।

पूरी सेना एक साथ पूर्व दिशा में जानेवाले उत्तरापथ पर चल पड़ी। जल्दी ही इस अभियान ने अभूतपूर्व जोर पकड़ लिया जब सेना दो अश्विन[32] प्रतिदिन के दर से आगे बढ़ने लगी। सेना दिन भर चलती और शाम होते-होते पूर्व-निर्धारित विश्रामस्थल पर पहुँच जाती, जहाँ रात्रि-विश्राम कर अगले दिन फिर वही क्रम शुरू हो जाता।

नदी-नालों, पहाड़-पहाड़ियों, खेतों-खलिहानों, घास के मैदानों, गाँवों-नगरों से गुजरते हुए सेना उत्तरापथ पर तेजी से आगे बढ़ रही थी। सेना के अग्रिम दल में सुरक्षा सैनिकों, रसोइयों वगैरह के साथ नर्तकों का एक दल, कवियों का एक समूह और नटों का एक मंडल भी साथ चल रहा था। विश्रामस्थल पर सेना के ठहरने के दौरान सुरक्षा सैनिक शिविर की सुरक्षा में लग जाते, रसोइये

उन्हें सुस्वादु और पौष्टिक भोजन खिलाते, मनोरंजन के लिए नर्तकों का दल नृत्य करता, कवि लोग अपनी नई रची हुई कविताएँ सुनाते और नट-मंडल अपने अनोखे करतब दिखाता।

इन सारे प्रबन्धों के बावजूद यात्रा अत्यन्त कष्टपूर्ण थी। नदी-नालों, पहाड़-पहाड़ियों को पार करने में सैनिक अक्सर बीमार पड़ जाते। कई बार दूर-दूर तक कोई मानव बस्ती नहीं मिलती, हिंसक वन्यजीवों का भय हमेशा बना रहता। लेकिन, रास्ते में नये-नये तरह के स्थान और लोगों से परिचित होकर सैनिक बड़े खुश होते।

***

महीने भर उत्तरापथ पर चल कर सेना एक ऐसी जगह पहुँच गई जहाँ से एक विशाल नदी गुजरती थी। उस विशाल नदी के नैसर्गिक सौन्दर्य को देखकर सेना बड़ी खुश हुई। जब सैनिकों को ज्ञात हुआ कि वह नदी पवित्र गंगा नदी है तो उनकी ख़ुशी का ठिकाना न रहा।

नदी के किनारे ही सेना ने डेरा डाल दिया। सैनिकों ने गंगा में खूब स्नान और मस्ती की। गंगातट पर उन्होंने ध्यान और पूजन-अर्चन किया। गंगा का स्वच्छ मीठा जल पीकर सब निहाल हो उठे।

उसी दिन शाम को ज्यों ही धुंधलका बढ़ा, एक वृद्ध व्यक्ति सेना के शिविर में आ पहुँचा और सुरक्षा-प्रहरी से निवेदन किया कि उसे सेना के सर्वोच्च पदाधिकारी के समक्ष तुरन्त प्रस्तुत किया जाए क्योंकि उसके पास तत्काल महत्त्व की अत्यन्त आवश्यक सूचना है।

वृद्ध व्यक्ति को जब महाराज पुरु के समक्ष लाया गया तो उसने बहुत विनम्रता से अभिवादन करते हुए उपहारस्वरूप लाई गई कई वस्तुएँ प्रस्तुत कीं। इनमें काली मिट्टी के बने विभिन्न आकार-प्रकार के मृदपात्र थे जिनमें इत्र भरे हुए थे।

बड़ी विद्वत्ता और गम्भीरता का प्रदर्शन करते हुए वृद्ध आगन्तुक ने बोलना शुरू किया, "गंगा के उस पार बसे कान्यकुब्ज ग्राम का मैं प्रधान हूँ। हम सभी ग्रामीण शांडिल्य गोत्र के ब्राह्मण हैं और स्वाध्याय के प्रति समर्पित हैं। आजीविका के लिए हम फूलों की खेती करते हैं जिनसे हम सुगन्धि निकालते हैं।"

बोलते-बोलते वृद्ध अचानक रुक गया जैसे वह अपनी उखड़ी हुई साँस सहेज रहा हो। किन्तु, तुरन्त ही वह अपने साथ लाये मृदपात्रों की ओर इशारा करते हुए बोला, "हमें गर्व है कि विभिन्न वनस्पतियों से विभिन्न प्रकार की

सुगन्धि निकालने की अति उच्चकोटि की क्षमता व विशिष्टता हमने विकसित की है। ये सुगन्धियाँ हम विभिन्न ऋतुओं में उपयोग किए जाने की दृष्टि से तैयार करते हैं। उदाहरण के लिए, मल्लिका और जवा के पुष्पों से हम ग्रीष्मऋतु में प्रयुक्त होनेवाली सुगन्धि निकालते हैं। उसी को जब हम पृथ्वी की सोंधी मिट्टी में गाड़ कर संस्कारित करते हैं तो वह सुगन्धि वर्षा ऋतु में प्रयोग करने के लिए बन जाती है। मेहंदिका के पत्तों और कस्तूरीमृग से प्राप्त कस्तूरी के आसवों के मिश्रण से शीत ऋतु में उपयोगी सुगन्धि बनती है। चन्दनकाष्ठ से बनी सुगन्धि तो सर्वकालिक होती है। इसे चाहे जिस ऋतु में प्रयोग करिए। लेकिन, इन पदार्थों के आसव निकाल कर सुगन्धि बनाना सुनने में जितना सरल है बनाने में उतना ही जटिल है। इसके लिए दीर्घ अनुभव और विशेषज्ञता की आवश्यकता पड़ती है और सबके द्वारा यह संभव नहीं है।"

वृद्ध फिर चुप हो गया। लगा जैसे उसके विशिष्ट ज्ञान का प्रदर्शन पूर्ण हो गया था। किन्तु, वह महाराज पुरु के चेहरे की ओर हिचकिचाहट से देखे ही जा रहा था मानो वह कुछ और कहना चाहता हो। उसकी मंशा भाँपकर पुरु ने उसे आगे बोलने का इशारा किया। उत्साहित होकर वह वृद्ध पुरु के और नजदीक आ गया और फुसफुसा कर बोला, "महाराज, विनम्र प्रार्थना है कि आपका कोई सैनिक हमारे गाँव में जाने न पाए, और जितना जल्दी सम्भव हो आप शीघ्र इस स्थान को छोड़कर चले जाएँ।"

"क्यों? हमसे क्या समस्या है आपको?" चिढ़ते हुए राजा ने पूछा।

"आपके सैनिक हमारी आध्यात्मिक साधना को दूषित कर सकते हैं," वृद्ध ने धीरे से कहा।

"तो, ठीक है विप्रदेव, आप चिन्ता न करें। आपके ग्राम में कोई न जाएगा। कल प्रातः ही हम यहाँ से प्रस्थान कर जाएँगे।" पुरु ने वादा किया। धार्मिक रूप से भीरु तो वे थे ही।

***

अगले दिन सेना जब कूच कर रही थी, चाणक्य बड़ा परेशान थे। उन्होंने अपने दो शिष्यों—प्रभाष और मित्रसेन—को चुपके से कान्यकुब्ज भेज रखा था संज्ञाहरण[33] सुगन्धि लाने के लिए। चाणक्य भलीभाँति जानते थे कि गुप्तचर्या में किसी को थोड़े समय के लिए बेहोश करके अपनी इच्छानुसार लाभ उठा लेने में संज्ञाहरण सुगन्धि बड़े काम की औषधि होती है। कान्यकुब्ज के निकट होने का लाभ वह ऐसी सुगन्धि को चुपके से हासिल कर लेने में करना चाह रहे थे।

अब वह चिन्तित थे कि दोनों शिष्यों को इस गुप्त अभियान को पूरा करके अब तक लौट आना चाहिए था।

आखिर जब सेना चल पड़ी तो चाणक्य ने पुरु के सामने बहाना बना लिया कि किसी कारणवश वह उसी स्थान पर दो दिन और रुकना चाहते हैं और उसके बाद वह शीघ्रता से चल कर सेना का साथ पकड़ लेंगे।

***

चाणक्य तुरन्त गंगा पार करने का प्रबन्ध कर कान्यकुब्ज ग्राम पहुँचे—अपने दोनों शिष्यों को खोजने। गाँव में जो भी मिलता उससे वे पूछते कि क्या अभी हाल में उन्होंने दो अजनबी लोगों को देखा है। चाणक्य के प्रश्न पर लोग विचित्र कठोरता से उनकी ओर घूरते हुए चुप्पी साधे रहते। अन्ततः एक ग्रामीण उन्हें ऐसा मिला जो कुछ बोला, लेकिन उसके वचन में शत्रुता साफ़ झलक रही थी, "कौन हो तुम? इस गाँव में आने का तुमने साहस कैसे किया?"

"किसी आगन्तुक से ऐसी अभद्रता से बात करनेवाले तुम कौन हो?" चाणक्य ने चिढ़ कर प्रतिप्रश्न किया।

"मैं इस ग्राम का सुरक्षा-प्रहरी हूँ। किसी अजनबी से यहाँ आने का उद्‌देश्य पूछना मेरा अधिकार है," उस व्यक्ति ने बड़ी अकड़ से कहा।

'यह व्यक्ति मेरे शिष्यों के बारे में अवश्य जानता होगा' सोचकर चाणक्य अपना स्वर विनम्र करते हुए बोले, "कल दो युवक यहाँ आए थे। उन्हीं को खोजते हुए मैं आया हूँ।"

सुरक्षा-प्रहरी क्रोध से बोला, "वे क्यों आए थे इस ग्राम में, जबकि हमारे ग्राम-प्रधान ने राजा पुरु को पहले ही चेता दिया था कि उनका कोई व्यक्ति इस ग्राम में आने न पाए?"

"क्षमा करें उन्हें। वे भूल से भटक कर इधर आ गए होंगे," चाणक्य ने हाथ जोड़कर प्रार्थना की।

"बल्कि आप हमें क्षमा करो और यहाँ से तुरन्त चले जाओ। हमने आपके किसी व्यक्ति को नहीं देखा है। हमें परेशान न किया जाए," चिढ़ कर सुरक्षा-प्रहरी ने हाथ जोड़ते हुए कहा।

चाणक्य के पास अब कोई चारा नहीं था, सिवाय वहाँ से जाने के। वे चुपचाप आगे बढ़ते रहे। वे कुछ ही दूर गए होंगे कि एक व्यक्ति तेजी से चलता हुआ उनके पास से गुजरा और फुसफुसाया, "आगे बढ़ते रहो। मैं सहायता करूँगा।"

चाणक्य सीधे चलते गए। चलते-चलते वे गाँव के बाहर पहुँच गए। चूँकि उन्हें सीधे चलते रहने के लिए कहा गया था इसलिए वे गाँव के बाहर वन में सीधे घुसते गए। वन में अभी थोड़ा ही आगे बढ़े थे कि एक घनी झाड़ी से एक हाथ बाहर निकला और झपट्टा मारकर उन्हें झाड़ी में खींच लिया। इसके पहले कि चाणक्य अपने बचाव में चिल्ला पाते, खींचने वाले ने अपना दूसरा हाथ कसकर उनके मुँह पर रख दिया। घसीट कर कुछ दूर घने जंगल में ले जाने के बाद उस खींचने वाले ने फुसफुसा कर कहा, "डरो मत, मैं वही व्यक्ति हूँ जिसने तुम्हें सहायता के लिए कहा था।" चाणक्य को बड़ा आश्चर्य हुआ कि जो व्यक्ति उसे निर्भय रहने का आश्वासन दे रहा था, वह स्वयं बहुत भयभीत प्रतीत हो रहा था।

उस व्यक्ति ने अपना नाम शर्मण बताया, और चाणक्य के दोनों शिष्यों को खोजने में सहायता करने का अपना वचन फिर दुहराया, लेकिन एक शर्त पर। चाणक्य चुपचाप शर्मण की ओर असहाय दृष्टि से ताकते रहे। उन्हें मालूम था कि वे इस स्थिति में नहीं है कि शर्मण से उसकी शर्त के बारे में मोलभाव कर सके।

इसी बीच, शर्मण ने अपनी शर्त बताते हुए कहा, "अगर आपके शिष्यों को सफलतापूर्वक बचा लिया जाएगा तो आप मुझे भी अपने साथ ले चलेंगे। मैं अपने गाँव वालों से तंग आ गया हूँ। मैं इस गाँव से दूर चला जाना चाहता हूँ। मैं दुनिया घूमना चाहता हूँ; मैं नये-नये स्थान देखना चाहता हूँ। आप मुझे अपने साथ ले चलो।"

चाणक्य को अकस्मात् सन्देह हुआ कि शर्मण शत्रु द्वारा नियुक्त कोई गुप्तचर तो नहीं है जो उनकी गुप्तचर प्रणाली में घुसकर सब भेद जानना चाहता हो। लेकिन, अभी तो उनकी प्राथमिकता अपने शिष्यों को खोजने की थी। अत: उन्होंने शर्मण की शर्त चुपचाप मान ली।

***

"क्या आपको मालूम है कि यह गाँव कान्यकुब्ज क्यों कहलाता है?" शर्मण ने चाणक्य से पूछा।

"मेरी समझ से कान्यकुब्ज में दो शब्द हैं कान्य और कुब्ज। कान्य तो कन्या का विशेषण है और कुब्ज का अर्थ कुबड़ा हुआ, अर्थात् कुबड़ी कन्या वाला गाँव।" चाणक्य ने शाब्दिक अर्थ निकालते हुए अटकल लगाया।

"एकदम सही। सात कुबड़ी बहनें हैं जिनसे सभी ग्रामीण अत्यन्त भयभीत

रहते हैं। ये सातों बहनें कुँआरी हैं और माता तृष्णामुखी की उपासिका हैं। तृष्णामुखी अशुभ की देवी हैं और क्षय, क्षुधा, काम और तृष्णा की अधिष्ठात्री हैं। वे अति डरावनी हैं और भय उत्पन्न करती हैं। किन्तु, माना जाता है कि इस गाँव के कल्याण और सुरक्षा का उत्तरदायित्व वहन करती हैं क्योंकि इस गाँव की वे संरक्षिका देवी हैं। तृष्णामुखी का स्थान इस वन के किसी अज्ञात स्थान में किसी नीम के वृक्ष के नीचे बताया जाता है।"

"जब देवी इतनी भयावह और अशुभ हैं तो आपलोग कैसे उनकी पूजा करते हो?" चाणक्य ने जिज्ञासा व्यक्त की।

"हम कभी नहीं करते। पूजा तो करती हैं वे सात कुबड़ी बहनें जिन पर माता की सवारी आती है। वे ही माता की सन्देशवाहिका हैं। वे ही माता की मर्जी, प्रसन्नता, अप्रसन्नता आदि ग्रामीणों तक पहुँचाती हैं और फिर ग्रामीणों की समस्या उन तक ले जाती हैं। वास्तव में, हम ग्रामीणों में से किसी ने माता को या उनकी प्रतिमा को नहीं देखा है। हमें बस इतना पता है कि वे वन में किसी अज्ञात स्थान पर एक नीम के वृक्ष के नीचे विराजती हैं। कहते हैं वह स्थान गाँव से दक्षिण-पूर्व के कोण में कहीं है जहाँ जाना एकदम वर्जित है।"

"माता कैसी दिखती हैं?" चाणक्य की जिज्ञासा का कोई अन्त न था।

"कहा न मैंने कि हमने माता को नहीं देखा है, बस सुना है कि वह एकदम काले रंग की, निपट नंगी, बिखरे बालों, भयंकर लाल आँखों, लम्बी-नुकीली नाक और फन जैसे निकले हुए दाँतों वाली विकराल बुढ़िया हैं। कहा जाता है कि वे कौवे पर सवार होती हैं और एक हाथ में सूप और दूसरे हाथ में झाड़ू लिए रहती हैं।"

शर्मण बोलता ही चला गया, "माता तृष्णामुखी की सामान्य दैनिक उपासना के अतिरिक्त विशेष पूजा आयोजित की जाती है जब कुँआरी कुबड़ी कन्याएँ गाँव में किसी बाहरी व्यक्ति को पकड़ लेती हैं। पकड़ा गया पुरुष माता तृष्णामुखी को अर्पित किया जाता है। फिर, सातों कुबड़ियाँ प्रसाद के रूप में उसका उपयोग अपनी कामतृष्णा को तृप्त करने में करती हैं। सातों कन्याएँ विकट कामोन्मादिनी हैं और प्रसाद पुरुष से सभी एक साथ समवेत सम्भोग करती हैं। स्त्री द्वारा पुरुष से बलात् सम्भोग देख तृष्णामुखी तृप्त होती हैं। देवी को प्रसन्न करने के लिए उनकी कुबड़ी उपासिकाएँ अत्यन्त हिंसक सम्भोग करती हैं। यह तब तक चलता है जब तक प्रसाद पुरुष सम्भोग की प्रक्रिया में दम न तोड़ दे।"

“नहीं! क्या यह सम्भव है?” चाणक्य के मुँह से वितृष्णा और अविश्वास के शब्द फूट पड़े।

“ऐसा सुना है। मैंने उन कुबड़ी कन्याओं को सिर्फ एक बार देखा है जब वे गाँव में आई थीं,” शर्मण ने शान्त भाव से कहा।

“क्या! वे कन्याएँ गाँव में नहीं रहती हैं?” चाणक्य ने हैरत से पूछा।

“नहीं। वे तो माता के धाम में रहती हैं जहाँ कोई अन्य व्यक्ति जा नहीं सकता। वे तो गाँव में तभी आती हैं जब कोई अजनबी पुरुष गाँव में भटकता हुआ आ जाता है।”

“तो फिर, उन्हें पता कैसे लगता है कि गाँव में बाहरी व्यक्ति आ पहुँचा है?” चाणक्य की जिज्ञासा बढ़ती ही जा रही थी।

“किसी को नहीं मालूम। लेकिन, उन्हें तुरन्त पता चल जाता है यद्यपि वे गाँव में नहीं रहतीं।”

चाणक्य कुब्जा कन्याओं की गुप्त सूचना प्रणाली के बारे में सोचकर बहुत विस्मित हुए। वे समझ गए कि उन कन्याओं का कोई गुप्त सूत्र गाँव में सक्रिय होगा जिसकी जानकारी गाँव के लोगों को नहीं होगी। हो सकता है कोई गाँव का ही व्यक्ति यह कार्य बड़ी गोपनीयता और सतर्कता से करता हो और किसी भी बाहरी व्यक्ति के आने की सूचना वही गोपनीय रूप से पहुँचाता हो। उन्हें सन्देह होने लगा कि उनके बारे में भी सूचना उन कन्याओं तक पहुँच गई होगी और वे भी अब खतरे में हैं। अब उन्हें शर्मण पर भी सन्देह होने लगा। किन्तु, स्वयं को जाल में फँसा देख और अपने शिष्यों का पता लगाने के लिए चाणक्य ने इन बातों को मन में ही दबा लिया, और यह सोचकर कि कहीं उनके मन की बात शर्मण ताड़ न ले, उन्होंने अपनी मुखमुद्रा बदलकर बड़े भोलेपन से शर्मण से पूछा, “आपने उन सातों कन्याओं को देखा है? कैसी दिखती हैं वे?”

“हाँ, मैंने बताया न कि मैंने एक बार उन्हें देखा है। वे बिलकुल नंगी रहती हैं। सिर्फ गले में एक माला पहनती हैं जिसमें मारे गए पुरुषों की अँगुलियाँ गुँथी रहती हैं और बीच में गुँथा हुआ एक नरमुंड लटकता रहता है,” कहकर शर्मण कुछ देर चुप रहा जैसे वह किसी गहरी सोच में हो और अन्तर्द्वन्द्व से गुजर रहा हो। फिर, बहुत धीरे से फुसफुसाते हुए उसने चाणक्य के कान में कहा, “इन कन्याओं से गाँव वाले बहुत डरते हैं। वे मानते हैं कि ये कुबड़ी कन्याएँ माता की वाहिका हैं और माता की सवारी इन पर रहती है। माता की प्रतिनिधि मानी जाती हैं ये कन्याएँ, और माना जाता है कि माता ने इन्हें अपनी

सारी शक्तियाँ दे रखी हैं। ये गाँव वालों की याचना माता तक पहुँचाती हैं और कोई अपराध करने पर माता की ओर से अपराधी को दंडित करती हैं। दंड बहुत भयंकर और सभी गाँव वालों के सामने दिया जाता है, जिससे गाँव में इन कन्याओं का आतंक सदा बना रहता है। सिर्फ एक ही नियम इन कन्याओं पर लागू होता है। ये गाँव के किसी पुरुष के साथ सम्भोग नहीं कर सकतीं। गाँव के सभी पुरुष इनके भाई माने जाते हैं। ये सम्भोग सिर्फ ऐसे व्यक्ति से करती हैं जो बाहर से भटकता हुआ गाँव में पहुँच जाता है। और, यह सम्भोग भी गाँव से दूर माता के धाम में अनुष्ठानपूर्वक होता है।"

"तब तो जल्दी पहुँचकर हम अपने शिष्यों को बचा लें नहीं तो वे अनुष्ठान में मारे जाएँगे," चाणक्य ने चिन्तित होकर कहा।

"नहीं, नहीं कर सकते हम लोग। हम लोगों को नहीं मालूम माता का धाम इस घने जंगल में कहाँ है। मैं स्वयं उत्सुक हूँ वह स्थान देखने को। लेकिन, उसके बारे में सिर्फ उपासिका कुबड़ी कन्याओं को पता है। अन्य किसी को उस दिशा में देखने की भी मनाही है," शर्मण ने फिर फुसफुसा कर कहा।

"तो आपको ये सब बातें कैसे मालूम हैं?" चाणक्य ने भोलेपन से पूछा।

"सब सुनी-सुनाई बातें हैं," शर्मण ने साफगोई से कहा।

"तो फिर क्या लाभ है यहाँ छुपकर बैठने और सुनी-सुनाई बातें कहने-सुनने से?" चाणक्य ने चिढ़कर पूछा। अब वे उतावले हो रहे थे।

"धैर्य रखिए। हम लोग यहाँ निरर्थक नहीं बैठे हैं, अपितु उस क्षण की प्रतीक्षा कर रहे हैं जब उपासिकाएँ गाँव में आएँगी और जब लौटने लगेंगी तो हम चुपके से उनके पीछे लग जाएँगे और छुपकर देवी के धाम पहुँच जाएँगे," शर्मण ने आश्वासन दिया।

"कौन जानता है वे कब आएँगी! कब तक हम इस तरह झाड़ियों में छुपकर बठेंगे, और कौन जाने वे किस रास्ते आएँगी?" चाणक्य के पूछने में झल्लाहट अब साफ़ झलकने लगी थी।

शर्मण ने बड़ी शान्ति और धैर्य से उत्तर दिया, "वे आती ही होंगी। ज्यों ही कोई शिकार पकड़कर वे देवी के धाम ले जाती हैं, उसके तुरन्त बाद वे विशेष पूजा के लिए पूजन-सामग्री एवं अन्न गाँव से एकत्र करने आती हैं। रही बात रास्ते की, तो हम गाँव से दक्षिण-पूर्व के कोण में बैठे हैं। इसी दिशा में देवी के धाम जाने का रास्ता कहा जाता है। पिछली बार उपासिकाएँ इसी रास्ते आई थीं।"

चाणक्य अब तक जिज्ञासा पर जिज्ञासा इसलिए किए जा रहे थे ताकि वे शर्मण से देवी के बारे में अधिक से अधिक सूचना जुटा सकें। वे जानते थे कि

उस क्षेत्र में वामाचार का बहुत प्रचलन है और देवी कोई और नहीं बल्कि तांत्रिकों की आराध्या दस महाविद्याओं में से आठवीं महाविद्या पीताम्बरा या वल्गामुखी हैं। क्षेत्र-विशेष होने के कारण इस देवी की उपासना में किंचित परिवर्तन या विशिष्टता है, जैसे मात्र कुमारी कन्याओं द्वारा ही देवी की पूजा-अर्चना। वे भी सामान्य कन्याएँ नहीं, सात खास कुबड़ी कन्याएँ।

***

अगले दिन एकदम सुबह-सुबह निरन्तर निकट आ रही मक्खियों के भिनभिनाने जैसी एक विचित्र ध्वनि सुनकर चाणक्य चकरा गए। बीच-बीच में हुंकार का भयावह मन्द्र स्वर उठ रहा था। इस बारे में वह शर्मण से अभी कुछ पूछने ही वाले थे कि शर्मण ने झपट कर अपना बायाँ हाथ चाणक्य के मुँह पर रख दिया और दाहिनी हाथ की तर्जनी अपने होंठों से सटा कर चुप रहने का संकेत किया। उसने तुरन्त सामने की ओर इंगित करते हुए चाणक्य के कान में फुसफुसा कर कहा, "वे आ रही हैं।"

सातों कुबड़ी कन्याएँ उसी झाड़ी की ओर आ रही थीं जिसमें चाणक्य और शर्मण छुपे बैठे थे। एकबारगी चाणक्य को लगा कि उनके बारे में इन कन्याओं को खबर हो गई होगी और अब वे पकड़े जाएँगे, लेकिन वे झाड़ी के एकदम निकट से होते हुए आगे बढ़ गईं।

चाणक्य ने देखा, वे सब एक जैसी लग रही थीं—दूधिया गोरा रंग, उन्नत वक्ष, प्रशस्त नितम्ब, बड़ी-बड़ी कटीली आँखें और लम्बोतरा चेहरा। वे बड़ी सुन्दर थीं, सिवाय इस बात के कि उन सबों का कूबड़ निकला हुआ था। इस विकृति के कारण वे बौनी दिख रही थीं। वे विचित्र चाल से फुदकती हुई-सी चल रही थीं। उनके खुले हुए काले घने बाल उनके बड़े-बड़े उछलते नितम्बों पर हिलोरें मार रहे थे। वे बिलकुल नंगी थीं। सब हमउम्र दिख रही थीं और सब की सब जवान थीं। शर्मण ने सही कहा था—सबने सिर्फ अँगुलियों की मालाएँ पहन रखी थीं जिनके मध्य में सूखा हुआ मानवमुंड लटक रहा था। एक कुबड़ी आगे-आगे हुम-हुम करती चल रही थी। वह उन सबों की नेता प्रतीत हो रही थी। उसके पीछे छह कुबड़ियाँ मक्खियों के भिनभिनाने जैसी आवाज में मंत्र-पाठ करती चल रही थीं—"तृष्णा तृष्णा तृष्णामुखी फट हुम फट हुम।"

चाणक्य और शर्मण अपनी साँसें रोके सारा दृश्य देख रहे थे। ऐसे मौके पर भी चाणक्य अपनी जिज्ञासा रोक न पाए और उन्होंने शर्मण के कान में

फुसफुसा कर पूछा, "आगे वाली कुबड़ी औरों से ज्यादा जोर से क्यों बोल रही है, जैसे वह कोई नारा लगा रही है?"

"कुबड़ियों की नेता हुंकार करके अपने दल के आगमन की सूचना देती है और गाँव वालों को निर्देश देती है कि वे गाँव के एक नियत स्थान पर अन्न एवं पूजा सामग्री रखकर अपने-अपने घर के भीतर घुस जाएँ। यह गाँव वालों को चेतावनी भी देती है कि जो कोई इनके मार्ग में पड़ जाएगा वह भयंकर दंड का भागी होगा। इनके मार्ग के किनारे मात्र उसे ही उपस्थित होने की अनुमति होती है जिसे अपनी कोई याचना निवेदित करनी होती है। ऐसा व्यक्ति मार्ग के किनारे धरती पर साष्टांग दंडवत की मुद्रा में लेटा रहता है। उसकी आँखें सिर्फ जमीन को देख सकती हैं, कुबड़ियों की ओर कोई बिलकुल नहीं देख सकता। यही कारण है कि इनके बारे में तरह-तरह की भयावनी और रहस्यात्मक बातें प्रचलित हैं। पूरा सत्य कोई नहीं जानता।"

चाणक्य को अपनी ओर अवाक ताकता देख शर्मण ने समझाया, "ऐसे ही शान्त पड़े रहो। कुबड़ियाँ कुछ ही देर में सामग्री लेकर लौटेंगी।"

***

अपराह्न बीतते-बीतते कुबड़ियों का दल लौटने लगा। उनकी नेता उसी प्रकार हुंकार भरती आगे-आगे चल रही थी। उसके पीछे बाकी कुबड़ियाँ मक्खियों के भिनभिनाने-जैसा मंत्र जपती, अन्न एवं अन्य सामग्रियों से भरी हुई तीन पहियों की एक छोटी-सी गाड़ी खींचती चल रही थीं। चाणक्य को पकड़े जाने का भय फिर सताने लगा, लेकिन कुबड़ियाँ जब झाड़ी की बगल से बेपरवाह निकल गईं तो चाणक्य और शर्मण की जान में जान आई। कुछ दूर जाने पर हुंकार का स्वर बन्द हो गया, लेकिन मंत्र-जाप का मद्धिम स्वर सुनाई पड़ता रहा।

जब पूर्ण शान्ति छा गई तो शर्मण और चाणक्य झाड़ी से बाहर निकल आए और उसी दिशा में चले जिधर कुबड़ियाँ गई थीं। गाड़ी के पहियों के निशान देखते दोनों चलते चले गए। आगे एक चट्टान के निकट वह गाड़ी परित्यक्त मिली।

छोड़ी हुई गाड़ी को चाणक्य और शर्मण कुछ देर घूरते रहे। उन्हें समझ न आ रहा था कि गाड़ी छोड़कर कुबड़ियाँ कहाँ गायब हो गईं। उनके आगे जाने का कोई संकेत वहाँ नहीं दिख रहा था। शर्मण से आगे की राह का कुछ संकेत पाने की आशा में चाणक्य उसकी ओर ताकते रहे, लेकिन शर्मण ने सिर हिलाकर अपनी अज्ञानता व्यक्त कर दी।

अब आगे स्वयं ही कुछ करने की ठान कर चाणक्य चट्टान का सूक्ष्म

निरीक्षण करने लगे। फिर चट्टान के चारों ओर चक्कर लगा-लगा कर निरीक्षण करते रहे। लेकिन, निराशा ही हाथ लगी। कुछ देर चुपचाप सोचते रहने के बाद चट्टान को घूरना छोड़ चाणक्य उसके आस-पास की जमीन का निरीक्षण करने लगे। इस प्रक्रिया में शाम हो जाने के कारण प्रकाश की कमी एक बड़ी बाधा सिद्ध हो रही थी। कुबड़ियों के आतंक के कारण कोई मशाल जलाने से भी दोनों हिचक रहे थे। उन्हें डर था कि कुबड़ियों का ठिकाना कहीं आस-पास ही न हो और मशाल की रोशनी के कारण वे पकड़ में आ जाएँ। यही कारण था कि चट्टान के चारों ओर की जमीन का सूक्ष्म निरीक्षण करने के लिए चाणक्य धरती पर लेटकर सरक-सरक कर जमीन को आँखें फाड़ कर घूरते और हाथों से टटोलते रहे। इस प्रयास में उनके हाथ कुछ ऐसा लगा कि उनकी ख़ुशी का ठिकाना न रहा। उसे उन्होंने दौड़कर शर्मण के हाथों में रख दिया। शर्मण ने स्वीकार किया, "हाँ, ये अन्न के दाने ही हैं; उच्चकोटि के तन्दुल (चावल) के दाने हैं जो कान्यकुब्ज ग्राम की विशेष कृषि उपज है।"

"क्या इसी प्रकार का तन्दुल कुबड़ियाँ ले गई होंगी?" चाणक्य ने जानना चाहा। फिर शर्मण की स्वीकारोक्ति के साथ ही वह इस निष्कर्ष पर पहुँचे कि कुबड़ियों के गायब होने में चट्टान का ही हाथ है।

शर्मण के साथ मिलकर चाणक्य चट्टान को एक तरफ धकेलने लगे। कम श्रम से ही चट्टान एक ओर खिसक गई और वहाँ एक छोटा-सा गड्ढा नजर आने लगा। गड्ढे में एक बार में एक आदमी आराम से उतर सकता था।

पहले चाणक्य उस गड्ढे में उतरे और चारों तरफ दीवार देखकर गड्ढे में बैठ गए। बैठते ही उन्हें एक तरफ दीवार में बड़ा-सा छिद्र दिखा। छिद्र में अपना एक पैर उन्होंने डाला तो उनका पैर ठोस धरातल से जा टकराया। फिर तो उन्होंने अपना दूसरा पैर भी उसमें डाल दिया और शर्मण को गड्ढे में उतर आने और उनका एक हाथ पकड़े रहने को कहा ताकि कोई खतरा होने पर उन्हें वापस जल्दी से वह खींच ले।

कुछ देर की प्रतीक्षा के बाद चाणक्य को लग गया कि आगे कोई खतरा नहीं है और जिस धरातल पर उनके दोनों पैर हैं वह और कुछ नहीं बल्कि नीचे की ओर जा रही सीढ़ियों की पहली सीढ़ी है। अपने पीछे आने के लिए शर्मण को निर्देश देते चाणक्य सीढ़ियों से नीचे उतरने लगे। नीचे पहुँचने पर उन्होंने अपने को एक अँधेरी सुरंग में पाया।

अँधेरी सुरंग में आगे बढ़ना खतरनाक हो सकता है, यह जानते हुए भी चाणक्य सुरंग की दीवारों को टटोलते हुए आगे बढ़े। उनके पीछे-पीछे शर्मण

लगा रहा। दोनों टटोल कर चुपचाप चलते रहे। सुरंग में कहीं से कोई वातायन भी नहीं खुलता था। इस कारण दोनों को लग रहा था कि जल्दी ही वे दोनों सुरंग से बाहर न निकले तो उनका दम घुट जाएगा।

दोनों बिना हिम्मत हारे दीवारों को टटोलते तेजी से आगे बढ़ रहे थे। कुछ देर बाद उन्हें सामने हलका-सा प्रकाश दिखा। उन्हें लग गया कि जल्दी ही वे सुरंग के दूसरे छोर पर पहुँचनेवाले हैं। दोनों अब लगभग दौड़ते हुए चलने लगे। उन्हें साँस लेने में भी आसानी हो गई क्योंकि प्रकाश वाले मार्ग से धीरे-धीरे ताजा हवा भी आ रही थी।

सुरंग के द्वार पर पहुँचते-पहुँचते दोनों थक गए और द्वार के भीतर ही बैठकर सुस्ताने लगे। सुस्ताने के साथ-साथ चाणक्य सुरंग के बाहर की दुनिया का आकलन करने लगे। उन्होंने देखा बाहर बड़ी स्वच्छ चाँदनी खिली हुई है और वह जगह चारों ओर से घिरी हुई एक छोटी-सी हरी-भरी घाटी है जिसके एक छोर पर एक छोटी-सी झील है। सुरंग का द्वार झील के किनारे ही खुलता था।

थोड़ी ही देर बाद चाणक्य ने सुना, झील के निकट एक पेड़ के नीचे कुछ स्त्रियाँ समवेत स्वर में गीत गा रही हैं। उनमें से एक हुंकार भरते हुए पेड़ के नीचे खड़ी एक प्रस्तर प्रतिमा पर किसी लाल तरल पदार्थ का लेप लगा रही है। इस बीच शर्मण थकान और नींद के मारे ऊँघने लगा था। चाणक्य ने कुहनी मार उसे जगाया और फुसफुसा कर सामने देखने को कहा। शर्मण के मुँह से मारे डर के सिसकारी निकलते-निकलते रह गई। डर से थरथराते हुए उसने धीरे से कहा ये वही कुब्जा कन्याएँ हैं और ये तृष्णामुखी की उपासना कर रही हैं।

कुब्जा कन्याएँ स्थानीय लोकभाषा में गा रही थीं, जो चाणक्य की समझ में नहीं आ रहा था। उन्होंने शर्मण से आग्रह किया कि गीत का अर्थ वह अनुवाद कर उसे सुनाए। शर्मण अक्षरशः अनुवाद सुनाने लगा—

तृष्णा तृष्णा तृष्णामुखी फट हुम।
माँ, तू देवलोक से धरती पर उतर आई
हम अनाथ बहनों के पालन के लिए।
सब कहते हैं, माँ, तुम क्रूर, कुरूप और अशुभ हो।
माँ, हम जानती हैं तुम कितनी दयालु और आनन्दमयी हो।
तूने सब कुछ छोड़कर नीम वृक्ष के नीचे आसन लगाया

और हम अनाथ कन्याओं को अपनी उपासिका बनाया।
इस हरी नीम के नीचे पत्थर की इस मूरत में
तू आ समाई माँ हम सबके लिए
तेरे चरणों में ही हमें आश्रय है माँ तेरे चरणों में
तृष्णा तृष्णा तृष्णामुखी फट हुम।
तृष्णा तृष्णा तृष्णामुखी फट हुम।

इस गीत को सुनते-समझते चाणक्य यह नहीं समझ पा रहे थे कि उन्हें अब आगे क्या करना चाहिए। शर्मण, जो गीत का अनुवाद पूरा कर चुका था, फुसफुसा कर बोला, "हम एकदम सही समय पर पहुँचे हैं, लेकिन तृष्णामुखी की शक्ति के समक्ष कोई कुछ नहीं कर सकता। थोड़ी ही देर में पूजा पूरी होते ही देवी की शक्ति सातों उपासिकाओं में उतर आएगी।"

चाणक्य जैसे शर्मण की बात सुनते हुए भी कुछ नहीं सुन रहे थे। उनका मस्तिष्क स्थिति का आकलन और विश्लेषण करने में लगा हुआ था। वे सोच रहे थे कि कुबड़ी उपासिकाओं की शक्ति यदि प्रस्तर प्रतिमा के भीतर बैठी देवी में विश्वास के कारण है तो क्यों न वह प्रतिमा को नष्ट कर उनका विश्वास तोड़ दें और उन्हें कमजोर कर दें।

इस बीच, देवी की उपासना का एक भाग शायद पूरा हो चुका था, क्योंकि प्रमुख पुजारिन हुंकार भरते हुए नीम वृक्ष से दूर जा रही थी और अन्य उपासिकाएँ गाती हुई उसके पीछे-पीछे चल रही थीं। उनका गीत तो वही था, लेकिन अब वे भिन्न स्वर में गा रही थीं।

कुछ देर बाद वे सभी उसी प्रकार गाते हुए लौटने लगीं। इस बार उनके साथ प्रभाष और मित्रसेन भी थे। वे दोनों भी बिलकुल नंगे थे और उपासिकाएँ उन्हें पकड़कर ला रही थीं। लगता था दोनों सम्मोहन में चल रहे थे क्योंकि उनकी ओर से कोई प्रतिरोध न हो रहा था।

नीम के पेड़ के नीचे आने पर पहले वाला गीत रुक गया और अब दूसरा गीत शुरू हो गया, जिसका अनुवाद चाणक्य के इशारे पर शर्मण ने इस प्रकार सुनाया—

हम लाये हैं पकड़ के दो पुरुष
स्वीकार करो माँ, स्वीकार करो।
स्वस्थ और बलवान उनका लिंग है महान
लाल और विशाल, दृढ़, उष्ण और प्राणवान

स्वीकार करो माँ, स्वीकार करो।
माँ तू बलशाली पुरुषों को चखनेवाली
तेरी महिमा है अपार तू अपार तृष्णावाली।
स्वीकार करो माँ, स्वीकार करो।

गीत के साथ-साथ प्रधान उपासिका दोनों पुरुषों के नग्न शरीरों पर बारी-बारी से कोई लाल तरल पदार्थ का लेप कर रही थी।

गीत समाप्त होते ही सभी देवी प्रतिमा के समक्ष साष्टाँग दंडवत करने लगीं। फिर उठकर वे सब अचानक दोनों पुरुषों पर टूट पड़ीं और उन्हें जमीन पर पीठ के बल पटक दिया। वे उनके ऊपर बारी-बारी से देवी प्रतिमा को रखकर दबाती जा रही थीं जैसे देवी उन पुरुषों के साथ बलात् सम्भोग कर रही हो।

शीघ्र ही देवी प्रतिमा अपने स्थान पर यथावत स्थापित कर दी गई और सारी उपासिकाएँ बारी-बारी से दोनों पुरुषों के लिंग चूमने लगीं। लिंग-चुम्बन प्रसाद ग्रहण करने के प्रतीक जैसा था। शीघ्र ही यह प्रक्रिया पूर्ण कर सभी उपासिकाएँ दोनों पुरुषों को सामने के मैदान में ले गईं और उनके चारों ओर घेरा बनाकर घूमती हुई नाचने-गाने लगीं। उनका यह नृत्य और गायन अत्यन्त मादक था। सब जैसे किसी गहन सम्मोहन में निमग्न थीं।

अचानक सुरंग के द्वार से निकल चाणक्य बड़ी तेजी से नीम के वृक्ष के नीचे रखी देवी प्रतिमा की ओर झपटे और प्रतिमा को अपने दोनों हाथों में उठाकर झील की ओर भागे। शर्मण चाणक्य के इस दुस्साहस से अत्यन्त भयाक्रांत हो गया और मारे डर के सुरंग में दुबक गया।

ज्यों ही चाणक्य ने प्रतिमा झील में फेंकी सारा सम्मोहन टूट गया; नाच-गाना अचानक रुक गया। उपासिकाएँ समझ गईं कि उपासना में कोई भारी विघ्न पड़ गया। प्रभाष और मित्रसेन भी सम्मोहन से मुक्त हो गए। इस बीच एक उपासिका की दृष्टि प्रतिमा फेंकते चाणक्य पर पड़ गई। सभी चिल्लाते हुए चाणक्य पर आक्रमण करने के लिए झील की ओर दौड़ पड़ीं।

चाणक्य ने वहीं से उच्च स्वर में प्रभाष और मित्रसेन को सम्बोधित किया और उन्हें आदेश दिया कि मर्माघात का प्रयोग करके वे कुबड़ियों को नियंत्रित करें। दोनों अपने गुरु की आवाज पहचान गए और समझ गए कि उनके गुरु उन्हें बचाने आ पहुँचे हैं।

प्रभाष और मित्रसेन ने तुरन्त कुबड़ियों का पीछा करके उन पर आक्रमण कर दिया। प्रभाष ने एक लात एक कुबड़ी के कूबड़ पर जमाई और हाथ दूसरी

कुबड़ी की गर्दन पर मारा। दोनों बेहोश होकर जमीन पर जा गिरीं। मित्रसेन ने भी यही रणनीति अपनाई। थोड़ी ही देर में सभी सातों कुबड़ियाँ जमीन पर बेहोश पड़ी थीं। मर्माघात ने अपना प्रभाव भरपूर दिखाया था। तब तक चाणक्य भी दौड़कर वहाँ पहुँच गए थे। उन्होंने अपने शिष्यों को तुरन्त भाग चलने को कहा।

प्रभाष, मित्रसेन, चाणक्य और शर्मण अँधेरी सुरंग में भागे चले जा रहे थे। चाणक्य यद्यपि जानते थे कि देवी प्रतिमा के जलमग्न हो जाने से कुबड़ियों की आस्था को गम्भीर आघात लगा है और उनकी शक्ति क्षीण हो गई है, फिर भी वे कोई खतरा नहीं मोल लेना चाहते थे। वे बार-बार आग्रह कर रहे थे जल्दी से जल्दी सुरंग से बाहर निकल भागने के लिए।

सुरंग के बाहर आते ही शर्मण ने चेतावनी दी कि उस क्षेत्र से जितनी जल्दी और जितना दूर हो सके भाग जाना जरूरी है क्योंकि देवी-प्रतिमा के विध्वंस की बात सुनते ही गाँव वाले आग-बबूला हो जाएँगे और विध्वंसकों को खोजकर मार डालने की कोशिश करेंगे।

शर्मण के नेतृत्व में सभी वहाँ से तुरन्त भाग चले। शर्मण का कहना था कि उस क्षेत्र की भौगोलिक स्थिति से वह भलीभाँति परिचित हैं। फिर भी, पूरा दल दो दिनों तक बिना कहीं रात्रि-विश्राम किए भागता रहा। घने जंगलों, पहाड़ियों और नालों से गुजरता हुआ वह दल अन्ततः गंगा के किनारे बसे मल्लाहों की एक बस्ती में जा पहुँचा। वहाँ थोड़ा विश्राम करके उन्होंने मल्लाहों से एक नाव ली और गंगा में खेते हुए पूरब की ओर चले। जल्दी ही वे नाव से गंगा किनारे बसे गाँव कर्णपुर पहुँच गए जहाँ नदी तट पर संयुक्त सेना रात्रि-विश्राम के लिए रुकी हुई थी।

चाणक्य के लौट आने से पूरे सैन्य-शिविर में हर्ष की लहर दौड़ गई। अपने अचानक गायब होने के बारे में न चाणक्य ने बताया और न किसी ने पूछा। सभी जानते थे चाणक्य कई मामलों में बड़ी गोपनीयता बरतते थे। उनके निर्देश पर उनके दोनों शिष्यों और शर्मण ने भी चुप्पी साधे रखी।

***

संयुक्त सेना उत्तरापथ पर गंगा नदी के समानान्तर आगे बढ़ चली। सैनिकों को गंगा की निकटता बहुत भा गई थी और गंगा में स्नान-ध्यान करके वे अपने को बड़ा भाग्यशाली समझते थे। कहीं-कहीं गंगा किनारे होनेवाले यज्ञों को देखकर वे धार्मिक भावना से बहुत अभिभूत हो जाते थे; वहाँ ऋषियों और ब्राह्मणों का आशीर्वाद लेने के लिए होड़ लगा लेते थे।

सेना जिन-जिन क्षेत्रों में पहुँचती प्राय: उन सभी स्थानों के शासकों एवं अधिकारियों के बारे में चाणक्य पहले से ही अपने गुप्तचरों को भेजकर सूचनाएँ एकत्र कर लेते और यह भी पता लगवा लेते कि धननन्द के प्रति उनकी धारणा क्या है। एकत्र सूचनाओं के विश्लेषण के आधार पर वह आकलन करते कि सम्राट के शोषण और अत्याचारों के विरुद्ध शासकों में कितना असन्तोष है; विरोध के मुख्य मुद्दे क्या हैं और हानि या अपमान की वे कौन-सी घटनाएँ हैं जिनका उल्लेख कर वह स्थानीय शासकों और अधिकारियों को और भड़का सकते हैं। इन सारी सूचनाओं और विश्लेषणों से लैस होकर वह स्थान-विशेष के शासक और अधिकारियों के पास पहले ही पहुँच जाते और बड़ी चतुराई से उन्हें सम्राट धननन्द के विरुद्ध खूब भड़का देते। उनमें से कुछ स्थानों के शासक तो काइयाँ होते और चाणक्य की बातों में न आते और अपने ही सम्राट के विरुद्ध बातें करने से बड़े कूटनीतिक ढंग से बचते थे। हाँ, वे संयुक्त सेना का विरोध नहीं करते क्योंकि अन्तर्मन से वे भी धननन्द के शासन का अन्त चाहते थे। कुछ स्थानों के शासक चाणक्य की चालाक बातों और चालों से इतना अभिभूत हो जाते कि उस सैनिक अभियान में अपनी सेना मिलाकर सहयोग करने का आग्रह करने लगते। ऐसे आग्रहों को चाणक्य बड़ी विनम्रता से ठुकरा देते और धन्यवाद देते हुए आश्वासन देते कि ज्यों ही उनकी सहायता की आवश्यकता पड़ेगी उन्हें सूचित किया जाएगा।

चाणक्य के प्रयासों का ही परिणाम था कि सेना जहाँ-जहाँ से गुजरती वहाँ के शासक पक्ष में हो जाते या तटस्थ रहते। अपने शासकों की अनुकूलता देखते ही स्थानीय लोग सेना का अभिनन्दन करने लगते और बड़ी उदारता से उन्हें खाद्य-सामग्री एवं अन्य संसाधन उपलब्ध कराते।

4

कात्यायन के गुप्तचर लगातार उसे सूचित कर रहे थे कि चाणक्य एक संयुक्त सेना लिए चढ़ा चला आ रहा है मगध साम्राज्य की राजधानी पाटलिपुत्र की ओर। दूर तक विस्तृत मगध साम्राज्य के अधीन राज्य, जिनसे होकर चाणक्य की संयुक्त सेना गुजर रही थी, वे भी अपने दूत मगध सम्राट के पास भेज रहे थे। वे सम्राट को सूचित करने के अपने कर्तव्य-पालन के साथ-साथ दिशानिर्देश भी माँग रहे थे कि संयुक्त सेना के प्रति क्या प्रतिक्रिया की जाए—क्या प्रतिरोध कर उसे आगे बढ़ने से रोका जाए?

कात्यायन मगध साम्राज्य का महामात्य होने के साथ-साथ गुप्तचर-प्रमुख भी था। उसके गुप्तचर और गुप्त सूत्र निरन्तर उसे सूचनाएँ दे रहे थे। चाणक्य की रणनीति तो उसे बिलकुल स्पष्ट लग रही थी। उसमें कुछ छुपा हुआ तात्पर्य न था। चाणक्य ने तो स्पष्ट घोषणा कर रखी थी कि वह नन्द वंश का नाश करेगा। अत: चाणक्य के उद्‌देश्य के विषय में सूचनाएँ एकत्र करना, उनका विश्लेषण करना और उसमें कोई छुपा हुआ आशय खोज निकालना व्यर्थ था। हाँ, चाणक्य के सामर्थ्य और साधन पर सूचनाओं की अवश्य आवश्यकता थी और उनका विश्लेषण कर उनके द्वारा मगध सम्राट को हानि पहुँचा सकने की सम्भावना का आकलन करना आवश्यक था।

***

सम्राट धननन्द गहन विचारों में डूबा हुआ था। उसे चिन्ता सता रही थी कि इधर कुछ दिनों से रंगमंडप के कलाकार शिथिल पड़ते जा रहे थे। युवा नर्तकियों में नृत्य के प्रति चाव न था; गायक और वादकगण भी हतोत्साहित प्रतीत होते थे। सम्भोग के लिए चयनित सुन्दरियाँ भी कामुक चेष्टाओं में उत्साह न दिखाती थीं। यह विषय ऐसा था कि जिस पर सम्राट महामात्य कात्यायन से भी विमर्श नहीं करना चाहता था।

सोचते-सोचते सम्राट अन्तत: इस निष्कर्ष पर पहुँचा कि सम्भवत: इन कलाकारों को जीविका सम्बन्धी संकट हो। इस निष्कर्ष पर पहुँचते ही उसने निश्चय किया कि इन कलाकारों का वेतन बढ़ाया जाए। साथ ही, सम्भोग में प्रयुक्त नर्तकियों का मानदेय भी बढ़ाया जाए। सम्राट अपराधबोध से आक्रांत हो गया कि अपने स्वयं के मनोरंजन के लिए नियुक्त इन कलाकारों का वेतन एवं मानदेय काफी समय से बढ़ाया न गया था। आखिर, खाली पेट वे कब तक सम्राट को सन्तुष्ट करते रहते!

सम्राट धननन्द के समक्ष अब समस्या थी कि इन कलाकारों को देने के लिए धन कहाँ से आए? गुप्त संचितनिधि[34] से वह धेला भी न देना चाहता था। राजकोष से भी सम्भावना नहीं बन रही थी। ले-देकर एक ही उपाय बचता था कि प्रजा पर लगाए गए करों में वृद्धि कर धन का प्रबन्ध किया जाए। किन्तु, दूसरे ही क्षण सम्राट ने यह विचार त्याग दिया क्योंकि उसे लगा कि करों के भारी बोझ तले प्रजा बहुत पहले से कराह रही है और कई स्थानों से ऐसी भी सूचनाएँ आई थीं कि करों से दबकर प्रजा विप्लव कर देगी।

अन्तत: सम्राट ने निश्चय किया कि क्यों न विभिन्न श्रेणियों[35] को अपने व्यापार

एवं कार्यकलाप की वृद्धि और विकास के लिए राजकोष से ब्याज पर धन उधार दिया जाए और प्राप्त ब्याज से रंगमंडप के कलाकारों की वेतन-वृद्धि की जाए।

***

सम्राट धननन्द ने स्वर्णकारों, हेलाबुकों, तांबूलिकों, कुविंदों (जुलाहों) एवं चर्मकारों इत्यादि अठारह प्रकार के लोगों की श्रेणियों के प्रमुखों की बैठक बुलाई। इन प्रमुखों के लिए यह विशेष गौरव की बात थी कि स्वयं सम्राट ने इन्हें वार्ता के लिए आमंत्रित किया था, अन्यथा इनकी पहुँच वित्त सचिव[36] या अधिक से अधिक महामात्य तक थी।

बैठक में वित्त सचिव और महामात्य भी उपस्थित थे, किन्तु सम्राट स्वयं श्रेणी-प्रमुखों को सम्बोधित कर रहे थे। सम्राट ने अपने संक्षिप्त सम्बोधन को समाप्त करते हुए कहा, “प्रत्येक श्रेणी प्रमुख को अपनी श्रेणी के व्यावसायिक विकास के लिए दो सहस्त्र कार्षापण की अक्षयनिधि प्रदान की जाएगी जिस पर उन्हें एक प्रतिशत प्रतिमाह वृद्धि देनी होगी। मूल अक्षयनिधि सुरक्षित रहेगी एवं जब भी साम्राज्य को आवश्यकता होगी मूल अक्षयनिधि को राजकोष में तत्क्षण वापस करना होगा। वृद्धि धन (ब्याज) एकत्र कराने एवं इस योजना के पर्यवेक्षण का दायित्व वित्त सचिव का होगा।”

यह बैठक एक तरह से एकतरफा थी। श्रेणी-प्रमुखों से न विमर्श किया गया न उनकी प्रतिक्रिया की परवाह की गई। विकास के नाम पर जबरदस्ती बोझ लाद देने और जबरदस्ती ब्याज वसूलने की सम्भावना से सभी श्रेणी-प्रमुख मन-ही-मन काँप उठे, किन्तु प्रकटतः कुछ भी व्यक्त करने की उनकी हिम्मत न पड़ी। वित्त सचिव धनलोलुप सम्राट धननन्द की धनलिप्सा को तृप्त करने के एक और दायित्व से दबा महसूस कर रहा था, पर चुप रहने में ही उसने अपनी भलाई समझी। यद्यपि, महामात्य कात्यायन कुछ बोलने को कसमसा रहा था।

बैठक को लगभग समाप्त होता हुआ देख महामात्य ने सम्राट से एकान्त में विमर्श करने का विनम्र निवेदन बड़ी दबी जुबान से किया। कात्यायन सम्राट को चाणक्य द्वारा प्रायोजित आक्रमण के बारे में सतर्क करना चाह रहा था। उसने अपने सूत्रों से मिली सूचनाओं के आधार पर संयुक्त सेना की शक्ति और कमजोरियों का तरह-तरह से अध्ययन व विश्लेषण कर विवरण तैयार किया था और उससे सम्राट को अवगत कराना चाह रहा था। यद्यपि इस सम्बन्ध में पहले भी वह कई बार सम्राट को सूचित कर चुका था, किन्तु इस बार वह

एक विश्लेषणात्मक विवरण लेकर गया था, जिसमें निर्णयात्मक रूप से एक स्पष्ट सलाह थी।

***

कात्यायन—“महाराज, कौटिल्य आपके विरुद्ध निरन्तर कुचक्र रच रहा है।”

धननन्द—“कौन कौटिल्य?”

कात्यायन—“वही कुटिल कार्यों वाला, तक्षशिला विश्वविद्यालय का आचार्य चाणक्य जिसे आपने कभी प्रताड़ित करके भगाया था।”

धननन्द—“अच्छा, वह चणक का वाचाल पुत्र विष्णुगुप्त जो मुझे सलाह देने आया था। क्या किया अब उसने?”

कात्यायन—“सीमावर्ती राजाओं को भड़का कर उसने एक संयुक्त सेना तैयार की है।”

धननन्द—“तो?”

कात्यायन—“वह पाटलिपुत्र पर आक्रमण करने आ रहा है।”

धननन्द (बड़ा जोरदार अट्टहास करते हुए)—“अच्छा! उसे मालूम है न कि मगध सेना विश्व की सबसे विशाल और समर्थ सेना है जिससे अलक्षेन्द्र भी डर कर वापस भाग गया?”

फिर धननन्द ने थोड़ा रुक कर अपनी मुखमुद्रा गम्भीर बनाते हुए पूछा—“कौन है उस सेना का सेनाधिपति?”

कात्यायन—“महाराज, सेनाधिपति तो पौरव नरेश पुरु हैं जिन्हें पराजित करने के बाद भी अलक्षेन्द्र ने वीरता के लिए सम्मानित किया था। किन्तु, वह सेना मात्र पुरु की सेना नहीं है, अपितु पाँच पर्वतीय राज्यों की संयुक्त सेना है। साथ ही, चाणक्य का पालित युवक चन्द्रगुप्त उस सेना का उपसेनाधिपति है।”

धननन्द (फिर जोरदार अट्टहास करते हुए)—“विनाशकाले शृंगालोऽनगराम धावति (सियार की मौत आती है तो शहर की ओर भागता है)। आने दो, इन सबों की मौत आई है। इन सबों को दुस्साहस का मजा चखाएँगे। यहीं घेर कर उन्हें मार डाला जाएगा। चणक के पुत्र को तो मैं तड़पा-तड़पाकर मारूँगा वैसे ही जैसे कभी इसके बाप को हमारे पिताश्री महाराज ने मारा था।”

कात्यायन—“महाराज, हमें भी कुछ तैयारी करने की आवश्यकता होगी।”

धननन्द कुछ देर रुककर चुपचाप विचारमग्न रहा, फिर उल्लसित भाव से बोला, “कात्यायन, ऐसे क्षुद्र लोगों की चिन्ता में अपना समय व्यर्थ न करो। तुम अपना ध्यान अर्थ-संग्रह में लगाओ। ध्यान रहे सारे कर कठोरता

से एकत्र किए जाते रहें। साम्प्रतिक ऋण योजना को भी ठीक से कार्यान्वित कराओ ताकि वृद्धि के रूप और धन एकत्र हो सके। अपने वित्त सचिव पर थोड़ा दबाव बढ़ाओ।"

कात्यायन आश्चर्य से धननन्द का मुँह ताकने लगा। वह अपने गुप्त सूत्रों से प्राप्त खबरों का हवाला देकर रक्षा तैयारियाँ प्रारम्भ करना चाहता था, किन्तु सम्राट ने उसकी सूचनाओं और आशंकाओं का उपहास करते हुए उसकी बड़ी हँसी उड़ाई। साथ ही, सम्राट ने चाणक्य को अपशब्द बके और गालियाँ दीं। कात्यायन ने जब अपनी सलाह दुहराने की कोशिश की, तो सम्राट रुष्ट होकर पैर पटकता हुआ वहाँ से चला गया।

5

वत्स[37] महाजनपद की राजधानी कौशाम्बी की बगल से गुजरते हुए संयुक्त सेना उत्तरापथ पर फिर आगे बढ़ी। फाल्गुन का महीना बीतते-बीतते वत्स महाजनपद को पार कर सेना काशी महाजनपद की सीमा पर जा पहुँची।

यों तो काशी महाजनपद मगध साम्राज्य के ही अधीन था, किन्तु युवा काशिराज प्रत्यर्दन अपना स्वत्व और स्वाभिमान बचाए रखने का भरसक प्रयास करता था। प्रत्यर्दन तक्षशिला में कभी चाणक्य का शिष्य रह चुका था। स्वाभिमान और कूटनीति की शिक्षा उसने चाणक्य से ही पाई थी। मगध सम्राट धननन्द द्वारा अपने गुरु चाणक्य के अपमान की कथा से वह भलीभाँति परिचित था। मगध जनपद का निकट पड़ोसी होने के बावजूद काशी मगध साम्राज्य की शक्ति और विशालता के समक्ष तुच्छ था। इन्हीं कई कारणों से प्रत्यर्दन चुप्पी साधे रहता था।

अपने गुप्तचरों द्वारा प्रत्यर्दन को ज्यों ही पता लगा कि मगध साम्राज्य के विरुद्ध एक संयुक्त सेना काशी जनपद की ओर बढ़ी आ रही है तो, उसने इस सेना का समर्थन करने का तत्क्षण निर्णय ले लिया। जब उसे पता लगा कि उसके गुरु चाणक्य भी उस सेना के साथ-साथ आ रहे हैं तो उसकी ख़ुशी का ठिकाना न रहा। उन्होंने अपने महामंत्री भद्रक को एक अतिविशिष्ट शिष्टमंडल के साथ अपने गुरु सहित सेना का स्वागत करने के लिए तुरन्त रवाना कर दिया।

काशी महाजनपद की सीमा पर उत्तरापथ के किनारे बसे गाँव कर्णकंठपुर के निकट विश्राम कर रही सेना का इस शिष्टमंडल ने स्वागत किया और अपने

साथ लाई खाद्य सामग्री एवं अन्य वस्तुओं का उपहार दिया। इस शिष्टमंडल के दिशा-निर्देश में सेना काशी जनपद की राजधानी वाराणसी की ओर तेजी से बढ़ी। मार्ग में छायादार वृक्षों और विश्रामगृहों की स्थिति देखकर सैन्यजन बड़े चकित थे।

विश्रामगृह यद्यपि मिट्टी की दीवारों से बने थे, किन्तु उनके द्वार मजबूत किवाड़ों से सुरक्षित थे। भीतर की जमीन पर बालू बिछा था और यात्रियों के विश्राम के लिए बिस्तरे लगे थे। पीने का स्वच्छ पानी मिट्टी के घड़ों में रखा हुआ था। विश्रामगृहों का क्षेत्र ऊँचे ताड़ वृक्षों से निर्धारित था और सशस्त्र प्रहरियों द्वारा सुरक्षित था। मार्ग में जगह-जगह गहरे कुएँ थे जिनमें से कुछ कुओं पर स्थानीय लोग यात्रियों के लिए घड़ों में और जानवरों के लिए द्रोणियों (काठ के बड़े-बड़े बर्तन) में जल भर रहे थे।

वाराणसी नगर के निकट असी नदी के तट पर सेना ज्यों ही पहुँची काशिराज प्रत्यर्दन ने शीघ्रता से पहुँचकर स्वागत किया। सेना को नदी तट पर बने शिविरों में ठहरा दिया गया और उनके भोजन और विश्राम की समुचित व्यवस्था की गई। प्रत्यर्दन के विशेष आग्रह पर सभी राजपुरुषों को भव्य राजमहल में लाकर ठहराया गया। काशिराज की अतिशय विनम्रता और निवेदन के बावजूद चाणक्य ने राजमहल में ठहरना अस्वीकार कर दिया। उन्होंने गंगा तट पर एक पेड़ के नीचे निवास करने का निश्चय किया। हालाँकि, अपने शिष्य की निष्ठा और अनुरोध का सम्मान करने के लिए उन्होंने पेड़ के नीचे एक झोंपड़ी डालने की अनुमति दे दी।

***

वाराणसी नगर को निकट पाकर सैन्य कर्मियों की धार्मिकता उफान मारने लगी। कुछ तो उन्होंने रास्ते में ही सुन रखा था, कुछ नगर के पण्डे-पुजारियों के मुँह से सुन-सुन कर पुण्य अर्जित करने के लिए उतावले हो रहे थे। झुंड-के-झुंड सैनिक दशाश्वमेध घाट पर गंगा स्नान करते और निकट स्थित आदि विश्वेश्वर का दर्शन करते, जिन्हें स्थानीय लोग भगवान विश्वनाथ कहते थे। सैनिकों की श्रद्धा को देखते हुए स्थानीय लोगों को स्पष्ट राजकीय निर्देश था कि कोई भी ऐसा कार्य न किया जाए जिससे अतिथि सैनिकों की आस्था और सम्मान को ठेस पहुँचे।

सैनिकों में कुछ ऐसे भी थे जो अपनी कामुकता पर काबू न रख पाए। उन्होंने वाराणसी की रूपजीवाओं और नर्तकियों के बारे में काफी कुछ सुन रखा था। ये

वारांगनाएँ भी कुछ कमा लेने का अवसर चूकना न चाहती थीं। परिणामस्वरूप, नगरवधुओं के मोहल्ले में सैनिकों की आवाजाही बढ़ गई। साथ ही, निकट के ही मदिरालय में ये सैनिक मदिरापान भी खूब करते। मदिरापान कर लेने पर अपनी मर्यादा भूल जाना स्वाभाविक है। ये अतिथि सैनिक भी इसके अपवाद न थे। स्थानीय नागरिक अपनी सांस्कृतिक सौम्यता एवं राजकीय आदेश के चलते प्रायः चुप रहते और सैनिकों की धमाचौकड़ी बर्दाश्त करते।

एक दिन गजब हो गया। श्यामा नाम की वेश्या के रूप एवं नृत्य की प्रशंसा सुनकर एक सैनिक उसके यहाँ जा धमका। सौ कार्षापण देकर उसने नृत्य की फरमाइश की। मोटी रकम देखकर श्यामा झूमकर नाची और उस सैनिक का मन मोह लिया। इसी बीच, अपना नशा का कुछ और तीव्र करने की इच्छा से वह सैनिक शीघ्रता से निकट के मदिरालय में मदिरा लेने पहुँच गया। उसने वहाँ मदिरा क्रय की और कुछ मदिरा वहीं पी ली।

लौटते समय उसने रास्ते में एक अकेली स्त्री को देखकर उसे दबोच लिया। शील-भंग की आशंका से वह स्त्री जोर-जोर से चीखने लगी, जिसे सुनकर बड़ी संख्या में स्थानीय लोग इकट्ठा हो गए। सैनिक का तर्क था कि उस स्त्री का साम्य श्यामा से था और भ्रम में उसे श्यामा जानकर ही वह उससे कामुक व्यवहार कर बैठा। सैनिक का तर्क सुनने को कोई राजी न था। सैनिक की हरकत और स्त्री का दारुण विलाप सुनकर लोगों के धैर्य का बाँध टूट गया। इन्हीं में उस स्त्री का पति भी था। वह सैनिक के साथ गाली-गलौज करने लगा, जो शीघ्र ही हाथापाई में बदल गई। शोर सुनकर उधर से गुजर रहा नगरगुत्तिक (शहर कोतवाल) वहाँ पहुँच गया और अपने गले में पड़े लाल फूलों की माला को सँभालते हुए मामले की छानबीन करने लगा। स्थिति बिगड़ती देख उसने सैनिक को गिरफ्तार कर लिया।

लोगों के भारी दबाव के चलते उसी क्षण उस सैनिक को काशिराज प्रत्यर्दन के न्यायालय में पेश किया गया। अभियोजन की ओर से उस स्त्री के पति ने बड़े जोर-शोर से मामले को उठाया और न्याय की गुहार लगाई। काशिराज बड़े पशोपेश में था। वह आरोपी सैनिक को दंडित करके अतिथि राजपुरुषों एवं उनकी सेना से अपने मैत्रीपूर्ण सम्बन्ध को नहीं बिगाड़ना चाहता था। साथ ही, अपनी प्रजा के प्रति न्याय सुनिश्चित करने के दायित्व से भी दबा महसूस कर रहा था।

समाधान सुझाया न्याय संभाग के अमात्य शूलपाणि ने, जो राज्य का मुख्य न्यायाधीश भी था। शूलपाणि ने तर्क दिया कि आरोपी सैनिक ने जानबूझकर

अपराध नहीं किया क्योंकि उस समय वह नशे की हालत में था और उसी हालत में उसे मतिभ्रम हो गया जिसके कारण वह पीड़ित स्त्री को श्यामा वेश्या समझ बैठा। शूलपाणि ने यह भी तर्क दिया कि मदिरापान और मतिभ्रम की सजा आरोपी सैनिक पहले ही बहुत भुगत चुका है। काशिराज को यह तर्क जँच गया। यही तर्क था जो आरोपी सैनिक भी देना चाह रहा था। काशिराज ने सैनिक को मतिभ्रम का लाभ देते हुए आरोप मुक्त कर दिया।

काशिराज के निर्णय से प्रजा में भारी असन्तोष उत्पन्न हुआ। पीड़ित स्त्री और उसका पति ठगा हुआ महसूस करने लगे। काशिराज प्रजा की पीड़ा समझता था, लेकिन अतिथियों के प्रति स्नेहवश चुप्पी साधे रहा।

***

सैनिक वाला मामला अभी ठंडा भी न पड़ा था कि एक दूसरी विकट समस्या सामने आ खड़ी हुई। महाराज पुरु अपने पाँचों अंगरक्षकों एवं एक निजी सेवक के साथ राजनिवास से गायब पाए गए। पूरा राजनिवास छान मारा गया, लेकिन पुरु का पता न चला। काशिराज आश्चर्यचकित था कि अभी पिछली रात पुरु उसके साथ ही देर तक मदिरापान करते रहे और सुबह अचानक कहाँ चले गए। विशिष्ट अतिथि की रक्षा में अपने को अक्षम पाकर वह बड़ा लज्जित था।

पुरु के गायब होने की खबर पूरे नगर में जंगल में आग की तरह फैल गई। लोग तरह-तरह की बातें करने लगे। कुछ का मानना था कि सैनिक के हाथों पीड़ित स्त्री के रिश्तेदारों ने अन्याय और अपमान का बदला लेने के लिए राजा को गायब कर दिया। कुछ दूसरे लोगों, खासकर राज कर्मचारीगणों को शक हुआ कि कहीं किसी गुप्त अभियान के अन्तर्गत शत्रु द्वारा पुरु का अपहरण तो नहीं कर लिया गया? इसके पीछे वे मगध सम्राट के गुप्तचरों का हाथ मान रहे थे, जो पाटलिपुत्र पर आक्रमण की सम्भावना को समाप्त करने के लिए बीच रास्ते से ही राजा पुरु को धोखे से वध कर देने के लिए उठा कर ले गए होंगे। उनका कहना था कि मगध सम्राट धननन्द का महामात्य कात्यायन बहुत कुटिल और चालाक था और गुप्त अभियान चला-चला कर सम्राट के शत्रुओं को समाप्त करने में लगा रहता था।

इसी बीच, चाणक्य को एक गुप्त सूचना मिली। यह सूचना मृत पत्र पेटिका[38] में पड़े हुए एक भोजपत्र पर लिखी हुई थी। यह भोजपत्र राजा पुरु की सेवा में लगे हुए रमण नामक सेवक, जो वास्तव में चाणक्य का गुप्तचर था, ने पुरु के संग जाते हुए जल्दी से मृत पत्र पेटिका में डाल दिया था। यह

पेटिका पहले ही निर्धारित योजना के अनुसार काशिराज के राजनिवास के एक कक्ष के द्वार के छिद्र में नियत की गई थी। इस कक्ष में चन्द्रगुप्त को ठहराया गया था। चन्द्रगुप्त की सेवा में लगे एक अन्य सेवक को गुप्त रूप से यह जिम्मेदारी दी गई थी कि वह गुप्त पत्र पेटिका पर नजर रखे और ज्यों ही उसे उसमें कोई पत्र दिखे फुर्ती से उसे निकाल कर निर्देशित व्यक्ति को सौंप दे ताकि वह समय पर कार्रवाई के लिए चाणक्य के पास पहुँच जाए। वह अन्य सेवक भी चाणक्य का गुप्तचर था, जिसे चाणक्य ने चन्द्रगुप्त पर चुपके से नजर रखने के लिए लगाया हुआ था।

चाणक्य के पास पहुँचनेवाला भोजपत्र खाली था। उस पर कुछ न लिखा था। सिर्फ चाणक्य को मालूम था कि पत्र को जानबूझकर खाली रखा गया था। उन्होंने जल से भरे एक पात्र में पत्र को शीघ्रता से डुबा कर निकाला तो पत्र पर लिखा अदृश्य सन्देश दृश्यमान हो उठा। सन्देश अत्यन्त संक्षिप्त था, "राजा विंध्यवासिनी देवी का दर्शन करने के लिए शीघ्रता से विंध्याचल जा रहा है।"

इस सन्देश का भावार्थ समझकर चाणक्य मन-ही-मन मुस्कराए। उन्हें पुरु की मूर्खता पर तरस आ रहा था। वे पुरु को कोसने लगे कि अपने पुरुषार्थ पर भरोसा करने की अपेक्षा वह अन्धविश्वास में डूबा हुआ था। अचानक, चाणक्य पुरु की सुरक्षा को लेकर चिन्तित हो उठे—आखिर, वह संयुक्त सेना का सेनाधिपति था और यदि वह शत्रु के हाथों पड़ गया तो पासा पलटते देर न लगेगी।

***

दो दिनों बाद, एक व्यक्ति काशिराज प्रत्यर्दन के दरबार में उपस्थित हुआ और सूचित किया कि वह विंध्याटवी के दस्युराज मुंड का दूत है। दूत ने काशिराज को एक पत्र दिया जिसमें मुंड का सन्देश लिखा हुआ था, "राजा पुरु अपने लोगों सहित हमारे पास सुरक्षित हैं। उन सबकी विंध्यवासिनी मन्दिर में देवी के सामने बलि दे दी जाएगी, यदि हमारे बड़े भाई चंड को हफ्ते भर के भीतर हमारे हवाले न कर दिया गया। विंध्यवन की सीमा पर बसे बसंतपुर गाँव के निकट हमारे भाई को पहुँचा दीजिए। हम आपके अतिथि बंधकों को ससम्मान राजनिवास पहुँचा देंगे। ध्यान रहे वह मूर्खता मत करिएगा जो अपने पिता सुदेव के समय किया था।"

पत्र पूरा करते-करते प्रत्यर्दन भय से काँप उठा। उसे याद हो आया कि विंध्यवासिनी देवी की पूजा करते हुए उसके पिता सुदेव जी महाराज का किस

प्रकार तत्कालीन दस्युराज चंड ने अपहरण कर लिया था और छोड़ने के बदले भारी रकम की माँग की थी। माँग इतनी बड़ी थी कि उसे पूरा करना मुश्किल था। चंड किसी भी मोलभाव के लिए तैयार न था और अपनी ज़िद पर अड़ा था।

प्रत्यर्दन उस समय युवराज था और अति उत्साह में उसने अपने पिता को छुड़ाने के लिए एक सैनिक अभियान चलाया जिसमें चंड तो पकड़ा गया, लेकिन महाराज सुदेव को अपनी जान गँवानी पड़ी। तब से चंड काशिराज के कारागार में था। अब उसका छोटा भाई मुंड, जो वर्तमान दस्युराज है, पुरु को छोड़ने के बदले उसकी रिहाई माँग रहा था। प्रत्यर्दन को भलीभाँति मालूम था कि दोनों भाई यदि मिल गए तो उनका दमन असम्भव हो जाएगा। प्रत्यर्दन विकट संकट की स्थिति में था।

प्रत्यर्दन ने झटपट अपने मंत्रियों और सेनानायकों की आपात बैठक बुलाई। सभी के सभी किंकर्तव्यविमूढ़ थे। उन्हें कोई उपाय न सूझ रहा था। दोनों वैकल्पिक समाधानों की चर्चा हुई, लेकिन फिरौती देने या मुंड को रिहा करने में से कोई समाधान उपयुक्त न लगा। प्रत्यर्दन ने समझाया कि अतिथि के प्राणों की रक्षा सर्वोपरि कर्तव्य है। लेकिन, जब महामंत्री ने खूंखार डाकुओं के आतंक की ओर काशिराज का ध्यान खींचा तो उसका जोश ठंडा पड़ गया। महामंत्री ने प्रत्यर्दन को चेताया, "महाराज, विंध्याटवी के डकैत हमारे लिए बहुत बड़ी चुनौती रहे हैं। विंध्य पर्वत श्रृंखला पर फैला सघन वन उनका अभेद्य दुर्ग रहा है। शक्तिशाली मगध साम्राज्य भी उनसे मुठभेड़ लेने से कतराता रहा है। डकैतों के सरदार चंड के बन्दी बनने के बाद से इन डकैतों की शक्ति कुछ क्षीण हुई है। अब चंड को मुक्त कर विपत्ति को आमंत्रित करना उचित नहीं।"

महामंत्री की चेतावनी के बाद तो एक ही रास्ता बच गया था कि डकैतों के विरुद्ध सैन्य अभियान शुरू किया जाए। किन्तु, सेनाध्यक्ष ने इस विकल्प को ख़ारिज करते हुए कहा, "डकैतों की छलयुद्ध प्रणाली के आगे हमारी सैन्य शक्ति नहीं टिक पाती है। हमारी सेना धर्मयुद्ध के नियमों के अनुसार नियमित युद्ध के लिए प्रशिक्षित है। डकैतों की सेना छल से रात में आक्रमण करती है और दिन में सघन वन में छुप जाती है। वन के रास्तों से हमारी सेना अनजान है, जबकि डकैत सेना उसके चप्पे-चप्पे से परिचित है। यही कारण है कि पिछले अभियान में हमें बहुत बड़ी हानि उठानी पड़ी और महाराज को जान गँवानी पड़ी।"

अतिथि राजपुरुषों और सेनानायकों को स्थिति से अवगत कराने और उनसे सुझाव लेने के लिए प्रत्यर्दन ने एक दूसरी आपात बैठक बुलाई। लेकिन, सब के सब मौन साधे रहे जैसे सबकी मति और पौरुष पर तुषारापात हो गया हो। प्रत्यर्दन अन्ततः अपने गुरु चाणक्य की शरण में गया और मार्गदर्शन के लिए निवेदन किया। चाणक्य ने समस्या के समाधान के लिए पाँच दिन का समय माँगा।

***

एक योजना बनाकर चाणक्य सीधे उस कालकोठरी में पहुँचे जहाँ दुर्दान्त डकैत चंड कैद था। उन्होंने सीधे चंड से संवाद स्थापित करते हुए कहा, "चंड, विंध्याटवी में प्रत्यर्दन की सेना के साथ भिड़ंत में तुम्हारे दल के कई डकैत घायल हो गए हैं। उनमें से कई पकड़ लिए गए हैं। उनमें तुम्हारा छोटा भाई मुंड भी है। हम उसे तुमसे मिलवाना चाहते हैं ताकि तुम दोनों भाई मिलकर विचार करो और काशिराज के साथ सन्धि कर लो। बदले में तुम दोनों को मुक्त कर दिया जाएगा।"

अपने भाई के घायल होने की खबर सुनकर चंड घबड़ा गया और मारे दुख के रोने लगा। चंड, जो कभी भयानक डाकू था, वर्षों कैद में रहने के कारण अत्यन्त दुर्बल और दीन-हीन हो गया था। रोते-रोते उसने हाथ जोड़ लिए और विनती की, "मुझे मेरे घायल भाई के पास ले चलो। मैं सन्धि की सारी शर्तें मान लूँगा। मेरे भाई को बचा लो।"

"नहीं। हम तुम्हें वहाँ ले जाने की मूर्खता नहीं कर सकते। मुंड को ही यहाँ ले आएँगे," चाणक्य ने जवाब दिया।

"तो, तुरन्त ले आओ," चंड गिड़गिड़ाया।

"इसमें एक कठिनाई है," चाणक्य ने हिचकिचाने का अभिनय करते हुए कहा।

"कैसी कठिनाई?"

"पकड़े गए डकैतों में से हर एक दावा कर रहा है कि वही मुंड है। अपने सरदार मुंड को बचाने के लिए ही सब ऐसा कर रहे हैं, लेकिन इससे उत्पन्न पहचान की समस्या से वे सब अनजान हैं और हम लोगों के कहे पर विश्वास नहीं कर रहे हैं। समय तेजी से समाप्त हो रहा है। अगर तुरन्त चिकित्सा न की गई तो तुम्हारे भाई की जान जा सकती है।"

"तो, मुझे क्या करना है? जल्दी बताइए," कहकर चंड जोर-जोर से रोने

लगा। आँसुओं की धारा उसके सूखे गालों पर बह चली।

"कुछ ऐसी गुप्त बातें बताओ जो सिर्फ तुम दोनों भाइयों को ही मालूम है। इन बातों को बताने पर तुम्हारे भाई को विश्वास हो जाएगा और वह अपनी पहचान उजागर कर तुम्हारे पास आने को तैयार हो जाएगा।"

चंड तुरन्त सहमत हो गया। उसने कई गुप्त बातें बड़ी आसानी से चाणक्य के सामने उगल दीं।

***

चाणक्य ने गुप्तचर्या में प्रशिक्षित बीस शिष्यों में से पन्द्रह को बुलाया। उनके साथ एक गुप्त बैठक में चाणक्य ने राजा पुरु को छुड़ाने और डकैत मुंड को जिन्दा पकड़ने के लिए एक गुप्तचर अभियान चलाने की बात कही। इस अभियान का नाम 'अभियान उद्धार' रखा गया और इसके लिए तुरन्त एक गुप्त योजना बननी शुरू हुई। बात कुछ और आगे बढ़ती इसके पहले ही प्रभाष ने प्रश्न उठाया कि 'अभियान उद्धार' को कहाँ, किस स्थान पर, चलाना है? उसके इस सवाल पर सब हक्के-बक्के रह गए। चाणक्य भी हैरान रह गए कि उनका ध्यान तो इस बिंदु पर गया ही नहीं।

सबको चुप देखकर प्रभाष ने अपनी बात और स्पष्ट की, "हमारे पास कोई ठोस जानकारी नहीं है कि बंधकों को कहाँ रखा गया है। मुंड ने अपने सन्देश में भी इसका कोई संकेत नहीं दिया है। उसने बड़ी चालाकी से वचन दिया है कि बंधकों को राजनिवास में पहुँचा दिया जाएगा ताकि उनके रखने की जगह पर कोई सैन्य या गुप्तचर अभियान न चलाया जा सके। सटीक सूचना के अभाव में कोई कार्रवाई करना उनके जाल में फँसने जैसा है जो अन्ततः हमें काल के गाल में ले जाएगी। हमें यह न भूलना चाहिए कि विंध्यवन से हम अनजान हैं और डकैत उसके चप्पे-चप्पे से परिचित हैं। अगर हम बिना जाने-बूझे 'अभियान उद्धार' चला देंगे तब तो हम बंधकों का उद्धार भले न कर पाएँ हमारा इस शरीर से उद्धार अवश्य हो जाएगा। हमारा भी वही परिणाम होगा जो भूतपूर्व प्रत्यर्दन और उनकी सेना का हुआ था।"

प्रभाष के इस विश्लेषण से सबके सब सम्भावित अनिष्ट की आशंका से आतंकित हो गए। सिर्फ गुरु चाणक्य के चेहरे पर कोई प्रतिक्रिया प्रकट नहीं हुई। उन्होंने बस इतना कहा, "मुझे सोचने दो। तुम सबको फिर बुलाऊँगा। अभी जाओ।"

एकान्त में चिन्तन करते हुए चाणक्य ने महसूस किया कि बंधकों के बारे

में सूचनाएँ जुटाने में तो बहुत समय लग जाएगा। ऐसी स्थिति में तो डकैतों द्वारा दिया गया एक सप्ताह का समय निकल जाएगा और सारे बंधक मारे जाएँगे। कभी न घबड़ानेवाले चाणक्य भी इस सम्भावना से घबड़ा गए और उनके माथे पर चिन्ता की लकीरें उभर आईं।

समस्या के विभिन्न पहलुओं पर विचार करते हुए चाणक्य आखिर इस विकल्प पर पहुँचे कि क्यों न उपलब्ध सूचनाओं का विश्लेषण कर उनमें से ही कोई उपाय ढूँढ़ा जाए। यह विचार पक्का होते ही, इस समस्या से जुड़ी सारी सूचनाओं को चाणक्य ने एक-एक कर याद करना शुरू किया और उन्हें एक भोजपत्र पर संक्षेप में लिखते गए।

अपनी लिखी हुई बातों और सूचनाओं पर चाणक्य ने जब ध्यान केन्द्रित किया तो उन्हें प्रतीत हुआ कि अनेक बिन्दुओं पर या तो सूचनाओं का सर्वथा अभाव है, या खंडित सूचनाएँ उपलब्ध हैं, और उनसे किसी निश्चित निष्कर्ष पर पहुँचा नहीं जा सकता। कई सूचनाएँ ऐसी थीं जो आपस में ही एक-दूसरे को तिर्यक रूप से काटती थीं। सूचनाओं का यह घालमेल देखकर चाणक्य एक बार फिर घबरा गए।

भ्रम और घबराहट की यह स्थिति अधिक देर तक न चली क्योंकि चाणक्य को एक अनोखा विचार सूझ गया जो एक नई राह की ओर इंगित करता था। चाणक्य को सूझा कि क्यों न ऐसी स्थिति में आन्वीक्षिकी का अनुप्रयोग किया जाए। चाणक्य मन-ही-मन मुस्काए कि गुप्तचर्या में यह एक अभिनव प्रयोग होगा।

आन्वीक्षिकी के विविध आयामों पर देर तक गहन विचार करने के पश्चात् चाणक्य ने अपना मत दृढ़ किया और निश्चय किया कि आन्वीक्षिकी के अनुप्रयोग पर वे अपने सुप्रशिक्षित और सुयोग्य शिष्यों के साथ विचार-विमर्श भी करेंगे और साथ ही उन्हें इस नवीन विधा में प्रशिक्षित भी करते चलेंगे। उन्होंने तुरन्त अपने उन पन्द्रह प्रशिक्षित शिष्यों को बुला लिया जिन्हें 'अभियान उद्धार' में सक्रिय भूमिका निभानी थी। उनके साथ बैठक में चाणक्य ने उन्हें आन्वीक्षिकी से परिचित कराना चाहा तो सभी शिष्य आश्चर्य और उत्सुकता से चाणक्य का मुँह ताकने लगे। आखिर प्रभाष ने चुप्पी तोड़ते हुए पूछा, "गुरुदेव, यह आन्वीक्षिकी क्या है?"

चाणक्य को इस प्रश्न के पूछे जाने की आशा थी, फिर भी रहस्यात्मक ढंग से मुस्कराते हुए वे बोले, "आन्वीक्षिकी त्रयी वार्ता दंडनीतिश्चेति विद्या:[39] अर्थात् आन्वीक्षिकी[40], त्रयी, वार्ता और दंडनीति ये चार विद्याएँ हैं।"

"गुरुदेव, आन्वीक्षिकी तो तर्कशास्त्र है; त्रयी तो तीनों वेद हैं; वार्ता तो अर्थशास्त्र है; दंडनीति तो राजनीतिशास्त्र है—यहाँ तक तो बात समझ में आती है। लेकिन, यह समझ में नहीं आ रहा है कि जब महाराज पुरु और अन्य लोगों के प्राण संकट में हैं और हमें कोई मार्ग नहीं सूझ रहा है तो ऐसे में इस ज्ञान-विमर्श का औचित्य क्या है?"

"मार्ग के लिए प्रकाश इसी में छुपा है, वत्स प्रभाष। आन्वीक्षिकी हमें मार्ग दिखायेगी," चाणक्य ने मुस्कराते हुए कहा।

"गुरुदेव, हमें तो अब तक पढ़ाया गया कि आन्वीक्षिकी न्यायशास्त्र है जो तर्कों के माध्यम से सत्य तक पहुँचने या सत्य को सिद्ध/असिद्ध करने का साधन है। इसका गुप्तचर्या में क्या काम?" प्रभाष भ्रम और आश्चर्य से उभ-चुभ होने लगा।

"गुप्तचर्या भी तो सत्य के अन्वेषण का ही मार्ग है, वत्स। आन्वीक्षिकी उसमें सहायक होगी। यह एक अभिनव प्रयोग होगा। जब सूचनाओं का अभाव हो; सूचनाएँ तिर्यक रूप से एक-दूसरे को काटती हों और किसी निश्चित निष्कर्ष पर न पहुँचाती हों, तो आन्वीक्षिकी सहायक होगी। आओ, सब इस प्रयोग में सम्मिलित होओ," चाणक्य ने स्पष्टीकरण देते हुए सभी शिष्यों का आह्वान किया।

इसके बाद उन्होंने इस समस्या की विभिन्न सम्भावनाओं और परिकल्पनाओं पर विचार करना शुरू किया और एक-एक कर उन सभी सम्भावनाओं और परिकल्पनाओं को एक अन्य भोजपत्र पर लिख डाला।

सम्भावनाओं और परिकल्पनाओं के एक-एक बिंदु को दूसरे भोजपत्र में लिखी हर एक सूचना से मिलान करते हुए चाणक्य उनकी सम्भाव्यता की जाँच करने लगे। इस प्रक्रिया में उन्होंने बहुत सारी सम्भावनाओं को क्षीण सम्भाव्यता के आधार पर अस्वीकृत कर दिया। बची हुई सम्भावनाओं की सम्भाव्यता को भी इसी प्रक्रिया को बार-बार दुहरा कर वह अस्वीकृत करते रहे। आखिर में, जो सम्भावना बची वह अकाट्य प्रतीत होती थी।

सम्भावनाओं और परिकल्पनाओं के विश्लेषण की प्रक्रिया में बहुत समय लग गया। साथ ही, चाणक्य सभी शिष्यों को पूरी प्रक्रिया सिखाते और व्याख्या करते चल रहे थे। चाणक्य चाहते थे कि सारे शिष्य पूरी प्रक्रिया को एक बार स्वयं स्वतंत्र रूप से दुहराएँ ताकि प्रक्रिया उन्हें भलीभाँति हृदयंगम हो जाए और अन्तिम निष्कर्ष के रूप में प्राप्त सम्भावना सर्वसम्मति से सटीक हो और 'अभियान उद्धार' असफल न होने पाए।

चाणक्य ने शीघ्रता से अपने शिष्यों की फिर बैठक बुला ली। उनको सम्बोधित करते हुए उन्होंने समझाया कि गुप्तचरी के साधारण तरीकों से बंधकों के रखे जाने की जगह का पता लगाने के बजाय एक नए तरीके को अपनाना ज्यादा उपयोगी और समय की बचत वाला होगा। इस नए तरीके के बारे में शिष्यों में खासी उत्सुकता दिखी। खासकर, प्रभाष तो इस नए तरीके को तुरन्त जानने के लिए उतावला दिखा।

सभी शिष्यों को भोजपत्र के दो-दो टुकड़े शीघ्रता से बाँटे गए और उन्हें निर्देश दिया गया कि वे एक टुकड़े पर समस्या से जुड़ी सारी सम्भावनाओं और परिकल्पनाओं को संक्षेप में लिखें और दूसरे भोजपत्र में उपलब्ध सूचनाओं का संक्षेप में उल्लेख करें, फिर दोनों का मिलान करके उनकी सम्भाव्यता का स्तर सुनिश्चित करें। सारे शिष्य बड़े उत्साह से इस विश्लेषण के कार्य में लग गए। चाणक्य ने उन्हें इस कार्य में स्वतंत्र छोड़ दिया। प्रक्रिया का सही ढंग से पालन हो सिर्फ यह सुनिश्चित करने के लिए वे बीच-बीच में आवश्यक हस्तक्षेप करते रहे। चाणक्य बड़ी उत्सुकता से प्रतीक्षा करते रहे कि सारे शिष्य अन्ततः किस परिणाम पर पहुँचते हैं।

काफी देर बाद जब सारे शिष्यों ने अपनी-अपनी प्रक्रिया पूरी कर ली तो उनके निष्कर्षों में आश्चर्यजनक रूप से साम्य था। कुछ ही ऐसे थे जो अन्य निष्कर्षों पर पहुँचे थे। साम्य वाले सारे निष्कर्ष उसी सम्भावना की ओर इंगित करते थे जिस सम्भावना पर पहले चाणक्य पहुँचे थे।

सबकी सम्भावनाओं ने एकजुट होकर एक ही सम्भावना का समर्थन किया। और, वह सम्भावना थी कि बंधकों को उसी स्थान पर रखा गया होगा जहाँ पहले भूतपूर्व काशिराज को रखा गया था। और, यह सबको ज्ञात था कि भूतपूर्व काशिराज को विंध्यवासिनी मन्दिर के निकट स्थित कालीखोह नामक गुफा में रखा गया था। यह भी सुना गया था कि कालीखोह में काली का विग्रह विराजमान है जो डकैतों की कुलदेवी के रूप में पूज्य है। फिर क्या था!

स्थान की सम्भावना के सुनिश्चित होते ही 'अभियान उद्धार' की योजना को जल्दी-जल्दी अन्तिम रूप दिया जाने लगा। सभी पन्द्रह शिष्यों का एक अभियान दल बनाया गया। प्रभाष को दल का नायक नियुक्त किया गया। अभियान के विविध पहलुओं की बड़ी सूक्ष्मता से विवेचना की गई। आनेवाले संकटों और सावधानियों के प्रति सबको चाणक्य ने विशेष तौर पर चेताया।

***

योजना के अनुसार पन्द्रहों शिष्य घोड़ों पर सवार होकर कालीखोह के लिए चुपके से निकल पड़े। वाराणसी नगर से विंध्यवासिनी मन्दिर कोई तीस कोस की दूरी पर था। उससे आगे दो कोस की दूरी पर कालीखोह पड़ता था। इस बत्तीस कोस के उबड़-खाबड़ पथरीले और बनैले रास्ते को पार करते हुए पन्द्रहों घुड़सवार शाम होते-होते कालीखोह पहुँच गए।

कालीखोह के द्वार पर लम्बे-लम्बे सरपत[41] घास के सघन झुरमुट थे। गहराती शाम के झुटपुटेपन का लाभ उठाते हुए सभी घुड़सवार अपने घोड़ों सहित इन्हीं झुरमुटों के पीछे छुप गए।

***

सरपत के झुरमुट से सियार के बोलने की आवाज उठ रही थी। ऐसे स्थान में सियार का बोलना कुछ असामान्य न था, लेकिन एक प्रशिक्षित गुप्तचर के लिए इसमें छुपा संकेत भाँप लेना कोई बड़ी बात न थी। यही कारण था कि झुरमुट के पीछे से प्रभाष सियार की आवाज लगातार निकाल रहा था। उसे यह विश्वास था कि उसका साथी रमण, जिसे चाणक्य ने चुपके से राजा पुरु की निजी सेवा में लगा रखा था, यह आवाज सुनते ही अगर आस-पास होगा तो मिलने के लिए आने का प्रयत्न करेगा।

आवाज कालीखोह के भीतर तक पहुँच रही थी। राजा पुरु, उनके अंगरक्षकों एवं खोह के भीतर उन्हें बंधक बनाकर रखनेवाले डकैतों के लिए ऐसी जगहों में सियारों की बोली सुनना असामान्य न था। लेकिन, रमण तुरन्त समझ गया कि बचाव दल आ पहुँचा है। उसे यह भी अनुमान लग गया कि इस आवाज के द्वारा उसे मिलने आने का संकेत दिया जा रहा है।

रमण ने बहाना बनाया कि मलत्याग करने के लिए उसे खोह के बाहर जाने की तुरन्त जरूरत है। वह जानता था कि खोह में डकैतों की कुलदेवी काली विराजती हैं और खोह को अपवित्र करना डकैतों के लिए निषिद्ध है। जल्दी से दो डकैत रमण को खोह के बाहर ले गए।

बाहर आते ही मलत्याग के बहाने रमण सरपत के झुरमुट के पीछे की ओर लपका जहाँ से सियार की आवाज आ रही थी। अपने साथी गुप्तचरों से मिलते ही उसने बताया कि डाकुओं ने राजा पुरु को खोह के भीतर ही बंधक बना रखा है। प्रभाष ने उसे निर्देश दिया कि बहुत सतर्कता और समझदारी से वह राजा के अंगरक्षकों को समझा दे कि बचाव की कार्रवाई के दौरान वे भी सक्रिय हो जाएँ और डकैतों को निहत्था करके काबू करने में मदद करें।

जल्दी ही रमण दोनों डकैतों के साथ खोह में वापस लौट गया।

***

थोड़ी ही देर बाद, एक गड़गड़ाती आवाज कालीखोह के प्रवेशद्वार पर गूँजने लगी, "दस्युराज मुंड, हम तुम्हारे भाई चंड को लेकर आए हैं। हम इसे राजा पुरु और उनके आदमियों के बदले छोड़ने को राजी हैं। जल्दी करो। बंधकों को लेकर बाहर आओ।"

यह आवाज प्रभाष की थी। लेकिन खोह के भीतर डकैतों की ओर से सन्नाटा रहा। प्रभाष ने फिर से दुगुनी ऊँची आवाज में अपनी बात दुहराई। फिर भी सन्नाटा कायम रहा।

थोड़ी देर बाद, खोह के बहुत भीतर से मुंड की धीमी-सी आवाज उभरी, "लेकिन, हमने तो भाई को बसंतपुर गाँव के पास छोड़ने को कहा था और बदले में हम बंधकों को राजमहल पहुँचवा देते। आखिर, यह बदलाव क्यों हो गया और आप लोग यहाँ तक कैसे पहुँच गए?" मुंड की आवाज में आश्चर्य और अविश्वास साफ़ झलक रहा था।

प्रभाष की ओर से वैसी ही ऊँची आवाज में जवाब उभरा, "क्यों और कैसे के पचड़े में क्यों पड़ते हो? क्या तुम्हें तुम्हारा भाई नहीं प्यारा है?"

दूसरी तरफ फिर चुप्पी छा गई। प्रभाष ने अपनी बात फिर आगे बढ़ाई, "तुम्हारे भाई को लेकर हम ज्यादा देर यहाँ नहीं रुक सकते। जल्दी करो।"

"रुको! हम आ रहे हैं," गुफा की गहराई से मुंड की आवाज फिर उभरी। इस बार आवाज अपेक्षाकृत ऊँची और आग्रह से भरी थी।

***

कोई आध घंटे बाद गुफा के द्वार पर कुछ छायाएँ प्रकट हुईं। उनमें से एक की आवाज उभरी, "हम राजा पुरु और उनके आदमियों को लाए हैं। लेकिन, पहले मुझे अपने भाई को पहचानने दो। कोई चालाकी करने की कोशिश न करना।"

"यही बात हम भी कह सकते हैं कि कोई चालाकी न करना। विश्वास करने से ही बात आगे बढ़ेगी," झुरमुट के पीछे से प्रभाष ने चेताया।

"पहले हम अपने भाई को पहचानेंगे।"

"नजदीक न आना। दूर से ही अपने भाई को पहचानो। चाहो तो दूर से अपने भाई से वे बातें पूछकर सन्तुष्ट हो सकते हो जो सिर्फ तुम्हीं दोनों भाई को पता हो।"

“भाई, क्या तुम्हें याद है एक बार हम दोनों खाली हाथों एक भालू से लड़ पड़े थे?” मुंड ने पूछा।

“हाँ, भाई। और, मैंने उस भालू के थूथन पर इतनी जोर का घूँसा मारा था कि वह दर्द से बिलबिलाता हुआ जंगल की ओर भागा था।” प्रभाष के दल की ओर से कम्बल में ढके एक व्यक्ति ने फटी आवाज में धीरे से कहा।

“भाई, क्या तुम्हें याद है कि एक बार एक मंत्र हमारी माँ ने हमारे कानों में गुनगुनाया था?” मुंड ने पूछा।

“हाँ, भाई, अच्छी तरह याद है। लेकिन, याद रखना हमारी माँ ने उस मंत्र को दूसरों के सामने जोर से उचारने से मना किया था,” कम्बल में ढके व्यक्ति ने वैसी ही फटी आवाज में धीरे से कहा।

मुंड आश्वस्त हो गया कि कम्बल में ढका व्यक्ति उसका बड़ा भाई चंड ही है। फिर भी, और आश्वस्त होने के लिए उसने फिर पूछा, “भाई, तुम्हारी आवाज को क्या हुआ? आवाज बिलकुल बदली हुई है।”

“हाँ, भाई, मैं बीमार हूँ। सर्दी-जुकाम से मेरी आवाज पर असर पड़ा है।” कम्बल में ढके व्यक्ति ने खाँसते हुए कहा।

“ठीक है, ठीक है, भाई। मैंने तुम्हें पहचान लिया है,” कहकर मुंड ने पीछे खड़े अपने साथियों को सभी बंधकों को सामने लाने के लिए ललकारा।

ज्यों ही बंधकों को सामने लाया गया, राजा पुरु के पाँचों अंगरक्षकों ने फुर्ती से पाँच डकैतों को पीछे से पकड़ लिया। रमण ने छठे डकैत को पकड़ लिया। पुरु को समझते देर न लगी कि स्थिति बदल गई। उन्होंने उछल कर मुंड को पीछे से बाँहों में जकड़ लिया। डकैत इस अप्रत्याशित घटना के लिए तैयार न थे। वे हक्के-बक्के रह गए। इसके पहले कि वे अपना हथियार सँभालते, सभी डकैत पकड़े जा चुके थे।

इसी बीच, झुरमुट के पीछे छुपे, हथियारों से लैस पन्द्रहों गुप्तचर सामने आ गए। उन्होंने गुफा के भीतर से निकलते आ रहे डकैतों पर काबू कर लिया। सभी डकैतों की बाँहें उनकी पीठ की ओर ऐंठ कर मजबूत रस्सियों से बाँध दी गईं और उनके मुँह में कपड़ा ठूँस दिया गया। मुंड और उसके कुछ नजदीकी साथियों को अपने घोड़ों पर सामान की तरह लादकर, सभी बंधकों सहित पन्द्रहों गुप्तचर वाराणसी की ओर लौट पड़े।

सारे डकैत और बंधक वाराणसी लाकर काशिराज को सौंप दिए गए। पूरे नगर में इस चमत्कारिक अभियान की चर्चा होने लगी। लेकिन, ज्यादातर लोगों को यह नहीं पता था कि इस अभियान को किन लोगों ने अपनी जान की बाजी

लगा कर सफल बनाया था। गुप्तचरों के गुणधर्म के अनुरूप चाणक्य और उनके शिष्यों ने एकदम चुप्पी साधे रखी।

काशिराज प्रत्यर्दन अति दीनभाव से अपने गुरु के चरणों में झुक गया। उसे अच्छी तरह आभास हो रहा था कि गुरु चाणक्य न होते तो उसकी महिमा मिट्टी में मिल गई होती।

अगले ही दिन, संयुक्त सेना अपनी मंजिल की ओर प्रस्थान करने लगी। विदाई देते समय प्रत्यर्दन ने मगध साम्राज्य के विरुद्ध युद्ध में अपनी भागीदारी की भी इच्छा प्रकट की, लेकिन चाणक्य ने कुटिल मुस्कान के साथ अपनी दाहिनी आँख दबा कर चुपके से उसे इशारा किया कि उसे परेशान होने की जरूरत नहीं है।

पाँच

पाटलिपुत्र

1

पाटलिपुत्र के गंगा-तट पर आषाढ़ माह के शुक्ल पक्ष की ग्यारहवीं तिथि को पड़नेवाली देवशयनी एकादशी के दिन ब्रह्ममुहूर्त से ही लोगों की भारी भीड़ गंगा-स्नान के लिए जुटी थी। पवित्र नदी में स्नान कर स्वयं को पवित्र करने और ब्राह्मणों को दान-दक्षिणा देकर पुण्य अर्जित करने की लोगों में होड़ लगी हुई थी।

भारी कोलाहल के बीच भी कुछ स्नानार्थियों को लगा कि पश्चिम की ओर से शंख और तूर्य की धीमी ध्वनि आ रही है। कुछ और लोगों से चर्चा कर वे अपने सन्देह की जब तक पुष्टि करते, तब तक वह ध्वनि साफ़ सुनाई पड़ने लगी। "अरे, हाँ, यह तो कई शंखों और तूर्यों का समवेत स्वर है," कुछ लोगों ने बड़े आश्चर्य से कहा। शीघ्र ही उन्हें अपनी ओर आते रथों, ऊँटों और हाथियों की आकृतियाँ दिखने लगीं। जब उन्हें अपनी ओर तेजी से आते घुड़सवार सैनिक दिखने लगे, तो वे मारे भय के चिल्ला उठे, "अरे, यह तो कोई सेना आ रही है। आक्रमणकारी लगते हैं। अरे भागो, जल्दी भागो।"

मारे भय के सारे स्नानार्थी पाटलिपुत्र नगर की ओर भागे। गंगा-तट सूना हो गया। काष्ठ-प्राचीर (काठ की चहारदीवारी) से अच्छी तरह घिरे पाटलिपुत्र नगर में प्रवेश के लिए एक मुख्यद्वार, जिसे सिंहद्वार कहा जाता था, के अतिरिक्त चौसठ अन्य द्वार भी थे। जिसको जिस द्वार से सुविधाजनक लगा, भागता हुआ नगर में घुस गया। सिंहद्वार सहित सभी चौसठों द्वार बन्द कर दिए गए। काष्ठ-प्राचीर के ऊपर चतुर्दिक कुल पाँच सौ सत्तर पर्यवेक्षण अट्टाल (निगरानी चौकी) बने हुए थे, जिन पर खड़े होकर प्रवेक्षण-प्रहरी नगर में आने-जानेवालों

पर नजर रखते थे। साथ ही, वे नगर की परिधि के बाहर की गतिविधियों पर भी दृष्टि रखते थे। सिंहद्वार की दाहिनी ओर प्रमुख प्रवेक्षण-प्रहरी का अट्टाल था और बाईं ओर उपप्रमुख का।

लोगों को इस तरह भयभीत भागता देख और यह जानकर कि कोई शत्रु सेना नगर की ओर बढ़ी आ रही है, प्रमुख प्रवेक्षण-प्रहरी ने बड़े जोर से अपना तूर्य बजाया। अनुकरण करते हुए उपप्रमुख ने भी तूर्यनाद किया और अनुपालन में सभी पाँच सौ सत्तर अट्टालों से तूर्यनाद का मन्द्र स्वर गूँजने लगा।

तूर्यनाद होते ही पूरे पाटलिपुत्र में आपातस्थिति का संकेत ध्वनित हो गया। सिंहद्वार सहित सभी चौसठों द्वार धड़ाधड़ बन्द होने लगे। काष्ठ-प्राचीर के चारों तरफ हार की तरह लिपटी हुई परिखा (खाई) में पानी छोड़कर उसे लबालब भर दिया गया। उस पर बने लकड़ी के चाप-सेतु नष्ट कर दिए गए। पर्यवेक्षण अट्टालों पर सशस्त्र प्रहरी बढ़ा दिए गए। सभी प्रवेशद्वारों पर भी सैनिक शक्ति में वृद्धि कर दी गई।

महामात्य कात्यायन ने सभी अमात्यों और सेनापति सहित सभी सेनानियों की आपात बैठक बुला ली ताकि शत्रु के सम्भावित आक्रमण से उत्पन्न स्थिति का आकलन करके प्रतिरोध की प्रक्रिया प्रारम्भ की जा सके।

बैठक के तुरन्त बाद महामात्य कात्यायन राजपदाधिकारियों की सम्मति के सम्बन्ध में सम्राट धननन्द को अवगत कराने तुरन्त पहुँचा।

सम्राट धननन्द उस समय रंगमंडप में अर्धनग्न नर्तकियों के संग नृत्य में निमग्न था। नृत्य के समाप्त होते ही सम्राट प्रायः किसी चुनी हुई नर्तकी के साथ सम्भोग के लिए रंगमंडप से सटे रंगभवन में चला जाता था। इस पूरी प्रक्रिया के दौरान किसी को भी अनुमति नहीं थी कि वह सम्राट के आमोद में विघ्न डाले चाहे वह स्वयं महामात्य ही क्यों न हो। हाँ, यह बात अवश्य थी कि ऐसे आमोद का कार्यक्रम रोज नहीं, बल्कि किसी-किसी दिन ही होता था। किस दिन यह कार्यक्रम होगा यह स्वयं सम्राट ही निश्चित करता था, और कई बार तो ऐसा निश्चय वह अकस्मात् करता था और कार्यक्रम तुरन्त प्रारम्भ हो जाता था। इसी कारण नर्तकियों का एक दल पूरी तरह तैयार होकर रंगमंडप में प्रतिदिन प्रतीक्षा करता था।

महामात्य कात्यायन जिस समय सम्राट से मिलने पहुँचा उस समय दुर्भाग्य से वह रंगमंडप में था। महामात्य बड़ी द्विविधा में पड़ गया। महाराज के रंग में भंग डालने का उसका साहस न था, साथ ही ऐसे संवेदनशील और आपातकालिक स्थिति से सम्राट को अवगत कराए बिना वह लौट भी न सकता

था। अत: वह चुपचाप रंगमंडप के द्वारप्रहरी की बगल में दीनभाव से खड़ा होकर प्रतीक्षा करने लगा।

सौभाग्य से, उस दिन सम्राट ने सम्भोग का विचार त्याग दिया और रंगमंडप से निकल कर रंगभवन में अकेले जा बैठा। वहाँ उसे बड़ी सूक्ष्मता से महामात्य की प्रतीक्षा के विषय में संकेत किया गया। अत्यधिक मदिरापान से उन्मत्त होने के बावजूद सम्राट ने संकेत समझ लिया और तुरन्त महामात्य को उपस्थित होने की अनुमति दे दी।

***

नगर में बड़ी हलचल थी। सम्राट के रागरंग में डूबे रहने और महामात्य के उससे मिलने के लिए प्रतीक्षा में खड़े रहने की बात न जाने कैसे लोगों तक पहुँच गई। इससे लोगों में तरह-तरह की अफवाह फैल रही थी।

लोग बड़े आश्चर्य में थे कि शत्रु जब सिर पर चढ़ा आ रहा हो तो सम्राट कैसे इस प्रकार मदमत्त होकर राग-रंग में डूबा रह सकता है! सम्राट की प्रमत्तता लोगों को बड़ी अखर रही थी। कुछ लोग यह भी खबर फैला रहे थे कि सम्राट ने महामात्य को डाँटकर भगा दिया और चाणक्य को लक्ष्य करके बहुत अभद्र गालियाँ दीं।

कुछ लोग कह रहे थे कि सम्राट ने महामात्य को कठोर निर्देश दिया कि उन्हें परेशान न किया जाए और जो भी उचित लगे महामात्य स्वविवेक से करे।

जो भी हो, लोग बहुत चिन्तित और भयभीत थे।

***

गंगा-तट के निकट ऊँट, हाथी और रथ आकर रुके। उन पर लदा तम्बू-कनात और खाद्य—सामग्री उतारी जाने लगी। संयुक्त सेना के अग्रिम दल के रूप में आया प्रशिक्षित सैनिकों का समूह एक सुव्यवस्थित स्कन्धावार (सैनिक छावनी) निर्मित करने में जुट गया।

सर्वप्रथम भू-विशेषज्ञों का एक दल भूमि-चयन में लग गया। गंगा नदी और काष्ठ-प्राचीर-परिवेष्टित पाटलिपुत्र नगर के बीच का विस्तृत समतल मैदान स्कन्धावार बनाने के लिए उपयुक्त पाया गया।

स्थान नियत होते ही भूमि को तीन भागों में बाँटा गया—पश्चिमी खंड, मध्य खंड और पूर्वी खंड। पूर्वी खंड के पुन: पाँच भाग किए गए और पाँचों मित्र राजाओं को एक-एक भाग उनके निजी आवास, सभाकक्ष, भोजनालय

और अपनी-अपनी सेना को रखने के लिए संयुक्त आवास (बैरक) के लिए बाँट दिया गया।

मध्य खंड संयुक्त सेना के सेनाधिपति महाराज पुरु के लिए आरक्षित रखा गया। इस खंड में महाराज पुरु के निजी आवास के अलावा छोटे भाई अमर और पुत्र मलयकेतु के आवासों के लिए भी स्थान नियत किया गया। इसके साथ ही, एक विशाल सभाकक्ष और अपेक्षाकृत एक छोटा परामर्शकक्ष भी चिह्नित किया गया। तीनों राजकीय पुरुषों के अपने निजी भोजनालयों के अतिरिक्त पौरव सेना का एक संयुक्त भोजनालय और कई संयुक्त आवास निर्धारित किए गए।

पश्चिमी खंड अपेक्षाकृत छोटा था जो चन्द्रगुप्त, उसकी सेना और चाणक्य के लिए निश्चित किया गया।

यह पूरा भू-मानचित्र आवास एवं खाद्य विभाग के अध्यक्ष और महाराज पुरु के छोटे भाई अमर की देख-रेख में तैयार किया गया। उन्हीं के निर्देशन में कुशल जनजातीय सैनिकों ने सूती और रेशमी तम्बुओं के शिविर निर्मित किए। पूरे स्कन्धावार के चारों ओर कपड़ों, चमड़ों और लकड़ियों से बनी चहारदीवारी खड़ी की गई। प्रत्येक खंड में दो द्वार बनाए गए—एक पाटलिपुत्र नगर की ओर और दूसरा गंगा-तट की ओर खुलनेवाला द्वार। अग्रिम सुरक्षा पंक्ति के रूप में आए सशस्त्र सैनिक सभी द्वारों पर प्रहरी के रूप में नियुक्त कर दिए गए।

तीनों खंडों में अलग-अलग शिविर-संकुल स्थापित हो गए। आवासियों की निजी स्वतंत्रता का सम्मान करते हुए सारे शिविर-संकुल स्कन्धावार परिसर के भीतर अलग-अलग स्थानों पर बनाए गए। सामान्य सैनिकों के सामूहिक निवास के लिए बड़े-बड़े आच्छादित शिविर खड़े किए गए। शस्त्रागार और पशु-बाड़े भी यथास्थान बनाए गए। तीनों खंडों में निजी और संयुक्त भोजनालय स्थापित किए गए।

एक दिन बाद मुख्य सेना पहुँची। सबने अपने-अपने खंडों में नियत शिविर-संकुलों में अपने साज-समाज के साथ डेरा जमा लिया। सिर्फ चाणक्य ने अपने लिए निर्धारित शिविर-संकुल का अधिग्रहण न किया। उसने चन्द्रगुप्त के लिए निर्धारित पश्चिमी खंड के एक कोने में सूती कपड़ों की एक छोटी-सी कुटिया डलवा ली।

***

उसी दिन सन्ध्योपासना के तुरन्त बाद स्कन्धावार के मध्य खंड में महाराज पुरु के शिविर-संकुल से सटे परामर्श कक्ष में युद्ध समिति की एक बैठक बुलाई गई

जिसमें युद्ध की रणनीति पर चर्चा होनी थी। काफी विचार-विमर्श के बाद यह निर्णय लिया गया कि पहले संयुक्त सेना के सेनापति महाराज पुरु का एक दूत मगध सम्राट धननन्द के पास भेजा जाए जो उन्हें सन्देश दे कि वे शान्तिपूर्वक राजसिंहासन संयुक्त सेना को सौंप दें अन्यथा युद्ध के लिए सामने आएँ।

दूत का कार्य करने का दायित्व महाराज पुरु के छोटे भाई अमर को देने का निर्णय लिया गया। युद्ध समिति का सदस्य न होने के कारण अमर वहाँ उपस्थित न था। तत्क्षण उसे वहाँ बुलाकर उसके कार्य के बारे में उसे समझाया गया।

2

महाराज पुरु के राजदूत अमर का सन्देश सुनकर धननन्द के दरबार में सन्नाटा छा गया। किसी को कोई उत्तर न सूझ रहा था। अन्तत: राजदूत अमर से अनुरोध किया गया कि वह राजकीय अतिथिगृह में विश्राम करे और उत्तर की प्रतीक्षा करे।

मगध साम्राज्य के राजपदाधिकारियों और गणमान्य नागरिकों की एक बैठक हड़बड़ी में आयोजित की गई, जिसकी अध्यक्षता स्वयं सम्राट धननन्द ने की। उन्होंने आरोप लगाया कि सारे संकट की जड़ चाणक्य है अन्यथा क्षुद्र और सीमान्त शासक पुरु की क्या औकात कि मगध जैसे विशाल और प्रबल साम्राज्य की राजधानी तक पहुँचकर युद्ध के लिए ललकारे।

इस बीच, सम्राट से अनुमति लेकर सेनापति अपने सेनानायकों के साथ अलग बैठकर विमर्श कर रहा था। सेनानायकों ने युद्ध के लिए तैयार होने के लिए कम से कम तीन माह का समय माँगा। सेनापति ने उन पर दबाव डाला, “शत्रु सिर पर बैठा है और आप लोग तीन माह का समय माँग रहे हैं। आपातस्थिति की जो योजना अपने पास है क्यों न उसे लागू किया जाए?”

अश्वसेनाध्यक्ष, जो अपनी ढिठाई और स्पष्टवादिता के लिए विख्यात था, ने चट उठकर उत्तर दिया, “सेना के और अंगों की बात तो मैं नहीं कह सकता, लेकिन मैं अपनी अश्वसेना के बारे में बता सकता हूँ। हमें बहुत दिनों से न अच्छी नस्ल के घोड़े मिले हैं और न घोड़ों के लिए अच्छी खुराक। ऐसी स्थिति में हमारे घोड़ों की संख्या और शक्ति दोनों कम हो गई है। महोदय, आप तो जानते ही हैं कि आवश्यक धन के लिए हमारा अनुरोध बार-बार अस्वीकृत किया गया, जबकि...” अश्वसेनाध्यक्ष का स्वर अचानक एकदम निस्तेज हो

गया और लगभग फुसफुसाते हुए उसने कहा, "...जबकि सम्राट के अपने निजी व्ययों में अपरिमित वृद्धि हुई है।" सेनाधिपति ने अपने होंठों पर अँगुली रख कर चुप रहने का संकेत किया, जबकि सेना के अन्य अंगों के अध्यक्षों ने अश्वसेनाध्यक्ष के कथन का सिर हिलाकर समर्थन किया।

सेनापति के बार-बार दबाव डालने के बावजूद कोई सेनानायक उनसे सहमत नहीं हुआ। अन्ततः जब सम्राट के अभिज्ञान में मामला लाया गया तो वह झल्लाकर चिल्लाने लगा। महामात्य ने किसी प्रकार सम्राट को शान्त कराया और आश्वासन दिया कि समस्या का तात्कालिक हल उसे मिल गया है।

महामात्य ने हल को स्पष्ट करते हुए कहा, "आक्रान्ता राजा पुरु की युद्ध की चुनौती स्वीकार कर ली जाए, किन्तु युद्ध के नियमों का सन्दर्भ देते हुए उन्हें स्मरण कराया जाए कि वर्षा ऋतु में युद्ध वर्जित होता है। चार माह तक चलनेवाली वर्षा ऋतु अभी दो दिनों पहले ही देवशयनी एकादशी से प्रारम्भ हुई है। यह ऋतु चार माह पश्चात् कार्तिक माह के शुक्ल पक्ष की एकादशी के दिन पड़नेवाली देवोत्थानी एकादशी के दिन तक चलेगी। इस अवधि में यात्रा, व्यापार, युद्ध सहित सारे शुभकार्य स्थगित रहते हैं। चार माह की प्रतीक्षा शत्रुसेना के लिए बड़ी भारी पड़ेगी। इस अवधि में शत्रु का स्कन्धावार वर्षा से क्षत-विक्षत हो जाएगा, खाद्य-सामग्री चुक जाएगी और सारे सैनिक शिथिल पड़ जाएँगे।"

महामात्य कात्यायन द्वारा सुझाया गया हल सबको पसन्द आया। सम्राट ने सेनापति को चेतावनी दी कि चार माह की अवधि में वह युद्ध की पूर्ण तैयारी कर ले। सम्राट के निर्देश पर यह निश्चित किया गया कि राजा पुरु के राजदूत को उत्तर में वही हल बता दिया जाए।

३

मगध सम्राट का प्रस्ताव सुनकर राजा पुरु और उनके सहयोगी अचकचा गए। वे समझ गए कि बड़ी बुद्धिमत्ता से मगध साम्राज्य ने बहुत बड़ी चाल चल दी। अब या तो चार माह प्रतीक्षा कर अपनी शक्ति एकदम क्षीण कर लें या फिर तुरन्त आक्रमण कर युद्ध के नियमों के उल्लंघन का दोषी बनें। इधर कुआँ उधर खाई। इस दुविधा से निपटने के लिए युद्ध समिति की तुरन्त एक बैठक बुलाई गई।

बैठक में पाँचों मित्र राजाओं में से चार ने प्रस्ताव रखा कि युद्ध के नियमों को धता बताकर तुरन्त आक्रमण कर देना चाहिए। किन्तु राजा पुरु, उनके पुत्र मलयकेतु, चन्द्रगुप्त और पाँचों राजाओं में से एक ने इस प्रस्ताव का विरोध

किया और कुछ भी विधि-विरुद्ध करने को सहमत न हुए। चन्द्रगुप्त ने कहा कि अनीतिपूर्वक युद्ध करके वे लोगों की सहानुभूति खो देंगे।

पलड़ा दोनों ओर से बराबरी का था। युद्ध तुरन्त प्रारम्भ करने का प्रस्ताव रखनेवालों और उसका विरोध करनेवालों की संख्या बराबर थी। दुविधा ज्यों की त्यों बनी रही। यद्यपि सेनाधिपति महाराज पुरु यदि चाहते तो अपने विशेषाधिकार का प्रयोग करके अन्तिम निर्णय ले सकते थे। लेकिन, इस महत्त्वपूर्ण मुद्दे पर बिना पूर्ण सहमति बने वह अन्तिम निर्णय नहीं लेना चाहते थे। अचानक उन्होंने प्रस्ताव रखा कि क्यों न इस पर आचार्य चाणक्य का अभिमत लिया जाए। इस प्रस्ताव पर सबने अपनी सहमति व्यक्त की। तत्क्षण सभी पुरु के शिविर-संकुल से चन्द्रगुप्त के शिविर-संकुल की ओर चल पड़े जहाँ एक कोने में चाणक्य की कुटिया थी।

***

चाणक्य ने सबकी बात बड़े गौर से सुनी। सबको अपने तर्क प्रस्तुत करने का भरपूर मौका दिया। लाभ-हानि के उनके आकलन पर चिन्तन किया। और, बिना कोई स्पष्टीकरण दिए या शास्त्रों के उद्धरणों का उल्लेख किए सीधा पुरु के दृष्टिकोण का समर्थन किया।

चाणक्य के निर्णय से पूरी संयुक्त सेना में शिथिलता और उदासीनता छा गई। यद्यपि चाणक्य की विद्वत्ता, नीति-निपुणता और बुद्धिमत्ता में किसी को अविश्वास न था, फिर भी कुछ लोगों ने चाणक्य से निवेदन किया कि आगे का वह कर्तव्य-निर्धारण करें, अन्यथा सेना तितर-बितर हो जाएगी। चाणक्य ने उन्हें आश्वासन दिया, "चिन्ता न करें। अपने कर्तव्य-मार्ग पर दृढ़ रहें। हो सकता है कुछ अहेतुक हल निकल आए। हो सकता है कुछ चमत्कार हो जाए।"

लोगों को आश्चर्य हो रहा था कि सर्वदा तर्क और विज्ञान को प्राथमिकता देनेवाले चाणक्य चमत्कार की बातें क्यों कर रहे हैं? फिर यह सोचकर सब चुप हो गए कि चाणक्य की बातें प्राय: रहस्यपूर्ण होती हैं और उनका वास्तविक आशय सिर्फ चाणक्य ही जानते हैं।

संयुक्त सेना में शिथिलता छा गई। सब मन मार कर बैठ गए। दूसरी ओर, मगध की विशाल सेना बड़े जोर-शोर से तैयारियों में लग गई। तय हुआ कि अब चार माह बाद जोर-आजमाइश होगी।

4

रात के अँधेरे में जब सभी सो रहे थे तो चाणक्य की कुटिया में मिट्टी का एक दीया टिमटिमा रहा था। उसके मन्द प्रकाश में चाणक्य की अपने शिष्यों के साथ बैठक चल रही थी। शिष्य वही बीस थे जिन्होंने लगभग साल भर पहले आचार्य से गुप्तचर्या का प्रशिक्षण लिया था। स्वाभाविक है बैठक बड़ी गोपनीय थी।

चाणक्य अपने गुप्तचर शिष्यों को सम्बोधित कर रहे थे, "वत्सगण, अब आप सब पूर्णतः प्रशिक्षित गुप्तचर हैं। अब समय आ गया है कि अपनी गुप्तचर विद्या का महत्त्व सिद्ध कर दें। जब शस्त्रास्त्रों का युद्ध स्थगित हो गया हो तो आगे के संघर्ष का दायित्व आप गुप्तचरों के कन्धों पर आ जाता है। इस नए संघर्ष में आप प्रशिक्षित गुप्तचर ही हमारे योद्धा होंगे और आपकी बुद्धि ही शस्त्र।"

बोलते-बोलते चाणक्य थोड़ा ठहर गए मानो वह कोई महत्त्वपूर्ण बात कहने के लिए अनुकूल अवसर की प्रतीक्षा कर रहे हों। थोड़ी ही देर में वह रहस्यमय, किन्तु दृढ़ स्वर में बोले, "हम 'अभियान घात-प्रतिघात' प्रारम्भ करेंगे। हमारे पास चार माह का समय है। संयुक्त सेना के 'अभियान प्रचंड प्रहार' के प्रारम्भ होने से पहले ही हम अपना गुप्तचर अभियान समाप्त कर लेंगे।"

देवदत्त को कसमसाता देख चाणक्य सतर्क हो गए। वह समझ गए कि देवद्रत्त कोई प्रश्न पूछना चाहता है, किन्तु मारे संकोच के पूछ नहीं रहा है। उन्होंने देवदत्त को पुचकारते हुए पूछा, "कोई संशय है, वत्स देवदत्त? कोई प्रश्न?"

"आचार्य, यदि हम गुप्तचर ही मगध साम्राज्य का सामना करने में सक्षम थे तो फिर इतनी बड़ी सेना सुदूर पश्चिमोत्तर प्रान्तों से यहाँ क्या करने आई है? यह सुविज्ञात तथ्य है कि इस सेना की संकल्पना आपकी ही है और आपकी प्रेरणा से ही आक्रमण का अभियान आयोजित हुआ है। यह समझ से परे है कि सैनिक अभियान और गुप्तचर अभियान दोनों को साथ-साथ एक ही समय आपने परिचालित करने की योजना बनाई। अब आपकी सारी प्राथमिकता मात्र गुप्तचर अभियान पर है। ऐसा क्यों?"

"यह सामरिक विप्रलम्भन है, वत्स। इसकी गूढ़ता को समझने के लिए प्रौढ़ता की आवश्यकता है जिसे अर्जित करने में आपको समय लगेगा। सम्प्रति, आप इतना ही जान लें कि यह पूरा सैनिक प्रपंच हमारे गुप्तचर अभियान के

लिए आवरण मात्र है। मैंने शस्त्रास्त्रों से युद्ध को प्राथमिकता कभी नहीं दी। हिंसक युद्ध मूर्खों का कार्य है। सेना को तो मात्र शक्ति-प्रदर्शन के लिए लाया गया है। वास्तविक युद्ध तो आप गुप्तचरगण लड़ेंगे। किन्तु, यह अत्यन्त गोपनीय अभियान है। सेना की व्यर्थता का बोध किसी भी स्थिति में न तो सेनानायकों को होने देना है न सामान्य सैनिकों को। इसमें हम सबको परम गोपनीयता का पालन करना होगा।"

चाणक्य ने फिर बोलना बन्द कर दिया। इस बार वे चुप इसलिए हो गए कि आँकना चाहते थे कि देवदत्त सहित सभी शिष्य उनके गुप्त अभियान के औचित्य से पूरी तरह सहमत हैं या नहीं। उन्हें सुखद अनुभूति हुई जब उन्होंने देखा कि सभी शिष्यों के चेहरे पर आश्चर्य-मिश्रित प्रशंसा के भाव थे।

चाणक्य के उद्बोधन से शिष्यगण अत्यन्त उत्साहित और ऊर्जावान हो गए। अपने उद्देश्य के प्रति समर्पण-बोध से वे आप्लावित हो उठे।

चाणक्य ने फिर बोलना शुरू किया। इस बार वे चेतावनी के स्वर में बोल रहे थे, "आपको सतर्क रहना है कि कहीं जोश में होश न खो दें। गुप्तचर्या भयावह कार्य है। अत: जो प्रशिक्षण आपको दिया गया है उसी मार्ग का अनुसरण करना अन्यथा हानि, यहाँ तक कि मृत्यु भी सम्भव है। हाँ, इतनी स्वतंत्रता अवश्य है कि सिखाये गए कौशल में स्वविवेक से परिस्थितियों के अनुरूप आवश्यक संशोधन और परिवर्तन कर सकें।"

सारे शिष्य सहमत और सन्तुष्ट दिखे। सबको विदा करने से पूर्व चाणक्य ने मन्द किन्तु मीठे स्वर में स्वस्तिवाचन[42] किया—

तमीशानं जगतस्तस्थुषस्पतिं धियंजिन्वमवसे हूमहे वयम्।
पूषा नो यथा वेदसामसद् वृधे रक्षिता पायुरदब्ध: स्वस्तये॥

हम स्थावर-जंगम के स्वामी, बुद्धि को सन्तोष देनेवाले रुद्र देवता का रक्षा के निमित्त आह्वान करते हैं। वैदिक ज्ञान एवं धन की रक्षा करनेवाले, पुत्रादि के पालक, अविनाशी पुष्टि-कर्ता देवता हमारी वृद्धि और कल्याण के निमित्त हों।

छह

प्रहार

1

दो युवा योगी पाटलिपुत्र में महामात्य कात्यायन के भव्य भवन के प्रतीक्षा-कक्ष में आरामदेह आसन्दिकाओं (कुर्सियों) पर जमे हुए थे। उन्होंने महामात्य से मिलने के लिए आवेदन भेजा हुआ था, लेकिन उन्हें प्रतीक्षा करने के लिए भीतर से निर्देश आया था। उनमें से एक योगी सूर्यनाथ था, दूसरा योगी चन्द्रनाथ। किन्तु, दोनों दिखते बिलकुल एक जैसे थे—लम्बी-पतली-छरहरी काया, घुटा हुआ सिर, ललाट पर भस्म की विभूति, कमर में मृगछाल और गले में रुद्राक्ष के बड़े-बड़े मनकों की माला। उनके मुखमंडल पर अद्भुत शान्ति विराज रही थी, जो लम्बी प्रतीक्षा के बावजूद विकृत नहीं हुई थी। वे प्रफुल्ल और आनन्दित लग रहे थे और लम्बे इन्तजार की झल्लाहट उनके व्यवहार में तनिक भी न झलक रही थी।

बड़ी हड़बड़ाहट में कात्यायन भीतर से आए और आते ही अभिवादन और क्षमायाचना के मिश्रित भाव से योगियों का स्वागत किया। दोनों योगियों ने अपनी यौगिक श्रेष्ठता की अकड़ में अपने आसन पर बैठे-बैठे ही दोनों हाथ उठाकर आशीर्वाद दिया। प्रत्युत्तर में महामात्य ने विनम्रता से झुककर हाथ जोड़ लिया, यद्यपि उनके बारे में जानने के लिए वह योगियों को प्रश्नवाची नेत्रों से घूर रहे थे।

महामात्य को घूरते देख योगी सूर्यनाथ अपने आसन से उठ खड़ा हुआ और परिचय देने की मुद्रा में बोलने लगा, "हम हिमालय से आए हुए योगी हैं। हमारे पूज्य गुरुदेव परमादरणीय योगिराज रुद्रनाथ जी महाराज कैलाश-मानसरोवर पर स्थित अपने दिव्य आवास को त्याग कर जनकल्याण के लिए पृथ्वी पर पधारे

हैं। वे पवित्र गंगा जी के किनारे ही विचरण करते हैं और उसके पावन तट को छोड़कर अन्यत्र कहीं नहीं जाते।"

योगी चन्द्रनाथ, जो अब तक बैठा हुआ था, भी उठ खड़ा हुआ और अपने साथी की बातों में वृद्धि करते हुए बोलने लगा, "हमारे गुरुदेव त्रिकालदर्शी हैं। तीनों काल—भूत, वर्तमान और भविष्य—हाथ पर रखे आँवले की तरह उन्हें सर्वदा साफ़-साफ़ दिखाई देते हैं। यही नहीं, वे चाहें तो काल की दिशा मोड़ सकते हैं और दशा भी सुधार सकते हैं। अपनी जनकल्याण की यात्रा में उन्होंने अपनी दिव्य शक्तियों का प्रयोग कर अनगिनत लोगों का कष्ट दूर किया है। उन्हीं की कृपा से मायावती (हरिद्वार) के महाराज अनन्तवर्मा अपने पर्वतीय शत्रु राजाओं के निरन्तर आक्रमण से बच सके। उनके दैवीय आशीर्वाद से ही काम्बोज[43] महाजनपद की नि:संतान महारानी की गोद हरी हो गई और प्रधानमंत्री का विकट कुष्ठरोग ठीक हो गया। काशी के युवराज हयवदन का असाध्य अपस्मार (मिर्गी) गुरुदेव के चुटकी भर भस्म से ठीक हो गया।"

"अरे, तुम भूल रहे हो! दूर जाने की क्या आवश्यकता? अभी कल ही पाटलिपुत्र नगर के स्वर्णकारों के महालय (मुहल्ला) के एक बालक की गंगा में डूबने से मृत्यु हो गई थी और गुरुदेव ने अपने दैवीय चमत्कार से उसे जीवित कर दिया," सूर्यनाथ ने चन्द्रनाथ को विस्मृति के लिए डाँटते हुए अपने गुरु का महिमामंडन किया।

"असम्भव! असम्भव है यह! क्या कोई मृत व्यक्ति पुनर्जीवित हो सकता है?" दोनों युवा योगियों के दावों को ख़ारिज करते हुए कात्यायन ने कहा।

"शिव! शिव!! कूटसाक्षिण: नरके पतन्ति (झूठी साक्षी देनेवाले नरक में गिरते हैं)। क्या ऐसी बातें आपसे भला छुपी रह सकती हैं? आप महामात्य हैं। आप चाहें तो उस घटना की सत्यता का पता लगा सकते हैं। कहा गया है न कि राजा तो दूर रहकर भी अपने गुप्तचरों द्वारा सारी बातों को जान सकता है। दूरस्थमपि चारचक्षु: पश्यति राजा।"

"ठीक है, ठीक है। अभी मैं जल्दी में हूँ। दो दिनों बाद आप लोग आना।" महामात्य कात्यायन युवा योगियों के ओज, तेज एवं नीतिज्ञान से मन-ही-मन बड़ा प्रभावित हुआ, यद्यपि उसने इसे व्यक्त न होने दिया।

***

कात्यायन अपने बुद्धिचातुर्य के लिए प्रसिद्ध था। वह मगध साम्राज्य का गुप्तचर-प्रमुख भी था। युवा योगियों के दावों से वह प्रभावित तो था, लेकिन मृत बालक

के जीवित हो जाने की घटना पर उसे विश्वास न था। उन्हें दो दिनों के लिए उसने इसीलिए टरका दिया था कि इस बीच वह इस दावे की सत्यता का पता अपने गुप्तचरों से लगा ले।

अपने विश्वस्त गुप्तचर कलाधर को कात्यायन ने तुरन्त बुलवाया। कलाधर गुप्त पूछताछ कर छुपी हुई बातों को चुपके से बाहर निकाल लाने में बहुत कुशल था। कात्यायन ने उसे सारी बात समझा कर दो दिनों के भीतर सत्यता का पता लगा लाने को कहा।

कलाधर ने उसी दिन शाम को ही सारा विवरण कात्यायन को ला सौंपा। कलाधर ने बताया कि योगियों का दावा सही है। स्वर्णकारों के महालय में लुम्बन नामक स्वर्णकार के यहाँ मधुलक नामक उसका रिश्तेदार अपने दस वर्षीय बेटे के साथ अतिथि के रूप में आया हुआ है। कल अपने बेटे के साथ मधुलक गंगा-स्नान के लिए गया हुआ था। वहाँ से लौटकर वह महालय में हल्ला मचाने लगा कि गंगा में स्नान करते समय उसका बेटा डूब कर मर गया था, किन्तु रुद्रनाथ नामक महान योगी की कृपा से बच्चा फिर से जीवित हो गया।

कलाधर के लाए विवरण पर कात्यायन को विश्वास न हुआ। कलाधर कात्यायन का बहुत विश्वस्त गुप्तचर था। गुप्तचरी में उसकी विश्वसनीयता वर्षों से परखी हुई थी। कात्यायन सोचने लगा कि कलाधर अपने गुप्तचर्या कौशल में परम प्रवीण है। उसके ऊपर किसी का दबाव या प्रलोभन भी नहीं है कि वह झूठे विवरण बताएगा। फिर भी, उसका लाया विवरण विश्वसनीय नहीं लगता। मृत व्यक्ति का पुनर्जीवित हो उठना समझ से परे की बात है।

अन्ततः, झुंझला कर कात्यायन ने नगरदंडाधिकारी भद्रबाहु को बुलवाया और आदेश दिया कि मधुलक को पकड़कर तुरन्त उसके सामने प्रस्तुत किया जाए।

***

मधुलक जब कात्यायन के सामने पेश हुआ, तो रुद्रनाथ के बारे में बड़ी-बड़ी बातें करने लगा, यहाँ तक कि उसे ईश्वर का अवतार बताया। मधुलक की डींगों से चिढ़ कर कात्यायन ने उसे डाँट लगायी और आदेश दिया कि जो भी कुछ घटना घटी उसे वह सही-सही और सिलसिलेवार बताए। डाँट खाकर मधुलक सिटपिटा गया और सीधे ढंग से बोलने लगा—

> गंगा में स्नान करते समय मेरा दस साल का बेटा नदी के तेज बहाव में बहने लगा। जब मैं उसे बचाने में सहायता के लिए रोने-चिल्लाने लगा, तो मेरी पुकार सुनकर वहीं घाट पर रहनेवाले योगिराज रुद्रनाथ जी महाराज दौड़े-दौड़े आए। आते ही उन्होंने गंगा जी को डाँटना शुरू किया, "रे गंगिया, क्या कर रही है तू? बच्चे को काहें बहा के ले जा रही है? ला, लौटा उसे।" लेकिन, योगिराज जी के कहने का गंगा जी पर कोई असर न हुआ। तब तो वह आग-बबूला हो गए और चिंग्घाड़ते हुए बोले, "गंगिया, अगर तूने बच्चे को न लौटाया तो मैं तुझे सोख जाऊँगा।" बस, फिर क्या था! अगले ही क्षण चमत्कार हो गया। मेरा बच्चा लहरों पर दौड़ता हुआ मेरे पास आ पहुँचा। योगिराज जी महाराज ने मुझे डाँट लगायी कि अपने बच्चे का ध्यान नहीं रखते हो। योगिराज जी बहुत दयालु हैं; वे सचमुच भगवान हैं।

***

तीसरे दिन जब सूर्यनाथ और चन्द्रनाथ कात्यायन के पास फिर पहुँचे, तो कात्यायन का स्वर बदला हुआ था। मधुलक की बातों का उस पर भरपूर असर हुआ था। इस परिवर्तन को भाँपकर सूर्यनाथ ने अपने स्वर में मिठास भरते हुए कहा, "हमारे गुरु जी महाराज आपके पाटलिपुत्र नगर से बहुत प्रभावित हैं। कहते हैं यह नगर भारत का हृदय है और अनेकानेक चमत्कार इसके गर्भ में छुपे हैं।" अपनी बात रोककर सूर्यनाथ कात्यायन के और निकट खिसक गया और फुसफुसाते हुए बोला, "हमारे गुरुदेव यूँ तो गंगा-तट छोड़कर कहीं जाते नहीं, लेकिन अगर आप उनसे निवेदन करें तो नगर में आना सम्भवत: स्वीकार कर लें। आप अत्यन्त विद्वान और आध्यात्मिक पुरुष हैं। कदाचित आपका आग्रह वे टाल न सकें। उनके आने से पूरे नगर का कल्याण होगा।"

कात्यायन युद्ध की बातों से पहले ही बहुत परेशान था। ऐसे में सूर्यनाथ की बातें उसे बहुत प्रिय लगीं। उसे लगा कि युद्ध से निपटने में रुद्रनाथ की सहायता ली जा सकती है। वह तुरन्त दोनों योगियों के साथ योगिराज रुद्रनाथ से मिलने गंगा-तट की ओर चल पड़ा।

***

गंगा-तट से काफी पहले ही कात्यायन ने तटवासी महायोगी के सम्मान में अपना रथ रुकवा दिया। कात्यायन को निकट आता देख रुद्रनाथ ने घोर हुंकार भरी—'हर हर महादेव'।

रुद्रनाथ एकदम अपने शिष्यों जैसा दिखता था—योगियों वाली वही वेशभूषा। अन्तर था तो बस उसके शारीरिक सौष्ठव और भव्यता में—ऊँचा छरहरा कद, चौड़ी छाती, बड़ा-सा घुटा हुआ सिर, प्रशस्त ललाट, बड़ी-बड़ी लाल आँखें और तोते-जैसी नुकीली नाक। उसके मुख पर अद्भुत आभामंडल व्याप्त था जिसमें दिव्यता और रहस्यमयता का अनोखा मिश्रण था। कात्यायन पहली ही नजर में रुद्रनाथ से प्रभावित हो गया, यद्यपि उसके चमत्कारों के बारे में संशय अभी भी बना हुआ था। बड़ी विनम्रता और आदर के साथ कात्यायन ने आखिर दबी जुबान में पूछ ही लिया, "योगिराज, सुना है मधुलक स्वर्णकार के मृत बेटे को आपने जीवित कर दिया! क्या यह सम्भव है? क्या मृत व्यक्ति पुनर्जीवित हो सकता है?"

कात्यायन की बात सुनकर रुद्रनाथ ठठाकर हँसा और हो-हो करता देर तक हँसता रहा। उसकी उन्मुक्त हँसी निश्चित रूप से कात्यायन के संशय का उपहास कर रही थी। उसका उद्देश्य भी यही था—कात्यायन की हैरानी को हँसी में उड़ा देना। हँसते हुए ही उसने कहा, "मधुलक सीधा और सहज-विश्वासी है। उसका दस वर्षीय बेटा गंगा में डूब रहा था और उसकी पुकार पर मैं तेजी से धारा में जाकर उसे बाहर खींच लाया। बस इतना ही किया मैंने। इसी को मधुलक चमत्कार मान बैठा और मुझे भगवान।" इतनी बात कहकर रुद्रनाथ फिर बड़े जोरों से हँसने लगा, लेकिन थोड़ी ही देर बाद उसने बड़े रहस्यात्मक ढंग से चुप्पी साध ली। इशारे से उसने कात्यायन को अपने और निकट बुलाया और मुस्करा कर धीरे से बोला, "चमत्कार कर देना मेरे लिए कोई बड़ी बात नहीं है।"

कात्यायन रुद्रनाथ की भव्यता से अभिभूत तो पहले से ही था। अब उसकी उन्मुक्त हँसी और उसके सरल स्वभाव ने उसे उसका अनुगामी बना दिया। बच्चे को बचाने को कोई चमत्कार न मानने से कात्यायन के मन में उसकी विश्वसनीयता कई गुना बढ़ गई। रुद्रनाथ की स्पष्टवादिता उसे बहुत भा गई। फिर तो चमत्कार कर सकने के उसके दावे ने कात्यायन के मन में योगिराज पर भरोसा एकदम पुख्ता कर दिया।

बिना विलम्ब किए कात्यायन ने रुद्रनाथ से आग्रह किया कि वे उसके आवास पर पधार कर उसे पवित्र करने की कृपा करें। रुद्रनाथ ने अपने नियम का उल्लेख किया कि गंगा-तट छोड़कर वह अन्यत्र कहीं नहीं जाता। कात्यायन के पुन: आग्रह पर रुद्रनाथ अपनी आँखें बन्द कर कुछ सोचने लगा मानो किसी गहन विषय पर चिन्तन कर रहा हो। फिर अधखुली आँखों से ताकते हुए

फुसफुसाने लगा जैसे स्वयं से कुछ कह रहा हो, "मैं तो आप्तकाम हूँ। यश-अपयश, हानि-लाभ मेरे लिए सब बराबर हैं। बस जनकल्याण में मैं अपना शेष जीवन लगा देना चाहता हूँ।" बोलते-बोलते रुक कर वह कात्यायन को घूरने लगा और उसे सम्बोधित करते हुए कहने लगा, "आप कोई सामान्य व्यक्ति नहीं हैं; प्रतापी मगध साम्राज्य के महामात्य हैं। मुझ अकिंचन योगी में आपकी आस्था अद्‌भुत है। मैं प्रसन्न हूँ, वत्स। मैं चलूँगा आपके आवास, अपने ही बनाए नियम को तोड़ कर।"

रुद्रनाथ ने फिर चुप्पी साध ली। लगा वह फिर कुछ सोचने। कुछ देर बाद अधखुली आँखों से पाटलिपुत्र की ओर ताकते हुए वह बड़े रहस्यपूर्ण स्वर में बोलने लगा, "यह नगर मुझे पुकार रहा है। कई अद्‌भुत घटनाओं का साक्षी होनेवाला है यह नगर। मुझे जाना ही होगा। यही भूतभावन कैलाशवासी भगवान भूतनाथ की इच्छा है।" फिर पाटलिपुत्र की ओर से दृष्टि फेर कर उसने कात्यायन की ओर दृष्टि गड़ा दी—बिलकुल नि:शब्द, जैसे वह कुछ अकथ्य (न कहने योग्य बात) छुपाना चाह रहा हो। अचानक उसने कात्यायन का हाथ हौले से पकड़ लिया और फुसफुसाया, "निकट भविष्य में कुछ अशुभ घटने की सम्भावना दिख रही है, वत्स।"

"अशुभ! कैसा अशुभ, योगिराज?" कात्यायन ने घबड़ा कर पूछा।

"कुछ विशेष नहीं। यही थोड़ी राजनीतिक उथल-पुथल।" रुद्रनाथ ने बड़े हलकेपन से भारी संकट का संकेत दिया। लेकिन, जल्दी ही अपना अन्दाज बदलते हुए बोला, "चिन्ता की कोई बात नहीं। आपका अहित न होगा।"

"मेरा हित कैसे न प्रभावित होगा योगिराज, जब राजनीतिक उथल-पुथल होगी!" कात्यायन ने चिन्ता व्यक्त की। अपनी बात को और स्पष्ट करने के लिए उसने आगे जोड़ा, "मेरा हित मगध सम्राट महाराज धननन्द के हित से जुड़ा है। सम्राट की सत्ता पर संकट के बादल मँडरा रहे हैं। तक्षशिला विश्वविद्यालय के एक दुष्ट आचार्य ने सम्राट के विरुद्ध षड्यंत्र रचा है। चाणक्य नाम का वही दुष्ट आचार्य कई राजाओं को सम्राट के विरुद्ध भड़का कर उनकी सेना सहित पाटलिपुत्र आ धमका है। अब युद्ध अवश्यम्भावी है, यद्यपि कुछ समय के लिए उसे अभी टाल दिया गया है।"

"मैं सब जानता हूँ। मुझसे कुछ छुपा नहीं है," रुद्रनाथ ने मुस्कराते हुए कहा। कात्यायन रुद्रनाथ की सर्वज्ञता के दावे से भयभीत हो सहम गया। साथ ही उसके मन में रुद्रनाथ के प्रति सम्मान और बढ़ गया।

"तो योगिराज, आगामी युद्ध में हमारे सम्राट की विजय कैसे हो? क्या उपाय है?" कात्यायन ने हाथ जोड़ते हुए पूछा।

"चिन्ता की कोई बात नहीं, वत्स। उपाय है। समय आने पर मैं सब ठीक कर दूँगा," रुद्रनाथ ने चिन्तित कात्यायन को आश्वासन दिया। बोलना बन्द कर वह कात्यायन के चेहरे की ओर कुछ देर गौर से देखता रहा मानो वह भविष्य पढ़ने की कोशिश कर रहा हो। फिर धीरे से बोला, "यद्यपि मैं आपका भविष्य हाथ पर रखे आँवले की तरह देख रहा हूँ, किन्तु उसे इस समय बताना उचित नहीं है। इस समय तो आप मात्र इतना ही जान लीजिए कि सम्राट चाहे कोई भी रहे महामात्य तो आप ही रहेंगे।"

रुद्रनाथ की बातों में कात्यायन अब पूरी तरह आ गया था। बड़ी श्रद्धा और सम्मान से रुद्रनाथ और उसके दोनों शिष्यों—सूर्यनाथ और चन्द्रनाथ—को वह अपने आवास पर लिवा लाया।

रुद्रनाथ बहुत जल्दी ही कात्यायन के सबसे बड़े शुभचिन्तक के रूप में स्थापित हो गया। विभिन्न अवसरों पर कात्यायन को वह तरह-तरह की सलाह देता, कभी-कभी बिना माँगे ही। धीरे-धीरे कात्यायन रुद्रनाथ पर पूर्ण आश्रित हो गया। उसकी आखें रुद्रनाथ की चमक-दमक-भरी बातों से चौंधिया गई थीं।

***

कात्यायन ने एक दिन सम्राट धननन्द से रुद्रनाथ के बारे में चर्चा की। धननन्द साधुओं-संन्यासियों के प्रति सर्वदा शंकालु रहता था। किन्तु, इन दिनों युद्ध की आशंकाओं के कारण उसके दृष्टिकोण में थोड़ा परिवर्तन आया था। ऊपर से रुद्रनाथ के चमत्कारों के बारे में कात्यायन की बातें सुनकर उसने पूरी तरह मन बना लिया कि क्यों न इस संकट के समय रुद्रनाथ की सहायता ली जाए।

अगले ही दिन, सम्राट के इच्छा व्यक्त करते ही कात्यायन योगिराज रुद्रनाथ को सम्राट से मिलाने के लिए राजभवन ले गया। रास्ते में पाटलिपुत्र नगर के कुछ प्रमुख स्थानों को दिखाता और अन्य कई स्थानों के बारे में रुद्रनाथ को बताता कात्यायन उसे ले जा रहा था।

रुद्रनाथ ने मगध साम्राज्य की समृद्धि और सम्पन्नता के बारे में बहुत कुछ सुन रखा था, किन्तु पाटलिपुत्र के वैभव को जब अपनी आँखों से देखा तो दंग रह गया। चौड़े-चौड़े मार्गों के दोनों किनारों पर विशाल भवनों की लम्बी कतारों की भव्यता अद्भुत थी। मार्ग एक-दूसरे को जहाँ काटते थे उन विस्तृत चौराहों पर मनोहारी जल-प्रपात बने हुए थे। सबसे प्रमुख था राजपथ जो नगर

के केन्द्र में बसे राजभवन के दुर्गद्वार से नगर के उत्तर में स्थित सिंहद्वार तक जाता था। सबसे लम्बा मार्ग था जनपथ जो नगर के पश्चिमी छोर पर बसे कलावती महालय नामक मोहल्ले से नगर के पूर्व में बसे अन्त्यज महालय के निकट श्मशान भूमि तक जाता था।

राजपथ और जनपथ जहाँ एक-दूसरे को काटते थे वहाँ एक अत्यन्त मनोहारी और विशाल चौराहा था जिसे पुष्पवेणु चतुष्पथ कहते थे। यह चौराहा राजभवन के दुर्गद्वार के ठीक सामने कुछ ही दूरी पर पड़ता था।

पुष्पवेणु चौराहा पाटलिपुत्र नगर का सबसे हलचल-भरा स्थान था जो मनोरंजन और सांस्कृतिक गतिविधियों का केन्द्र था। चौराहे के चारों कोणों पर चार प्रखंड थे जो अपनी-अपनी विशिष्टता के लिए विख्यात थे। राजभवन के दुर्गद्वार से निकल कर राजपथ पर कुछ ही दूर चलने पर दाहिनी ओर नन्दनकानन प्रखंड पड़ता था। उसके विपरीत, राजपथ के दाईं ओर कान्ताकान्तार प्रखंड था। नन्दनकानन प्रखंड के ठीक सामने जनपथ के उस पार निधिवन प्रखंड था और कान्ताकान्तार प्रखंड के सामने जनपथ के उस पार अभयारण्य प्रखंड था।

सभी प्रखंड पेड़-पौधों, लताओं-झुरमुटों से सुसज्जित थे और सारी नागरिक सुविधाएँ एवं प्रसाधन वहाँ उपलब्ध थे। उत्सवों एवं सांस्कृतिक आयोजनों के समय नन्दनकानन सम्राट व उनके परिवार के लिए आरक्षित रहता था। कान्ताकान्तार स्त्रियों के लिए, अभयारण्य पुरुषों के लिए एवं निधिवन उच्च राजपदाधिकारियों के लिए आरक्षित होता था। सामान्य दिनों में कोई भी किसी प्रखंड में आ-जा सकता था, सिवाय नन्दनकानन प्रखंड को छोड़कर। यह प्रखंड राजकीय उपयोग में होने के कारण जनसामान्य के लिए प्रतिबन्धित क्षेत्र था।

राजभवन परिसर के चतुर्दिक निर्मित सुरक्षा परिपथ और ऊँची दीवार के ठीक बाईं ओर पश्चिम दिशा में महामात्य कात्यायन का भवन था, जो बड़ी सुरुचिपूर्ण ढंग से निर्मित था। रुद्रनाथ अपने दोनों शिष्यों सहित इसी भव्य भवन में कात्यायन के माननीय अतिथि के रूप में ठहरा था।

कात्यायन के भवन से लगे हुए अन्य आमात्यों एवं उच्च राजपदाधिकारियों के भवन थे जो क्रमशः लघुतर होते गए थे। यह राजकीय प्रखंड जहाँ खत्म होता था वहाँ से पण्यों (बाजारों) की पंक्ति और उनके पीछे उनसे जुड़े लोगों के आवास थे। सबसे पहला पण्य वस्त्र-आभूषण-सौन्दर्य-प्रसाधनों का लक्ष्मी पण्य नामक जौहरी बाजार था। इसके पीछे बड़े सेठों और व्यवसायियों के आवास थे, जिन्हें श्रेष्ठिचत्वर कहा जाता था। लक्ष्मी पण्य की बगल में खाद्यान्नों का

अन्नपूर्णा पण्य और सबसे आखिर में कलाकारों और वारांगनाओं का कलावती पण्य। इन पण्यों के निकट ही इनसे जुड़े लोगों के महालय भी थे जो विभिन्न प्रशासकीय प्रखंडों में विभक्त थे।

राजभवन परिसर के बाहर दाहिनी ओर पूर्व दिशा में सेनापति एवं सेनानायकों के आवास थे और उनके पीछे सैनिकों के समवेत आवास एवं सुरक्षा चौकियाँ थीं।

***

यह सब देखता-सुनता रुद्रनाथ राजभवन पहुँच गया। राजभवन के दुर्गद्वार से प्रवेश करते ही वह आश्चर्य में पड़ गया। स्थापत्य की ऐसी श्रेष्ठता और वैभव की ऐसी उच्चता के बारे में उसने कभी कल्पना भी न की थी। यही सब सोचते, लम्बे-लम्बे दालानों, गलियारों और प्रकोष्ठों की जटिल संरचनाओं से गुजरता रुद्रनाथ कात्यायन के साथ सभामंडप नामक राजसभा के द्वार पर जा पहुँचा।

अब तक की देखी हुई सारी संरचनाओं में सबसे सुरुचिपूर्ण, कलात्मक और वैभवपूर्ण यही सभामंडप लगा रुद्रनाथ को। तीन तरफ से ऊँची दीवारों और कतार से खड़े ऊँचे खम्भों पर टिकी सुनहली पच्चीकारी वाली छत और धवल रजतनिर्मित फर्श पूरे सभामंडप को अद्‌भुत रूप से देदीप्यमान किए हुए था। चारों ओर—छत, फर्श, खम्भों और दीवारों पर जगह-जगह जड़े मणि-माणिक्य प्रकाश के आवर्तन-प्रत्यावर्तन द्वारा चकाचौंध को और बढ़ा रहे थे।

प्रवेश द्वार से प्रारम्भ कर सभामंडप के दूसरे छोर तक रत्नजटित स्तम्भों की दो समानान्तर पक्तियाँ खड़ी थीं। अन्त में एक चमचमाता उच्च मंच था। स्तम्भों के बगल में चमचमाती आसन्दिकाएँ दोनों तरफ प्रवेश द्वार से मंच की ओर क्रमशः बढ़ते आकार के क्रम में लगी हुई थीं। इन पर उच्च राज पदाधिकारीगण वरिष्ठता के क्रम में बैठे हुए थे। प्रवेशद्वार से घुसते ही बाईं ओर की कतार में आमात्य, न्यायाधीश, राजस्व अधिकारी एवं विभिन्न निकायों के अध्यक्ष बैठे थे। इस कतार में सिर्फ एक ही कुर्सी खाली थी। वह थी महामात्य की कुर्सी जो वरिष्ठता क्रम में सबसे ऊँची होने के नाते मंच के एकदम निकट थी। दाहिनी ओर की कतार में सभी कुर्सियाँ भरी हुई थीं। इनमें सबसे आगे सेनापति, उनके सेनानायकगण, सेना के विभिन्न विभागों के अध्यक्ष, नगरदंडाधिकारी वगैरह क्रम से बैठे हुए थे। दोनों कतारों में बैठे हुए लोगों के मुँह आमने-सामने थे और दोनों कतारों के बीच पर्याप्त जगह थी।

रुद्रनाथ के साथ महामात्य कात्यायन ने सभामंडप में ज्यों ही प्रवेश किया, दोनों ओर की कतारों में बैठे सारे अधिकारीगण उनके सम्मान में उठ खड़े हुए। उनका अभिवादन स्वीकार करते हुए कात्यायन अपनी कुर्सी की ओर बढ़ा जा रहा था। लेकिन, उसके साथ चल रहा रुद्रनाथ न किसी के अभिवादन के प्रत्युत्तर में कुछ बोला और न ही किसी की ओर उसने देखा। गर्वोन्नत सिंह की भाँति वह अपनी अकड़ में चलता रहा।

अपनी कुर्सी के सामने पहुँचकर कात्यायन रुक गया। उसकी कुर्सी के ठीक बगल में प्रधान न्यायाधीश की कुर्सी थी। कात्यायन के साथ रुद्रनाथ को खड़ा देख प्रधान न्यायाधीश बगल वाली कुर्सी की ओर सरक गया। इसी प्रकार उस कतार के सभी अधिकारीगण सरकते गए। अन्त में सभामंडप के व्यवस्था प्रमुख की कुर्सी थी। उसे खड़ा देखकर द्वार पर खड़े सुरक्षा प्रहरियों ने एक अतिरिक्त कुर्सी उसके लिए लाकर लगा दी।

सभी अपनी-अपनी कुर्सियों पर अभी ठीक से बैठे भी न थे कि मंच के दोनों ओर की सीढ़ियों पर तूर्य और शंख की ध्वनि गूँज उठी। सभी उपस्थित जन अपनी कुर्सियों से उठकर तुरन्त खड़े हो गए। यह महाराजाधिराज मगध सम्राट धननन्द जी महाराज के पधारने का संकेत था।

थोड़ी ही देर में मंच के पीछे बने प्रकोष्ठ के सुचित्रित द्वार से एक स्थूलकाय अधेड़ व्यक्ति बड़े अलसाए भाव से निकलकर आया और बड़ी लापरवाही से अति अलंकृत उच्च राजसिंहासन पर धम्म से बैठ गया। बैठते ही उसने सभासदों की ओर एक दृष्टि डाली तो देखा कि सबके हाथ अभिवादन की मुद्रा में जुड़े हुए हैं और सबके मुँह से 'महाराजाधिराज मगध सम्राट धननन्द जी महाराज की जय हो' की ध्वनि एक साथ निकल रही है।

सम्राट यह देखकर बड़ा हैरान हुआ कि उस सभा में एक ऐसा व्यक्ति भी था जो अपनी कुर्सी पर शान्त, अप्रभावित बैठा हुआ था। उसके बैठे रहने से उद्विग्न होने के बावजूद सम्राट उसके योगी वेश और कात्यायन के साथ होने से समझ गया कि यह वही योगिराज रुद्रनाथ है। हड़बड़ी में सम्राट ने हाथ के संकेत से सबको बैठ जाने का निर्देश दिया।

बैठते ही महामात्य कात्यायन फिर उठ खड़ा हुआ। उसने बड़ी विनम्रता से झुकते हुए सम्राट का एक बार फिर अभिवादन किया और कहना प्रारम्भ किया, "महाराजाधिराज, आज हमारे बीच परमपावन योगिराज रुद्रनाथ जी महाराज पधारे हैं। योगिराज लोगों द्वारा भगवान शिव के अवतार के रूप में पूजित हैं। कैलाश मानसरोवर स्थित अपने मूलनिवास को त्याग कर योगिराज जी धराधाम

पर जनकल्याण के लिए उतरे हैं। यद्यपि योगिराज जी ने मात्र गंगातट पर निवास करने का व्रत लिया था, किन्तु हम सबके कल्याण के लिए गंगातट छोड़कर पाटलिपुत्र नगर में पधारने की कृपा की है। योगिराज जी सर्वज्ञ हैं और किसी भी प्रकार के चमत्कार करने में समर्थ हैं।"

सम्राट रुद्रनाथ के बारे में पूरी बात पहले ही अकेले में कात्यायन से सुन चुका था। इस समय भी वह योगिराज के भव्य व्यक्तित्व से बड़ा प्रभावित था और स्वयं के प्रति उसकी अशिष्टता को साधु-सुलभ विशेषाधिकार मान कर चुप था। रुद्रनाथ के बारे में पूर्व जानकारी के बावजूद भरी सभा में अपनी गरिमा और अकड़ बनाए रखने के लिए सम्राट ने कात्यायन से बड़ी रुखाई से पूछा, "किस प्रकार का चमत्कार?"

"महाराजाधिराज, साम्राज्य के ऊपर युद्ध के बादल मँडरा रहे हैं। योगिराज करुणा की मूर्ति हैं। इनकी कृपा से हम युद्ध में विजयी होंगे।" कात्यायन ने सम्राट को समझाने का प्रयास किया।

"इनकी कृपा से? इनकी कृपा युद्ध जीतने में कैसे सहायक हो सकती है?" अपनी रुखाई कायम रखते हुए सम्राट ने कात्यायन से प्रश्न किया।

कात्यायन कुछ कहता उससे पहले ही रुद्रनाथ स्वयं उठ खड़ा हुआ। निर्भीक सिंह की तरह खड़े रुद्रनाथ ने 'हर हर महादेव' की गर्जना की और अपना दाहिना हाथ उठाकर आशीर्वाद की मुद्रा बनाई। तत्क्षण बिना किसी औपचारिकता के उसने बड़ी गम्भीर वाणी में घोषणा की, "मैं चाहूँ तो अपनी तांत्रिक शक्तियों से काल की गति भी बदल दूँ।"

"कोई प्रमाण?" सम्राट ने अप्रभावित दिखने की कोशिश करते हुए प्रमाण माँगा, यद्यपि मन-ही-मन वह रुद्रनाथ के अप्रतिम आत्मविश्वास से अभिभूत हो गया था।

"एकान्त। एकान्त में प्रमाण," प्रमाण दिखाने के लिए रुद्रनाथ ने एकान्त की माँग की। रुद्रनाथ की माँग को बड़ी रुखाई से अस्वीकार करते हुए सम्राट ने कहा, "सबके सामने प्रमाण दिया जाए।"

सम्राट की अस्वीकृति की परवाह किए बिना रुद्रनाथ एक पल में उछल कर मंच पर चढ़ गया और तुरन्त सम्राट के एकदम निकट जा पहुँचा। अचानक उसको अपने इतना निकट इतनी जल्दी पहुँचा देखकर सम्राट हड़बड़ा गया। हड़बड़ाहट में वह राजसिंहासन से उठ खड़ा हुआ। सम्राट के खड़ा होते ही रुद्रनाथ अपना मुँह उनके कान के पास ले जाकर कुछ फुसफुसाने लगा। सम्राट के कान में रुद्रनाथ ने क्या फुसफुसाया यह तो किसी को पता नहीं लगा, किन्तु

उसकी फुसफुसाहट के बाद सम्राट की भावभंगिमा एकदम बदल गई। सम्राट पहले तो रुद्रनाथ की बात बड़े गौर से सुनता रहा, लेकिन बाद में वह बहुत भयभीत दिखने लगा।

अपनी बात पूरी कर रुद्रनाथ बड़े जोर से गरजा—'हर हर महादेव'। सम्राट की भयभीत मुद्रा और रुद्रनाथ की गर्जना से सभी सभासद आतंकित हो गए। रुद्रनाथ के बारे में बहुत-सी बातें अफवाह के रूप में सुन-सुन कर वे सब के सब पहले से ही अभिभूत थे।

***

सम्राट धननन्द और योगिराज रुद्रनाथ के बीच कई गुप्त मुलाकातें हुईं। हर मुलाकात के बाद सम्राट के मन में रुद्रनाथ की दैवीय शक्तियों और अकाट्य भविष्यवाणियों में विश्वास बढ़ता गया। सम्राट के विश्वास को देखकर सभी राजपदाधिकारी भी रुद्रनाथ के अनुयायी हो गए।

रुद्रनाथ सभी राजपदाधिकारियों से बारी-बारी मिला—एकान्त में और अलग-अलग। जिससे मिलता उसे पहले चेता देता कि जो कुछ भी कहूँगा उसे परम गुप्त रखना। अगर किसी को बताया तो दैवीय आपदा सिर पर आ गिरेगी। परिणामस्वरूप किसी को पता नहीं चला कि वह किन-किन लोगों से मिला और क्या-क्या बातें कीं। सिर्फ रुद्रनाथ को पता था कि उसने सबसे एक ही भविष्यवाणी की थी कि यदि युद्ध हुआ तो नन्द वंश का नाश हो जाएगा और साथ में वे सभी मारे जाएँगे जो सम्राट का साथ देंगे।

रुद्रनाथ की भविष्यवाणी सुनकर सभी भयभीत थे। दैवीय आपदा के डर से सब एक-दूसरे का मुँह ताकते और चुप्पी साधे रहते। सबों में सर्वाधिक भयभीत स्वयं सम्राट था। उसकी मुश्किल यह भी थी कि इस भविष्यवाणी की चर्चा वह अपने किसी अमात्य या राजपदाधिकारी से न कर पा रहा था, सलाह-मशविरा करना तो दूर की बात। ऐसे में, रुद्रनाथ उसका एकमात्र विश्वस्त सलाहकार बन बैठा।

एक दिन भयभीत सम्राट ने रुद्रनाथ से अनुनय किया कि आगामी युद्ध से उपजे सर्वनाश को रोकने का कोई तो उपाय होगा। तुरन्त कोई उत्तर देने के बजाय रुद्रनाथ चुपचाप कुछ सोचता रहा।

थोड़ी देर बाद रुद्रनाथ ने भोजपत्र और लेखनी मँगवाई और सम्राट से विभिन्न प्रकार के प्रश्न पूछना शुरू कर दिया। सम्राट के उत्तरों को उसने संकेतों में भोजपत्र पर अंकित किया। प्रश्नोत्तर पूरा होते ही वह एक अन्य भोजपत्र

पर कुछ आड़ी-तिरछी रेखाएँ खींचने लगा और फिर इस प्रकार बने हुए कई कोष्ठों में अक्षर और संख्याएँ कुछ रहस्यमय ढंग से लिख डालीं। अब वह गणनाओं में व्यस्त हो गया और काफी देर तक गम्भीर गणनाएँ करने के बाद उसने अपनी आँखें मूँद लीं और गहन चिन्तन में डूब गया।

रुद्रनाथ का चिन्तन बहुत देर तक चला। अन्ततः उसने अपनी आँखें खोलीं—लाल-लाल आँखें। उसका मुखमंडल अत्यन्त डरावना दिखने लगा। उसने जोर की डकारयुक्त हुंकार भरी।

रुद्रनाथ के मुखमंडल की भयावहता धीरे-धीरे तिरोहित होती गई जब वह इस मंत्र का पाठ करने लगा—

ॐ ऐं ह्रीं क्लीं चामुंडायै विच्चे।
ॐ ग्लौ हुं क्लीं जूं सः
ज्वालय ज्वालय ज्वल ज्वल प्रज्वल प्रज्वल
ऐं ह्रीं क्लीं चामुंडायै विच्चे
ज्वल हं सं लं क्षं फट् स्वाहा॥

रुद्रनाथ ने इस मंत्र का इक्कीस बार पाठ किया, जिससे उसके मुखमंडल पर पूर्ण शान्ति आ विराजी। इस परम शान्ति की अवस्था में उसके मुँह से जो बोल फूटे तो लगा जैसे वह किसी अन्य रहस्यमयी दुनिया से आती हुई ध्वनि है—"मात्र माँ कालभैरवी ही बचा सकती हैं जब वह प्रसन्न होंगी।"

"तो उन्हें प्रसन्न करिए, योगिराज," सम्राट धननन्द ने बड़ी आतुरता से विनती की।

"माँ कालभैरवी को प्रसन्न करना इतना आसान नहीं है। वह कराल काल की क्रूर देवी हैं। मात्र कठोर साधना ही उन्हें प्रसन्न करती है।" रुद्रनाथ की इन बातों से धननन्द बड़ा परेशान हो गया। बड़ी बेबसी से उसने रुद्रनाथ की ओर देखा तो रुद्रनाथ ने आगे बोलना शुरू किया, "अर्धरात्रि में श्मशान भूमि में माँ कालभैरवी की साधना करनी होती है। माँ यदि प्रसन्न होती हैं तो ब्रह्ममुहूर्त तक वह स्वयं प्रकट होकर साधक को वरदान देती हैं।"

रुद्रनाथ ने फिर चुप्पी साध ली। उसकी भावभंगिमा से लग रहा था कि वह सम्राट की सहायता के लिए कालभैरवी की साधना करने को अनिच्छुक है। हैरान-परेशान सम्राट ने उससे बहुत अनुनय-विनय किया तो अन्ततः रुद्रनाथ मान गया।

अर्धरात्रि-साधना के लिए रुद्रनाथ ने विचित्र वस्तुओं की एक लम्बी सूची

सम्राट को सौंपी। इन वस्तुओं में मुख्यत: शामिल था शव के ऊपर बैठकर साधना करने के लिए तैलिक या चांडाल का एक ताजा शव, बलि देने के लिए पाँच हृष्ट-पुष्ट अज (बकरे), आहुति देने के लिए मदिरा से भरे तेरह ताम्रघट, अग्नि प्रज्वलित रखने के लिए बड़े-बड़े तेरह चन्दन काष्ठखंड एवं अन्य खर्चों के लिए एक सहस्त्र कार्षापण। रुद्रनाथ ने एक नियत समय और स्थान बताया जहाँ सारी सामग्री उसे शीघ्र पहुँचा दी जानी थी ताकि एक दिन बाद पड़नेवाली पंचमी तिथि से अमावस्या की काली रात तक दस-दिवसीय रात्रि-साधना श्मशान-भूमि में की जा सके।

सारी वस्तुएँ इंगित स्थान एवं समय पर पहुँचवा देने में सम्राट को कोई कठिनाई न थी, किन्तु तैलिक या चांडाल के ताजे शव का प्रबन्ध करने में वह लाचारी महसूस कर रहा था। मुश्किल यह थी कि साधना अत्यन्त गोपनीय थी। सम्राट इसकी चर्चा किसी से न कर सकता था। यहाँ तक कि कात्यायन को भी इस मामले से अलग और अनभिज्ञ रखा गया था। अत: सम्राट की सहायता के लिए कोई उपलब्ध न था। शव के प्रबन्ध का दायित्व स्वयं सम्राट के ऊपर ही था। सम्राट की विवशता देख रुद्रनाथ ने आगे आकर शव का स्वयं प्रबन्ध कर लेने का आश्वासन दिया।

अन्त में, रुद्रनाथ ने एक गम्भीर चेतावनी दी। साधना गंगा-तट की श्मशान-भूमि पर निरन्तर दस रात्रि तक होगी। अत: कोई भी व्यक्ति उन दस रात्रियों में भूल कर भी न गंगा-तट की ओर जाएगा, न उधर देखेगा। कोई भी विघ्न पड़ने पर भारी अनिष्ट हो जाएगा; देवी जो अमावस्या की रात्रि में पूर्णत: नग्न षोडशी के स्वरूप में प्रकट होती हैं, रुष्ट हो जाएँगी। इससे विघ्न डालनेवाला व्यक्ति तुरन्त मर जाएगा और साधना का उद्देश्य विफल होकर प्रतिकूल परिणाम देगा।

सम्राट ने पूरे नगर में घोषणा करवा दी कि आगामी पन्द्रह दिन और रात कोई भी गंगा-तट की ओर न जाएगा, न देखेगा। उल्लंघन करनेवाले को तत्क्षण मृत्युदंड दिया जाएगा। चूँकि इस चेतावनी का उद्देश्य या कारण किसी को न बताया गया, इसलिए इस विषय में लोगों में भारी कौतूहल था। अधिकांश लोग इसे सम्राट की एक और सनक मान रहे थे। अमात्य, सचिव एवं सलाहकारगण दुखी थे कि सम्राट ने उनसे इस सम्बन्ध में न कोई चर्चा की न सलाह ली। महामात्य कात्यायन सर्वाधिक दुखी था। एक तो पूरे मामले से उसे दूर रखा गया था, दूसरे रुद्रनाथ अब सम्राट का निकट विश्वासपात्र बन गया था।

***

नियत समय और स्थान पर माँगी गई वस्तुओं को उपलब्ध पाकर रुद्रनाथ बहुत प्रसन्न हुआ। अपने दोनों शिष्यों सहित वह सारा सामान लेकर गुप्त साधना के बहाने चाणक्य के गुप्तचरों के लिए नियत सुरक्षित गृह[44] में जा छुपा। मधुलक भी भागकर वहाँ पहुँच गया।

सुरक्षित गृह में चाणक्य भी गुप्त रूप से पहुँच गए और अपने चारों शिष्यों की अब तक की सफलता पर बधाई दी। योगिराज रुद्रनाथ के रूप में इस गुप्त अभियान का नेतृत्व कर रहे प्रभाष की उन्होंने भूरि-भूरि प्रशंसा की। साथ ही, चारों गुप्तचरों को आगे की कार्यप्रणाली और सावधानियों के सम्बन्ध में आवश्यक निर्देश दिए।

***

रंग-बिरंगे कपड़े पहने एक विचित्र-सा आदमी एक तोते के साथ पाटलिपुत्र नगर में घूम रहा था। तोता कभी उस व्यक्ति के कन्धों पर बैठ जाता तो कभी सिर और कभी बाँहों पर। अपना तोता टाँगे वह व्यक्ति पाटलिपुत्र नगर में विभिन्न स्थानों पर घूमते हुए देखा गया। वह जहाँ भी जाता लोग उस तोते को देखने के लिए इकट्ठा हो जाते। तोता गा सकता था, बात कर सकता था, गालियाँ बक सकता था और क्या नहीं बोल सकता था—सब मानवीय भाषा में। लोगों को यह बड़ा मनोरंजक और कौतूहलपूर्ण लगता।

तोते की एक विशेषता ऐसी थी जिसके लिए उसकी भारी माँग थी। वह थी उसकी भविष्य बताने की काबिलियत। तोतावान चारों तरफ कहता फिरता था कि तोता दैवीय ज्ञान वाला है और किसी के भी भूत, भविष्य और वर्तमान को जान सकता है। लोग तोतावान को घेर लेते और अपने-अपने भविष्य के बारे में तरह-तरह की कौतूहलपूर्ण बातें जानना चाहते। हर आदमी अपने बारे में खुद अपने कानों उस तोते की बातें सुनना चाहता। जब तोते की बातें समझ में न आतीं, और ऐसा अक्सर होता कि तोते की टाँय-टाँय की आवाज से पता नहीं चलता की वह क्या कहना चाहता है, तो तोतावान बड़ी चालाकी से आगे आकर उसकी आवाज की व्याख्या करता। यह व्याख्या प्राय: प्रश्नकर्ता की इच्छा के अनुकूल होती। तोतावान को लोगों की मनोवैज्ञानिक समझ बहुत अच्छी थी, जिसका उपयोग वह लोगों के प्रश्नों के उत्तर देने में करता, और तोते के दैवीय वाणी युक्त होने का दावा करते हुए अक्सर लोगों को समझाता कि तोते के निरन्तर सान्निध्य में रहने के कारण ही उसे उसकी वाणी समझ में आ जाती है। जगह-जगह वह तोते की टाँय-टाँय की व्याख्या करता कि तोता सबसे निवेदन कर रहा है कि उसके पालन-पोषण के लिए

पर्याप्त धन दान में दिया जाए। लोगों को तोते की यह तथाकथित विनती भा जाती और लोग टूटकर तोते के ऊपर धन की बरसात करते।

कुछ ही दिनों में तोतावान और उसके तोते की चर्चा पूरे नगर में होने लगी। यह चर्चा महामात्य कात्यायन तक भी पहुँची। वह उस अनोखे तोते और तोतेवान से मिलने के लिए बड़ा उत्सुक हुआ। परिणामस्वरूप, तोते सहित तोतेवान को पकड़कर कात्यायन के सामने पेश किया गया।

अपने सहज अविश्वासी स्वभाव के विपरीत कात्यायन तोतावान और उसके तोते से बड़ा प्रभावित हुआ। वह भी अपने भविष्य के बारे में जानने को बड़ा उत्सुक था। तोते के बारे में तोतावान की प्रशंसात्मक टिप्पणी सुनने के बजाय कात्यायन ने सीधे तोते को सम्बोधित करते हुए पूछा, "तोता जी, कहिए मेरे भविष्य में क्या लिखा है?"

तोता चुप। उससे क्या पूछा जा रहा है या क्या कहा जा रहा है इस पर उसने ध्यान ही नहीं दिया। तोतावान ने उसे पुचकारा, "उत्तर दीजिए, शुकदेव जी।" तोता फिर भी चुप रहा। तोतावान ने उससे फिर विनती की, परन्तु जब तोता चुपचाप आँखें मटकाता हुआ अवहेलना करता रहा, तो तोतावान ने अप्रसन्नता व्यक्त की। प्रत्युत्तर में तोते ने गुस्से में अपना सिर जोर से हिलाया। यह देखकर तोतावान घबड़ा गया। उसके मुँह से निकल गया, "हे भगवान! तभी आप चुप हैं, शुकदेव जी।"

कात्यायन तोते की बेहूदी हरकत और तोतावान की प्रतिक्रिया को बड़े गौर से देख रहा था। उनके बीच विचित्र संवाद के बावजूद वह तोते से अपना भविष्य जानने को उत्सुक था, विशेषकर आगामी युद्ध के सन्दर्भ में। तोतावान के आखिरी वाक्य ने उसकी जिज्ञासा और बढ़ा दी। वह जानने के लिए बेचैन था कि तोतावान ने क्यों इतनी उदासी से आहें भरी। उसने तोतावान से आतुरता से आग्रह किया, "बताओ, आखिर मामला क्या है?" तोतावान चुप, वैसे ही जैसे पहले उसका तोता चुप था। चिढ़कर कात्यायन ने उसे झिड़का कि वह तुरन्त बताए कि तोता क्या कहना चाह रहा था। लेकिन, तोतावान चुप्पी साधे रहा। इसी बीच, बड़ी तीखी आवाज में तोता टें-टें करने लगा। जिसके बाद तोतावान ने बोलना शुरू कर दिया, जैसे तोते ने उसे अपनी ओर से बोलने की अनुमति दे दी हो।

"भयानक विपदा मगध साम्राज्य के ऊपर मँडरा रही है," तोतावान ने गम्भीर स्वर में कहा।

"आगामी युद्ध ही वह विपदा हो सकती है," कहते हुए कात्यायन ने खुद को समझाना चाहा।

"मुझे नहीं मालूम," तोतावान ने अन्यमनस्क ढंग से कहा।

"अपने तोते से पूछो इस विपदा से बचने का उपाय क्या है," कात्यायन ने तोतावान पर दबाव डाला।

तोतावान एक बार फिर अपने तोते को बोलने के लिए मजबूर करने को अनिच्छुक था। लेकिन, यह जाहिर करते हुए कि कात्यायन के दबाव में वह ऐसा कर रहा है, उसने तोते से उपाय बताने का आग्रह किया। तोता कुछ अबूझ ढंग से चिंचियाया, जिसकी तोतावान ने व्याख्या की, "कोई महात्मा विपदा से बचाएगा।"

"स्पष्ट नहीं हुआ। बात को और स्पष्ट करने को कहो," कात्यायन ने आग्रह किया।

तोता फिर चिंचियाया, लेकिन क्षण भर को।

"शुकदेव जी कह रहे हैं कि प्रश्नकर्ता सुरक्षित रहेगा," तोतावान ने व्याख्या की।

"विस्तार से बताने को कहो।" कात्यायन ने तोतावान पर दबाव बनाए रखा।

उत्तर सीधे तोते की ओर से आया, जिसने लाल चोंच वाली अपनी मुंडी हिलाकर कुछ बोलने से इनकार कर दिया।

तोतावान ने कात्यायन को समझाया, "अब और नहीं। शुकदेव जी पहले ही काफी बोल चुके हैं। अब उनके ऊपर और ज्यादा दबाव डालना सम्भव नहीं है।"

तोतावान ने वहाँ से तुरन्त चले जाने की अनुमति माँगी। यहाँ तक कि उसने कात्यायन द्वारा दिए जा रहे पारिश्रमिक को भी स्वीकार करने से मना कर दिया।

कात्यायन तोते की भविष्यवाणी की सत्यता से सन्तुष्ट था, यद्यपि उसने योगिराज रुद्रनाथ द्वारा की जा रही सहायता की बातें छुपाए रखीं। खुश होकर कात्यायन ने प्रस्ताव रखा, "आप अपने तोते के साथ मेरे आवास पर ही मजे से रहो।"

"हम उन्मुक्त प्रकृति के लोग हैं। प्राकृतिक वातावरण में रहने में ही हमें सुख है। आपका वैभवपूर्ण भव्य भवन निश्चय ही सुखप्रद होगा, किन्तु हमारे लिए वह किसी काम का नहीं," कहते हुए तोतावान बड़ी अकड़ से वहाँ से निकल गया।

***

तोतावान, जो वास्तव में चाणक्य का गुप्तचर शिष्य सुशान्त था, अपने तोते सहित सुरक्षित गृह में वापस आ गया। वहाँ चाणक्य को सारा विवरण सुनाते हुए उसने बताया कि किस प्रकार उसने कात्यायन को बेवकूफ बनाया और उसे विश्वास दिला दिया कि कोई महात्मा उसे युद्ध की विपत्ति से बचाएँगे। सुशान्त का संकेत योगिराज रुद्रनाथ की ओर था, जिससे वह अपने गुप्तचर सहपाठी प्रभाष के रूप में सुपरिचित था। हँसते हुए उसने यह भी सूचित किया कि अपने तोते के प्रदर्शन द्वारा उसने लोगों से अच्छा-खासा धन इकट्ठा कर लिया है। वह सारा धन उसने तुरन्त चाणक्य के पास जमा कर दिया।

***

तेरहवें दिन योगिराज रुद्रनाथ पाटलिपुत्र नगर में फिर प्रकट हुआ और सीधे सम्राट के पास जा पहुँचा। देवी की तांत्रिक साधना की बड़े दुखी मन से चर्चा करते हुए उसने सम्राट को सूचित किया, "तांत्रिक साधना की पूर्णाहुति पर ब्रह्ममुहूर्त में देवी कालरात्रि प्रकट तो हुई थीं, किन्तु वह बहुत क्रोधित थीं। उन्होंने आशीर्वाद देना तो दूर सामान्य सहानुभूति तक न दिखाई, उलटे बहुत क्रुद्ध हुईं कि मैं उस सम्राट को विजयी न होने दूँगी जो वासनाओं से भरा हुआ है और स्त्रियों का शीलभंग करता है। ऐसे सम्राट और उसकी सहायता करनेवाले सबको मैं युद्ध में खा जाऊँगी।" यह बात सुनते ही सम्राट क्षोभ व भय से काँप उठा।

सभी महत्त्वपूर्ण राजपदाधिकारियों से रुद्रनाथ चुपके से, अलग-अलग और अकेले में, मिला। सबको उसने कालरात्रि की तांत्रिक साधना और देवी के क्रोध के बारे में बताया। उसने सबको बारी-बारी से डराया कि युद्ध होने की स्थिति में देवी धननन्द व उसके पक्ष के सबको समाप्त कर देगी। साथ ही, उसने चेताया कि सुननेवाला इस बात को गुप्त रखे अन्यथा वह देवी के प्रकोप का भागी बनेगा।

इसी बीच, महामात्य कात्यायन ने युद्ध की तैयारियों की समीक्षा के लिए सभी राजपदाधिकारियों की एक बैठक बुलाई। सभी भयभीत और हतोत्साहित थे। सब एक-दूसरे का मुँह देख रहे थे, लेकिन कोई किसी से इस बारे में बात नहीं कर रहा था। रुद्रनाथ की चेतावनी का स्पष्ट प्रभाव सभी पर था। सभी एक स्वर से सहमत थे कि युद्ध को हर हाल में रोका जाए।

सम्राट, जो स्वयं इस बैठक की अध्यक्षता कर रहा था, अपने सेनापति व अन्य सेनानियों की हताशा देखकर बहुत निराश हुआ। महामात्य और अमात्यगण—सब के सब—बड़े मुरझाए हुए थे। इनमें से कोई सम्राट का साथ देने स्वेच्छया आगे

बढ़कर न आया। सभी भयग्रस्त थे। क्षुब्ध होकर सम्राट चीखने-चिल्लाने लगा। उसके चीखने-चिल्लाने का भी जब किसी पर कोई विशेष असर न हुआ, तो उसने अपना स्वर नम्र कर लिया। राष्ट्रप्रेम के भावों को जगाते हुए उसने सबको अपने कर्तव्य की याद दिलाई। सबको ललकारते हुए भी सम्राट स्वयं श्रीहीन और भयभीत दिख रहा था।

महामात्य कात्यायन, जो सम्राट का सबसे विश्वसनीय व्यक्ति माना जाता था, अचानक उठ खड़ा हुआ और सबको धिक्कारने लगा। उसने सभी राजपदाधिकारियों को उनकी कायरता के लिए लताड़ लगाई और याद दिलाया कि सम्राट के साथ एकजुट होकर युद्ध में लड़ने का समय है। यद्यपि वह रुद्रनाथ की चेतावनी का उल्लेख अपने मुँह से न कर रहा था, लेकिन रुद्रनाथ का दिखाया डर उसके चेहरे पर साफ़ झलक रहा था। इसलिए सबको ललकारने के लिए बोले गए उसके शब्द खोखले प्रतीत हो रहे थे। कोई आश्चर्य नहीं कि उसकी बातों का किसी के ऊपर कोई असर नहीं हो रहा था।

***

सम्राट धननन्द एकदम टूट गया। उसको कहीं किसी कोने से आशा की किरण न दिख रही थी। योगिराज रुद्रनाथ ने देवी के क्रोध का हवाला देकर अपने हाथ खड़े कर लिए थे। महामात्य कात्यायन की बुद्धिमत्ता भी किसी काम न आ रही थी। सदैव सेवा में खड़े रहनेवाले सभी अधिकारी अब मुँह चुराने लगे थे। मारे क्षोभ के सम्राट की आँखों में आँसू आ गए। पुरानी बातें उसके स्मृति-पटल पर उभरने लगीं। वह उस अशुभ क्षण को कोसने लगा जब उसने तक्षशिला विश्वविद्यालय के आचार्य को लात मार कर अपमानित किया था।

रात्रि बीतती जा रही थी। अकेलापन धननन्द को डसे जा रहा था। घोर निराशा उसे घेरे हुए थी। अचानक धननन्द अपने बिस्तर से उठा और दो सेवकों को साथ लेकर राजभवन के नीचे बने गुप्त सुरंग में चल पड़ा।

सुरंग में चलते-चलते तीनों एक घने जंगल में पहुँच गए। अभी अँधेरा ही था; सूर्योदय होने में समय शेष था। सघन वन में शीघ्रता से चलते हुए सम्राट का पैर एक विषैले सर्प पर पड़ गया। सर्प के काटने से सम्राट वहीं धराशायी हो गया। यह देखकर एक सेवक सर्प को मारने दौड़ा। उसने सर्प को मार तो दिया, लेकिन इस प्रक्रिया में सर्प ने उसको भी काट लिया। परिणामस्वरूप, सम्राट एवं उसका एक सेवक वहीं समाप्त हो गया।

दूसरा सेवक उसी गुप्त सुरंग से लौटकर राजभवन वापस आ गया। राजभवन

में रुकने के बजाय तुरन्त वह चाणक्य से मिलने सुरक्षित गृह पहुँच गया। वहाँ उसने सारा विवरण चाणक्य को कह सुनाया। वह वास्तव में चाणक्य का गुप्तचर था, जो सेवक बनकर सम्राट के साथ रह रहा था।

इस बीच पूरे नगर में यह अफवाह फ़ैल गई कि सम्राट धननन्द ने स्वेच्छया जैन धर्म स्वीकार कर लिया और मुनि बनकर वन में तपस्या करने चला गया। अफवाह के फैलने से चाणक्य बड़ा आश्वस्त दिखा। सम्राट के गायब हो जाने को लेकर अब लोगों में असन्तोष या रोष नहीं रहेगा। सभी अफवाहों को सुनने, समझने और विश्लेषण करने में उलझे रहेंगे।

गुप्तचर अभियान चलाकर सम्राट धननन्द का नाश कर देने की अपनी योजना सफल हो जाने पर चाणक्य बड़े खुश थे। उन्हें इस बात से और भी ज्यादा ख़ुशी हो रही थी कि एक बूँद भी खून बहाए बिना उन्होंने एक बलशाली सम्राट को ध्वस्त कर दिया। निरीहों के खून बहने या उन पर किसी प्रकार का अत्याचार होने के विरुद्ध वह हमेशा से रहे।

चाणक्य ने सन्तोष का अनुभव किया कि गुप्तचर्या के लिए उन्होंने अहिंसा के जिन आदर्शों की स्थापना का प्रयास किया वह सफल रहा। उन्हें अपने गुप्तचरों पर गर्व हो आया, विशेषकर प्रभाष और उन तीन सहायक गुप्तचरों पर जिन्होंने सफलता के झंडे गाड़े थे।

2

सम्राट धननन्द के अचानक और चुपके से गायब हो जाने से कात्यायन बड़ा दुखी और परेशान था। उसे सम्राट का कुछ पता-ठिकाना नहीं मिल रहा था। उसके गुप्तचर भी उसे यह बता पाने में असमर्थ हो रहे थे कि सम्राट अचानक कैसे और कहाँ गायब हो गए और फ़िलहाल वे कहाँ हैं। उसके गुप्तचर सम्राट के बारे में नगर में फैली हुई अफवाहों की सूचना उसे दे रहे थे, लेकिन वे यह बताने में असमर्थ थे कि इस अफवाहों में सचाई कितनी है; इन अफवाहों को उड़ाने के पीछे कौन लोग हैं और उनका उद्देश्य क्या है।

कात्यायन चाणक्य से बहुत नाराज था। वह अपने बालसखा विष्णुगुप्त को बचपन से जानता था। वही विष्णुगुप्त अब अपने पिता चणक के नाम पर चाणक्य के रूप में प्रसिद्ध हो चुका था। बचपन में वह जब विष्णुगुप्त था, तो कात्यायन सुजात शर्मा था। उधर वह अपनी विद्वत्ता के बल पर चाणक्य नाम से प्रसिद्ध हुआ, तो इधर अपनी योग्यता के बल पर सुजात मगध साम्राज्य का

महामात्य बनकर अपने गोत्रनाम कात्यायन से प्रसिद्ध हुआ। सुवासिनी अब उसकी पत्नी थी।

कुछ पुरानी यादें डरावने सपने की तरह कात्यायन के मानस-पटल पर उभर आई थीं। उसे याद आ रहा था कि उसके बालसखा विष्णु का जब सम्राट धननन्द ने अपमान किया था तो वह कितना दुखी और क्षुब्ध हुआ था! किन्तु, अपनी सारी प्रतिबद्धता सम्राट को समर्पित कर देने के कारण वह विवश मूकदर्शक की भाँति चुप रहा था। सब कुछ इतना अचानक और समय पर उसके पहुँचने से पहले ही घट गया था कि उसे सम्राट को समझाने या सलाह देने का मौका ही न मिल सका था।

धननन्द और चाणक्य के बीच कलह पर कात्यायन भय से सिहर उठा था। उसे भलीभाँति मालूम था कि विष्णु शुरू से ही जिद्दी और स्वाभिमानी स्वभाव का है। एक बार वह जो ठान लेता है उसे पूरा करने में जी-जान लगा देता है। उसे अनुमान था कि विष्णु चुप बैठनेवाला प्राणी नहीं है, किन्तु जब इधर बहुत दिनों से उसकी कुछ खबर नहीं मिल रही थी तो कात्यायन समझ रहा था कि इतने बड़े और शक्तिशाली साम्राज्य से टकराने का साहस वह न जुटा पाया होगा।

कात्यायन को अनुमान नहीं था कि छुपे हुए सर्प की भाँति अचानक अपना फन उठाकर चाणक्य आक्रमण करने आ धमकेगा। उसे उस पर क्रोध इसलिए बहुत आ रहा था कि अपनी कुटिल चालें चल कर चाणक्य ने कई राजाओं को मगध साम्राज्य के विरुद्ध कर दिया था और उनमें से कुछ को संगठित करके आक्रमण पर उतारू था। इन्हीं कुटिल गतिविधियों के कारण उसे चाणक्य से घृणा हो गई थी और उसने उसको नाम दिया था—कौटिल्य अर्थात् कुटिल कार्य करनेवाला।

***

कात्यायन को पक्का विश्वास हो गया कि सम्राट धननन्द के अचानक गायब हो जाने के पीछे चाणक्य का ही कोई षड्यंत्र है। जब मगध सम्राट धननन्द को समूल नष्ट कर देने की चाणक्य ने प्रतिज्ञा की थी, तभी कात्यायन ने भी मन में ठान लिया था कि वह सम्राट धननन्द की रक्षा में प्राणपण से लग जाएगा। अब जब सम्राट गायब हैं तो वह मगध साम्राज्य के हितों की रक्षा करने के लिए प्रतिबद्ध है और सम्राट के उत्तराधिकारी को राजसिंहासन पर विराजमान करा कर उनकी सेवा करेगा। वह चाणक्य की चालों को किसी भी स्थिति में सफल न होने देगा। उसने प्रतिज्ञा की कि वह चाणक्य को मुँहतोड़ जवाब देगा।

तरह-तरह के नकारात्मक विचारों और संवेगों से ग्रस्त कात्यायन स्वयं को बड़ा कमजोर और अकेला महसूस करने लगा। उसे समझ न आ रहा था कि चाणक्य के विरुद्ध उसकी प्रतिज्ञा कैसे पूरी होगी और इस सम्बन्ध में वह किस से विचार-विमर्श करे। अचानक उसके मस्तिष्क में विचार कौंधा कि क्यों न योगिराज रुद्रनाथ से इस सम्बन्ध में सहायता ली जाए।

मार्गदर्शन के लिए कात्यायन द्वारा अनुरोध करने पर रुद्रनाथ ने साफ़ इनकार कर दिया और समझाया कि योगी परिव्राजक होता है जो एक जगह टिक कर रहने के बजाय घूमता-फिरता रहता है। कात्यायन बड़ा उदास हो गया और बड़े भारी मन से फिर निवेदन किया, "मगध साम्राज्य संकट में है। सम्राट गायब हैं। मैं ही एक अकेला साम्राज्य का संरक्षक बचा हूँ। ऐसे में अगर आप भी साथ छोड़ देंगे तो साम्राज्य डूब जाएगा।"

कात्यायन की विवशता और विनम्रता देखकर रुद्रनाथ जनकल्याण के नाम पर एक बार फिर अपने यौगिक नियमों में संशोधन कर कात्यायन के पास रुकने के लिए तैयार हो गया। लेकिन, उसने स्पष्ट किया कि एक योगी के रूप में उसे कठोर नियमों का पालन करना होगा और ऐसे में कात्यायन की सहायता करना उसके लिए सम्भव न होगा। सक्रिय सहायता और मार्गदर्शन के लिए कात्यायन के बार-बार आग्रह पर रुद्रनाथ अन्ततः इस बात पर तैयार हो गया कि कात्यायन की सहायता के लिए वह अपना योगी रूप त्याग कर साधारण व्यक्ति की तरह रहेगा, ताकि वह खुल कर कात्यायन की सहायता कर सके। परिणामस्वरूप, योगिराज रुद्रनाथ ने अपने योगियों वाले वस्त्र उतारकर साधारण गृहस्थों के वस्त्र पहन लिए और अपना नाम रुद्रनाथ से छोटा करके सिर्फ रुद्र तक सीमित कर लिया। उसी के अनुरूप उसके दोनों शिष्यों—सूर्यनाथ और चन्द्रनाथ—ने भी साधारण व्यक्तियों का रूप धारण कर लिया और अपना नाम छोटा कर क्रमशः सूर्य और चन्द्र कर लिया।

***

मगध साम्राज्य के राजकीय उद्यानों और उपवनों में सबसे सुन्दर था आनन्दकानन उपवन। पाटलिपुत्र नगर की सीमा पर विस्तृत क्षेत्र में बसा यह उपवन नगर के सिंहद्वार से गंगा और शोण नदियों के संगम तक जानेवाले राजमार्ग के दाहिनी ओर स्थित था।

मौज-मस्ती मनाने के लिए मशहूर सम्राट धननन्द को यह उपवन बड़ा प्रिय था। उद्यान विभाग के सभी कर्मचारियों को कड़े आदेश थे कि साम्राज्य

में पड़नेवाले सभी आरक्षित वनों, उपवनों, उद्यानों और सड़कों के किनारे के वृक्षों की देखभाल के साथ-साथ आनन्दकानन उपवन के रख-रखाव पर विशेष ध्यान दें। पता नहीं सम्राट कब अपने साज-समाज के साथ वहाँ पहुँच जाएँ।

आनन्दकानन उपवन का एक विशिष्ट क्षेत्र क्रीड़ांगन उद्यान कहलाता था जो पूर्णत: सम्राट और उनकी क्रीड़ा-साथिनों के लिए आरक्षित था। यह उद्यान विविध प्रकार के फूलों और झुरमुटों से हरा-भरा रहता था। कुछ खास चुनी हुई सुन्दरियों और मदिरा से भरे स्वर्णपात्रों को ढोती सेविकाओं के साथ सम्राट प्राय: यहाँ पधारता था। सम्राट छक कर मदिरा पीता और सुन्दरियों को भी बलपूर्वक मदिरा पिलवाता ताकि सभी मदमस्त होकर लज्जा-मुक्त हो जाएँ। फिर सभी पूर्णत: नग्न हो कर प्रकृति का आनन्द लेने में लग जाते। सम्राट नग्न सुन्दरियों के लिए विभिन्न खेल-प्रतियोगिताएँ कराता था। सर्वोत्तम विजेता स्त्री को यह सौभाग्य प्राप्त होता था कि वहीं खुले में, प्रकृति की गोद में, नग्न सखियों के घेरे में, पूर्ण नग्नावस्था में, सम्राट के साथ कामक्रीड़ा का सुख प्राप्त करे।

***

एक दिन सुबह-सुबह चारुलता नाम की सुन्दर युवती आनन्दकानन में फूल चुन रही थी। बीच-बीच में वह राजपथ की ओर भी देख ले रही थी मानो वह किसी के आने का इन्तजार कर रही हो।

चारुलता ने ज्यों ही एक घुड़सवार को राजपथ पर आते देखा, जल्दी से अपनी एक अँगुली में काँटा चुभो लिया। अँगुली से खून बहने लगा और इसके साथ ही चारुलता सहायता के लिए चिल्लाने लगी। उसका चीखना-चिल्लाना घुड़सवार को सुनाने के लिए था, जो उसने ठीक से सुन भी लिया। वह घुड़सवार संयुक्त सेना का सेनाधिपति राजा पुरु था।

पुरु रोज सुबह-सुबह उसी राजपथ पर घुड़सवारी का अभ्यास करने निकलते थे। उन्होंने जब एक स्त्री के चिल्लाने की आवाज सुनी तो उन्हें बड़ा आश्चर्य और कौतूहल हुआ कि कौन हो सकती है वह। जो भी हो, उस स्त्री की दर्दभरी चीख और सहायता की पुकार ने पुरु को उपवन की ओर खींच लिया।

जब पुरु ने चारुलता का हाथ अपने हाथों में लेकर देखना चाहा कि कहाँ चोट लगी है, तो उन्हें यह देखकर बड़ा आश्चर्य हुआ कि चोट तो एकदम मामूली है—बस एक काँटा जरा-सा चुभ गया था। पुरु ने जब हैरानी और जिज्ञासा से चारुलता की ओर देखा, तो उसकी आँखों में एक शरारतभरी शोखी पाई। इससे

पुरु को बड़ी हैरानी हुई, लेकिन बदले में चारुलता ने एक मादक मुस्कान के साथ उनका आलिंगन कर लिया।

पुरु औरतों के बड़े रसिया थे, लेकिन सेना की भागदौड़ में इधर कई महीनों से उन्होंने स्त्री-शरीर का स्पर्श न किया था। अब एकान्त में चारुलता जैसी कमनीय युवती के आलिंगन ने पुरु के अन्दर काम-भावनाओं का ज्वार ला दिया।

पुरु चारुलता को अपने सैन्य-शिविर में ले आए और उसे अपने आवास में ठहराया। वह चारुलता पर एकदम मोहित थे। चारुलता भी उनकी इच्छानुसार कामक्रीड़ा के लिए सदैव उपलब्ध रहती थी।

एक रात्रि, प्रणय के संवेगी क्षणों में चारुलता ने इच्छा व्यक्त की कि काश पुरु मगध सम्राट के रिक्त सिंहासन पर बैठ जाते तो वह स्वयं सौभाग्यशाली हो जाती। पुरु ने गहरी उसाँसें लेते हुए अफ़सोस जाहिर किया, "चन्द्रगुप्त के साथ सन्धि के कारण ऐसा सम्भव नहीं है। यदि मगध साम्राज्य का सिंहासन हाथ आ भी जाएगा तो सन्धि के अनुसार आधा तो चन्द्रगुप्त के हाथ लग जाएगा और बचे आधे में मेरे साथ पाँच अन्य राजा भी भागीदार हैं। इसलिए इस असम्भव विचार को त्याग देना ही ठीक है।"

"यह सम्भव हो सकता है," चारुलता ने ठुनकते हुए कहा।

"कैसे?" पुरु ने पूछा, यद्यपि वे इस प्रकरण को विस्तार देने के बजाय शीघ्र कामक्रीड़ा के लिए उत्सुक थे।

"यदि मगध साम्राज्य के महामात्य कात्यायन चाहें तो मगध का सिंहासन आपका हो सकता है," चारुलता ने बड़ी मादक मुस्कान के साथ इठलाते हुए कहा।

पुरु इस बात को और आगे बढ़ाने के बजाय तुरन्त रतिक्रीड़ा में संलग्न हो गए। किन्तु, कामुकता जब ठंडी पड़ी तो एकान्त में पुरु के मस्तिष्क में चारुलता की बातें फिर से गूँजने लगीं। चारुलता की निरीह-सी लगनेवाली बात ने पुरु के मन में महत्त्वाकांक्षा की अग्नि भड़का दी, जिसे बीच-बीच में मौका मिलते ही चारुलता और भड़काती। साथ ही, वह कात्यायन के कूटनीतिक सामर्थ्य का गुणगान भी करती रहती।

***

एक दिन पुरु के शिविर में चुपके से रुद्र आ टपका। कात्यायन का निकट सहयोगी जान पुरु ने रुद्र का हार्दिक स्वागत किया। जब पुरु को ज्ञात हुआ कि रुद्र विख्यात तांत्रिक एवं ज्योतिषी है, तो पुरु ने अपना भविष्य जानने की

इच्छा व्यक्त की, विशेषकर मगध साम्राज्य के सिंहासन को प्राप्त करने के सन्दर्भ में।

पहले तो रुद्र पुरु के आग्रह पर टाल-मटोल करता रहा और जताता रहा कि वह तो मात्र शिष्टाचारवश उससे यूँ ही मिलने आ गया। लेकिन, पुरु अपने आग्रह को जब बार-बार दुहराने लगे, तो रुद्र ने अपना ज्योतिषीय ताम-झाम फैलाया। बहुत देर तक गुणा-गणित करने के बाद रुद्र ने अन्ततः बड़े गम्भीर स्वर में घोषणा की, "मगध का सिंहासन आपका ही है—पूरा ही।"

रुद्र की भविष्यवाणी से पुरु बहुत आह्लादित हुए। उन्होंने रुद्र को धन-धान्य से लाद दिया। पुरु के आग्रह पर कि रुद्र उनकी मित्रता कात्यायन से कराए, रुद्र ने इसमें हर सम्भव सहायता करने का आश्वासन दिया।

रुद्र के प्रयासों के चलते पुरु और कात्यायन के बीच कई बार गुप्त मुलाकातें हुईं। इन मुलाकातों के दौरान सहमति बनी कि चाणक्य और चन्द्रगुप्त के विरुद्ध कात्यायन और पुरु मिलकर एक संयुक्त आक्रमण करें। लेकिन पुरु चन्द्रगुप्त से सीधे सैन्य टकराव की योजना से सहमत न हुए, बल्कि उन्होंने सुझाव दिया कि कात्यायन चंद्रगुत, चाणक्य के विरुद्ध एक गुप्तचर अभियान चलाएँ जिसमें वे कात्यायन के कहे अनुसार गुप्त सहयोग करेंगे। उन्होंने कात्यायन को आगाह किया कि गुप्तचर अभियान पूरी तरह गुप्त रहे अन्यथा चाणक्य के गुप्तचर सारा खेल बिगाड़ देंगे। अन्ततः यह सहमति बनी कि अभियान के सफल होने पर पुरु सम्राट बनेंगे और कात्यायन महामात्य।

***

पाटलिपुत्र नगर के पश्चिमी छोर पर महालय था नर्तकियों, वेश्याओं, गायकों और अन्य कलाकारों का। नाम था कलावती महालय। इस महालय में केलिकला नामक एक विशाल भव्य भवन था जिसमें अनेक नर्तकियाँ और रूपजीवा वेश्याएँ रहती थीं। ये सुन्दरियाँ नगर के पुरुषों की काम-वासनाएँ तृप्त करने का व्यवसाय करती थीं।

केलिकला भवन दो भागों में बँटा था—आवासीय और व्यावसायिक। आवासीय में गणिकाएँ रहती थीं और व्यावसायिक में अपना पेशा चलाती थीं। व्यावसायिक भाग में नृत्य और गायन के लिए उपलब्ध कई मंडपों के अतिरिक्त दर्जनों कक्ष थे जिनमें नर्तकियाँ अपने ग्राहकों को उनके मन-मुताबिक कामक्रीड़ा के लिए ले जाती थीं।

केलिकला के आवासीय भाग में रहने के लिए दर्जनों आरामदेह कक्ष थे।

इनके अतिरिक्त दो गुप्त कक्ष थे जो सुरंगों से एक केन्द्रीय कक्ष से जुड़े थे। केन्द्रीय कक्ष 'हृदय' कहलाता था, जबकि दोनों कक्ष क्रमशः 'वामभुजा' और 'दक्षिणभुजा' कहलाते थे। यह पूरा परिसर एक गुप्त स्थान था जो महामात्य कात्यायन और कलावती महालय की प्रमुख तथा भवन की स्वामिनी मोहिनी के निजी उपयोग में आता था। कात्यायन को जब भी आनन्द लेने की इच्छा होती वह गुप्त रूप से वहाँ पहुँच जाता। ज्यों ही कात्यायन के आगमन की गुप्त सूचना मोहिनी को मिलती, वह सूचनानुसार वामभुजा या दक्षिणभुजा में उसका स्वागत करने पहुँच जाती और उसे 'हृदय' में ले आती। वहाँ वह कात्यायन की इच्छानुसार या तो स्वयं उसे तृप्त करती या फिर चुनिन्दा युवतियों को लाती अपने गुप्त प्रेमी कात्यायन को तृप्त करने के लिए।

इसी गुप्त परिसर से कात्यायन मोहिनी की मदद से अपने शत्रुओं को सुन्दरियों के मोहपाश में फँसा लेने का गुप्त अभियान भी चलाता था। इस प्रकार के अभियानों में सबसे भयंकर था विषकन्याओं का प्रयोग।

विषैली बनाई गई सुन्दर युवतियों को मारक मोहपाश अभियान में प्रयुक्त किया जाता था जो लक्षित शत्रु के शारीरिक सम्पर्क में आते ही उनकी जान ले लेती थीं। ये हत्यारिनें एक प्रकार से आत्महत्यारिनें भी होती थीं क्योंकि अगर वे घटनास्थल से सावधानी से भाग न जाएँ तो मृतक के रिश्तेदार या अन्य लोग क्रोध में विषकन्या को जान से मार डालते थे। अगर विषकन्या सुरक्षित भागने में सफल भी हो जाती थी तब भी उसे जीवन भर गुप्त और अभिशप्त जीवन जीना पड़ता था। साथ ही, उसे जीवन भर भय सताता रहता था कि कहीं मृतक के साथी या रिश्तेदार पहचान कर पकड़ न लें।

***

केलिकला भवन के हृदय कक्ष में तीन जने सिर सटाए फुसफुसा रहे थे। इनमें से एक स्वयं भवन-स्वामिनी मोहिनी, दूसरा महामात्य कात्यायन और तीसरी युवा विषकन्या मधुछन्दा थी। मोहिनी और कात्यायन मधुछन्दा को बड़ी धीमी आवाज में समझा रहे थे, "जिस उद्देश्य के लिए तुम्हारा पालन-पोषण अब तक किया गया है, उस उद्देश्य को पूरा करने का समय आ गया है। कल रात्रि में सोलहों श्रृंगार करके तैयार रहना। बूढ़ा कंचुकी[45] अमोलक पालकी सहित आएगा, तुम उसके साथ चली जाना अपना उद्देश्य पूरा करने।" इससे ज्यादा मधुछन्दा को कुछ न बताया गया और न ही उसकी स्वामिनी मोहिनी को इससे ज्यादा कुछ पता था। इसके साथ ही, मोहिनी ने मधुछन्दा को 'हृदय' से तुरन्त

निकल जाने और अपने आवास में जाकर आराम करने को कहा ताकि एकान्त में वह कात्यायन को रतिक्रीड़ा का आनन्द दे सके।

उसी दिन कंचुकी अमोलक को एक गोपनीय सन्देश मिला कि अगले दिन शाम को सुसज्जित पालकी लिए कहारों के साथ कात्यायन से उनके आवास पर मिले। एक संवेदनशील विषकन्या अभियान सम्पन्न करना है।

अगले दिन शाम को अमोलक को अभियान पर भेजते समय कात्यायन ने धीरे से उस व्यक्ति का नाम बताया जिसके विरुद्ध विषकन्या अभियान आयोजित हो रहा था। अमोलक को आदेश हुआ कि केलिकला भवन के गुप्त परिसर में स्थित वामभुजा कक्ष के द्वार पर एक अवगुंठनवती (घूँघट वाली) विषकन्या मिलेगी, जिसे पालकी में लक्ष्य पुरुष के पास ले जाना है।

इस विषकन्या अभियान की पूरी जानकारी किसी के पास न थी सिवाय स्वयं कात्यायन के। ऐसा कात्यायन ने अभियान की संवेदनशीलता और चाणक्य के गुप्तचरों द्वारा पता लगा लिए जाने की सम्भावना को देखते हुए किया था। उसे डर था कि इस अभियान में सम्मिलित होनेवाले लोगों को अगर आपस में मिलने का मौका मिलेगा या उनमें से किसी एक के पास अभियान की पूरी जानकारी होगी तो चाणक्य के गुप्तचर उसे खोज लेंगे और छल से उससे पूरी योजना का पता लगा लेंगे। इसी आशंका से कात्यायन ने सूचना के अनियंत्रित प्रवाह पर पूरी रोक लगाई थी। कहारों को तो कुछ न बताया गया था। उन्हें सिर्फ अमोलक के आदेशों का पालन करना था। अमोलक के पास भी पूरी जानकारी न थी। उसे यह न पता था कि कौन-सी विषकन्या अभियान में जा रही है। यही नहीं, जो सूचना उसे दी गई वह भी ऐन मौके पर दी गई ताकि उसे किसी अन्य को बताने का समय न मिले। यहाँ तक कि इस पूरे आयोजन की जरा-सी भी भनक कात्यायन ने अपने परम विश्वस्त हितैषी रुद्र को भी न लगने दिया।

लेकिन रुद्र तो महा काइयाँ था। वह कात्यायन पर किसी न किसी बहाने हमेशा नजर रखे रहता था। कात्यायन की हलचलों से उसे आभास हो गया कि कुछ खतरनाक आयोजन होनेवाला है। उसने छुपकर अमोलक और कात्यायन की बात सुन ली।

कात्यायन का इरादा जानते ही रुद्र के होश उड़ गए। उसके पास सोचने-विचारने का समय न था। अगर देर हुई तो मगध के भावी सम्राट का जीवन समाप्त हो जाएगा। उसे तुरन्त चाणक्य को सूचित करना होगा ताकि उस प्राणघातक अभियान को रोका जा सके। रुद्र तुरन्त अपने शिष्य सूर्य के पास पहुँचा और

उसे निर्देश दिया कि वह तत्क्षण चाणक्य को इस विषकन्या अभियान के बारे में सूचित करे।

***

रुद्र ने जब तक सूर्य को चाणक्य को सूचित करने के कार्य में लगाया, तब तक मधुछन्दा की पालकी केलिकला से चल चुकी थी। कलावती महालय से निकल कर पालकी खाद्यान्नों के बाजार अन्नपूर्णा पण्य से गुजरती हुई जौहरियों के बाजार लक्ष्मी पण्य पहुँचने ही वाली थी, जब सूर्य ने अपने कार्य को पूरा करने के लिए दौड़ना शुरू किया। लघु मार्गों और पतली गलियों से होकर तेजी से दौड़ते सूर्य ने पुष्पवेणु चतुष्पथ पर पहुँचते-पहुँचते पालकी को देख लिया, किन्तु उसे पालकी से दूर ही रहकर उस पर नजर रखनी थी और गन्तव्य तक पालकी के पहुँचने से पहले ही चाणक्य को इस बारे में सूचित भी करना था। कार्य सचमुच बड़ा कठिन और समयबद्ध था।

तेज क़दमों से चलता हुआ सूर्य पालकी की बगल से गुजरते हुए आगे बढ़ने की कोशिश कर रहा था। वह बड़ा सतर्क था कि उसकी चाल और व्यवहार सामान्य दिखे और अमोलक द्वारा ताड़ लिए जाने से बचा रहे। वह जानता था कि अमोलक एक सिद्धहस्त गुप्तचर भी है। लेकिन, जब पालकी थोड़ी देर के लिए पुष्पवेणु चतुष्पथ के पास रुकी तो सूर्य ऐसी सतर्कता से आगे बढ़ गया कि अमोलक उस पर ध्यान न दे पाया। यही नहीं, चुपके से बगल से गुजरते हुए उसने अमोलक को बड़बड़ाते हुए सुना, "अब आगे किधर से जाएँ? जनपथ से चलते हुए आगे पगडण्डी पकड़कर जल्दी से सिंहद्वार पर पहुँच सकते हैं। लेकिन, नगर में आजकल जिस प्रकार की अव्यवस्था फैली हुई है उसे देखते हुए जनपथ वाले छोटे मार्ग से जाना खतरे से खाली नहीं है। मेरे साथ गहनों से लदी एक सुन्दर लड़की भी है जिसे लूटने और लेकर भागने से कोई भी चोर-डाकू न चूकेगा। उन्हें तो बाद में न पता चलेगा कि लड़की विषकन्या है। इससे तो अच्छा है थोड़ी लम्बी दूरी वाले, किन्तु सुरक्षित, राजपथ से होकर चला जाए।"

अमोलक की बात सुनकर सूर्य सीधे जनपथ पर आगे बढ़ गया। जनपथ पर वह सरपट भागा जा रहा था। कुछ ही दूर आगे जाने पर उसने एक पगडंडी पकड़ ली और निश्चिन्त होकर दौड़ने लगा। अब उसे किसी के द्वारा पहचान लिए जाने का भय न था। आगे जाकर वह पगडंडी फिर जनपथ में मिल जाती थी, जिससे होकर सूर्य सिंहद्वार पर पहुँच गया। वहाँ उसने सुरक्षा प्रहरियों को तत्काल गढ़ी हुई एक कहानी सुनाकर सिंहद्वार पार करने में सफलता पाई।

जब तक अमोलक पालकी के साथ सिंहद्वार पहुँचा सूर्य स्कन्धावार के पश्चिमी खंड में स्थित चन्द्रगुप्त के शिविर में पहुँच चुका था। वहाँ उसे ज्ञात हुआ कि चाणक्य और चन्द्रगुप्त मध्य खंड में स्थित राजा पुरु के शिविर-संकुल के सभाकक्ष में आयोजित नृत्य समारोह में गए हैं।

राजा पुरु ने मगध साम्राज्य के ऊपर रक्तहीन विजय प्राप्त करने के उपलक्ष्य में उस रात एक नृत्य समारोह का आयोजन किया था। पाटलिपुत्र नगर के कलावती महालय से कई सुन्दर नर्तकियाँ वहाँ नृत्य करने के लिए लाई गई थीं। इस समारोह में चाणक्य और चन्द्रगुप्त के अलावा पाँचों मित्र राजा और प्रमुख सेनानायकों को सम्मानित दर्शक के रूप में आमंत्रित किया गया था।

***

लगभग आधी रात बीत चुकी थी। सौन्दर्य और वासना में पगी नर्तकियों ने कामुक नृत्यों से दर्शकों के हृदयों को अपने अधिकार में कर रखा था। उनके चपल पैरों में रुनझुन करती पैंजनियाँ गजब ढा रही थीं, जबकि अर्धनग्न वक्षों, मटकती कमर और मादकता से हिलते-डुलते उनके विशाल नितम्बों ने पूरे वातावरण में उत्तेजना की ऊष्मा भर दी थी।

इसी बीच, आठ कहारों द्वारा ढोई जा रही एक पालकी दर्शकों के सामने धीरे से आकर रुकी। रेशमी पर्दों को एक तरफ हटाती सौन्दर्य की एक अप्रतिम प्रतिमा उस पालकी से बाहर निकल कर खड़ी हुई।

सूर्य बेचैन था क्योंकि वह अभी तक चाणक्य से सम्पर्क न कर पाया था। समय बड़ी तीव्रता से भाग रहा था और नाच-गान की भरी सभा में सीधे जाकर चाणक्य से मिल लेने की सूर्य की कोशिश को वहाँ तैनात सुरक्षा-प्रहरी ने नाकाम कर दिया था। सूर्य को कोई भिखारी समझकर प्रहरी बार-बार उसे दुत्कार कर भगा रहा था। निराश होकर सूर्य वहाँ से हट गया और शिविर के एक अँधेरे कोने में जा कर छुप गया।

अकस्मात्, 'हूआँ हूआँ' का तीव्र स्वर वातावरण में गूँजने लगा। एक निश्चित अन्तराल के पश्चात् यह स्वर जिस आकस्मिकता से उभरा था वैसे ही समाप्त भी हो गया। चाणक्य को तुरन्त आभास हो गया कि यह तो उसके लिए संकेत-भरी पुकार है, यद्यपि दूसरों को वह स्वर शिविर में बहक कर आ गए किसी सियार का लग रहा था।

लघुशंका करने के बहाने चाणक्य तुरन्त नृत्य-सभा से बाहर निकल आया और पुकार की दिशा में लपका। इधर से सूर्य भी लपककर चाणक्य के पास

पहुँच गया। उसने अति संक्षेप में पूरी बात उन्हें बता दी।

जब तक चाणक्य अपने स्थान पर वापस पहुँचे, अमोलक ने दर्शकों से मधुछन्दा का परिचय कराना प्रारम्भ कर दिया था, "महाराजाधिराजगण, यह है मधुछन्दा, पाटलिपुत्र नगर की सबसे सुन्दर वारांगना। यह नवयुवती है, पवित्र है और बिलकुल अनछुई है। पद्मिनी स्त्री के सारे गुणों से सम्पन्न इस कन्या को पाटलिपुत्र के नागरिकों ने विजेता चन्द्रगुप्त की सेवा में उपहार भेजा है। महाराज चन्द्रगुप्त नवयुवक हैं। आशा है उन्हें यह उपहार पसन्द आएगा।"

चन्द्रगुप्त अपनी स्वीकृति या कोई प्रतिक्रिया दे पाता इसके पूर्व ही चाणक्य ने शीघ्रता से उठते हुए सावधान किया, "ठहरो, चन्द्रगुप्त यह उपहार नहीं स्वीकार कर सकते।" दर्शकों के रूप में उपस्थित राजपुरुषगण को चाणक्य की इस हरकत पर बड़ा आश्चर्य हुआ, यद्यपि चन्द्रगुप्त निर्विकार रहा। वह जानता था कि आचार्य जो करेंगे उसके सर्वोत्तम हित के लिए ही करेंगे। हाथ जोड़े, विनम्र मुद्रा में खड़ा अमोलक मारे भय के काँपने लगा। वह समझ गया कि भेद खुल गया है। अपने सौन्दर्य की छटा बिखेरती मधुछन्दा का चेहरा पीला पड़ गया। वह चिन्ता में पड़ गई कि लक्ष्य पूरा करने से पहले ही अब वह मारी जाएगी।

किसी की प्रतिक्रिया या संवेगों पर ध्यान दिए बिना चाणक्य ने अपनी बात जारी रखी, "पाटलिपुत्र के नागरिकों को ज्ञात होना चाहिए कि विजेता एक नहीं, दो हैं। पुरु और चन्द्रगुप्त दोनों नवविजित मगध साम्राज्य के आधे-आधे के भागीदार हैं। चूँकि यह सुन्दर उपहार एक है और अविभाज्य है, अत: यह उसे मिलना चाहिए जो दोनों में वरिष्ठ हो। महाराज पुरु वरिष्ठ होने के नाते इस अमूल्य उपहार के लिए अधिक योग्य पात्र हैं।"

इतना सुनते ही पुरु झमक कर उठे। उन्होंने चाणक्य की ओर कृतज्ञता से सिर हिलाया, और बड़ी धृष्टता से मधुछन्दा का हाथ पकड़कर उसे अपने शयनकक्ष की ओर ले चले।

अगले दिन सुबह, पुरु का शव उनके शयनकक्ष में पाया गया। मधुछन्दा या अमोलक का वहाँ नामोनिशान न था। वे दोनों फरार हो चुके थे।

***

पुरु की हत्या ने सबको आश्चर्य में डाल दिया। सभी—चाहे शत्रु हों या मित्र—हैरान थे कि किसने और क्यों पुरु की हत्या करवाई। शव के नीले पड़ जाने से इतना तो निश्चित हो गया कि हत्या विष देने से हुई और रात की वह नर्तकी, जिसका नाम मधुछन्दा बताया गया था, विषकन्या थी।

सबसे क्रुद्ध चन्द्रगुप्त था। उसे यह सोचकर सिहरन हो रही थी कि विषकन्या का षड्यंत्र उसी के विरुद्ध लक्षित था। यह तो कृपा उसके गुरु चाणक्य की थी कि वह जीवित बच गया।

चाणक्य शान्त थे। उन्हें सब पता था। उनके गुप्तचरों ने उन्हें पहले ही सजग कर दिया था। फिर भी, उन्होंने आगे आकर बड़ी गोपनीयता और औपचारिकता बरतते हुए इस जघन्य हत्याकांड की शीघ्र जाँच के आदेश दिए।

जाँच दो दिन में ही पूरी कर ली गई। इसका निष्कर्ष कोई नया नहीं था। यह वही था जो चाणक्य चाहते थे। जाँच तो प्रजा को सन्तुष्ट करने के लिए औपचारिकता भर थी, उसके निष्कर्ष का उद्देश्य अपराधी व्यक्ति की छवि को लोगों की दृष्टि में धूमिल करना था। अपराधी का पता भी जाँच से मिल गया, लोगों को जानकारी भी (जानबूझकर) दे दी गई। बताया गया कि मगध साम्राज्य का भूतपूर्व महामात्य कात्यायन ही पुरु की हत्या में प्रमुख षड्यंत्रकारी है। कात्यायन का नाम सुनकर चन्द्रगुप्त बहुत कुद्ध हुआ। वह मगध का भावी सम्राट था। साम्राज्य में विधि-व्यवस्था स्थापित करना और अपराधी को दंड देना उसका प्रमुख कर्तव्य था। कात्यायन को तुरन्त गिरफ्तार करके उसके सामने पेश करने का चन्द्रगुप्त ने आदेश जारी किया।

***

अपना भांडा फूट जाने से कात्यायन बड़ा परेशान हुआ। विषकन्या अभियान चलाने का उसका लम्बा अनुभव था। उसने न जाने कितने महत्त्वपूर्ण शत्रुओं को विषकन्या की सहायता से ही समाप्त कर दिया था। यह पहली बार था कि उसका अचूक अस्त्र असफल हो गया। सिर्फ असफल ही न हुआ, बल्कि दूसरी ओर मुड़ कर उसके गुप्त मित्र को मार डाला।

चन्द्रगुप्त द्वारा गिरफ्तार कर लिए जाने के आदेश के बाद तो कात्यायन की परेशानी बहुत बढ़ गई। गिरफ्तारी के डर से उसे अपना भवन छोड़कर भूमिगत होना पड़ा। सुरक्षा की दृष्टि से उसे अपना परिवार भी अज्ञात स्थान में छुपाना पड़ा। इन सबके बावजूद चाणक्य से बदला लेने का उसका प्रण कमजोर न पड़ा। अज्ञात स्थान से ही उसने चाणक्य के विरुद्ध अपना अभियान चलाते रहने का निश्चय किया। वह जानता था कि चन्द्रगुप्त को निशाना बनाकर ही चाणक्य को सर्वाधिक क्षति पहुँचाई जा सकती है। इसके लिए उसने अज्ञात स्थान से ही अपने गुप्तचर तंत्र का संचालन प्रारम्भ किया। अपने सर्वाधिक विश्वस्त सलाहकार रुद्र से भी वह निरन्तर सम्पर्क में था।

चाणक्य बड़े प्रसन्न थे। उन्हें ख़ुशी हुई कि एक ही तीर से दो निशाने सध गए। और, अच्छी बात यह रही कि तीर भी अपना नहीं, बल्कि शत्रु का ही खर्च हुआ। उन्हें लगता न था कि पुरु इतनी आसानी से चन्द्रगुप्त के रास्ते से हट जाएगा। पुरु का दावा समाप्त हो जाने से मगध साम्राज्य के विभाजित होने का भय भी समाप्त हो गया। अब अविभाज्य भारत का उसका सपना पूरा हो जाएगा।

चाणक्य इसलिए भी बड़े प्रसन्न थे कि कात्यायन के अस्त्र ने उसे ही कमजोर कर दिया और भूमिगत होने के लिए विवश कर दिया। अब कात्यायन एक फरार अपराधी का कलंक ढोता छुपकर भागता फिरेगा।

चाणक्य को लगा कि उनकी चिन्ता अभी समाप्त नहीं हुई है। पुरु का पुत्र मलयकेतु और भाई अमर कभी भी मगध साम्राज्य के सिंहासन पर अपना दावा पेश कर सकते हैं।

***

संयुक्त सेना के सेनाधिपति पुरु की हत्या होते ही संयुक्त सेना में विभाजन हो गया। मगध सम्राट धननन्द के नाश के साथ ही युद्ध की सम्भावना अब समाप्त हो चुकी थी। सेना को अपने उद्देश्य की व्यर्थता का बोध भलीभाँति हो गया था।

यह विभाजन एकदम उर्ध्वाधर था। चन्द्रगुप्त का सैनिक संघटक सिमटकर अपने नायक चन्द्रगुप्त के अधीन आ गया, यद्यपि दिवंगत पुरु की सेना और पाँचों मित्र राजाओं की सैनिक टुकड़ियाँ अभी भी संयुक्त ही थीं। सभी राजप्रमुखों के शिविर तो अलग-अलग ही थे, उनके अपने-अपने सैनिक संघटक भी उनके शिविर के साथ ही थे। विभाजन के पश्चात् चन्द्रगुप्त की सैनिक टुकड़ी अपने सेनानायकों के साथ चन्द्रगुप्त के अधीन हो गई, तो पुरु की सेना पुरु के पुत्र राजकुमार मलयकेतु और भाई अमर के संयुक्त नियंत्रण में आ गई। पाँचों राजाओं की सैन्य टुकड़ियाँ भी अपने-अपने राजाओं के अधीन हो गईं। यद्यपि चन्द्रगुप्त के सैनिक संघटक को छोड़कर बाकी सेना अभी भी सैद्धान्तिक रूप से संयुक्त ही थी।

***

कलावती महालय के एक मदिरालय में दो मित्र मदिरा में मस्त होकर आपस में लड़ रहे थे। उनमें से एक था चाणक्य का गुप्तचर श्यामलक, और दूसरा था कात्यायन का गुप्तचर बहुलक। दोनों अपनी पहचान छुपाए हुए थे, लेकिन श्यामलक जानता था कि बहुलक भी गुप्तचर है जबकि बहुलक को कुछ न

मालूम था। पीने के बाद मूल्य चुकाने को लेकर दोनों में झगड़ा हो रहा था। बहुलक चिल्लाते हुए श्यामलक पर आरोप लगा रहा था कि दोनों की पी हुई मदिरा का मूल्य चुकाने का आश्वासन देकर अब वह पीछे हट रहा था। श्यामलक चिल्ला रहा था कि उसने कभी ऐसा वादा किया ही नहीं था। कात्यायन का एक और गुप्तचर दमनक यह दृश्य दूर से देख रहा था।

बातों-बातों से होता हुआ झगड़ा जल्दी ही मल्लयुद्ध में बदल गया। लड़ते-लड़ते श्यामलक बहुलक को जमीन पर पटक कर उसके ऊपर चढ़ गया। बहुलक चिल्लाने लगा और छोड़ दिए जाने की विनती करने लगा।

बहुलक जब छूट कर खड़ा हुआ तो फिर डींगें हाँकने लगा, "हमारे स्वामी कात्यायन कभी मगध साम्राज्य के महामात्य थे तब कोई मुझे इस तरह मारने और अपमानित करने का साहस न कर सकता था।" गहरी साँसें लेते हुए बहुलक ने फिर बोलना शुरू किया, "किन्तु, अफ़सोस, उनके दुर्दिन आ गए। सारा राजसी वैभव छोड़कर शूद्रों के महालय में एक नाई के घर छुपकर जीवन बिताना पड़ रहा है। यही कारण है कि तुम्हारे जैसे नीच लोग भी ऐसे समर्थ पुरुष के सेवक पर हाथ उठाने लगे हैं।"

"जाओ, जाओ, अपने स्वामी से कह दो कि मैंने तुम्हें पीटा है। देखता हूँ वह मेरा क्या उखाड़ लेता है।" श्यामलक ने बड़ी अकड़ से कहा।

दमनक, जो दूर से ही इस पूरे घटनाक्रम को बड़े ध्यान से देख रहा था, बहुलक की मूर्खता के बारे में कात्यायन को बताने दौड़ पड़ा। सारा प्रसंग सुनकर कात्यायन घबड़ा गया। वह डर गया कि उसका पता जानकर चाणक्य के गुप्तचर अब उसे ढूँढ़ निकालेंगे और फिर उसे अपमानित और दंडित करने में चाणक्य जरा भी देर न करेगा।

कात्यायन परेशानी के मारे बड़बड़ाने लगा, "अब मैं छुपने कहाँ जाऊँ? अब इस नगर में जहाँ कहीं भी छुपूँगा चाणक्य के गुप्तचर मुझे खोज निकालेंगे। जिस नगर पर बड़ी शान से मैंने शासन किया उस नगर में अब मैं शरण पाने योग्य भी न रहा।"

3

कात्यायन चुपके से भागकर दिवंगत पुरु के शिविर में पहुँचा। वहाँ वह पुरु के पुत्र मलयकेतु से मिला और पुरु की मृत्यु पर गहन संवेदना प्रकट की। लगे हाथ उसने चाणक्य द्वारा अपने ऊपर लगाए जा रहे आरोपों पर स्पष्टीकरण दिया।

उसने मलय को समझाया, "मेरे और महाराज पुरु के बीच एक गुप्त समझौता हुआ था जिसके अन्तर्गत हम दोनों मिलकर चुपके से चन्द्रगुप्त को समाप्त करनेवाले थे और फिर महाराज पुरु मगध सम्राट और मैं महामात्य बननेवाला था। लेकिन, अफ़सोस, पता नहीं कैसे चाणक्य को मेरे विषकन्या अभियान का पता चल गया और उसने कुटिलता से उस अभियान को महाराज पुरु की ओर मोड़ दिया और महाराज पुरु मदिरा के प्रभाव और विषकन्या अभियान के सम्बन्ध में पूर्व सूचना के अभाव के कारण स्वयं शिकार हो गए।"

कात्यायन थोड़ी देर रुका और मलय की ओर चुपचाप देखने लगा। शायद वह अनुमान लगाना चाह रहा था कि उसकी बातों का कितना असर पड़ रहा था। मलय को उसकी बातों को बड़े धैर्य से सुनता देख कात्यायन मन-ही-मन बड़ा उत्साहित हुआ। उसने अपने स्वर में दीनता का भाव लाते हुए कहा, "अब जब चाणक्य मेरे पीछे पड़ा हुआ है, मैं आपके यहाँ शरण ले रहा हूँ। मैं अपने स्वामी एवं मगध सम्राट धननन्द के नाश एवं अपने गुप्त सहयोगी महाराज पुरु की हत्या का बदला लेना चाहता हूँ। दिवंगत महाराज पुरु के साथ हमने जो गुप्त सन्धि की थी उस पर मैं अभी भी दृढ़ हूँ। अब आप हैं महाराज धननन्द के स्थान पर मेरे स्वामी और महाराज पुरु के स्थान पर सन्धि के नए सहयोगी। मैं अब आपके लिए और आपके अधीन कार्य करने का प्रण लेता हूँ। मुझे अब अपनी शरण में ले लीजिए। पाटलिपुत्र अब मेरे लिए सुरक्षित नहीं है।"

मलय अभी अपने पिता की मृत्यु के शोक से उबरा न था। पिता की षड्यंत्रपूर्ण हत्या ने उसके मस्तिष्क को झकझोर दिया था। उसे खुद अपनी जान को खतरा दिख रहा था। वह शीघ्र अपने गृहराज्य लौट जाना चाहता था। ऐसे दुखद समय में कात्यायन की मीठी बातों से उसे बड़ी राहत मिली। अपने मृत पिता का पूर्व सहयोगी जान कर कात्यायन उसे अपना हितैषी लगा। कात्यायन की बातों से उसे अनुमान लग गया था कि वह एक चालाक और अपने प्रयासों में बड़ा दृढ़ व्यक्ति है। उसे वह एक अच्छा सहयोगी और सच्चा सलाहकार लगा। उसे उसने अपने यहाँ सहर्ष शरण दे दी।

***

चन्द्रगुप्त की सेना के दो सेनानायक भागकर शरण लेने मलय के शिविर में पहुँचे। वे थे घुड़सवार सेना के प्रभारी प्रभंजन और शस्त्रागार के प्रभारी विभाकर।

राजकुमार मलय के समक्ष अपनी बात रखते हुए प्रभंजन ने बड़े दुखी मन से कहा, "मैं आचार्य चाणक्य का पुराना शिष्य हूँ। उनसे राजनीतिशास्त्र

पढ़ने के साथ-साथ मैंने घुड़सवार सेना के संचालन की योग्यता भी अर्जित की है। उनके कहने पर मैंने चन्द्रगुप्त के लिए एक सशक्त घुड़सवार सेना बनाई जिसका मुझे प्रमुख बनाया गया। मुझे बताया गया कि हमें मगध सम्राट धननन्द के अत्याचारों के विरुद्ध लड़ना है, लेकिन बाद में मैंने अनुभव किया कि जिस आचार्य चाणक्य का हम सब सम्मान करते हैं, वह परम धूर्त है। वह मगध सम्राट से अपनी निजी शत्रुता निपटाने के लिए हम सबको अपना अस्त्र बनाए हुए है। उसकी धूर्ततापूर्ण योजना को समझ पाना कठिन है। मगध का सम्राट बनने के लोभ में मेरा सहपाठी चन्द्रगुप्त अभी भी उस दुष्ट के नियंत्रण में है। आपके पिताश्री महाराज पुरु मगध साम्राज्य के सिंहासन के प्रमुख दावेदार थे इसलिए उनको उसने षड्यंत्र करके समाप्त कर दिया और दोष महामात्य कात्यायन पर मढ़ दिया। जब मैंने चाणक्य की छलपूर्ण चालों का विरोध किया तो उसने मुझे भी समाप्त करने को धमकाया। मुझे भय है कि वह कुटिल मुझे समाप्त करने के लिए कुछ भी कर सकता है। इसलिए मैं आपके पास आ पहुँचा हूँ। मुझे अपनी शरण में लेकर मेरी रक्षा कीजिए।"

प्रभंजन की बात समाप्त होते ही विभाकर अपनी बात कहने के लिए उद्यत हुआ, लेकिन प्रभंजन ने बातों का सूत्र फिर अपने हाथों में ले लिया। उसने बड़े विस्तार से चाणक्य की धूर्तता और क्रूरता की कहानियाँ सुनाई। उसने मलय को चाणक्य के षड्यंत्रों से बचने की सलाह दी—"महाराज पुरु के पश्चात् अब वह दुष्ट आपके विरुद्ध षड्यंत्र रच सकता है।

मलय सहज विश्वासी युवक था। चाणक्य की क्रूरता की कहानियों ने उसे बुरी तरह डरा दिया। अपने गृहराज्य भाग जाने का उसने फिर से मन बना लिया।

जब कात्यायन को पता लगा कि मलय अपने गृहराज्य वापस लौटने की योजना बना रहा है, तो बड़ी व्यग्रता से मलय के पास पहुँचकर उसे समझाने लगा, "चाणक्य की बुद्धि और शक्ति के बारे में आपको बढ़-चढ़कर बताया जा रहा है। चाणक्य से आपको डरने की जरूरत नहीं है। वह आपका कुछ नहीं बिगाड़ सकता। मैं आपके साथ हूँ न।"

मलय चुप रहा। उसने कोई प्रतिक्रिया न व्यक्त की। कात्यायन को लगा कि उसकी बातों का मलय पर अच्छा प्रभाव पड़ रहा है। उत्साहित होकर उसने फिर उसे समझाना शुरू किया, "आपको अभी अपने पिता की हत्या का प्रतिशोध लेना है। आगे का युद्ध शस्त्रों से नहीं बुद्धि से होना है। ऐसे युद्ध में तो मैं अकेले ही पर्याप्त हूँ। मैं अकेले ही अपने चतुर गुप्तचरों की सहायता से चाणक्य को पराजित कर दूँगा।"

कात्यायन ने देखा उसकी बातों को मलय बड़े ध्यान से सुन रहा है। इसलिए उसने उसे और प्रोत्साहित किया, "धैर्य मत खोइए; वीर बनिए। मगध साम्राज्य का उच्च राजसिंहासन आपकी प्रतीक्षा कर रहा है।" मलय सहमत नजर आ रहा था। सम्भवतः वह वापस लौट जाने के अपने निश्चय पर पुनर्विचार कर रहा था।

कात्यायन यहीं न रुका। वह पाँचों मित्र राजाओं के पास भी गया और बारी-बारी से उन्हें समझाया, "आप हँसी के पात्र बन जाएँगे यदि आप खाली हाथ अपनी-अपनी राजधानी लौटेंगे। मलय को समझाइए कि वह यहाँ दृढ़तापूर्वक तब तक रहे जब तक मैं चाणक्य को मुँहतोड़ उत्तर न दे दूँ। विश्वास रखिए सफलता निश्चित है। यह सफलता आपको अपार धन एवं शक्ति का स्वामी बना देगी। विशाल मगध साम्राज्य के आप भी स्वामी होंगे।"

मलय के ऊपर कात्यायन के समझाने का पहले से ही अच्छा प्रभाव पड़ा था। जब पाँचों मित्र राजाओं ने भी बारी-बारी से उस पर दबाव बनाया तो वह मान गया। लेकिन, उसने तय कर लिया कि वह चन्द्रगुप्त के शिविर के निकट न रहेगा। चाणक्य और चन्द्रगुप्त की ओर से आक्रामकता की आशंका को देखते हुए वह अपना एक अलग स्कन्धावार स्थापित करेगा जो चन्द्रगुप्त के स्कन्धावार से थोड़ा दूर होगा ताकि वह चाणक्य के छल-प्रपंच से बचा रहे।

इस बीच चाणक्य का एक गुप्तचर पुरु के छोटे भाई अमर को समझाने में लगा हुआ था। वह अमर को विश्वास दिलाने का प्रयास कर रहा था कि दिवंगत राजा पुरु के साथ हुई सन्धि पर चाणक्य और चन्द्रगुप्त अभी भी दृढ़ हैं। गुप्तचर ने अमर पर जाल फेंका, "चूँकि मलय पाटलिपुत्र में रुकने को तैयार नहीं है अतः उसके स्थान पर आपका स्वागत है। सन्धि की शर्तों के अनुसार आप मगध साम्राज्य के आधे के स्वामी होंगे।" अमर बड़ी आसानी से जाल में फँस गया। वह लोभी व्यक्ति था। पाला बदलकर चाणक्य के पक्ष में आने को जैसे तैयार बैठा था वह।

मलय ने अपना नया स्कन्धावार गंगा के किनारे दूर पूरब में बसे गाँव कुसुमपुर के पास स्थापित किया। इस नए स्कन्धावार में वह पाँचों मित्र राजाओं के साथ अपना शिविर उखाड़ कर ले जाने लगा।

शिविर विस्थापन के हलचल में चाणक्य के गुप्तचर को मौका मिल गया और सबकी नजरें बचा कर वह अमर को चन्द्रगुप्त के शिविर में भगा लाया।

***

राजभवन के दुर्गद्वार के सामने पुष्पवेणु चतुष्पथ के निकट स्थित उच्च मंच, जिससे राजाज्ञाओं की घोषणाएँ होती थीं, पर तीन लोग खड़े थे—तूर्यवादक, मृदंगवादक और उद्घोषक। राजधानी में चल रहे राजनीतिक उथल-पुथल से चिन्तित नागरिक जन नई सूचनाओं के प्रति बड़े उत्सुक दिख रहे थे, साथ ही वे साम्प्रतिक समाचारों और हलचलों पर आपस में बहस भी कर रहे थे।

एकत्र नागरिकों को शान्त रहने और उद्घोषणा को ध्यान से सुनने के लिए सावधान करने को मृदंगवादक ने अपने मृदंग पर एक जोरदार थाप मारी। तूर्यवादक भला क्यों पीछे रहता! उसने अपने गाल फुलाकर तूर्य में फूँक मारते हुए उच्च स्वर उत्पन्न किया। फिर तो दोनों में जैसे कोई प्रतियोगिता छिड़ गई हो—ढम ढम ढ्रिंग ढ्रिंग...मृदंग ताल ठोंकता रहा; तू तू तू तूं तूं... तूर्य ललकारता रहा।

अन्ततः, मृदंग और तूर्य की प्रतियोगिता का पटाक्षेप करने के लिए उद्घोषक ने इशारे से उन्हें शान्त रहने को कहा, और उच्च स्वर में घोषणा शुरू कर दी, "सुनो, सुनो, सुनो, देवियो और सज्जनो सुनो। त्रिकालदर्शी, सत्यभाषी ज्योतिषियों ने विविध प्रकार की गणनाएँ करके सुनिश्चित किया है कि इस माह की पूर्णिमा को एक प्रहर रात्रि गए वह शुभ मुहूर्त पड़ता है जब विजेता चन्द्रगुप्त नए सम्राट के रूप में राजभवन दुर्ग में प्रवेश करेंगे। आचार्य चाणक्य ने आग्रह किया है कि सभी नागरिक एवं राजपुरुष जन इस शुभ अवसर पर नए सम्राट का स्वागत एवं अभिनन्दन करें।"

उद्घोषक के संकेत पर मृदंग और तूर्य के बीच स्वरों की नोंक-झोंक फिर शुरू हुई और उसी के संकेत पर फिर बन्द भी हो गई और उद्घोषक ने उक्त उद्घोषणा पुनः सुनाई। यह पूरी प्रक्रिया एक बार और दुहराने के पश्चात् उद्घोषणा की प्रक्रिया पूर्ण मानी गई और दल अन्य स्थानों पर इसी प्रकार उद्घोषणा करने के लिए आगे बढ़ा।

अन्य स्थान, जहाँ यह उद्घोषणा की गई, थे—लक्ष्मी पण्य, अन्नपूर्णा पण्य और कलावती पण्य। जिन स्थानों में यह घोषणा नहीं की गई वे थे नगर के पूर्वी छोर पर बसा अन्त्यज महालय और राजभवन परिसर से सटा सैनिक प्रखंड।

इस उद्घोषणा ने पूरे पाटलिपुत्र नगर के लोगों में तरह-तरह की प्रतिक्रियाएँ उत्पन्न कीं। अधिकतर नागरिकों ने चाणक्य की भूरि-भूरि प्रशंसा की कि उन्होंने एकदम अहिंसक ढंग से निरंकुश और आततायी सम्राट को समाप्त कर दिया। लोग महामात्य कात्यायन की भी खिल्ली उड़ाते रहे कि पहले तो वह लोगों

पर अत्याचार ढाने में सबसे आगे रहा और अब चोरों की तरह दुम दबा कर भाग खड़ा हुआ।

***

अपने गुप्तचरों द्वारा नियमित रूप से एकत्र की जानेवाली पाटलिपुत्र के लोगों की प्रतिक्रियाओं का चाणक्य बड़ी सूक्ष्मता से विश्लेषण करते थे ताकि विभिन्न विषयों पर उन्हें लोगों के दृष्टिकोण का पता लगता रहे। कात्यायन के गुप्तचर भी इन प्रतिक्रियाओं को इकट्ठा करके कात्यायन के पास पहुँचाते रहते थे। अपने विरुद्ध प्रतिक्रियाओं को सुन कर कात्यायन का मन बड़ा दुखता था, किन्तु वह चाणक्य और उनके पाल्य चन्द्रगुप्त को उखाड़ फेंकने के अपने प्रण को और दृढ़ करता रहता था।

कात्यायन अपने विश्वस्त सलाहकार रुद्र के सम्पर्क में निरन्तर रहता था। रुद्र पर कोई आरोप न था। अत: वह पाटलिपुत्र में निर्भीक व सार्वजनिक रूप से विचरण करता था। कात्यायन से उसका सम्पर्क अत्यन्त गोपनीय था।

कात्यायन ने रुद्र को एक गुप्त कार्य सौंपा। कार्य था, राजशिल्पी वसुबन्धु विश्वकर्मा से गोपनीय रूप से सम्पर्क कर उसे एक षड्यंत्रपूर्ण योजना को कार्यान्वित करने के लिए राजी करना। वसुबन्धु को पटाने में रुद्र को कोई कठिनाई न हुई। योजना के अनुसार पूर्णिमा की रात्रि में राजभवन में प्रवेश करते समय चन्द्रगुप्त की छलपूर्वक हत्या करना था। कात्यायन ने इस योजना के लिए आवश्यक धन भी रुद्र के माध्यम से वसुबन्धु को भेजवा दिया।

रुद्र ने यह सारा मामला चुपके से चाणक्य को सूचित कर दिया। उसने यह भी चेताया कि चन्द्रगुप्त की हथिनी कल्याणी का महावत मुकुन्द भी षड्यंत्र में सम्मिलित हो गया है।

***

नये सम्राट के शुभागमन और राजभवन-प्रवेश को एक बड़े पर्व के रूप में मनाने के लिए पूरे नगर में बृहद तैयारियाँ की गईं। जगह-जगह नृत्य और गायन के कार्यक्रम निर्धारित किए गए। विभिन्न जाति-समुदायों ने नए सम्राट के स्वागत के लिए विविध आयोजनों की योजना बनाई।

मुख्य आयोजन नगर के सिंहद्वार से राजभवन के दुर्गद्वार तक जानेवाले राजपथ पर होना था क्योंकि इसी मार्ग से होकर सम्राट की शोभायात्रा गुजरनेवाली थी। इस मार्ग की विशेष रूप से सफाई की गई और सुगन्धित जल छिड़क

कर धूल को शान्त किया गया। मार्ग के दोनों ओर के वृक्षों और लताओं को तराश कर सुडौल किया गया तथा उन्हें पताकाओं एवं झालरों से सुसज्जित किया गया।

विभिन्न समुदायों ने पूरे राजपथ पर जगह-जगह अपनी सामुदायिक विशिष्टताएँ व्यक्त करते अपने-अपने तोरण-द्वार खड़े किए। उच्च राजकीय पदाधिकारियों ने भी अपने नए सम्राट का स्वागत करने के लिए राजशिल्पी वसुबन्धु विश्वकर्मा की देखरेख में राजभवन के दुर्गद्वार के निकट एक भव्य तोरण द्वार बनवाया। यद्यपि यह राजकीय तोरण द्वार अस्थायी था, किन्तु लौह-स्तम्भों से बड़ी कुशलता से बने होने के कारण यह द्वार बड़ा विशाल व भव्य दिख रहा था।

***

पूर्णिमा की उस शाम चन्द्रगुप्त के शिविर में बड़ी चहल-पहल थी। शोभयात्रा की साज-सज्जा को अन्तिम रूप दिया जा रहा था। शोभायात्रा में भाग लेने के लिए चुने गए सैनिक एवं सेनानायक अपने गणवेशों, अलंकरणों और अस्त्र-शस्त्रों से सुसज्जित हो रहे थे। चन्द्रगुप्त की हथिनी कल्याणी के महावत मुकुन्द ने अवसर की विशिष्टता को ध्यान में रख कर हथिनी को विशेष रूप से सजाया था। सबका प्रयास था कि यह शुभ अवसर ऐसा भव्य और गौरवशाली हो ताकि सदैव के लिए स्मरणीय बन जाए।

इन हलचलों के बीच, चाणक्य ने अचानक चन्द्रगुप्त और अमर को अपने पास बुलाया और प्रस्ताव रखा कि राजा पुरु के साथ पूर्व में हुई सन्धि के अनुसार उनके भाई अमर को मगध साम्राज्य का आधा भाग दे दिया जाए। चाणक्य ने जोर दिया कि सन्धि का तुरन्त कार्यान्वयन होना चाहिए ताकि दिवंगत राजा पुरु की आत्मा को शान्ति मिल सके। उन्होंने यह भी शर्त रखी कि नए सम्राट के रूप में राजभवन में प्रवेश करने से पहले ही चन्द्रगुप्त आधा मगध साम्राज्य अमर को सौंप दे ताकि बाद में इस विषय पर कोई कलह न हो। उन्होंने यह भी स्पष्ट किया कि वरिष्ठता के आधार पर चन्द्रगुप्त से पहले अमर को राजभवन में प्रवेश करना चाहिए।

चाणक्य की बात सुनकर अमर बड़ा खुश हुआ। उसे विश्वास ही न हो रहा था कि बिना कोई प्रयास किए बड़ी आसानी से उसने साम्राज्य का आधा भाग पा लिया। चन्द्रगुप्त चुप था। उसे मालूम था उसके गुरु जो करेंगे उसके हित में ही करेंगे। चाणक्य ने दोनों को समझाया कि इस परिवर्तन की

सूचना एकदम गुप्त रखी जाए, अन्यथा घोषित कार्यक्रम में परिवर्तन से लोगों में प्रतिकूल प्रतिक्रिया और असन्तोष उत्पन्न होगा। परिणामस्वरूप, कुछ भी अघटित घटित हो सकता है।

आनन-फानन एक अति गुप्त कार्यक्रम में अमर का राजतिलक किया गया और उसे नाम दिया गया सम्राट अमरेश्वर। चाणक्य ने पुरोहित बन आवश्यक मंत्रोच्चार एवं कर्मकांड की संक्षिप्त औपचारिकता निभाई। चन्द्रगुप्त इस अवसर का एकमात्र साक्षी रहा। बहुत सावधानी बरती गई कि इस प्रक्रिया की भनक किसी को न लगने पाए। यहाँ तक कि महावत मुकुन्द भी इस परिवर्तन को न भाँप पाया।

***

नगर के विशाल सिंहद्वार से प्रवेश करती एक कोलाहलपूर्ण शोभायात्रा दिखाई पड़ी। शोभायात्रा में सबसे आगे एक विशाल केसरिया ध्वज था, जिसे कई लोग मिलकर उठाए हुए थे। मयूर के सुनहले चित्र से सुसज्जित यह ध्वज ही मौर्य साम्राज्य का राष्ट्रीय ध्वज नियत हुआ था। सजग सैनिकों की एक टुकड़ी ध्वजवाहकों के चारों तरफ एक घेरा बनाकर चल रही थी। इनके पीछे प्रधान तूर्यवादक तूर्यवादकों की एक टोली का नेतृत्व कर रहा था। उनके पीछे शंख, मृदंग, झाल, मंजीरा इत्यादि वाद्ययंत्रों को बजाता वादकों का एक बड़ा समूह चल रहा था।

वादकों के पीछे सैनिकों की एक कतार और उनके पीछे विशाल हथिनी कल्याणी अपने संचालक मुकुन्द के संकेत पर चल रही थी। कल्याणी की सजावट देखने लायक थी। कल्याणी की पीठ पर रखे एक विशाल, रत्नाभूषण-जड़ित, स्वर्णछत्राच्छादित आसन्दिका पर सम्राट विराजमान थे। सम्राट आपादमस्तक (सिर से पाँव तक) बहुमूल्य वस्त्राभूषणों से ढके हुए थे। उनके सिर पर जगमगाता बड़ा-सा मुकुट रखा हुआ था जिसकी लटकती लड़ियों से सम्राट का मुँह एकदम ढका हुआ था। लड़ियों की ओट से वे दूसरों को देख सकते थे, पर दूसरे उन्हें न देख पा रहे थे।

राजपथ पर सबसे पहला तोरणद्वार नर्तकियों, गायिकाओं, गणिकाओं और अन्य कलाकारों का था। उनका तोरण द्वार सादा होते हुए भी बड़ा सुरुचिपूर्ण था। शोभायात्रा के वहाँ पहुँचते ही गायिकाओं ने मंगलगान गाना प्रारम्भ कर दिया; नर्तकियाँ नाचने लगीं; गणिकाएँ कामुक हावभाव से कूदने लगीं, नट आदि कलाकारों ने अपने-अपने करतब दिखने शुरू कर दिए। सम्राट की हथिनी उनके

सामने क्षण भर को रुकी, कलाकारों ने फूल बरसाए और हथिनी-सवार सम्राट अभिनन्दन स्वीकार करके आगे बढ़े।

शाम गहराती जा रही थी। रात्रि का प्रथम प्रहर निकट था। यद्यपि पूर्णिमा की रात्रि थी, फिर भी राजपथ के दोनों ओर, विशेषकर विभिन्न तोरण द्वारों के पास, प्रकाश की विशेष व्यवस्था की गई थी।

इसी प्रकार, अगले कई तोरण द्वारों पर अभिनन्दन स्वीकार करते सम्राट शोभायात्रा के साथ राजपथ पर आगे बढ़े चले जा रहे थे। तोरण द्वारों में उल्लेखनीय थे गन्नों, नारियल के तनों और आम और अशोक के पत्तों से सजे कृषकों के तोरण द्वार तथा बहुमूल्य वस्त्राभूषणों एवं मणि-माणिक्यों से सजे वैश्यों के तोरण द्वार। सभी तोरण द्वारों पर सम्बन्धित समुदायों के साथ उनके प्रधान एवं उनकी श्रेणियों के प्रमुख भी उपस्थित थे। अपनी सामुदायिक विशिष्टताएँ चिह्नित करनेवाले कार्यक्रमों के साथ ही गायकों-वादकों और नर्तकियों के दल भी विभिन्न द्वारों पर लोगों के मनोरंजन के लिए प्रस्तुत थे।

सम्राट की हथिनी ज्योंही किसी द्वार के निकट पहुँचती वहाँ उपस्थित दल पूरे जोश-खरोश से नाचने-गाने लगते। अन्य लोग सम्राट चन्द्रगुप्त की जयजयकार करते हुए पुष्पवृष्टि करते। इनमें कई लोग यह कहते हुए बड़े उदास दिख रहे थे कि सम्राट का दर्शन तो हो ही नहीं पा रहा है; उनका चेहरा तो लड़ियों से पूरा ढका हुआ है।

राजकीय तोरण द्वार को छोड़कर सबसे भव्य तोरण द्वार था वैश्यों का, क्योंकि यहाँ अपने वैभव का प्रदर्शन करने के लिए वणिक समाज ने अपनी तिजोरियाँ खोल दी थीं। नगरश्रेष्ठि (नगर सेठ) एवं वणिकश्रेणि (बनियों की संस्था) के अध्यक्ष कुन्दन सेठ अपने समुदाय के लोगों के शिष्टमंडल के साथ लगातार वहाँ डटे हुए थे।

सबसे बड़ा और सबसे भव्य था राजभवन के दुर्गद्वार के निकट निर्मित राजकीय तोरण द्वार। लौह-स्तम्भों से बने द्वार की संरचना इतनी भव्य थी कि एकबारगी उसे देखने से लगता ही नहीं था कि वह निर्माण अस्थायी है।

यही वह स्थान था जहाँ सभी राजपुरुष और उच्च राज पदाधिकारीगण सम्राट के स्वागत के लिए एकत्र हुए थे। शोभायात्रा यहाँ आकर समाप्त होनी थी और राजपथ पर बने विभिन्न सामुदायिक द्वारों पर खड़े लोगों को भी अन्ततः यहीं एकत्र होना था। यहीं पर सम्राट राजकीय तोरण द्वार पार कर अपनी हथिनी से उतरकर अपना अभिनन्दन स्वीकार करनेवाले थे। यहाँ मंगलगीत गाती सुन्दर सुमुखी स्त्रियाँ थीं और स्वस्तिवाचन करते वेदपाठी ब्राह्मणगण। अन्यान्य उच्च

राजपदाधिकारी सम्राट के सम्मुख अपनी उपस्थिति दर्शाने के लिए इधर-उधर उचक रहे थे।

राजशिल्पी वसुबन्धु विश्वकर्मा किसी को भी राजकीय तोरण द्वार से होकर गुजरने न दे रहा था। वह लोगों को द्वार के पास फटकने भी न दे रहा था। वह बड़ी सतर्कता से एक ओर खड़ा होकर एक व्यक्ति पर नजर गड़ाए हुए था जो तोरण से लटकती एक पतली रस्सी को पकड़े खड़ा था। वह व्यक्ति घबराया हुआ लग रहा था और उसे देखकर वसुबन्धु भी घबरा रहा था।

वसुबन्धु ने तोरण को षड्यंत्रपूर्वक इस प्रकार बनाया था कि विशेष रूप से प्रशिक्षित वह व्यक्ति हथिनी पर बैठे सम्राट के तोरण द्वार में प्रवेश करते समय रस्सी ऐसी शीघ्रता से खींच दें कि तोरण के रूप में लगा लौह स्तम्भ हथिनी पर बैठे सम्राट के ठीक ऊपर गिरे और वे वहीं दब कर मर जाएँ। इस पूरे षड्यंत्र को इतनी समझदारी और सफाई से रचा गया था कि पूरी प्रक्रिया एक दुर्घटना लगे और कहीं से भी षड्यंत्र का आभास न हो।

***

शोभायात्रा ज्यों ही लौह तोरण द्वार के सामने पहुँची, आगे-आगे चल रहे ध्वजवाहकों का दल, वादकों का दल और सैनिकों की टुकड़ी सामने से हटकर बाईं ओर खड़ी हो गई। दाहिनी ओर से मंगल गीत गाती सुमुखी स्त्रियाँ हाथों में सोने के सजे हुए थाल लिए सामने आ गईं ताकि हथिनी से उतरते ही वे सम्राट की आरती उतार सकें। उनके पीछे-पीछे वेदपाठी ब्राह्मणों का दल आ खड़ा हुआ स्वस्तिवाचन के लिए। सम्राट ने हथिनी पर बैठे-बैठे ही स्वागत-सम्मान स्वीकार किया।

लौह द्वार पर बढ़ रही हलचलों, आनेवाले खतरों और वसुबन्धु के लगातार घूरे जाने से तोरण की रस्सी पकड़नेवाला व्यक्ति बहुत डर गया। वह रस्सी छोड़कर चुपके से भीड़ में घुस गया। अनियंत्रित रस्सी द्वार के एक तरफ यूँ ही लटकने लगी।

महावत मुकुन्द एक अरसे से चन्द्रगुप्त का विश्वासपात्र रहा था; सुख-दुख में दोनों साथ रहे थे। अब मित्र-सदृश अपने स्वामी चन्द्रगुप्त के विरुद्ध षड्यंत्र में शामिल होकर उन्हें धोखा देने के विचार ने मुकुन्द को बहुत व्यथित कर दिया। मन की व्यथा वह सह न पा रहा था। अतः इस कार्य को शीघ्रता से निपटाकर अपनी जान छुड़ाने के चक्कर में उसने तोरण द्वार में जल्दी से प्रवेश करने के लिए हथिनी कल्याणी को अंकुश दे मारा। इस अप्रत्याशित मार से चिंहुक कर

हथिनी तेजी से आगे बढ़ी और लटक रही अनियंत्रित रस्सी उसके दाहिने पैर में फँसकर खिंच गई। देखते ही देखते भारी लौह-खंडों से बना तोरण भरभरा कर हथिनी के ऊपर गिर पड़ा। इसके साथ ही चारों ओर चीख-पुकार मच गई। कुछ देर बाद लोग जब संयत हुए तब स्पष्ट हुआ कि लौह-खंडों के आघात से हथिनी-सवार सम्राट और महावत दोनों दोनों की मृत्यु हो गई थी।

सम्राट की मृत्यु का समाचार मिलते ही वहाँ एकत्र लोग बहुत क्रुद्ध हो गए। कुछ ने इसे दुर्घटना माना, तो कुछ का साफ़ कहना था कि यह राजशिल्पी वसुबन्धु का षड्यंत्र था। वसुबन्धु ने स्पष्टीकरण देना चाहा, तो नाराज लोगों ने वहीं उसे पीट-पीट कर मार डाला। रस्सी खींचने के लिए नियुक्त व्यक्ति भीड़ में छुपते-छुपाते सुरक्षित भाग निकला।

कुछ ही दिनों में चाणक्य के गुप्तचरों ने उस रस्सी खींचने के लिए नियुक्त व्यक्ति को खोज निकाला और षड्यंत्र का पूरा पता लगाने के लिए उससे पूछताछ की प्रक्रिया प्रारम्भ की।

***

अगले दिन सुबह-सुबह लोग यह जान कर हैरान रह गए कि रात में तोरण-द्वार ढहने से मरनेवाला सम्राट चन्द्रगुप्त नहीं, बल्कि दिवंगत राजा पुरु का छोटा भाई अमर था। एक बार फिर लोगों को लगा कि चाणक्य की चालबाजियाँ चमत्कारिक हैं; कोई उनकी बराबरी नहीं कर सकता।

कात्यायन बड़ा परेशान था। चन्द्रगुप्त को मार डालने के उसके दो प्रयास निष्फल हो गए। चाणक्य उसका हर प्रहार बेकार कर देते थे। बिना सक्रिय ढंग से शामिल हुए वे सिर्फ अपनी बुद्धि के प्रयोग से हर प्रहार को ऐसा मोड़ दे देते थे जिससे मगध साम्राज्य का दावेदार ही मारा जाता था—पहले राजा पुरु मारे गए और अब उनका छोटा भाई अमर। एक के बाद एक दोनों मगध साम्राज्य के दावेदार थे। कात्यायन चाणक्य की इस रणनीति से बड़ा दंग था—न हर्र लगे न फिटकिरी रंग चोखा होइ जाय।

अगले ही क्षण सचेत होकर कात्यायन ने अपनी प्रतिज्ञा मन-ही-मन दुहराई कि चन्द्रगुप्त को रास्ते से हटाकर वह चाणक्य को अवश्य पराजित करेगा।

मलय अलबत्ता बड़ा भयभीत था। पहले उसके पिता और फिर उसके चाचा मारे गए और ये दोनों अपूर्णीय क्षतियाँ कात्यायन की मूर्खता से ही हुईं। उसने कात्यायन से जवाब-तलब किया तो कात्यायन ने कई तरह के तर्कों और बहानों का सहारा लेते हुए मलय को समझाने की कोशिश की। अन्ततः मलय

कात्यायन की बातों से किसी प्रकार सन्तुष्ट हुआ। कात्यायन के आग्रह पर वह उसे एक और प्रयास का अवसर देने को सहमत हो गया।

कात्यायन इस बार खूब सावधान था। उसका पूरा प्रयास था कि अब योजना में किसी प्रकार की ढील या त्रुटि न होने पाए। खूब सोच-समझकर उसने फिर एक प्राणघातक अभियान चलाया।

***

तोरण-द्वार की दुखद घटना के काफी बाद चाणक्य ने चन्द्रगुप्त के राजभवन-प्रवेश का वास्तविक कार्यक्रम बनाया, लेकिन उसको उन्होंने बहुत गुप्त रखा। साथ ही, उनकी योजना थी कि यह कार्यक्रम बिलकुल सादा हो, कोई तड़क-भड़क न हो।

सारी गोपनीयता के बावजूद राजभवन की कुछ विशेष महिलाओं को इस कार्यक्रम की सूचना देनी ही पड़ी, क्योंकि राजभवन में नए सम्राट के आगमन की जानकारी उन्हें होनी ही चाहिए थी। यह उनका विशेषाधिकार था।

राजभवन में सम्राट के निजी आवास के द्वार पर कुछ विशिष्ट महिलाओं का एक छोटा-सा समूह नए सम्राट के प्रथम आगमन के अवसर पर उनका स्वागत करने के लिए एकत्रित हुआ था। महिलाओं के हाथों में पुष्प एवं प्रज्वलित दीप थे।

नये सम्राट चन्द्रगुप्त ज्यों ही द्वार पर पहुँचे, महिलाओं ने परम्परागत ढंग से स्वर्ण पात्रों में प्रज्वलित दीपक रखकर उनकी आरती उतारनी प्रारम्भ की। कुछ महिलाओं ने पुष्पवर्षा करना शुरू किया। अचानक, महिलाओं के समूह में से एक सुन्दर युवती झटके से निकल कर बाहर आई और उछल कर चन्द्रगुप्त का चुम्बन लेने का प्रयास करने लगी। इसके पहले कि उसका प्रयास सफल होता, सजग चाणक्य ने चन्द्रगुप्त को पीछे खींच लिया। इससे युवती का संतुलन बिगड़ गया और वह जमीन पर औंधे मुँह गिर पड़ी। लेकिन, असाधारण स्फूर्ति से उसने अपने को सँभाला और तुरन्त चन्द्रगुप्त के चरणों में लिपटकर सम्राट की असुविधा और अपनी धृष्टता के लिए क्षमा माँगना चाही।

यह दृश्य देखकर चाणक्य चौंक गए। उन्होंने अविलम्ब उछल कर उस महिला के बाल पकड़कर पीछे खींच लिया। इस बीच चाणक्य के गुप्तचर, जो उनके शिष्य के रूप में उनके साथ चन्द्रगुप्त के पीछे-पीछे चल रहे थे, तुरन्त चाणक्य के पास पहुँच गए और उस युवती को अपनी गिरफ्त में ले लिया।

शेष महिलाएँ इस अप्रत्याशित घटना से एकदम सहम गईं। चाणक्य ने

उनसे निवेदन किया कि इस घटना से वे चिन्तित न हों। उन्होंने उन्हें समझाया कि यह मामला सम्राट की सुरक्षा से सम्बद्ध था इसलिए इतनी कठोरता बरती गई। किसी को किसी प्रकार से डरने की आवश्यकता नहीं।

***

उस युवती का नाम प्रियम्वदा था। अब वह चाणक्य के विशेष प्रशिक्षित गुप्तचरों के दल की बन्दिनी थी। गुप्तचरों ने उससे प्रश्नोत्तरी विधि से पूछताछ प्रारम्भ की। चन्द्रगुप्त के प्राण-हरण के षड्यंत्र की सच्चाई बाहर निकालने के लिए दल ने पूछताछ के सारे सौम्य तरीके अपना लिए, किन्तु प्रियम्वदा इतनी अड़ियल और हठी थी कि उसने तनिक भी अपना मुँह न खोला।

इस बीच, अपने अन्य गुप्तचरों द्वारा गुप्त जाँच से चाणक्य ने प्रियम्वदा के बारे में सारी जानकारियाँ इकट्ठी कर लीं। फिर भी, उन सभी बातों को वे प्रियम्वदा के मुँह से सुनना चाहते थे। लेकिन, प्रियम्वदा ने अपना मुँह इस तरह बन्द कर लिया जैसे वह गूँगी-बहरी हो।

पूछताछ करनेवाले गुप्तचरों के दल ने चाणक्य से अनुमति माँगी कि प्रियम्वदा का मुँह खुलवाने के लिए अब वे 'सत्कार'[46] विधि का प्रयोग करना चाहते हैं। 'सत्कार' हिंसक तरीकों से शारीरिक उत्पीड़न कर सचाई उगलवाने की विधि का नाम था, जिसे चाणक्य के गुप्तचर मजाक में सन्दिग्ध व्यक्ति का 'सत्कार' करना कहते थे।

इतना सुनते ही चाणक्य गुस्से से फूट पड़े और पूछताछ करनेवालों को बुरा-भला कहने लगे। उन्होंने उन लोगों को डाँटा कि वे लोग एक निर्दोष युवती को नाहक तंग कर रहे हैं। यही नहीं, अपने स्थान से उठकर वे उस युवती के निकट गए और एक स्नेही पिता की भाँति उसे प्यार-दुलार करने लगे।

***

अगले दिन, प्रियम्वदा से गप्पें लड़ाते हुए चाणक्य की नजर अचानक कक्ष में सजावट के लिए रखे पिजड़े में बन्द एक प्यारे नन्हे खरगोश पर गई। एक परिचारक को पुकार कर उन्होंने उस नन्हे खरगोश को अपने पास मँगवाया और अपने हाथ में उसे लेकर उसकी सुन्दरता और चंचलता की भूरि-भूरि प्रशंसा करने लगे। दुलारते-दुलारते चाणक्य ने अचानक उस नन्हे खरगोश को प्यार से प्रियम्वदा की ओर बढ़ा दिया और आग्रह-भरे स्वर में कहा, "देखो, यह नन्हा जीव कितना प्यारा है! लो, इसे प्यार करो। देखो, यह कितना खुश है! लो,

लो, इसके लाल कोमल छोटे से नथुने को चूम कर देखो। कितना प्यारा है!"

प्रियम्वदा चाणक्य की बातों में आ गई और बिना सोचे-समझे खरगोश को चूमने लगी।

अनहोनी घट गई। बड़ा कारुणिक दृश्य उत्पन्न हो गया। दर्द से तड़पता खरगोश आखिरी साँसें लेने लगा। यह देखकर प्रियम्वदा अपनी मूर्खता पर जोर-जोर से रोने लगी। रोने की आवाज सुनकर दूसरे कमरे में बैठे पूछताछ करनेवाले सब दौड़े आए। उन्हें परेशान देखकर चाणक्य ने समझाया, "प्रियम्वदा एक विषकन्या है। भले ही इसने मुँह से कुछ न बोला, इसका कार्य बहुत कुछ बोल रहा है," कहते हुए चाणक्य ने मरे हुए खरगोश की ओर इशारा किया। उसने बात का और खुलासा करते हुए कहा, "कात्यायन ने चन्द्रगुप्त की हत्या के लिए विषकन्या प्रियम्वदा का प्रयोग किया था। इसीलिए प्रियम्वदा ने चन्द्रगुप्त के होंठों का चुम्बन लेने का प्रयास किया था और असफल होने पर उसके पैरों में गिरकर दाँत काटने की कोशिश की थी।"

इस बीच, प्रियम्वदा हाथों से अपना चेहरा छुपाकर सुबकती रही। उसकी दयनीय दशा देखकर चाणक्य जब प्रियम्वदा को सांत्वना देने लगे तो उसने उनका हाथ झटक दिया। निश्चित ही वह चाणक्य द्वारा धोखे से ठग लिए जाने से आहत थी।

चाणक्य ने प्रियम्वदा को कारागार में बन्द कर रखने का आदेश दिया। लेकिन, तुरन्त ही उन्होंने अपने आदेश में संशोधन करते हुए कहा, "कारागार में प्रियम्वदा को किसी भी प्रकार का कष्ट नहीं होना चाहिए।"

पूछताछ करनेवाले गुप्तचरों के दल में से एक ने आश्चर्य से पूछा, "आचार्य, आप इसे सकुशल क्यों रखना चाहते हैं? ऐसी विकट विषकन्या को तो तुरन्त समाप्त कर देना चाहिए।"

चाणक्य ने रोष प्रकट करते हुए प्रतिप्रश्न किया, "तुम्हें पता है एक विषकन्या को तैयार करने में कितना श्रम और समय लगता है?" फिर, उन्होंने धीरे से फुसफुसाते हुए कहा, "शत्रु के अस्त्रों को पाने पर उन्हें सँभाल कर रखना चाहिए और अवसर आने पर उन्हें शत्रु के विरुद्ध प्रयोग करना चाहिए।"

4

राजभवन में राज बदला था, राजव्यवस्था वही थी। व्यक्ति बदल गया था, लेकिन व्यवस्था बदलते देर लगती है। व्यवस्था तो वही थी जो पूर्व सम्राट के

समय महामात्य कात्यायन के संरक्षण में राजसेवकों ने स्थापित की थी। इसमें कोई सन्देह नहीं कि इन राजसेवकों की प्रतिबद्धता अन्दर ही अन्दर अभी भी कात्यायन के प्रति ही थी। ऐसे में राजभवन चन्द्रगुप्त के लिए संकट से भरा स्थान था। यही सब विचार चाणक्य के मन में उमड़-घुमड़ रहे थे। चाणक्य यद्यपि जानते थे कि समय के साथ सब ठीक हो जाएगा; सारी व्यवस्था अनुकूल और नियंत्रण में हो जाएगी, लेकिन समस्या थी कि सम्राट की तात्कालिक सुरक्षा कैसे सुनिश्चित हो।

समय कम था। सुरक्षा सुनिश्चित करनी थी। देरी का अर्थ था—सम्राट के ऊपर एक और प्रहार के लिए अवसर देना। इसे रोकने के लिए सम्राट के निजी आवास क्षेत्र को पूरी तरह निरापद करना आवश्यक था। निजी आवास क्षेत्र ऐसे निजी सेवकों से भरा पड़ा था जिनकी प्रतिबद्धता और चरित्र की जाँच तुरन्त होनी चाहिए थी, विशेषकर राजसत्ता के परिवर्तन के सन्दर्भ में। साथ ही, निजी आवास क्षेत्र के कक्षों और भवनों को सम्भावित खतरों से मुक्त किया जाना था, जहाँ-जहाँ सम्राट चन्द्रगुप्त को विशेष रूप से रहना था। निजी आवास के विस्तृत क्षेत्र को देखते हुए एक प्रश्न यह भी था कि समय के अभाव के कारण सर्वप्रथम किस स्थान को शीघ्र भयमुक्त किया जाए। कौन-सा ऐसा स्थान है जहाँ सम्राट सर्वाधिक असुरक्षित होंगे—ऐसे अनेक प्रश्न चाणक्य को परेशान किए हुए थे। उन्हें उत्तर सूझ न रहा था।

अचानक चाणक्य के मन में एक उत्तर कौंधा। उन्हें वह उत्तर सही लगा। शयनकक्ष ही वह स्थान है जहाँ व्यक्ति अपना अधिकतम समय बिताता है और वही वह स्थान है जहाँ व्यक्ति नींद में बेसुध होने के कारण बड़ी आसानी से निशाना बन सकता है।

यह विचार आते ही चाणक्य सम्राट के शयनकक्ष की ओर दौड़ पड़े।

***

शयनकक्ष में सब कुछ सही था। एकदम साफ़-सुथरे शयनकक्ष में सारी चीजें करीने से लगी हुई थीं। कहीं कोई दोष नहीं, कहीं कोई खतरा नहीं। चाणक्य बड़े गौर से शयनकक्ष का निरीक्षण कर रहे थे। जब कोई त्रुटि या सन्देहास्पद वस्तु न मिली तो वे मन-ही-मन खीझ गए। उन्हें अपने शक्की स्वभाव पर झुँझलाहट हो आई। अगले ही पल वह यह सोचकर फिर से गम्भीर हो गए कि सम्राट चन्द्रगुप्त की निजी सुरक्षा के मामले में वे कोई सम्भावना नहीं छोड़ेंगे, विशेषकर तब जब कात्यायन उन्हें समाप्त करने पर तुला हुआ है।

अपनी सारी समझ, सारी सावधानी, सारे चौकन्नेपन से चाणक्य ने शयनकक्ष को छान मारा। कहीं कोई हानिकारक या सन्देहास्पद वस्तु न दिखी। थक-हार कर चाणक्य एक कोने में बैठकर सुस्ताने लगे। बैठे-ही-बैठे उन्होंने कक्ष का एक बार फिर से सूक्ष्म निरीक्षण शुरू कर दिया—जमीन, छत, दरवाजे, खिड़कियाँ, पूरबी दीवार, पश्चिमी दीवार, उत्तरी दीवार—सब एक-एक कर देख डाला। कहीं कुछ नहीं। अब वे दक्षिणी दीवार पर देख रहे थे। कहीं कुछ असामान्य नहीं, सिवाय इसके कि उस दीवार पर कुछ चीटियाँ थीं, जो एक कतार से चल रही थीं। लेकिन, यह तो कुछ असामान्य न हुआ! चीटियाँ भी खतरनाक हो सकती हैं? धरती का कौन-सा ऐसा कोना होगा जहाँ चीटियाँ न हों!

दक्षिणी दीवार पर चाणक्य यूँ ही कुछ देर चुपचाप देखते रहे। फिर धीरे से अलसाए हुए ढंग से उठकर वे दीवार के निकट चले गए कौतूहलवश चीटियों को देखने के लिए। गौर से देखते हुए चाणक्य चीटियों के अनुशासित आचरण की मन-ही-मन प्रशंसा करते रहे—एक के पीछे एक सब कितने कायदे से चल रही हैं। उन्होंने गौर किया कि चीटियाँ दीवार के एक छोटे से छिद्र से निकल रही हैं और अपने मुँह में नन्हे-नन्हे अन्नकण दबाए एक के पीछे एक चली जा रही हैं। चीटियों का यह उद्योग देखकर चाणक्य बड़े खुश हुए। अगले ही क्षण उनके दिमाग में विचार कौंधा कि चीटियाँ अन्नकण कहाँ से ला रही हैं? इस विचार ने उनकी कल्पना को उकसाया कि दीवार के पीछे या आस-पास कहीं अन्न रखा होगा।

चाणक्य लौट आए फिर उसी कोने में जहाँ वे पहले बैठे हुए थे। वहाँ वे शान्त चित्त से विचार करने लगे कि अन्न के दाने या अन्न भंडार वहाँ होने का क्या अर्थ है। बड़ी देर तक वह विभिन्न परिकल्पनाओं और सम्भावनाओं पर सोचते रहे। साथ ही, उपलब्ध तथ्यों से उनका तालमेल मिलाकर उनकी यथार्थता की जाँच करते रहे। इस प्रकार विश्लेषण करके वे किसी ठोस निष्कर्ष पर पहुँचना चाहते थे, लेकिन एक-एक कर सारी सम्भावनाओं को वे अस्वीकार करते गए क्योंकि वे विश्लेषण के मानक सिद्धान्तों और कसौटियों पर खरी नहीं उतर रही थीं। अन्ततः इस सम्भावना पर उनका ध्यान आकर केन्द्रित हो गया कि यदि अन्नकण या अन्न-भंडार दीवार के निकट मौजूद है तो कोई अन्न ग्रहण करनेवाला भी कहीं निकट ही होगा।

इस निष्कर्ष पर पहुँचते ही चाणक्य उत्तेजना से उछल पड़े। उन्होंने तुरन्त एक परिचारक को बुलाकर आदेश दिया कि राजभवन के सुरक्षा प्रभारी और कुछ सैनिकों को बुलाकर तुरन्त वहाँ लाए।

***

घबराए हुए सैनिकों का एक दस्ता अपने नायक के साथ जल्दी से सम्राट के शयनकक्ष में पहुँचा। उन्होंने किसी अनहोनी घट जाने की आशंका में अपने अस्त्र-शस्त्रों का संधान कर रखा था। उन्हें लगा कि वहाँ पहुँचते ही मार-काट की आवश्यकता पड़ेगी, लेकिन वहाँ न कोई शत्रु था और न कोई विवाद। मात्र आचार्य चाणक्य शान्त मुद्रा में खड़े दिखे। इसके पूर्व कि नायक कुछ पूछ पाता चाणक्य ने शयनकक्ष की दक्षिणी दीवार को ढहाने का आदेश दे दिया। नायक हैरानी से चाणक्य का मुँह ताकने लगा। उसे चाणक्य के आदेश का आशय समझ में न आ रहा था। उसको पशोपेश में पड़ा देख चाणक्य ने अपना आदेश थोड़े कठोर स्वर में दोहराया।

नायक ने तत्परता से आदेश का पालन किया और सैनिकों ने एक झटके में ही दीवार ढहा दी। वह छद्म दीवार थी, मजबूत नहीं थी। उसके पीछे रिक्त स्थान था और तब मुख्य दीवार थी, जिसमें बाहर निकलने के लिए एक छोटा-सा द्वार भी बना था। सैनिक और उनके नायक अत्यन्त भयभीत हो उठे जब उन्होंने उस रिक्त स्थान में दो व्यक्तियों को छुपकर बैठा पाया। चाणक्य के आदेश पर उन दोनों व्यक्तियों को बाहर निकला गया।

चाणक्य ने उन दोनों व्यक्तियों से बहुत संक्षिप्त बात की। वहाँ छुपकर बैठे रहने के बारे में कोई बहाना न बना पाने की स्थिति जान कर उन दोनों ने सीधे अपना अपराध स्वीकार कर लिया। उन्होंने स्वीकार किया कि सोते समय सम्राट चन्द्रगुप्त की हत्या कर देने के उद्देश्य से वे दोनों छुपकर वहाँ बैठे थे। "किसके कहने पर ऐसा करनेवाले थे?" चाणक्य के इस प्रश्न पर उन्होंने चुप्पी साध ली। चाणक्य ने प्रश्न दुहराया, लेकिन दोनों मौन साधे रहे। चाणक्य ने आगे पूछना उचित न समझा और नायक को आदेश दिया कि उन दोनों को बन्दी बनाकर ले जाओ और अगले दिन हमारे समक्ष प्रस्तुत करो।

***

अगले दिन जब उन दोनों व्यक्तियों को चाणक्य के समक्ष लाया गया तो उन्हें उन्होंने पूछताछ करनेवालों के एक दल के पास इस निर्देश के साथ भेज दिया कि कड़ाई से पूछताछ करके उनसे षड्यंत्र का पूरा विवरण ज्ञात किया जाए।

पूछताछ करनेवालों ने पूरा जोर लगा लिया, पर उन दोनों व्यक्तियों ने कुछ न बोला। उन्होंने पूछताछ करने के सारे तरीके अपना लिए। खूब पिटाई भी कर

ली, भविष्य का भय भी दिखाया, कई तरह के प्रलोभन भी दिए, लेकिन सब व्यर्थ। उन दोनों ने अपने होंठ न हिलाए।

चाणक्य अचानक वहाँ पहुँच गए। पूछताछ की प्रक्रिया को रोकते हुए उन्होंने कहा, "दूसरों सूत्रों से इनके अपराध के बारे में पूरा पता लग गया है। अब समय व्यर्थ करने की आवश्यकता नहीं। इन्हें सीधे मृत्युदंड भुगतने के लिए भेजो।" इतना सुनते ही वे दोनों व्यक्ति मारे भय के रोने लगे। उनका रोना देखकर चाणक्य उनके निकट गए और अपने स्वर में मिठास लाते हुए धीरे से कहा, "मुझे मालूम है तुम दोनों दोषी नहीं हो, जितना दोषी वह व्यक्ति है जिसने तुम दोनों को इस काम में लगाया। तुम दोनों तो बस उसके आदेश का पालन कर रहे थे। हमारी संवेदना तुम्हारे साथ है। हम तुम्हें एक अवसर देते हैं। अगर हमारे लिए काम करना स्वीकार करो तो तुम दोनों का मृत्युदंड क्षमा किया जा सकता है।" चाणक्य ने देखा दोनों अपराधियों की आँखों में आशा की किरणें कौंध गईं। थोड़ी ही देर बाद उन्होंने स्वीकृति में सिर हिलाते हुए हाथ जोड़ लिए।

चाणक्य ने शर्त रखी कि दोनों को पहले अपनी विश्वसनीयता का प्रमाण देना होगा। पहले वे साफ़-साफ़ बताएँ कि किसने उनको इस काम में लगाया था। उन्होंने आसानी से उगल दिया कि वे दोनों कात्यायन के गुप्तचर हैं जो दीर्घकाल से सम्राट के शयनकक्ष के बगल में छुपकर सम्राट की रात्रिकालीन गतिविधियों पर नजर रखने का कार्य करते थे। यह कार्य वे सम्राट धननन्द के समय से कर रहे थे। चाणक्य ने और अधिक जानना चाहा तो दोनों ने खुलासा किया कि उनका संचालक उद्यान विभाग का प्रभारी वनमाली है। उसी के माध्यम से हम दोनों को आवश्यक धन एवं निर्देश मिलते थे और उसके माध्यम से ही हम एकत्र की हुई सूचनाएँ कात्यायन के पास भेजते थे।

चाणक्य ने आदेश दिया कि दोनों गुप्तचरों को अगले आदेश तक कारागार में रखा जाए। उन दोनों को यह न समझ में आ रहा था कि गुप्त बात उगलवाने के लिए उन्हें काम पर रखे जाने का लालच देकर मूर्ख बनाया गया था या नई प्रशासन-व्यवस्था में सचमुच उन्हें काम पर रखा जाएगा।

5

चन्द्रगुप्त के ऊपर बार-बार होनेवाले प्रहारों से आतंकित होकर चाणक्य ने चन्द्रगुप्त की निजी सेवा में लगे कर्मचारियों पर नजर रखने के लिए अपने कई गुप्तचर नियुक्त कर दिए। एक दिन एक गुप्तचर ने सूचना दी कि सम्राट के

चुटुल नाम के एक निजी सेवक के रहन-सहन के स्तर में असाधारण परिवर्तन दिखाई पड़ा है। उसने मूल्यवान वस्त्र पहनने प्रारम्भ कर दिए हैं और सौन्दर्य-प्रसाधन की वस्तुओं का भी खूब प्रयोग करने लगा है।

चाणक्य के आदेशानुसार चुटुल को उनके समक्ष लाया गया। चाणक्य को आभास हो गया था कि वर्षों से सम्राटों का मुँहलगा होने के नाते चुटुल बहुत अकड़ू होगा और सम्राट के अलावा किसी को कुछ न समझता होगा। चाणक्य का अनुमान सही निकला। चुटुल वैसा ही था जैसा चाणक्य ने सोचा था।

चुटुल के आते ही चाणक्य उसे बड़ी शिष्टता से अपने कक्ष में ले आए और बड़े सौम्य भाव से उससे बातें करने लगे। उन्होंने उसका कुशल-क्षेम पूछा और जानना चाहा कि नए सम्राट के आने के बाद उसको कैसा लग रहा है, कोई कष्ट तो नहीं है?

चाणक्य ने अनुभव किया कि शिष्टतापूर्ण व्यवहार के बदले चुटुल ने भी बड़ी शिष्टता से बातें की, किन्तु उसकी अकड़ में जरा भी कमी न थी। अपने चेहरे पर निर्भीकता का भाव ओढ़े वह बड़े हौसले से बात कर रहा था। जब चाणक्य ने उसके अचानक सम्पन्न दिखने की चर्चा की, तो वह ठठाकर हँसा और चाणक्य का मजाक उड़ाते हुए कहा, "आचार्य, मैं सम्राट का निजी सेवक हूँ। अगर मैं फटे-चिथड़ों में रहूँगा तो इसका महाराज की छवि पर असर पड़ेगा। नए सम्राट के आने के बाद मैंने विशेष रूप से अच्छी वेशभूषा धारण करना शुरू कर दिया है ताकि नए महाराज की उदारता और सुरुचि की चर्चा दूर-दूर तक हो।"

चाणक्य को लग गया कि चुटुल जो बहाना बना रहा है उसे झुठलाना सम्भव नहीं है। उन्हें यह भी अनुमान हो गया कि प्रारम्भिक पूछताछ चुटुल को सत्य उगलने पर विवश करने में नाकाफी है। उन्हें पछतावा हुआ कि बेकार ही उन्होंने जल्दबाजी में पूछताछ शुरू करके चुटुल जैसे घाघ को उसकी झूठी कहानी को और मजबूत करने का मौका दे दिया। फिर भी, चाणक्य ने चुटुल को बड़ी शिष्टता से विदा किया।

थोड़ी ही देर में, चाणक्य ने पूछताछ करनेवालों के दल को बुलाया और उनसे चुटुल के मामले की विस्तृत चर्चा की। उन्होंने उन्हें चेताया कि चुटुल बड़ा घाघ है; उससे निपटना एक बड़ी चुनौती है। उससे निपटने के लिए धोखे और धमकी के ताने-बाने से बने मायाजाल में उसे फँसाना होगा।

***

अगले दिन चुटुल को पूछताछ करनेवालों के एक दल के सामने पेश किया गया। पूछताछ करनेवालों के दल में पाँच लोग थे—एक सज्जन, एक क्रूर, एक शिक्षक, एक साक्षी और एक मूर्ख व्यक्ति था। वे सभी समवेत रूप से चुटुल से जानना चाह रहे थे कि उसके पास अचानक इतना धन कहाँ से आ गया कि वह इतने बहुमूल्य वस्त्र पहनने लगा। इस प्रश्न पर चुटुल बहुत नाराज हुआ, किन्तु पाँच के सामने अकेला होने के कारण उसने चुप रहने में ही भलाई समझी। उसने अपनी अकड़ में पूछनेवालों के प्रश्न की कोई परवाह ही न की।

एक प्रश्नकर्ता ने जब पुन: प्रश्न दुहराया तो चुटुल झल्लाकर बोला, "मैंने इसका उत्तर चाणक्य को पहले ही दे दिया है। अब मैं हर ऐरे-गैरे को स्पष्टीकरण देना उचित नहीं समझता।"

सज्जन व्यक्ति ने पुचकारते हुए कहा, "हम भी तो जरा सुनें।"

"और, अगर मैं न बताऊँ तो?" चुटुल बड़ी अकड़ से बोला।

"तो फिर तुझे इसका मजा मिलेगा," क्रूर व्यक्ति ने अपने हाथ का पंजा हवा में लहराते हुए कहा।

क्रूर की धमकी पर चुटुल भड़क उठा। उसने चुनौती के स्वर में कहा, "तुम्हारी इतनी हिम्मत मुझसे इस तरह बात करने की! तुम्हें मालूम है कि मैं सम्राट के कितना निकट हूँ? मैं उनका निजी सेवक हूँ।"

"तुम्हारी सारी निकटता निकल जाएगी जब तुम्हें फाँसी के फंदे पर लटकाया जाएगा," क्रूर ने कठोर स्वर में कहा।

क्रूर की धमकी से चुटुल मन-ही-मन डर गया, किन्तु अपने चेहरे पर मासूमियत का भाव लाते हुए पूछा, "तुम ऐसा क्यों कह रहे हो?"

"क्योंकि तुमने अपराध ही ऐसा किया है," क्रूर ने बिना लाग-लपेट के कहा।

"अपराध! कैसा अपराध?" चुटुल ने आश्चर्य से पूछा।

"सम्राट को मारने का षड्यंत्र," क्रूर ने गुर्राते हुए कहा।

"झूठ, एकदम झूठ। निराधार आरोप," चुटुल ने चिल्लाते हुए कहा। वह अब परेशान दिख रहा था।

"हो सकता है तुम सही कह रहे हो," सज्जन ने सांत्वना के तौर पर दखलन्दाजी की।

अब शिक्षक भी चुटुल के साथ सहानुभूति दिखाते हुए बातचीत में कूद पड़ा, "तुम सम्राट के बहुत स्वामिभक्त सेवक हो। उनके विरुद्ध तुम षड्यंत्र कभी नहीं रच सकते। तो फिर, असलियत बताकर तुम अपनी जान छुड़ाओ।"

"यही तो, आचार्य जी। यही तो मैं भी कह रहा हूँ कि मैंने कोई अपराध नहीं किया है। मुझे जाने दिया जाए," चुटुल ने दीनता और विनम्रता से कहा।

"ये अपराध क्या होता है? मुझे भी चाहिए ये। मैं भी करूँगा," मूर्ख ने भौंड़े ढंग से चुटुल की ओर देखते हुए कहा।

गम्भीर पूछताछ में मूर्ख का इस प्रकार बेहूदे ढंग से कूद जाने से माहौल कुछ हलका हो गया। मूर्ख की बात पर चुटुल हँसने लगा, जबकि सज्जन और शिक्षक सिर्फ मुस्करा कर रह गए। चुटुल की हँसी पर क्रूर गुर्रा कर उसकी ओर घूरा, जबकि साक्षी का चेहरा एकदम भावहीन रहा।

"हँस रहे हो! अब तुम रोओगे," कहते हुए क्रूर ने जबरदस्त थप्पड़ चुटुल को मारा। चुटुल लड़खड़ा गया। वह जमीन पर गिरते-गिरते बचा। उसकी आँखों में भय अब साफ़ झलकने लगा। सज्जन ने जल्दी से बीच-बचाव किया और क्रूर को दूसरा प्रहार करने से पहले ही पकड़ लिया। उसने चुटुल को भी ढाढस बँधाया और पुचकारते हुए कहा, "क्यों इतनी दुर्गति झेल रहे हो? बता क्यों नहीं देते तुम कि इतना धन कहाँ से पाए जो एक धनाढ्य व्यक्ति की तरह कपड़े पहनते हो। तुम्हें इतना वेतन तो नहीं मिलता!"

"आचार्य जी, मैं धनाढ्य परिवार का हूँ," भयभीत होने के बावजूद अपने स्वर में आत्मविश्वास लाते हुए चुटुल ने कहा।

शिक्षक ने अस्वीकृति में सिर हिलाया, "नहीं, मुझे अच्छी तरह मालूम है कि तुम निर्धन परिवार के हो।"

"मुझे धन मेरे ससुर ने दिया है," चुटुल ने तर्क दिया।

बीच में ही टोकते हुए सज्जन ने जल्दी से कहा, "लेकिन, तुम्हारी तो शादी ही नहीं हुई है। हमारे पास पक्की सूचना है। तुम्हारे घर-परिवार के बारे में सारी सूचना हम लोगों ने पहले ही इकट्ठी कर ली है।"

मूर्ख फिर बीच में कूद पड़ा, "मुझे भी शादी करनी है।" मूर्ख की बात पर चुटुल इस बार न हँसा। बल्कि, किसी ने उसकी बेवकूफी पर ध्यान न दिया।

चुटुल अब त्रस्त दिख रहा था। क्रूर ने उसके ऊपर फिर प्रहार करना चाहा, लेकिन सज्जन ने उसे रोक दिया। शिक्षक खिसक कर चुटुल के निकट पहुँच गया। साक्षी विचित्र व रहस्यमयी आँखों से चुटुल को लगातार घूरे जा रहा था। उसकी भुतही आँखों से चुटुल बहुत भयभीत हो गया था।

सहानुभूति में शिक्षक ने अपना दाहिना हाथ चुटुल के कन्धे पर आहिस्ता से रख दिया। चुटुल बुक्का फाड़ कर रो पड़ा। शिक्षक धीरे-धीरे चुटुल के कन्धे को थपथपाता रहा। उसने उसे एक छोटे से पात्र में पीने के लिए जल लाकर दिया

और समझाया, "बता दो सब साफ़-साफ़ जो कुछ तुम जानते हो। कोई तुम्हें परेशान न करेगा।"

दो घूँट पानी पीने के बाद चुटुल सुबकने लगा। सुबकते हुए उसने स्वीकार किया कि सोते समय सम्राट की हत्या कर देने के लिए उसे धन मिला था। "किसने धन दिया?" के उत्तर में उसने फिर चुप्पी साध ली। फिर तो, पूछताछ करनेवाले जितना जोर लगाते, चुटुल चुप रहने की उतनी ही जिद पकड़ता जाता।

पूछताछ करनेवालों के दल को लग रहा था कि इस पूरे षड्यंत्र में चुटुल तो मात्र एक हथियार है; असली खिलाड़ी तो छुपे हुए हैं। पूछताछ करनेवाले षड्यंत्र की तह तक जाना चाहते थे। यही कारण है कि उन्होंने पूछताछ की प्रक्रिया कई बार दुहराई, लेकिन चुटुल एक चुप हजार चुप। वह पूछताछ की प्रक्रिया की सीमा समझ गया और ढीठ होकर चुप्पी साधे रहा।

अन्ततः, तंग आकर क्रूर ने उसे कई जोरदार थप्पड़ जड़े। थप्पड़ पड़ने से चुटुल बड़ी जोर से रोने लगा। उसे लगा कि अब अगर वह बातें छुपाएगा तो यह क्रूर व्यक्ति उसे मार डालेगा। इसी बीच, क्रूर फिर उसे मारने दौड़ा, लेकिन चुटुल जमीन पर लेट गया। पता नहीं प्रहार से बचने के लिए या क्रूर व्यक्ति का पाँव पकड़ने के लिए वह जमीन पर ही पड़ा रहा। अब वह एकदम ही टूट गया था। वह धीरे से बोला, "मंजरी"।

"कौन है मंजरी?"

"रानी वसुमती की केशविन्यासिका (बाल सँवारनेवाली दासी)।"

"रानी वसुमती कौन है?"

"दिवंगत सम्राट धननन्द की कई विधवाओं में से एक।"

"मंजरी से तुम्हारा क्या सम्बन्ध है?"

"मैं उसे प्यार करता हूँ।"

"और वह?"

"वह भी मुझे प्यार करती है।"

"तो क्या थी तुम्हारी योजना?"

"उसके साथ विवाह करके कहीं घर बसाने की।"

"यहाँ क्यों नहीं? ईमानदारी से अपनी नौकरी करते हुए घर बसाते।"

"नहीं कर सकते थे। सम्राट की निजी सेवा में रहते हुए कोई सेवक या सेविका शादी नहीं कर सकता।"

"मंजरी को धन कहाँ से मिला?"

"मुझे नहीं मालूम। उसने मुझे बस इतना कहा था कि मेरी झोंपड़ी में छप्पर के उत्तरी छोर पर छुपाकर धन रखा हुआ है। उसे ले लेना।"

"फिर?"

"उस धन से मैंने अपने लिए अच्छे वस्त्र और मंजरी के लिए कुछ आभूषण खरीदे।"

पूछताछ करनेवाले सन्तुष्ट हो गए। उन्हें लग गया कि चुटुल को जितना मालूम था उसने वह सब बता दिया। फिर भी, चुटुल को अपनी हिरासत में रखा।

***

मंजरी तुरन्त पकड़ ली गई और उसे पूछताछ करनेवालों के सामने लाया गया। शुरू में तो वह आनाकानी करती रही और कुछ भी बताने से इनकार कर दिया, लेकिन जब उसे सुबकते हुए चुटुल के सामने लाया गया तो वह समझ गई कि अब खेल खत्म हो गया। उसने सीधे स्वीकार कर लिया कि सम्राट चन्द्रगुप्त की हत्या करने के षड्यंत्र में वह भी शामिल थी।

जब पूछताछ करनेवालों ने उस व्यक्ति का नाम जानना चाहा जिसने उसे धन दिया तो वह चुप्पी साध गई। उसकी अड़ियल चुप्पी को तोड़ने के लिए पूछताछ करनेवालों ने जब अपने हथकंडे अपनाए और सख्ती बढ़ाई तो वह बोल पड़ी। उसने रानी वसुमती की वस्त्रविन्यासिका (कपड़े सँभालने, सँवारनेवाली दासी) रसिका का नाम लिया।

आगे अब रसिका को पूछताछ के लिए लाया गया। साथ ही, कुछ गुप्तचरों को गुप्त जाँच के जरिए रसिका की पारिवारिक जानकारियाँ इकट्ठा करने के लिए लगाया गया। गुप्त जाँच करनेवाले गुप्तचरों ने कुछ ही घंटों में रसिका के बारे में बहुत सारे विवरण इकट्ठा कर ला दिए, जिनके अनुसार रसिका नगरश्रेष्ठि एवं वणिकश्रेणि के अध्यक्ष कुन्दन सेठ के आवास पर दासी का कार्य करनेवाली मालती की बेटी है।

गुप्त जाँच से प्राप्त जानकारियों को हथियार बनाकर जब पूछताछ करनेवालों ने रसिका पर मनोवैज्ञानिक दबाव बनाया तो उसने स्वीकार कर लिया कि मंजरी को देने के लिए धन उसकी माता मालती के माध्यम से प्राप्त हुआ था और उसी ने मंजरी को चुटुल से प्यार करने और विवाह करने के लिए उकसाया था।

चाणक्य ने पूछताछ की प्रक्रिया यहीं रुकवा दी। मामले को आगे बढ़ाने के लिए उन्हें पर्याप्त जानकारियाँ मिल चुकी थीं। उन्होंने पूछताछ करनेवाले

पाँचों गुप्तचरों की भूरि-भूरि प्रशंसा की जिन्होंने विभिन्न व्यक्तित्वों का अभिनय करके छल-छद्म का मायाजाल रचा और उसमें फँसाकर अपराधियों से गुप्त सूचनाएँ बाहर निकाल लीं। उन्होंने साक्षी का अभिनय करनेवाले गुप्तचर की विशेष प्रशंसा की क्योंकि बिलकुल मौन रहकर मुख पर लाये गए विविध भावों की अभिव्यक्ति द्वारा अपराधी पर मनोवैज्ञानिक दबाव बनाना बहुत कठिन कार्य होता है।

6

आचार्य चाणक्य के कठोर अनुशासन में पलने-बढ़नेवाले सम्राट चन्द्रगुप्त में एक सुनिश्चित दिनचर्या बचपन से ही विकसित हो गई थी। हर हाल में वे ब्रह्ममुहूर्त में जग जाते थे और दैनिक नित्यकर्म और सन्ध्योपासना से निवृत्त होकर देर तक ध्यान करते थे। ध्यान में वह आत्मा की गहराइयों में उतरने का प्रयास करते और अपार आध्यात्मिक ऊर्जा लेकर बाहर आते थे। यह ऊर्जा ही उनकी बाह्य जगत में अद्भुत कुशलता का आधार थी।

***

चन्द्रगुप्त को बड़ी प्रसन्नता हुई थी जब उन्होंने राजभवन में अपने निजी आवास से सटे एक सुन्दर और हरे-भरे उपवन को देखा। उन्होंने अनुभव किया कि वह उपवन उनके प्रातःकालीन ध्यान के लिए सर्वाधिक उपयुक्त स्थान है। किन्तु, चाणक्य को इस पर आपत्ति थी। उन्हें लगता था कि सूरज निकलने से बहुत पहले अँधेरे में खुले में बेसुध बैठकर ध्यान करते चन्द्रगुप्त पर आक्रमण की आशंका बहुत अधिक है। यद्यपि राजभवन का वह क्षेत्र जिसमें सम्राट का निजी आवास था अत्यधिक सुरक्षित क्षेत्र माना जाता था, फिर भी चाणक्य चन्द्रगुप्त की सुरक्षा के मामले में बहुत चिन्तित रहते थे, विशेषकर कात्यायन द्वारा उनके ऊपर बार-बार किए जानेवाले प्रहार के प्रयासों को देखते हुए।

चन्द्रगुप्त चाणक्य की आशंका को हँसकर टाल देते थे। उन्हें लगता कि उनके प्रति अतिशय स्नेह के कारण ही गुरुदेव को आशंकाएँ लगी रहती हैं। उन्होंने बहुत विनम्रता से गुरुदेव से निवेदन किया कि उन्हें प्रातःकालीन ध्यान से वंचित न किया जाए। उन्होंने अपने सुरक्षा प्रहरियों को भी निर्देश दिया कि ध्यान करते समय उपवन में या उसके इर्द-गिर्द अनावश्यक गश्त न लगाया जाए। प्रातःकालीन बेला में उन्हें एकदम शान्त और अकेला छोड़ा जाए।

चाणक्य चन्द्रगुप्त की आध्यात्मिक प्रगति के प्रति प्रयासों की बड़ी प्रशंसा करते थे, किन्तु अपनी स्वयं की सुरक्षा के प्रति उनकी लापरवाही से वे चिन्तित थे। उन्होंने चुपके से सुरक्षा प्रहरियों को उपवन में तैनात कर दिया और निर्देश दिया कि वे उपवन के चारों ओर की झाड़ियों के ऊँचे बाड़ में स्वयं को छुपाकर रखें ताकि चन्द्रगुप्त की नजर उन पर न पड़े।

चाणक्य के गुप्तचरों में से एक ने एक दिन सटीक सूचना दी कि शत्रु सुबह के ध्यान के समय किसी दिन चन्द्रगुप्त को निशाना बनाएगा। इस सूचना के मिलते ही चाणक्य ने चन्द्रगुप्त की सुरक्षा की विस्तृत योजना तैयार की और तदनुसार चन्द्रगुप्त को चलने का निर्देश दिया।

***

चन्द्रगुप्त ने ध्यान करने के लिए उपवन के बीचोबीच स्फटिक की एक चौकी डलवा रखी थी। उसी पर बैठकर वे सुबह-सबेरे ध्यान करते थे। एक दिन ध्यान करते समय उन्हें एक विषबुझा तीर आ लगा। तीर निकट के पेड़ से आया था। जब तक झाड़ों के पीछे छुपे सुरक्षा-प्रहरी ध्यानरत सम्राट की सुरक्षा के लिए दौड़कर पहुँचते, तब तक सम्राट का घायल शरीर चौकी से नीचे लुढ़क गया। इसी बीच एक नौजवान का मृत शरीर उस पेड़ के नीचे धम्म से गिर पड़ा। कुछ सुरक्षा-प्रहरी उधर दौड़कर देखते कि मामला क्या है तब तक एक अन्य युवक पेड़ से कूदकर भाग गया। तेजी से घट रही इन घटनाओं से सुरक्षा प्रहरियों में मतिभ्रम की स्थिति उत्पन्न हो गई।

भागते हुए युवक का पीछा करना छोड़ सुरक्षा प्रहरियों ने घायल सम्राट और पेड़ से गिरे युवक के मृत शरीर की सुध ली। शव के निरीक्षण से पता लगा कि युवक ने विषपान करके आत्महत्या कर ली थी। पास में ही उसका तीर-धनुष पड़ा हुआ था। सम्राट भी लगता था मर चुके थे क्योंकि उनके शरीर में भी कोई हलचल न थी। क़िन्तु यह क्या! उत्तरीय हटाकर प्रहरियों ने देखा तो वह सम्राट नहीं, बल्कि उनका पुतला था।

सात

घात-प्रतिघात

1

सम्राट चन्द्रगुप्त पर बार-बार प्रहार के प्रयासों के कारण चाणक्य कात्यायन से आतंकित हो उठे। आखिर वे कब तक उसके प्राणघातक प्रयासों को रोकते रहेंगे। एक बार भी चूक हुई तो कात्यायन चन्द्रगुप्त को समाप्त कर देने में सफल हो जाएगा।

आततायी सम्राट धननन्द को समाप्त कर देने और अपने प्रिय शिष्य चन्द्रगुप्त को सत्तारूढ़ कर देने के बाद चाणक्य अब अपना ध्यान मगध साम्राज्य को समृद्ध करने पर केन्द्रित करना चाह रहे थे। किन्तु, कात्यायन की विध्वंसक गतिविधियों के कारण वे इस पर बिलकुल ध्यान न दे पा रहे थे।

दूसरी ओर, कात्यायन बड़ा व्यग्र था कि चन्द्रगुप्त को समाप्त करने के उसके सारे प्रयास विफल हो रहे हैं। वह समझ रहा था कि उसकी राह का रोड़ा चन्द्रगुप्त नहीं चाणक्य है। चाणक्य की ओट हटते ही चन्द्रगुप्त अपने आप ढह जाएगा। इसलिए अब कात्यायन ने चन्द्रगुप्त पर प्रहार का विचार त्याग कर चाणक्य को निशाना बनाने की योजना तैयार की।

2

राजभवन के अपने कार्यालय कक्ष में बैठे चाणक्य मगध सम्राज्य की समृद्धि के लिए योजनाएँ बनाने में व्यस्त थे। इसी बीच उन्हें कात्यायन का ध्यान आ गया। कात्यायन के प्रति किसी कटुता के बजाय उसके सद्गुणों पर विचार करके चाणक्य मन-ही-मन पुलकित होने लगे—कितना कुशल प्रशासक है वह जिसने इतने बड़े साम्राज्य का संचालन अद्भुत दक्षता से किया! कात्यायन का

सुदीर्घ अनुभव और अपने सम्राट के प्रति अटूट आस्था ने उसके प्रति चाणक्य के मन में गहन श्रद्धा का भाव भर दिया। लेकिन, जल्दी ही श्रद्धा का यह भाव तरस में बदल गया। चाणक्य को कात्यायन के ऊपर तरस आने लगा कि उसकी विलक्षण प्रतिभा का दुरुपयोग एक दुराचारी शासक के निजी स्वार्थों की पूर्ति में हुआ। अभी भी उसकी प्रतिभा गलत राह पर ही है। चाणक्य यह सोचकर बड़े खिन्न हो गए कि कात्यायन की प्रतिभा अभी भी नकारात्मक प्रवृत्तियों में ही संलग्न है और अब वह मलय जैसे नौसिखुआ राजकुमार की सेवा में अपने को लगाए हुए है। चाणक्य मन-ही-मन सोचते रहे कि काश कात्यायन की प्रतिभा चन्द्रगुप्त के काम आती!

चाणक्य की विचार-श्रृंखला विच्छिन्न हो गई जब उन्हें लगा कि उनके कक्ष में कोई और भी उपस्थित है। सिर उठाकर जब उन्होंने देखना चाहा कि आखिर कौन उनके कक्ष में है जो बिना उनकी अनुमति के आ घुसा है। उन्होंने ध्यान से देखा तो उन्हें ज्ञात हुआ कि वह तो द्वारपाल है जो भयभीत होकर एक कोने में खड़ा है और कुछ कहना चाह रहा है। व्यवधान पड़ने के कारण चाणक्य रुष्ट दिख रहे थे जिससे द्वारपाल कुछ बोलने का साहस न कर पा रहा था। अन्ततः, उसने बहुत हिम्मत जुटा कर कहा, "आचार्यश्री, अनाहूत आ टपकने का मेरा अपराध क्षमा किया जाए। वास्तव में, एक सुन्दर युवती द्वार पर खड़ी है। उसने आपसे तुरन्त मिलने की अनिवार्यता बताकर मुझे बलात् आपके पास भेजा है।"

चाणक्य को बड़ा आश्चर्य हुआ कि ऐसी कौन युवती हो सकती है जो शस्त्रधारी द्वारपाल को भी मेरे पास बलात् भेजने की क्षमता रखती है और क्या हो सकता उसका अनिवार्य कार्य जिसके लिए वह तुरन्त मिलने को आतुर है? कुछ देर अनुमान लगाते रहने के बावजूद जब चाणक्य किसी निश्चय पर नहीं पहुँच सके, तो उन्होंने द्वारपाल को संकेत किया कि आगन्तुक युवती को भीतर भेज दिया जाए। उन्होंने द्वारपाल को यह भी निर्देश दिया कि जब तक वह युवती भीतर रहे किसी अन्य आगन्तुक को भीतर न आने दिया जाए।

***

चाणक्य आश्चर्य में पड़ गए जब उन्होंने अपने सामने एक सर्वांग सुन्दरी युवती को देखा—दूधिया रंगत, तन्वंगी-छरहरी काया, बड़ी-बड़ी कजरारी आँखें, चुम्बन को ललचाते लाल-लाल भरे-पूरे होंठ, कन्धों पर बिखरे लम्बे-काले बाल, मदिराकलश-से वक्ष और उठे हुए प्रशस्त नितम्ब। चाणक्य युवती को देखते ही रह गए। युवती भी सीधे चाणक्य की आँखों में आँखें डाल उन्हें घूरती रही।

उनकी आँखों का मिलन जल्दी ही विच्छिन्न हो गया जब युवती ने हड़बड़ाते हुए अपना परिचय दिया, "आचार्य, मैं कात्यायन की गुप्तचरी हूँ।"

युवती की स्पष्ट स्वीकारोक्ति ने चाणक्य को स्तब्ध कर दिया। आज तक वह किसी ऐसे गुप्तचर या गुप्तचरी से न मिले थे जो मिलते ही सीधे अपने गुप्तचर होने की घोषणा कर दे, वह भी शत्रु पक्ष का गुप्तचर! कैसी साहसी है यह स्त्री!

चाणक्य के चेहरे पर आश्चर्य और अविश्वास के भाव आते-जाते देखकर युवती मादकता से मुस्कराई। उसकी मुस्कान ने चाणक्य के हृदय में हलचल पैदा कर दी, साथ ही उत्कट जिज्ञासा भी। अवसर को अपने अनुकूल पाकर युवती ने बोलना शुरू किया—

> "मैं मधुमालती हूँ—इसी राजभवन में जन्मी और पली-बढ़ी। मेरी माँ महाराज धननन्द की निजी सेविका थी। उसका रूप बड़ा उत्तेजक और नमकीन था। उसकी देह का नमक महाराज जब-तब चखते रहते थे। एक बार उत्तेजना के प्रवाह में जब वह राजवैद्य द्वारा निर्धारित गर्भनिरोधक औषधि लेने में चूक गई तब उसका पेट फूलने लगा। उसने नियति को सहर्ष स्वीकार किया और गर्भस्थ शिशु को जन्म देने का मन बना लिया। यहाँ तक कि सम्राट का आग्रह भी उसे अपने निर्णय से न डिगा सका।
>
> "गर्भवती स्त्री कामसुख-लोभी सम्राट के लिए बोझ बन गई। अत: वह राजभवन के एक अनजान कोने में छोटे-मोटे काम करने के लिए फेंक दी गई। वह बड़ी मानिनी निकली। उसने महाराज की ओर से प्रस्तावित सहायता राशि स्वीकार न की, न ही बच्चे के जन्म पर गुप्त रूप से भेजा गया मानदेय स्वीकार किया। वह नवजात मैं ही थी। मुझे लेकर माँ चुपके से अज्ञातवास में चली गई।
>
> "जब मैं जवान हुई तो सुन्दरता मेरे ऊपर विशेष रूप से उदार हो गई। एक दिन महाराज के लिए सुन्दर युवा स्त्रियों की तलाश करनेवाले दल की नजर मेरे ऊपर पड़ गई। मैं पकड़कर महाराज की सेवा में लाई गई। एक दिन महाराज मेरा कौमार्य-भंग करने ही वाले थे कि नई सेविकाओं के पारिवारिक विवरण इकट्ठा करनेवाले गुप्तचर दल का प्रतिवेदन (रिपोर्ट) लेकर महामात्य कात्यायन महाराज के पास पहुँच गए। अपनी ही अवैध सन्तान जानकर महाराज ने सम्भोग से विमुख हो मेरा परित्याग कर दिया, साथ ही उनकी निजी सेवा से भी मुझे हटा दिया गया। इस तथ्य को गुप्त रखा गया और महामात्य ने मुझे अपनी गुप्तचर सेवा में सम्मिलित कर लिया।

“गुप्तचर सेवा तो मात्र बहाना था। कात्यायन ने चुपके से मुझे अपनी रक्षिता बना लिया। गुप्तचरी के रूप में कार्य करने के बजाय मैं कात्यायन की कामुकता शान्त करने के काम आने लगी। लेकिन, मैं कात्यायन की विकृत काम-वासनाओं से त्रस्त हो गई हूँ।”

अपनी बात पूरी करके मधुमालती सुबकने लगी। अपने शोषण के प्रति सहानुभूति पैदा करते हुए वह लगातार रोए जा रही थी। वह तब तक रोती रही जब तक चाणक्य स्वयं उठकर उसे सांत्वना न देने न लगे। सांत्वना देने के लिए ज्यों ही चाणक्य ने उसके कन्धे पर हाथ रखा, वह चुप हो गई। उसने चाणक्य का हाथ अपने हाथों में लेकर सहलाते हुए बड़े कामुक ढंग से आँख मारी।

चाणक्य समझ गए कि उन पर डोरे डाले जा रहे हैं। उन्होंने मधुमालती के प्रणय-निवेदन को ठुकराते हुए कठोर स्वर में पूछा, “मुझसे क्या चाहती हो?”

“मैंने आपके बारे में बहुत सुना है। आप चमत्कारी पुरुष हैं, जिन्होंने चुपके से बिना किसी युद्ध के धननन्द का नाश कर दिया। इस परिवर्तन से सभी खुश हैं। तो फिर मैं क्यों दुखी रहूँ?” मधुमालती ने चाणक्य की प्रशंसा करते हुए प्रतिप्रश्न किया।

“लेकिन, मैं क्या कर सकता हूँ तुम्हारे लिए?” चाणक्य ने झल्लाते हुए पूछा।

“कात्यायन के भाग जाने से अब मैं मुक्त हूँ। मैं आपके यहाँ शरण लेने आई हूँ। मैं एक प्रशिक्षित गुप्तचरी हूँ। मैं आपके लिए सब कुछ कर सकती हूँ,” मधुमालती ने बड़ी स्पष्टता से कहा।

“सब कुछ? अर्थात?” चाणक्य ने अनजान बनते हुए पूछा।

“सब कुछ जो आपको चाहिए,” कहते हुए मधुमालती ने आँख मारी और बड़े अर्थपूर्ण ढंग से फिस्स-से हँस दी।

“किसी और दिन आना,” कहते हुए चाणक्य ने अपनी जान छुड़ाई।

***

मधुमालती की बताई हुई बातों की सत्यता को जाँचने की जिम्मेदारी चाणक्य ने तुरन्त अपने गुप्तचरों को सौंपी। लगभग एक सप्ताह के अथक प्रयासों के बाद गुप्तचरगण सारे विवरण लेकर लौटे। लेकिन, यह क्या! गुप्तचरों के जुटाए सारे विवरण तो मधुमालती की बताई बातों से हुबहू मेल खा रहे थे। तो क्या मधुमालती सच बोल रही थी!

चाणक्य बड़ी सोच में पड़ गए। क्या सचमुच वह कात्यायन की विकृत वासनाओं की शिकार है? यदि ऐसा है तो फिर उसके कामुक हाव-भाव और इशारों का क्या अर्थ? यदि वह मात्र शरण चाहती है और गुप्तचरी के रूप में कार्य करना चाहती है, तो फिर उसे कामुकता का आश्रय लेने की क्या आवश्यकता थी? कहीं ऐसा तो नहीं है कि कात्यायन की कामुक अतियों और विकृतियों ने मधुमालती में वासना की अग्नि प्रज्वलित कर रखी हो जिसकी शान्ति के लिए वह उलटी-सीधी गतिविधियाँ करने लगी हो? मधुमालती के प्रति चाणक्य का मन सहानुभूति से भर उठा। उन्हें अपने दल में किसी गुप्तचरी का अभाव भी बहुत दिनों से खटक रहा था। उन्हें महसूस होता था कि जो कार्य कई पुरुष गुप्तचर मिलकर भी करने में कई दिन लगा देते हैं, उस कार्य को मधुमालती जैसी सुन्दर गुप्तचरी अपनी सुन्दरता के बल पर चुटकी बजाते कर सकती है। उन्होंने उसकी सुन्दरता और कामुकता का अपने विरोधियों को फँसाने के लिए उपयोग करने का विचार बनाया। किन्तु, अपने सहज सन्देहशील स्वभाव के कारण चाणक्य अभी भी मधुमालती पर पूरा विश्वास न कर पा रहे थे।

***

मधुमालती दौड़ी आई जब चाणक्य ने उसे मिलने के लिए बुलवाया। जब चाणक्य ने उसे सूचित किया कि उन्होंने उसे अपनी गुप्तचर सेवा में ले लिया है तो उसकी ख़ुशी और उत्तेजना का ठिकाना न रहा। वह तुरन्त अपनी कामुकता पर उतर आई और संकोच रहित होकर चाणक्य को सम्भोग के लिए आमंत्रित किया।

मधुमालती के प्रस्ताव ने चाणक्य को फिर उलझन में डाल दिया। लेकिन, अपनी उलझन को बड़ी चालाकी से छुपाते हुए उन्होंने प्रस्ताव को यह कहकर टाल दिया कि किसी उपयुक्त समय पर यह आनन्द लिया जाएगा। फिर अपना मुँह मधुमालती के मुँह कान के पास ले जाकर वे फुसफुसाए, "पहले मेरी बात ध्यान से सुनो। एक गुप्त अभियान में तुम्हें एक महत्त्वपूर्ण कार्य करना है। यह अत्यन्त गुप्त, संवेदनशील और शत्रु को समाप्त करनेवाला अभियान है।" इतना कहकर चाणक्य थोड़ा रुके और मधुमालती के कान के और नजदीक अपना मुँह ले गए और फुसफुसाए, "तुम कल आधी रात को राजभवन परिसर स्थित महोदधि तालाब के पश्चिमी किनारे पर खड़े विशाल पीपल वृक्ष के नीचे मिलो। वहीं मैं तुम्हें पूरी बात बताऊँगा और उसी समय यह गुप्त अभियान शुरू होगा। ध्यान रखना, यह बात किसी को न बताना। और, यह भी ध्यान रखना कि तुम

अकेली आना। मैं भी अकेला ही आऊँगा। तुम अवगुंठन (नकाब) में रहना और मैं भी अवगुंठन में रहूँगा ताकि कोई मुझे पहचान न ले।"

"तो मैं कैसे पहचानूँगी?" मधुमालती ने उत्सुकता से पूछा। वह बड़े ध्यान से चाणक्य की बातें सुन रही थी। आश्चर्य की बात थी कि इस बीच उसने कोई कामुक गतिविधि न की।

चाणक्य ने तुरन्त इस परिवर्तन को भाँप लिया। फिर भी इससे अनजान बनते हुए उन्होंने मधुमालती के प्रश्न का उत्तर पहले की ही तरह फुसफुसा कर दिया, "हम कूटभाषा में बात करेंगे। मेरा कूटशब्द होगा 'नीलमाधव' और तुम्हारा 'हरे हरे'।"

***

मधुमालती को विदा करने के तुरन्त बाद चाणक्य ने अपने शिष्य मित्रसेन को बुलवाया। मित्रसेन बहुत योग्य गुप्तचर था जिसमें बुद्धि और शक्ति का अद्‌भुत संयोग था। वह जितना बुद्धिमान था, शारीरिक रूप से उतना ही बलवान भी था।

चाणक्य ने चुपके से मित्रसेन को वे सारी बातें बताईं जो उसके और मधुमालती के बीच हुई थीं। उसने अपने स्थान पर मित्रसेन को जाकर मधुमालती से मिलने और उसकी सत्यता का पता लगाने का कार्य सौंपा।

***

काले अवगुंठन में सिर से पैर तक ढका मित्रसेन अर्धरात्रि में पीपल के पेड़ के पास पहुँचा। वहाँ एक छायाकृति को देखकर ज्यों ही उसने 'नीलमाधव' कहा, छायाकृति ने नकियाते हुए कहा, 'हरे हरे'। मित्रसेन ताड़ गया कि यह स्त्री-स्वर नहीं है और यह कोई पुरुष स्त्री-स्वर की नक़ल करने की कोशिश कर रहा है।

मित्रसेन ज्यों ही उस छायाकृति के निकट गया, दो अन्य छायाकृतियाँ पीपल पेड़ से कूद पड़ीं और तीनों मित्रसेन पर झपटीं। पहले से ही सतर्क मित्रसेन ने फुर्ती दिखाते हुए अपना अवगुंठन उतारकर तीनों के ऊपर इस तरह फेंका कि वे उसी में फँस गए और थोड़ी देर के लिए उनकी दृष्टि बाधित हो गई। इस थोड़े से ही समय में अँधेरे का लाभ उठाते हुए मित्रसेन जल्दी से एक वृक्ष के पीछे छुप गया।

इसी बीच एक विचित्र स्वर सुनाई दिया जिसे सुनकर चार व्यक्ति, जो अस्त्र-शस्त्र से सुसज्जित होकर निकट ही कहीं छुपे थे, बाहर निकल आए।

मित्रसेन समझ गया कि यह स्वर उसी का था जिसने पहले उससे नकिया कर कूटशब्द का विनिमय किया था। उसी ने स्वर-संकेत से चारों अन्य साथियों को बुला लिया था ताकि शिकार हाथ से निकल न जाए।

सभी मिलकर मित्रसेन को खोजने लगे। लेकिन, एक वृक्ष के पीछे छुपा मित्रसेन अँधेरे का लाभ उठाते हुए चुपचाप एक के बाद एक वृक्ष के पीछे धीरे-धीरे छुपते हुए अन्ततः सुरक्षित भाग निकला।

3

दिवंगत राजा पुरु की अनुष्ठानिक अन्त्येष्टि का आयोजन मगध साम्राज्य की ओर से किया जा रहा था। पूरे साम्राज्य में दस-दिवसीय शोक की घोषणा कर दी गई। पाटलिपुत्र नगर के लोगों को विशेष निर्देश था कि दस दिनों के शोक की अवधि में पूर्ण श्रद्धा और सादगी का जीवन बिताएँ। पूरे नगर के मदिरालय एवं जुआघर इन दिनों बन्द कर दिए गए। नाच-गानों और मनोरंजन के अन्य कार्यक्रमों पर रोक लगा दी गई। कलावती महालय के नृत्यगृहों पर विशेष दृष्टि रखी जाने लगी और गणिकाओं को अपने ग्राहकों को रतिक्रीड़ा का आनन्द देने से वर्जित कर दिया गया।

अन्त्येष्टि-क्रिया पूरे वैदिक विधि-विधान से हो रही थी। राजा पुरु की मृत्यु की असामान्य परिस्थिति के कारण उनका शवदाह विधि-विधान से न हो पाया था। अतः उनका प्रतीकात्मक पुतला[47] बनाकर पूर्ण विधान के साथ शवदाह हुआ। स्वयं सम्राट चन्द्रगुप्त इस क्रिया के कर्ता बने और विद्वान महाब्राह्मण प्रमोचक प्रधान पुरोहित।

दसवें दिन दशगात्र श्राद्ध था। पुरु के प्रेत-प्रतिनिधि के रूप में प्रमोचक की पूजा हुई। दो दिनों तक उन्हें पुरु की पसन्द वाली भोजन सामग्री खिलाई गई और अन्त में धन-धान्य देकर विदा किया गया। उन्हें राजा पुरु के वे आभूषण भी दान में दिए गए जिन्हें चुपके से पुरु के शव से उतरवा कर चाणक्य ने अपने पास रख लिए थे और प्रचारित करा दिया था कि विषकन्या पुरु को मारने के बाद आभूषण लेकर भाग गई।

पुरोहित प्रमोचक को विदा कर शोक-समाप्ति की घोषणा की गई। सारी वर्जनाएँ हटा ली गईं और मौज-मस्ती के सारे कार्यक्रम बहाल हो गए। तेरहवें दिन, एक विशाल भोज का आयोजन हुआ जिसमें पाटलिपुत्र के प्रमुख नागरिकों ने भाग लिया।

यह सारा प्रपंच चाणक्य द्वारा आयोजित किया गया था, जिन्होंने इसके द्वारा कई लक्ष्य एक साथ साधने की योजना बना रखी थी। वह लोगों को सन्देश देना चाहते थे कि चन्द्रगुप्त दिवंगत राजा पुरु के साथ मैत्री का आदर करते हैं और उनकी अन्त्येष्टि को सम्यक् विधि-विधान से सम्पन्न कर अपने स्वजातीय जन जैसा सम्मान देते हैं। साथ ही, उनका एक उद्देश्य राजकुमार मलयकेतु को लज्जित करना भी था कि अपने पिता की अन्त्येष्टि-क्रिया की चिन्ता किए बिना ही मलय अपने पिता के शत्रु कात्यायन से ही मिलकर षड्यंत्र करने में लगा है। इस प्रकार, लोगों में मलय और कात्यायन की लोभी और षड्यंत्रकारी छवि और चन्द्रगुप्त की कृतज्ञ और उदार शासक की छवि बनाने का प्रयास किया गया।

इसी बीच, चाणक्य चुपके से प्रमोचक से मिले और धन-धान्य देकर उन्हें सहमत कर लिया कि वे उनकी एक गुप्त योजना में सम्मिलित हों। चाणक्य अपनी कुटिल योजना के कार्यान्वयन में प्रमोचक का उपयोग करना चाहते थे।

4

लोकनर्तकों और लोकगायकों का एक दल कुछ दिनों से पाटलिपुत्र नगर में जगह-जगह घूम कर नाच-गाने का कार्यक्रम कर रहा था। दल में दस लोग थे—सभी पुरुष—जिनमें दो गायक, तीन वादक और दो अन्य जो स्त्रीवेश धारण कर नृत्य करते थे।

एक गायक गाता—बहुत पुरानी बात है जी बहुत पुरानी बात।

दूसरा साथ निभाता—हाँ जी बहुत पुरानी बात, हाँ जी बहुत पुरानी बात।

इसके साथ ही तीनों वादक मृदंगम, करताल और सारंगी बजाते और समवेत स्वर में वृन्दगान करते—जी जी हाँ जी जी जी।

दोनों स्त्री वेशधारी नर्तक संगीत के स्वर और वृन्दगान की ताल पर थिरकने लगते। थिरकते-थिरकते वे जोशीला नृत्य शुरू कर देते। हाथों से विभिन्न मुद्राएँ बनाते, पैरों के बल उचकते-कूदते, कमर मटकाते और नितम्बों को बड़े उत्तेजक ढंग से हिलाते हुए वे गायकों और वादकों की चौतरफा गोलाई में घूमने लगते। बीच-बीच में वे खुद अपनी ही गोलाई में घूमने लगते और अत्यन्त उत्तेजक नृत्य करते।

दर्शकों की बड़ी भीड़ इकट्ठी हो जाती जो ताली बजा-बजा कर गायकों, वादकों और नर्तकों का उत्साहवर्धन करती।

पहला गायक गाना आगे बढ़ाता—एक राजा करता राज था जिसका दिल काला।

दूसरा गायक समर्थन में गाता—था राजा अत्याचारी दुष्ट व्यभिचारी मतवाला।

वादकगण एक साथ अपने वाद्ययंत्र झंकृत करते और समवेत स्वर में वृन्दगान करते। कामुक स्त्रियों का अभिनय करते नर्तक अपनी बाँहें, कमर और नितम्ब हिला-हिलाकर उत्तेजक भंगिमाएँ बनाते।

यह सिलसिला आगे बढ़ता जाता।

पहला गायक—प्रजा थी उससे बहुत दुखी और त्रस्त।

दूसरा गायक—उन्हें सता कर था वह मजे में मस्त।

पहला गायक—कर वसूलता तगड़ा, छीनता स्त्री कोई यदि सुन्दर।

दूसरा गायक—करता था उपभोग स्वयं, फिर उसके सब अनुचर।

पहला गायक—था उसका मंत्री एक महा दुष्ट निशाचर।

दूसरा गायक—था वही जो करता सारा प्रबन्ध बन अनुचर।

पहला गायक—आया दूर देश से एक राजकुमार बन देवदूत।

दूसरा गायक—राजा को भेजा यमलोक बन उसका यमदूत।

तालियों की गड़गड़ाहट के साथ संगीत बज उठता, वृन्दगान की स्वरलहरियाँ वातावरण में उठने लगतीं और नर्तक नाचने लगते। फिर सिलसिला आगे बढ़ता।

पहला गायक—राजा के मरते ही मंत्री हुआ अति दीन।

दूसरा गायक—परिवार छोड़ भागा वह मतिमंद मलिन।

पहला गायक—परिवार उसका मुँह छुपा, छुपा कहीं कोने में।

दूसरा गायक—कौन खबर ले दुखी परिवार की उसके ऐसे में।

यहाँ तक आते-आते नृत्य और गायन का तेवर बदल जाता। जोशीला नृत्य धीरे-धीरे रुक कर सिर्फ पैरों की थपथपाहटों तक सीमित हो जाता। वादकों के वाद्य उल्लास की जगह करुण धुन निकालने लगते। गानेवाले भी गहरी उसाँसें ले-ले कर करुण मोड़ पर पहुँच जाते और धीरे-धीरे गुनगुनाते-गुनगुनाते अन्ततः रुक जाते। लोग तालियाँ बजाना भूल कर गहरी उसाँसें लेने लगते। एक सघन कारुणिक वातावरण बन जाता। लोग उस काल्पनिक राजा और मंत्री के बारे में अनुमान लगाते-लगाते धननन्द और कात्यायन के बारे में बातें करने लगते।

कलाकारों का यह दस-सदस्यीय दल चाणक्य के गुप्तचरों का था, जो गायकों, वादकों और नर्तकों के रूप में एक विशेष अभियान के अन्तर्गत विभिन्न स्थलों पर अपना कार्यक्रम प्रस्तुत कर रहा था। चाणक्य ने कात्यायन के विरुद्ध

लोगों की भावनाएँ भड़काने तथा कात्यायन के छुपे परिवार का पता लगाने का कार्य सौंपा था। कलाकारों के दल के दो व्यक्ति, जो दर्शकों के बीच बैठे रहते थे, दर्शकों से सहयोग राशि इकट्ठी करते। साथ ही, वे बड़ी चालाकी और चुपके से दर्शकों को कात्यायन के विरुद्ध भड़काते और कात्यायन के छुपे परिवार का पता लगाने की कोशिश करते।

कलाकारों का यह दल समझ नहीं पा रहा था कि चाणक्य आखिर कात्यायन के परिवार को क्यों खोज रहे थे? क्या वे उन्हें प्रताड़ित कर कात्यायन से बदला लेना चाहते थे? क्या वे उसके परिवार को चारे के रूप में प्रयोग करना चाहते थे ताकि कात्यायन को मलय के स्कन्धावार से बाहर आने के लिए विवश कर सकें? इन प्रश्नों का उत्तर कलाकारों क्या, किसी को नहीं पता था। इस प्रकार की बातें चाणक्य किसी को न बताते थे—चाहे वह उनका कितना भी नजदीकी गुप्तचर क्यों न हो। अपने गुप्तचरों को वे उतनी ही बात बताते थे जितना किसी गुप्तचर को जानना जरूरी होता था। जो भी हो, अपने अथक और आकर्षक कार्यक्रमों के बावजूद कलाकारों के रूप में प्रयास कर रहा गुप्तचरों का यह दल कात्यायन के परिवार का पता लगाने में असफल रहा। चाणक्य को बड़ा अफ़सोस हुआ कि यह पूरा अभियान ही विफल हो गया। सन्तोष सिर्फ इतना था कि नृत्य और गायन के कार्यक्रमों से जनमानस में कात्यायन के विरुद्ध अभिमत बनाने में थोड़ी सफलता जरूर मिली।

5

चाणक्य लगभग एक हफ्ते से सर्दी-जुकाम से परेशान थे। रात में तो वे खासे परेशान हो जाते जब खाँसी के जबरदस्त दौरे पड़ते। कभी-कभी खाँसते-खाँसते उनके मुँह से खून आ जाता।

राजवैद्य चंद्रशेखर के इलाज से उन्हें कोई खास फायदा न हो रहा था। उनके सामने बहुत सारा काम पड़ा था—विशेषकर कात्यायन के षड्यंत्रों से निपटने और नौसिखुआ सम्राट चन्द्रगुप्त को ठीक से स्थापित करने का। लेकिन, बीमारी के चलते वे कुछ ठीक से कर न पा रहे थे।

राजवैद्य चंद्रशेखर का पुत्र शशिशेखर दिन में दो बार—सुबह, शाम—चाणक्य को देखने आता था। सुबह जब वह देखकर जाता तो अपने पिता को रोग के लक्षणों और सुधार की स्थिति के बारे में बताता। उसी के अनुरूप पिता चंद्रशेखर औषधियाँ निर्धारित करता और उन्हें तैयार कर शशिशेखर के हाथ

शाम को चाणक्य को भिजवाता। शशिशेखर यद्यपि प्रशिक्षु चिकित्सक था, किन्तु अपने काम में वह बड़ा मुस्तैद रहता था।

***

शाम होने को आई थी जब शशिशेखर दवा की खुराक लेकर चाणक्य के पास पहुँचा। उसने देखा चाणक्य बुरी तरह खाँस रहे थे। लगातार खाँसने से उनका चेहरा लाल हो गया था। उन्हें बोलने में कठिनाई हो रही थी क्योंकि बलगम से उनका गला अवरुद्ध था। शशिशेखर को अविश्वास से घूरते हुए उन्होंने गला खँखारा और जोर लगाकर उस पर चिल्लाए, "तुम एकदम निकम्मे हो। पता नहीं क्या फालतू दवा तुम मुझे रोज ले आकर देते हो जो मुझे कोई फायदा नहीं करती। लगता है तुम लोग रोज मुझे जहर दे रहे हो जिससे मेरी बची हुई शक्ति भी क्षीण हो रही है।" इसी बीच उन्हें जोरों की खाँसी उठी जिससे उनका बोलना रुक गया। खांसी का आवेग जब थोड़ा रुका तो फिर वे जोर लगा कर चिल्लाए, "जाओ भाग जाओ, तुरन्त और अपने बाप को लिवा कर आओ।"

शशिशेखर डर गया और भागकर अपने पिता चंद्रशेखर के पास पहुँचा। चन्द्रशेखर अपने पुत्र के साथ चाणक्य के दुर्व्यवहार से बहुत नाराज हुआ। वह तुरन्त चाणक्य के पास पहुँचा। किन्तु, वहाँ पहुँचते ही वह बड़ी चिन्ता और विनम्रता दिखाते हुए कहा, "आचार्य, हमें खेद है कि हमारी औषधियाँ आपको स्वास्थ्य-लाभ नहीं दे रही हैं।"

चाणक्य ने शशिशेखर को डाँटने के कारण चंद्रशेखर की आहत भावना को ताड़ लिया। उन्होंने अपने स्वर को यथासम्भव संयत करते हुए बीच में ही चन्द्रशेखर को टोका, "वैद्यराज, यह सही है कि आपकी चिकित्सा से मुझे कोई लाभ नहीं हो रहा है, बल्कि मेरी शक्ति दिन-प्रतिदिन क्षीण होती जा रही है। आपका पुत्र शशिशेखर बहुत लगनशील युवक है, किन्तु अभी वह नौसिखुआ है। मेरे उपचार का कार्य कृपया आप स्वयं करें।"

"अवश्य, आचार्यश्री, ऐसा ही होगा। मैं रजत-भस्म से एक शक्तिवर्धक औषधि बनाऊँगा जो आपका रोगहरण करने के साथ-साथ आपकी शक्ति की भी पुष्टि करेगी।"

औषधियाँ बदल गईं। चाणक्य को थोड़ा आराम मिला, किन्तु अभी भी वे चंद्रशेखर की चिकित्सा से सन्तुष्ट नहीं थे। वे चिढ़े हुए थे कि बीमारी लेकर बैठने के लिए उनके पास समय नहीं है। उन्हें अभी बहुत सारा महत्त्वपूर्ण कार्य करना है। वे शशिशेखर पर फिर चिल्लाए और उससे कहा कि वह अपने पिता

से औषधियों को फिर बदलने के लिए कहे। शशिशेखर ने चाणक्य के आदेश का पालन किया और शीघ्रता से उनकी बात अपने पिता तक पहुँचाई।

अगले दिन, चंद्रशेखर स्वयं चाणक्य के पास पहुँचा। उसके हाथ में औषधि से भरी एक कटोरी थी। पहुँचते ही उसने बड़े जोश और उत्साह से कहा, "आचार्यश्री, यह परम औषधि है। इसे मैंने स्वर्ण-भस्म से तैयार किया है। यह आपके सारे कष्टों को दूर कर देगी। इसके बाद आपको किसी औषधि की आवश्यकता न होगी।" चाणक्य के निकट पहुँचकर चंद्रशेखर ने कटोरी उनके होंठों की ओर बढ़ाते हुए आग्रह किया, "लीजिए, आचार्यश्री, एक ही घूँट में इसे पी जाइए।"

चाणक्य एक झटके से पीछे हटे और चिल्लाए, "ठहरो।"

"अब और नहीं," चंद्रशेखर पलट कर चिल्लाया, "यदि विलम्ब हुआ तो यह औषधि विकृत हो जाएगी। इसे अविलम्ब ग्रहण करना होगा और वह भी एक ही घूँट में। यह परम शक्तिवर्धिनी औषधि है।"

चंद्रशेखर का ऐसा आग्रह चाणक्य को असामान्य और सन्देहास्पद लगा। उन्होंने प्रतिकार किया, "वैद्यराज, यदि यह औषधि इतनी ही शक्तिवर्धिनी है तो इसका सेवन आप स्वयं क्यों नहीं करते? मुझ पर क्यों इतना दबाव डाल रहे हैं?"

"ऐसे नहीं सुनेंगे आचार्य आप। अत्यधिक रुग्णता के कारण आप बालकों जैसा व्यवहार कर रहे हैं। आपके भले के लिए ही मुझे यह औषधि आपको बलात् पिलानी पड़ेगी," कहते हुए चंद्रशेखर ने बाएँ हाथ से चाणक्य की गर्दन पकड़ी और बिस्तर पर दबोचते हुए दाहिने हाथ से औषधि की कटोरी जबरदस्ती उनके मुँह में लगाने लगा। बचाव का कोई उपाय न देखकर चाणक्य बिस्तर पर अपने हाथ-पाँव जोर-जोर से पटकने और चिल्लाने लगे। औषधि को गिरने से बचाते हुए चंद्रशेखर उसे चाणक्य के कंठ में जबरदस्ती पहुँचा देना चाहता था। दोनों में संघर्ष की स्थिति थी, यद्यपि चाणक्य बीमारी की वजह से पस्त पड़ते जा रहे थे। उन्हें लगा अब उनका अन्त निकट आ गया।

एकदम उसी समय बिना किसी पूर्व सूचना के अपने गुरुदेव का कुशलक्षेम और स्वास्थ्य का हाल जानने स्वयं सम्राट चन्द्रगुप्त आ पहुँचे। गुरु के सम्मान में उन्होंने अपनी सारी राजकीय औपचारिकताएँ पीछे छोड़ दी थीं। वे नितांत अकेले ही पहुँचे थे। किन्तु, वहाँ का दृश्य देखकर वे हक्के-बक्के रह गए।

सम्राट को स्वयं वहाँ आया देखकर चाणक्य की जान में जान आ गई। उन्होंने चिल्लाकर आरोप लगाया कि राजवैद्य रोज उन्हें औषधि की जगह धीमे

जहर की खुराक देता है। उन्होंने यहाँ तक आरोप लगाया कि "आज मुझे विष की अन्तिम अनुपूरक मात्रा बलात् पिलाने का प्रयास हो रहा था।" चाणक्य के इस खुले आरोप पर चंद्रशेखर चुप था। वह जता रहा था जैसे चाणक्य के आरोप किसी रोगी के प्रलाप से ज्यादा कुछ नहीं हैं।

सम्राट चन्द्रगुप्त बड़ी उलझन में थे। पूरी बात उन्हें समझ में न आ रही थी। राजवैद्य उनके गुरु के आरोपों को रोगी का प्रलाप सिद्ध करने पर तुला हुआ था। दूसरी ओर चाणक्य चिल्ला-चिल्लाकर आरोपों को दुहरा रहे थे। बीमारी के कारण वे वैसे भी बहुत चिड़चिड़े हो गए थे। अपने परम पूज्य और महाज्ञानी गुरु का चिड़चिड़ापन देखकर चन्द्रगुप्त बड़े चिन्तित थे।

चाणक्य अचानक शान्त हो गए। उन्होंने बड़ी शान्ति से कहा, "राजवैद्य चंद्रशेखर यदि दावा करता है कि कटोरी में भरी औषधि शक्तिवर्धक है तो उसका वह स्वयं सेवन कर अपना दावा सत्य सिद्ध करे।"

चन्द्रगुप्त को चाणक्य का आग्रह तर्कसंगत लगा और उन्होंने चंद्रशेखर को औषधि पीने का आदेश दे दिया।

चंद्रशेखर समझ गया कि अब उसके पास बचने का कोई उपाय नहीं है। यदि अभी वह बच भी गया तो बाद में उसके षड्यंत्र का खुलासा हो जाने पर उसे मृत्युदंड मिलेगा और इस बीच उसे अपमान अतिरिक्त रूप से सहना होगा। अत: उसने चुपचाप औषधि गटक ली। परिणामस्वरूप, वह तुरन्त भूमि पर गिर पड़ा और थोड़ी देर हाथ-पैर पटकने के बाद सदा के लिए शान्त हो गया।

चन्द्रगुप्त चाणक्य को प्रशंसा-भरी दृष्टि से देखने लगे, किन्तु चाणक्य ने तुरन्त आग्रह किया, "राजवैद्य के औषधालय में कार्य करनेवाले सभी कर्मचारियों को तत्क्षण बन्दी बना लिया जाए।"

***

चंद्रशेखर के पुत्र शशिशेखर सहित कुल पाँच लोगों को बन्दी बनाया गया। सबको पूछताछ के विभिन्न स्तरों से गुजारा गया। शशिशेखर प्रारम्भिक पूछताछ में ही निर्दोष सिद्ध हुआ। चाणक्य उससे बहुत प्रभावित हुए। उन्होंने उसे न केवल अभयदान दिया, बल्कि पितृ-तुल्य स्नेह भी दिया और उसके पिता की मृत्यु के कारण राजवैद्य के रिक्त पद पर उसकी नियुक्ति की संस्तुति भी की।

बाकी के चार व्यक्तियों से कठोर पूछताछ की गई। अन्ततः उनसे पता लगा कि कात्यायन ने उन्हें चंद्रशेखर को पटाने के लिए लगाया था। चंद्रशेखर को लालच दिया गया था कि काम हो जाने पर उसे बहुत बड़ी धनराशि पुरस्कार में

मिलेगी और कात्यायन के पुनः पदस्थापित हो जाने पर चंद्रशेखर का राजवैद्य का पद प्रोन्नत कर आमात्य के स्तर का कर दिया जाएगा। काम था चाणक्य की बीमारी के दौरान उन्हें विष देकर मार डालना।

6

कुसुमपुर ग्राम के निकट राजकुमार मलयकेतु ने अपने जिस स्कन्धावार को स्थापित किया था उसकी संरचना एकदम वैसी ही थी जैसी पहले वाले स्कन्धावार के मध्य खंड और पूर्वी खंड की थी। दिवंगत राजा पुरु के शिविर-संकुल में अब स्वयं राजकुमार मलय रहने लगा। उसके स्वयं के शिविर में चन्द्रगुप्त की सेना से भागकर आए हुए सेनानायक प्रभंजन को बसाया गया। प्रभंजन अब धीरे-धीरे मलय का विश्वासपात्र बनता जा रहा था। महाराज पुरु के छोटे भाई अमर, जो तोरणद्वार की दुर्घटना में मारा गया था, का शिविर-संकुल कात्यायन को आवंटित हो गया था। स्कन्धावार के पूर्वी खंड में पाँचों राजाओं की व्यवस्था ठीक वैसी ही थी जैसी पहले थी।

पूरे स्कन्धावार की सुरक्षा में बीसियों प्रहरी लगे रहते थे। उनमें से एक था दक्षलोचन जिसकी नियुक्ति प्रायः कात्यायन के आवास पर होती थी। दक्षलोचन कात्यायन की सुरक्षा के साथ-साथ चुपके से इस बात पर भी नजर रखता था कि कौन-कौन कात्यायन से मिलने आता था।

एक दिन दक्षलोचन ने गौर किया कि एक आगन्तुक बड़ी हड़बड़ी में कात्यायन से मिलने पहुँचा और वहाँ तैनात प्रहरी को बोला, "श्रीमान कात्यायन को शीघ्र सूचित करो कि आकाश काले बादलों से आच्छादित है।" प्रहरी आश्चर्य में पड़ गया कि यह आगन्तुक कैसी विचित्र बातें कर रहा है! इस समय तो आकाश बिलकुल स्वच्छ है और सूर्य अपने पूरे तेज से चमक रहा है। उसने आगन्तुक को इस तथ्य की ओर ध्यान दिलाया तो आगन्तुक नाराज हो गया और प्रहरी पर चिल्लाकर बोला कि वह आदेश का तुरन्त पालन करे।

प्रहरी को दूसरी बार फिर डाँट पड़ी जब कात्यायन ने यह विचित्र सन्देश सुना। उसने चिल्लाकर डाँटा, "तुम अंधे हो क्या जो ऐसी मूर्खता की बात करते हो? तुम्हें आकाश में सूर्य चमकता दिखाई नहीं देता?"

डाँट खाकर प्रहरी बड़ा मायूस हुआ। उसने स्पष्टीकरण देना चाहा, "महोदय, यही बात तो मैंने भी उस आगन्तुक से कही, किन्तु उसने यही सन्देश ज्यों का त्यों आपको सुनाने को कहा।"

प्रहरी के प्रत्युत्तर से कात्यायन और चिढ़ गया। उसने नाराज होकर कहा, "अच्छा, अब तुम जाओ, और भेजो उसको। देखूँ कौन है जो इस प्रकार का विचित्र सन्देश भेजता है।"

आगन्तुक ज्यों ही कात्यायन के पास पहुँचा, कात्यायन मारे हर्ष और आश्चर्य के चीख पड़ा, "अरे, तो यह तुम हो, भद्रायण! तुम्हीं ने ऐसी विचित्र बात कही थी?"

"महोदय, क्या भूल गए आप कि हम दोनों के अचानक मिलने से पूर्व इस सन्देश का आदान-प्रदान होना था ताकि सुरक्षा सम्बन्धी कोई चूक न होने पाए?" भद्रायण ने कात्यायन को याद दिलाया।

"अरे, अरे; मैं तो यह कूटवाक्य भूल ही गया था। आजकल मैं भी कितना भुलक्कड़ हो गया हूँ! असल में, प्राय: असफल हो रहे गुप्तचर अभियानों के कारण आजकल मेरा मन बड़ा उद्विग्न रहने लगा है," कात्यायन ने अपनी गलती मानते हुए स्पष्टीकरण दिया।

दक्षलोचन ने एक खम्भे के पीछे खड़े होकर कात्यायन और भद्रायण की ये बातें चुपके से सुनीं। दोनों के बीच द्वार पर ही हुई शुरुआती बातों के अलावा दक्षलोचन कुछ और न सुन सका क्योंकि बातें करते कात्यायन और भद्रायण घर के भीतर चले गए। दक्षलोचन फिर भी द्वार पर डटा रहा। इस बीच उसने अपने साथी वंशलोचन को सजग कर दिया कि एक व्यक्ति की पीछा करने की जरूरत है।

***

बाहर आकर भद्रायण ज्यों ही अपने घोड़े पर बैठा, दक्षलोचन ने वंशलोचन को संकेत कर दिया कि यही वह व्यक्ति है। वंशलोचन, जो वहीं आड़ में घोड़ा लिए खड़ा था, भद्रायण के पीछे चुपके से चल दिया।

भद्रायण सीधे पाटलिपुत्र नगर की ओर भागा जा रहा था। वंशलोचन एक सुरक्षित दूरी बनाए हुए उसके पीछे-पीछे चला जा रहा था। नगर के सिंहद्वार पर सुरक्षा प्रहरियों के रोकने पर भद्रायण ने चुपके से कात्यायन की निकटता की बात बताई और आगे बढ़ गया। थोड़ी ही देर में वहीं पर वंशलोचन को भी रोका गया। वंशलोचन ने एक मनगढ़ंत कहानी जल्दी से सुनाकर नगर की सीमा में प्रवेश करने में सफलता पाई।

भद्रायण राजपथ पर अपना घोड़ा बड़ी तेजी से दौड़ाए जा रहा था। वह एक मँजा हुआ गुप्तचर था। अत: यह जाँच करने के लिए कि कहीं कोई

उसका पीछा तो नहीं कर रहा है, वह अचानक मुड़ कर वापस होने की दिशा में दौड़ने लगा। वंशलोचन भी कम सधा हुआ गुप्तचर नहीं था। वह गुप्त रूप से पीछा करने के तौर-तरीकों और सावधानियों के प्रति एकदम सजग था। भद्रायण को मुड़ता देखते ही वह राजपथ के बगल में ही स्थित एक आम्र उपवन में चला गया। अपने ढंग से सन्तुष्ट होकर भद्रायण फिर लौट पड़ा। इस बात से अनजान कि सचमुच कोई उसका पीछा कर रहा है, भद्रायण नगर की ओर घोड़ा दौड़ाता रहा।

आगे जाकर भद्रायण पुष्पवेणु चतुष्पथ का दाहिनी ओर से चक्कर काटते हुए जनपथ पर दौड़ने लगा। वंशलोचन बिना चक्कर काटे ही जनपथ पर दौड़ पड़ा और घोड़े की रफ़्तार ठीक से नियंत्रित न कर पाने के कारण अचानक वह भद्रायण की बगल में पहुँच गया। भद्रायण को सन्देह तो पहले से हो रहा था कि वह व्यक्ति उसका पीछा कर रहा है, किन्तु उस व्यक्ति के अचानक बगल में पहुँच जाने से उसका सन्देह पक्का हो गया। यही नहीं, वह पीछा करनेवाले का चेहरा भी पहचान गया। वह वंशलोचन ही था।

वंशलोचन को चकमा देने के लिए भद्रायण वहीं से लक्ष्मी पण्य की ओर मुड़ गया। वंशलोचन थोड़ी देर के लिए वहीं थम गया ताकि भद्रायण को न लगे कि वह उसका पीछा कर रहा है। थोड़ी देर बाद ज्यों ही वंशलोचन आगे बढ़ा तो उसने देखा कि भद्रायण कहीं गायब हो गया है। वंशलोचन अपने घोड़े से उतरकर गली के एक मोड़ पर ही रुक गया और आगे की योजना के बारे में सोचने लगा।

इस बीच भद्रायण लक्ष्मी पण्य के बगल में बसे अन्नपूर्णा पण्य की ओर निकल गया। अच्छी तरह से सन्तुष्ट होने पर कि वंशलोचन पीछे ही कहीं भटक गया होगा, भद्रायण फिर लक्ष्मी पण्य लौटा।

वहीं गली के मोड़ पर आड़ में खड़े वंशलोचन ने भद्रायण को देख लिया, किन्तु भद्रायण उसे न देख पाया। आश्वस्त होकर भद्रायण लक्ष्मी पण्य के पीछे बसे श्रेष्ठि महालय की एक चौड़ी गली में घुस गया।

पहचान लिए जाने के डर से वंशलोचन वहीं आड़ में ही खड़ा रहा। उसे वहीं से भद्रायण की गतिविधि बड़ी साफ़ दिख रही थी। वंशलोचन ने गौर किया कि उस चौड़ी गली में थोड़ी ही दूर आगे जाकर भद्रायण एक विशाल भवन के द्वार पर रुका और अपना घोड़ा वहीं द्वारपाल की देख-रेख में छोड़कर भवन में घुस गया।

वंशलोचन का कार्य यहीं समाप्त हो गया और वह चुपके से वापस लौट

गया। छुपते-छुपाते वह गुप्तचरों के लिए सुरक्षित गृह में पहुँच गया जहाँ उसने चाणक्य को यह सारा विवरण बताया।

वंशलोचन को विदा कर चाणक्य ने तुरन्त अन्वयक नामक अपने एक दूसरे गुप्तचर को बुलाया और उसे वंशलोचन द्वारा वर्णित भवन के स्वामी के बारे में गुप्त जाँच द्वारा पता करने का कार्य सौंपा।

दो दिनों बाद अन्वयक गुप्त जाँच विवरण चाणक्य को लाकर सौंपा जिससे ज्ञात हुआ कि उक्त भवन कात्यायन के निकट मित्र कुन्दन सेठ का है। यह भी पता लगा कि कुन्दन सेठ नगर का सर्वाधिक धनी व्यक्ति है और मणि-माणिक्य का उसका वृहद् व्यवसाय है। कुन्दन को नगरश्रेष्ठि की उपाधि मिली हुई है और वह साम्राज्य के वणिक समूह का अध्यक्ष भी है।

7

चाणक्य के कार्यालय-कक्ष में बड़ी अफरा-तफरी मची हुई थी। कक्ष के बीचोबीच एक विशाल काला नाग फन काढ़े फुफकार मार रहा था। कोने में खड़े चाणक्य गुस्से से फुफकार रहे थे, “अब बहुत हो चुका। कात्यायन को अब मैं और दुस्साहस न करने दूँगा। मैं जल्दी ही उसका खेल ख़त्म कर दूँगा।”

इस बीच सँपेरा आ पहुँचा। उसने सबको दूर हट जाने को कहा और क्रुद्ध नाग को खुश करने के लिए बीन बजाने लगा। अन्ततः, साँप शान्त हो गया और सँपेरा उसे पकड़कर चलता बना।

इसी बीच यह खबर सम्राट चन्द्रगुप्त तक पहुँच गई। सम्राट अपने अमात्यों और सेनानायकों के साथ भागे हुए आए। सब लोग बहुत भयभीत और चिन्तित थे।

सम्राट को सीधे चाणक्य के पास ले जाया गया, जो लोगों द्वारा घिरे हुए अब चुपचाप खड़े थे। सम्राट पूरे मामले की जानकारी के लिए चाणक्य को अपने निजी आवास की ओर ले गए।

***

“आपके साथ आजकल प्राणघातक घटनाएँ क्यों घट रही हैं? पहले ऐसी ही घटनाएँ मेरे साथ घट रही थीं। अब आपके साथ घटने लगीं। बात क्या है?” चन्द्रगुप्त ने चाणक्य से बड़ी व्यग्रता से पूछा।

“एक राक्षसी प्रवृत्ति का व्यक्ति है जो इस तरह की घटनाओं के पीछे सक्रिय है,” चाणक्य ने चन्द्रगुप्त को संक्षिप्त और सांकेतिक उत्तर दिया।

"कौन है गुरुदेव वह, जो इस तरह के दुष्कृत्य करने का साहस करता है?" चन्द्रगुप्त ने बड़े उतावलेपन से जानना चाहा।

"कुटिल कात्यायन के अतिरिक्त और कौन हो सकता है," चाणक्य ने बड़े भारी मन से उत्तर दिया।

"आप उसे क्यों सहन करते रहे हैं अब तक?" चन्द्रगुप्त ने पूछा।

"बालसखा है वह मेरा। दिल से बड़ा दयालु है वह और सबसे बड़ी बात है कि वह एक अत्यन्त कुशल और सिद्धहस्त प्रशासक है। उसमें दोष सिर्फ इतना है कि वह अब तक गलत लोगों के साथ रहा; उनकी स्वामिभक्ति करता रहा," चाणक्य ने समझाया।

"यदि आप उसे न रोकेंगे तो वह हम दोनों को समाप्त कर देगा," चन्द्रगुप्त ने गहरी आशंका जताई।

"नहीं, ऐसा नहीं कर सकता वह। मैं उसे करने न दूँगा," चाणक्य ने आश्वासन दिया।

चन्द्रगुप्त चुप लगा गए। उन्हें विश्वास था कि उनके गुरु अपने ढंग से विषम से विषम परिस्थितियों को सँभालने और सुलझाने में समर्थ हैं। भले ही वे उनके बारे में समय से पहले न बताएँ।

***

विषैले साँप से अपने ऊपर किए गए प्रहार का पता लगाने के लिए चाणक्य ने अपने गुप्तचरों को लगाने के बजाय प्रारम्भिक पड़ताल खुद शुरू की।

नन्दवंश-कालीन गुप्त पत्राचार प्रणाली में चाणक्य को बहुत सारी खूबियाँ नजर आती थीं। उन्हें वह प्रणाली पूर्णतः सुरक्षित लगती थी।

पुरानी गुप्त पत्राचार प्रणाली के अनुसार गुप्त पत्र या लेख को एक छोटी-सी लौह मंजूषा में बन्द कर ताले के ऊपर मुद्रा अर्थात् मुहर लगा दी जाती थी। पत्रपेटिका एक व्यक्ति ढो कर ले जाता था जिसकी सुरक्षा में चार प्रहरी लगे होते थे।

पत्रपेटिका की चाभी प्रेषक और प्राप्तकर्ता दोनों के पास होती थी, यद्यपि मुहर दोनों की अलग और निजी होती थी। जैसे सम्राट अपने बाएँ हाथ की तर्जनी अँगुली में पहनी मुद्रिका से मुहर मुद्रित करता था, तो चाणक्य अपनी लेखनी के सिरे पर बने चिह्न द्वारा मुहर लगाते थे। चाणक्य किसी भी प्रकार का स्वर्णाभूषण धारण न करने के कारण कोई मुद्रिका धारण नहीं करते थे।

कौन अपनी मुद्रा के लिए किस वस्तु का प्रयोग करता था यह गोपनीय होने के कारण बहुत कम लोगों को ज्ञात होता था।

चाणक्य ने पत्राचार व्यवस्था की सुरक्षा लेखा-जोखा को बड़ी सूक्ष्मता से जाँचा। उन्होंने इससे जुड़े सारे पहलुओं पर गौर किया और एक-एक कर उनका विश्लेषण किया। सारी जाँच-पड़ताल के बाद भी उन्हें पूरा तंत्र बड़ा सुरक्षित और अभेद्य लगा। उन्हें आश्चर्य हो रहा था कि इतनी सुरक्षित पत्रपेटिका में आखिर साँप कैसे घुस गया? चाणक्य इस पर बहुत देर तक सोचते रहे। उन्हें कोई जवाब सूझ न रहा था।

अचानक, चाणक्य के दिमाग में यह विचार कौंधा कि पत्राचार की प्रणाली भले ही सुरक्षित हो, लेकिन पत्रपेटिका लेकर चलनेवाले लोगों का क्या विश्वास! आखिर वे सब तो पुरानी शासन व्यवस्था के कर्मचारी हैं। उनकी स्वामिभक्ति तो अभी भी पुराने महामात्य के साथ ही हो सकती है। महामात्य कात्यायन ही गुप्तचर व्यवस्था के प्रमुख होने के नाते इस गुप्त पत्राचार प्रणाली का प्रभारी भी रहा होगा। उसी के किसी कर्मचारी ने इस प्रणाली की सुरक्षा में सेंध लगाया होगा।

चाणक्य ने तुरन्त उन सभी कर्मचारियों को पूछताछ के लिए पकड़वा लिया जो गुप्त पत्राचार की व्यवस्था देखते थे। अधिकांश तो प्रारम्भिक पूछताछ के बाद ही ससम्मान छोड़ दिए गए। उनमें से छह को गहन पूछताछ के लिए रोक लिया गया। उन छह में से अन्ततः दो ऐसे पाए गए जो दोषी प्रतीत हो रहे थे। उन दो पर ही पूछताछ करनेवालों के दल ने अपना ध्यान केन्द्रित किया। यातनापूर्ण पूछताछ के बाद उन दोनों ने अपना अपराध स्वीकार कर लिया कि विषैले सर्प से कटवा कर चाणक्य की हत्या कर देने के षड्यंत्र में वे शामिल थे।

उन दोनों दोषियों में से एक कात्यायन के सीधे सम्पर्क में था। दूसरा दोषी पत्रपेटिका का वाहक था। पहले ने कात्यायन से कुछ धन एवं एक पत्रपेटिका लाकर वाहक को दी। धन पाकर वाहक असली पत्रपेटिका को कात्यायन की पत्रपेटिका से बदल देने को राजी हो गया था।

चाणक्य ने आगे अपने गुप्तचरों से और गहरी जाँच करवाई तो पता चला कि कात्यायन ने अपनी ही देखरेख में पत्रपेटिका तैयार करवाई थी। उसने स्वयं एक सँपेरे से सम्पर्क कर विषैले सर्प का प्रबन्ध किया था और अपने सामने सँपेरे से साँप पत्रपेटिका में डलवा कर ताले को खुद मुद्रित किया था।

यह भी पता चला कि कात्यायन ने पाटलिपुत्र, विशेषकर राजभवन, में अब भी विद्यमान अपने गुप्तचर तंत्र द्वारा पत्रपेटिका के ताले की मूल कुंजी की अनुकृति प्राप्त कर ली थी। साथ ही, सम्राट के शयनकक्ष में निजी सेवक

के रूप में नियुक्त अपने गुप्तचर के माध्यम से सम्राट के सोते समय उनकी मुद्रिका की मृदा अनुकृति भी करवा ली थी। यह सारा प्रपंच इतनी सफाई से रचा गया था कि किसी को इसकी भनक भी न लगी थी। बदली हुई पत्रपेटिका मूल पत्रपेटिका के इतनी समरूप थी कि अन्तर को भाँप पाने में चाणक्य भी धोखा खा गए थे।

8

चाणक्य चिन्तामग्न थे कि कात्यायन का गुप्तचर तंत्र अभी भी पाटलिपुत्र नगर और राजभवन में जड़ जमाए हुए था। कात्यायन के गुप्तचर इतनी सतर्कता से सक्रिय थे कि चाणक्य के गुप्तचर उन्हें पकड़ न पाते थे।

कात्यायन के कृत्यों से त्रस्त होकर चाणक्य कभी-कभी सोचते थे कि क्यों न एक गुप्तचर अभियान चलाकर कात्यायन को समाप्त कर दिया जाए। स्वयं उनकी और चन्द्रगुप्त की सुरक्षा के लिए कात्यायन बहुत बड़ा खतरा साबित हो रहा था। साथ ही, साम्राज्य की समृद्धि में भी वह रोड़े अटका रहा था। बहुत सारा धन और संसाधन उसके षड्यंत्रों को रोकने और निष्क्रिय करने में खर्च होता जा रहा था। यदि कात्यायन को समाप्त कर दिया जाए तो सारा झंझट ही ख़त्म हो जाए।

अगले ही क्षण चाणक्य पश्चात्ताप से भर उठे अपने हिंसक विचारों पर। वह हमेशा से मानते रहे कि गुप्तचर्या में हिंसा को स्थान नहीं; गुप्तचर्या बुद्धि का खेल है अस्त्र-शस्त्रों का नहीं। अनिवार्य होने की स्थिति में भी प्रयास करना चाहिए कि गुप्तचर्या में न्यूनतम हिंसा का प्रयोग हो—वह भी मात्र आत्मरक्षा में। और फिर, कात्यायन तो उनका बाल सखा है और एक प्रतिभाशाली प्रशासक।

तो फिर, कात्यायन से कैसे निपटें—यह एक बड़ा प्रश्न था चाणक्य के सामने। मलय के स्कन्धावार में सुरक्षित छुपा कात्यायन तरह-तरह के षड्यंत्र रच कर उन्हें परेशान कर रहा है। आखिर, किसी न किसी तरह उसके कृत्यों को रोकना ही होगा। लेकिन, चाणक्य लाचार थे कि जब तक कात्यायन मलय की शरण में उसके स्कन्धावार में छुपा है उसका कुछ नहीं बिगाड़ा जा सकता। मलय के विरुद्ध सैनिक अभियान चलाने के बारे में चाणक्य सोच भी न सकते थे।

चाणक्य विभिन्न प्रकार के विकल्पों पर विचार करते रहे। उन्हें जो सबसे अच्छा विकल्प लगा वह यह था कि कात्यायन के छुपे परिवार को खोज निकालना और परिवार को माध्यम बनाकर कात्यायन को बाहर आने के लिए

विवश कर देना। लेकिन, इसमें समस्या यह थी कि यह पता न लग पा रहा था कि कात्यायन ने अपना परिवार कहाँ छुपा रखा है। गायकों और नर्तकों का जो दल इस काम में लगाया गया था वह बिलकुल असफल रहा था।

कात्यायन के छुपे परिवार का पता लगाने के लिए कोई नया अभियान प्रारम्भ करने से पूर्व चाणक्य उपलब्ध सूचनाओं का अच्छी तरह विश्लेषण कर लेना चाहते थे ताकि सटीक अभियान शुरू किया जा सके। कई सूचनाओं पर विचार करते-करते चाणक्य अन्ततः वंशलोचन द्वारा लाई गई इस सूचना पर रुक गए कि कात्यायन के यहाँ से चला घुड़सवार श्रेष्ठियों के महालय में कुन्दन सेठ के भवन में घुसा था। बाद में अन्वयक द्वारा जाँच से जुटाई गई यह सूचना कि कुन्दन सेठ कात्यायन का अन्तरंग मित्र है चाणक्य को बड़े काम का लगा। उन्हें लगा कि हो सकता है कात्यायन ने अपने परिवार को कुन्दन सेठ के यहाँ छुपा रखा हो। कुन्दन सेठ के भवन पर छापा मारने से कात्यायन का परिवार पकड़ में आ जाएगा। लेकिन, चाणक्य जानते थे कि कुन्दन सेठ के भवन पर छापा मारना अत्यन्त संवेदनशील विषय है। अभी जबकि चन्द्रगुप्त नए सम्राट के रूप में अच्छी तरह स्थापित नहीं हुए हैं, कुन्दन सेठ जैसे प्रभावशाली व्यक्ति के विरुद्ध सन्देह के आधार पर कार्रवाई करना खतरे से खाली नहीं है। नगर के व्यवसाइयों में कुन्दन सेठ के प्रभाव को ध्यान में रखते हुए छापा मारने का विचार चाणक्य ने तुरन्त त्याग दिया। उन्हें अपने गुप्तचरों का सहारा लेना ही उचित लगा।

9

महाब्राह्मण प्रमोचक, जिसने दिवंगत राजा पुरु की अन्त्येष्टि करायी थी, मलयकेतु के स्कन्धावार स्थित कात्यायन के शिविर में जा पहुँचा। वहाँ उसने कात्यायन को कुछ आभूषण दिखाए और उन्हें बेचने की इच्छा व्यक्त की। उसका कहना था कि किसी गृहस्थ ने पुण्य अर्जित करने के लिए एक आयोजन के दौरान ये आभूषण उसे दान दिए थे। गहरी साँस लेते हुए प्रमोचक ने आगे कहा कि उसके दिन अच्छे नहीं चल रहे हैं और वह कर्ज के बोझ तले दबा हुआ है। इन गहनों को बेच कर वह कर्ज चुकाना चाहता है।

कात्यायन को रत्नों और आभूषणों की अच्छी समझ थी। रत्नों की असलियत पहचानने और उनका सही मूल्यांकन करने के लिए वह मशहूर था। यह काबिलियत उसने पाई थी अपने मित्र कुन्दन सेठ के निरन्तर संग-साथ से।

प्रमोचक के लाए आभूषणों को देखते ही कात्यायन समझ गया था कि वे उच्च कोटि के आभूषण हैं। उसे प्रमोचक के भाग्य से ईर्ष्या होने लगी कि सिर्फ पुरोहिती के बल पर उसे ऐसे अच्छे आभूषण दान में प्राप्त हो जाते हैं।

कात्यायन को लगा कि प्रमोचक उन आभूषणों का वास्तविक महत्त्व नहीं समझ रहा है। तभी तो वह उन्हें सस्ते में बेच रहा है। मुँहमाँगा मूल्य चुका कर कात्यायन ने उन्हें खरीद लिया। उसे पता न था कि वे आभूषण वास्तव में दिवंगत राजा पुरु के हैं और न उसने अपने गुप्तचरों से उन आभूषणों के बारे में पता करने की जरूरत समझी। सस्ते में इतने अच्छे आभूषण खरीदने का मौका वह छोड़ना न चाहता था।

10

उपलब्ध सूचनाओं के विश्लेषण से चाणक्य जिस निर्णय पर पहुँचे थे कि कात्यायन का परिवार कुन्दन सेठ के भवन में छुपा हो सकता है, उसकी पुष्टि करने के लिए उन्होंने अपने बहुत योग्य गुप्तचर सिद्धहस्त को लगाया। उन्होंने सिद्धहस्त को निर्देश दिया कि अगर सम्भव हो सके तो वह इसका कोई प्रमाण भी लेकर आए।

सिद्धहस्त ने शीघ्र ही एक भिखारी साधु का वेश धारण कर लिया। एक कन्धे पर सारंगी और दूसरे कन्धे पर भिक्षा का थैला टाँगकर वह श्रेष्ठियों के मोहल्ले जा पहुँचा और गा-गा कर घर-घर से भीख माँगने लगा। वह अपनी सारंगी बजाता, गीत गाता चलता :

जगत में कोई नहीं अपना
जगत है झूठा एक सपना।
तूँ काहे न समझे मूढ़मना
जगत में कोई नहीं अपना।

गीत गाता, सारंगी बजाता, सिद्धहस्त हर घर के सामने जा खड़ा होता; कुछ ऊबड़-खाबड़ मंत्र बुदबुदाता; 'हर हर बम बम' का जोरदार जयकारा लगाता और फिर भिक्षा की प्रार्थना करता। घर-घर होता हुआ वह कुन्दन के घर के सामने भी जाकर खड़ा होता।

पहले दिन तो कुन्दन सेठ के घर से एक सेवक आकर भिक्षा दे गया। दूसरे दिन, उस घर से एक सात-आठ वर्षीय सुन्दर बालक भिखारी का गाना सुनकर

द्वार पर आ खड़ा हुआ। बालक भिखारी की सारंगी को बड़े आश्चर्य से देख रहा था। बालक ने कौतूहल से पूछा, "बाबा, आपकी सारंगी क्या बोलती है?"

सिद्धहस्त हौले से सारंगी के तारों को झंकारते हुए बोला, "पूछती है कि बच्चा तेरा नाम क्या है?"

बालसुलभ सरलता से बच्चा झट से बोला, "मेरा नाम कमल।...कमलनयन है।"

सिद्धहस्त ने पुन: तारों को झंकारा और बोला, "सारंगी पूछती है कमलनयन, तुम्हारे पिताश्री का नाम क्या है?"

"श्रीमान कात्यायन," बालक ने शीघ्रता से उत्तर दिया।

इसी बीच, एक सुन्दर स्त्री जल्दी-जल्दी घर के भीतर से भागती हुई आई और बच्चे की बाँह पकड़कर भीतर ले जाते हुए उसे डाँटने लगी, "कितनी बार तुमको समझाया है कि बाहर अपरिचितों से बात न किया कर। कितनी मुश्किल से तुम्हारे पिता ने हम लोगों को यहाँ छुपाया है।"

भिखारी साधु स्त्री की बातों के प्रति उपेक्षा दर्शाते हुए और बच्चे को आशीर्वाद देते हुए वहाँ से आगे चल पड़ा।

अगले दिन फिर वही साधु कुन्दन सेठ के द्वार पर भिक्षा की टेर लगा रहा था। आज न बालक बाहर आया और न ही कोई सेवक भीख देने आया, बल्कि वही कल वाली स्त्री एक पात्र में भिक्षान्न लिए हुए आई और साधु से कहने लगी, "बाबा, आप कोई पहुँचे हुए महात्मा लगते हैं। आप जरूर भविष्य जानते होंगे। मेरे पति मुझसे दूर हो गए हैं। उनका वैभव व प्रतिष्ठा नष्ट हो गई है। मुझे उन्होंने यहाँ छुपाकर रखा है। बताइए, मेरा अज्ञातवास कब दूर होगा?"

भिखारी कुछ देर तक घूर कर उस स्त्री को देखता रहा। फिर अचानक ध्यान उधर से हटाकर एकटक आसमान की ओर देखने लगा मानो अदृश्य ग्रह-नक्षत्रों की गति का आकलन कर रहा हो। कुछ देर यूँ ही चलता रहा। बीच-बीच में विभिन्न मनोभावों वाली मुखमुद्रा वह बनाता रहा। अचानक, वह जोर से दहाड़ा मानो किसी अज्ञात शक्ति को डाँट रहा हो। फिर उसने अपनी चिर-परिचित शैली में जयकारा लगाया, 'हर हर बम बम।' अब उसकी मुखमुद्रा एकदम शान्त थी। वह बहुत मृदु भाव से कहा, "शीघ्र दूर होगा, बेटी! डाल दे भिक्षा इस झोली में।" यह कहते हुए साधु ने झोली का मुँह फैलाया और उसमें भिक्षा डालती हुई स्त्री के हाथों से अपना हाथ धीरे से सटाते हुए उसकी बाएँ हाथ की अनामिका अँगुली में पड़ी एक ढीली अँगूठी चुपके से सरका कर झोली में डाल ली।

सिद्धहस्त ने सारा विवरण चाणक्य को बताया और प्रमाण के लिए चुराई गई अँगूठी प्रस्तुत की। अँगूठी को चाणक्य बड़े ध्यान से देखने लगे। अचानक वह ख़ुशी से चिल्लाए, "अब, ये मारा!" दूसरे ही पल उन्होंने अपने को संयत कर लिया। सिद्धहस्त की भूरि-भूरि प्रशंसा करते हुए चाणक्य ने उसे विदा किया।

सिद्धहस्त को समझ न आया कि चाणक्य उस अँगूठी को देखकर इतना ख़ुश क्यों हो गए। उसे क्या पता था कि वह कोई मामूली अँगूठी न थी, बल्कि महामात्य कात्यायन की राजमुद्रिका[48] थी जिसकी मुहर लगकर राजाज्ञाएँ जारी होती थीं। उसे यह भी नहीं पता था कि चाणक्य कात्यायन की अँगूठी से कात्यायन के ही ऊपर आक्रमण की कितनी विकट योजनाएँ बनानेवाले थे।

चाणक्य ने अपने प्रिय शिष्य मित्रसेन को बुलवाया और बड़े प्यार से उससे बोले, "प्रिय मित्रसेन, गुप्तचरों द्वारा इच्छित व्यक्ति को मित्र बनाकर उससे सूचनाएँ एकत्र करानेवाली मित्रविद्या[49] तुम जैसे कुछ होनहार शिष्यों को मैंने विशेष रूप से सिखाई थी। अब समय आ गया है कि उस विद्या को प्रयोग करने में तुम्हारी योग्यता की परीक्षा हो।"

"आज्ञा दें, गुरुदेव," मित्रसेन ने तत्परता से उत्तर दिया।

"कात्यायन के निजी सचिव मिलिन्द कायस्थ से एक विशेष कार्य करवाने के लिए तुम्हें मित्रता गाँठनी है। समय है इसके लिए मात्र पाँच दिन।" चाणक्य बिना भूमिका बाँधे सीधे काम की बात पर आ गए।

मित्रसेन सोच में पड़ गया। थोड़ी देर बाद धीरे से बोला, "एक अनजान व्यक्ति और इतना थोड़ा समय!"

"इस कार्य के लिए तो एक दिन का समय ही पर्याप्त है, मित्रसेन। तुम्हें तो फिर भी पाँच दिन का समय दिया जा रहा है," चाणक्य ने किंचित रोष प्रकट करते हुए कहा।

"लक्षित व्यक्ति बिलकुल अपरिचित है, गुरुदेव। वह भूतपूर्व महामात्य का सचिव रहा है। निश्चित रूप से वह कोई सामान्य या सीधा व्यक्ति नहीं होगा, बल्कि बहुत काइयाँ और सजग व्यक्ति होगा," मित्रसेन ने अपनी मजबूरी व्यक्त की।

"तुम्हारे जैसे योग्य गुप्तचर के लिए तो यह मात्र एक दिन का कार्य है। याद रखो, गुप्तचर के लिए कोई भी लक्ष्य असम्भव या असाध्य नहीं होता। जो विद्या मैंने सिखाई है उसकी सहायता से किसी से भी मित्रता गाँठना कठिन नहीं है। वे तीन सूत्र जो मैंने बताए हैं उन्हें तुम भूल गए?"

मित्रसेन को असमंजस में पड़ा देख चाणक्य ने उन तीन सूत्रों को फिर से दुहराया, "पहला, किसी से भी मित्रता गाँठी जा सकती है। दूसरा, सभी व्यक्ति सामाजिक ताने-बाने में गुँथे हुए हैं, और तीसरा, हर व्यक्ति को कुछ-न-कुछ मूल्य चाहिए।"

मित्रसेन को भावविहीन, सूनी आँखों से अपनी ओर ताकता देख चाणक्य समझ गए कि उन तीनों सूत्रों को फिर से समझाने की जरूरत है। उन्होंने स्पष्ट किया, "पूरे विश्व में कोई भी ऐसा व्यक्ति नहीं है जिससे मित्रता न की जा सके, क्योंकि प्रत्येक व्यक्ति सामाजिक ताने-बाने में बँधा हुआ है। इच्छित व्यक्ति तक उसके किसी न किसी सम्पर्क-सूत्र से पहुँचा जा सकता है। और, यह जान लो कि हर व्यक्ति का कुछ न कुछ मूल्य है जिसे चुकाए बिना वह तुम्हारा नहीं हो सकता। यह मूल्य आवश्यक नहीं कि धन ही हो। वह कुछ भी हो सकता है; जैसे सेवा, स्नेह, समर्पण, सहानुभूति, रतिसुख, राजकीय सत्ता की ओर से कोई लाभ या पक्षपात, कोई लाभ या कार्य करने का वचन, अहं को तुष्ट करनेवाली चाटुकारिता या आदर्शों और सिद्धान्तों के प्रति सहमति व प्रतिबद्धता, इत्यादि। गुप्तचर को लक्षित व्यक्ति की कमजोरियों और आवश्यकताओं की गहरी समझ होनी चाहिए। तभी वह उस व्यक्ति का सही मूल्यांकन कर सकेगा। और, एक बार सही मूल्यांकन हो जाने पर गुप्तचर को चाहिए कि इच्छित व्यक्ति को मूल्य का भुगतान पहले भोलेपन से फिर क्रमिक ढंग से बढ़ाते हुए करे और उसे इस स्थिति तक ले जाए कि वह व्यक्ति उसके प्रति अत्यन्त कृतज्ञ या उसका क्रीत सेवक बन जाए। फिर मनमाना कार्य कराना कठिन न होगा।

"जाओ, इन सूत्रों के सहारे मिलिन्द से मैत्री जोड़ो, और हाँ,..." चाणक्य ने मित्रसेन के कान में कुछ फुसफुसा कर कहा। मित्रसेन ने हाँ में सिर हिलाते हुए चाणक्य को प्रणाम किया और बाहर निकल गया।

***

यद्यपि मित्रसेन ने अपना कार्य तुरन्त प्रारम्भ कर दिया, किन्तु मिलिन्द की पृष्ठभूमि से जुड़ी जानकारियाँ और उसके चरित्र सम्बन्धी बातें गुप्त रूप से

एकत्र करने और उनका विश्लेषण करके एक सुनिश्चित कार्ययोजना तैयार करने में ही डेढ़ दिन लग गए।

दूसरे दिन सायं मित्रसेन एक कुलीन और सुसंस्कृत व्यक्ति का वेश बनाकर मिलिन्द के आवास पर पहुँचा। रेशमी वस्त्रों से सुसज्जित, मुख में पान घुलाए, इत्र से गमगमाता, रेशमी धोती की छोर एक हाथ में उठाए और दूसरे हाथ में मधुमालती के फूलों की एक सुन्दर माला लटकाए मित्रसेन ने मिलिन्द के भवन में प्रवेश किया। प्रहरी को उपेक्षा से देखते हुए उसने आदेश दिया, "मिलिन्द को बताओ कि महाकवि गिरिधर पधारे हैं और तुरन्त मिलना चाहते हैं।" आगन्तुक की वेशभूषा और रोबीले स्वर से प्रहरी सहम गया और जल्दी से भीतर जाकर मिलिन्द को सूचित किया।

मिलिन्द यूँ तो कोई बड़ा कवि न था, बस थोड़ी-बहुत तुकबन्दी कर लेता था, लेकिन पाटलिपुत्र के कवियों में उसका बड़ा मान था। किसी भी साहित्यिक आयोजन या कवि-सम्मेलन में प्रशंसकों की चंडाल चौकड़ी उसे घेरे रहती थी और वह बड़े हाव-भाव और अकड़ से कविता-पाठ करता था। वहाँ जुटी उसके प्रशंसकों की टोली बार-बार उसकी प्रशंसा में 'साधु, साधु' चिल्लाती और जोर-शोर से करतल-ध्वनि करती। अन्य किसी योग्य कवि के पाठ के दौरान यही मंडली शोर करके बाधा पहुँचाती और हतोत्साहित कर उसे चुप बैठ जाने के लिए विवश कर देती।

यही नहीं, महामात्य का सचिव होने के नाते राज-समाज में मिलिन्द की बहुत ऊँची पहुँच थी। उसी की संस्तुति पर कवियों को पुरस्कार, सम्मान और मानद धनराशियाँ प्राप्त होती थीं। अत: अधिकांश कवियों को वह जानता था और प्राय: सभी कविगण उसकी मित्रता के लिए लालायित रहते थे।

मिलिन्द ने गिरिधर नामक किसी महाकवि का नाम अब तक नहीं सुना था। वह थोड़ा असमंजस में पड़ा कि बुलाएँ या न बुलाएँ। फिर, उसे ध्यान आया कि सत्ता-परिवर्तन के कारण अब उसे सत्ता-सामीप्य नहीं प्राप्त है। इस कारण शायद ही कोई भूला-भटका कवि अब उसके पास आता है। अब तो कोई भी आए उसका स्वागत है—यह सोचकर मिलिन्द ने प्रहरी को इशारा किया, आने दो।

***

अंदर पहुँचते ही मित्रसेन ने ऊँची-उल्लासपूर्ण आवाज में अभिवादन करते हुए कहा, "अभिन्दन, कविवर!" साथ ही, उसने अपने हाथों में ली हुई मधुमालती की माला मिलिन्द के गले में डाल दी। मिलिन्द के मुख पर आए हुए विस्मय के

भाव को ताड़ते हुए मित्रसेन ने झट बात आगे बढ़ाई, "कविवर, मैं आपके मगध साम्राज्य के सीमान्त पर बसे एक गाँव का लोककवि गिरिधर हूँ। मैं दो दिन पहले ही अपना भाग्य आजमाने राजधानी पाटलिपुत्र पहुँचा हूँ। इस नगर के कोने-कोने में आपकी प्रशंसा सुनकर मैं आपका आशीर्वाद लेने आ पहुँचा हूँ। महोदय, मुझे आपका संरक्षण और प्रोत्साहन चाहिए। राजकार्य में रात-दिन व्यस्त रहने के बावजूद आपने जिस उच्च कोटि के मुक्तकों की रचना की है, वह आपकी विलक्षण प्रतिभा और सतत साधना की परिचायक है।"

अपनी प्रशंसा से फूला हुआ मिलिन्द हें, हें...करता हुआ बड़ी विनम्रता से बोला, "अब कहाँ मैं महत्त्वपूर्ण रहा, मित्र! सत्ता-समीकरण बदल जाने से सत्ता की धुरी से अब मैं दूर जा गिरा हूँ। अब मैं आपको क्या संरक्षण और क्या प्रोत्साहन प्रदान कर सकता हूँ!"

"महोदय, आपकी महानता कहीं से भी कम नहीं हुई है। कहते हैं मरा हुआ हाथी भी नौ लाख का होता है। और फिर, आपकी काव्य-प्रतिभा क्या कभी राज्याश्रय की मुहताज रही है। आपकी साहित्यिक महानता आप में सदैव चमकती रहेगी।"

यूँ ही बातें करते-करते दोनों भीतरी कक्ष में पहुँच गए और थोड़ी देर में बैठकी जम गई। मित्रसेन ने अपने वस्त्रों में छिपाकर लाए हुए मदिरा-पात्र को अब बाहर रख दिया। मिलिन्द उत्तम कोटि की मदिरा देखकर बड़ा खुश हुआ। मित्रसेन ने पहले ही पता कर लिया था कि मिलिन्द कायस्थ सुरा-सुन्दरी का शौक़ीन है। खासकर स्त्री उसकी बड़ी कमजोरी है, हालाँकि वह इस मामले में अपनी पत्नी से बहुत दबता है।

मिलिन्द और मित्रसेन के बीच मदिरा मैत्री का सेतु बन गई। पीते-पिलाते दोनों में अपनत्व जागने लगा। दोनों अपनी-अपनी रचनाएँ सुनाने लगे। अवसर ताड़ कर मिलिन्द को उत्तेजित करने के लिए मित्रसेन ने यह कविता सुनाई :

मुख हो लालकमल के जैसा, सुन्दर नयन मीन मतवारी।
लाल होंठ हों मद के प्याले, वक्ष कलश हों मदिराधारी।
कमर कटीली नाभि गहरी प्रशस्त नितम्ब हों दोलनकारी।
जाघें हों कदलिस्तम्भ-सी, अतुल रतिसुख देती ऐसी नारी।

"रुको, विराम दो अपनी कविता को, गिरिधर, मेरे मित्र!" मारे उत्तेजना और मदहोशी के गहरी साँसें खींचते हुए मिलिन्द लड़खड़ाते स्वर में बोला।

किन्तु, जल्दी ही उसने स्वयं पर नियंत्रण करके अपनी पीड़ा व्यक्त करनेवाली एक रचना सुनाई :

भाग्य में लिखी है एक काली-कलूटी
गले में बँधी है जैसे भैंस एक मोटी
तन से विकट मेरी क्रोधमुखी भार्या
मन से दबंग वह हम पर है भारी
कैसे मिले एक सुन्दर सुमुखि नारी
रतिसुख दे सके जो हो कोई दूसरी

अपनी कविता सुनाते-सुनाते मिलिन्द बहुत दुखी हो गया और गहरी उसाँसें भरने लगा। मित्रसेन फ़ौरन उसकी मिजाजपुर्सी करते हुए बोला, "कविवर, लगता है कोई गहरी वेदना मन में बैठी है। मुझे बताएँ। मैं कुछ कर सकता हूँ?"

मिलिन्द धीरे से बोला, "क्या बताएँ, मित्र गिरिधर। बात बताने लायक नहीं है।"

बीच में ही टोकते हुए मित्रसेन बोल पड़ा, "मैं आपका अब मित्र हूँ और आपके दुख दूर करना मैं अपना कर्त्तव्य समझता हूँ।"

मिलिन्द ने बात टालनी चाही और मदिरा का प्याला फिर से भरने का इशारा किया। प्याले को भरते हुए मित्रसेन ने पुनः आग्रह किया और मित्रता की सौगन्ध दी।

मिलिन्द ने मित्रसेन के कान में फुसफुसा कर अपने मन की बात कह दी। उसकी बात का सारांश यह था कि वह अपनो काली, मोटी पत्नी से सन्तुष्ट नहीं है और अन्य किसी सुन्दर स्त्री से सम्बन्ध बनाने के लिए इच्छुक है। अब उसकी आयु और शरीर इसकी अनुमति नहीं देते, लेकिन मन तो अभी जवान है। अब वह मूल्य चुका कर सुन्दरी-संसर्ग का इच्छुक है, किन्तु राजपद के कारण भय लगता है कि कहीं पहचान लिए जाने पर बड़ी बेइज्जती होगी।

मित्रसेन हँसने लगा और हँसते हुए कहा, "बस इतनी-सी बात! इसका इन्तजाम तो मैं बड़ी आसानी से कर दूँगा। मैं मधुयामिनी विश्रामालय में ठहरा हूँ और अपने कक्ष में लगभग रोज ही कलावती महालय से एक सुन्दरी चुपके से लाता हूँ। आज रात्रि में एक सुन्दरी आपके लिए लाऊँगा। आपका नाम और पहचान गुप्त रहेंगे। आप चिन्ता मत करिए। आप को दो प्रहर रात गए मैं लेने आऊँगा आप चिन्ता न करें।" मिलिन्द ने मारे ख़ुशी के मित्रसेन को गले लगा लिया।

लक्ष्य को बड़ी आसानी से सधता सोच मन-ही-मन मुस्कराता मित्रसेन वहाँ से सीधा कलावती महालय के रूपजीवा बाजार गया। वहाँ नगरवधुओं के सबसे बड़े अड्डे की मालकिन को बड़ी मात्रा में धन दिया और बदले में सुतनुका नाम की अत्यन्त रूपसी वेश्या को रात भर अपने साथ रखने के करार पर मधुयामिनी विश्रामालय के अपने कक्ष में ला बिठाया। सुतनुका को बड़ा आश्चर्य हो रहा था कि जो व्यक्ति उसे लाया है वह उससे बड़े सम्मान से बात कर रहा है।

सुतनुका को अपने कक्ष में बिठा कर मित्रसेन शीघ्र ही मिलिन्द के आवास पर पहुँच गया और उसे वस्त्रों की आड़ में छुपाकर शीघ्रता से अपने कमरे में लाया। स्वयं बाहर दरवाजे पर खड़ा होकर मित्रसेन ने मिलिन्द को यह कहते हुए भीतर भेज दिया कि "जाओ, एक सुन्दरी भीतर आपकी प्रतीक्षा कर रही है। खूब जी भरकर उसके साथ आनन्द लो।"

पहरेदारी के बहाने बाहर से कुंडी लगाकर मित्रसेन दरवाजे पर खड़ा रहा और द्वार के एक छिद्र से भीतर का दृश्य देखता रहा।

भीतर पहुँचते ही मिलिन्द भूखे भेड़िए की तरह सुतनुका पर टूट पड़ा। सुतनुका को इस तरह की आक्रामकता की उम्मीद न थी। इस पाशविक व्यवहार से वह क्षुब्ध हो गई। मारे क्रोध के उसने मिलिन्द को परे धकेल दिया और चिल्लाने लगी कि मदिरा के नशे में धुत्त इस काले भैंसे से संसर्ग न करूँगी। कामवासना की पूर्ति में बाधा पड़ते और अपनी बेइज्जती होता देख मिलिन्द क्रुद्ध हो गया। वह भी क्रोध में चिल्लाने लगा, "तुम्हारा इतना साहस! तुम्हें पता नहीं मैं कौन हूँ? मैं महामात्य कात्यायन का सचिव मिलिन्द हूँ। मैं चाहूँ तो क्षण भर में तुम्हारा अस्तित्व समाप्त करा सकता हूँ।" काम और क्रोध के वशीभूत होकर मिलिन्द ने अपना शील और विवेक सब भुला दिया और बड़ी क्रूरतापूर्वक सुतनुका से बलात्कार किया। सुतनुका रोती-सिसकती उसे कोसती रही। उसने मिलिन्द को धमकी दी, "मैं इस क्रूरता और पाशविकता का बदला लूँगी। मुझे मात्र वेश्या और अबला न समझना।"

जब क्रोध और कामवासना शान्त हुई तो मिलिन्द को होश आया और वह सुतनुका की धमकी से बुरी तरह डर गया। उसने दरवाजे को जोर-जोर से भड़भड़ाते हुए गिरिधर अर्थात् मित्रसेन से दरवाजा तुरन्त खोलने का आग्रह किया। मित्रसेन दरवाजा खोलकर मिलिन्द को शान्त करने का प्रयास करने लगा। इसी बीच, सुतनुका उठकर रोने लगी और उलाहना देने लगी, "मैं तुम्हारे लिए आई थी गिरिधर, इस काले भैंसे के लिए नहीं। इसने मेरे साथ पाशविकता की हद कर दी। मैं इसे न छोड़ूँगी।"

रोती सुतनुका को वहीं छोड़कर मित्रसेन मिलिन्द के साथ शीघ्रता से वहाँ से निकल गया। रास्ते भर मिलिन्द मित्रसेन से आग्रह करता रहा कि वह उस क्रुद्ध स्त्री को किसी तरह मनाए ताकि वह और हो-हल्ला न मचाए और न ही कहीं कोई शिकायत दर्ज कराए। मित्रसेन मिलिन्द को समझाता रहा और आश्वासन देता रहा कि वह सब सँभाल लेगा, चिन्ता करने की कोई बात नहीं है। उस स्त्री को सँभालने के बहाने ही मित्रसेन मिलिन्द को उसके आवास पर छोड़कर तुरन्त मधुयामिनी अतिथिगृह वापस आ गया।

मित्रसेन और सुतनुका ने पूरे घटनाक्रम पर जोरदार ठहाका लगाया। मित्रसेन ने सुतनुका को भरपूर शुल्क के साथ हार्दिक धन्यवाद दिया और उसी रात वह उसे ससम्मान कलावती महालय स्थित वेश्यालय छोड़ आया और आग्रह किया कि अभी आगे भी सुतनुका की सेवाओं की उसे बहुत जरूरत पड़ेगी। वह इसके बदले प्रचुर धनराशि देने को सहर्ष तैयार था।

***

अगले दिन सुबह जब मित्रसेन ने रात की घटना के बारे में चाणक्य को बताया तो वे बड़े हर्षित हुए। मिलिन्द के फँसने और फड़फड़ाने की बात पर वे बहुत हँसे और हँसते हुए ही कहा, "कमाल कर दिया मित्रसेन तुमने। अब आगे की सुनो। लोहा अभी गर्म है। अब वह वास्तविक कार्य कराओ उस मूर्ख मिलिन्द से जिसके लिए यह सारा प्रपंच रचा गया।"

बोलना बन्द कर चाणक्य अपने कक्ष के एक कोने में रखी काष्ठ-मंजूषा के पास गए और उसे खोल कर भूर्जपत्र पर लिखा एक संक्षिप्त लेख निकाला। उस पत्र को मित्रसेन को सौंपते हुए चाणक्य ने बड़ी गम्भीरता से निर्देश दिया, "इस संक्षिप्त पत्र में लिखी बातों को मिलिन्द के हस्तलेख में लिखवा लेना। मिलिन्द को संत्रास में डाल कर यह कार्य करा लेना अब कठिन नहीं है। लेकिन, ध्यान रखना इस पत्र में पानेवाले के पते का कोई उल्लेख नहीं होना चाहिए। अब जाओ, यह कार्य अति शीघ्र होना चाहिए।"

***

अपने आवास पर मिलिन्द गहरी चिन्ता में डूबा हुआ था। उसे डर सता रहा था कि यदि सुतनुका अपनी धमकी के अनुसार सचमुच न्यायालय पहुँच गई और उसके विरुद्ध बलात्कार का आरोप लगाया तो वह बुरी तरह फँस जाएगा। उसकी प्रतिष्ठा मटियामेट हो जाएगी। उसके शत्रु और प्रतिद्वन्द्वी उस पर खूब हँसेंगे। हो

सकता है उसे कठोर दंड भी मिले। बदली हुई राजनीतिक परिस्थितियों में तो यह आशंका बहुत प्रबल प्रतीत होने लगी। अब तो कात्यायन भी महामात्य नहीं हैं जो मामले को रफा-दफा करा दें।

मिलिन्द यह सब सोच ही रहा था कि उसे मित्रसेन आता दिख पड़ा। उसे देखकर मिलिन्द सुबकने लगा। उसे उसने आलिंगन में भर लिया और सुबकते हुए कहा, "बचा लो, मित्र गिरिधर, मुझे बचा लो।"

अनजान बनते हुए मित्रसेन ने आश्चर्य व्यक्त किया और पूछा, "क्या बात है, माननीय? क्या हुआ आपको? क्यों आप इतना डरे हुए हैं?"

"वह स्त्री!" मारे शर्म और डर के यही दो शब्द मुश्किल से मिलिन्द के मुँह से निकल पाए।

"कौन स्त्री?" अनजान बनने का अभिनय जारी रखते हुए मित्रसेन ने पूछा।

"वह रात वाली। उसने मुझसे बदला लेने की धमकी दी थी।" पिछली रात की घटना की ओर इंगित करते हुए मिलिन्द ने डरते-डरते कहा।

मित्रसेन ने जोरदार ठहाका लगाया। हँसते हुए वह मिलिन्द के कन्धों को पकड़कर स्नेह से हिलाने लगा। फिर मिलिन्द के भय का उपहास करते हुए कहा, "इतना परेशान न हों महाशय। उस स्त्री को मैं लाया था। इस सबका उत्तरदायित्व मेरे ऊपर छोड़िए। वह कुछ न करेगी। उसका क्रोध क्षणिक था। आप अपने काल्पनिक भय को उतार फेंकिए। आपको कुछ न होगा।"

इस प्रकरण को बदलते हुए मित्रसेन अचानक बोला, "ओह, मुझे अब याद आया। मैं एक विशेष कार्य से आपके पास आया हूँ।"

"बताओ मित्र। मैं क्या कर सकता हूँ आपके लिए?" मिलिन्द ने बड़ी कृतज्ञता और उत्सुकता से पूछा।

"मैं किसी को एक पत्र लिखना चाहता हूँ, लेकिन मेरा हस्तलेख बहुत ख़राब है। मैंने सुना है आपकी हस्तलिपि बहुत सुन्दर है। क्या आप मेरा पत्र अपनी सुन्दर हस्तलिपि में लिखने की कृपा करेंगे? आपका आभारी रहूँगा।" मित्रसेन ने निवेदन किया।

मिलिन्द तुरन्त तैयार हो गया। मित्रसेन पत्र का आलेख बोलने लगा और मिलिन्द सुलेख में उसे सहर्ष लिखने लगा।

***

ठीक पाँचवें दिन मित्रसेन ने दिए गए कार्य का पूर्णता-विवरण चाणक्य को प्रस्तुत किया। उसने मिलिन्द की हस्तलिपि में लिखा वह पत्र भी उन्हें सौंपा। चाणक्य

उलट-पुलटकर उस पत्र का बड़ी सूक्ष्मता से निरीक्षण करते रहे। उन्हें बड़ा सन्तोष हुआ कि वह पत्र एकदम वैसा ही बना है जैसा वह चाहते थे। उन्होंने मित्रसेन की भूरि-भूरि प्रशंसा की, यद्यपि मित्रसेन को यह न ज्ञात हो सका कि उसके गुरुदेव ने आखिर वैसा पत्र किसलिए तैयार करवाया। वह जानता था कि पूछने पर भी गुरुदेव यह बात उसे न बताएँगे। गुरुदेव के कार्यकलाप रहस्यमय होते हैं; उन्हें बस वही जान सकते हैं!

12

चाणक्य के गुप्तचर पूरे पाटलिपुत्र नगर में अफवाह चक्र[50] चला रहे थे। वे चारों ओर फैले हुए थे—सड़कों पर, गलियों में और चौराहों पर। वे सर्वत्र सक्रिय थे—बाजारों, वेश्यालयों, मदिरालयों, जुआघरों, विद्वत्परिषद के सम्मेलनों और यहाँ तक कि राजकर्मचारियों की बैठकों और विचार-विमर्शों में भी। सब जगह एक ही चर्चा। सब जगह एक ही बात वे अपने बगल वाले व्यक्ति से पूछते थे—"सुना है कात्यायन द्वारा नन्दवंश का छुपाकर रखा गया राजकोष चाणक्य ने खोज निकाला है। क्या यह सच है?"

एक गुरुकुल में एक बटुक ने अपनी कक्षा में आचार्य से यही प्रश्न पूछ लिया। पूरी कक्षा उस बटुक की बात को मूर्खतापूर्ण मानकर हँस पड़ी। आचार्य को इस प्रश्न का उत्तर मालूम न था तो उन्होंने चुप्पी साध ली। लेकिन, बाद में उन्होंने अपने अन्य सह-आचार्यों से यह प्रश्न पूछा। उत्तर किसी के पास नहीं था। आचार्यों ने जिज्ञासावश अन्यों से यही पूछा। घर लौटने पर बटुकों ने अपने परिवार में यह प्रश्न पूछा। उत्तर कहीं न था।

कलावती महालय के रूपजीवा बाजार में एक ग्राहक ने एक गणिका से सम्भोग के चरम पर पहुँचते-पहुँचते अचानक यही बात उसके कान में फुसफुसा कर पूछी। गणिका ने इसे ग्राहक की उत्तेजनावस्था का प्रलाप समझकर टाल दिया। किन्तु, उसके मन में भी जिज्ञासा जाग चुकी थी। ग्राहक से जान छूटते ही वह अपनी सखी गणिकाओं के पास दौड़ी गई यह प्रश्न पूछने, पर उत्तर उनके पास भी न था। अपनी-अपनी जिज्ञासा शान्त करने के लिए उन सबों ने अपने-अपने ग्राहकों की काम-पिपासा बुझाते समय यह बात पूछ ली। उत्तर उन्हें भी कहाँ पता था। बल्कि, उन्होंने वापस लौटने पर अपने परिचितों से यह बात जाननी चाही। सब एक-दूसरे से पूछ रहे थे। उत्तर किसी के पास न था।

एक मदिरालय में एक मद्यप ने दूसरे मद्यप से यही प्रश्न पूछा तो दूसरे

वाले ने पहले वाले को मूर्ख कहकर उपहास करना चाहा। इससे दोनों में कलह शुरू हो गया—एक कात्यायन की ओर से तो दूसरा चाणक्य की ओर से। पूरा मदिरालय वहाँ इकट्ठा हो गया और सारे मद्यप मिलकर छुपे राजकोष के बारे में जोर-जोर से बहस करने और झगड़ने लगे।

मधुयामिनी अतिथिगृह में चतुरंग[51] खेल रहे चारों खिलाड़ियों में से एक अचानक पूछ बैठा, "सुना है कात्यायन द्वारा नन्दवंश का छुपाकर रखा गया राजकोष चाणक्य ने खोज निकाला है। क्या यह सच है?"

चाल चलने की जिस खिलाड़ी की बारी थी वह मुँह उठाकर प्रश्न सुनने लगा। उसके रुक जाने से दो अन्य खिलाड़ी भी प्रश्न की ओर आकर्षित हुए। प्रश्न इतना रोचक था कि उसका उत्तर खोजने में चारों खिलाड़ी बहस करने लगे। बहस इतनी मजेदार लगी कि उन्होंने चित्रपट (बिसात) और गोटियों को एक तरफ खिसका दिया और पूरी तरह बहस में लीन हो गए।

इस प्रकार, छुपे राजकोष के पाए जाने की चर्चा चारों तरफ होने लगी। बात कात्यायन तक भी पहुँची—पहले अफवाह के रूप में, बाद में उसके गुप्तचरों ने इस खबर का अनुमोदन भी किया।

***

छुपाए हुए राजकोष की सुरक्षा के बारे में कात्यायन अत्यन्त चिन्तित हो उठा। वह बहुत व्यथित था कि नन्दवंश का विशाल कोष बड़ी आसानी से चाणक्य और चन्द्रगुप्त के हाथ लग गया। उसे गहरा सदमा लगा कि अपने स्वामी की इतनी मेहनत से एकत्र की गई सम्पत्ति की वह रक्षा न कर सका।

> लेकिन, ऐसा कैसे हो सकता है? कात्यायन बड़े आश्चर्य में था। राजकोष के छिपाने का स्थान तो मात्र दो ही लोगों को ज्ञात था—एक तो सम्राट धननन्द और दूसरा वह स्वयं। सम्राट धननन्द तो अब रहे नहीं और स्वयं उसने यह बात किसी को बताई नहीं। यही नहीं, राजकोष को छुपाने की असली जगह किसी को पता न लग जाए इसके लिए उसने बड़ी चतुराई से यह झूठी खबर चारों ओर फैलवा दी थी कि नन्दवंश का सारा धन गंगा नदी की तलहटी में रातोरात बनाए गए गुप्त कोष्ठ में सुरक्षित रख दिया गया है।
>
> खजाने के खोने का इतना गहरा सदमा कात्यायन को लगा कि उसकी रातों की नींद गायब हो गई। वह बड़ा असहाय और अकेला महसूस कर रहा था। उसे शक हो रहा था कि खजाना खोज लिए जाने

की झूठी खबर जान-बूझ कर शत्रु द्वारा फैलाई जा रही है। उसे डर था कि ऐसे में अगर वह अपनी चिन्ता किसी के साथ साझा करता है तब तो खजाने की पोल अपने-आप खुल जाएगी। यही उसकी बेचैनी का कारण था। यही सब बातें सोच-सोचकर उसकी नींद गायब थी और वह मलय के स्कन्धावार स्थित अपने आवास में बेचैनी से चहलकदमी कर रहा था।

इस बीच, चाणक्य की ओर से दक्षलोचन और वंशलोचन को गुप्त रूप से निर्देश मिला था कि कात्यायन के कार्यकलापों पर सतत दृष्टि रखी जाए। अगर वह अपना आवास छोड़कर कहीं बाहर जाता है तो तुरन्त गुप्त रूप से उसका पीछा किया जाए और दिन-प्रतिदिन का सारा विवरण चाणक्य के पास सावधानी से भेजा जाए।

लगभग आधी रात हो चली थी। चिन्ता में डूबा कात्यायन लगातार टहल रहा था। अचानक उसने अपने अश्वपालक को आवाज दी कि उसका अश्व शीघ्र तैयार किया जाए। यह बात चुपके से दक्षलोचन ने सुन ली, जो वहीं अँधेरे में छुपकर कात्यायन के कार्यकलापों पर नजर रखे हुए था। दक्षलोचन ने तुरन्त वंशलोचन को सजग किया कि कात्यायन कहीं बाहर निकलने वाला है।

***

कात्यायन अपने घोड़े पर पाटलिपुत्र नगर की ओर सरपट भागा जा रहा था। चाँदनी खिली हुई थी। रात कोई बाधा न प्रतीत हो रही थी क्योंकि लगता था उसका घोड़ा रात में चलने का अभ्यस्त था।

वंशलोचन अपने घोड़े पर कात्यायन के पीछे-पीछे चुपके से चला जा रहा था। कात्यायन छिपाए गए राजकोष के विचार में इतना खोया हुआ था कि उसे सुध ही नहीं रही कि कोई उसका पीछा कर रहा है। उसने जासूसी नजर से बचने के उपायों को भी नजरअन्दाज कर दिया। उसने यह भी परवाह नहीं की कि गुप्त रूप से पीछा किए जाने की सम्भावना को जाँचने के जो नियम बनाए गए हैं उनका तो पालन करे। बस वह अपनी ही धुन में भागा जा रहा था।

थोड़ी देर तक पाटलिपुत्र की ओर घोड़ा दौड़ाने के बाद कात्यायन नगर के सिंहद्वार की ओर जानेवाले मार्ग को छोड़कर अचानक बाईं ओर मुड़ गया। घने जंगल में एक पतली-सी पगडण्डी पकड़ कात्यायन वृक्षों से बचता और लताओं के झुरमुटों को हटाता बड़ी मुश्किल से धीरे-धीरे आगे बढ़ रहा था। वंशलोचन के लिए जंगल से बड़ी सुविधा थी। पेड़ों और लताओं की आड़ में

उसे पीछा करते देख लिए जाने का डर न था। वह बड़े आराम से छुपते-छुपाते पीछा करते आगे बढ़ रहा था।

पाटलिपुत्र नगर की सुरक्षा के लिए चारों तरफ खोदी गई खाई में पानी लबालब भरा था। उसके किनारे-किनारे घने जंगल में घुसता कात्यायन अपनी तलवार से लताओं और झुरमुटों को काटता-हटाता धीरे-धीरे आगे बढ़ रहा था। वह बहुत चौकन्ना होकर दाहिनी ओर बह रही नहर को देखता चल रहा था मानो वह किसी खास जगह को पहचानने की कोशिश कर रहा हो।

वंशलोचन चुपचाप उसके पीछे लगा था। वह बड़ी सावधानी से आगे बढ़ रहा था ताकि कात्यायन को कहीं आभास न हो जाए कि उसका पीछा किया जा रहा है। दो-तीन बार खतरा आ उपस्थित हुआ था जब कात्यायन किसी खास जगह को पहचानने और खोजने के चक्कर में अचानक रुक पड़ा था और वंशलोचन रुकते-रुकते भी उसके एकदम निकट पहुँच गया था। लेकिन, कात्यायन अपनी धुन में इतना खोया हुआ था कि उसे किसी को अपने निकट होने का कोई आभास न हो पा रहा था।

अन्ततः, कात्यायन को दाहिनी ओर एक ऐसा वृक्ष दिख गया जिसकी एक डाल कई घुमाव के बाद आखिर दक्षिण दिशा में घूम गई थी। कात्यायन वहीं रुक गया; अपने घोड़े से उतरा और उसी वृक्ष के तने से अपने घोड़े को बाँध दिया। तत्पश्चात्, वह उसी डाल की दिशा में लताओं और झुरमुटों को हटाता पैदल आगे बढ़ा और कुछ ही कदम की दूरी पर बह रही नहर पर लकड़ी से बने एक पुराने जर्जर पुल तक पहुँच गया। लगता था कात्यायन को पुल की पहले से जानकारी थी, नहीं तो उस घने जंगल में पुल तक किसी अजनबी का पहुँचना असम्भव था। और, पुल का प्रवेश-स्थल भी घने झुरमुट की ओट में था। यद्यपि सामान्यतः देखने पर वह झुरमुट अपने आप उग आया लगता था, लेकिन कात्यायन जानता था कि पुल की पहचान छुपाने के लिए उस झुरमुट को खासतौर पर उगाया गया था।

झुरमुट की टहनियों और लताओं को अपनी तलवार से काटता-छाँटता रास्ता बनाता कात्यायन लकड़ी के पुल पर पहुँच गया और पुल पार कर लकड़ी की शहतीरों से बनी ऊँची चहारदीवारी तक पहुँच गया। चहारदीवारी के, पुल के ठीक सामने पड़नेवाले हिस्से में छोटे-छोटे ताखे बनाए गए थे जिन पर अपने पैरों और हाथों को टिकाता कात्यायन फुर्ती से दीवार पर चढ़ गया।

***

वंशलोचन ने अपना घोड़ा एक झाड़ी के पीछे छुपा दिया और कात्यायन का पीछा करते हुए पुल पर पहुँच गया। ताखों का उपयोग करते हुए वह भी दीवार पर चढ़ गया। ऊपर पहुँचकर उसने देखा, दूसरी ओर चहारदीवारी से लगी हुई एक बहुत बड़ी कृत्रिम झील थी और कात्यायन उस झील में एक छोटी-सी नौका खेते हुए बड़ी तेजी से झील के उस पार जा रहा था। दीवार से झील तक लटकी हुई एक मजबूत रस्सी भी वहाँ वंशलोचन को दिखाई पड़ी और उसने अनुमान लगाया कि इसी रस्सी के सहारे कात्यायन झील में उतरा होगा और वहाँ पहले से रखी हुई नौका लेकर आगे बढ़ा होगा।

रस्सी के सहारे झील में उतरना वंशलोचन को खतरे से खाली न लगा। वह समझ रहा था कि ऐसा दुस्साहस उसकी पोल खोल देगा। झील को तैर कर पार करने के अलावा और कोई उपाय न था। ऐसे में वह पीछा करता हुआ पकड़ा जाएगा, जिसमें जान जाने का भी खतरा है। यही सब सोचकर वह दीवार पर चिपक कर लेट गया और वहीं से कात्यायन की गतिविधियाँ देखने लगा।

***

झील के उस पार पत्थर की सीढ़ियाँ थीं जहाँ पहुँचकर कात्यायन ने अपनी नाव बाँध दी और सीढ़ियों से चढ़कर ऊपर तक गया। सीढ़ियों के सबसे ऊपर एक छोटा सा दरवाजा था जो उस समय बन्द था। यह दरवाजा राजभवन परिसर की चहारदीवारी में था।

कात्यायन ने उस दरवाजे को नहीं खोला, बल्कि वहीं पहली सीढ़ी पर घुटनों के बल बैठ गया और अपने दोनों हाथों से कुछ टटोलने लगा। अलग-अलग कोणों से बैठकर वह टटोलने का कार्य कुछ देर तक करता रहा। आखिर में, सन्तुष्ट होकर वह अपनी नाव पर लौट आया। फिर नाव को खेते हुए वापस लौटने लगा।

वंशलोचन समझ गया कि काम ख़त्म हो गया। वह शीघ्रता से दीवार से उतरकर एक झाड़ी में छुप गया और दम साधे कात्यायन को पुल पार करते और अपने घोड़े पर बैठकर वापस जाते चुपचाप देखता रहा।

कात्यायन के काफी दूर चले जाने के बाद ही वंशलोचन झाड़ी से बाहर निकला। वह समझ गया कि कात्यायन अब अपने आवास वापस लौट रहा होगा। कात्यायन का पीछा करने की अब उसे जरूरत न थी। वह वहाँ से अपने घोड़े पर सीधे पाटलिपुत्र नगर स्थित गुप्तचरों के सुरक्षित गृह पहुँच गया जहाँ उसने

चाणक्य को सारा विवरण कह सुनाया। सुनकर चाणक्य के मुँह से एकबारगी निकल गया, "ओह, तो यह महोदधि में है।"

"महोदधि?" वंशलोचन ने आश्चर्य से पूछा।

"महोदधि उस झील का नाम है। तुम्हें आगे समझने की जरूरत नहीं है।"

कुछ पल मौन रहने के बाद चाणक्य ने फिर कहा, "अच्छा, अब तुम जाओ और कात्यायन के आवास पर अपने कार्य-स्थल पर शीघ्र पहुँच जाओ। कहीं ऐसा न हो कि तुम्हारी अनुपस्थिति के कारण कात्यायन को सन्देह हो जाए।"

***

सम्राट चन्द्रगुप्त, सेनापति, कुछ सैनिकों और कुछ श्रमिकों के साथ चाणक्य राजभवन परिसर की दक्षिणी चहारदीवारी के उस छोटे से द्वार पर पहुँचे जो महोदधि झील की सीढ़ियों की ओर खुलता था। द्वार पार कर वे उन सबके साथ सीढ़ी पर पहुँच गए। यही वह स्थान था जहाँ, वंशलोचन की सूचना के अनुसार, कात्यायन पिछली रात हाथों से कुछ टटोल रहा था।

चाणक्य ने श्रमिकों को आदेश दिया कि सीढ़ियों के प्रारम्भिक दो सोपानों के पत्थरों को हटाया जाए। चन्द्रगुप्त आश्चर्य से चाणक्य को आदेश देते देखते रहे। उन्हें अपने गुरु के आदेश का आशय समझ न आ रहा था, यद्यपि वे यह समझ रहे थे कि उनके गुरु के कार्य सर्वदा रहस्य-भरे होने के बावजूद परिणाम में सुखद होते हैं। चाणक्य के अनोखे आदेश पर सम्राट की चुप्पी सेनापति को समझ में न आ रही थी, लेकिन वह भी चुप्पी साधे अपने स्थान पर सावधान की मुद्रा में खड़ा था। साथ आए सैनिक भी वहाँ सतर्क खड़े थे जहाँ उन्हें सुरक्षा की दृष्टि से नियुक्त किया गया था।

सक्रिय थे सिर्फ श्रमिकगण जो सीढ़ियों के पत्थर हटाने में लगे थे, और चाणक्य, जो बीच में "सावधानी से... सावधानी से..." चिल्ला रहे थे। दर्जनों आँखें उत्सुकता से भरी उन पर जमी थीं। उनके आश्चर्य का ठिकाना न रहा जब पत्थरों को हटाने से वहाँ नीचे की ओर उतरती हुई भूमिगत सीढ़ियाँ दिखने लगीं। सैनिकों को निकट आकर एक सुरक्षा-घेरा बना लेने और अन्य किसी को निकट न आने देने का आदेश देकर चाणक्य अकेले उन उतरती सीढ़ियों पर आगे बढ़े। जमीन के अन्दर कुछ दूर जाने के बाद वे सीढ़ियाँ एक बहुत मजबूत लौह द्वार पर खत्म हो गईं। द्वार पर बड़े-बड़े कई ताले जड़े थे। वहाँ तक पहुँचकर चाणक्य रुक गए और वापस लौट पड़े।

अबकी बार वह सम्राट, सेनापति, पाँच सैनिकों और तीन श्रमिकों को लेकर

उन सीढ़ियों से नीचे उतरते हुए दरवाजे की ओर बढ़े। शेष सैनिकों को बाहर ही सतर्क रहने और शेष श्रमिकों को वहीं प्रतीक्षा करने का निर्देश दे दिया। द्वार पर पहुँचकर उन्होंने श्रमिकों से सारे ताले तोड़वा डाले। श्रमिकों को वापस भेजकर चाणक्य ने सेनापति को उसके सैनिकों सहित वहीं पहरेदारी करने का निर्देश दिया और चन्द्रगुप्त के साथ उस लौहद्वार के भीतर घुसकर द्वार अच्छी तरह बन्द कर लिया।

लौहद्वार से घुसते ही चाणक्य और चन्द्रगुप्त ने अपने को जल से लबालब भरी एक गहरी खाई के किनारे पाया, जो सम्भवत: महोदधि तालाब से जुड़ी हुई थी। चाणक्य ने चन्द्रगुप्त को सँभल कर खड़ा होने का निर्देश दिया, अन्यथा जरा सी भी असावधानी पर उस गहरी खाई में गिर पड़ने का खतरा था। दोनों लौहद्वार की कुंडी पकड़कर खड़े रहे। ठीक सामने खाई के उस पार भी वैसा ही एक लौहद्वार दिख रहा था।

दूसरे लौहद्वार के दोनों पल्लों पर एक-एक नरमुंड की आकृतियाँ उभरी हुई थीं, जिससे वह पूरा दरवाजा बड़ा भयावह और रहस्यमय दिखता था।

"वह द्वार कितना भयानक दिख रहा है, गुरुदेव," चन्द्रगुप्त ने कहा।

"हूँ," चाणक्य ने बस इतना ही कहा जैसे वे किसी गहरी सोच में डूबे हुए थे।

"उस द्वार पर तो कोई ताला आदि भी नहीं लगा है। पता नहीं किस रहस्यमय विधि से वह द्वार बन्द है! कैसे खुलेगा वह?" चन्द्रगुप्त ने आश्चर्य और जिज्ञासा से पूछा।

"खुलेगा तब न जब हम लोग वहाँ तक पहुँच पाएँगे," चिढ़कर चाणक्य ने कहा। वे पूरी परिस्थिति का आकलन करने में डूबे हुए थे। अपनी चिन्तन-प्रक्रिया में बाधा पड़ने से वे रुष्ट लग रहे थे। वे जानते थे कि खाई में उतरकर उन्हें पार करना आत्महत्या करने जैसा था। खाई न जाने कितनी गहरी होगी और उसके जल में पता नहीं कौन-सा छल छुपा होगा।

"गुरुदेव, वह देखिए, लोहे का एक छोटा छल्ला।" खाई की दाहिनी ओर की दीवार पर लटक रहे एक छोटे छल्ले की ओर इशारा करते हुए चन्द्रगुप्त ने कहा। चाणक्य ने चन्द्रगुप्त की तीव्र दृष्टि की मन-ही-मन प्रशंसा करते हुए बाईं ओर की दीवार की ओर देखा तो वहाँ भी वैसा ही एक छोटा छल्ला लटक रहा था। चाणक्य को लगा कि इन छल्लों में ही खाई को पार करने का रहस्य छुपा है। लेकिन, समस्या अब यह थी दाएँ-बाएँ में से किसी भी दीवार के छल्ले तक पहुँचना भी बहुत मुश्किल था। अगर उछल कर उसे पकड़ने की कोशिश किया जाए तो वह पकड़ में आ सकता है, लेकिन इसमें खतरा बहुत दिखता

है। अगर छल्ला पकड़ में न आया तो फिर सीधे खाई में गिरने का भय है। और, अगर छल्ला पकड़ भी लिया तो सन्देह है कि कमजोर सा दिखनेवाला वह छल्ला क्या आदमी का वजन झेल पाएगा।

कुछ देर तक सोचते रहने के बाद चाणक्य बोले, "वत्स चन्द्रगुप्त, मैं उस छल्ले को पकड़ने का प्रयास करता हूँ।" चन्द्रगुप्त की प्रतिक्रिया की प्रतीक्षा किए बिना वे उछल पड़े। उनकी घनीभूत एकाग्रता या सधे हाथों का कमाल, जो भी हो, दाहिनी दीवार का वह छल्ला चाणक्य के दाहिने हाथ की पकड़ में आ गया। अपना बायाँ हाथ दीवार पर टिकाने के लिए चाणक्य टटोल ही रहे थे कि छल्ला दीवार से निकल के बाहर आने लगा। चाणक्य डर गए कि अब गए खाई में। लेकिन आश्चर्य! घोर आश्चर्य!! थोड़ा-सा ही बाहर निकलने के बाद छल्ला वहीं दीवार में दृढ़ता से रुक गया। साथ ही, छल्लों की एक शृंखला दीवार में उभर आई जो सामनेवाले भयंकर लौहद्वार तक जाती थी।

एक के बाद एक छल्लों को पकड़ते हुए, हवा में टँगे-टँगे चाणक्य लौहद्वार तक पहुँच गए। द्वार के पल्लों पर उभरी नरमुंड की आकृतियों का सूक्ष्म निरीक्षण करते हुए चाणक्य चिल्लाए, "तुम भी वैसे ही बाईं ओर की दीवार से होते हुए यहाँ पहुँचो, चन्द्रगुप्त। देखना, बहुत सावधानी से।"

जब बाईं दीवार के छल्लों को पकड़ते हुए चन्द्रगुप्त उस लौहद्वार तक पहुँचे तो देखा कि दाहिनी ओर के पल्ले पर बनी नरमुंड की आकृति को चाणक्य बाएँ हाथ से टटोलते हुए देख रहे थे। अचानक उन्होंने अपने बाएँ हाथ की दो अँगुलियाँ नरमुंड के दोनों नेत्र-कोटरों में डालीं तो उन्हें कुछ विशेष अनुभूति हुई।

चाणक्य ने चन्द्रगुप्त को भी अपनी तरफ के पल्ले के नरमुंड के नेत्र-कोटरों में अपनी दो अँगुलियाँ डालने को कहा। चारों नेत्र-कोटरों में चार अँगुलियाँ एक साथ घुसते ही लौहद्वार एक विचित्र चरमराहट के साथ खुलने लगा।

***

लौहद्वार खुलते ही तीव्र गन्ध का एक भभका आया। चाणक्य जोर से चिल्लाए, "अरे, यह तो प्राणघातक विषैली वायु गन्धक द्विजारकिक (सल्फर डाई ऑक्साइड) है।" किसी तरह दरवाजे पर पैर टिका कर चाणक्य ने झाँका तो देखा कि सामने भी वैसी ही खाई है जैसी पीछे थी, जिसमें रंगहीन, गन्धहीन, तेल जैसा कोई भारी तरल पदार्थ भरा हुआ है। यह विषैली वायु उसी तरल पदार्थ के कुंड से उठ रही थी। चाणक्य को समझते देर न लगी कि यह खाई

गन्धकाम्ल (गन्धक के तेज़ाब)[52] से भरी हुई है। चाणक्य यह सोचकर सिहर उठे कि यदि कोई इस खाई में गिर जाए तो उसकी अस्थियाँ भी इस तीव्र अम्ल में गल जाएँगी।

सौभाग्य से, चाणक्य को दाहिनी दीवार में वैसे हो छल्ले नजर आए जैसे पिछली बार दिखे थे। फुर्ती से उछल कर उन्होंने सधे हाथों से छल्ले को पकड़ लिया और दीवार के अन्य छल्लों को पकड़ते हुए सामने के एक अन्य लौहद्वार पर पहुँच गए। उनका अनुसरण करते चन्द्रगुप्त भी बाईं ओर की दीवार में लगे छल्लों को पकड़ते हुए लौहद्वार तक पहुँच गए।

यह द्वार भयावह तो नहीं दिखता था, लेकिन बहुत रहस्यमय प्रतीत होता था। इस द्वार के दोनों पल्लों पर दो विशाल नागराजों की आकृतियाँ उभरी हुई थीं। पिछले अनुभव के आधार पर चाणक्य अपनी तरफ़ की आकृति को टटोल कर देख रहे थे और जगह-जगह अँगुलियाँ कोंच रहे थे ताकि दरवाजे के खुलने की कोई राह मिल जाए। लेकिन, उनका सारा प्रयास व्यर्थ जा रहा था। ऊपर से विषैली वायु के कारण दम घुटा जा रहा था। उन्हें लगा कि शीघ्र ही वहाँ से न निकल लिया गया तो दम घुटने से मृत्यु हो जाएगी।

मारे घबराहट के चाणक्य उस लौहकपाट पर घूँसे बरसाने लगे ताकि किसी प्रकार द्वार खुले और जान बचे। उन्हें आश्चर्य हुआ जब अकस्मात् एक घूँसा संयोगवश नागराज के उठे हुए फन की आकृति पर पड़ा। उन्हे वहाँ कुछ गति का अनुभव हुआ। उन्होंने चन्द्रगुप्त को ललकारा कि दोनों एक साथ दोनों आकृतियों के फनों पर घूँसे मार कर देखते हैं।

एक साथ घूँसा मारते ही चमत्कार हो गया। चरमराहट के साथ दोनों कपाट खुल कर दोनों दीवारों के पीछे की ओर झूल गए। तब जो दृश्य दिखाई पड़ा वह खून सुखा देनेवाला था। एक से एक भयावह नाग सर्प तेजी से सरकते हुए उस द्वार से निकलने लगे। गुंजाइश बस इसी बात की थी कि द्वार पार करते ही वे भयानक सर्प गन्धकाम्ल से भरी खाई में जा गिरते थे। चाणक्य और चन्द्रगुप्त अपनी-अपनी तरफ के कपाटों के पीछे दुबके भयभरी आँखों से यह भयानक दृश्य देखते रहे। यह सिलसिला कुछ देर तक चला। अन्ततः, जब यह सिलसिला रुका तो साहस करके चाणक्य ने द्वार से आगे झाँका। उन्हें राहत महसूस हुई कि अब आगे कोई खाई न थी; जमीन समतल थी और सभी सर्प गन्धकाम्ल की खाई में कूदकर समाप्त हो चुके थे। चाणक्य और चन्द्रगुप्त शीघ्रता से उसमें प्रवेश कर गए और पिछला द्वार बन्द कर दिया ताकि विषैली वायु से पीछा छूटे।

जिस कक्ष में चाणक्य और चन्द्रगुप्त अब खड़े थे उसकी बनावट विचित्र

थी—एकदम शंक्वाकार, जैसे किसी बहुत बड़े अधकटे अंडे की खोल हो। और भी विचित्र बात यह थी कि उसमें जरा भी चलने पर पदचाप की प्रतिध्वनि होने लगती थी और इसकी आवृत्ति जैसे अनन्त बार होती थी। सम्भवतः वह शंक्वाकार कक्ष किसी धातु का बना था तभी तो धीमी से धीमी आवाज की प्रतिध्वनि इतनी बार होती थी कि सामान्य व्यक्ति पगला जाए। होंठों पर अँगुली रख कर चाणक्य ने चन्द्रगुप्त को शान्त रहने का संकेत किया।

चाणक्य और चन्द्रगुप्त बड़े भय से भर गए जब उन्होंने ध्यान दिया कि उस शंक्वाकार कक्ष से बाहर निकलने का कोई द्वार ही नहीं है। एकमात्र द्वार उनकी जानकारी में वही था जिससे होकर दोनों घुसे थे। वह भी अब ऐसा बन्द हो गया था कि उसके नामोनिशान का पता नहीं लगता था। एक और विचित्रता उस कक्ष में दिख रही थी कि कहीं से बिना वातायन के भी वह कक्ष एकदम प्रकाशमान था। कक्ष की धात्विक दीवारों पर प्रकाश प्रत्यावर्तित होकर इतना चमक रहा था कि आँखें चौंधिया रही थीं। इतने प्रकाश के कारण उस कक्ष में स्वाभाविक रूप से बहुत गर्मी भी बहुत थी।

चाणक्य और चन्द्रगुप्त बहुत भयभीत थे। उन्हें लगा कि इसी कक्ष में अब उनकी समाधि बन जाएगी। गर्मी, प्रकाश और ध्वनि की अनन्त आवृत्ति के चलते वे बिना मारे ही मर जाएँगे।

चाणक्य ने साहस बटोर कर स्वयं को संयत किया और बाहर निकलने के बारे में सोचने लगे। सोचते-सोचते वे दीवारों का सूक्ष्म निरीक्षण करते जा रहे थे ताकि कहीं से कोई सुराग तो मिले। कुछ ही देर में चाणक्य को दीवार में एक विचित्र आकृति दिखी। धातु की उस दीवार में उगते सूर्य का एक नन्हा-सा चित्र उत्कीर्ण था।

चित्र देखकर चाणक्य का दिमाग तेजी से काम करने लगा। उन्हें मालूम था कि पूर्ण सूर्योदय से पूर्व के सूर्य को सवितृ कहते हैं और सवितृ को प्रसन्न करने के लिए गायत्री से बढ़कर और कौन मंत्र हो सकता है! उन्हें विचार आया कि इस शंक्वाकार कक्ष में ध्वनि की अनन्त प्रतिध्वनि होती है तो क्यों न एक बार इस मंत्र का सस्वर पाठ करके परिणाम परखा जाए। तत्क्षण चाणक्य ने पाठ प्रारम्भ किया—

ॐ भूर् भुवः स्वः।
तत् सवितुर्वरेण्यं।
भर्गो देवस्य धीमहि।
धियो यो नः प्रचोदयात् ॥[53]

इस मंत्र के उठते-गिरते स्वरों के आरोहों-अवरोहों की कक्ष में ऐसी प्रतिध्वनि होने लगी कि पूरा कक्ष डगमगाने लगा, लगा जैसे जबरदस्त भूकम्प आ गया हो। चन्द्रगुप्त मारे डर के चाणक्य से जा चिपटा। चाणक्य भी बड़े चक्कर में पड़ गए कि यह कहाँ से मुसीबत मोल ली। लेकिन, कुछ ही देर में प्रतिध्वनि बन्द हो गई और प्रतिध्वनि के निरन्तर आघात से दीवार में उस स्थान पर एक बड़ा-सा छेद हो गया जहाँ उगते सूरज का एक छोटा-सा चित्र बना हुआ था। छेद होते ही उस कक्ष का कम्पन और ध्वनि की अनुगूँज दोनों अचानक रुक गए। चन्द्रगुप्त को खींचते हुए चाणक्य उस बड़े-से छेद से कूदकर बाहर निकल गए। दोनों के बाहर निकलते ही वह छेद अपने आप बन्द हो गया।

अब चाणक्य और चन्द्रगुप्त एक विशाल कक्ष में खड़े थे। जिस छिद्र से गुजर कर वे उस कक्ष में पहुँचे थे उसके अलावा न कोई अन्य द्वार था न ही कोई वातायन। कक्ष में घड़े ही घड़े रखे थे—पत्थर के विशाल घड़े जिन पर सर्पाकृतियाँ उकेरी हुई थीं। कक्ष के चारों कोनों में चार अति विशाल घड़े थे और केन्द्र में अपेक्षाकृत एक कम विशाल घड़ा रखा हुआ था। चाणक्य ने गिना कि इस केन्द्रीय घड़े के चारों ओर गोलाई में आठ अपेक्षाकृत छोटे किन्तु समान आकर के घड़े रखे थे। उन्हें देखकर चाणक्य ने तुरन्त भाँप लिया कि ये घड़े ज्योतिषीय नवग्रहों की संरचना के अनुरूप रखे हुए हैं—बीच का अपेक्षाकृत बड़ा घड़ा सूर्य का प्रतीक है और चारों ओर के आठ घड़े अष्ट ग्रहों के। एक विचार उनके मन में यह भी आया कि ये नौ घड़े कहीं 'नव नन्द' के नाम से प्रसिद्ध नौ[54] नन्द बन्धुओं के प्रतीक-स्वरूप कोई तांत्रिक यंत्र तो नहीं हैं।

चाणक्य आश्चर्य में थे कि यहाँ तो घड़े ही घड़े रखे हैं तो फिर नन्दों का गुप्त राजकोष कहाँ रखा है। उनके आकलन के अनुसार तो वह गुप्त राजकोष यहीं कहीं छुपा होना चाहिए था।

कक्ष के एक कोने के घड़े के पास खड़े होकर चाणक्य घड़े के ऊपर उकेरी हुई सर्पाकृति को हाथ से छूकर देखने लगे। उन्होंने सुन रखा था कि जहाँ गुप्त खजाने रखे जाते हैं वहाँ उसकी रक्षा के लिए सर्प भी रखे जाते हैं। यह सोचकर वह थोड़ी देर के लिए डर गए कि यदि इन घड़ों से सर्प निकलने लगे तब तो हम दोनों गुरु-शिष्य भाग भी न पाएँगे और सर्पों के काटने से यहीं मर जाएँगे। दूसरे ही क्षण उनके तार्किक मस्तिष्क ने समझाया कि हो सकता है सर्पों वाली बात खजाना खोजनेवालों को डराने के लिए प्रचारित की गई हो और शायद इसी प्रचार को और भयावह रूप देने के लिए घड़ों पर सर्पों की

आकृतियाँ उकेरी गई हों। इस आधार पर तो यह निष्कर्ष निकलता है कि इन्हीं घड़ों में खजाना रखा गया है।

कोने में रखे घड़े इतने विशाल थे कि उनके मुँह तक चाणक्य पहुँच न पा रहे थे। उन्होंने चन्द्रगुप्त को इशारा किया कि वह उन्हें अपने कन्धों पर उठा लें। चन्द्रगुप्त के कन्धों पर चढ़कर चाणक्य घड़े के ऊपर चढ़ गए और देखा कि घड़े का मुँह एक बड़े पथरीले ढक्कन से ढका हुआ है। उस ढक्कन के बीचोबीच लगभग एक हाथ व्यास का एक और ढक्कन था जिस पर विपरीतमुखी स्वस्तिक की आकृति उभरी हुई थी। अपने दोनों हाथों से वह स्वस्तिक की आकृति को यूँ ही इधर-उधर घुमाने लगा। आकृति बड़ी आसानी से घूम रही थी और घूमते हुए आकृति ज्योंही अपनी विपरीत अवस्था से सही अवस्था में आई वह छोटा ढक्कन अपने आप चार टुकड़ों में टूटकर घड़े में गिर गया। इससे एकबारगी चाणक्य हड़बड़ा गए और डर गए कि कहीं घड़े में से सचमुच सर्प न निकलने लगें। कुछ देर तक प्रतीक्षा करने के बाद, चाणक्य ने झाँक कर घड़े में देखा। देखकर उनकी आँखें फटी की फटी रह गईं। विशाल घड़ा चमकीली स्वर्णमुद्राओं से भरा हुआ था। मारे खुशी के चाणक्य घड़े से कूदकर नीचे जमीन पर आ गए। उन्होंने बाकी तीन कोणों के घड़ों को भी खोल कर झाँका। तीनों घड़े स्वर्णमुद्राओं से ठसाठस भरे हुए थे। स्वर्णमुद्राओं का इतना विशाल भंडार देखकर चाणक्य के हर्ष का ठिकाना न रहा।

बीच के नौ घड़ों को बारी-बारी से जब चाणक्य ने खोलकर देखा तो देखा कि प्रत्येक घड़ा एक रत्न-विशेष से भरा हुआ है। उन नौ घड़ों में क्रमशः माणिक्य, हीरा, मोती, नीलम, पन्ना, मूँगा, गोमेद, तथा वैदूर्य (लहसुनिया) नामक नवरत्न भरे हुए थे।

नन्दों का छुपा हुआ विशाल राजकोष खोज लेने पर चाणक्य हर्ष से उन्मत्त हुए जा रहे थे। इतना बड़ा खजाना पाकर अब तक की सारी परेशानी और खतरे वे भूल गए। किन्तु, अब समस्या थी कि उस कक्ष से बाहर कैसे निकलें। जिन द्वारों से दोनों आए थे उनसे वापस लौटने का तो कोई प्रश्न ही नहीं था। साथ ही, चाणक्य यह भी न चाहते थे कि उसी मार्ग से पुनः वापस जाकर बाहर खड़े सेनापति, सैनिकों और श्रमिकों को उस विशाल धन-भंडार के बारे में कोई भी भनक लगने दें।

चाणक्य का अनुमान था कि कोष कक्ष में कोई अन्य द्वार भी होना चाहिए, जो राजभवन की ओर खुलता होगा जिससे सम्राट और कात्यायन धन से भरे इस कक्ष में आते रहे होंगे। इतना तो उन्हें अनुमान लग गया था कि जब भी

दोनों आते होंगे, साथ ही आते होंगे क्योंकि अब तक खोले गए द्वारों की संरचना इस प्रकार की थी कि अकेला कोई उन्हें खोल ही नहीं सकता था।

चाणक्य का अनुमान सही निकला। कक्ष की दीवारें टटोलते-टटोलते उन्होंने एक दरार को खोज लिया जिसको थोड़ा धकेलने पर पत्थर एक ओर हट गया और सामने एक खुला दरवाजा दिख गया जो एक सुरंग में खुलता था।

सुरंग में आगे-आगे चाणक्य और उसके पीछे चन्द्रगुप्त चले जा रहे थे। सुरंग बड़ी साफ़-सुथरी थी और उसमें हवा और रोशनी का प्रबन्ध बाहर की ओर खुलनेवाले जालीदार झरोखों से था। काफी देर तक चलने के बाद सुरंग जहाँ समाप्त हो गई वहाँ से ऊपर जाने के लिए सीढ़ियाँ बनी थीं। उन सीढ़ियों से चढ़कर ऊपर जाने पर सीढ़ियों की छत में लोहे का एक दरवाजा दिखा जो बन्द था। दरवाजे में कोई ताला नहीं लगा हुआ था। उत्सुकतावश दरवाजे के एक पल्ले को चाणक्य और दूसरे पल्ले को चन्द्रगुप्त ने जब किनारों की ओर खींचा तो घिरनियों के सहारे एक सुसज्जित सिंहासन धीरे-धीरे खिसकता हुआ नीचे आ गया। उसे देख दोनों आश्चर्य में थे कि यह तो सम्राट द्वारा उपयोग की जानेवाली आसन्दिका है। द्वार खिसकने और सिंहासन के नीचे आने से बने रिक्त स्थान में जब चाणक्य जिज्ञासावश उछल घुसे तो ऊपर दिख पड़ा कि वह तो सम्राट का विशेष परामर्श-कक्ष है जहाँ वे अपने कुछ अति विश्वस्त सलाहकारों से सलाह-मशविरा करते हैं।

चाणक्य उसी रिक्त स्थान से पुनः नीचे वापस आ गए। चाणक्य और चन्द्रगुप्त दोनों सिंहासन को टटोल कर देख ही रहे थे कि चन्द्रगुप्त का हाथ सिंहासन के बाएँ हत्थे पर बने सिंह के एक छोटे से चित्र पर अचानक पड़ गया। उन दोनों के आश्चर्य का ठिकाना न रहा जब घिरनियों के सहारे ही सिंहासन ऊपर उठने लगा और लोहे का दरवाजा अपने आप बन्द हो गया। मारे आश्चर्य के गुरु-शिष्य एक-दूसरे का मुँह देखने लगे।

सम्राट के सिंहासन के नीचे आने और ऊपर जाने की व्यवस्था देख चाणक्य के मस्तिष्क में विचारों की हलचल मच गई। इस व्यवस्था की आवश्यकता और तत्सम्बन्धी सम्भावनाओं पर वह गहन विचार में डूब गए। उनकी समझ में इतना आ गया कि यह सम्राट की सुरक्षा के लिए आपात्कालीन व्यवस्था थी, लेकिन पूरी व्यवस्था क्या थी उन्हें पता न लग पा रहा था। उनके साथ चल रहे चन्द्रगुप्त अपने गुरु को गहन विचारों में मग्न देखकर बहुत आश्चर्य में थे। उन्हें कुछ समझ न आ रहा था कि मामला क्या है।

अचानक, चाणक्य सुरंग में वापस लौटने लगे। उनके पीछे-पीछे चन्द्रगुप्त

भी चल पड़े। चलते हुए चाणक्य दाईं ओर की दीवार को हाथ से थपथपाते जा रहे थे और कान लगाकर कुछ सुनने की कोशिश कर रहे थे। एक जगह चाणक्य को पता नहीं क्या सुनाई पड़ा कि वे वहाँ रुक गए। उनका चेहरा हर्ष और जिज्ञासा से दमक उठा। चन्द्रगुप्त को कुछ समझ न आ रहा था। उनकी हैरानी और बढ़ गई जब चाणक्य ने उन्हें उस जगह के पत्थर को जोर से एक तरफ खिसकाने को कहा। पत्थर को खिसकाते ही एक द्वार खुल गया, जिसके दूसरी तरफ एक बड़ा-सा दालान था। भूगर्भ में स्थित उस दालान की छत से लगे नन्हे-नन्हे वातायन खुले हुए थे जो बाहर से वायु और प्रकाश लाने में उपयोगी थे। दालान की दूसरी छोर पर दीवार में लोहे का एक द्वार था। चन्द्रगुप्त के साथ चाणक्य वहाँ जाकर खड़े हुए और बड़ी सूक्ष्मता से उस लौहद्वार का निरीक्षण करते हुए उसको खोलने का उपाय खोजने लगे। उन्हें न कोई ताला दिखा और न खोलने का कोई उपाय मिला। अलबत्ता, एक चिपकाया हुआ लौहपत्र दिखा जिस पर कुछ अंकों और अक्षरों की छोटी-छोटी आकृतियाँ चिपकाई हुई थीं। उन्हें देखकर चाणक्य के चेहरे पर एक विचित्र सम्मोहन का भाव आ गया। वह समझ गए कि द्वार को आंकिकी के यांत्रिक प्रयोग द्वारा बन्द किया गया है जिसके रहस्य को भेद पाना आसान न होगा। फिर भी, सम्मोहन की अवस्था में वह उन आकृतियों को बड़ी देर तक घूरते रहे।

"इस द्वार के पीछे सम्राट का सुरक्षा-गृह होना चाहिए," बड़बड़ाते हुए चाणक्य लौटने लगे।

"सुरक्षा-गृह?" चन्द्रगुप्त जो अब तक चुप थे अब अपनी जिज्ञासा रोक न पाए।

"हाँ, सुरक्षा-गृह," चाणक्य ने उन्हें समझाते हुए कहा, "किसी संकट या आपातकाल में सुरक्षा के लिए सम्राट के छिपने के लिए नियत गुप्त स्थान को सम्राट का सुरक्षा-गृह कहा जाता है।"

बातें करते हुए चाणक्य और चन्द्रगुप्त वापस फिर सुरंग में आ गए। दालान का पथरीला दरवाजा फिर सरका कर ज्यों का त्यों बन्द कर दिया। चाणक्य ने वहाँ एक निशान बना दिया और कहा, "बाद में अंकों और अक्षरों की पहेली सुलझा कर मैं उस सुरक्षा-गृह का द्वार खोलने का प्रयास करूँगा।"

चाणक्य ने फिर मौन साध लिया और सुरंग की बाईं ओर की दीवार पर वही पहले वाली प्रक्रिया शुरू की—हाथ से थपथपाना और कान लगा कर सुनना। ऐसा करते-करते वे एक ऐसी जगह पहुँचे जहाँ वे रुक गए और चन्द्रगुप्त की ओर देखते हुए बोले, "यहाँ एक विशाल पत्थर का द्वार प्रतीत होता है। मेरा

अनुमान है कि इसे उठाकर खोलना होगा जिसके लिए कई लोग चाहिए। मैं नहीं चाहता कि यह रहस्य हम दोनों के अलावा अन्य लोगों को मालूम हो। अब समस्या यह है कि यह द्वार कैसे खुले!"

उस विशाल पथरीले द्वार का चाणक्य बहुत सूक्ष्म निरीक्षण करने लगे, हाथों की तर्जनी अँगुलियों से छू-छू कर। अचानक उनके बाएँ हाथ की तर्जनी एक ऐसे बिंदु पर पहुँच गई जिसके छूते ही पत्थर का विशाल दरवाजा जमीन में नीचे धँसने लगा और प्रवेश के लिए एक मार्ग बन गया। वह मार्ग एक दूसरी सुरंग में खुलता था। आगे-आगे चाणक्य और उसके पीछे चन्द्रगुप्त उस दरवाजे से अन्दर घुस गए। उनके घुसते ही पत्थर का द्वार पुनः ऊपर उठकर अपनी जगह आ गया और द्वार बन्द हो गया। इससे चन्द्रगुप्त एकदम घबड़ा कर बोले, "गुरुदेव यह तो बन्द हो गया। अब हम लोग निकलेंगे कैसे?" चाणक्य ने मुस्कराते हुए कहा, "कोई न कोई उपाय निकल आएगा, इस द्वार के खोलने और बन्द करने की यांत्रिकी मैं समझ गया हूँ। और, यदि यह द्वार नहीं भी खुलेगा तो भी हम लोग निकल लेंगे। बस थोड़ी दूर जाकर निकलेंगे। यह सम्राट का गुप्त पलायन-पथ है जिससे संकट के समय वह अपनी सुरक्षा के लिए कुछ चुने हुए विश्वस्त लोगों के साथ भागकर सुरक्षित गुप्त स्थान पर पहुँच सकता है। इस सुरंग के बारे में मेरे एक गुप्तचर ने मुझे पहले ही बताया था। वह गुप्तचर वेश बदलकर सम्राट धननन्द के निजी सेवकों में शामिल हो गया था और जब सम्राट हताश होकर चुपके से रात में भागा था तो उसके साथ मेरा वह गुप्तचर भी था। बाद में जंगल में सर्प काटने से सम्राट और एक अन्य निजी सेवक की मृत्यु हो गई तो वह गुप्तचर जंगल मार्ग से मेरे पास लौट आया। धननन्द के साथ भागते समय जल्दबाजी के कारण उस गुप्तचर को इस द्वार की यांत्रिकी के बारे में पता न लग पाया था। उसने इसका मात्र उल्लेख मुझसे किया था। आओ, चलें, द्वार खोलने की कोशिश करें।"

इस बार, चाणक्य ने अनुमान से अपने दाहिने हाथ की तर्जनी को बन्द पथरीले द्वार के दाहिने भाग में फिराना प्रारम्भ किया। उनका अनुमान सही था। उनकी अँगुली एक ऐसे बिंदु को अनायास छू गई कि पत्थर फिर नीचे खिसकने लगा और मार्ग खुल गया, जिससे होकर दोनों पुनः मुख्य सुरंग में वापस आ गए। वह द्वार पुनः अपने आप बन्द हो गया। चाणक्य समझ गए कि यह द्वार तर्जनियों के छूने से खुलता है और घुसते-निकलते समय पैरों के दबाव पड़ने के कुछ ही देर बाद अपने आप बन्द हो जाता है।

मुख्य सुरंग से होते हुए चाणक्य और चन्द्रगुप्त पुनः सुरंग के अन्त में बनी

ऊपर जानेवाली सीढ़ियों पर आकर सिंहासन को नीचे लानेवाली प्रक्रिया से मार्ग बनाते हुए परामर्श-कक्ष में आ गए। उनके ऊपर आते ही सिंहासन अपने-आप अपनी जगह में आ जमा। वहाँ रुक कर चाणक्य ने उसकी यांत्रिकी को समझने की कोशिश की।

काफी प्रयास के बाद चाणक्य को यह जानने में सफलता मिली कि सिंहासन के बाएँ बाजू पर बने सिंह के छोटे से चित्र को दबाने से वह खिसक कर नीचे जाता है और दाएँ बाजू पर बने सिंह के चित्र को दबाने से ऊपर आ जाता है। इसके अलावा सिंहासन के निकट पदचाप पड़ने से भी ऐसा हो जाता है। लेकिन, सिंहासन के निकट पदचाप पड़ने से पहले उसकी दाहिनी बाजू को कस कर पकड़ लिया जाए तो वह पदचाप से स्वयमेव नीचे नहीं जाएगा। इसकी विपरीत प्रक्रिया से तदनुकूल विपरीत परिणाम प्राप्त होगा।

***

सुरक्षा-गृह के द्वार पर बनी आँकिक यंत्र की संरचना चाणक्य के मन में गहरे पैठ गई थी। सुरंग से लौटने के बाद पहला काम उन्होंने यह किया कि उस संरचना को अपनी सबल स्मरण-शक्ति के सहारे एक भोजपत्र पर ज्यों का त्यों उतार लिया।

अंकों और अक्षरों की वह पहेली एकदम अबूझ थी। लेकिन, चाणक्य भी कहाँ हार माननेवाले थे! सारा काम छोड़कर वे रात-दिन उस भोजपत्र को घूरते रहते जिस पर उन्होंने उस संरचना की प्रतिलिपि उतारी थी। पहेली कैसे हल हो? पहेली हल हुए बिना वह द्वार खुल नहीं सकता! और द्वार खुले बिना सम्राट के सम्भावित सुरक्षा-गृह का पता कैसे चल सकता है भला!

पहेली की प्रतिलिपि के सूक्ष्म निरीक्षण से चाणक्य को कई उपयोगी बातें मालूम हो चुकी थीं। पहली तो यह कि सभी अंक और अक्षर ब्राह्मी लिपि के थे जो नन्द वंश के शासन की राजकीय लिपि थी। दूसरी बात यह थी कि एक पंक्ति में कुछ व्यंजन लिखे हुए थे जबकि एक दूसरी पंक्ति में मात्र मात्राएँ उद्धरित थीं। मात्रा-रहित व्यंजनों का कोई अर्थ न निकल पा रहा था और न ही व्यंजन-रहित मात्राओं से किसी आशय का पता लग पा रहा था। हाँ, इतना अवश्य था कि जब चाणक्य ने उनको गिना तो पाया कि मात्राओं की कुल संख्या नौ थी।

चाणक्य ने जब अपनी स्मरण-शक्ति पर और जोर दिया तो याद आया कि वर्गाकार लौहपट्टिका के चारों किनारों पर एक कोने से दूसरे कोने तक एक

से नौ तक के अंक उकेरे हुए थे। हर किनारे पर अंकों का क्रम भिन्न था। उन अंकों के साथ जब उन्होंने जबरदस्त गणितीय श्रम किया तो पाया कि अलग-अलग जोड़ने और घटाने की क्रियाएँ करने पर हर बार परिणाम एक ही आता था और वह था अंक नौ।

यह नौ का अंक चाणक्य को बड़ा रहस्यमय लगा। अचानक उन्हें ध्यान आया कि यह राजभवन नन्द वंश के संस्थापक महापद्मनन्द ने बनवाया था। उस महापद्मनन्द के नौ बेटे थे जिनमें धननन्द सबसे छोटा था और उसने अपने सभी बड़े भाइयों का संहार करके मगध की राजसत्ता हासिल की थी। चाणक्य को यह नौ का अंक एक महत्त्वपूर्ण संकेत लगा जो अक्षरों की पहेली सुलझाने में सहायक हो सकता था।

इस संकेत के साथ जब चाणक्य स्वरों और व्यंजनों को विभिन्न क्रमों में व्यवस्थित करने लगे तो वे अचानक एक बार ऐसे क्रम पर पहुँचे जहाँ एक शब्द-युग्म बनता था और वह था 'नवनन्द'। चाणक्य हर्षातिरेक में उछल पड़े। उन्होंने पहेली सुलझा ली थी।

***

चाणक्य चन्द्रगुप्त को लेकर तुरन्त भूगर्भ-स्थित उस विशाल दालान में पहुँचे। उस दालान के एक छोर पर बने उस रहस्यमय लौहद्वार पर लगी लौहपट्टिका पर चिपकाए गए अक्षरों की लौह आकृतियों को जब उन्होंने छुआ तो उन्हें ज्ञात हुआ कि वे सब अक्षर चुम्बकीय शक्तियुक्त बिन्दुओं पर चिपकाए गए हैं। उन सारे लौह अक्षरों को एकबारगी उखाड़ कर चाणक्य ने अपने उत्तरीय में रख लिया और उन्हें फिर से विशेष क्रम में चिपकाने लगे। पहले व्यंजनों को एक-एक करके उन्होंने इस प्रकार चिपकाया कि शब्द-युग्म बन गया 'नवनन्द'।

स्वर अभी चाणक्य की झोली में ही पड़े हुए थे कि 'नवनन्द' शब्द पूरा होते ही लौहद्वार बीच से बँट कर खुल गया। चाणक्य हँसने लगे। उन्होंने अपने उत्तरीय की झोली में पड़े हुए स्वरों की लौहाकृतियाँ जमीन पर एक तरफ रख दीं। वह समझ गए कि स्वरों को निरर्थक वहाँ चिपकाया गया था, या उनकी उपयोगिता अपनी उपस्थिति से भ्रम या उलझन उत्पन्न करके आँकिकी की उस पहेली को सुलझाने से रोकने की रही होगी। उन स्वरों की सबसे बड़ी उपयोगिता जो चाणक्य को समझ में आई वह थी उनकी कुल संख्या, जो नौ थी। स्वरों को गिनकर ही चाणक्य रहस्यमयी नौ की संख्या तक पहुँचे थे।

इस बीच, चन्द्रगुप्त सुरक्षा-गृह में घुस चुके थे। उन्होंने देखा कि उस गृह

में एक शयनकक्ष के अलावा एक स्नानकक्ष, एक रसोईघर और एक भंडारकक्ष था। इन सबसे घिरा हुआ बीच में एक विशाल केन्द्रीय कक्ष था जिसमें ही वह आँकिकी यंत्र-युक्त लौहद्वार खुलता था। यह पूरा का पूरा भूगर्भ-स्थित परिसर सुखपूर्वक रहने की सारी सुविधाओं से सुसज्जित था।

***

चाणक्य और चन्द्रगुप्त भूगर्भ-स्थित उस पूरी संरचना से बाहर निकल आए। वे पुनः ऊपर वापस परामर्श-कक्ष में आ बैठे और इस नई खोज और उपलब्धि पर विमर्श करने लगे। वे दोनों बहुत प्रसन्न थे कि एक बहुत बड़ा कोष उनके हाथ लग गया था, जिससे प्रजा की भलाई के लिए कई बड़ी कल्याणकारी योजनाएँ चलाई जा सकती हैं। पहले दोनों मायूस रहते थे क्योंकि मगध साम्राज्य का राजकोष उन्हें बिलकुल खाली मिला था।

एक बहुत आवश्यक निर्देश, जो चाणक्य ने चन्द्रगुप्त को दिया, वह यह था कि पाए गए गुप्त राजकोष को उस कक्ष से हटाकर दूसरे अज्ञात व अति सुरक्षित स्थान में रख दिया जाना चाहिए, क्योंकि पहले वाला स्थान सेनापति, सैनिकों और श्रमिकों की दृष्टि में आ जाने के कारण अब उतना सुरक्षित न रहा।

चाणक्य बड़े खुश थे कि उस भूगर्भ-स्थित संरचना की जानकारी वर्तमान में स्वयं उनके और उनके शिष्य चंद्रगुप्त, जो स्वयं अब सम्राट थे, के अलावा अन्य किसी को न थी। हालाँकि, उन्होंने मन-ही-मन महसूस किया कि एक और व्यक्ति है जो उस गुप्त राजकोष सहित साम्राज्य की सारी परिसम्पत्तियों से परिचित है। और, वह व्यक्ति है—कात्यायन।

13

सम्राट का न्यायालय साम्राज्य का सर्वोच्च न्यायालय था, जहाँ उस समय पीठासीन थे स्वयं सम्राट चन्द्रगुप्त और एक अनोखे मुक़दमे की सुनवाई चल रही थी। मुक़दमा था सुतनुका नाम की गणिका की ओर से। आरोपी था भूतपूर्व महामात्य कात्यायन का सचिव मिलिन्द जो दंडपाल के प्रहरियों द्वारा घिरा, सिर झुकाए एक ओर खड़ा था। पूरा न्यायालय कक्ष अमात्यों, सचिवों एवं गणमान्य व्यक्तियों से खचाखच भरा हुआ था। उनमें से कई, जो पहले मिलिन्द के प्रभुत्व से ईर्ष्या करते थे, मिलिन्द की दुर्दशा से बड़े प्रसन्न दिख रहे थे।

सुतनुका बड़ी ढिठाई से आगे बढ़ी और मिलिन्द की ओर अँगुली दिखाते

हुए बोली, "महाराज, इस व्यक्ति ने, जो काले भैंसे की तरह यहाँ खड़ा है, मेरा शीलभंग किया है।"

"तुम्हारा शीलभंग? तुम गणिका हो न! गणिका का भी शीलभंग होता है?" न्यायाधीश के आसन पर बैठे सम्राट चन्द्रगुप्त ने सुतनुका से पूछा।

"हाँ, अवश्य, महाराज," सुतनुका ने स्वाभिमान से कहा।

"क्या तुम्हारी देह के उपभोग के लिए शुल्क नहीं चुकाया गया?" चन्द्रगुप्त ने किंचित रुक्षता से पूछा। वह सुतनुका की ढिठाई से थोड़ा क्षुब्ध दिख रहे थे।

सुतनुका ने अपने स्वाभिमान का स्वर बरकरार रखा, "चुकाया गया था, महाराज। लेकिन, यह नहीं भूलना चाहिए कि गणिका भी एक स्त्री होती है—एक संवेदनशील स्त्री, जो परिस्थितिवश अपना तन बेचने के लिए विवश होती है। लेकिन, वह अपना मन नहीं बेचती। मन तो वह उसे देती है जिसे वह देना चाहती है और इसका वह कोई शुल्क नहीं लेती। गणिका के भी मन के विरुद्ध उसके तन का उपभोग नहीं किया जा सकता।"

"मैं समझा नहीं। क्या आशय है तुम्हारे कहने का?" चन्द्रगुप्त ने उलझन-भरे स्वर में पूछा।

"मेरे साथ बलात्कार किया गया, महाराज," सुतनुका ने अब स्पष्ट आरोप लगाया।

"बलात्कार?" चन्द्रगुप्त ने आश्चर्य से पूछा, "तो, क्या तुम्हारी इच्छा के विरुद्ध तुमसे सम्भोग किया गया?"

"हाँ, महाराज, और मुझे पीटा भी गया।"

सुतनुका की बात सुनकर चन्द्रगुप्त की मुखमुद्रा बदलने लगी। अब उनके चेहरे पर सहानुभूति झलकने लगी। अपने स्वर को बहुत स्नेहमय बनाते हुए उन्होंने धीरे से कहा, "देवि, अपनी पूरी बात बेझिझक बताओ ताकि अपराध की गम्भीरता का सही आकलन हो सके।"

"महाराज, मुझे किसी और के द्वारा शुल्क का भुगतान करके लाया गया था। हो सकता है वह इनका मित्र रहा हो।"

"क्या तुम उस व्यक्ति को पहचानती हो? चन्द्रगुप्त ने बीच में टोकते हुए पूछा।

"नहीं, महाराज। लेकिन, वह कोई सज्जन व्यक्ति था जो मुझे बहुत सम्मान से ले आया था। लेकिन बाद में उसने स्वयं उपभोग करने के बजाय मुझे इस जानवर के हवाले कर दिया," सुतनुका ने घृणा से मिलिन्द की ओर इशारा करते हुए कहा।

सुतनुका ने अपनी बात जारी रखी, "इस व्यक्ति ने मेरे साथ अत्यन्त क्रूरतापूर्ण व्यवहार करना शुरू कर दिया, तो मैंने इसके साथ समागम करने से मना कर दिया। इससे यह बहुत क्रुद्ध हो गया और मुझे पीटते हुए धमकाने लगा कि—मैं उच्च राजकीय पदाधिकारी हूँ, तुम्हें मसल दूँगा—फिर इसने मुझे पीटते हुए बहुत क्रूरतापूर्वक सम्भोग किया।" अपनी बात पूरी करते न करते सुतनुका रोने लगी।

सुतनुका का रोना सुनकर सम्राट चन्द्रगुप्त अत्यन्त उद्विग्न हो उठे, फिर भी उन्होंने संयत स्वर में मिलिन्द से पूछा, "तुम्हारे विरुद्ध जो आरोप लगाए जा रहे हैं उन पर तुम्हें क्या कहना है?" मिलिन्द सिर झुकाए मौन खड़ा रहा। चन्द्रगुप्त ने अपना प्रश्न पुनः दुहराया, तब भी मिलिन्द चुप्पी साधे रहा। मिलिन्द की चुप्पी से चन्द्रगुप्त और उद्विग्न हो उठे। उन्होंने सभा भंग कर दी। न्यायालय का कार्य एक घड़ी के लिए स्थगित कर दिया गया।

दर्शकों में से कुछ विशेष व्यक्तियों को बुलाकर चन्द्रगुप्त अपने परामर्श-कक्ष में ले गया और शेष लोगों को प्रतीक्षा करने का निर्देश दे दिया।

निर्धारित समय पर सभा फिर जुटी; न्याय-कार्य पुनः प्रारम्भ हुआ। मिलिन्द को सामने लाने के लिए चन्द्रगुप्त ने प्रहरियों को आदेश दिया। मिलिन्द को सम्बोधित करते हुए चन्द्रगुप्त ने कहा, "तुम अपेक्षाकृत वृद्ध व्यक्ति हो तथा उच्च राजकीय पद पर पदस्थापित रहे हो। एक असहाय महिला के ऊपर अत्याचार करते हुए तुमने इन दो बातों का विचार न किया? ऐसा आचरण तुम्हें बिलकुल शोभा नहीं देता। तुम्हारे जैसे लोग महिलाओं की शील और सुरक्षा के लिए घातक हैं। माननीय राजपुरुषों और प्रबुद्ध नागरिकों के एक परामर्श-मंडल द्वारा तुम्हारे आचरण पर अभी विचार किया गया। सब एकमत से सहमत हैं कि तुम जैसे जघन्य अपराधी को मृत्युदंड देना ही न्यायोचित है। अतः साम्राज्य के सर्वोच्च न्यायाधीश के रूप में मैं तुम्हारे लिए मृत्युदंड घोषित करता हूँ।"

इस घोषणा के साथ ही सम्राट उठकर अपने विश्रामकक्ष की ओर चले गए। कौन जाने इस सारे प्रपंच के पीछे चाणक्य का अदृश्य हाथ काम कर रहा हो!

14

कात्यायन के बीसियों गुप्तचर पाटलिपुत्र नगर में रात-दिन सक्रिय थे। कुछ तो प्रशासनिक प्रणाली में पहले से घुसे हुए थे और अब नई व्यवस्था के अंग

बनने के बावजूद चुपके से कात्यायन के लिए गुप्तचरी करते थे। ऐसे लोग प्रशासन के हर दाव-पेच से परिचित थे और अपने इस परिचय के प्रयोग से प्रशासन को ध्वस्त[55] करने के प्रयास में लगे हुए थे। कुछ तो राजभवन दुर्ग में ही अत्यन्त संवेदनशील स्थानों पर नियुक्त थे और चाणक्य और चन्द्रगुप्त की हत्या कर देने के गुप्त अभियानों में लगे हुए थे। चाणक्य रात-दिन ऐसे लोगों की तलाश में लगे रहते थे और कईयों को पकड़कर बन्दी बना चुके थे या दंडित कर चुके थे। कई तो सुषुप्त प्रकोष्ठ[56] के रूप में चुप्पी साधे हुए थे और सक्रिय होने के लिए निर्देश की प्रतीक्षा कर रहे थे।

कात्यायन के कई गुप्तचर विभिन्न वेशभूषा और विभिन्न व्यवसायियों का रूप धर कर लोगों में घूम रहे थे। बहुत चालाकी से वे लोगों को नई व्यवस्था के विरुद्ध भड़काते थे। वे बड़े भोलेपन से लोगों को याद दिलाते थे कि सम्राट धननन्द और महामात्य कात्यायन के समय पाटलिपुत्र में कितना सुख और समृद्धि थी। वे चारों ओर चाणक्य की तथाकथित कुटिलता का दुष्प्रचार करते थे और उनके लिए कात्यायन द्वारा गढ़े गए कौटिल्य शब्द का प्रयोग करते थे। चाणक्य और चन्द्रगुप्त की छवि जनमानस में धूमिल कर देने के प्रयास में वे बहुत सूक्ष्मता से प्रचारित करते थे कि कुटिल कौटिल्य ने सारी राजसत्ता अपने हाथ में केन्द्रित कर रखी है और चन्द्रगुप्त को तो मात्र काष्ठपुत्तलिका (कठपुतली) बना रखा है।

***

मदनू मदारी कात्यायन के गुप्तचरों में से एक था। पाटलिपुत्र नगर में घूम-घूम कर वह अपने बन्दर-बन्दरिया का खेल दिखाता था और खेल की आड़ में ही चुपके से लोगों से सूचनाएँ एकत्र कर लेता था।

मदनू ने अपने बन्दर का नाम रामदास और बन्दरिया का नाम रानी रख छोड़ा था। डमरू बजाकर जब वह लोगों की भीड़ इकट्ठी कर लेता, तो उसका खेल शुरू हो जाता था। उसका बन्दर रामदास अपनी बन्दरिया पत्नी रानी से मदनू के माध्यम से तरह-तरह के संवाद करता था और उसी प्रकार रानी भी जवाब देती थी। मदनू के इशारे पर रामदास और रानी उछल-कूदकर अभिनय भी करते थे जो मदनू द्वारा बोले गए उनके संवादों में सजीवता लाते। कभी रामदास और रानी में प्यार की पींगें ऊँची होती थीं, तो कभी झगड़े शुरू हो जाते थे, तो कभी रामदास मदनू का डंडा लेकर रानी को मारने पहुँच जाता था। मदनू अपने अभिनय द्वारा बीच-बचाव करता था, लेकिन रानी नाराजगी में

अपने मैके चली जाती। फिर, रामदास बड़ी तैयारी से ससुराल जाता और रानी को मना कर लिवा लाता।

मदनू मदारी के इस खेल से लोग बड़े खुश होते। मदनू भी बड़ा मिलनसार था। वह लोगों में घुलमिल जाता और विभिन्न विषयों पर उनसे बातचीत करता और बड़ी चालाकी से नई घटनाओं पर उनकी प्रतिक्रिया जानने की कोशिश करता। लेकिन, इन ख़बरों की खराबी यह थी कि ये ज्यादातर सतही होती थीं और अन्दरूनी बातों का पता न लग पाता था। फिर भी, पाटलिपुत्र से भागे हुए कात्यायन के लिए ये ख़बरें भी कम महत्त्वपूर्ण न थीं।

कई बार बहुत महत्त्वपूर्ण सूचनाएँ भी मदनू के हाथ लग जाती थीं। मदनू से ही कात्यायन को पता चला कि नन्द वंश का गुप्त राजकोष सचमुच चाणक्य के हाथ लग गया। वह बहुत पछताया कि चाणक्य द्वारा राजकोष के बारे में पहले फैलाए गए अफवाह के चक्कर में आकर वह मूर्खता से राजकोष की सुरक्षा जाँचने पहुँच गया और उसकी यह गतिविधि चाणक्य के किसी गुप्तचर की दृष्टि में अवश्य आ गई होगी और उसने चाणक्य को राजकोष का वास्तविक पता बता दिया होगा।

***

जब मदनू ने कात्यायन को उसके सचिव मिलिन्द का मृत्युदंड घोषित किए जाने की खबर बताई तो कात्यायन बहुत व्यथित हुआ। अपने इतने नजदीकी व्यक्ति के लिए इतनी कठोर सजा सुनकर कात्यायन अन्दर से हिल गया। वह डर गया कि अब हो सकता है कि चाणक्य का सीधा लक्ष्य अब वह स्वयं हो।

अफवाहों और विभिन्न अभियानों द्वारा चाणक्य कात्यायन पर निरन्तर मानसिक दबाव बनाने का प्रयास करते रहते थे और प्राय: वे अपने इन मनो-अभियानों[57] में सफल भी हो जाते थे। उसके मनो-अभियानों के दबाव में ही आकर कात्यायन ऐसी उलटी-सीधी हरकतें करने को मजबूर हो जाता था कि उसकी गर्दन और फँसती जाती थी।

15

गुप्तचर अभियान के अगले चरण के लिए चाणक्य मित्रसेन को जरूरी बातें समझा रहे थे। उन्होंने उसकी प्रशंसा करते हुए कहा, "वत्स मित्रसेन, तुमने मिलिन्द को अपनी चाल में फँसा लेने के लिए कवि गिरिधर का अति उत्तम

अभिनय किया। अभियान के अगले चरण में भी तुम्हें यह अभियान जारी रखना है। यह अगला चरण ही पूरे प्रकरण में उथल-पुथल कर देगा।"

यह कहकर चाणक्य अचानक चुप हो गए। उन्होंने अपनी बगल में रखी हुई एक लौह-पेटिका खोली और उसमें से एक अँगूठी और एक पत्र निकाला। उन दोनों को मित्रसेन को सौंपते हुए उन्होंने कहा, "यह अँगूठी धारण करो, वत्स। यह साधारण अँगूठी नहीं है। यह महामात्य कात्यायन की राजमुद्रिका है जिसके प्रयोग से कभी मगध साम्राज्य की राजाज्ञाएँ घोषित होती थीं। और, यह लो पत्र। यह वही पत्र है जिसका प्रारूप तुमने पहले मिलिन्द के हस्तलेख में लिखवाया था। इस पत्र पर कात्यायन की अँगूठी की छाप लगाकर मैंने इसे उसका निजी पत्र बना दिया है। ये दोनों वस्तुएँ कात्यायन के गले का फंदा बनेंगी। सँभाल कर रखो इन्हें।"

मित्रसेन ने अँगूठी को बाएँ हाथ की अनामिका अँगुली में तुरन्त धारण कर लिया और पत्र को अपने वस्त्र के भीतरी भाग में बनी गुप्त जेब में बड़ी सावधानी से रख लिया।

इसके बाद चाणक्य ने मित्रसेन के कान में फुसफुसा कर कुछ और बातें कहीं, जिस पर मित्रसेन ने सिर हिलाकर सहमति जताई।

16

मिलिन्द को मृत्युदंड देने के लिए श्मशान भूमि[58] ले जाया जा रहा था। दो बधिक उसको घसीटते हुए ले जा रहे थे और वह बुरी तरह रो-पीट रहा था। इतने में अचानक वहाँ मित्रसेन आ पहुँचा। मिलिन्द को इस तरह घसीटा जाता देख मित्रसेन चिल्लाया, "अरे, ये तो हमारे मित्र मिलिन्द हैं।"

मित्रसेन को देखकर मिलिन्द गिड़गिड़ाया, "मित्र गिरिधर, मुझे इन बधिकों से बचा लो।"

"चिन्ता मत करो मित्र। मैं तुम्हें बचा लूँगा। चिन्ता न करो," गिरिधर-रूपी मित्रसेन ने मिलिन्द को ढाढस बँधाया।

किन्तु मिलिन्द का रोना न रुका, "चिन्ता कैसे न करूँ, मित्र! तुमने पहले भी मुझे बचाने का आश्वासन दिया था जब उस दुष्ट गणिका ने हंगामा खड़ा किया था। तुमने बचाने का वादा किया था, लेकिन तुमने अपना वादा पूरा न किया।"

"बीती बातें बिसार दो, मित्र। उस अप्रिय प्रकरण के लिए मुझे बहुत खेद है। मुझे बाद में पता लगा कि वह सुन्दर-सी दिखनेवाली सुतनुका वास्तव में

गणिका है। और, आप जानते ही हैं कि गणिकाएँ किसी की हुई हैं! आपके व्यवहार से वह बहुत आहत हो गई थी और बदला लेने के लिए जिद पर अड़ गई। उसने मेरी एक न सुनी," मित्रसेन ने स्पष्टीकरण दिया।

"लेकिन, अब तो कुछ करो, मित्र गिरिधर," मिलिन्द मिमियाया।

"हाँ, हाँ, अवश्य," कहते हुए मित्रसेन बधिकों की ओर मुँह करके उन्हें सम्बोधित करने लगा, "महानुभावो, मेरे मित्र को मुक्त कर दो।" महानुभाव जैसे भारी-भरकम सम्मान से दोनों बधिक चिढ़ गए। बदले में, मित्रसेन का मजाक उड़ाते हुए उनमें से एक ने कहा, "तुम्हारे मित्र को यमराज ने बुलाया है। इसे बचाने के लिए तो तुम्हें यमराज के पास ही जाना होगा।"

इस बीच, दूसरे बधिक ने अपना खड्ग लहराते हुए अट्टहास किया, "यदि चाहो तो यमराज के पास पहुँचने में हम तुम्हारी मदद कर सकते हैं।"

"मूर्खो, तुम्हें पता है जिसे तुम मृत्युदंड देने के लिए ले जा रहे है वह कौन है और कितना शक्तिशाली है?" मित्रसेन ने बधिकों को डाँट लगाई।

"हाँ, पता है कि यह बलात्कारी है जिसे सम्राट ने मृत्युदंड से पुरस्कृत किया है। मूर्ख, तुम्हें दीखता नहीं कि हम राजाज्ञा के पालन हेतु इसे ले जा रहे हैं?" एक बधिक ने तिरस्कृत भाव से कहा।

तुरन्त दूसरा चिल्लाया, "भाग जाओ यहाँ से। हमारे कार्य में अवरोध मत डालो, अन्यथा हम तुम्हारा वध करने से भी न हिचकेंगे।"

मित्रसेन अचानक नरम पड़ गया और बधिकों के निकट जा कर हाथ जोड़ने लगा। उसने उनसे विनती की, "मेरे मित्र का जीवन आप लोगों के हाथ में हैं। उसके प्राण बच जाएँगे यदि आप लोग उस पर कृपा करें।"

"और, बदले में हम लोगों के प्राण चले जाएँ," दोनों बधिक एक साथ बोले।

"कैसे?" मित्रसेन ने अनजान बनते हुए पूछा।

"मूर्ख, तुम्हें इतना भी पता नहीं है? मृत्युदंड पाए अपराधी को बचाने के बदले सम्राट हमारे प्राण न ले लेंगे?" बधिकों ने मित्रसेन को घुड़कते हुए कहा।

"नहीं, बिलकुल नहीं। आप लोगों को कोई हानि न होने पाएगी। बल्कि, इसके बदले आप लोगों को एक बहुत बड़ी धनराशि मिलेगी," मित्रसेन ने चारा फेंका।

"अच्छा! ऐसा कैसे होगा भला?" लगा दोनों बधिक चारे को लपकने को तैयार थे क्योंकि लालच उनकी आँखों में झलक रहा था।

"आप लोग बहाना बना देना कि अपराधी रस्सी तुड़ा कर भाग गया," मित्रसेन ने उपाय सुझाया।

"कितना धन देंगे आप हम लोगों को?" बधिक सौदा पटाने में उत्सुक दिखे।

सब मिल बैठकर मोलभाव करने लगे। दोनों बधिक अपना कर्तव्य निभाने के बजाय अधिक से अधिक धन प्राप्त कर लेने में अधिक रुचि लेने लगे। मित्रसेन के साथ उनकी मैत्री प्रगाढ़ होने लगी। फलस्वरूप वे सुरक्षा नियमों के पालन में शिथिल हो गए।

अकस्मात्, मित्रसेन ने अपना खड्ग निकाल लिया। पलक झपकते उसने मिलिन्द के बन्धन को एक झटके में काट दिया और चिल्लाया—"भागो!"

मित्रसेन और मिलिन्द दोनों भाग लिए। दोनों बधिक उन्हें पकड़ने के लिए पीछे-पीछे दौड़ पड़े। भगोड़े अपराधियों को पकड़ने के लिए वे लोगों से सहायता की पुकार भी लगाते रहे, लेकिन भागनेवाले नौ-दो ग्यारह हो गए। दोनों बधिक पिछड़ गए उनका पीछा करने में और असहाय होकर हाथ मलते रह गए।

कुछ लोगों का कहना था कि यह सब उस कुटिल चाणक्य का किया-धरा था। सब मिले हुए थे, अन्यथा ऐसी घटना कैसे घट सकती थी?

***

भागते-भागते मित्रसेन और मिलिन्द पाटलिपुत्र नगर के बाहर पहुँच गए। वहाँ से वे कुसुमपुर गाँव के निकट स्थित राजकुमार मलयकेतु के स्कन्धावार जा पहुँचे। वहाँ वे सीधे कात्यायन के आवास में जा पहुँचे।

मिलिन्द को देखकर कात्यायन ख़ुशी से उछल पड़ा। उसने आश्चर्य से पूछा, "मिलिन्द, तुम मृत्युदंड से कैसे बच गए, मित्र?" अपनी आँखों से ख़ुशी के आँसू पोंछते हुए और बगल में खड़े मित्रसेन की ओर संकेत करते हुए मिलिन्द ने कहा, "इन सज्जन की सहायता से बच गया।" फिर हड़बड़ा कर मित्रसेन का परिचय देते हुए कहा, "ये हैं कवि गिरिधर। इन्होंने ही बधिकों को चकमा देकर मुझे बचाया। ये हमारे नए मित्र हैं। मैं इनके प्रति बहुत कृतज्ञ हूँ।"

कात्यायन भी गिरिधर-रूपी मित्रसेन के प्रति गहरी कृतज्ञता के भाव से भर उठा। अपनी कृतज्ञता ज्ञापित करने के लिए कात्यायन ने अपने गले से मोतियों का हार उतारकर मित्रसेन के गले में डाल दिया और अपने दोनों हाथों के कंगन उसे उपहार में दे दिया। अपनी कृतज्ञता व्यक्त करने के चक्कर में कात्यायन को यह भी ध्यान न रहा कि कभी ये आभूषण राजकुमार मलयकेतु ने उसे सम्मान-स्वरूप दिया था।

मित्रसेन भी कात्यायन की कृतज्ञता और सम्मान से अभिभूत हो उठा। बड़ी विनम्रता और कातरता से हिचकिचाते हुए उसने निवेदन किया, "महोदय, आप तो जानते ही हैं कि कौटिल्य कितना क्रूर और कुटिल है। मित्र मिलिन्द को मृत्युदंड से बलपूर्वक बचा लेने के कारण वह मुझ पर बहुत क्रुद्ध हुआ होगा। ऐसी हालत में अब वह मुझे पाटलिपुत्र में चैन से जीने न देगा। बड़ी कृपा होगी आपकी यदि आप यहीं अपने चरणों में ही मुझे शरण दे दें। मैं आपकी सेवा में रहना चाहता हूँ।"

"आनन्द से रहो। अब तुम हमारे मित्र हो," कहकर कात्यायन ने बहुत स्नेह से मित्रसेन को गले लगा लिया।

"एक और निवेदन है, महोदय," कहकर मित्रसेन कात्यायन की अनुमति एवं प्रतिक्रिया की प्रतीक्षा करने लगा।

"हाँ, हाँ, बड़ी ख़ुशी से कहो, गिरिधर," कात्यायन ने अनुमति दी।

"अब आपके अलावा और कहीं मेरे लिए शरण नहीं है। अत: ये बहुमूल्य आभूषण, जो आपने स्नेह और सम्मान-स्वरूप मुझे अभी दिए हैं, सुरक्षा के लिए कृपया अपने पास रख लें," मित्रसेन ने निवेदन किया।

"जैसी तुम्हारी इच्छा," कात्यायन ने निवेदन स्वीकार किया।

***

मित्रसेन ने आभूषणों को एक पोटली में रखकर उसे अपने बाएँ हाथ की अनामिका अँगुली में पहनी अँगूठी से मुद्रांकित (सीलबन्द)[59] किया और पोटली कात्यायन को सौंप दी। पोटली लेते समय कात्यायन की दृष्टि संयोगवश पोटली पर लगे मुद्रांकन (सील) पर पड़ गई। उसे देखते ही कात्यायन चौंक उठा। उसने मन-ही-मन विचारा, 'अरे, यह तो हमारी अपनी अँगूठी की छाप है! यह अँगूठी तो बिछुड़ते समय स्नेह-स्वरूप मैंने अपनी पत्नी सुवासिनी को दी थी। वह इस व्यक्ति के पास कैसे पहुँच गई?'

हतप्रभ होकर कात्यायन कुछ क्षण मौन रहा। फिर, बहुत प्रेम से मित्रसेन को विश्वास में लेते हुए उसने मीठे स्वर में पूछा, "वत्स गिरिधर, आपने अपनी जिस अँगूठी से यह मुद्रांकन किया है, वह अँगूठी आपको कहाँ से मिली?" मित्रसेन ने अनजान बनते हुए कहा, "महोदय, एक दिन मैं पाटलिपुत्र नगर के लक्ष्मी महालय गया था। वहाँ नगरश्रेष्ठि कुन्दन सेठ के भवन के सामने से गुजरते समय धूल में पड़ी मिली।"

"वत्स गिरिधर, यह अँगूठी मेरी है। इसे मैंने अपनी पत्नी को दिया था। हो

सकता है यह उसके हाथ से सरक कर वहीं कहीं गिर गई होगी। आपको यदि कोई कष्ट न हो तो आप कृपया यह अँगूठी मुझे लौटा दें। आपको मैं उचित मूल्य भी दूँगा," कात्यायन ने सकुचाते हुए कहा।

"माननीय महोदय, आप कैसी बात कर रहे हैं! मैं आपका सेवक हूँ। आप यह अँगूठी अभी ले लीजिए। आपकी प्रसन्नता में ही मेरी प्रसन्नता है। मूल्य लेने का प्रश्न ही कहाँ उठता है?" इतना कहकर मित्रसेन तुरन्त अपनी अँगुली से अँगूठी उतारने लगा। कात्यायन को यह सब बड़ा अशिष्ट और अनुचित लगा। वह मित्रसेन की सत्यनिष्ठा से बड़ा प्रभावित हुआ। उसने मित्रसेन को रोकते हुए कहा, "रहने दो, रहने दो, वत्स गिरिधर, यह अँगूठी अपने पास ही रहने दो। इसे तुम मेरी ओर से उपहार-स्वरूप रख लो। मैं तुमसे बहुत खुश हूँ।"

17

राजा पुरु से सामरिक सन्धि करनेवाले पाँचों राजा, राजकुमार मलयकेतु के लिए भारी सिरदर्द साबित हो रहे थे। वे भी अपना-अपना शिविर मलय के शिविर के साथ ही उठा लाए थे और कुसुमपुर गाँव के निकट बने मलय के स्कन्धावार में ही अपना शिविर लगा कर बड़ा स्वच्छन्द और स्वेच्छाचारी आचरण कर रहे थे।

पुरु से इन पाँचों राजाओं ने सन्धि किसी सामरिक उद्देश्य या वीरता के कारण नहीं, बल्कि सिर्फ अपने इस लालच के कारण की थी कि युद्ध जीतने पर उन्हें मगध साम्राज्य का एक हिस्सा मिलेगा। उनकी अपनी सेनाएँ भी कुछ खास बड़ी न थीं। सबके पास बस मुट्ठी भर सैनिक थे, पर उनकी अकड़ बहुत थी। वे अपने को सर्वप्रभुता-सम्पन्न सम्राट से कम न समझते थे। मलय भी उन्हें अपने स्वर्गीय पिता का मित्र समझकर बहुत सम्मान करता था।

वे पाँचों राजा पक्के मद्यप थे। मदिरा पीकर जुआ खेलने के अलावा उनके पास और कोई काम न था। जुआ खेलते-खेलते वे आपस में लड़ पड़ते थे और अक्सर छोटी-छोटी बातों पर तलवार निकाल लेते थे। फिर, बीच-बचाव करने के लिए अपना मामला लेकर मलयकेतु के पास आते थे और बक-झक करके घंटों उसका समय बर्बाद करते थे।

इसके अलावा, अपनी-अपनी अजीबोगरीब माँगों, प्रस्तावों और सुझावों से भी वे मलयकेतु को तंग करते रहते थे। स्वदेश वापस लौट जाने के लिए वे अक्सर उस पर दबाव बनाते थे। यही नहीं, अपने खर्चों के लिए धन की माँग कर वे

अक्सर मलय को परेशान करते थे। मलय को यह भी पता लगा था कि उनमें से कुछ तो धन इकट्ठा करने के लिए अड़ोस-पड़ोस के गाँवों में डकैतियाँ डालते रहते थे।

कश्मीर का राजा पुष्कराक्ष उनमें सबसे बदमाश था। वह उद्दीप्त कामवासना से हमेशा बौराया रहता था। ऊपर से वह पक्का पियक्कड़ और भारी जुआरी था। रात में अक्सर वह पाटलिपुत्र नगर से गणिकाएँ अपने शिविर में मँगवाता था। राजकुमार मलयकेतु उससे बहुत परेशान रहता था क्योंकि दिन के अधिकांश समय वह उसी के पास फालतू बैठा रहता था; माँग-माँग के मदिरा पीता रहता था और अश्लील और कामुक बातें कर युवा राजकुमार को उत्तेजित करने का प्रयास करता रहता था।

इन पाँचों राजाओं की हरकतों पर नजर रखने के लिए मलय ने प्रभंजन की देख-रेख में कई गुप्तचर लगा रखे थे। प्रभंजन पूर्व में चन्द्रगुप्त की सेना का अश्वसेनाध्यक्ष था, जो बाद में पाला बदलकर मलय के खेमे में आ मिला था। पाँचों राजाओं की हरकतों पर नजर रखने के बहाने वह उनके बारे में अक्सर झूठी और भड़काऊ खबरें मलय को देता रहता था। एक बार उसने मलय को सूचना दी कि वे पाँचों मलय को समाप्त कर देने का षड्यंत्र कर रहे हैं। यद्यपि बाद में वह इस सूचना की पुष्टि करने में असफल रहा, फिर भी मलय के मन में उन राजाओं के प्रति भय और सन्देह के बीज बोने में वह सफल हो गया।

18

एक दिन पाटलिपुत्र नगर में रुद्र को खोजते आरक्षीगण गली-गली घूम रहे थे। उनके हाथ में रुद्र को बन्दी बना लेने की राजाज्ञा थी। आरोप था कि विषकन्या द्वारा राजा पुरु की हत्या करा देने के षड्यंत्र में रुद्र भी शामिल था।

रुद्र को ज्यों ही यह पता लगा वह चुपके से पाटलिपुत्र नगर से खिसक लिया और कुसुमपुर गाँव के निकट स्थित मलय के स्कन्धावार में स्थित कात्यायन के आवास पर जा पहुँचा। उसने पाटलिपुत्र नगर की स्थिति का वर्णन करते हुए कात्यायन को बताया, “आपसे मित्रता के कारण चाणक्य मेरे पीछे पड़ा हुआ है। उसे सन्देह है कि मैं गुप्त सूचनाएँ आपके पास पहुँचाता हूँ। इसीलिए वह पुरु को मारने के षड्यंत्र का झूठा आरोप लगा कर मुझे बन्दी बनाना चाहता है। पाटलिपुत्र नगर में मेरा प्राण संकट में है। इसलिए आप कृपया अपने ही पास मुझे रहने दीजिए।”

कात्यायन ने रुद्र का मुक्त हृदय से स्वागत किया और अपने आवास पर उसे सुरक्षित और सुखपूर्वक रहने का आश्वासन दिया।

19

रुद्र तो बच निकला, लेकिन कुन्दन सेठ पकड़ा गया। उसके ऊपर आरोप दूसरा था। उसे भगोड़े अपराधी कात्यायन के परिवार को गैरकानूनी शरण देने के सन्देह में पकड़ा गया था। हालाँकि, पाटलिपुत्र के प्रशासन में उच्च पदों पर आसीन अपने सम्पर्कियों से उसे अपने घर पर छापा पड़ने की सूचना पहले ही चुपके से मिल गई थी और उसने कात्यायन के परिवार को दूसरे गुप्त स्थान पर सुरक्षित ढंग से छुपा दिया था।

पाटलिपुत्र के आरक्षी अधीक्षक दमनक ने जब कुन्दन सेठ को चाणक्य के समक्ष प्रस्तुत किया तो वह बड़ी अकड़ में था। न उसने चाणक्य का अभिवादन किया न ही उसकी कुछ परवाह की। वह इस अकड़ में था कि वह नगरश्रेष्ठि है और व्यापार मंडल के अध्यक्ष होने के नाते उसके विरुद्ध कोई भी कारवाई किए जाने पर पाटलिपुत्र के सभी व्यवसायी नई शासन व्यवस्था से रुष्ट हो जाएँगे। वह समझता था कि चाणक्य ऐसा अलोकप्रिय कार्य करने का साहस न जुटा पाएँगे।

चाणक्य ने कुन्दन की अकड़ को तुरन्त भाँप लिया, लेकिन उन्होंने अपनी भावनाओं को प्रकट न होने दिया। वह समझ गए कि कुन्दन से पूछताछ करना टेढ़ी खीर होगी। फिर भी, चाणक्य ने बड़ी सूझ-बूझ से पूछताछ शुरू की।

चाणक्य—"कुन्दन, तुमने एक गम्भीर अपराध किया है।"

कुन्दन—"क्या अपराध किया है मैंने?"

चाणक्य—"तुम्हारा मित्र कात्यायन राजा पुरु की हत्या के षड्यंत्र में सम्मिलित पाया गया है। वह भगोड़ा हो रहा है। उसके परिवार को अपने यहाँ गुप्त रूप से शरण देकर तुमने कात्यायन की सहायता की है। यह एक आपराधिक कृत्य है।"

कुन्दन—"यह असत्य आरोप है। कौन कहता है मैंने ऐसा किया है! मैंने कात्यायन के परिवार को शरण नहीं दी है।"

चाणक्य—"इसके प्रमाण हैं हमारे पास।"

कुन्दन—"तो मुझे मृत्युदंड दे दिया जाए।"

चाणक्य—"वह तो तुम्हें मिलेगा ही। पहले तुम्हारे अपराध की सुनवाई सम्राट करेंगे।"

कुन्दन की निर्भीकता और अकड़ से चाणक्य हैरान थे। वह उसके साहसपूर्ण व्यवहार से हैरत में थे। उन्हें आश्चर्य हो रहा था कि कुन्दन की कात्यायन से कितनी प्रगाढ़ मित्रता है कि उसके परिवार को बचाने के लिए यह अपने प्राणों को न्योछावर करने को तैयार है। अपनी भावनाओं को बड़ी चतुराई से छुपाकर चाणक्य ने कुन्दन को धमकाते हुए कहा, "यह तो निश्चित है कि तुम्हें मृत्युदंड मिलेगा, लेकिन उससे पहले जरूरी है कि कात्यायन के परिवार का पता तुमसे मालूम किया जाए।"

"आप कहते हैं कि आपके पास प्रमाण हैं और फिर आपके पास तो गिद्धदृष्टि वाले गुप्तचरों का बड़ा समूह है तो फिर क्यों नहीं आप स्वयं ही कात्यायन के परिवार को खोजवा लेते हैं? आपके पास सामर्थ्य भी है और आपका साम्राज्य भी है," कुन्दन ने व्यंग्य बोलते हुए चाणक्य को चुनौती दी।

क्रोधित होकर चाणक्य ने आरक्षी अधीक्षक दमनक को आदेश दिया कि कुन्दन सेठ को तुरन्त कालकोठरी में बन्द किया जाए और उसकी सारी सम्पत्ति जब्त कर ली जाए। चाणक्य ने यह भी आदेश दिया कि दो दिन बाद कुन्दन सेठ को साम्राज्य के सर्वोच्च न्यायालय में सम्राट के समक्ष प्रस्तुत किया जाए ताकि उसके अपराध की सुनवाई हो सके।

20

चन्द्रगुप्त की सेना के लगभग आधा दर्जन उच्च अधिकारियों ने विद्रोह कर दिया। विद्रोह का मुख्य कारण बताए गए चाणक्य। विद्रोहियों का कहना था कि चाणक्य धूर्तता से इतने भरे हुए हैं कि उन्हें और सहन कर पाना मुश्किल है। उनका आरोप था कि कुटिलता से राजसत्ता हथिया कर चाणक्य ने चन्द्रगुप्त को मात्र कठपुतली बना रखा है और अपनी मनमानी चलाते हैं। विद्रोह करनेवालों में प्रमुख थे—हाथी सेना का अध्यक्ष देवदत्त, चन्द्रगुप्त का सैन्य सहायक सर्वतोभद्र और सेना का व्यवस्था-प्रमुख प्रद्युम्न।

सैन्य अधिकारियों ने विद्रोह तो किया, लेकिन सफल नहीं हुए। फिर, भय और क्षोभ से पाला बदलकर वे राजकुमार मलयकेतु के स्कन्धावार में जा पहुँचे। वहाँ वे चन्द्रगुप्त की सेना से पहले से ही भागकर आए प्रभंजन से मिले। प्रभंजन उन्हें लेकर चक्रधर के पास गया। चक्रधर मलय की सेना का सेनापति था। अन्ततः सब एक साथ राजकुमार मलयकेतु के पास पहुँचे। भागकर आए सेनाधिकारियों ने मलय से शरण की याचना की।

इतने लोगों को भागकर आया देखकर मलय का मन सन्देह से भर उठा। उसने प्रभंजन को एक तरफ एकान्त में बुलाकर धीरे से पूछा, "कहो, प्रभंजन, क्या यह विश्वसनीय है कि चन्द्रगुप्त की सेना में इतनी बड़ी संख्या में उच्च अधिकारियों ने विद्रोह कर दिया और वे सब के सब हमारे यहाँ शरण लेने आ पहुँचे? यह कैसे सम्भव है? यह कुछ असामान्य नहीं लगता?" मलय कुछ देर तक प्रभंजन की ओर अविश्वास से ताकता रहा, फिर बोला, "आपको ज्ञात है कि हमारे यहाँ इस तरह के विषय कात्यायन देखते हैं, तो फिर उनको छोड़कर आप इन सैन्य अधिकारियों को हमारे सेनापति के पास क्यों ले गए? क्या आप हमें समझा सकते हैं कि कात्यायन की उपेक्षा करने का कारण क्या है? इन भगोड़ों को यहाँ आकर शरण माँगने का वास्तविक आशय मुझे समझ में नहीं आ रहा है।"

प्रभंजन समझ गया कि मामला संगीन है। उसने बड़ी चतुराई और विनम्रता से राजकुमार को समझाना शुरू किया, "माननीय राजकुमार, यह तो सभी जानते ही हैं कि चाणक्य महाधूर्त है और चन्द्रगुप्त निकम्मा। सैन्य अधिकारी, जिन्हें अपने सामर्थ्य पर सदैव गर्व रहता है, चाणक्य की कुटिलता और चन्द्रगुप्त की शिथिलता नहीं सह पाए। सम्राट की उपेक्षा में उन्हें अपना स्वाभिमान भी आहत होता नजर आया। इसलिए इन लोगों ने विद्रोह कर दिया और विद्रोह असफल होने पर दंडित किए जाने के डर से यहाँ भाग आए।" मलय की प्रतिक्रिया के लिए प्रभंजन थोड़ा रुका। फिर मलय की मौन किन्तु सकारात्मक प्रतिक्रिया से प्रोत्साहित होकर उसने फिर बोलना शुरू किया, "जहाँ तक कात्यायन की बात है, तो यह सबको ज्ञात है कि कात्यायन और चाणक्य में प्रबल प्रतिद्वन्द्विता है। यह प्रतिद्वन्द्विता सम्राट के ऊपर प्रभाव जमाने को लेकर है। पहले के सम्राट—धननन्द—पर कात्यायन का प्रभाव था। धननन्द चाणक्य से बहुत चिढ़ा हुआ था। चाणक्य ने धननन्द को समाप्त कर कात्यायन को प्रभावशून्य कर दिया। अब सम्राट चन्द्रगुप्त के ऊपर चाणक्य का प्रभाव है। चाणक्य को हटाकर कात्यायन अपना प्रभाव जमाना चाहता है। चन्द्रगुप्त पर जो भी आक्रमण किए उसने वे वास्तव में चन्द्रगुप्त नहीं बल्कि चाणक्य पर लक्षित थे। कात्यायन का मानना है कि चाणक्य को रास्ते से हटाकर वह चन्द्रगुप्त का सलाहकार और महामात्य बन सकेगा। चन्द्रगुप्त का विश्वास जीतने के लिए वह भगोड़े सैन्य अधिकारियों को चन्द्रगुप्त को सौंप सकता है और बदले में अपने गुप्तचरों और नजदीकी अधिकारियों को आरोपमुक्त करा सकता है। इस सौदे की सम्भावना को भाँपकर ही भगोड़े कात्यायन के पास नहीं गए।"

"कात्यायन की योजना के बारे में तुम्हें कैसे मालूम?" मलय ने सन्देह से पूछा।

"महोदय, आपने ही मुझे गुप्तचरों का प्रमुख बनाया है। अतः बहुत सारी गुप्त सूचनाएँ मेरे पास पहुँचती रहती हैं, जिनके विश्लेषण से मैं इस निष्कर्ष पर पहुँचा हूँ।"

मलय ने प्रभंजन से फिर आगे पूछना बेकार समझा। उसने प्रभंजन के निष्कर्ष को काल्पनिक और अपुष्ट सूचनाओं पर आधारित मान कर अस्वीकार कर दिया। मलय ने इन सम्भावनाओं को एक सिरे से ख़ारिज कर दिया, फिर भी उसके मन में कात्यायन के प्रति सन्देह उत्पन्न हो गया। प्रभंजन का यही गुप्त उद्देश्य था।

21

पाटलिपुत्र[60] नगर में मदनोत्सव[61] उस जमाने से मनाया जाता था जब इस शहर की स्थापना हर्यंक वंश के शासक अजातशत्रु ने की थी। नन्द वंश के अन्तिम शासक सम्राट धननन्द के समय तक आते-आते मदनोत्सव ने नगर के जनजीवन में विशेष स्थान बना लिया। लोग पूरे वर्ष इस पर्व की प्रतीक्षा बड़ी बेसब्री से करते।

प्रतिवर्ष की भाँति उस वर्ष भी लगभग डेढ़ माह तक चलनेवाले वसंतोत्सव का प्रारम्भ माघ मास के शुक्ल पक्ष की पंचमी के दिन मनाए जानेवाले सुवसन्तक पर्व से हुआ। उस दिन प्रातः ही झुंड के झुंड पाटलिपुत्र-वासी नर-नारी नहा-धोकर पीले वस्त्र धारण कर पुष्पवेणु चौराहे के कान्ताकान्तार प्रखंड स्थित वाग्देवी मन्दिर में सरस्वती देवी की पूजा करने इकट्ठे हुए। उनके हाथों में पीले-पीले पुष्प थे। अपने-अपने महालयों से वे झुंड बनाकर गाते-बजाते आ रहे थे। पूजा करके लौटनेवाले लोग दोपहर में अपने घरों में पीले, मीठे, सुवासित चावल भोजन के लिए पका रहे थे। यद्यपि विद्वान व कुलीन नागरिकों में यह पर्व सुवसन्तक कहलाता था, लेकिन जनसामान्य में यह बसन्त पंचमी के नाम से जाना जाता था।

उस दिन शाम को पाटलिपुत्र के सब वासी गाते-बजाते, अपने हाथों में सूखी लकड़ियों के टुकड़े लिए हुए पुष्पवेणु चौराहे पर फिर इकट्ठे हुए। उनके आकर्षण का केन्द्र पुष्पवेणु चौराहे के बीचोबीच वह स्थान था जहाँ

अभयारण्य प्रखंड स्थित कामदेव मन्दिर के प्रमुख पुजारी एक विशेष कर्मकांड के लिए उपस्थित थे।

विस्तृत पूजा व अर्चना के बाद पुजारी ने मंत्रों से उपचारित उदुम्बर (गूलर) वृक्ष की एक हरी शाखा को चौराहे के केन्द्रीय स्थान पर खड़ा कर दिया। तुरन्त बाद सभी नागरिकों ने अपने साथ लाये हुए लकड़ियों के टुकड़े उस स्थान पर एक के ऊपर एक जमा करना शुरू किए। यह स्थान बहुत पवित्र और पूजित माना गया। आगामी फाल्गुन की पूर्णिमा तक वहाँ से गुजरनेवाले सभी नागरिकों के लिए यह अनिवार्य धार्मिक कर्तव्य था कि पूजित स्थान पर यथाशक्ति काष्ठ-खंड जमा करने के बाद ही आगे बढ़ें।

उस शाम पूजा-पाठ के उपरांत सभी नागरिक पुजारी के नेतृत्व में अभयारण्य प्रखंड में स्थित कामदेव मन्दिर में पूजा-अर्चना के लिए पहुँचे, जहाँ भजन-कीर्तन का कार्यक्रम देर तक चला।

***

डेढ़ माह तक चलनेवाले वसंतोत्सव का समापन फाल्गुन की पूर्णिमा से प्रारम्भ होनेवाले पञ्च-दिवसीय मदनोत्सव से होता था। पूर्णिमा वाली शाम आकाश में थाल जैसा चाँद उगते ही सारे पुरवासी—स्त्री-पुरुष—पुष्पवेणु चौराहे पर एकत्र होते थे। कान्ताकान्तार प्रखंड में स्थित वाग्देवी मन्दिर के पास कलाकार नर-नारियों का समूह बैठता था, तो अभयारण्य प्रखंड में स्थित कामदेव मन्दिर के पास सामान्य नर-नारियों का समूह विराजमान होता था। निधिवन प्रखंड में खुले में एक अर्धनग्न यक्षिणी की खड़ी मूर्ति स्थापित थी जो सौन्दर्य, श्रृंगार और रागात्मकता की जीवन्त प्रतिमा लगती थी। इस मूर्ति के निकट समस्त राज पदाधिकारीगण अपनी वरीयता के क्रम में बैठते थे। नन्दनकानन प्रखंड में सम्राट के परिवार के लोग सम्राट के साथ बैठते थे। इसमें राजकुल के बाहर के व्यक्तियों का प्रवेश वर्जित था। इस प्रखंड में पाटलिपुत्र नगर के संस्थापक अजातशत्रु से लेकर महापद्मनन्द तक की आदमकद मूर्तियाँ लगी हुई थीं। उस पूर्णिमा की शाम सभी मूर्तियों के सामने बड़े-बड़े दीपक जलाए जाते थे और पूरे नन्दनकानन प्रखंड की विशेष सजावट होती थी। यही प्रखंड ऐसा था जिसे झाड़ियाँ उगा कर चारों ओर से घेरा गया था। इसके द्वार पर सतर्क प्रहरी नियुक्त रहते थे।

फाल्गुन पूर्णिमा की शाम जब तीनों प्रखंडों में समस्त जन ठीक से बैठ चुके होते थे तब सम्राट धननन्द राजपरिवार के साथ राजभवन से निकल कर

नन्दनकानन में प्रवेश करते थे। उसे देखते ही वहाँ उपस्थित सभी जन खड़े होकर सम्राट की जयजयकार करते थे और तभी बैठते थे जब सम्राट अपने स्वर्णसिंहासन पर विराजमान हो जाता था। सम्राट के विराजमान होते ही महामात्य कात्यायन निधिवन से निकल कर नन्दनकानन के द्वार पर जाकर खड़ा होता था और एक प्रहरी तुरन्त दौड़कर सम्राट को महामात्य के आने की सूचना देता था। सम्राट अपने परिवारजन को पीछे छोड़कर द्वार पर अकेले आता था जहाँ से उसे अभिवादन के पश्चात् सम्मानपूर्वक कात्यायन द्वारा चौराहे के केन्द्र में स्थापित काष्ठ-स्तूप तक ले जाया जाता था।

इस बीच वहाँ लकड़ी के ढेर के चारों ओर चारों वेदों का प्रतिनिधित्व करते ब्राह्मणों का समूह बारी-बारी से अपने-अपने वेद का पाठ करता रहता था। सम्राट के वहाँ पहुँचते ही वेदपाठ का स्वर और उच्च हो जाता था। साथ-साथ, पुजारियों का एक दल सम्राट से वहाँ विशेष पूजा-अर्चना करवा कर उनके हाथ से चन्दन के पाँच बड़े काष्ठ-खंड लकड़ियों के ढेर में डलवाता था और उनके ही हाथ से मंत्रोच्चारों के मध्य उस विशाल काष्ठ-समूह में आग लगवाता था। इस बीच वेदपाठी ब्राह्मणों का सस्वर वेदपाठ चलता रहता था और अन्य सब लोग अपनी-अपनी जगह खड़े होकर करतल-ध्वनि से हर्ष प्रकट करते थे।

सम्राट शीघ्र ही अपने स्वर्णसिंहासन पर वापस आ जाता था और अन्य सभी लोग भी अपनी जगहों पर बैठ जाते थे। तब जलती लकड़ियों से उठती लपटों के प्रकाश में उस शाम का मुख्य कार्यक्रम प्रारम्भ होता था। यह 'सर्वांगसुन्दरी' चयन प्रतियोगिता का अन्तिम चरण होता था।

'सर्वांगसुन्दरी' की चयन-प्रतियोगिता प्रतिवर्ष बसन्त पंचमी के दिन शुरू होती थी। यह बड़ी कठिन और जटिल प्रतियोगिता होती थी, जिसमें मात्र अठारह से पच्चीस वर्ष तक की अक्षतयोनि कन्याएँ ही भाग ले सकती थीं। यद्यपि इस प्रतियोगिता में सहभागिता सबके लिए सुलभ थी, लेकिन प्रायः नर्तकियों और गणिकाओं की सुन्दर और कुँआरी कन्याएँ ही भाग लेती थीं। मँजे हुए पारखियों का एक विशिष्ट निर्णायक मंडल इन कन्याओं के सौंदर्य के विविध प्रतिमानों, जैसे शारीरिक बनावट व चौंसठ विद्याओं[62] में निपुणता, के आधार पर प्रतिभागियों की बड़ी संख्या की छँटनी करता था। अन्ततः, पाँच सुन्दर कन्याओं का चयन होता था जिनकी अक्षतयोनि की जाँच कात्यायन के गुप्तचर अत्यन्त गोपनीय तरीके से करते थे। इस परीक्षण में असफल होनेवाली कन्या को झूठ बोलने के आरोप में कठोर दंड दिया जाता था।

फाल्गुन पूर्णिमा की उस शाम पाँचों चयनित कन्याएँ कान्ताकान्तार प्रखंड स्थित वाग्देवी मन्दिर में सरस्वती देवी की पूजा करने के पश्चात् गणिकाप्रमुख मोहिनी के नेतृत्व में एक शोभायात्रा के रूप में अभयारण्य प्रखंड स्थित कामदेव मन्दिर में पूजा करने पहुँचती थीं। तत्पश्चात् उनकी शोभायात्रा निधिवन प्रखंड में पहुँचती थी जहाँ पाँचों कन्याएँ अर्धनग्न यक्षिणी की मूर्ति के अगल-बगल मोहक मुद्रा में खड़ी होती थीं। यहाँ पर उनका कात्यायन की अध्यक्षता में दो अन्य अमात्यों के निर्णायक मंडल के समक्ष साक्षात्कार होता था। इस प्रकार एक सर्वगुणी 'सर्वांगसुन्दरी' का चयन पूरा हो जाता था। इस पूरी प्रक्रिया के दौरान काष्ठ-खंडों से ऊँची-ऊँची लपटें उठती रहती थीं और अपने सामने से गुजरनेवाली सुन्दरियों की शोभायात्रा का लोग करतल ध्वनि से स्वागत व अभिनन्दन करते थे।

अन्तिम रूप से चुनी गई सुन्दरी को गणिकाप्रमुख मोहिनी नन्दनकानन ले जाकर सम्राट की गोद में बैठा देती थी। लोग हर्षोल्लास के साथ इस अन्तिम क्षण का विशेष अभिनन्दन करते थे। लोगों का अभिनन्दन स्वीकार करके सम्राट 'सर्वांगसुन्दरी' के साथ राजभवन में सीधे अपने शयनकक्ष में चला जाता था और उसी रात सम्राट उसका कौमार्यहरण कर देता था।

'सर्वांगसुन्दरी' एक वर्ष के लिए चुनी जाती थी। एक वर्ष वह राजभवन में सम्राट की पटरानी के रूप में रहती थी और उसे विविध कामक्रीड़ाओं के द्वारा आनन्द प्रदान करती थी। अगली फाल्गुन पूर्णिमा को नवीन 'सर्वांगसुन्दरी' के चयन के साथ ही उसे राजभवन छोड़ना पड़ता था। राजकोष से उसे पर्याप्त धन देकर विदा किया जाता था और फिर नगरवधू के रूप में वह जनसामान्य के लिए उपलब्ध हो जाती थी। हाँ, उसका शुल्क इतना अधिक होता था कि सामान्य व्यक्ति उसे पाने को सपने में भी सोच न सकता था।

अगले दिन चैत्र मास शुरू हो जाता था और उसका पहला दिन चैत्र प्रतिपदा कहलाता था। उस दिन सुबह से ही मदनोत्सव शुरू हो जाता था। सम्राट के अलावा अन्य सभी लोग पुष्पवेणु चौराहे पर इकट्ठे होकर रात में जलाई गई अग्नि की राख का तिलक लगाते थे और फिर अभयारण्य प्रखंड स्थित कामदेव मन्दिर के समक्ष एकत्र होते थे।

इसी दिन सुबह से ही 'सर्वांगसुन्दरी' को विशेष वस्त्राभूषणों से सजाया जाता था। वह रानियों और दसियों की एक शोभायात्रा का नेतृत्व करते हुए राजभवन से निकल कर पुष्पवेणु चौराहे के केन्द्र में पहुँचती थी जहाँ पिछली रात अग्नि प्रज्वलित की गई थी। यहाँ लोगों की जयजयकार के बीच वह राख की वंदना

करती थी, जिसे धूलिवंदन कहा जाता था। वहाँ से वह शोभायात्रा कामदेव मन्दिर में पूजा करने पहुँचती थी। यहाँ कामदेव की पूजा करने के पश्चात् 'सर्वांगसुन्दरी' मन्दिर के सामनेवाले अशोक वृक्ष के पल्लवों के गुच्छे को अपने स्वर्णाभूषित दाहिने हाथ से पकड़ कर हिलाते हुए नूपुरों और आलक्तक से सजे अपने बाएँ पैर से वृक्ष के तने पर मृदु आघात करती थी। इससे बहुत सारे अशोक के फूल जमीन पर आ गिरते थे। यही मदनोत्सव का शुभारम्भ माना जाता था।

सभी स्त्री-पुरुष बिना भेदभाव के एक-दूसरे को रंग-गुलाल लगाते थे और स्नेहमय अभिवादन का आदान-प्रदान करते थे। फिर वे सम्राट की ओर से अभयारण्य प्रखंड के प्रांगण में उपलब्ध कराए गए विविध पेय पदार्थों का सेवन करते थे। पेय पदार्थों में सर्वाधिक भीड़ मिट्टी के बड़े-बड़े कई घड़ों में रखे सोमरस के लिए होती थी। सोमरस का वितरण अत्यन्त सीमित मात्रा में नियंत्रित ढंग से होता था। इसके लिए चारों ओर विशेष निरीक्षक और आरक्षीगण नियुक्त रहते थे। यह कार्यक्रम दोपहर तक चलता था।

मदनोत्सव के अवसर पर प्रयोग किए जानेवाले पेय पदार्थों में सोम[63] और सुरा[64] विशेष थे। सोम जहाँ पुष्टिवर्धक था, वहीं सुरा मादक होती थी। उस दिन सोम के सेवन की अनुमति दिन में थी, जबकि सुरा शाम के बाद ही पी जा सकती थी। दोनों का वितरण शासन की ओर से नि:शुल्क होता था, किन्तु अत्यन्त सीमित और अत्यल्प मात्रा में।

उसी दिन शाम को आकाश में चाँद उगते ही सभी लोग पुष्पवेणु चौराहे के तीनों प्रखंडों में इकट्ठे हो जाते थे। राजपरिवार के लिए आरक्षित नन्दनकानन प्रखंड आज के दिन बिलकुल खाली होता था क्योंकि सम्राट सहित राजपरिवार का कोई भी व्यक्ति कामदेव की पूजा के बाद अगले तीन दिन राजभवन से बाहर न निकलता था। रानियाँ और दासियाँ छुप-छुपकर राजभवन के झरोखों से उस शाम का दृश्य देखती थीं। सम्राट इन सबसे पृथक उस शाम सुरा-सेवन और सर्वांगसुन्दरी से सम्भोग में रत रहता था।

उस शाम लोगों की सक्रियता सिर्फ कन्ताकान्तार और अभयारण्य प्रखंडों में होती थी। इनमें स्थित सरस्वती और कामदेव के मन्दिरों के द्वार बन्द कर दिए जाते थे। निधिवन में बैठे उच्च राजकर्मचारी, अमात्य इत्यादि मात्र दर्शक की भूमिका में होते थे। आरक्षी और सुरक्षा-प्रहरी जगह-जगह नियुक्त होते थे ताकि आमोद-प्रमोद की झोंक में कोई विकट या दुर्घट न घट जाए।

सुरा की पहली खेप के सेवन के ठीक पहले कन्ताकान्तार प्रखंड में सभी कलाकार—गायक-गायिकाएँ, नर्तक-नर्तकियाँ—सरस्वती-मन्दिर के सामने

एक साथ समवेत स्वर में सरस्वती वंदना करते थे। इसके साथ ही सरस्वती-मन्दिर के द्वार बन्द हो जाते थे और गायक कलाकार दो गुटों में बँट जाते थे। खेप-दर-खेप सुरा-सेवन के साथ दोनों ओर से प्रतिस्पर्धी गायन होता था। दोनों ओर के गायक-गायिकाएँ एक-दूसरे को लक्ष्य करके गीत गाते थे और नर्तकियाँ बीच में नृत्य करती थीं। पहले यह नृत्य और गायन का कार्यक्रम ललित, फिर विलसित, फिर उत्तेजक, फिर कामुक चरणों से गुजरता हुआ अन्त में पाँचवें चरण अश्लील पर पहुँचता था। हर चरण की शुरुआत में सुरा की एक खेप बँटती थी।

पाँचवीं खेप बँटते ही निधिवन में बैठे अमात्यगण उठकर चले जाते थे। सब कुछ सकुशल सम्पन्न हो यह सुनिश्चित करने की जिम्मेदारी नगर दंडाधिकारी दमनक के ऊपर आ जाती थी जो अपने आरक्षियों और सुरक्षा-प्रहरियों के साथ वहाँ सतत सतर्क रहते थे।

पाँचवें चरण के बाद ही शुरू होता था उस रात का विशेष कार्यक्रम जिसकी प्रतीक्षा लोग साल भर करते थे। वर्ष में उस एक रात सभी स्त्री-पुरुषों को छूट रहती थी कि कोई भी किसी के भी साथ खुलेआम सबके सामने सम्भोग कर सकता था। नियम बस दो ही थे—सम्भोग सिर्फ परस्पर सहमति से हो सकता था और अगले दिन सूर्योदय से पूर्व यह समाप्त हो जाना होता था। फिर साल भर कोई इसकी चर्चा भी न कर सकता था। इन नियमों का उल्लंघन करनेवालों के लिए कठोर दंड का प्रावधान था।

उस एक रात लोग साल भर से दबी अपनी काम-वासनाएँ अभिव्यक्त और तृप्त कर मुक्त होने की अनुभूति करते थे। कई-कई स्त्री-पुरुष अलग-अलग जोड़ों में कई-कई बार सम्भोगरत होते थे। यह उनके अपने सामर्थ्य और तृष्णा पर निर्भर करता था। इसमें सहभागिता के अनिच्छुक लोगों को भी पूरी छूट रहती थी कि वे पूरी प्रक्रिया से पृथक रह सकते हैं।

इस सारे कार्यक्रम की संकल्पना सम्राट धननन्द के संकेत पर महामात्य कात्यायन ने की थी। उद्देश्य यह था कि कम-से-कम एक रात की पूरी स्वतंत्रता मिलने से लोगों की दमित काम-वासनाएँ मुक्त हो जाएँगी। इससे काम-जनित अपराध रुकेंगे। और, यह सही भी साबित हुआ। साथ ही, बहुत लोकप्रिय भी।

अगले दिन की रात, अर्थात् तीसरी रात, पुष्पवेणु चौराहे पर सामान्य यातायात बिलकुल बन्द कर दिया जाता था। पूरे परिसर में अमात्यों का विशेष पहरा होता था जिसका अधीक्षण स्वयं महामात्य कात्यायन करता था। कारण?

कारण था सुरक्षाकर्मियों और मध्यस्तरीय अन्य राज पदाधिकारियों के लिए 'घटकंचुकी' क्रीड़ा। सुरापान समाप्त होते ही पुरुष और उनकी पत्नियाँ दो अलग-अलग कतारों में खड़े हो जाते थे। अनिच्छुक और पत्नीविहीन पुरुषों को इस क्रीड़ा से बाहर कर दिया जाता था।

खाली सुरापात्रों में स्त्रियाँ अपनी-अपनी चोली खोल कर डाल देती थीं। उनके मुक्त, सुन्दर, उन्नत उरोज उस रात की चाँदनी में अद्भुत उत्तेजक दिखते थे। यह उनके ऊपर छोड़ दिया जाता था कि वे यदि चाहें तो अपने सभी वस्त्र त्याग कर पूर्ण नग्न भी हो सकती थीं। अपनी सुन्दर देहयष्टि पर गर्व करनेवाली युवतियाँ, विशेषकर वे जिन्हें अपने प्रशस्त नितम्बों पर नाज था, पूरी तरह अनावृत होने में जरा भी नहीं हिचकती थीं।

खाली ताम्रपात्र के बगल में महामात्य कात्यायन खड़ा रहता था ताकि खेल में किसी प्रकार की हेरा-फेरी न होने पाए। बारी-बारी से एक पुरुष उस पात्र के सामने आता था और पात्र में हाथ डाल कर एक कंचुकी निकाल कर हवा में लहराता था। जिस स्त्री की वह कंचुकी होती थी वह उसे पहचान कर, उस पुरुष के साथ जोड़ा बनाकर एक तरफ पंक्ति में खड़ी हो जाती थी। यह चयन अन्तिम स्त्री-पुरुष तक चलता था। फिर उन जोड़ों को कान्ताकान्तार और अभ्यारण्य प्रखंडों के परिसरों में कहीं भी, कैसे भी, स्वच्छन्द सम्भोग की स्वतंत्रता थी। हाँ, वे निधिवन और नन्दनकानन में प्रवेश नहीं कर सकते थे और उनकी रतिक्रीड़ा सूर्योदय से आगे न जा सकती थी। साथ ही, पूरे साल इसकी चर्चा करने की मनाही थी।

चौथी रात ऐसी ही घटकंचुकी क्रीड़ा अमात्यों और उच्च राजपदाधिकारियों के लिए राजभवन के रंगमंडप कक्ष में आयोजित होती थी जिसकी अध्यक्षता स्वयं सम्राट धननन्द करता था। वह चोली-चयन में निष्पक्षता सुनिश्चित करने के साथ-साथ पूरी क्रीड़ा के दौरान पूरे कक्ष में घूम-घूम कर निरीक्षण करता था और क्रीड़ा में शिथिल पड़नेवाले किसी स्त्री-पुरुष या जोड़े को फटकार लगाता था।

पाँचवीं रात मदनोत्सव राजभवन के अन्त:पुर में मनाया जाता था जहाँ उस रात किसी भी पुरुष, यहाँ तक कि सम्राट, का भी प्रवेश वर्जित था। रानियाँ और दासियाँ समभाव से अन्त:पुर के प्रांगण में पूर्ण नग्न होकर चाँदनी रात में समलैंगिक रति में लिप्त होती थीं।

***

लोगों को अचानक झटका लगा, जब बसन्त पंचमी के दूसरे ही दिन उन्हें पता चला कि आचार्य चाणक्य के आदेश से मदनोत्सव की सारी तैयारियाँ रोक दी गई हैं। लोगों को बताया गया कि चाणक्य मदनोत्सव को अश्लील और दुराचरणपूर्ण मानते हैं। पूर्व सम्राट पर कामुक और भ्रष्टाचारी होने का आरोप लगाते हुए उन्होंने कहा है कि जो राजा अपने प्रजाजन को अनैतिक राह पर ले जाता है वह स्वयं भी एक दिन पतन के गर्त में गिर जाता है।

इस आदेश पर लोगों में तरह-तरह की प्रतिक्रियाएँ हुईं। कुछ नैतिकतावादियों ने आदेश को सही ठहराया। कुछ शुद्धतावादियों ने भी उनका साथ दिया। उनमें से कुछ लोग ऐसे थे जिन्हें मन-ही-मन अपनी पत्नियों के प्रति रोष था कि मदनोत्सव की रात्रि में वे बड़ी निर्लज्जता से रस ले-लेकर परपुरुष के साथ रतिक्रीड़ा करती थीं। अपनी पत्नियों की यह उन्मुक्त काम-क्रीड़ा उन्हें शासनादेश के कारण चुपचाप सहन करनी पड़ती थी। लेकिन, ऐसे लोगों की संख्या बहुत कम थी। बहुसंख्यक लोग ऐसे थे जो उत्सव को मनाने के पक्ष में थे। इनका मानना था कि इस उत्सव के बहाने वर्ष में कम से कम एक बार उन्हें अपने मन की करने की छूट मिलती थी। इसकी मधुर स्मृति सारे साल बनी रहती थी। ऐसे लोग इस उत्सव को लोगों के मानसिक एवं सामाजिक स्वास्थ्य के लिए अत्यन्त आवश्यक मानते थे। चाणक्य के आदेश के कारण इन लोगों के मन में बड़ा क्षोभ पैदा हुआ। विरोध के स्वर गली-चौराहों और बाजारों जैसे सार्वजनिक स्थानों पर साफ सुने जा सकते थे।

बात सम्राट चन्द्रगुप्त तक भी पहुँची। कुछ लोगों का एक प्रतिनिधिमंडल सम्राट के समक्ष उपस्थित हुआ और अपनी व्यथा कह सुनाई। सम्राट ने बड़े आश्चर्य से पूछा, "किसके आदेश से रोका गया? मेरी अनुमति के बिना ऐसा कैसे हुआ?" सामने खड़े सभासद और उच्च राज पदाधिकारीगण चुप्प। उनकी चुप्पी से चिढ़ कर चन्द्रगुप्त बोले, "आखिर आप लोग चुप क्यों हैं? कुछ बोलते क्यों नहीं?" वहाँ उपस्थित अधिकतर लोग सिर झुकाकर नीचे देखने लगे। कुछ अपने पैर के अँगूठे से धरती कुरेदने लगे। आखिर, साहस करके सेनापति ने बड़ी विनम्रता से झुकते हुए कहा, "महाराजधिराज, यह आदेश माननीय आचार्य चाणक्य का है। उनके आदेशानुसार ही मदनोत्सव की तैयारियाँ रोक दी गई हैं।

सेनापति का उत्तर सुनकर सम्राट चन्द्रगुप्त का मुँह लटक गया। उन्हें लगा कि कहीं वे सचमुच नाममात्र का सम्राट तो नहीं और सत्ता की सारी

शक्तियाँ चाणक्य के हाथों में तो नहीं केन्द्रित हो गई हैं? बड़ी व्यग्रता से उन्होंने आदेश दिया, "आचार्य को बुलाया जाए। हम उनसे एकान्त में मंत्रणा करेंगे।"

***

चन्द्रगुप्त : "आचार्यश्री, वसन्तोत्सव के आयोजन को आपने क्यों रुकवाया? आपका कोई भी कार्य बिना किसी प्रयोजन के नहीं होता है। तो, महामहिम, इस रोक के पीछे क्या प्रयोजन है?"

चाणक्य : "सुनो, चन्द्रगुप्त! राज्य की सफलताएँ तीन तरह की होती हैं—पहली, राजा के कार्यों से; दूसरी, मंत्री के कार्यों से और तीसरी, दोनों के समवेत प्रयास से। अब जब तुम्हारी पूरी सफलता मेरे प्रयासों पर ही आश्रित है तो फिर मेरे कार्य का प्रयोजन पूछने का क्या तात्पर्य?"

चाणक्य के इस अहंकार और धृष्टतापूर्ण कथन को सुनकर चन्द्रगुप्त ने मारे क्षोभ के अपना मुँह दूसरी ओर फेर लिया। ठीक उसी समय राजदरबार का चारण, जो कक्ष के बाहर खड़ा था, अपने तानपूरे पर आलाप लेकर गा उठा :

चारों ओर छिटक गई शुभ्र चन्द्रिका,
अहो, शुभ्र चन्द्रिका
उग उठा जब नव चन्द्र गगन में
अन्धकार का हृदय चीर कर फैला उजियाला
अनाचार की घनीभूत कालिख छायी थी नभ में
चंद्र-प्रकाश ने उसको छिन्न-भिन्न कर डाला
चारों ओर छिटक गई शुभ्र चन्द्रिका,
अहो, शुभ्र चन्द्रिका !
अरे, यह क्या! हतभाग्य ! बादल आ छाया
ग्रस ली शुभ चन्द्रिका, उसे निस्तेज बनाया
काले बादल ने क्यों उज्ज्वल चन्द्र छिपाया
स्वार्थ के चलते तूने उसका सामर्थ्य दबाया
चारों ओर छिटक गई शुभ्र चन्द्रिका,
अहो, शुभ्र चन्द्रिका !

गीत सुनते ही चाणक्य समझ गए कि चारण कात्यायन से मिला हुआ है और उसके लिए गुप्तचर का काम कर रहा है। चारण प्रकटत: तो रात, चाँद और बादल वाले मौसम का सुन्दर वर्णन कर रहा है, किन्तु अन्योक्ति[65] के द्वारा चन्द्रगुप्त को चन्द्रमा और चाणक्य को काला बादल बताते हुए जान-बूझ कर चन्द्रगुप्त को उकसा रहा है।

गीत का आशय समझते ही चाणक्य सजग हो गए, किन्तु, चन्द्रगुप्त ने अपने प्रशंसा-भरे गीत से खुश होकर चारण को तुरन्त एक सहस्त्र कार्षापण पुरस्कार स्वरूप देने की घोषणा की। तत्क्षण, इसका विरोध करते हुए चाणक्य ने कहा, "कहाँ से इतनी बड़ी धनराशि आएगी जो तुम ऐसे मामूली गीतों के लिए इतना बड़ा पुरस्कार देते रहोगे?"

कुपित होकर चन्द्रगुप्त बोले, "अगर आप इसी तरह मेरे ऊपर रोक-टोक लगाते रहेंगे तब तो यह राजसत्ता मेरे लिए काँटों का हार बन जाएगी।"

चाणक्य : "होता है, होता है, वत्स! ऐसी सनक उठती है राजाओं में जब उनमें सर्वोच्च पद पर पहुँचकर भी शासन करने की समझ नहीं आती।"

चन्द्रगुप्त : "क्षमा करें आचार्य! अब बहुत हुआ। मैं अपना उत्तरदायित्व स्वयं सँभाल लूँगा।"

चाणक्य : "बड़ी अच्छी बात है। फिर तो, मैं अपना कर्तव्य सँभालूँगा।"

चन्द्रगुप्त : "अच्छा, तो आप हमें बताइए कि मदनोत्सव का आयोजन रोकने का प्रयोजन क्या है?"

चाणक्य : "हमें भी जानना है कि इतने बृहद स्तर पर यह आयोजन करने की आवश्यकता क्या है?"

चन्द्रगुप्त : "आप का प्रयोजन तो मात्र हमारी इच्छा में व्यवधान डालना लगता है।"

चाणक्य : "हाँ, है मेरा प्रयोजन तुम्हारी इच्छाओं पर रोक लगाना, क्योंकि तुम बहुत-सी बातों को जाने बिना उतावलेपन में इतना बड़ा आयोजन कर रहे हो।"

चन्द्रगुप्त : "कौन सी ऐसी बातें हैं?"

चाणक्य : "तुम्हें स्मरण रखना चाहिए कि हमारी सेना के रख-रखाव के प्रमुख विभाकर सहित कई उच्च पदाधिकारी और सेनानायक हमें छोड़कर मलय और कात्यायन से जा मिले हैं। तुम्हें यह नहीं भूलना चाहिए कि राजकुमार मलय अपने पिता पुरु की

हत्या का बदला लेने के लिए कुछ भी करने को उतारू है। हमारा प्रबल प्रतिद्वन्द्वी कात्यायन हम पर आक्रमण करने के लिए उसे लगातार उकसा रहा है। उनकी सेना किसी भी समय हम पर आक्रमण कर सकती है। ऐसी स्थिति में हमें अपनी सेना संगठित करने और दुर्गों को सुदृढ़ करने की आवश्यकता है, न कि मदनोत्सव जैसे विलासी और अनैतिक महोत्सव मनाने की। यही कारण है कि मैंने इस उत्सव के अपव्ययी आयोजन पर रोक लगाई।"

चन्द्रगुप्त : "मुझे अभी बहुत कुछ पूछना है, आचार्य।"

चाणक्य : "हाँ, हाँ। पूछो, बिना झिझक पूछो।"

चन्द्रगुप्त : "मैं जानना चाहता हूँ..."

चाणक्य : "हाँ, हाँ, पूछो। मैं बताने को तैयार हूँ।"

चन्द्रगुप्त : "मैं जानना चाहता हूँ कि जब मलय ही सारी समस्याओं की जड़ है तो उसे पहले भागने ही क्यों दिया गया? उसी समय उसका कुछ निराकरण कर लेना चाहिए था।"

चाणक्य : "देखो चन्द्रगुप्त, अगर मलय को भागने न दिया गया होता, तो दो बातें होतीं। या तो हम उसे बन्दी बना लेते या फिर सन्धि के अनुसार जीते हुए मगध साम्राज्य का आधा हिस्सा देते। अगर हम उसे बन्दी बनाते तो राजा पुरु के वध का आरोप भी हम लोगों पर ही लगता। और, अगर मलय को हम साम्राज्य का आधा हिस्सा दे देते तो हम एक तो अपने साम्राज्य का हिस्सा गँवाते, दूसरे यह राजा पुरु के प्रति अन्याय होता।"

चन्द्रगुप्त थोड़ी देर के लिए चुप हो गए और कुछ सोचते रहे। लेकिन, जल्दी ही उन्होंने अपना अगला प्रश्न प्रस्तुत किया—

"कात्यायन कितने ही दिनों यहीं रहा पाटलिपुत्र में और फिर सुरक्षित निकल भागा और जाकर मलय से मिल गया। आपने अगर उसे समय से बन्दी बनवा लिया होता तो आज यह समस्या ही न आती। इसका क्या उत्तर है आपके पास?"

चाणक्य : "भूतपूर्व सम्राट धननन्द के प्रति अपने समर्पण, अपनी योग्यता और पाटलिपुत्र का मूल निवासी होने के कारण

कात्यायन का यहाँ के नागरिकों पर प्रचंड प्रभाव है। अगर उसे पाटलिपुत्र में रहने दिया गया होता तो अपने धन और जन के बल पर उसने अब तक आन्तरिक कलह और क्रांति फैला दी होती। उसके बाहर भाग जाने पर हम फिर भी उससे अच्छी तरह निपट सकते हैं। और, एक बात यह भी जान लो कि अगर अब भी हम उसे बलात् बन्दी बनाने का प्रयास करेंगे तो या तो वह स्वयं को समाप्त कर लेगा या फिर हमारी सेना की बहुत बड़ी क्षति करके ही हाथ आएगा। और, ऐसा अगर होगा तो हम एक बुद्धिमान महामात्य और कुशल प्रशासक को सर्वदा के लिए खो देंगे। हमारा प्रयास है कि हम उसे किसी तरह अपने पाले में मिला लें।"

चन्द्रगुप्त : "बातों में तो मैं आपसे पार नहीं पा सकता, लेकिन मैं इतना अवश्य कह सकता हूँ कि कात्यायन चतुराई और कूटनीति में आपसे कहीं आगे है।"

चाणक्य : "अच्छा, तो कात्यायन ने ऐसा क्या किया?"

चन्द्रगुप्त : "तो आपने ही कौन-सा चमत्कार कर दिखाया?"

चाणक्य : "मैंने एक सफल रक्तहीन क्रांति कर दिखाई जिसमें नन्द वंश का समूल नाश करके मगध की राजगद्दी पर तुम्हें ला बैठाया।"

चन्द्रगुप्त : "यह सब मेरे भाग्य से हुआ।"

चाणक्य : "भाग्य की बातें मूर्ख लोग करते हैं।"

चन्द्रगुप्त : "और चतुर लोग व्यर्थ की डींगें नहीं हाँकते।"

अपनी समझदारी पर सीधा आरोप लगने से चाणक्य एकदम क्रुद्ध हो गए। चिल्लाते हुए बोले, "नीच कहीं का! अगर कात्यायन तुझे इतना ही चतुर लगता है तो रख उसे अपना सलाहकार। और ले यह, मैं चला।"

चाणक्य पैर पटकते हुए बाहर निकल गए।

चन्द्रगुप्त ने कुछ ही दूरी पर खड़े चारण को पुकारा और कुछ प्रमुख पदाधिकारियों को तुरन्त बुला लाने को कहा। पदाधिकारियों को चन्द्रगुप्त ने निर्देश दिया कि अब वे राजकार्य स्वयं सँभालेंगे और चाणक्य की परवाह करने की आवश्यकता नहीं है।

चारण ने चुपके से यह सारा विवरण गुप्त सन्देशवाहक के द्वारा कात्यायन

के यहाँ भिजवाया। लेकिन, न चारण को और न कात्यायन को पता था कि यह झगड़ा झूठा था, जिसे चाणक्य ने जानबूझकर प्रायोजित किया था और जानबूझकर इसका विवरण कात्यायन के पास जाने दिया, ताकि इस गलत सूचना[66] के आधार पर कात्यायन गच्चा खा जाए। चाणक्य-चन्द्रगुप्त कलह प्रकरण अपने गुप्तचर विभाकर से मलय को भी पता चल गया।

22

चाणक्य और चन्द्रगुप्त के बीच झगड़े की खबर सुनकर मलय और कात्यायन तुरन्त मंत्रणा में जुट गए। कात्यायन का कहना था कि चाणक्य और चन्द्रगुप्त एक-दूसरे के पूरक हैं—एक दिमाग है तो दूसरा हाथ है। यदि दोनों साथ रहते हैं तो अजेय हैं। यदि चाणक्य की बुद्धि और चन्द्रगुप्त की शक्ति मिलकर काम करती है तो उनके लिए कुछ भी असम्भव नहीं है। किन्तु, अब उनके अलग होते ही परिस्थित बदल गई है। चाणक्य के बिना चन्द्रगुप्त एकदम शक्तिहीन है। वही तो उसका चतुर रणनीतिकार था।

कात्यायन ने मलय को समझाया, "क्यों न इस नई परिस्थिति का लाभ उठाया जाए! यही वह उचित समय है कि चन्द्रगुप्त पर आक्रमण कर उसे परास्त किया जा सकता है।" मलय को कात्यायन की सलाह सही लगी और वह चन्द्रगुप्त पर आक्रमण करने के लिए तैयार हो गया।

आक्रमण की रूपरेखा तैयार करने के लिए मलय और कात्यायन के बीच जल्दी ही एक दूसरी बैठक हुई। इस बैठक में मलय को सेना का सेनाधिपति बनाया गया और कात्यायन को प्रमुख रणनीतिकार। मलय की जिम्मेदारी आक्रमण का नेतृत्व करने की थी, जबकि कात्यायन के जिम्मे आक्रमण की योजना बनाने; सेना की तैयारियाँ करने और पाँचों मित्र राजाओं को मनाकर इस अभियान में शामिल करने का काम था।

पाँचों मित्र राजाओं की अपनी छोटी-छोटी सेनाएँ थीं। वे बैठे ऊब रहे थे। उन्हें आक्रमण की योजना में शामिल होने के लिए राजी कर लेने में कात्यायन को कोई कठिनाई न हुई। चन्द्रगुप्त की सेना से भागकर आए सेनानियों की भी अपनी-अपनी छोटी सैनिक टुकड़ियाँ थीं जो उनके साथ ही भाग आई थीं। उन्हें भी योजना में सम्मिलित कर लिया गया।

सम्राट धननन्द के बाद मगध साम्राज्य में सबसे शक्तिशाली व्यक्ति महामात्य कात्यायन ही था। जब कात्यायन पाटलिपुत्र छोड़कर भागा था तो उसके साथ

उसके समर्थकों की बहुत बड़ी संख्या भी भाग आई थी। इसमें अधिकांशतः सेना के लोग थे। आक्रमण की योजना में ये स्वतः जुड़ गए। इन सबसे ऊपर मलय की अपनी सेना थी जो काफी बड़ी थी। इन सबको मिलाकर संयुक्त सेना की संख्या और शक्ति अच्छी-खासी बन गई। साथ ही, चन्द्रगुप्त की सेना से भागकर आए सेनानियों को मिलाकर कुशल सेनानायकों की संख्या भी बहुत बड़ी हो गई। इन सबके सामने चन्द्रगुप्त की सेना कुछ न थी। चन्द्रगुप्त अब अकेले थे। अकेले वही सेनाधिपति भी थे और रणनीतिकार भी।

कुछ ही दिनों में एक और बैठक हुई। यह बैठक आक्रमण की रणनीति को अन्तिम रूप देने के लिए थी। इस बैठक में सबने भाग लिया—सभी पाँचों मित्र राजा, सारे सेनानीगण, मुख्य रणनीतिकार कात्यायन और सेनाधिपति राजकुमार मलयकेतु।

रणनीति बनाने में कात्यायन को बड़ी विशेषज्ञता प्राप्त थी। युद्ध सम्बन्धी अपने गहन अध्ययन और ज्ञान के लिए वह प्रसिद्ध था। उसने राजा पुरु की संयुक्त सेना द्वारा अभी हाल में अपनाई गई व्यूहन विधि का गहन विश्लेषण एवं विवेचना करके यह अनुभव किया था कि दूरी से सेना लाकर युद्ध करने की स्थिति में पद्मव्यूह और गरुड़व्यूह ही सर्वोत्तम हैं। यही सोचकर कात्यायन ने प्रस्ताव रखा कि समूची सेना पद्मव्यूह में सुसज्जित होगी, किन्तु आक्रमण के समय वह गरुड़व्यूह में रूपांतरित हो जाएगी।

इस बैठक में भाग लेनेवाले सभी लोग युद्धविद्या में पारंगत थे और व्यूह रचनाओं के बारे में उनको समझाने की जरूरत न थी। फिर भी, कौन किस स्थान से सेना की किस टुकड़ी का नेतृत्व करेगा इसे समझाने के लिए कात्यायन ने आगे विस्तार से बोलना प्रारम्भ किया, "कमल के आकर वाले पद्मव्यूह के केन्द्र में सेनाधिपति राजकुमार मलयकेतु रहेंगे जबकि कमलपुष्प की पाँच पंखुड़ियों के रूप में अपनी-अपनी सेनाएँ लिए हुए पाँचों मित्र राजा किनारे-किनारे सजग रहेंगे। आक्रमण के समय इस व्यूह को गरुड़ व्यूह में बदलते ही गरुड़ के मारक चोंच के रूप में चन्द्रगुप्त की सेना से भागे हुए सैनिक और सेनानीगण सन्नद्ध रहेंगे।" इस प्रस्ताव पर विशद चर्चा की गुंजाइश कम थी, फिर भी चन्द्रगुप्त की सेना के भगोड़ों ने आक्रमण के समय एकदम आगे रखे जाने पर आपत्ति की। आपत्तियों और सुझावों को जल्दी ही सुलझा लिया गया और रणनीति पर एक व्यापक सहमति बन गई।

***

कात्यायन चाणक्य से अभी भी भयभीत था। उसे चन्द्रगुप्त और चाणक्य के बीच झगड़े की सूचना की सत्यता पर विश्वास न हो रहा था। उसने सोचा कि हो सकता है चाणक्य ने जानबूझकर उसे भ्रमित करने के लिए यह प्रपंच रचा हो। यदि ऐसी बात होगी तो चाणक्य जरूर आक्रमण की योजना का पता लगा लेगा और फिर सब कुछ बीच में ही ध्वस्त कर देगा। वह अपने धूर्त गुप्तचरों के द्वारा हमारे सैनिकों को बहका सकता है और उन्हें विद्रोह के लिए भड़का सकता है। वह सचमुच डर गया।

भयभीत कात्यायन ने आनन-फानन एक आपात् बैठक बुलाई और सबके सामने अपना भय व्यक्त किया। पाँचों राजाओं में से अधिकांश ने कात्यायन के भय को सही बताया और सहमति जताई कि चाणक्य महाधूर्त और कुटिल व्यक्ति है। हालाँकि, चन्द्रगुप्त की सेना से भागकर आए सेनानियों ने इसका खंडन किया। प्रभंजन ने समझाते हुए कहा, "चाणक्य का भय अनावश्यक और अतिशयोक्तिपूर्ण है। वह इतना समर्थ नहीं है जितना उसे समझा जाता है। यह मैं उसके शिष्य के रूप में अपने लम्बे अनुभव के आधार पर कह सकता हूँ। उसकी चन्द्रगुप्त से कभी ठीक से नहीं पटी। दोनों महत्त्वाकांक्षी हैं और दोनों की महत्त्वाकांक्षाएँ प्राय: टकराती रही हैं और उनमें मतभेद और कलह होता रहा है।"

शत्रु पक्ष द्वारा किसी प्रकार की घुसपैठ[67] या तोड़फोड़ की कार्रवाई को रोकने के लिए कई उपाय अपनाने का निर्णय लिया गया। उनमें से सबसे उल्लेखनीय था अपने सैन्य शिविर में किसी भी अजनबी या अवांछित को प्रवेश करने से रोकना। इसके लिए तुरन्त एक आव्रजन[68] तंत्र तैयार किया गया जिसका प्रमुख प्रभंजन को बनाया गया। इस व्यवस्था के अन्तर्गत यह नियम बनाया गया कि कोई भी व्यक्ति जो शिविर में प्रवेश चाहता है या शिविर से बाहर जाना चाहता है उसे एक अनुमति पत्र रखना होगा जो नियत प्रभारी द्वारा जारी किया जाएगा और उस पर उसकी मुद्रा अंकित होगी। यह नियत प्रभारी भी प्रभंजन ही था।

23

चन्द्रगुप्त से झगड़ा करके चाणक्य ने राजभवन त्याग दिया और चले गए किसी गुप्त स्थान स्थित अज्ञात सुरक्षा-गृह में। जाते-जाते उन्होंने चुपके से चन्द्रगुप्त के लिए एक गुप्त सन्देश छोड़ दिया कि झगड़े के सफल प्रदर्शन के बाद अब वे गुप्त संवाद[69] के तरीकों से उससे गोपनीय सम्बन्ध रखेंगे और आवश्यक सलाह और निर्देश देते रहेंगे। उस सन्देश के एक कोने में

उन्होंने यह भी इंगित कर दिया कि शत्रु को धोखे में रखने के लिए यह झूठा प्रपंच कुछ दिनों तक चलाते रहना होगा।

अगले ही दिन एक 'छिन्नगर्त'[70] के माध्यम से चाणक्य का एक संक्षिप्त सन्देश चन्द्रगुप्त को प्राप्त हुआ। सन्देश था कि चन्द्रगुप्त भोजपत्रों का एक छोटा-सा पुलिन्दा मृत पत्र पेटिका से निकाल ले। सन्देश में यह भी कहा गया था कि वह मृत पत्र पेटिका सम्राट के निजी आवास से सटे उद्यान के केन्द्र में रखी स्फटिक शिला के नीचे स्थापित है।

***

अगले दिन ब्रह्ममुहूर्त में माली का वेश धर कर एक गुप्तचर अपने वस्त्रों में भोजपत्रों का एक पुलिन्दा छुपाए सम्राट के निजी उद्यान में बेचैनी से टहल रहा था। ज्यों ही उसने सम्राट को आते देखा, दौड़कर स्फटिक शिला साफ़ करने लगा ताकि सम्राट के बैठने की जगह स्वच्छ हो जाए। इस क्रिया में ही उसने पुलिन्दे को निकाल कर स्फटिकशिला के नीचे छुपा दिया और चुपके से वहाँ से खिसक लिया।

सम्राट ने माली को ऐसा करते देख लिया था। शिला पर बैठने के दौरान ही सम्राट ने चुपके से पुलिन्दा वहाँ से उठाकर अपने वस्त्रों में छुपा लिया। चारों ओर बाड़ों के पास खड़े प्रहरीगण या अन्य कोई भी यह न जान सका कि सम्राट के पास भोजपत्रों का कोई पुलिन्दा गुप्त रूप से पहुँचा है।

दैनिक ध्यान के बाद सम्राट ने एकान्त में जाकर वह पुलिन्दा खोला। सामान्य प्रशासनिक निर्देशों और रोजमर्रा की बातों वाले पत्रों के बीच में छुपा एक पत्र मिला जिसमें लिखा हुआ था, 'चारण जो उस दिन तुम्हारी प्रशंसा के गीत गा रहा था वह कात्यायन का गुप्तचर है। वह तुम्हारे ऊपर दृष्टि रखता है और कात्यायन को सूचित करता है। किन्तु, यह बात उस पर प्रकट न होने देना, न ही उसे उसके पद से हटाना। हम लोग कात्यायन के पास झूठी सूचनाएँ भेजने में उसका उपयोग करेंगे ताकि कात्यायन को भ्रमित किया जा सके। मेरे गुप्तचर उस चारण पर रात-दिन गुप्त दृष्टि गड़ाए हुए हैं। बस तुम चुपचाप रहना और इस पत्र को तुरन्त नष्ट कर देना।'

***

पाटलिपुत्र के सामरिक परिदृश्य से गायब होते ही चाणक्य अपने शत्रुओं की दृष्टि में समाप्त हो गए, किन्तु अपने गुप्तचरों के लिए वे सक्रिय और

सतर्क थे, विशेषकर मलय के स्कन्धावार में घुसे अपने भेदियों[71] के लिए। वे सब के सब गुप्त रूप से चाणक्य के निरन्तर सम्पर्क में थे। वे चुपके से चाणक्य से निर्देश प्राप्त करते थे और चुपके से ही सूचनाएँ उनके पास भेज देते थे।

परम गोपनीयता के इस संवेदनशील समय में चाणक्य का सदैव यह प्रयास होता था कि भेदियों द्वारा गोपनीय सूचनाओं के सम्प्रेषण में कहीं कोई त्रुटि न हो जाए जिससे ग़ोपनीयता का सारा आवरण उघड़ जाए और सारा खेल बिगड़ जाए। इसके लिए विभिन्न व्यवसायियों के वेश में सक्रिय अपने गुप्तचरों को उन्होंने गुप्त दूत के रूप में लगा रखा था। कवियों और गायकों के रूप में ये गुप्तचर विशेष रूप से सक्रिय थे। वे निर्दोष प्रतीत होती रचनाओं या परिस्थिति के अनुरूप झटपट कविताएँ रच कर अपना सन्देश पहुँचाते थे। इस कार्य में वे चित्रकाव्यों का प्रयोग भी खूब कर रहे थे।

चाणक्य 'छिन्नगर्त' दूतों का बहुत व्यापक रूप से प्रयोग कर रहे थे ताकि इस प्रकार के दूतों की एक ऐसी लम्बी शृंखला बन जाए कि सन्देश भेजनेवाले और पानेवाले के बीच सम्बन्ध की कोई सम्भावना ही न दिखे। इससे एक लाभ यह भी था कि यदि कोई एक 'छिन्नगर्त' दूत पकड़ में आ जाए तो सम्बन्ध-शृंखला की अन्य कड़ियाँ सुरक्षित रहें।

गुप्त सन्देशों के सुरक्षित आदान-प्रदान के लिए चाणक्य ने कई जगह चुपके से मृत पत्र पेटिकाएँ नियत करा रखी थीं। इनमें से कई तो पुष्पवेणु चौराहे के प्रखंडों में पड़ी शिलाओं, वृक्षों, झाड़ियों, झुरमुटों, मूर्तियों, मन्दिरों, इत्यादि में ही थीं। मलय के सैन्य शिविर में घुसे भेदियों की सुविधा के लिए कई मृत पत्र पेटिकाएँ शिविर के निकट के बाग़-बगीचों में पेड़ों के कोटरों और डालियों पर स्थापित की गई थीं। भेदिए इतनी सावधानी और गोपनीयता से इन साधनों का प्रयोग कर रहे थे कि चाणक्य की सक्रियता के बारे में शत्रु को बिलकुल भनक न लग पाई।

24

अपने स्कन्धावार के खुले मैदान में अपनी सेना का निरीक्षण करने के पश्चात् सेनाधिपति राजकुमार मलयकेतु, सेनापति चक्रधर एवं अन्य सेनानियों के साथ गपशप कर रहा था। सेनानियों में प्रमुख थे अश्वसेनाध्यक्ष एवं गुप्तचर विभाग के प्रमुख प्रभंजन और सेना का व्यवस्था प्रभारी विभाकर।

अचानक एक तोता कहीं से उड़ता हुआ आया और राजकुमार मलयकेतु के कन्धे पर बैठ गया। इसके पहले कि राजकुमार उसे उड़ा कर भगा दें, तोता स्पष्ट मानवीय वाणी में बोलने लगा, "तुम्हारे भाग्य में ठगा जाना लिखा है।"

तोते को इनसानी जुबान में बोलते सुनकर राजकुमार अचकचा गया। यद्यपि उसे थोड़ा समय लगा यह समझने में कि तोते ने आखिर बोला क्या और उसके बोलने का अर्थ क्या है। इसी बीच, प्रभंजन, जो राजकुमार की निजी सुरक्षा व्यवस्था का प्रभारी भी था, तोते को पकड़ने के लिए लपका, लेकिन तब तक वह फुर्ती से उड़ कर सेनापति चक्रधर के सिर पर जा बैठा। उसे पकड़ने का प्रभंजन का प्रयास एक बार फिर बेकार हो गया जब प्रभंजन के आगे बढ़े हुए हाथ ने तोते को पकड़ पाने की जगह गलती से सेनापति की आँख में चोट पहुँचा दी। इस बीच तोता उड़ कर विभाकर के कन्धे पर जा बैठा।

इसके पहले कि उस ढीठ तोते को पकड़ लेने के लिए प्रभंजन एक और प्रयास करता, एक अजनबी व्यक्ति दौड़ता हुआ वहाँ आ पहुँचा और तोते को पकड़ लिया। तोता उस अजनबी की पकड़ से भी भाग निकला और बड़े मजे से उसके सिर पर जा जमा।

"कौन हो तुम?" प्रभंजन ने अजनबी से गुस्से में पूछा।

"मैं इस शुकदेव जी का सेवक हूँ," तोतावान ने बड़े सम्मान से तोते की ओर संकेत करते हुए अपना परिचय दिया।

"क्यों तुमने अपने तोते को इधर आने दिया?"

"मैंने कहाँ आने दिया, ये तो स्वयं शुकदेव जी मुझे इधर लाये।"

"बड़ी अजीब बात है! क्या कोई तोता भी किसी मनुष्य को कहीं ले जा सकता है?"

"हाँ, क्यों नहीं! ये शुकदेव जी साधारण तोता नहीं हैं। साक्षात् देवता हैं।"

"तुम्हारे तोते ने अभी कुछ देर पहले जो बोला उसका क्या अर्थ है?" तोतावान के बड़बोलेपन की उपेक्षा करके राजकुमार मलयकेतु ने बीच में ही उसे टोकते हुए पूछा।

"मुझे नहीं मालूम शुकदेव जी ने क्या कहा। इस प्रकार का व्यवहार शुकदेव जी तभी करते हैं जब उन्हें संकेत देना होता है कि किसी बड़े व्यक्ति पर कोई विपत्ति आनेवाली है। इस तरह उड़ते हुए आकर सबसे पहले वे जिसके कन्धे पर बैठ जाते हैं विपत्ति उसी के ऊपर आती है। चेतावनी देने का इनका यही तरीका है। मैं तो बस इनके पीछे-पीछे भागा आ रहा था," कहते हुए तोतावान अपने दोनों हाथों में तोते को पकड़कर बड़े सम्मान से सहलाने लगा।

तोते की भविष्यवाणी पर मलय ने कोई प्रतिक्रिया न व्यक्त की, बल्कि उसने तोतावान से वह तोता खरीद लेना चाहा—चाहे किसी भी कीमत पर।

"मेरे प्राण ले लीजिए, लेकिन मेरे शुकदेव जी को नहीं," यह कहते हुए तोतावान मलय के उत्तर की प्रतीक्षा किए बिना पैर पटकते हुए वहाँ से चला गया।

***

मलय के मन में भय का बीज पड़ गया। भले ही वह ऊपर-ऊपर यह दिखा रहा था कि वह तोते की भविष्यवाणी से अप्रभावित है। उसके मन में यह शक भी उठा था कि हो सकता है वह किसी शत्रु द्वारा सिखाया-पढ़ाया तोता हो। किन्तु, वह सोचने लगा कि यदि तोते की भविष्यवाणी सही निकली, तो...?

तोतावान और कोई नहीं बल्कि चाणक्य का गुप्तचर सुशान्त था और तोता शुकदेव, जासूसी के लिए पहले से ही सिखाया-पढ़ाया हुआ तोता था। सुशान्त मन-ही-मन मगन था कि उसने मलय के मन में भय और सन्देह के बीज सफलता से बो दिए हैं।

लौटकर सुशान्त ने चाणक्य को बताया कि उसने सौंपा गया काम अच्छी तरह सम्पन्न कर दिया है।

25

तोते की भविष्यवाणी के कुछ ही दिनों बाद की बात है।

कात्यायन का घनिष्ट मित्र रुद्र एक दिन बड़ा तमतमाया हुआ प्रभंजन के पास पहुँचा और स्कन्धावार को तुरन्त छोड़ने के लिए अनुमति-पत्र माँगने लगा। जब प्रभंजन ने उससे कारण पूछा तो वह बहुत दुखी मन से बोला, "मैं कात्यायन से दूर चला जाना चाहता हूँ।"

"लेकिन, वे तो आपके घनिष्ट मित्र हैं। लगता है आप उनसे कुछ रुष्ट हैं। सही? आप उन्हें छोड़कर जाना क्यों चाहते हैं?" प्रभंजन ने जिज्ञासावश पूछा।

रुद्र चुप रहा, यद्यपि दुख और क्रोध उसके चेहरे पर साफ़ झलक रहा था। प्रभंजन ने जब अपना प्रश्न दुहराया, तो रुद्र बेचैन हो उठा और उत्तर देने के बजाय बगलें झाँकने लगा। प्रभंजन ने पीछा न छोड़ा और कारण जानने की ज़िद करने लगा। तब, बड़े बुझे मन से रुद्र ने कारण बताया, "कात्यायन चुपके से किसी की हत्या करने का षड्यंत्र कर रहा है।"

"कौन है वह अभागा?" प्रभंजन ने बीच में ही रुद्र को टोकते हुए उतावलेपन से पूछा।

"फिलहाल तो मुझे नहीं मालूम, लेकिन इतना है कि उस षड्यंत्र में शामिल होने के लिए कात्यायन मुझ पर लगातार दबाव बना रहा है।"

"इस सम्बन्ध में जितना कुछ आपको मालूम है सब मुझे विस्तार से बताइए," प्रभंजन ने जानना चाहा।

गहरी उसासें लेते हुए रुद्र ने कहना शुरू किया, "दरअसल, यह सब शुरू हुआ उन दिनों से जब मैं कात्यायन का नया-नया मित्र बना था। उस समय कात्यायन किसी की हत्या के लिए विषकन्या के प्रयोग का षड्यंत्र कर रहा था। बाद में मुझे पता लगा कि जिसकी हत्या हुई वह राजा पुरु थे। बाद में, जाँच के दौरान मुख्य षड्यंत्रकारी कात्यायन का मित्र होने के कारण अपराध में शामिल होने का सन्देह मेरे ऊपर भी आया, किन्तु मैं निर्दोष प्रमाणित होकर छूट गया। कात्यायन पर दोष सिद्ध हो गया और उसे आजीवन कारावास का दंड मिला। पाटलिपुत्र के प्रशासन में अपने शुभचिन्तकों की सहायता से कात्यायन पाटलिपुत्र से भाग निकला और उसने मलय के स्कन्धावार में आकर शरण ली। मैं पीछे पाटलिपुत्र में ही रह गया। मेरे विरुद्ध कोई दोष प्रमाणित न होने के बावजूद चाणक्य मुझे किसी न किसी मामले में फँसाने में लगा था ताकि वह मुझे प्रताड़ित करके कात्यायन के विरुद्ध प्रयुक्त कर सके। मैं सतर्क हो गया और किसी तरह भाग निकला। अब यहाँ कात्यायन फिर षड्यंत्र में शामिल कर मुझे किसी की हत्या में लगाना चाहता है। कात्यायन इतना काइयाँ है कि खुद तो बच निकलेगा, लेकिन मुझे फँसा देगा। वैसे ही जैसे पाटलिपुत्र में मुझे छोड़कर वह भाग निकला था।"

एकदम निकट ही स्थित अपने कक्ष में बैठा मलय ये सारी बातें सुन रहा था। यह सुनकर उसे बड़ा आघात लगा कि कात्यायन ने ही उसके पिता की हत्या का षड्यंत्र रचा था। यद्यपि प्रभंजन और रुद्र के बीच बातचीत में उसने तुरन्त दखल न दिया, लेकिन उनकी बातें समाप्त होते ही उसने प्रभंजन को अपने कक्ष में बुलवाया और पूरी बात का विवरण माँगा।

प्रभंजन ने नमक-मिर्च लगा कर बातें बताईं और कात्यायन के विरुद्ध मलय को खूब भड़काया। उसने मलय को विश्वास दिला दिया कि उसके पिता की हत्या में कात्यायन का ही हाथ था। इससे मलय कात्यायन के ऊपर इतना नाराज हो गया कि उसने उसे तुरन्त मार डालने का निश्चय किया। इससे प्रभंजन डर गया कि कहीं मलय सचमुच कात्यायन को मार न डाले,

जबकि चाणक्य ने उसे गुप्त निर्देश दे रखा था कि कात्यायन को हर हाल में जीवित रहना है। उसे कोई शारीरिक क्षति नहीं पहुँचनी चाहिए।

मलय के आहत मन को मनाने के लिए प्रभंजन ने बड़ी चालाकी से उसे बहकाना शुरू किया, "मान्यवर राजकुमार, कात्यायन से हम लोगों को फ़िलहाल कोई खतरा नहीं लगता। फिर भी, इस सम्बन्ध में कुछ बातें मैंने अपने गुप्तचरों के माध्यम से इकट्ठी की हैं। यदि आप अनुमति दें, तो आपको बताऊँ।"

"हाँ, हाँ, जरूर। और जल्दी," मलय ने जानने की उत्सुकता और उतावलापन दिखाया।

"ध्यान से सुनें, मान्यवर राजकुमार। धननन्द की मृत्यु के पश्चात् कात्यायन बड़ी व्यग्रता से नन्द वंश के किसी व्यक्ति को खोजने लगा था जिसे वह मगध साम्राज्य के राजसिंहासन पर बैठा सके। अन्ततः उसने धननन्द के एक दूर के रिश्तेदार को खोज निकाला जिसका नाम परमानन्द था। उस परमानन्द को नाममात्र का सम्राट बनाकर कात्यायन पूरी सत्ता और शक्ति अपने हाथों में रखना चाहता था। इसके लिए वह मगध के राजसिंहासन के दो दावेदारों—पुरु और चन्द्रगुप्त—को एक-एक कर हटाना चाहता था। महाराज पुरु को विषकन्या से मरवा कर कात्यायन ने अपनी योजना का आधा भाग पूरा कर लिया था। तब तक चाणक्य को कात्यायन की योजना का पता लग गया। कात्यायन के प्राणघातक प्रयासों से चन्द्रगुप्त को बचाने के लिए चाणक्य ने तत्क्षण आवश्यक उपाय किए। यही नहीं, कात्यायन द्वारा चयनित परमानन्द को चाणक्य ने अपने गुप्तचरों से चुपके से मरवा डाला।"

"ये दोनों—कात्यायन और चाणक्य—तो सचमुच बड़े खतरनाक हैं। अपना प्रभाव बढ़ाने के लिए ये किसी की भी हत्या करा सकते हैं," मलय ने बड़े क्षुब्ध मन से कहा।

"इन दोनों में से कात्यायन ज्यादा काइयाँ और षड्यंत्रकरी है, लेकिन राजसिंहासन के लिए आपके अलावा अब उसके पास कोई अन्य विकल्प नहीं है। अतः वह आपको कोई क्षति पहुँचाने की स्थिति में नहीं है, लेकिन..."

"लेकिन! लेकिन, क्या?" प्रभंजन को बीच में ही रोकते हुए मलय ने उससे बड़े उतावलेपन से पूछा। उसने प्रभंजन से आग्रह किया, "इस सम्बन्ध में आपके पास जितनी जानकारी हो वह सब मुझे बताइए।"

"लेकिन, कात्यायन के मन में क्या है यह बस वही जानता है। किसी को

वह अपने मन की बात नहीं बताता। अत: हमें उसके षड्यंत्रों से सावधान रहना चाहिए," प्रभंजन ने चेताया।

"क्यों न हम उसके विरुद्ध 'शठे शाठ्यं समाचरेत' वाली नीति अपना कर उसे समाप्त ही कर दें? न रहेगा बाँस न बजेगी बाँसुरी।" मलय की आँखों में प्रतिहिंसा के भाव उभर आए।

"नहीं, मान्यवर। जब तक मगध का राजसिंहासन हम लोगों के हाथ में नहीं आ जाता, ऐसा कुछ भी करना ठीक न होगा। कात्यायन मगध को हस्तगत करने में आपका सहायक हो सकता है—भले ही अपने निहित स्वार्थों के कारण ही।" प्रभंजन ने मलय को समझाने का प्रयास किया ताकि वह कात्यायन को समाप्त करने का विचार त्याग दे।

"कात्यायन का निहित स्वार्थ क्या हो सकता है?" मलय ने जानना चाहा।

"महोदय, हमारी सूचना के अनुसार कात्यायन की महत्त्वाकांक्षा सम्राट-निर्माता बने रहने की है ताकि साम्राज्य की सम्पूर्ण शक्तियाँ उसके हाथ में हों। यही बात चाणक्य के साथ भी है। दोनों अपनी-अपनी पसन्द के व्यक्तियों को सम्राट बनाने की जोर-आजमाइश में लगे रहते हैं। यही उनका निहित स्वार्थ है और यही उनकी महत्त्वाकांक्षा।"

प्रभंजन मलय को अभी समझा ही रहा था कि द्वार पर तैनात प्रहरी क्षमा माँगते हुए आ टपका। उसने सूचित किया कि प्रहरियों के अधीक्षक महोदय द्वार पर खड़े हैं और अविलम्ब उपस्थित होने की अनुमति माँग रहे हैं।

अनुमति पाकर अधीक्षक एक कैदी को लेकर प्रस्तुत हुआ और समुचित अभिवादन के पश्चात् निवेदन किया, "महोदय, यह व्यक्ति सेना के संवेदनशील क्षेत्र वाले द्वार से स्कन्धावार से बाहर जाते हुए पकड़ा गया है। इसके पास अनुमति-पत्र नहीं है। पूछने पर यह कुछ नहीं बताता। इसके पास से यह मुद्रांकित पत्र और यह मुद्रांकित पोटली पकड़ी गई है।"

प्रभंजन आव्रजन विभाग का प्रभारी था और स्कन्धावार से बाहर आने-जानेवाले लोगों पर निगरानी उसी के प्रभार में था। अत: वह पत्र और पोटली लेकर उलट-पुलट कर देखने लगा। कुछ देर देखने के बाद उसने दोनों चीजें मलय की ओर बढ़ा दीं। मलय अभी उन चीजों को गौर से देख ही रहा था कि प्रभंजन ने मलय के कान में फुसफुसा कर कहा, "ये दोनों वस्तुएँ एक ही मुद्रा से मुद्रांकित हैं। इन पर मुद्रांकन कात्यायन की राजमुद्रिका से हुआ है।"

मलय उन दो वस्तुओं का गहन निरीक्षण करने लगा। इस बीच प्रभंजन लाए गए कैदी की ओर उन्मुख हुआ और उससे पूछताछ करने लगा—

"नाम क्या है तुम्हारा?"

"गिरिधर।"

"इस स्कन्धावार में क्या काम करते हो?"

"श्रीमान कात्यायन का सेवक हूँ।"

"तुम स्कन्धावार से बाहर क्यों जा रहे थे?"

"श्रीमान कात्यायन जानते हैं। यह उनका निजी कार्य था।"

"स्कन्धावार छोड़ने से पहले तुमने आवश्यक अनुमति-पत्र क्यों नहीं लिया?"

"श्रीमान कात्यायन ने कहा था जल्दी जाओ इन दोनों वस्तुओं को लेकर।"

अभी पूछताछ चल ही रही थी कि मलय ने प्रभंजन को बीच में टोका और पकड़ा गया पत्र उसकी ओर बढ़ाते हुए पढ़कर सुनाने को कहा। प्रभंजन जोर-जोर से पत्र पढ़ने लगा—

> "स्वस्ति! अमुक स्थान से अमुक स्थान में विराजमान श्रीमान को यह सूचना दी जाती है कि शत्रु का नाश करके सत्यवादी ने अपनी सत्यता प्रमाणित कर दी है। और अब, पहले के किए हुए समझौते के अनुसार श्रद्धेय महोदय को अपना वचन पूरा करना होगा ताकि हमारे मित्रों को वे चीजें मिल जाएँ जिनका उन्हें वचन दिया गया था। वचन के अनुरूप चीजें प्राप्त हो जाने पर वे सब अपनी पुरानी सन्धि से पीछे हट जाएँगे। यहाँ मैं यह स्पष्ट कर दूँ कि हमारे मित्रों में से कोई शत्रु का कोष, कोई हाथियों का समूह और कोई भूमि चाहता है। श्रद्धेय की ओर से भेजे गए तीन आभूषण प्राप्त हो गए हैं। बदले में, मैं भी तीन गहनों को संलग्न पोटली में मुद्रांकित करके भेज रहा हूँ। बाकी का सन्देश पत्रवाहक मौखिक रूप से स्वयं सुना देगा। पत्रवाहक गिरिधर अत्यन्त विश्वसनीय व्यक्ति है, सन्देह करने की आवश्यकता नहीं।"

पत्र सुनकर मलय हैरत में पड़ गया। उसने कहा, "अरे, प्रभंजन, कैसा विचित्र पत्र है यह! कैसा रहस्यमय है यह—न तो प्रेषक का नाम, न प्राप्तकर्ता का! मात्र पत्रवाहक का नाम लिखा है इसमें। हो सकता है इस पत्रवाहक को कुछ मालूम हो। पूछो जरा।"

"महोदय, प्रेषक का नाम तो स्पष्ट है। जैसा कि पत्रवाहक ने ही बताया है कि कात्यायन ने पत्र भेजा है। अब, प्राप्तकर्ता का नाम पूछता हूँ इससे।"

"पूछो।"

"किसे तुम पत्र देनेवाले थे?" प्रभंजन ने कैदी से पूछा।

गिरिधर चुप रहा।

प्रभंजन ने प्रश्न दुहराया।

गिरिधर ने उत्तर न दिया।

"बोलो, गिरिधर। कृपया बोलो," प्रभंजन ने अनुरोध किया।

गिरिधर ने कुछ न कहा।

पत्रवाहक के निरन्तर मौन ने प्रभंजन को क्रुद्ध कर दिया। उसे लगा कि इस मूर्ख को दो-चार हाथ मारने की आवश्यकता है। उसने दो सुरक्षा प्रहरियों को बुलवाया और बोला, "इस मूर्ख का अच्छी तरह 'सत्कार' करो।"

थोड़ी-सी ही पिटाई पर पत्रवाहक बोलने को राजी हो गया। उसने बताया, "यह पत्र सम्राट चन्द्रगुप्त को देना था।"

"कात्यायन ने भेजा था?"

"हाँ।"

"मौखिक सन्देश क्या था?"

गिरिधर फिर चुप।

"और 'सत्कार' चाहिए तुम्हें?" प्रभंजन ने धमकाया।

गिरिधर अप्रभावित, टुकुर-टुकुर ताकता रहा।

"बोलो।"

चुप।

"बोलते क्यों नहीं?"

गिरिधर चुप। उसने जैसे अब न बोलने की ठान रखी हो।

"अरे, मूर्ख, बोलते क्यों नहीं?" प्रभंजन क्रोध में चिल्लाया।

गिरिधर ने उसे अनसुना कर दिया।

मलय इस पूछताछ, चिल्लाहट और पिटाई से तंग आ गया। उसने प्रभंजन को ढिलाई बरतने और पत्रवाहक को थोड़ी देर छोड़ देने के लिए संकेत किया। प्रभंजन मलय के कान में फुसफुसाया, "इसकी चुप्पी तोड़ने का यही सही समय है। जो सन्देश यह छुपा रहा है उसी में असली रहस्य छुपा है। लगता है कुछ गम्भीर षड्यंत्र है जो यह नहीं बता रहा है।"

मलय ने सिर हिलाते हुए संकेत किया कि ठीक है, कार्रवाई आगे बढ़ाओ।

प्रहरी 'सत्कार' में फिर लगाए गए। इस बार घनघोर और देर तक। आखिर हठी गिरिधर दया की भीख माँगता मलय के पैरों पर गिर पड़ा। शायद

उसे लगा कि उसकी दुर्दशा से राजकुमार का दिल पसीज जाएगा। लेकिन, राजकुमार अप्रभावित और कठोर बना रहा। उसने यह मामला पूरी तरह प्रभंजन के हाथों में छोड़ रखा था।

जोरदार 'सत्कार' फिर शुरू हुआ। अन्ततः, हठी का हठ ढह गया। उसने आत्मसमर्पण कर दिया। सारी बात उसने उगल दी—

"मौखिक सन्देश कात्यायन की ओर से चन्द्रगुप्त के लिए था कि अपनी ओर पाँचों राजाओं के मिल जाने पर उन्हें उनकी माँगी हुई वस्तुएँ दे दी जाएँ। चन्द्रगुप्त को यह भी याद दिलाना था कि जब सभी दावेदार हटा दिए जाएँ तब उसे (कात्यायन को) चाणक्य के स्थान पर सलाहकार और महामात्य बना दिया जाए।"

गिरिधर फिर चुप हो गया।

"तुम अभी कुछ छुपा रहे हो। सभी दावेदार हटाने का अर्थ क्या?" प्रभंजन ने स्पष्टीकरण माँगते हुए पूछा। लेकिन, गिरिधर ने चुप्पी साधे रखी। प्रभंजन ने उसे धमकाया कि अगर वह पूरी बात साफ़-साफ़ न बताएगा तो उसकी पिटाई फिर शुरू की जाएगी। इस धमकी से भयभीत हो गिरधर ने बोलना शुरू किया, "कात्यायन का सन्देश था कि पहला दावेदार पुरु हत्या से हटा दिया गया। पाँचों मित्र राजा अपनी-अपनी माँगी हुई वस्तुएँ पाकर हट जाएँगे और राजकुमार मलय को अपने जाल में फँसाकर वह मार डालेंगे। इस प्रकार चन्द्रगुप्त की राह से सभी दावेदार हट जाएँगे।"

गिरिधर की बात सुनकर मलय एकदम सन्न रह गया। उसे कात्यायन के धोखे से बड़ा सदमा लगा क्योंकि वह हमेशा उसका शुभचिन्तक होने का दावा करता रहा। मलय का मस्तिष्क घूमने लगा। वह विश्वास न कर पा रहा था कि कात्यायन उसके प्रति इतना क्रूर और षड्यंत्रकारी हो सकता है।

इसी बीच, प्रभंजन ने पोटली खोल दी। उसमें से जो तीन आभूषण निकले उन्हें देखकर मलय भय से काँपने लगा। ये वही आभूषण थे जो उसने (मलय ने) कभी सम्मान-स्वरूप कात्यायन को उपहार में दिए थे।

गिरिधर ने बड़ी चालाकी से जानबूझकर यह तथ्य छिपाए रखा कि कात्यायन ने ये आभूषण उसे उपहार में दिए थे, जिन्हें पोटली में रखकर, कात्यायन की अँगूठी से मुद्रांकित करके उसने उसे ही रखने को दे दिया था। उसने यह भी नहीं बताया कि आज ही उसने कात्यायन से पोटली माँग कर अपने पास रख ली थी।

उसी समय अच्छा अवसर देखकर प्रभंजन ने मलय को फिर समझाना शुरू किया। कात्यायन की योजनाओं का उसने नए दृष्टिकोण से विश्लेषण किया।

उसने बताया कि पाटलिपुत्र पर आक्रमण की योजना बनाते समय कात्यायन ने जानबूझकर सेना को पद्मव्यूह में सुसज्जित करके मलय को केन्द्र में रखने की योजना बनाई थी ताकि मौका मिलते ही पाँचों राजाओं सहित वह मलय को घेर कर उस पर टूट पड़े और वहीं पर समाप्त कर दे।

प्रभंजन का विश्लेषण सुनकर मलय एकदम डर गया। मारे डर के वह थर-थर काँपने लगा। प्रभंजन ने तुरन्त उसे आलिंगन में भरकर ढाढस बँधाया और विश्वास दिलाया कि अपने लोगों के साथ मिलकर वह राजकुमार की रक्षा करेगा। इससे मलय को बड़ी हिम्मत मिली और उसका आत्मविश्वास फिर लौट आया। कात्यायन के ऊपर उसका क्रोध फिर भी बरकरार रहा। क्रोध और उत्तेजना में वह दहाड़ा, "कात्यायन को तुरन्त प्रस्तुत किया जाए।"

***

कात्यायन पाटलिपुत्र पर आक्रमण की योजना को मूर्त रूप देने की प्रक्रिया में व्यस्त था, जब मलय का दूत बुलावा लेकर पहुँचा। बुलावे से वह बड़ा प्रसन्न हुआ। गर्व से उसका सिर ऊँचा हो गया कि राजकुमार मलय उसकी रणनीतिक कुशलता को कितना महत्त्व देता है! उसे लग गया कि युद्ध की योजना के किसी महत्त्वपूर्ण और संवेदनशील बिंदु पर राजकुमार उससे विमर्श करना चाहते होंगे तभी तो इतनी शीघ्रता से उसे उपस्थित होने के लिए कहा गया है।

जल्दबाजी का मामला महसूस करते हुए भी कात्यायन ने निश्चय किया कि वह पूरी गरिमा और सौष्ठव के साथ राजकुमार के समक्ष उपस्थित होगा। उसने चुनिन्दा वस्त्र और बहुमूल्य आभूषण धारण किए। अन्त्येष्टि पुरोहित प्रमोचक से खरीदे हुए आभूषणों को कात्यायन ने ऐसे ही महत्त्वपूर्ण अवसरों के लिए सुरक्षित रखा था।

***

कात्यायन के जोरदार अभिवादन के उत्तर में मलय ने औपचारिकतावश अपना सिर हिलाया। वह कोई कटुता नहीं प्रकट करना चाहता था। बल्कि, कात्यायन के भड़कीले वस्त्रों को देखकर वह व्यंग्य से मुस्कराया—हिरण्यवर्णी (सुनहले) कौशेय (रेशमी) उत्तरीय (दुपट्टा, कमर के ऊपर पहने जानेवाला बिना सिला वस्त्र) और अन्तरीय (धोती, कमर के नीचे पहने जानेवाला बिना सिला वस्त्र) कमर में रत्नजटित रजत कायबन्ध (रत्न जड़ी हुई चाँदी की करधनी) से बँधे थे, बालों में सुगन्धित तैल और पैरों में स्वर्णखचित उपानह (सोने से मढ़ा

हुआ जूता)। कात्यायन के आभूषणों को देखकर मलय एकदम सकते में आ गया—गले में पड़े नीलमुक्ताहार; लोहितमुक्ताहार व श्वेतमुक्ताहार के ऊपर चमचमाता हिरण्यहार, भुजाओं में हीरकजटित सर्पाकृति वाले केयूर और कानों में झिलमिलाती आभा वाली मणिकर्णिकाएँ।

कात्यायन ने जिन आभूषणों को धारण किया था उन्हें मलय ने तुरन्त पहचान लिया। उसे सहसा अपनी आँखों पर विश्वास न हुआ। वह अपलक उन आभूषणों को देखता रह गया। बचपन से उसने इन आभूषणों को देखा था; अच्छी तरह पहचानता था। वे उसके पिता के आभूषण थे! अपनी हैरानी छुपाते हुए उसने पूछा, "ये आभूषण आपके पास कैसे पहुँच गए, कात्यायन जी?"

"हमने इन्हें खरीदा है, माननीय राजकुमार।"

"ये तो मेरे स्वर्गीय पिता के आभूषण हैं। क्या आपने उनसे खरीदा या विषकन्या द्वारा उनकी हत्या कराने के बाद आपने उनके शरीर से उतरवा कर हड़प लिया था?"

"क्या बात कर रहे हैं, राजकुमार! यह तो मेरे ऊपर सीधा दोषारोपण है! मैं क्यों महाराज पुरु को मरवाऊँगा? वे तो मेरे सर्वाधिक सम्मानित और हितैषी थे।"

"यह मिथ्या दोषारोपण नहीं है। इसके प्रमाण हैं।"

"प्रमाण! मैं जान सकता हूँ क्या प्रमाण हैं?"

मलय ने प्रभंजन को इशारा किया कि वह जब्त किया हुआ पत्र कात्यायन को दिखाए। पत्र दिखाते हुए प्रभंजन ने कात्यायन से पूछा, "यह आपका पत्र है?"

"हाँ, हमारे सचिव के हस्तलेख में है।"

"आपकी मुद्रिका का अंकन भी इस पर हुआ है।"

"तो? इसमें गलत क्या है?"

"पत्र पढ़िए। इसमें लिखी हुई बात से आपका क्या आशय है?"

कात्यायन ने जल्दी-जल्दी पत्र पढ़ा और उतनी ही जल्दी और जोर से उसने इनकार कर दिया कि पत्र में लिखी हुई बात से उसका कोई सम्बन्ध है।

"और इस मुद्रांकित पोटली में रखे हुए इन तीन आभूषणों के बारे में क्या कहना है आपका? क्या आपको याद है कि इन आभूषणों को मैंने कभी आपको उपहार में दिया था? फिर ये आभूषण इस पोटली में कैसे घुस गए जिस पर आपकी मुद्रिका का अंकन है?" इस बार मलय ने पूछा। उसका स्वर क्रोध, क्षोभ और व्यंग्य से बोझिल था।

मलय के प्रश्न और पूछने के लहजे ने कात्यायन को असहज कर दिया। वह बहुत चिन्तित होकर पुरानी घटनाओं की कड़ियाँ जोड़ने की कोशिश करने लगा। इसी बीच, मलय के इशारे पर प्रभंजन ने गिरिधर को कात्यायन के सामने ला खड़ा किया।

एक-दूसरे को वहाँ देखकर कात्यायन और गिरिधर हैरत में पड़ गए। कात्यायन को देखकर गिरिधर ने जोर-जोर से रोना शुरू कर दिया, जिससे कात्यायन और परेशान हो उठा। उसने व्याकुल होकर पूछा, "यहाँ क्या कर रहे हो, गिरिधर? तुम रो क्यों रहे हो?"

"आपका काम करने के लिए स्कन्धावार से चुपके से निकलते समय मैं पकड़ लिया गया।"

"मेरा काम? कैसा काम?"

"वह पत्र, पोटली और मौखिक सन्देश सम्राट चन्द्रगुप्त तक पहुँचाने का काम।"

"क्या अनर्गल प्रलाप कर रहे हो, गिरिधर? तुम पागल हो गए हो क्या?"

"महाशय, मेरी इतनी पिटाई हुई कि आपने जितनी गोपनीय बातें मुझे बताई थीं सब मुझे उगल देनी पड़ीं।"

"कैसी गोपनीय बातें?"

"अब आप भूल गए क्या? या, आपका भी दिमाग खिसक गया?"

गिरिधर की बात सुनकर इस गम्भीर मौके पर भी मलय और प्रभंजन अपनी हँसी न रोक सके। मारे क्षोभ के कात्यायन का चेहरा नीला पड़ गया। उसे गहरा आघात लगा जब उसने गौर किया कि मुँह छिपाकर गिरिधर भी कुटिलता से मुस्करा रहा है। उसे सन्देह होने लगा कि गिरिधर कहीं शत्रु का गुप्तचर तो नहीं है जो वेश बदलकर उसका सेवक बन गया था? यह विचार आते ही कात्यायन क्रोध से चिल्लाने लगा, "यह गिरिधर झूठा है। इसने मुझे झूठा फँसाया है।"

गिरिधर भी पलट कर उस पर चिल्लाने लगा, "आप झूठे हो। पहले तो आपने मुझे अपने गुप्त कार्य के लिए प्रयोग किया और अब जब मैं पकड़ा गया तो मुझे झूठा कह रहे हो।"

गिरिधर और कात्यायन एक-दूसरे पर आरोप-प्रत्यारोप लगाते हुए बुरी तरह झगड़ने लगे। वे यह भी भूल गए कि राजकुमार मलय और प्रभंजन के साथ और भी लोग वहाँ खड़े हैं।

मलय को अब और सहन न हुआ। वह चीखते हुए बोला, "बन्द करो इस तरह लड़ना। कात्यायन, आप अपनी गरिमा का ध्यान रखें। अपना अपराध अपने

सेवक पर मढ़ कर आप बच नहीं सकते। ठगे जाने का बहाना मत बनाइए। आपके ऊपर अभी और आपराधिक आरोप हैं।"

इन बातों पर कात्यायन ने कोई प्रतिक्रया न दी। वह घबड़ाया हुआ चुपचाप मलय की ओर ताकता रहा। यह देख मलय ने प्रभंजन को अगले आरोप प्रस्तुत करने का आदेश दिया। प्रभंजन आगे बढ़कर कात्यायन से बोला, "यदि आपका यह तर्क मान भी लिया जाए कि गिरिधर ने आपको ठगा है, तो भी आप अपनी अँगूठी द्वारा मुद्रांकन, राजकुमार मलयकेतु द्वारा आपको उपहार में दिए गए आभूषणों और स्वर्गीय महाराज पुरु के आभूषणों के बारे में क्या सफाई देना चाहेंगे? क्या ये आपके विरुद्ध अकाट्य प्रमाण नहीं हैं? ऐसा कैसे हो सकता है कि कोई इतनी सारी वस्तुएँ और परिस्थितियाँ जुटा कर आपको फँसाने का षड्यंत्र रचे और आपको भनक तक न लगे?

प्रभंजन उत्तर की प्रतीक्षा करता रहा, किन्तु कात्यायन मौन रहा। ऊब कर प्रभंजन ने कार्रवाई फिर शुरू की, "आपके विरुद्ध अपराध असन्दिग्ध रूप से प्रमाणित हो रहा है। आपको अपने बचाव में और क्या कहना है?"

कात्यायन कुछ नहीं बोला। वह समझ गया कि उसके विरुद्ध प्रमाण अकाट्य हैं। वह बुरी तरह फँस गया है। सारी परिस्थितियाँ उसे अपराधी प्रमाणित कर रही हैं। सारे मित्र और सेवक शत्रु बन गए हैं। उसे लगा कि अब वह बहुत अकेला, कमजोर और असहाय हो गया है। अपने भाग्य को कोसता हुआ वह जोर से रो पड़ा।

उसके रोने से मलय का दिल पसीज गया। आखिर कभी वह उसका सबसे नजदीकी व्यक्ति था। मलय ने दुखी मन से कहा, "कात्यायन, आपके अपराधों के लिए आपको कठोरतम दंड दिया जाना चाहिए। और, आप जानते हैं कि कठोरतम दंड मृत्यु होती है, किन्तु पुराने मैत्रीभाव के कारण मैं आपके साथ दयापूर्ण व्यवहार करूँगा। आपको हमारा स्कन्धावार तुरन्त छोड़ने का दंड देकर छोड़ दिया जाता है। अब आप कभी हमारे पास न आना।" मलय कुछ देर चुप रहा। फिर, अचानक क्रोध से चिल्लाया, "भाग जाओ यहाँ से।"

कात्यायन सिर झुकाए चुपचाप खड़ा रहा। दो प्रहरियों ने आगे बढ़कर उसके दोनों हाथ पकड़ लिए और घसीटते हुए स्कन्धावार से बाहर ले गए।

प्रभंजन मन-ही मन बड़ा खुश हुआ। इस षड्यंत्रपूर्ण नाटक का अन्त एकदम वैसा ही हुआ जैसा उसके गुरु आचार्य चाणक्य ने चाहा था।

आठ

प्रत्यावर्तन

1

अज्ञात सुरक्षा-गृह में छुपे चाणक्य सतत सक्रिय थे। अपने गुप्तचरों के माध्यम से वे मलय के स्कन्धावार में हो रही घटनाओं पर लगातार नजर बनाए हुए थे। उनके गुप्तचर विविध नामों और बहानों से मलय के स्कन्धावार में घुसे हुए थे। उनमें प्रमुख था प्रभंजन, जो भगोड़ा सैन्य अधिकारी होने के बहाने मलय का विश्वस्त सलाहकार बना हुआ था और मित्रसेन, जो गिरिधर के रूप में कात्यायन का विनम्र सेवक बन गया था।

चाणक्य के गुप्तचरों ने ज्यों ही उन्हें सूचित किया कि कात्यायन को मलय के स्कन्धावार से भगा दिया गया है, वे अज्ञातवास से बाहर निकल आए। सार्वजनिक रूप से राजभवन वापस लौटकर चाणक्य तुरन्त गुप्तचर अभियान के अगले चरण के लिए जुट गए।

***

गुप्तचरों के गुप्त सुरक्षा-गृह में चाणक्य ने अपने कुछ चुने हुए गुप्तचरों के साथ जल्दी से एक बैठक की। ये सभी गुप्तचर गुप्त निगरानी में विशेष रूप से दक्ष थे। उन सबको कात्यायन की हर छोटी-बड़ी गतिविधि पर दृष्टि रखने का उत्तरदायित्व सौंपा गया। चाणक्य ने उन्हें निर्देश दिया कि निगरानी रखने का काम बड़ी चालाकी, सतर्कता और गोपनीयता से करना है ताकि कात्यायन को भनक न लगने पाए कि उस पर नजर रखी जा रही है। साथ ही, सारे कार्य का विवरण चाणक्य को तत्क्षण बताना है।

नजर रखनेवाले गुप्तचरों को विदा कर चाणक्य ने बाकी गुप्तचरों के दल के साथ बैठक की और विविध प्रकार के गुप्त कार्यों की जिम्मेदारी उन्हें

सौंपी। चाणक्य हर कार्य की विस्तृत चर्चा उससे सम्बन्धित गुप्तचर से करते और आवश्यक निर्देश देते। सारे गुप्तचरों को काम पर लगाकर चाणक्य ने खुद समन्वयन और केन्द्रीय नियंत्रण का कार्य सँभाल लिया। अभियान का यह चरण बहुत खतरनाक और संवेदनशील था। सबको बहुत सजग रहने के लिए बार-बार कहा गया था।

2

कात्यायन बहुत दुखी था कि वह शत्रु के जाल में बुरी तरह जकड़ गया था। उसे अफ़सोस था कि उसकी सारी चालाकी और मेहनत बेकार चली गई; सारी योजना बिखर गई; सारी चालबाजियाँ धरी की धरी रह गईं। ऊपर से अपनी ही जान के लाले पड़ गए; खुद कदम-कदम पर परिस्थितियों का शिकार बनता चला गया; सारी प्रतिष्ठा धूल में मिल गई और अन्ततः उसे उस जगह से भी भगा दिया गया जहाँ उसने आखिर में शरण ली थी। ऐसा कैसे हो गया कि सब के सब उसके शत्रु हो गए? अब कोई न बचा जिस पर वह भरोसा कर सके। सोचते-सोचते कात्यायन इतना व्यथित हो गया कि वह अब खुद को ख़त्म कर लेने की बात सोचने लगा। अब यही एक रास्ता लग रहा था उसे दुर्दशा और अपमान से मुक्ति पाने का।

कात्यायन को रह-रहकर चाणक्य का ख़याल भी आ रहा था। वही उसकी इस दुर्दशा का कारण था। कात्यायन के मन में चाणक्य के प्रति प्रतिशोध के विचार उमड़ने लगे, 'मुझे दुर्गति में मिलाकर चाणक्य मजे ले रहा होगा। लेकिन, मैं भी उसे छोड़ूँगा नहीं। प्रतिशोध की अग्नि में उसे जला कर राख कर दूँगा। मैं तो डूब ही रहा हूँ, पर उसे भी पार न उतरने दूँगा। उसे लेकर डूबूँगा।'

कात्यायन के मस्तिष्क को दुर्विचारों के घने कोहरे ने एकदम ढँक लिया। चाणक्य के प्रति प्रतिशोध का एकमात्र विचार पकड़े कात्यायन चला जा रहा था। विचारों में वह इतना खोया हुआ था कि उसे पता ही नहीं लगा कि वह कितनी देर चलता रहा और कहाँ पहुँच गया।

***

शाम गहराने लगी थी और चारों ओर अँधेरा फैलने लगा था। एक युवक ने कात्यायन को टोका, "श्रीमान जी, लगता है आप इस क्षेत्र से अपरिचित हैं।"

"आँ, हाँ," कात्यायन अनमने ढंग से बोला। वह बात करने को राजी न

था, फिर भी उसने पूछ लिया, "कौन-सी जगह है यह?"

"यह पुष्पपुर है।"

"अच्छा, और कुसुमपुर?"

"वह यहाँ से कुछ दूर उत्तर में है। लेकिन आपको कहाँ जाना है?"

"कहीं नहीं। किसी खास जगह नहीं।"

"क्या मतलब? अँधेरा हो रहा है और आपको पता नहीं है कि जाना कहाँ है! क्या आप यूँ ही रास्ते में पड़े रहकर जंगली जानवरों का शिकार हो जाना चाहते हैं? आपका दिमाग ठिकाने है न!"

कात्यायन को अब होश आया कि सामनेवाला युवक सही कह रहा है। युवक ने भी महसूस कर लिया कि इस अजनबी की मानसिक स्थिति इस समय ठीक नहीं लगती है। उसने उसे रात भर अपने घर ठहरने का प्रस्ताव रखा। अजनबी को असमंजस में पड़ा देख युवक उसका हाथ पकड़कर अपने घर लिवा गया।

***

कात्यायन की आँखों में नींद कहाँ! ऊपर से उस घर में झगड़ा हो रहा था—पिता-पुत्र के बीच। पुत्र वही युवक था जो उसे ले आया था। उनके झगड़े के अलावा घर में और कोई आवाज नहीं आ रही थी। लगता था कोई अन्य प्राणी उस घर में नहीं रहता था। शायद कोई महिला भी न थी, और अगर थी भी तो कहीं कोने-अंतरे में दबी-पड़ी थी। पिता-पुत्र का विवाद चल रहा था—

पिता—"हमें उसके साथ शान्ति से रहना चाहिए।"

पुत्र—"भले ही वह हमारी जमीन कब्जाता रहे!"

पिता—"वह हमारा पड़ोसी है। उसके साथ प्रेम से रहना होगा।"

पुत्र—"कल ही उसने मेरी पत्नी के साथ छेड़छाड़ की थी।"

पिता—"वह उसकी भाभी लगती है। उसने उसके साथ मजाक किया होगा।"

पुत्र—"आप हमेशा प्रेम और शान्ति की बातें करते हैं और वह दिन पर दिन दुष्ट होता जा रहा है। मैं उसे मार डालूँगा।"

पिता—"वह तुम्हें न मार डालेगा?"

पुत्र—"अब या तो वह रहेगा या मैं। दोनों में से एक को मरना होगा।"

सुनते-सुनते कात्यायन को पता नहीं कब नींद आ गई। लेकिन, ब्रह्ममुहूर्त से कुछ पहले ही उसकी नींद खुल गई। गृहस्वामी को बताए बिना ही वह चुपके से निकल गया।

पिता-पुत्र के विवाद के दौरान पुत्र के अन्तिम वाक्य में कात्यायन को अपनी समस्या का समाधान मिल गया था। अब दो में से एक को ही रहना होगा—चाहे चाणक्य चाहे वह। सोचते हुए चला जा रहा था वह—चाणक्य को तो वह खत्म नहीं कर पा रहा, तो क्यों न वह खुद को खत्म कर ले, इस अपमान भरे जीवन से बचने के लिए।

***

चाणक्य के पास क्षण-क्षण पहुँचती खबर के अनुसार कात्यायन पाटलिपुत्र नगर की चारदीवारी के एकदम पूर्वी छोर पर बने द्वार से पाटलिपुत्र नगर में घुसकर श्मशान भूमि के पास एक बगीचे में पहुँच गया था। चुपके से उसका पीछा करते हुए चाणक्य के गुप्तचर लगातार उस पर नजर बनाए हुए थे।

कात्यायन ने देखा कि बगीचे में एक आदमी पेड़ की डाल से लटक कर आत्महत्या करने की तैयारी कर रहा है। उसे देखकर कात्यायन बड़े फेर में पड़ गया। उसे लगा कि उससे भी ज्यादा दुखी लोग हैं इस संसार में। उसने उस आदमी से पूछा, "तुम्हें क्या परेशानी है भाई? तुम क्यों आत्महत्या करने जा रहे हो?"

"अपनी राह जाओ। बकवास मत करो," झल्लाते हुए उस आदमी ने बड़े रूखेपन से कहा। कात्यायन को वह आदमी बड़ा रहस्यपूर्ण लगा। वह उसके बारे में और ज्यादा जानने को उत्सुक होकर बार-बार पूछताछ करने लगा।

तंग आकर वह आदमी जमीन पर बैठ गया और बगल में ही कात्यायन को बैठ जाने का इशारा करते हुए कहा, "तो फिर, सुनो ध्यान से," उस आदमी ने, जिसने अपना नाम विष्णुचरण बताया, अपनी कहानी कहने लगा—"पाटलिपुत्र नगर में कुन्दन सेठ नाम का नगरश्रेष्ठि है। वह भूतपूर्व महामात्य कात्यायन का मित्र है। कुन्दन सेठ का एक दूसरा मित्र अग्निमित्र है, जो मेरा भी मित्र है। कुछ देर पहले की बात है कि अग्निमित्र अग्नि में जलकर आत्महत्या करने चला गया। जब यह बात मुझे मालूम हुई तो अपने मित्र के वियोग में मैं बहुत दुखी होकर इधर आत्महत्या करने चला आया। लेकिन, मैं चैन से आत्महत्या भी न कर सका क्योंकि दाल-भात में मूसलचंद की तरह आप बीच में आ टपके। अब आप जाओ और मुझे अपना काम करने दो।"

"लेकिन, पहले यह तो बताओ कि तुम्हारा मित्र किस कारण से आत्महत्या करने गया?" कात्यायन ने उत्सुकता से पूछा।

"आप दूसरों के मामले में इतना टाँग क्यों अड़ा रहे हो? जाओ, अपना

काम करो। मुझे चैन से मरने दो।" विष्णुचरण ने कात्यायन को फटकार लगायी, लेकिन कात्यायन अप्रभावित रहा। असल में, कात्यायन अपने मित्र कुन्दन सेठ के बारे में और ज्यादा जानना चाहता था।

कात्यायन के बार-बार जोर डालने पर विष्णुचरण ने अपना वृतान्त फिर सुनाना शुरू किया—

"कात्यायन हत्या के अपराध का आरोपी होने के कारण भगोड़ा हो गया। उसने अपने परिवार को अपने मित्र कुन्दन सेठ के यहाँ छुपा दिया। इस बात का पता नए सम्राट के सलाहकार चाणक्य ने अपने गुप्तचरों से लगा लिया और एक हत्यारे को भगाने में मदद करने और उसके परिवार को अपने यहाँ गुप्त शरण देने के आरोप में कुन्दन को मृत्युदंड की सजा सुनाई। कुन्दन का मृत्युदंड माफ़ कराने के चक्कर में अग्निमित्र और मैं चाणक्य के पास गए और उसे गुप्त रूप से भारी उत्कोच (घूस) देने का प्रस्ताव रखा। इस बात से चाणक्य बहुत नाराज हो गया और घूस देकर न्याय-प्रक्रिया को प्रभावित करने के अपराध में हम दोनों को सार्वजनिक रूप से कोड़े से मारने की सजा सुनाई। हम लोगों को माफ़ कर देने के अनुनय-विनय को जब चाणक्य ने अनसुना कर दिया तो हम लोग साम्राज्य के सर्वोच्च न्यायालय में सम्राट के सामने प्रस्तुत हुए और दया की भीख माँगी। हम लोगों की दया याचिका को सम्राट ने यह कहकर ठुकरा दिया कि घूस देकर न्याय खरीद लेने की कलुषित परम्परा अब न चलेगी जो धननन्द के समय बहुत व्यापक थी। यही नहीं, और भी लोगों को इस प्रकार की परम्परा में लिप्त होने से रोकने के लिए सम्राट ने हम दोनों को मृत्यदंड जैसा कठोरतम दंड दे दिया।

"बाद में चाणक्य ने हम दोनों—मुझे और अग्निमित्र—को बुलवाया और एक गुप्त प्रस्ताव रखा। उसने कहा कि यदि कुन्दन सेठ को हम लोग मना लें कि वह कात्यायन के परिवार को सौंप दे या उसका पता बता दे तो न केवल कुन्दन की सजा समाप्त कर दी जाएगी बल्कि हम लोगों को भी माफ़ कर दिया जाएगा।

"हम लोगों ने जब कुन्दन सेठ को चाणक्य के इस प्रस्ताव के बारे में बताया तो उसने कहा कि अपने मित्र से धोखा करने की अपेक्षा वह मर जाना पसन्द करेगा। कुन्दन सेठ का अपने मित्र कात्यायन के प्रति इतना स्नेह देखकर हम लोग बहुत प्रभावित हुए। कितना महान है

वह कुन्दन सेठ जो अपने मित्र के लिए अपने प्राण भी न्योछावर करने को तैयार है! हम दोनों—मैं और अग्निमित्र—ने भी कुन्दन सेठ के मार्ग का अनुसरण करने का निश्चय किया।

"कुन्दन सेठ कैद में था, किन्तु हम दोनों मुक्त थे। ज्यों ही हम दोनों ने सुना कि कुन्दन को मृत्युदंड देने के लिए बधिक उसे श्मशान भूमि में ले जा रहे हैं, हम दोनों भाग निकले। मृत्युदंड भोगते हुए मरकर अपमानित होने की अपेक्षा हम दोनों ने आत्महत्या कर लेना उचित समझा। अग्निमित्र पाटलिपुत्र नगर के पश्चिम की ओर भागा अग्नि में जल कर जान देने के लिए और मैं भागा पूरब की ओर एकान्त बगीचे में पेड़ की डाल से लटकर आत्महत्या करने के लिए।"

विष्णुचरण को बीच में ही रोकते हुए कात्यायन जोर से चीख कर बोला, "अभी कहाँ है कुन्दन?"

कात्यायन की प्रतिक्रिया और प्रश्न से विष्णुचरण एकदम हड़बड़ा गया, फिर भी संयत होकर उसने उत्तर दिया, "वह पास के ही श्मशान भूमि में मृत्युदंड के लिए लाया जा रहा है।"

"रुको, विष्णुचरण, तुम आत्महत्या मत करो। मैं ही वह अभागा कात्यायन हूँ जिसके कारण यह सारा दुखद प्रपंच चल रहा है। ठहरो, मैं अपने प्राण देकर भी कुन्दन के प्राण बचाऊँगा।"

मारे उत्तेजना के कात्यायन ने अपनी तलवार म्यान से निकाल ली। हाथ में तलवार लहराता और पागलों की तरह चिल्लाता कात्यायन श्मशान भूमि की तरफ दौड़ा, "मैं आ रहा हूँ, मित्र कुन्दन, तुम्हें बचाने। अपनी तलवार के बल पर मैं तुम्हें बचाऊँगा।"

***

"जल्दी करो। अब और देर न करो। मेरे घर वाले सब परेशान हैं और मैं उनकी और परेशानी नहीं सह सकता।" कुन्दन जल्दी करने को बधिकों से बार-बार आग्रह कर रहा था, लेकिन दोनों बधिक बड़े आराम से धीरे-धीरे श्मशान भूमि की ओर उसे ले जा रहे थे। उन दोनों को जल्दी क्या पड़ी थी, उन्हें तो आराम से अपनी नौकरी करनी थी। कुन्दन के घर वाले अलबत्ता बड़े जोरों से रो-चीख रहे थे। इस सबसे चारों ओर बड़ी चिल्ल-पों मची हुई थी।

यह दृश्य देखकर कात्यायन का मन बड़ा द्रवित हो गया। उसका क्रोध गायब हो गया और उसने तलवार म्यान में रख ली। उसको लग गया कि

हथियारबन्द बधिकों के विरुद्ध हथियार उठाना बेवकूफी होगी और इस तरह की उसकी एक और बेवकूफी कुन्दन के जीवन को और खतरे में डाल देगी। वह बधिकों के पास गया और धीरे से फुसफुसाया, "बन्धुओ, कुन्दन को मृत्युदंड न दो। यह बहुत ही सज्जन और दयालु व्यक्ति है। यह महात्मा है जो अपने मित्र कात्यायन के परिवार को बचाने के लिए अपना प्राण न्योछावर कर रहा है। मैं वही कात्यायन हूँ। असली अपराधी मैं हूँ। कुन्दन की जगह मुझे मृत्युदंड दो।"

अपने परिवारजनों को रोता-बिलखता देखने से बचने के लिए कुन्दन ने अपनी आँखे बन्द कर रखी थीं। उसे कात्यायन की उपस्थिति का आभास हुआ तो उसने आँखें खोल दीं। देखा तो सामने सचमुच कात्यायन खड़ा था। कुन्दन आश्चर्य में पड़ कर बोला, "अरे मित्र, आप! यहाँ! ऐसा कैसे हो गया?"

"मित्र, तुम्हारा कष्ट मैं अब और नहीं सह सकता," कहते हुए कात्यायन ने कुन्दन को आलिंगन में भर लिया और बच्चों जैसे रोने लगा। बदले में कुन्दन भी रोने लगा। दोनों मित्र आलिंगनबद्ध हो साथ ही रोने लगे। यह देखकर परिवारजन और जोर से रोने लगे। इससे बड़ा शोरगुल मच गया। यह सब देख दोनों बधिक बहुत चिढ़ गए। चिल्लाते हुए उन्होंने दोनों मित्रों को जबरदस्ती अलग-अलग हटाया। एक कुन्दन को घुड़कने लगा, तो दूसरा कात्यायन को डाँटने लगा, "आप राजाज्ञा के पालन में अनावश्यक विघ्न डाल रहे हैं।"

कात्यायन ने फिर कहा कि उसके मित्र के बदले उसे मृत्युदंड दिया जाए, जबकि कुन्दन लगातार अनुरोध कर रहा था कि उसे जल्दी मृत्युदंड देकर मामला ख़त्म किया जाए। इससे चिढ़ कर एक बधिक चिल्लाने लगा, "चुप रहो, मूर्खो। तुम दोनों मृत्युदंड चाहते हो। अब क्या तुम लोग निर्णय करोगे या तुम लोग हमें आदेश दोगे कि मृत्युदंड किसे देना है? यह आचार्य चाणक्य का आदेश है कि कुन्दन को मृत्युदंड देना है। हम लोग उन्हीं के आदेश का पालन करेंगे।"

"तो, मुझे ले चलो आचार्य के पास," कात्यायन ने कहा।

"क्या बात करते हो मित्र कात्यायन! क्या तुम उसी कुटिल कौटिल्य के पास जाओगे आत्मसमर्पण करने? हमारा सारा प्रयास इससे व्यर्थ न हो जाएगा?" कुन्दन ने आश्चर्य और आक्रोश से कहा।

"अब कोई और उपाय नहीं बचा है मित्र तुम्हें बचाने को। अब कौटिल्य से भिड़ने की न मेरी इच्छा है न साहस," कहते हुए कात्यायन बधिकों की ओर मुड़ा और उन्हें सम्बोधित करने लगा, "भाई, मुझे ले चलो कौटिल्य के पास। मैं उससे विनती करूँगा। मैं उसके समक्ष आत्मसमर्पण करूँगा।"

कात्यायन के प्रस्ताव पर दोनों बधिक हँसने लगे। "क्या हम मूर्ख हैं? आचार्य चाणक्य के पास जाने के बहाने तुम कुन्दन को धोखे से छुड़ा लेना चाहते हो। हम लोगों से चालाकी मत करो। पहले भी ऐसे ही एक अपराधी भाग चुका है। इस बार हम लोगों की जान न बचेगी। आपका प्रस्ताव हमें मंजूर नहीं है।"

"मैं जिन्दगी भर छल-छद्‌म रच-रच कर थक-हार गया हूँ। अब और मैं कोई ऐसी गतिविधि नहीं करना चाहता हूँ जिससे मेरे मित्र की जान और खतरे में पड़ जाए। विश्वास करो। मैं ईमानदारी से कह रहा हूँ।"

कात्यायन ने जब देखा कि बधिकों के व्यवहार में कुछ नरमी आई है, तो उसने सुझाव दिया, "आप दोनों में से एक कुन्दन पर पहरा देता रहे और दूसरा मुझे लेकर कौटिल्य के पास चले।"

बहुत देर तक मान-मनौवल के बाद दोनों बधिक अन्ततः मान गए।

***

कात्यायन को लेकर बधिक राजभवन के परिसर स्थित चाणक्य के कार्यालय के द्वार पर पहुँचा और द्वारपाल से बोला, "आचार्य चाणक्य को सूचित करो कि कात्यायन पकड़ लिया गया है।"

बधिक के अचानक बदले हुए सुर पर कात्यायन को थोड़ा सन्देह हुआ और वह समझ गया कि बधिक के बोलने में जैसी प्रभुता झलक रही है उस हिसाब से तो यह बधिक न होकर कौटिल्य का कोई गुप्तचर लगता है। फिर भी, उसने बधिक से सूचना भेजने में हुई त्रुटि को सही करने का आग्रह करते हुए कहा, "मैं पकड़ा नहीं गया हूँ, बल्कि स्वयं समर्पण करने आया हूँ।" जब तक वह बधिक को ठीक से समझा पाता तब तक स्वयं आचार्य चाणक्य स्वागत करने के लिए द्वार पर आ खड़े हुए।

"स्वागत है, मान्यवर महामात्य," कहते हुए चाणक्य दोनों बाँहें फैलाकर कात्यायन को गले लगाने के लिए आगे बढ़े। चाणक्य की पहुँच से दूर रहने के लिए कात्यायन धीरे-धीरे पीछे हट रहा था। उसे चाणक्य के व्यवहार पर बड़ा सन्देह और आश्चर्य हो रहा था। उसने भ्रम दूर करने के लिए जल्दी से स्पष्टीकरण दिया, "मैं आत्मसमर्पण करने आया हूँ, चाणक्य। मैं याचना करता हूँ कि कुन्दन को क्षमा कर दिया जाए और बदले में मेरे प्राण ले लिए जाएँ।"

"आपका जीवन अमूल्य है, मित्र कात्यायन। अभी आप को और कई चमत्कारिक कार्य करने हैं।"

"तुम समझे नहीं, कौटिल्य। भ्रम में न रहो। मैं अपनी प्रशंसा सुनने यहाँ न आया हूँ, अपितु अपने मित्र के प्राणों की याचना करने आया हूँ।"

"सब हो जाएगा। चिन्ता न करो, मित्र। लेकिन, मेरी कुछ शर्तें हैं।" चाणक्य बड़े रहस्यमय ढंग से मुस्कराए।

"मुझे सारी शर्तें स्वीकार हैं। बस मेरे मित्र को मुक्त कर दो।"

"तथास्तु। आपको शर्तें यथोचित समय पर बताई जाएँगी। अब, आइए, भीतर आइए।"

चाणक्य बड़े स्नेह से कात्यायन का हाथ पकड़कर भीतर ले चले। इसी बीच, चाणक्य ने बधिक बने अपने गुप्तचर को चुपके से इशारा किया कि योजना के अगले चरण पर कार्य जारी रहे।

3

लगभग आधी रात का समय था। चारों ओर घोर सन्नाटा पसरा था। मलय के स्कन्धावार के एक कोने से किसी सियार के बोलने की विचित्र ध्वनि उठी—न केवल एक बार, बल्कि तीन बार। स्कन्धावार के दूसरे कोने से एक दूसरा सियार वैसे ही स्वर में बोला—वह भी एक नहीं, तीन बार। इसके कुछ ही क्षण बाद काले लबादे से ढकी दस मानव आकृतियाँ अँधेरे से प्रकट हुईं।

दसों मानव आकृतियाँ अँधेरे में चलने लगीं एकदम चुपचाप, दबे क़दमों से अपने लक्ष्य की ओर। स्कन्धावार के मुख्य द्वार पर वे चुपचाप इकट्ठी हुईं। वहाँ वे एक-एक कर वैसे ही लबादे में ढकी एक ऐसी मानव आकृति के पास पहुँचीं जो पहले से वहाँ उनकी प्रतीक्षा कर रही थी। प्रत्येक मानव आकृति बारी-बारी से उसके पास पहुँचकर फुसफुसाती—'माया' और बदले में 'मृग' की फुसफुसाहट से आश्वस्त हो कर पुनः चुपचाप अपनी जगह पर आकर खड़ी हो जाती। कूट शब्द-युग्म का प्रयोग कर पहचान सुनिश्चित करने का यह काम बड़ी शान्ति से चुपचाप सम्पन्न हो गया।

अब दसों नकाबपोश और उनका नकाबपोश नायक दोनों स्कन्धावार के मुख्य द्वार पर ऊँघ रहे दो सशस्त्र प्रहरियों को बड़े गौर से देख रहे थे। ज्यों ही नायक फुसफुसाया 'ॐ', पाँच नकाबपोश एक साथ तेजी से दौड़ पड़े और द्वार पर ऊँघ रहे एक पहरी पर पीछे से अचानक आक्रमण कर दिया। आक्रमण एकदम अहिंसक था। प्रहरी को पीछे से कस कर पकड़ लिया गया, उसका शस्त्र कब्जे में ले लिया गया और उसके मुँह में कपड़ा ठूँसकर उसे रस्सियों से

बाँध दिया गया। इस बीच, ऐसी ही कार्रवाई बाकी के पाँच नकाबपोशों ने दूसरे प्रहरी के साथ की। यह सारा कार्य इतनी चुप्पी और चपलता से किया गया कि अन्य द्वारों पर पहरा दे रहे प्रहरियों को भनक तक न हुई। यह पूरा कार्य एक बड़े अभियान का अंश मात्र था, जिसे सफलतापूर्वक नेतृत्व दे रहा था देवदत्त, जो चन्द्रगुप्त की सेना से भागा हुआ सेनाधिकारी बनकर मलय के स्कन्धावार में चला आया था। उसके नकाबपोश साथी वही लोग थे जो कभी चन्द्रगुप्त की सेना में उसके अधीनस्थ थे और देवदत्त के साथ भागकर मलय के स्कन्धावार में चले आ थे।

***

कुछ ही क्षणों बाद ऐसे ही दस नकाबपोशों का एक दूसरा दल मलय के सेनापति चक्रधर के कक्ष की ओर चुपचाप बढ़ा। कक्ष के पिछवाड़े खड़ा इस दल का नायक अपने सहयोगियों का इन्तजार कर रहा था। वहाँ पहुँचते ही दसों नकाबपोशों ने बारी-बारी से नायक के पास जाकर कूट शब्द कहा—'नर' और बदले में 'हरि' की फुसफुसाहट सुनकर सब एक-एक करके कतार में खड़े हो गए और अपने नायक के आदेश की प्रतीक्षा करने लगे।

उनके नायक ने ज्यों ही बिल्ली की तरह धीरे से म्याऊँ-म्याऊँ किया पाँच नकाबपोश एक ओर से और पाँच नकाबपोश दूसरी ओर से सेनापति के कक्ष के द्वार की ओर एक साथ तेजी से बढ़े। आसन्न आक्रमण से अनजान द्वारपाल बड़ी आसानी से काबू में आ गया। उसके मुँह में कपड़ा ठूँसकर उसे शान्त कर दिया गया, उसका अस्त्र छीनकर उसे निहत्था कर दिया गया और रस्सी से बाँध कर बन्दी बना लिया गया। कक्ष का द्वार बाहर से बन्द कर सेनापति को उसके कक्ष में ही कैद कर दिया गया। पूरी कार्रवाई इतनी शान्ति और सरलता से हो गई कि मदिरा पीकर अपने कक्ष में गहरी नींद सो रहे सेनापति को इसका आभास ही नहीं हुआ और न ही अड़ोस-पड़ोस में किसी को। इस कार्रवाई का नायक था चन्द्रगुप्त का सैन्य सहायक सर्वतोभद्र जो भगोड़ा बनकर मलय के स्कन्धावार में रह रहा था।

***

राजकुमार मलयकेतु के शयनकक्ष के निकट ही प्रभंजन का कक्ष था। प्रभंजन मलय का सबसे विश्वस्त व्यक्ति था, यद्यपि वह हाल में ही चन्द्रगुप्त की सेना छोड़कर आया था। मलय प्रभंजन पर इतना विश्वास करने लगा था कि उसे

कई संवेदनशील विभागों का प्रभारी बना दिया था। मलय की निजी सुरक्षा के अतिरिक्त गुप्तचर विभाग, सुरक्षा प्रबन्धन और अभी हाल में बने आव्रजन विभाग का प्रभार भी प्रभंजन के पास था।

उस रात प्रभंजन ने मलय के शयनकक्ष के द्वार पर पहरा देने के लिए नियुक्त नियमित प्रहरियों की जगह अपने विश्वस्त प्रहरियों को लगा दिया था। साथ ही, दस सैनिक प्रभंजन के आदेश की प्रतीक्षा करते हुए उसके कक्ष में चुपचाप बैठे हुए थे। दोनों प्रहरियों समेत ये दसों सैनिक पहले चन्द्रगुप्त की सेना में प्रभंजन के अधीनस्थ थे और उसके साथ ही भागकर आ गए थे।

आधी रात को ही प्रभंजन को दोनों दलों के नायकों से सूचना मिल गई कि अभियान के पहले दोनों भाग सकुशल सम्पन्न हो गए और कहीं से भी कोई अवरोध या प्रतिरोध की घटना न हुई। हर ओर से आश्वस्त होकर प्रभंजन अपने कक्ष में छिपाए हुए दस साथियों के साथ फुर्ती से मलय के शयनकक्ष की ओर बढ़ा—अभियान के अन्तिम भाग को पूरा करने के लिए।

प्रभंजन को सामने पाकर मलय के शयनकक्ष के दोनों प्रहरी शान्ति से एक तरफ हट गए। प्रभंजन अपने साथियों को वहीं द्वार पर रोककर स्थिति का आकलन करने लगा। उसने गौर किया कि शयनकक्ष का दीपक अभी भी जल रहा था और कक्ष से वीणा का मधुर स्वर छन-छनकर बाहर आ रहा था। यह देखकर प्रभंजन चौकन्ना हो गया कि राजकुमार अभी भी जाग रहा है। इस प्रकार की स्थिति का अनुमान तो पहले से था ही नहीं।

अपने साथियों को प्रभंजन ने इशारे में ही समझा दिया कि इस अप्रत्याशित स्थिति में बहुत सावधानी और सौहार्द से काम लेने की जरूरत होगी ताकि राजकुमार की भावनाओं को कम-से-कम ठेस लगे। उसने योजना में तुरन्त आवश्यक संशोधन करते हुए इशारों-इशारों में ही साथियों से सलाह-मशविरा किया और सबको नए सिरे से निर्देश दिए।

मलय के शयनकक्ष में प्रभंजन पहले अकेले ही घुसा—चुपचाप। मलय को इसका पता ही न लगा क्योंकि वह वीणा बजाने में पूरी तरह खोया हुआ था और उसकी पीठ दरवाजे की ओर थी। मलय के सामने पहुँचकर प्रभंजन ने फुर्ती से वीणा मलय की गोद से उठाई और फुसफुसाया, "बस अब रहने दें, राजकुमार। काफी रात हो गई है।"

अचानक प्रभंजन को अपने सामने देखकर मलय हड़बड़ा गया। "क्या बात है, प्रभंजन? इतनी रात गए यहाँ! सब कुशल तो है न?"

मलय के प्रश्न का उत्तर देने के बजाय प्रभंजन ने एक रहस्यमयी सिसकारी

मारी जिसे सुनकर बाहर खड़े उसके सैनिक तेजी से भीतर आ गए। दो सैनिकों ने आगे बढ़कर मलय के दोनों हाथ पकड़कर उन्हें उसकी पीठ के पीछे रस्सी से बाँध दिया। इसी बीच दो अन्य ने मलय के मुँह में कपड़ा ठूँसकर उसका मुँह बन्द कर दिया। बाकी के छह सैनिकों ने बन्दी राजकुमार को जल्दी से एक बोरे में डाल लिया और उसे टाँगकर प्रभंजन के नेतृत्व में ले चले। प्रभंजन के मुँह से अन्तिम वाक्य मलय ने सुना, "हम आपके शत्रु नहीं हैं, माननीय राजकुमार। यह सब हम आपके भले के लिए कर रहे हैं।"

बोरे में बन्द मलय को स्कन्धावार के मुख्य द्वार पर खड़े एक रथ पर रख दिया गया। प्रभंजन रथ को हाँकते ले चला और उसके दसों साथी रथ के पीछे-पीछे घोड़ों पर सवार होकर चले।

***

बोरे में बन्द मलय को लिये हुए रथ सीधे पाटलिपुत्र के राजभवन परिसर पहुँचा और चाणक्य के आवास पर जाकर रुका। रथ से कूदकर प्रभंजन भागकर भीतर गया और चाणक्य को सूचना देकर पुनः रथ के पास वापस आ गया। इस बीच, उसके साथी बोरे से मलय को निकालकर बन्धन-मुक्त कर चुके थे। मलय आश्चर्य और अविश्वास से एकटक प्रभंजन को देख रहा था। यद्यपि उसने एक भी अपशब्द प्रभंजन को न कहा फिर भी, प्रभंजन का सिर शर्म से झुका हुआ था।

तब तक चाणक्य भागते हुए आ पहुँचे और उल्लासपूर्वक कहने लगे, "स्वागत है, राजकुमार मलयकेतु। आप हमारे आदरणीय अतिथि हैं।"

"आपके बारे में मैंने बहुत सुना है, आचार्य। किसी अतिथि को लाने का आपका यही ढंग है?" क्षोभ और व्यंग्य भरे स्वर में मलय ने पूछा।

"और कोई विकल्प नहीं था, आदरणीय राजकुमार। मुझे बहुत खेद है कि आपकी प्रतिष्ठा को ठेस पहुँची और बहुत कष्टदायी स्थिति से आपको गुजरना पड़ा। लेकिन, मुझे विश्वास है कि समय आने पर आप हमारे इस दुष्कार्य की अवश्य प्रशंसा करेंगे। यह सब आप के भले के लिए है।" चाणक्य मलय को समझा-बुझा कर प्रसन्न करने का प्रयत्न कर रहे थे। इसी बीच, उन्होंने इशारे से प्रभंजन और उसके सैनिकों को संकेत किया कि वे पुनः स्कन्धावार में लौट जाएँ और सम्भावित अशान्ति को दबाने का प्रयास करें।

***

सुबह-सुबह चाणक्य के आवास पर मलय को देखकर कात्यायन हड़बड़ा गया। उसे समझ न आ रहा था कि ऐसा कैसे हो गया कि राजकुमार चाणक्य के कब्जे में आ गया। अपमान और कटुता को भुलाकर कात्यायन मलय के बचाव में आगे आ गया। उसने चाणक्य से निवेदन किया, "राजकुमार मलयकेतु निर्दोष हैं। सारा दोष मेरा है। सारे कार्यों का दायित्व मैं लेता हूँ। राजकुमार को कृपया मुक्त कर दिया जाए।"

कात्यायन के व्यवहार पर मलय को बड़ा आश्चर्य हुआ। उसे विश्वास न हो रहा था कि जिस व्यक्ति को उसने इतना अपमानित करके भगाया था वही उसकी ओर से पैरवी कर रहा है।

सारी जिम्मेदारियाँ अपने ऊपर ओढ़ लेने और राजकुमार मलय के लिए इस तरह पैरवी करते देख चाणक्य कात्यायन पर मुस्कराए, "लेकिन, कात्यायन, आप तो पहले ही एक निवेदन करके शर्त से बँधे हुए हैं। क्या आप अपने मित्र कुन्दन सेठ के मामले में किए गए निवेदन को भूल गए? अब फिर यह नया निवेदन?" चाणक्य ने चुटकी लेते हुए कहा।

"मैं इस दूसरे निवेदन के लिए भी शर्त मानने को तैयार हूँ," कात्यायन ने आश्वासन दिया।

"नहीं, यह स्वीकार नहीं। आप पहले ही शर्त से बँधे हुए हैं। अब आपको दूसरे निवेदन के लिए आवेदन करने की अनुमति नहीं है। राजकुमार मलय के मामले में शर्त राजकुमार के लिए ही होगी," चाणक्य ने कठोरता का अभिनय करते हुए कहा।

चाणक्य के उत्तर पर कात्यायन का चेहरा उतर गया, यद्यपि राजकुमार मलय ने उत्सुकतापूर्वक जानना चाहा कि उसके लिए क्या शर्त है। चाणक्य रहस्यमयी मुस्कान के साथ बोले, "पहले कात्यायन की शर्त बता दूँ क्योंकि पहला निवेदन उन्हीं की ओर से था।" चाणक्य कुछ देर के लिए रुके। कात्यायन चिन्ता के मारे मरा जा रहा था मन-ही-मन यह सोचकर कि कुटिल मन वाला यह कौटिल्य पता नहीं कौन-सी शर्त उसके ऊपर लाद देगा। चाणक्य की अब और चुप्पी उसे सहन न हो रही थी। आखिर, चाणक्य ने अपना मुँह खोला, "कात्यायन को सम्राट चन्द्रगुप्त का महामात्य बनना होगा।"

कात्यायन को करारा झटका लगा। यह कैसी शर्त! कहीं कौटिल्य के मुँह से गलती से तो यह नहीं निकल गया या यह उसकी व्यंग्योक्ति है जिसका वास्तविक अर्थ कुछ और ही है। कात्यायन के उहापोह को दूर करते हुए चाणक्य ने स्पष्ट किया, "सम्राट चन्द्रगुप्त अभी नौसिखुआ प्रशासक हैं। उन्हें कात्यायन जैसे

सलाहकार और सहायक की आवश्यकता है, जिसे राजकार्य चलाने का लम्बा और प्रगाढ़ अनुभव है।"

"यह क्या सच कह रहे हो, चाणक्य? तुम्हारे रहते किसी सम्राट को किसी अन्य सलाहकार की क्या आवश्यकता?"

कात्यायन की बात की ओर ध्यान दिए बिना चाणक्य अब राजकुमार मलय को सम्बोधित करने को उन्मुख थे, "अब राजकुमार मलयकेतु के लिए शर्त।" चाणक्य ने रुक कर मलय की प्रतिक्रिया भाँपनी चाही, किन्तु मलय निर्विकार था। चाणक्य ने अपनी बात जारी रखी, "पर्वतीय प्रदेश पौरव के राजा के रूप में राजकुमार मलयकेतु का राज्याभिषेक राजधानी पुरुषपुर में होने के बजाय पाटलिपुत्र में ही होगा सम्राट चन्द्रगुप्त के औपचारिक राज्याभिषेक के साथ। इसके साथ ही पौरव प्रदेश मगध साम्राज्य का सीमान्त मित्र राज्य होगा न कि अधीनस्थ राज्य। मलयकेतु जैसे मित्र राजा को सीमा पर रखना मगध का सौभाग्य होगा।"

मलय विनम्रता और कृतज्ञता से चाणक्य के समक्ष झुकते हुए बोला, "आपकी लीला अपरम्पार है, आचार्य।"

***

तीसरे दिन प्रभंजन चाणक्य के पास वापस आया—मलय के शिविर में 'अपहरण अभियान' के प्रभाव और प्रतिक्रिया का विवरण लेकर। आचार्य को उसने सारी बातें बताईं।

उस दिन सुबह जब सेनापति चक्रधर को राजकुमार के अपहरण का पता चला तो वह बहुत क्रुद्ध हुआ। वह प्रभंजन से लड़ने लगा और आरोप लगाने लगा, "राजकुमार की निजी सुरक्षा का प्रभार आपके पास था और सुरक्षा में चूक आप की ही गलती से हुई है।"

अपनी सफाई देते हुए प्रभंजन ने उसे आश्वासन दिया, "मैं अपने गुप्तचरों द्वारा शीघ्र ही राजकुमार का पता लगा लूँगा। आप निश्चिन्त रहिए।"

चक्रधर को प्रभंजन पर विश्वास न हुआ। वह स्वयं अपनी ओर से पूछताछ कराने लगा। इसी दौरान स्कन्धावार के मुख्य द्वार के दोनों प्रहरियों से उसे पता लगा कि उस रात कुछ अजनबी लोगों ने बन्दी बनाकर बोरे में बन्द कर राजकुमार का अपहरण कर लिया।

इसी बीच, अपनी गुप्तचर सूचना मिलने के बहाने प्रभंजन ने चक्रधर को बताया कि राजकुमार मलयकेतु पाटलिपुत्र में सम्राट चन्द्रगुप्त के विशेष अतिथि

के रूप में सुरक्षित हैं। यह सुनकर शान्त होने के बजाय चक्रधर और उत्तेजित हो गया और खुलेआम आरोप लगाने लगा कि चन्द्रगुप्त ने राजकुमार मलयकेतु को अपने यहाँ बन्दी बना रखा है। वह इतना उत्तेजित हो गया कि पाटलिपुत्र पर आक्रमण कर देने की घोषणा कर दी।

उत्तेजित चक्रधर को प्रभंजन ने बहुत समझाया और बताया कि यह राजनीतिक और कूटनीतिक मामला है और इसे सैन्य कार्रवाई से हल करने की कोशिश में उसका अपना ही बड़ा नुकसान होगा। अन्तत: चक्रधर मान गया कि उत्तेजना और जल्दीबाजी में ऐसा कदम उठाना बुद्धिमानी न होगी।

प्रभंजन जब यह सारा विवरण चाणक्य को बता चुका तो अपनी आदत के अनुसार चाणक्य कुछ बातें कुरेद-कुरेदकर निकालने के चक्कर में प्रश्न पूछने लगे, "और, उन पाँचों मित्र राजाओं का क्या हुआ? उनकी क्या प्रतिक्रिया रही?"

"उन्हें इसकी कोई परवाह नहीं। वे ज्यों-के-त्यों अपने खाने-पीने और मौजमस्ती में लगे रहे। उनकी ओर से चिन्ता का विषय बस यह है कि वे स्कन्धावार में रह-रहकर तंग आ चुके हैं और अच्छे आवास और अच्छी सुविधाओं के लिए पगलाए हुए हैं।"

"बहुत अच्छा। मलय के सैनिकों की क्या प्रतिक्रिया है?"

"वे बेचारे असुविधाओं से संघर्ष कर-कर के परेशान हैं और जल्दी अपने घरों को लौट जाना चाहते हैं। खाने-पीने की सामग्री की कमी से वे बड़े दुखी हैं और कइयों का तो यह कहना है कि राजा लोग अपनी राजसत्ता के लोभ में गरीब सैनिकों को बलि का बकरा बना रहे हैं। राजकुमार के गायब हो जाने से वे प्रभावित तो दिखे, लेकिन विशेष चिन्तित नहीं।"

"अच्छी बात है। अब ध्यान से सुनो," चाणक्य प्रभंजन को समझाने लगे, "चक्रधर को फुसलाकर यहाँ ले आओ इस बहाने कि वह स्वयं आकर अपने राजकुमार से मिल ले और उनकी स्थिति अपनी आँखों से देखकर सन्तुष्ट हो ले। यही नहीं, सम्राट चन्द्रगुप्त की ओर से पाँचों मित्र राजाओं को सन्देश पहुँचाओ कि सम्राट उनके रहने-सहने की दुर्व्यवस्था से बहुत दुखी हैं और पाँचों का अपने अतिथि के रूप में पाटलिपुत्र में स्वागत-सत्कार करने को इच्छुक हैं। मुझे विश्वास है कि वे सब के सब मान जाएँगे। फिर, चक्रधर सहित उन सबों को यहाँ ले आकर राजकीय अतिथिशाला में ठहराओ और उनके खाने-पीने और मनोरंजन का अच्छा प्रबन्ध करो। इस बीच सारे सैनिकों को वहीं स्कन्धावार में ही रहने देना, लेकिन उनके खाने-पीने और रहने का अच्छा और सुविधाजनक प्रबन्ध करो। इस सब पर सारा खर्च राजकोष से तुरन्त प्राप्त कर लो।"

चाणक्य साँस लेने के लिए थोड़ी देर के लिए रुके और फिर प्रभंजन को और निकट बुलाकर फुसफुसा कर समझाया, "अपहरण अभियान में अपने जो गुप्तचर पहचान लिए गए हैं उन्हें वहाँ से हटाकर पाटलिपुत्र वापस भेज दो और उनकी जगह नए गुप्तचरों को लगाओ। तुम स्वयं भी वहाँ सैनिकों की दृष्टि में अब सन्देहास्पद हो गए हो। इसलिए वहाँ का प्रभार सर्वतोभद्र को सौंपकर तुम भी पाटलिपुत्र लौट आओ। फिर भी वहाँ का पूरा पर्यवेक्षण का दायित्व तुम्हारा ही रहेगा। वहाँ घुसे अपने गुप्तचरों के माध्यम से अब तुम पाटलिपुत्र में बैठे-बैठे स्कन्धावार की सारी गतिविधियों पर दृष्टि रखो।"

नौ

प्रबन्धन

1

जब सारा मामला निपट गया; सारे शत्रु और प्रतिद्वन्द्वी वश में कर लिए गए तब चाणक्य ने मदनोत्सव मनाने पर लगाई रोक हटाने की घोषणा करा दी। यह रोक तो झूठी थी। इस रोक को लेकर चन्द्रगुप्त से उनका झगड़ा झूठा था। वह तो एक छल था शत्रुओं को चकमा देने के लिए, उनको अपने जाल में फँसाने के लिए। ज्यों ही सारे शत्रु ध्वस्त हो गए, इस रोक का औचित्य समाप्त हो गया।

चाणक्य ने मदनोत्सव पर लगी रोक को हटाने की घोषणा तो करा दी, लेकिन वे इस उत्सव को मन से स्वीकार न कर पाते थे। इस उत्सव में घटकंचुकी क्रीड़ा के नाम पर कामुकता और उच्छृंखलता के खुले खेल को वे व्यभिचार मानते थे। इसे राज्य द्वारा प्रायोजित करना वे नैतिकता पर घोर प्रहार मानते थे, साथ ही धन व समय की बर्बादी भी। यही नहीं, इस उत्सव में उन्हें पुराने सम्राट के अनाचार की गन्ध आती थी जिसे वे जनमानस से हटा देना चाहते थे। इन सब बातों के बावजूद, लोगों में मदनोत्सव के प्रति ललक और लोकप्रियता को देखते हुए वे इस उत्सव को जारी रखने को तैयार थे। किन्तु, इस उत्सव को वर्तमान स्वरूप में मनाने देने को वे तैयार न थे। उन्होंने मन-ही-मन इस उत्सव में कई परिवर्तन और सुधार सोच डाले।

मदनोत्सव में परिवर्तन और सुधार की आवश्यकता को अपनी मनमानी इच्छा के रूप में व्यक्त करने की बजाय चाणक्य ने इसे सर्वसम्मति का आवरण देना उचित समझा। उन्होंने अमात्यों और विशिष्ट नागरिकों की एक विमर्श सभा बुलाई जिसमें कात्यायन को भी शामिल किया गया। इसमें चाणक्य द्वारा प्रस्तुत सारे सुझाव और संशोधन सर्वसम्मति से स्वीकार कर लिए गए। फिर

भी, बीच-बीच में चाणक्य तर्क-वितर्क, विमर्श और मत-वैभिन्य के लिए सभी प्रतिभागियों को प्रोत्साहित कर रहे थे, ताकि नए विचार खुलकर सामने आएँ और अन्तिम निर्णय उनका अपनी ओर से थोपा हुआ निर्णय न लगे।

सर्वप्रथम निर्णय यह लिया गया कि पुष्पवेणु चतुष्पथ का नाम बदलकर चन्द्रायण चतुष्पथ कर दिया जाए। यह प्रस्ताव चाणक्य इसलिए लाए कि जनमानस से पुराने सम्राट की स्मृति हटकर उस पर नए सम्राट चन्द्रगुप्त की अमिट छाप पड़ जाए। इसी प्रकार, मदनोत्सव नाम को और सांस्कृतिक पहचान देने के लिए नया नाम दिया गया—कौमुदी महोत्सव। 'सर्वांगसुन्दरी' प्रतियोगिता को जारी रखने का निर्णय लिया गया, किन्तु उसमें कई आवश्यक संशोधन पारित हुए। पहले तो 'सर्वांगसुन्दरी' की उपाधि बदलकर उसे 'रूपसौभाग्यसुन्दरी' कर दिया गया और निर्णय लिया गया कि 'रूपसौभाग्यसुन्दरी' साल भर सम्राट की रक्षिता बनकर राजभवन में रहने के बजाय अपने घर में स्वतंत्र और आराम से रहेगी। वह सम्राट द्वारा सम्मानित और सम्पोषित नगरवधू होगी। वह सम्राट की वासना-तृप्ति का साधन होने के बजाय राज्य में कला एवं संस्कृति के संवर्धन की सहयोगी होगी। उसके चयन की प्रक्रिया तो पूर्ववत ही होगी, किन्तु चयनित होने के बाद उसे सम्राट की गोद में बैठना नहीं होगा। इसकी बजाय उसके बालों में आम्रमंजरी खोंस कर सम्राट उसका सम्मान करेंगे। यही नहीं, उस रात या वर्ष भर उसे अपनी अंकशायिनी बनाने के लिए सम्राट न ले जा सकेंगे।

पूर्णिमा की रात चन्द्रायण चतुष्पथ के कान्ताकान्तार प्रखंड में गाए जानेवाले अश्लील गीतों और इशारों पर रोक लगा दी गई। उनके स्थान पर श्रृंगार गीतों की एक प्रतियोगिता आयोजित करने का विधान किया गया। इस प्रतियोगिता के पञ्च-सदस्यीय निर्णायक मंडल का अध्यक्ष महामात्य को बनाया गया, चयनित सर्वश्रेष्ठ कवि को एक साल के लिए राजकवि पद प्रदान किया जाना तय हुआ। उसे राज्य से वित्तीय अनुदान भी दिया जाना तय हुआ। इस पूरी प्रतियोगिता की अवधि में सम्राट को सपरिवार अपने नन्दनकानन प्रखंड में उपस्थित रहने का विधान किया गया।

अगले दिन चैत्र प्रतिपदा को दिन में होनेवाले सारे कार्यक्रम यथावत रखे गए, किन्तु रात्रि में होनेवाले सामूहिक मद्यपान और घटकंचुकी क्रीड़ा के अन्तर्गत स्वछन्द सामूहिक सम्भोग पर रोक लगा दी गई। निर्णय किया गया कि राज्य के खर्च पर तैयार होनेवाली सोम और सुरा अब न बाँटी जाएगी, बल्कि उस रात सम्राट की ओर से सभी नागरिकों—स्त्री-पुरुष, आबालवृद्ध सबको—एक उत्तरीय, जिसमें एक तरफ पत्तों के दोने में रखा हुआ मिष्टान्न बँधा होगा,

उपहारस्वरूप दिया जाएगा। यदि किसी नागरिक को सोम या सुरापान करना हो या सहमति से उस रात किसी से सम्भोग करना हो तो वह विभिन्न प्रतिबन्धों के साथ अपने निजी स्थान में अपनी निजी व्यवस्था के अन्तर्गत करेगा। छोटे-छोटे समूहों में भी इसे आयोजित करने की छूट दी गई, किन्तु शर्त यह रखी गई कि इससे लोकमर्यादा या विधिव्यवस्था भंग नहीं होनी चाहिए।

तीसरे दिन राजकर्मचारियों के लिए आयोजित होनेवाले मद्यपान और सम्भोग कार्यक्रम पर सामान्य नागरिकों की भाँति ही रोक लगा दी गई और उन पर भी उसी प्रकार के नियम लागू कर दिए गए। उनके लिए एक सुखद व्यवस्था यह की गई कि उन्हें मिष्टान्न-युक्त उत्तरीय के साथ-साथ इस अवसर पर एक माह का अतिरिक्त वेतन भी दिया जाएगा।

चौथी रात उच्च राजकर्मचारियों एवं अमात्यों के लिए राजभवन में होनेवाले मद्यपान और घटकंचुकी क्रीड़ा पर रोक लगा दी गई। इसके बदले राजभवन के रंगमंडप में नृत्य का कार्यक्रम रखा गया जो एक प्रतियोगिता के रूप में होना था। इस प्रतियोगिता में पूरे साम्राज्य से नर्तकियाँ और गणिकाएँ भाग ले सकती थीं। इससे एक सर्वोत्कृष्ट नर्तकी का चयन होना था जिसे साल भर के लिए राजनर्तकी का पद दिया जाता। इसका निर्णायक मंडल भी उसी को बनाया गया जो राजकवि के चुनाव के लिए तय किया गया था।

चाणक्य के आग्रह पर राज्याश्रित कलाकारों का चयन मात्र एक वर्ष के लिए रखा गया ताकि प्रतिवर्ष नए कलाकार चुने जाएँ और कला और संस्कृति का विस्तृत विकास हो सके। इसके साथ ही, चाणक्य ने संस्तुति की कि पुराने सम्राट के अधीन अपने निजी आनन्द के लिए बड़ी संख्या में रखी गई नर्तकियों और गायकों-वादकों को मुक्त कर दिया जाए ताकि वे सार्वजनिक सुलभता के साथ खुली हवा में अपनी कला का विकास कर सकें।

2

चाणक्य एक दिन अचानक कात्यायन के आवास पर जा धमके। कात्यायन को बड़ा आश्चर्य हुआ कि चाणक्य जैसा कूटनीतिज्ञ और रणनीतिकार बिना किसी पूर्व सूचना के उसके यहाँ क्यों आ पहुँचा है! कात्यायन को इस बात का भलीभाँति आभास था कि चाणक्य इस समय ऐसी शक्तिशाली स्थिति में है कि जब चाहे उसे अपने समक्ष उपस्थित होने का आदेश दे सकता है। फिर, इस तरह खुद दौड़े हुए मिलने आने का क्या अर्थ? कहीं वह फिर कोई कुटिलता तो नहीं कर रहा?

कात्यायन की उलझन जल्दी ही सुलझ गई जब चाणक्य ने अपने आने का उद्देश्य बताया। "मैं तुम्हारा बालसखा हूँ, कात्यायन," चाणक्य ने कात्यायन को आश्वस्त करना चाहा। किन्तु, कात्यायन के आश्चर्य की सीमा न रही जब चाणक्य ने अति विनम्र भाव से कहा, "इस समय मैं आपके समक्ष एक विद्यार्थी के रूप में उपस्थित हुआ हूँ, महोदय।"

"घोर आश्चर्य है। कहाँ आप तक्षशिला जैसे विश्वविद्यालय में राजनीति और कूटनीति के आचार्य और कहाँ मैं अल्पशिक्षित व्यक्ति! आप मेरा मजाक उड़ा रहे हैं, आचार्य! अर्थशास्त्र और नीतिशास्त्र पर आपकी विद्वत्ता कौन नहीं जानता!!"

कात्यायन की बातों में वेदना और व्यंग्य स्पष्ट झलक रहे थे।

"इसे अन्यथा न लें, महोदय। मुझ पर विश्वास करें। मैं गम्भीर हूँ और मुक्त मस्तिष्क से आपके पास सीखने आया हूँ। मैं गुप्तचर विद्या पर आपसे कुछ सीखना चाहता हूँ।" चाणक्य ने विनम्रता बरकरार रखते हुए अपनी स्थिति स्पष्ट की।

"गुप्तचर विद्या के तो आप महारथी हैं और अभी हाल में ही इस खेल में मुझे पराजित कर आपने अपना लोहा मनवा लिया है। फिर क्या सीखना बाकी रहा? और, वह भी मेरे जैसे व्यक्ति से जो सम्राट के अधीन रहकर प्रशासन के दैनन्दिन कार्यों की चक्की में पिसता रहा। यह मजाक नहीं तो और क्या है?" कात्यायन ने आश्चर्य, हताशा और क्षोभ के मिश्रित स्वर में कहा।

चाणक्य ने अपने स्वर में अपनत्व घोलते हुए कहा, "इसे पराजय न कहें। यह मात्र चालबाजियों का खेल था। आप एक अद्भुत प्रशासक ही नहीं, एक सिद्धहस्त गुप्तचर-प्रभारी और रणनीतिकार हैं। मैं आपकी विषकन्या व्यवस्था से बहुत प्रभावित हुआ हूँ। मैं इस मामले में एकदम असफल रहा। मेरे पास एक भी महिला गुप्तचर नहीं थी, यद्यपि मैं भलीभाँति यह जानता था कि गुप्तचर के रूप में एक महिला पुरुष से कई गुना अधिक सफल होती है।"

चाणक्य की उत्सुकता, विनम्रता और ज्ञान-पिपासा ने कात्यायन को बहुत प्रभावित किया। चाणक्य तो अब शत्रु भी न रहे, बल्कि एक सच्चे शुभचिन्तक साबित हुए हैं। इन बातों को दृष्टि में रख कर कात्यायन ने विषकन्या बनाने की विधि विस्तार से बताई। उसने बताया कि विषकन्या बनाने की प्रक्रिया तभी से प्रारम्भ हो जाती है जब चयनित बच्ची एकदम अबोध रहती है। प्रतिदिन उसे विष की थोड़ी खुराक दी जाती है जब तक वह पूर्ण विषकन्या नहीं हो जाती।

"यदि आप अन्यथा न लें तो एक प्रश्न पूछूँ?" चाणक्य ने एक विनम्र विद्यार्थी की भाँति प्रश्न किया।

"हाँ, सहर्ष," कात्यायन ने कहा।

"किसी अबोध बच्ची का भावी जीवन चौपट करना अनैतिक नहीं है? एक अबोध बच्ची को हत्या के घातक अस्त्र के रूप में विकसित करना क्या उचित ठहराया जा सकता है?" प्रश्न पूछते-पूछते चाणक्य का स्वर आवेश से कुछ तीक्ष्ण हो गया।

"गुप्तचर्या स्वयं में एक अनैतिक कार्य है। इसे नैतिक शक्ति एवं समर्थन इसके उच्च उद्द्देश्यों से प्राप्त होता है। आप स्वयं इस विद्या के बड़े ज्ञाता और खिलाड़ी हैं। आप जानते हैं कि गुप्तचर्या और नैतिकता का सम्बन्ध सर्वदा विवादास्पद रहा है। फिर इस पर तर्क-वितर्क करने की क्या आवश्यकता है?" कात्यायन के स्वर में खिन्नता साफ़ झलक रही थी। वह उत्तर देने के बजाय प्रतिप्रश्न कर रहा था।

चाणक्य को आभास हो गया कि बातचीत अनावश्यक रूप से अप्रिय मोड़ लेने लगी है। विमर्श की दिशा बड़ी चतुराई से बदलते हुए चाणक्य ने कहा, "आपकी चार विषकन्याओं को मैं जानता हूँ। एक तो मधुछन्दा थी जिसने गलती से चन्द्रगुप्त के स्थान पर पुरु की हत्या कर दी और फिर भाग निकली। दूसरी वह थी जिसने महाराज चन्द्रगुप्त का स्वागत करते समय उन पर आक्रमण करने का प्रयास किया था। क्या नाम था उसका? शायद प्रियम्वदा?"

"हाँ, सही हैं आप। उसका नाम प्रियम्वदा ही था," कात्यायन ने कहा।

"प्रियम्वदा तो पकड़ ली गई और कारागार में बन्दिनी है, लेकिन मधुछन्दा भागने में सफल हो गई थी। भागने के बाद उसका क्या हुआ? कुछ पता चला?" चाणक्य ने पूछा।

"उसका पुनर्वास कर दिया गया," कात्यायन ने बताया।

"पुनर्वास! क्या विषकन्याओं का पुनर्वास भी होता है?" चाणक्य ने आश्चर्य से पूछा।

"हाँ, क्यों नहीं, यदि वे उद्द्देश्य पूरा कर बचने में सफल हो जाती हैं। हम उनके पुनर्वास और कल्याण के लिए गुप्त रूप से सदैव तत्पर रहते हैं," कात्यायन ने जोर देकर कहा।

"क्या आप हमें किसी ऐसी विषकन्या से मिला सकते हैं जिसका पुनर्वास हुआ हो?" चाणक्य ने इच्छा व्यक्त की।

"हाँ, क्यों नहीं, आप जब चाहें," कात्यायन ने आश्वासन दिया।

3

अमात्यों और उच्च राजपदाधिकारियों की बैठक चल रही थी। कात्यायन भी इसमें भाग ले रहा था, यद्यपि महामात्य के रूप में उसका औपचारिक अभिषेक अभी नहीं हुआ था। बैठक चाणक्य ने बुलाई थी और विचार-विन्दु था नए सम्राट का औपचारिक राज्याभिषेक।

राज्याभिषेक को चाणक्य एक चिरस्मरणीय उत्सव के रूप में मनाना चाहते थे। इस अवसर को और अधिक प्रतीकात्मक बनाने और प्रजा को एक नया सन्देश देने के उद्देश्य से उन्होंने कई अभिनव प्रस्ताव प्रस्तुत किए। इन प्रस्तावों के कारण कई विवादित विन्दु उभर आए जिन पर बहुत विस्तृत चर्चा हुई।

चाणक्य चाहते थे कि नई राजव्यवस्था में प्रजा की सहभागिता बढ़े, लेकिन परम्परावादियों और पुरातनपंथियों द्वारा इसका विरोध हो रहा था। चाणक्य ने प्रस्ताव रखा कि राज्याभिषेक राजभवन की बन्द दीवारों के भीतर होने के बजाय सार्वजनिक स्थान पर खुले में हो जिसमें जनसहभागिता भी हो सके। इसके लिए उसने चन्द्रायण चतुष्पथ के नन्दनकानन को उपयुक्त स्थान के रूप में सुझाया। पुरातनपंथियों का आक्षेप था कि मगध साम्राज्य के इतिहास में ऐसा पहले कभी न हुआ था और इससे एक प्रतिष्ठित परम्परा टूट जाएगी। उनका मानना था कि परम्पराओं की मर्यादा का पालन हर हाल में होना चाहिए। एक दूसरा वर्ग था जिसे इस बात पर आपत्ति थी कि नन्दनकानन राजपरिवार के लिए आरक्षित प्रखंड था जिसमें प्रजा का प्रवेश वर्जित था। उस वर्ग ने नन्दनकानन की प्रतिष्ठा और पवित्रता बचाए रखने की दुहाई देते हुए तीन अन्य प्रखंडों में से किसी एक का उपयोग करने का सुझाव दिया। इसका खंडन करते हुए चाणक्य ने तर्क दिया कि उनका जोर इस बात पर है कि आरक्षित राजकीय स्थानों पर पहुँचकर प्रजा आह्लादित और गौरवान्वित हो सके।

इसी बीच, राजभवन परिसर की सुरक्षा-व्यवस्था एवं राजपरिवार की निजी सुरक्षा के प्रभारी जयवन्त ने अपनी आपत्ति व्यक्त करते हुए कहा कि राज्याभिषेक के लिए परम्परागत रूप से सर्वाधिक सुरक्षित स्थान राजभवन का सभामंडपम ही है और राजभवन के बाहर यह कार्यक्रम आयोजित करने और उसमें प्रजा को आमंत्रित करने से सम्राट एवं अन्य विशिष्ट व्यक्तियों की सुरक्षा खतरे में पड़ जाएगी। चाणक्य ने व्यंग्य से उसकी ओर देखकर मुस्कराते हुए कहा, "अगर सुरक्षा-व्यवस्था खतरे में पड़ जाएगी तो फिर आपकी क्या उपयोगिता है?" चाणक्य के व्यंग्य-बाण से आहत सुरक्षा-प्रभारी ने चुप्पी साध ली।

सारी आपत्तियों और आक्षेपों को ध्यान में रखते हुए अन्ततः बीच का मार्ग निकाला गया। निर्णय यह लिया गया कि राज्याभिषेक दो चरणों में किया जाए। पहले राज्याभिषेक संस्कार पूर्णतः वैदिक विधि से राजभवन दुर्ग के भीतर सम्पन्न हो। उसके बाद दूसरा भाग राजसिंहासन पर बैठने का हो जो सार्वजनिक रूप से नन्दनकानन प्रखंड में आयोजित हो।

स्थान का चयन पूरा होते ही समय पर चर्चा होने लगी। पाटलिपुत्र नगर के दंडाधिकारी दमनक एवं व्यवस्था-प्रमुख रत्नाकर ने माँग की कि उन्हें पर्याप्त समय चाहिए ताकि चन्द्रायण के चारों प्रखंडों में फैलकर मनाए जानेवाले कौमुदी महोत्सव के बाद पूरे परिसर की ठीक से सफाई करा कर नए आयोजन के लिए नई व्यवस्था की जा सके। इस बीच, राजज्योतिषी भी उचक रहे थे कि इस अहम मुद्दे पर तो सबसे पहले उनसे सलाह-मशविरा करना चाहिए था। चाणक्य ने उनकी आकुलता भाँप ली और उनसे एक शुभ मुहूर्त सुझाने का अनुरोध किया। राजज्योतिषी ने ज्यादा समय न लिया। लगता था वह पहले से ही सारी ज्योतिषीय गणनाएँ करके बैठे थे। अवसर मिलते ही उन्होंने एक व्याख्यान देना शुरू किया, "चैत्र शुक्ल प्रतिपदा को ब्रह्मा जी ने इस सृष्टि की रचना प्रारम्भ की और इसी दिन विष्णु ने अपना पहला अवतार, मत्स्यावतार लिया। नए सम्राट की कुंडली में चन्द्र का बहुत प्रभावी योग है। अतः चन्द्र को प्रसन्न करनेवाली तिथि पर ही उनका राज्याभिषेक होना चाहिए।"

अभी वह लम्बा व्याख्यान देकर अपनी ज्योतिषीय विद्वत्ता की धाक जमाने की कोशिश कर ही रहे थे कि चाणक्य ने बीच में ही उन्हें टोक दिया और किंचित रुक्षता और व्यंग्य से कहा, "आपकी विद्वत्ता से हम सब पहले ही परिचित हैं ज्योतिषी जी। आप संक्षेप में अपनी बात कहें। उचित तो होगा कि बिना औचित्य बताए आप सीधे मुहूर्त बताएँ।"

चाणक्य के टोकने पर ज्योतिषी कुढ़ गए और मन-ही-मन उन्हें कुटिल कहकर गाली देने और ज्योतिष में उनकी श्रद्धा कम होने को कोसते हुए सपाट उत्तर दिया, "चैत्र शुक्ल प्रतिपदा।"

इस तिथि पर सबने एक स्वर से स्वीकृति दी। उन लोगों ने भी जो व्यवस्था के लिए पर्याप्त समय माँग रहे थे, वे खुश थे कि कौमुदी महोत्सव के बीतने के बाद लगभग एक माह का समय उन्हें मिल जाएगा नई व्यवस्था करने के लिए।

स्थान और समय तय होते ही आयोजन के लिए पञ्च-सदस्यीय प्रबन्धन समिति बनाई गई। इसमें नगर दंडाधिकारी दमनक, सुरक्षा-प्रभारी जयवन्त और व्यवस्था-प्रमुख रत्नाकर को नामित किया गया। दो अन्य सदस्यों को नामित

करने का अधिकार चाणक्य ने अपने पास आरक्षित रख लिया। उन दो स्थानों पर शायद वे अपने गुप्तचरों को रखना चाहते थे। उन्होंने वे दो नाम तुरन्त घोषित न किए। हाँ, उन्होंने प्रबन्ध-समिति के सदस्यों को निर्देश दिया कि राज्याभिषेक की तैयारियों की प्रगति का विवरण उनके समक्ष प्रतिदिन प्रस्तुत किया जाए।

4

चैत्र के शुक्ल पक्ष की कामदा एकादशी के दिन बहुत सुबह से ही गंगातट पर स्नानार्थियों और श्रद्धालुओं का ताँता लगा हुआ था। लोगों की मान्यता थी कि इस एकादशी को स्नान-दान और व्रत करने से ब्रह्महत्या और पिशाचत्व के दोषों से भी बचा जा सकता है।

एकादशी के दिन पाटलिपुत्र में सार्वजनिक अवकाश होता था। प्राय: सभी आर्य जन अपने नियमित कार्यप्रणाली से विरत रहकर गंगा-स्नान करते, व्रत रखते और पूजा-अर्चना करके पुण्य अर्जित करते। चाणक्य भी एकादशी के दिन बहुत सुबह ही गंगा-स्नान करते और व्रत रहते, यद्यपि वे अपने नियमित कार्य से विरत न होते और प्रतिदिन की भाँति ही एकादशी के दिन भी अपने काम में लगे रहते।

औरों की तरह चाणक्य गंगा-स्नान पुण्य की लालसा से नहीं करते थे, बल्कि गंगा नदी में उनकी अपार श्रद्धा थी। उसे वह मात्र नदी नहीं, बल्कि आर्यावर्त की जीवनरेखा मानते थे। इसी प्रकार, एकादशी के दिन वे व्रत इसलिए न करते थे कि उन्हें कोई बड़ा पुण्य मिल जाए, बल्कि स्वास्थ्य कारणों से हर पन्द्रहवें दिन निराहार रहते थे। और वह दिन एकादशी का होता था।

यह जानते हुए भी कि उनके शत्रु अभी पूर्णत: शान्त नहीं हुए हैं, चाणक्य अकेले ही एकादशी के दिन ब्रह्ममुहूर्त में गंगास्नान के लिए निकल पड़ते और सूर्योदय से पूर्व अपने आवास पर लौट आते। उनके गुप्तचर शिष्य, विशेषकर प्रभंजन, उनकी सुरक्षा को लेकर चिन्तित रहते। उन्हें भय था कि शत्रु या कोई सिरफिरा चाणक्य को अकेले में पाकर उन पर आक्रमण कर सकता है। दो-एक बार शिष्यों ने चाणक्य से इस पर चर्चा भी की, किन्तु चाणक्य ने उनकी चिन्ता को हँसी में उड़ा दिया। फिर गुप्तचर शिष्यों ने गुरु की सुरक्षा की एक गुप्त योजना बनाई और बिना उन्हें बताए एकादशी के दिन दूर से ही उन पर गुप्त दृष्टि रखते।

***

चैत्र शुक्ल पक्ष की एकदशी के दिन गंगा-स्नान से लौटते समय आनन्दकानन उपवन के सामने एक बौद्ध भिक्षुणी ने चाणक्य की राह रोक ली। चाणक्य ने फटकार कर उसे दूर हटने के लिए कहा, किन्तु फटकार को अनसुना कर भिक्षुणी मुस्कराए जा रही थी।

भिक्षुणी के दुस्साहस से चाणक्य हतप्रभ थे। उन्होंने ध्यान से देखा तो महसूस किया कि भिक्षुणी बहुत सुन्दर है; उसके चेहरे पर गजब की लुनाई है, यद्यपि उसका सिर मुंडित है और उसके काषाय वस्त्र मैले और जगह-जगह से फटे हुए हैं।

"क्या चाहिए तुम्हें?" चाणक्य ने बड़ी रुक्षता से पूछा।

"कुछ नहीं," भिक्षुणी का सीधा-सपाट उत्तर था।

"तो फिर मेरी राह रोके क्यों खड़ी हो? चाणक्य ने नाराजगी से पूछा।

"मैं राह रोकने नहीं आई हूँ; मुझे भेजा गया है," भिक्षुणी ने कहा।

"किसने भेजा है?"

"कात्यायन ने"

"कात्यायन?"

कात्यायन के नाम पर चाणक्य को चौंकते देख भिक्षुणी ने पूछा, "आपको वह मधुछन्दा याद है जिसके बारे में कात्यायन ने कहा है कि आपको बता दिया गया है?"

"मधुछन्दा?" अपने दिमाग पर जोर डालते हुए चाणक्य ने याद करने का प्रयास किया।

"विषकन्या मधुछन्दा, जिसने संयोग से चन्द्रगुप्त की जगह पुरु की हत्या कर दी थी," भिक्षुणी ने उल्लेख किया।

"हाँ, हाँ, याद आया। कात्यायन ने उल्लेख किया था।"

"मैं वही मधुछन्दा हूँ।"

"मैं तुम्हारी पूरी कहानी सुनना चाहता हूँ।"

"यहीं, खड़े-खड़े?"

"नहीं, आराम से बैठकर।"

"राजभवन परिसर के आपके कार्यालय में पहुँचने में बहुत झंझट है। एक भिक्षुणी को राजभवन में घूमता देख लोगों की भौहें तन जाती हैं। फिर मुझे यही सरल लगा कि राह में ही आपको रोक लूँ।"

"आओ, यहीं कहीं बैठते हैं।"
"समय लगेगा। आपको ध्यान से सुनना होगा।"
"चलो आनन्दकानन उपवन में।"

***

आगे-आगे चाणक्य और उनके पीछे मधुछन्दा आनन्दकानन में घुसे जा रहे थे। चाणक्य के आने की जानकारी होते ही उपवन-प्रभारी दौड़ा हुआ आया। सत्ता के परिवर्तित समीकरण में उसे चाणक्य की महत्ता का पता था। वह चाणक्य को खुश कर देना चाहता था। उसने जब चाणक्य के साथ एक सुन्दर भिक्षुणी को देखा तो हैरान रह गया। उसे देखते ही चाणक्य ने कहा कि उन्हें कुछ देर के लिए एकान्त स्थान चाहिए जहाँ कोई बाधा न पहुँचा सके।

एक सुन्दर युवती के साथ चाणक्य को एकान्त चाहने की बात पर उपवन-प्रभारी मन-ही-मन मुस्काया, लेकिन अपनी सीमा में रहकर वह चुप्पी साधे रहा। वह उन दोनों को क्रीड़ांगन उद्यान नामक उस विशिष्ट क्षेत्र में ले गया जो पूर्व सम्राट और उनकी क्रीड़ा-साथिनों के लिए आरक्षित था।

मधुछन्दा ने अपनी कहानी कहनी शुरू की।

***

उस रात जब राजा पुरु हमारे विष के डंक से स्वर्ग सिधार गए, तो मैं धीरे से सरक कर शयनकक्ष के द्वार पर बैठे कंचुकी अमोलक के पास पहुँच गई। आगे हमें एक ऐसा व्यक्ति मिला जो अमोलक का परिचित प्रतीत हो रहा था। शायद वह कात्यायन का कोई गुप्तचर था जो पुरु के शिविर में रूप बदलकर घुसा हुआ था और हम लोगों की गतिविधियों पर दृष्टि रखे हुए था। उस व्यक्ति ने हम दोनों को स्कन्धावार से बाहर निकलने में सहायता की। स्कन्धावार के मुख्य द्वार के प्रहरी गहरी नींद में थे। शायद उसी व्यक्ति ने उन्हें नींद की औषधि या नशे की कोई चीज खिला दी थी। स्कन्धावार के बाहर उस व्यक्ति ने हमें गंगा नदी के तट की ओर जानेवाला मार्ग दिखाते हुए जल्दी से भाग जाने को कहा।

हम नदी के किनारे-किनारे पूरब की ओर तेजी से भागे। मुझे न मालूम था कि हम कहाँ जा रहे हैं। शायद अमोलक को सारी चीजें मालूम थीं।

हम कुसुमपुर ग्राम और उसके उपग्राम पुष्पपुर को बाहर से ही

पार करते हुए रात भर भागते रहे। सुबह होने से पहले ही हम एक ग्राम में पहुँच गए जिसका नाम मुझे न मालूम था। शायद अमोलक जानते रहे हों, लेकिन उन्होंने मुझे न बताया।

गाँव के बाहर-बाहर चलते हुए हम गाँव के दूसरे छोर पर बसे एक एकान्त घर के सामने जा कर रुके। अमोलक ने दरवाजा थपथपाया, किन्तु एक विशेष ताल में—तीन बार थपथपाते फिर कुछ देर रुक जाते, फिर तीन बार थपथपाते फिर कुछ देर रुक जाते। कई बार थपथपाने के बाद एक मरियल बूढ़े ने आकर दरवाजा खोल दिया। दरवाजा खुलते ही अमोलक मेरा हाथ खींचते हुए जल्दी से भीतर ले गए। गृहस्वामी मरियल बूढ़े को कुछ बताने की जरूरत न पड़ी। लगता था अमोलक का वह पूर्व परिचित था और हम लोगों के अचानक वहाँ पहुँचने का उसे पूर्वानुमान था।

दिन भर हम लोग उसी घर में छुपे रहे। रात के अँधेरे में हमने फिर से गंगा के किनारे-किनारे अपनी यात्रा शुरू की। रात भर हम चलते रहे और सुबह होते ही नदी किनारे के जंगल में छुप गए। हमारी यात्रा अगली रात भी चलती रही। मैं थककर एकदम चूर हो गई थी। दर्द से मेरे पैर एकदम न उठते थे, लेकिन अमोलक लगातार जोर लगाए हुए थे कि जितना सम्भव हो हम पाटलिपुत्र से दूर चले जाएँ ताकि हमारे पकड़े जाने की सम्भावना समाप्त हो जाए।

अन्ततः, हम एक ऐसी जगह पहुँचे जहाँ दाहिने ओर से जंगल से निकलकर आती एक छोटी नदी गंगा नदी में मिलती थी। वहाँ पहुँचते-पहुँचते सुबह हो चुकी थी। हम उस छोटी नदी को पार कर आगे बढ़ने के बजाय गंगा का किनारा छोड़कर उस छोटी नदी के किनारे-किनारे चलने लगे। इस तरह चलते हुए हम घने जंगल में पहुँच गए।

एक साफ़-सुथरी जगह देखकर अमोलक ने वहीं विश्राम करने को कहा। मैं थकान से चूर होकर जमीन पर बैठते ही लेट गई और मेरी आँख लग गई। मुझे पता न लगा कब अमोलक जंगल में फल लेने गए और कब फल लेकर लौट आए। अमोलक ने मुझे झिंझोड़कर जगाया और फल खाकर तुरन्त आगे चलने को कहा।

आगे जंगल घना होता जा रहा था। हम लोग छोटी नदी का किनारा छोड़कर दाहिनी ओर मुड़ गए। जंगल में कोई निश्चित मार्ग न था, लेकिन लगता था अमोलक उस क्षेत्र से सुपरिचित थे

और मार्ग जानते थे। बीच-बीच में वह किसी विशेष प्रकार का पेड़ खोजते या कोई अन्य भौगोलिक चिह्न खोजते और फिर उसी के अनुरूप आगे बढ़ते।

शाम होते-होते हम एक छोटे से झरने के पास पहुँचे जहाँ एक छोटी-सी झोंपड़ी थी। झोंपड़ी के सामने एक अत्यन्त वृद्ध और कृशकाय व्यक्ति, जिनके बाल कपास जैसे सफ़ेद थे, सिर झुकाए बैठे एक खरल में कुछ कूट रहे थे। अपने कार्य में वह इतना तल्लीन थे कि हम लोगों के वहाँ पहुँचने का उन्हें आभास ही नहीं हुआ या शायद उन्होंने जानबूझकर हमारी ओर ध्यान नहीं दिया। अमोलक ने धरती पर लोट कर जब उन्हें साष्टाँग दंडवत किया तब भी आशीर्वाद देने के बजाय बिना सिर उठाए उन्होंने मिनमिनाते-से स्वर में सिर्फ इतना कहा, "तुम फिर आ गए, अमोलक?"

बाद में मुझे पता लगा कि उस वृद्ध व्यक्ति का नाम चरक[72] है और वे सुप्रसिद्ध चिकित्सक व अगदतंत्र[73] के विशेषज्ञ हैं।"

चरक का नाम सुनते ही चाणक्य उछल पड़े। उन्होंने कहा, "मैं जानता हूँ उन्हें।" यह सुनकर मधुछन्दा ने उनकी तरफ इस तरह दृष्टि डाली, जिसमें स्पष्ट उत्सुकता थी। यह भाँपकर चाणक्य चरक के बारे में बताने लगे। "मैं जब तक्षशिला विश्वविद्यालय में विद्यार्थी था उस समय चरक वहाँ आयुर्वेद के आचार्य थे। उन्होंने मुझे चिकित्साशास्त्र पढ़ाया था। वे गांधार राज्य के राजकीय चिकित्सक भी थे और राजपरिवार की चिकित्सा हेतु राजधानी तक्षशिला नगर स्थित राजभवन में प्रायः जाते रहते थे। एक बार बीमार राजकुमारी यशिता की चिकित्सा करते समय चरक उसके प्यार में पड़ गए। राजकुमारी भी चरक के चक्कर में पड़ गई। दोनों प्यार में गहरे डूबते गए। एक दिन दोनों गान्धार नरेश के पास पहुँचे अपने विवाह का प्रस्ताव लेकर, लेकिन नरेश बहुत कुपित हुए। उन्होंने चरक को डाँटकर भगा दिया, "जाओ, पढ़ने-पढ़ाने में अपना मन लगाओ।" साथ ही, उन्होंने राजकुमारी की शादी पड़ोसी पर्वतीय प्रदेश के युवराज से तय कर दी। इस बीच, राजकुमारी यशिता और आचार्य चरक भाग निकले और न जाने कहाँ भूमिगत हो गए। उनके बारे में फिर न सुना गया। अब आज मैं तुमसे उनके बारे में सुन रहा हूँ। यह सब तो बड़ा रोचक है।...उनसे तुम लोगों के मिलने के बाद क्या हुआ?"

उत्तर में मधुछन्दा ने अपनी कहानी बढ़ाई :

अमोलक को देखकर चरक खुश न हुए। वह उसे कोसने लगे कि वह फिर उन्हें तंग करने आ गया। मैंने उन्हें कात्यायन को भी कोसते सुना कि उसने न जाने कितनी अबोध कन्याओं को विषकन्या बनाकर उनका जीवन नष्ट कर दिया। वे बड़े दुखी थे कि उनके विज्ञान को लोगों के विनाश के लिए प्रयोग किया जा रहा है।

अमोलक ने चरक को सूचित किया कि मैं विषकन्या मधुछन्दा हूँ और मुझे वहीं छोड़कर वह लौट गए। पहले तो चरक मुझे विचित्र दृष्टि से घूरते रहे। फिर, अचानक उनकी आँखों में अपार करुणा उतर आई और आँसू बनकर उनके बूढ़े गालों पर बहने लगी। उनकी इस दशा का कारण पूछने का मुझे साहस न हुआ और न उन्होंने बताया। वे दूसरी ओर मुँह करके आँसू पोंछने लगे।

***

मुझे बाद में मालूम हुआ कि अमोलक कात्यायन के गुप्तचर हैं और मोहिनी के वेश्यालय में उन्हें 'विषकन्या अभियान' के अन्तर्गत नियुक्त किया गया था।

कात्यायन को जब अपने सूत्रों से पता लगा था कि तक्षशिला से भागने के बाद आचार्य चरक और राजकुमारी यशिता पाटलिपुत्र में छुपे हुए हैं, तो उन्होंने उनका भयदोहन करना शुरू कर दिया और चरक को विवश कर दिया कि वे अपनी चिकित्सकीय विशेषज्ञता का उपयोग कर विषकन्याएँ तैयार करें। अमोलक को उस समय कात्यायन ने चरक के यहाँ प्रशिक्षण के लिए रखा ताकि वे विष की सही मात्रा विषकन्याओं को देने में निपुण हो जाएँ।

***

अगले दिन सुबह मेरे सो कर उठने से पहले ही चरक कहीं गायब हो गए थे। उन्हें खोजने के बारे में मैं अभी सोच ही रही थी कि वे घने जंगल से बाहर आते हुए दिखाई पड़े। उनके हाथ में बाँस की एक टोकरी थी। नजदीक आकर उन्होंने टोकरी एक ओर रख दी और मेरे निकट आकर मेरा सिर सहलाते हुए बोले, "बेटी, तुम निर्विषीकरण के लिए यहाँ लाई गई हो। यह एक कष्टकारी और घिनौनी प्रक्रिया है जो पन्द्रह दिनों तक चलती है। क्या तुम इसके लिए तैयार हो, बेटी?"

मैं उस बूढ़े की शहद जैसी मीठी वाणी से जैसे सम्मोहित-सी हो

गई। मैं कुछ बोल न सकी। उन्होंने जब अपना प्रश्न दुहराया तो मैं 'हाँ' में सिर हिलाकर रह गई।

टोकरी में लाल-लाल मिर्चें रखी हुई थीं, जिसे मेरे सामने रखते हुए चरक ने कहा, "ये भूत झोलकिया[74] हैं, मिर्चों में सबसे तीखी मिर्चें। अगले पन्द्रह दिनों प्रातः बासी मुँह यही तुम्हारा आहार होगा। ये तुम्हें तीक्ष्ण नहीं लगेंगी क्योंकि तुम्हारे शरीर में विष की तीक्ष्णता इससे अधिक है। विषस्य विषमौषधम—विष ही विष का उपचार है।"

जब मैंने पूरी टोकरी की मिर्चें खा लीं, तो चरक मुझे झोंपड़ी के पिछवाड़े ले गए जहाँ खुले सहन में कई काली गाएँ बँधी हुई थीं। चरक ने मुझे निर्देश दिया कि अगले पन्द्रह दिनों तक इन्हीं काली गायों का मूत्र पीना है। भूत झोलकिया के अलावा कुछ नहीं खाना है और गोमूत्र के अतिरिक्त कुछ नहीं पीना है, पानी की एक बूँद भी नहीं—अगले पन्द्रह दिनों तक।

***

मैं मारे लाज के गड़ गई जब चरक ने मुझे सारे कपड़े उतारकर झोंपड़ी के पीछे की खुली जगह में पीठ के बल लेट जाने को कहा। मैं लाज से मरी जा रही थी; मेरा चेहरा लज्जा से लाल हो गया। आँसू मेरे गालों पर लुढ़कने लगे। मेरी यह स्थिति देखकर चरक मेरे पास आ सटे और अपने खुरदरे हाथों से मेरे आँसू पोंछने लगे। मुझे गहरी आत्मीयता से समझाते हुए उन्होंने कहा, "मेरी बच्ची, मैं तेरे पितामह जैसा हूँ। मुझसे कैसी लज्जा! और, फिर मैं चिकित्सक हूँ।"

अचानक वे चुप हो गए और मेरी ओर अजीब-सी नजरों से देखते हुए विह्वल हो उठे। उनकी आँखों से आँसू बहने लगे। मैं डर गई कि कहीं मैंने उनको नाराज तो नहीं कर दिया, लेकिन भावनाओं से भीगी आवाज में वे बड़े धीरे से बोले, "बेटी, मैं तुम्हारा नाना हूँ, तुम्हारा सगा नाना।"

मैं उनकी इस बात पर एकदम अचकचा गई। मुझे लगा कि वृद्धावस्था ने उनके मस्तिष्क को असन्तुलित कर दिया है और मेरा मन रखने के लिए वह इतना प्यारा रिश्ता जोड़ रहे हैं। मेरा असमंजस भाँपकर चरक ने मुझे अपने बीते दिनों की कहानी सुनाई—

"मेरी अविवाहिता पत्नी राजकुमारी यशिता ने अज्ञातवास की अवधि में पाटलिपुत्र में बड़े कष्ट एवं दीनता के दिन बिताए।

अन्ततः एक बच्ची को जन्म देते समय उनकी मृत्यु हो गई। उस नवजात बच्ची की माँ, बाप और धाय सब मुझे ही बनना पड़ा। मैंने उस बच्ची का नाम रखा सौदामिनी और बड़े लाड़-प्यार से उसे पाला। आखिर वह राजकुमारी यशिता की आखिरी निशानी थी। पहले मेरे प्राण यशिता में बसते थे, अब बच्ची सौदामिनी मेरे प्राण का आधार बन गई।

मेरे अत्यधिक लाड़-प्यार से बच्ची बिगड़ गई। पहले वह अदूरकोपा (तुनुकमिजाज) रही, फिर विद्रोहिणी होकर एक सुदर्शन चांडाल को दिल दे बैठी। चांडाल से उसे एक बच्ची पैदा हुई। बच्ची पैदा होने के बाद चांडाल का सौदामिनी से मन भर गया। वह उससे क्रूरता का व्यवहार करने लगा। अपने प्रेमी की उपेक्षा और क्रूरता सौदामिनी सह न सकी और उसने आत्महत्या कर ली। बच्ची अनाथ हो गई। बच्ची को चांडाल ने भी नहीं अपनाया क्योंकि चांडाल और सौदामिनी की शादी नहीं हुई थी। वह नन्ही बच्ची मेरे जिम्मे पड़ी। तुम वही बच्ची हो।"

चरक चुप हो गए। लगा जैसे उनके गले में कुछ अटक रहा हो। मैं उत्सुकता से उभ-चुभ हो रही थी। "फिर?" मैंने अ।गे जानने के लिए आखिर पूछ ही लिया।

"मैं अब एक और बच्ची का पालन-पोषण करने को इच्छुक नहीं था। मेरी उम्र भी अधिक हो चली थी और मैं अब अपने को चिकित्साशास्त्र के गहन अध्ययन और शोध में लगाना चाहता था। कात्यायन, जिसने अपने 'विषकन्या अभियान' के लिए मुझसे नाता जोड़ रखा था, ऐसी नवजात और परित्यक्त बच्चियों की खोज में रहता था। तुम्हें उसे सौंपकर मैं चुपके से भाग निकला और एकान्त की तलाश में मैं यहाँ इस घने जंगल में आ छुपा। लेकिन, कात्यायन के गुप्तचरों ने मुझे खोज निकाला और विषकन्या अभियान के लिए काम करते रहने को विवश कर दिया। यह जानते हुए भी कि तुम्हें विषकन्या बनाया जा रहा है, मैं तुम्हें विष की खुराकें भिजवाता रहा। अमोलक से ही पता लगा कि तुम्हारा नाम मधुछन्दा रखा गया। बेटी मधुछन्दा, मैं कितना अभागा व्यक्ति हूँ जिसने अपने ही हाथों अपनी ही दौहित्री को विष दे-देकर विषकन्या बना दिया!"

इतना कहकर चरक बच्चों जैसे फूट-फूटकर रोने लगे। वे विलाप करने लगे, "इस बुढ़ापे में मुझे ये सब देखना लिखा था। हा विधाता!

हा दुर्भाग्य!" मुझे समझ में न आ रहा था मैं क्या करूँ, उन्हें कैसे चुप कराऊँ। कुछ देर बाद वह धीरे-धीरे सिसकने लगे और फिर चुप हो गए।

***

धूप में मैं एकदम नंगी, पीठ के बल लेटी हुई थी। चरक अपने काँपते हाथों से मेरे शरीर को टटोलते हुए कुछ विशेष मर्मस्थलों को खोजते जा रहे थे और वहाँ जोंक[75] चिपकाते जा रहे थे। इन जोकों को वे जंगल से पत्ते के एक दोने में भरकर लाए थे।

जोंकें चिपका कर मेरे बगल में ही चरक बैठ गए और तरह-तरह की जड़ी-बूटियों और रसायनों को विभिन्न आकार के खरलों में बारी-बारी से कूटकर काढ़ा और लेई तैयार करते रहे। साथ ही, वह कुछ बुदबुदाते भी जा रहे थे जो मेरे लिए ज्यादातर अबूझ था। उनके चेहरे के भावों से जो कुछ मैं समझ पाई थी उससे मुझे लगा कि वह खुद को कात्यायन के जाल में फँस जाने के लिए कोस रहे थे।

शाम होते-होते जोंकों ने मेरा काफी खून चूस लिया था। तब चरक नमक जैसी कोई चीज जोंकों के मुँह पर रखते जा रहे थे और जोंकें मेरा शरीर छोड़कर जमीन पर गिर जा रही थीं। सारी जोंकें हटाकर चरक ने मुझे वह काढ़ा पीने के लिए दिया जिसे वे पूरे दिन तैयार करते रहे थे। कुछ ही देर पहले उन्होंने बूटियों और रसायनों को पीस कर जो लेई तैयार की थी और फिर उसे गाय के घी में परिष्कृत किया था, उस लेई को उन्होंने मेरे पूरे शरीर पर लगा दिया और निर्देश दिया कि मैं यूँ ही नंगी खुले आसमान के नीचे रात भर पड़ी रहूँ।

अगली सुबह फिर वही प्रक्रिया प्रारम्भ हुई—टोकरी भर लाल मिर्चें खाना और अंजुली में भरकर गोमूत्र पीना। चरक ने मुझे फिर धूप में नंगा लिटा दिया—इस बार पेट के बल, और जंगल से लाई ताजा जोंकें चिपका दीं। तीसरे दिन यह प्रक्रिया न चली। तीसरे दिन मुझे धूप में नंगा लिटाने के बाद चरक मुझ पर चढ़ बैठे। आज उनके काँपते हाथ बहुत मजबूत दिख रहे थे। एक हाथ में उन्होंने गाय के गोबर का उपला पकड़ा हुआ था जिसे उन्होंने मेरे पूरे शरीर पर जोर-जोर से रगड़ना शुरू किया। मारे दर्द के मैं रोती-चिल्लाती रही, लेकिन चरक ने अपनी कार्रवाई रोकी नहीं। मुझे मनाने-बहलाने के लिए वे तरह-तरह की बातें करते रहे। शाम होते-होते मेरा पूरा शरीर छिल गया और जगह-जगह से खून बहने लगा। शाम को उन्होंने फिर काढ़ा पिलाया। यह काढ़ा पिछले दो

दिनों के काढ़े से बिलकुल अलग स्वाद का था। फिर चरक ने मेरे पूरे शरीर पर तीखी गन्ध वाला एक मरहम लगाया जिससे मेरे घायल शरीर को बहुत आराम मिला।

निर्विषीकरण की यह चिकित्सा पूरे पन्द्रह दिनों चली—इस दौरान मैं बहुत आतंकित और सदमे में रही। मुझे खुश रखने के लिए चरक तरह-तरह की बातें करते, कई बार बच्चों जैसी हरकतें करते। लेकिन, मैं अधिकतर मौन रहती। अपनी दुर्गति पर मैं मन-ही-मन दुखी थी। चरक मेरे मन का दुख समझते थे।

पन्द्रहवें दिन सुबह मैं चिल्ला पड़ी और मेरी आँखों से आँसू निकल आए जब लाल मिर्चों का पहला ही ग्रास मैंने खाने का प्रयास किया। मेरा रोना और थू-थू करके मिर्चों के ग्रास को थूकना देखकर चरक ख़ुशी से झूम उठे। झटपट वे मेरे कपड़े उठा लाए। उन्हें पहनने के लिए मुझे देते हुए उन्होंने प्रसन्न स्वर में घोषणा की, "बेटी, अब तुम विषविहीन हुई। अब तुम सामान्य जीवन जी सकती हो। अब मैं अपने पाप से मुक्त हुआ।"

दोपहर होते-होते अमोलक आ पहुँचे। पता नहीं कैसे उनको मेरे विषविहीन होने की खबर लग गई। पता नहीं कौन-सा संवाद-सूत्र चरक और अमोलक के बीच काम कर रहा था। लेकिन, अमोलक को देखते ही चरक नाराज हो गए।

अमोलक मुझे अपने साथ ले जाना चाहते थे; चरक मुझे उन्हें सौंपने को तैयार न थे। वे उन्हें चिल्ला-चिल्लाकर डाँट रहे थे, "कात्यायन के साथ मिलकर तुम लोग हर तरह के अनैतिक कार्यों में लिप्त रहते हो। जाओ, भाग जाओ यहाँ से।" अमोलक का प्रतिवाद धीमा, लेकिन धमाकेदार था। अमोलक बुदबुदाते हुए कात्यायन से शिकायत करने जैसी धमकियाँ दबे स्वर में देने लगे। इससे चरक बहुत उत्तेजित हो गए और चिल्लाने लगे, "अब बहुत सह लिया मैंने तुम लोगों का। अब मेरे पास न कुछ खोने को है न कुछ पाने को।"

चरक के उग्र रूप को देखकर अमोलक ने चुप्पी साध ली। चरक भी शान्त होकर मुझे सम्बोधित करने लगे, "बेटी, तुम अब स्वतंत्र हो। अब तक जो कुछ भी तुम्हारे साथ हुआ प्राय: सब तुम्हारी इच्छा पूछे बिना हुआ। लेकिन, अब तुम वही करो जो तुम्हें अच्छा लगे।"

मैं रोने लगी—सिसक-सिसक कर। कुछ तो इस बात की ख़ुशी थी कि पहली बार मैंने किसी ऐसे को पाया था जिसे मेरी इच्छा का इतना

ध्यान था। दुख यह था कि चरक मुझे अपने पास से चले जाने को कह रहे थे, "बेटी, मेरे साथ तुम रह न पाओगी। मेरी दिनचर्या बहुत कठोर है। दूसरे, मेरे साथ रहता पाकर कात्यायन बहुत कुपित होगा। इससे हम दोनों को तंग करने का कोई उपाय न छोड़ेगा। तीसरे, मैं अब पूर्ण अज्ञातवास में चला जाऊँगा जहाँ मुझे कोई न खोज पाएगा। मैं अपनी अधूरी पड़ी 'संहिता' (चरकसंहिता) को वहाँ पूरा करूँगा। अब तुम तुरन्त निर्णय करो कि तुम्हें कहाँ जाना है, क्या करना है।"

मैं चरक के साथ ही रहना चाहती थी। विविध तर्कों से मैंने उन्हें मनाने की कोशिश की, लेकिन वे न माने। उनकी निष्ठुरता से दुखी होकर मैंने बौद्ध भिक्षुणी बनने का निर्णय ले लिया। अब मैं मोहिनी के वेश्यालय में लौटकर कात्यायन के हाथ का खिलौना नहीं बनना चाहती थी और कहीं कोई मेरा सहारा न था।

चरक के उग्र रूप से अमोलक डरे हुए थे। चरक के आदेश पर वे मुझे किसी बौद्ध विहार में छोड़ने ले चले।

जंगल से बाहर निकल अमोलक के साथ मैंने गंगा पार की। फिर उनके पीछे-पीछे उत्तर दिशा में चलती रही। अन्ततः, हम लोग वैशाली के सुप्रसिद्ध कूटागारशाला में पहुँचे जहाँ मैंने प्रमुख भिक्खुनी धम्मानन्दी के हाथों प्रव्रज्या ग्रहण की।

5

कात्यायन चाणक्य से बार-बार आग्रह करता था। "अब सारी शत्रुता समाप्त हो चुकी है। अब हम प्रतिद्वन्द्वी न रहे। अब हमारी चिन्ताएँ और प्राथमिकताएँ एक ही हैं—मगध साम्राज्य की समृद्धि। अब तक, हम दोनों ने गुप्तचर्या की विविध विधियाँ अपनाईं। कुछ मेरे अभियानों में नवीन था तो बहुत कुछ आपके अभियानों में मेरे लिए सीखने योग्य। मैंने विषकन्या के बारे में आपको सब कुछ बता दिया। अब आपसे निवेदन है कि आप अपने अभियानों के बारे में मुझे अच्छी तरह समझाएँ। यह साझा समझ मगध साम्राज्य की सुरक्षा में काम आएगी। साथ ही, गुप्तचर्या की साधना को और समृद्ध करने में सहायता मिलेगी।"

आग्रह राजकुमार मलयकेतु की ओर से भी बार-बार आ रहा था कि चाणक्य पूरे अभियान का विवेचनात्मक विश्लेषण करके समझाएँ कि कैसे उन्होंने अस्त्रों-शस्त्रों का प्रयोग किए बिना धननन्द को ध्वस्त कर दिया और चतुराई व कुटिलता में पारंगत कात्यायन को अपने बुद्धिबल से वश में कर लिया।

चन्द्रगुप्त संकोचवश चाणक्य से आग्रह तो न कर पा रहे थे, लेकिन चाणक्य को लग रहा था कि चन्द्रगुप्त भी इच्छुक है गुप्तचर अभियानों के बारे में जानने के लिए। वास्तव में, चाणक्य को थोड़ा अपराधबोध भी हो रहा था। साम्राज्य का मुखिया होने के नाते चन्द्रगुप्त का अधिकार बनता था सारे अभियान के बारे में जानने का। चाणक्य को इस बात का खेद था कि पहले कई विवशताओं के कारण चन्द्रगुप्त को गुप्तचर्या की विद्या में दीक्षित न किया जा सका।

इन बढ़ते दबाओं के बीच चाणक्य ने एक दिन राजभवन के एक गुप्त कक्ष में कुछ अति विशिष्ट लोगों की एक गोपनीय बैठक आयोजित की। बैठक में सम्राट चन्द्रगुप्त, कात्यायन, सेनापति आप्रीत, राजकुमार मलय और उनके सेनापति चक्रधर शामिल हुए।

चाणक्य ने बिना कोई भूमिका बाँधे अपने गुप्तचर अभियानों का विश्लेषण करना शुरू किया, "सामान्यतः गुप्तचर्या के गोपनीय अभियानों को गुप्त ही रखा जाता है, किन्तु सम्मानीय राजपुरुषों की इच्छा का ध्यान रखते हुए कुछ सामान्य बातों को प्रकट करने में कोई हानि नहीं है। यहाँ यह ध्यान रखने की बात है कि यदि कोई कार्य सदाशयता के साथ किया जाए तो देखने में गलत लगते हुए भी वह कार्य गलत नहीं होता। सामान्य लोगों को प्रायः यह लग सकता है कि गुप्तचर अपने कार्य में छल-छद्म का आश्रय लेते हैं। लेकिन, लोगों को मालूम होना चाहिए कि गुप्तचर्या उत्कृष्ट कोटि का कर्मयोग है।

"अभियानों के प्रारम्भ में ही मैंने अपने तीन गुप्तचरों को रुद्रनाथ, सूर्यनाथ और चन्द्रनाथ नामक साधुओं के रूप में कात्यायन के यहाँ स्थापित कर दिया। इनमें रुद्रनाथ कात्यायन का अन्तरंग मित्र बनकर उनकी सभी गुप्त चालों की खबर देता रहा। रुद्रनाथ की सहायता के लिए सूर्यनाथ और चन्द्रनाथ शिष्य के रूप में लगाए गए थे और वे सन्देशवाहक का भी कार्य कर रहे थे।"

सेनापति आप्रीत ने बीच में हस्तक्षेप करते हुए पूछा, "रुद्रनाथ द्वारा हम सबको भविष्यवाणियाँ सुनाकर डराने और युद्ध से विरत करने के पीछे कोई सुनियोजित अभिप्राय था?"

"हाँ, अवश्य," चाणक्य ने उपस्थित मान्यवरों के आश्चर्यचकित चेहरों की ओर देखते हुए कहा, "लोगों की स्वामिभक्ति और निष्ठा बदल देना, उन्हें बहका देना, डरा देना, अफवाहों से उनके स्वयं के विवेक और निर्णय क्षमता को प्रभावित कर देना और महत्त्वपूर्ण संस्थानों में तोड़फोड़ करा देना ऐसे गुप्तचरों का मुख्य कार्य होता है। इस तरह के कार्यों को रुद्रनाथ ने बड़ी सफाई से किया। उसी के कारनामों से बिना लड़ाई लड़े, बिना खून बहाए मगध साम्राज्य

जीत लिया गया। तत्पश्चात्, मैंने जानबूझकर उसके ऊपर आरोप लगा कर उसे भगाया और मलय के स्कन्धावार में कात्यायन के निकट पहुँचाया। वहाँ उसने बड़ी चतुराई से प्रभंजन के साथ अपनी बातचीत मलय के कानों तक पहुँचा दी ताकि मलय के मन में कात्यायन के प्रति जो सन्देह प्रभंजन ने उत्पन्न किया था उसे और मजबूती मिल जाए।

मलय और कात्यायन के चेहरों पर आए आश्चर्य के भावों को देखकर मुस्कराते हुए चाणक्य ने अपनी बात जारी रखी : "रुद्रनाथ की ही तरह मैंने अन्य कई गुप्तचरों की विभिन्न लक्षित स्थानों में घुसपैठ करा दी। इनमें प्रमुख था अश्वाधिपति प्रभंजन जो मलय के स्कन्धावार में घुसकर उनका अन्तरंग बन गया। मलय उस पर इतने विश्वास करने लगे कि अपने निर्णय प्रायः प्रभंजन की सलाह से ही करते थे।

"प्रभंजन के साथ सेना के रख-रखाव का काम देखनेवाला पत्यध्यक्ष विभाकर भी लगा हुआ था। मलय का विश्वास जीत कर विभाकर उनके लिए पाटलिपुत्र में गुप्तचर का कार्य करने लगा। विभाकर के माध्यम से ही मैंने अपने और चन्द्रगुप्त के बीच प्रायोजित झगड़े की खबर मलय तक भिजवायी। यह खबर कात्यायन को चारण के रूप में उसके गुप्तचर ने भी पहुँचाई। जानबूझकर फैलाई गई इस झूठी सूचना पर मलय और कात्यायन दोनों अलग-अलग ढंग से भ्रमित हो गए और उनके कदम गलत दिशाओं में बढ़ गए।

"सुनियोजित षड्यंत्र के अन्तर्गत चन्द्रगुप्त की सेना के कई नायक भी मलय के स्कन्धावार में घुसा दिए गए ताकि अनुकूल समय आते ही वे राजकुमार मलय का अपहरण कर पाटलिपुत्र ले आएँ। इनसे काफी पहले, हमारा एक गुप्तचर स्वर्गीय राजा पुरु के छोटे भाई अमर के सम्पर्क में था और उन्हें प्रलोभन देकर हमारे स्कन्धावार में ले आया था। अमर अपने लोभ के कारण मारे गए जिसका हमें काफी खेद है। कात्यायन ने हमारे स्कन्धावार में चन्द्रगुप्त की हथिनी कलावती के महावत मुकुन्द को अपनी ओर मिलाकर षड्यंत्र में शामिल कर लिया था, लेकिन समय रहते हमारे गुप्तचरों ने इसका पता लगा लिया। निष्ठा बदल देने के कारण हमने अपने अभियान में उसे एक मुहरे के रूप में प्रयोग किया और मुकुन्द अपनी मूर्खता से मारा गया। यहाँ, मैं जोर देकर कहना चाहता हूँ कि गुप्तचरों के अध्यक्ष को अपने गुप्तचरों पर भी निगरानी रखनी चाहिए और एक पक्ष द्वारा दूसरे पक्ष के खेमे में गुप्तचर घुसा देने और तोड़फोड़ की कार्रवाइयों के प्रति सदैव सजग रहना चाहिए। यदि गुप्तचराध्यक्ष इस सतर्कता में चूक गया तो उसके अभियान वैसे ही असफल

हो जाएँगे जैसे छलनी में पानी इकट्ठा करना असम्भव होता है।" यह कहते हुए चाणक्य कात्यायन की ओर देखकर मुस्कराए। कात्यायन समझ गया कि इशारों-इशारों में ही चाणक्य क्या कहना चाहते हैं।

इसी बीच राजकुमार मलय पूछ बैठा, "इतनी बड़ी सफलता के लिए तो आपने कई गुप्तचर अभियान चलाए होंगे?"

"हाँ, हाँ, कई, कई। धीरज रखिए। सबके बारे में बताऊँगा," चाणक्य ने बगल में रखे हुए जलपात्र से थोड़ा पानी पिया और आगे कहानी शुरू की :

"हमारा एक चतुर गुप्तचर मित्रसेन कवि गिरिधर का रूप धर कर मिलिन्द कायस्थ का मित्र बना और सुरा-सुन्दरी के प्रति उसकी आसक्ति का लाभ उठाते हुए उसे एक आपराधिक षड्यंत्र में फँसा दिया। योजना के अनुसार उसके विश्वास का लाभ उठाते हुए एक खुले पत्र को मिलिन्द के हस्तलेख में लिखवा लिया। फिर तो प्रायोजित अभियानों की श्रृंखला ही शुरू हो गई—वेश्या का बलात्कार, अपराध की सुनवाई, मृत्युदंड की सजा, सजा के बीच बधिकों के हाथ से मिलिन्द को लूट ले जाना और उसे बहाना बनाकर कात्यायन के पास पहुँच जाना—सब कुछ प्रायोजित था।"

चाणक्य जब थोड़े से विराम के लिए रुके तो कात्यायन ने पूछा, "और, हमारी अँगूठी कैसे मिली आपको? वह अँगूठी तो मैंने अपनी पत्नी सुवासिनी को दी थी जब अकेले छोड़ते हुए उसने मुझसे प्रेम की निशानी के तौर पर उसे माँग लिया था।"

"यह अँगूठी ही तो सारी घटनाओं का केन्द्र बन गई। हमारे गुप्तचर अन्वयक ने जब हमें सूचित किया कि कात्यायन की पत्नी और पुत्र आपके मित्र कुन्दन के यहाँ गुप्त रूप से रह रहे हैं, तो हमने पुष्टि के लिए अपने गुप्तचर सिद्धहस्त को भिखारी साधु के रूप में भेजा जिसने प्रमाण के लिए आप की पत्नी की अँगुली से बड़ी कुशलता से अँगूठी निकाल ली। अँगूठी का हमें मिल जाना पूरे खेल को अपनी ओर मोड़ लेने के लिए काफी था। सुरक्षा से जुड़ी संवेदनशील वस्तुओं को बड़ी सावधानी से सँभाल कर रखना चाहिए और किसी को सौंपते समय उसकी संवेदनशीलता के सम्बन्ध में उसे अवश्य सावधान कर देना चाहिए।" चाणक्य कात्यायन की ओर देखकर एक बार फिर मुस्कराए। झेंपते हुए कात्यायन समझ गया कि उसकी लापरवाही की ओर चाणक्य ने बड़ी चतुराई से इशारा किया है।

"राजकुमार मलय के स्कन्धावार स्थित कात्यायन के आवास पर मैंने अपने कई गुप्तचर किसी न किसी रूप में लगा रखे थे। उनमें से गिरिधर का रूप धर

कर मित्रसेन उनका ऐसा सेवक बना कि वे आँख मूँद कर उस पर विश्वास करने लगे। इस विश्वास का लाभ उठाकर ही उनके विरुद्ध षड्यंत्र की रचना की गई, जिससे हम कात्यायन और मलय के बीच विग्रह कराने में सफल रहे। इसके अलावा, अपने मित्र कुन्दन के प्रति कात्यायन के स्वाभाविक स्नेह का शोषण कर हमने कात्यायन को आत्मसमर्पण के लिए विवश कर दिया। यहाँ, यह स्पष्ट कर देना जरूरी है कि भावनाएँ स्वाभाविक और प्रशंसनीय थीं, किन्तु परिस्थितियाँ कृत्रिम थीं। जानबूझकर ऐसी परिस्थितियाँ उत्पन्न की गई थीं कि शत्रु उनमें उलझता जाए और परिस्थितियों का दास बनकर अन्तत: घुटने टेक दे। कात्यायन की सम्बन्धों के निर्वहन की उदात्तता अनूठी है। चाहे वह मगध सम्राट धननन्द हो, चाहे राजा पुरु, चाहे राजकुमार मलय, चाहे मित्रगण कुन्दन और मिलिन्द—सबके साथ कात्यायन ने अद्‌भुत प्रतिबद्धता दिखाई।" चाणक्य कात्यायन के प्रति प्रशंसा एवं सम्मान से ओत-प्रोत हो रहा था।

"तभी तो रुद्रनाथ, मित्रसेन जैसे ठगों ने मेरा मित्र बनकर मेरा गला फँसा दिया," कटुता और व्यंग्य मिश्रित तिक्तता के साथ कात्यायन ने जवाब दिया।

"यह सब गुप्तचर्या में चलता है। मैं निवेदन करता हूँ कि कात्यायन इन प्रकरणों को खेल की भावना से लेंगे," चाणक्य विनम्रता से कहा।

आत्मस्वीकृति का भाव प्रकट करते हुए कात्यायन ने उत्तर दिया, "अब मुझे अपनी कमजोरियों और कमियों का भान हो रहा है। मैं स्वीकार करता हूँ कि मेरे गुप्तचर पर्याप्त प्रशिक्षित नहीं थे। कई बार जब लक्ष्य के प्रति सम्यक् सम्बोधन और प्रोत्साहन की आवश्यकता थी तो मैं अपने गुप्तचरों को धन का लालच देकर उन्हें कार्य में लगाने की कोशिश करता था। धन का सामर्थ्य सीमित है—यह मुझे अब पता चला। तभी तो सम्राट चन्द्रगुप्त के शयनकक्ष का सेवक चटुल पैसा पाकर प्रमत्त हो गया और अपनी मूर्खता के कारण पकड़ा गया।"

"मित्र कात्यायन, आप भूल रहे हैं कि विशिष्ट व्यक्तियों की सुरक्षा राष्ट्र की सुरक्षा से अलग नहीं होती। मैं हमेशा आशंकित रहता था कि आप सम्राट चन्द्रगुप्त के प्राण-हरण के लिए नित नई योजनाएँ बनाएँगे। तभी तो मेरी सतर्कता ने सम्राट के शयनकक्ष के बगल में छुपकर बैठे हत्यारों को खोज निकाला।" चाणक्य ने जब यह विषय उठाया तो सौहार्द के प्रयासों के बावजूद माहौल कटु होने लगा।

बड़े दुखी मन से कात्यायन ने स्वीकारा, "गुप्तचरों के संचालक के रूप में मेरी सबसे बड़ी कमजोरी रही दूसरों के बहकावे में आ जाना। तथ्यों को जाँचे बिना मैं उन पर विश्वास कर लेता था। यही कारण है कि मैंने आचार्य

और सम्राट के झगड़े की खबर पर सहज विश्वास कर लिया और इस गलत आकलन के कारण मेरी योजना गलत दिशा में चल पड़ी। दूसरे, व्यक्तियों के पूर्ववृत्त को परखे बिना मैं उन्हें अपना विश्वस्त बना लेता था, जिससे विरोधी पक्ष के कई गुप्तचर मेरे खेमे में घुस आए और मुझे गलत दिशा में ले गए।"

बोझिल माहौल में मिठास घोलने की कोशिश करते हुए मलय ने हस्तक्षेप किया, "अन्त भला सो सब भला। निःसन्देह, आचार्य चाणक्य गुप्तचर्या के अद्वितीय विशेषज्ञ हैं, लेकिन...।"

"लेकिन, क्या?" कात्यायन ने झट से पूछा।

चाणक्य बीच में बोल पड़े, "लेकिन, प्रशासनिक अनुभव और सबको लेकर चलने की क्षमता में कात्यायन की कोई बराबरी नहीं कर सकता। मैं गुप्तचर विद्या का विशेषज्ञ हो सकता हूँ, मैं राजनीतिशास्त्र का आचार्य हो सकता हूँ, लेकिन एक बड़े साम्राज्य को चलाने की जो विशिष्टता और व्यापक अनुभव कात्यायन के पास है, वह किसी के पास नहीं, और मेरे पास तो बिलकुल नहीं। मेरी बुद्धि कुटिल है, मैं रणनीतिकार हो सकता हूँ, प्रशासक नहीं। मैं अब तक प्रतिशोध से प्रेरित रहा, लोककल्याण की उदात्तता मुझे अभी अर्जित करनी है। मुझे कात्यायन से अभी बहुत कुछ सीखना है।" चाणक्य की विनम्रता-भरी वाणी से वहाँ उपस्थित सभी अभिभूत हो गए। कात्यायन ने तो भावनाओं के प्रवाह में बहकर चाणक्य को आलिंगन में भर लिया। दोनों मित्रों की आँखों से आँसुओं की धारा बह चली।

चन्द्रगुप्त जो अब तक चुप थे, अचानक बोल पड़े, "महामात्य के रूप में कात्यायन हमें सहर्ष स्वीकार हैं, लेकिन हम अपने गुरुदेव आचार्य चाणक्य के बिना नहीं रह सकते। मेरा विनम्र निवेदन है कि एक संरक्षक के रूप में मार्गदर्शन के लिए गुरुदेव मेरे निकट ही रहें।"

चाणक्य ने उदासीन भाव से कहा, "चन्द्रगुप्त, अब आप बालक नहीं रहे। आप अब एक चक्रवर्ती सम्राट हैं। आपको अपने नीति-निर्धारण के लिए स्वयं पर निर्भर होना होगा। सम्राट का स्वतंत्र विवेक और उसकी लोककल्याणकारी भावना—यही दो नियामक तत्त्व होते हैं। प्रशासन के शेष कार्य तो अमात्य और कर्मचारीगण कुशलता से निभा लेते हैं।" इतना कहते-कहते चाणक्य अत्यन्त भावुक हो उठे।

कुछ देर बाद भावुकता से उबर कर चाणक्य फिर बोलने लगे, "सम्राट चन्द्रगुप्त, आपको मैंने बचपन से एक उद्‍देश्य-विशेष से पाला। आप मेरे आदर्शों के मूर्तरूप हैं। लेकिन, आपको अब अपना स्वतंत्र विकास करना होगा। मेरी

निकट उपस्थिति आपके विकास में बाधा होगी। और मेरे लिए भी श्रेयस्कर यही होगा कि मैं सम्राट की छाया से दूर रहूँ। राज्याश्रय मेरी स्वतंत्र चिन्तन-प्रक्रिया में रोड़ा न बनने पाए। राजा के अन्न पर पल कर कोई चिन्तक अपने चिन्तन को निष्पक्ष नहीं रख सकता। अभी एक धननन्द का अन्त हुआ है, लेकिन भविष्य में धननन्दों की सम्भावना समाप्त नहीं हुई है। मुझे अभी बहुत काम करना है ताकि भारत में हजारों चन्द्रगुप्त विकसित हों और सभी धननन्द नष्ट हों।"

***

गुप्त सुरक्षा-गृह में चाणक्य अपने गुप्तचर शिष्यों के साथ समीक्षा बैठक कर रहे थे। विभिन्न गुप्त अभियानों के प्रभारी गुप्तचर, उनके सहायक गुप्तचर और वे गुप्तचर जो संचार और समन्वय को सुनिश्चित करने के लिए एकल रूप में कार्यरत रहे थे, सभी जुटे थे। सुशान्त कन्धे पर तोता बैठाए अपने विचित्र गुप्तचर वेश में ही आया था। सभी साथियों ने करतल ध्वनि से उसका स्वागत किया। सबके मनोरंजन का केन्द्र बना हुआ था वह।

चाणक्य के आते ही बैठक में गम्भीरता छा गई। समीक्षा शुरू हुई। आज सबको अभिव्यक्ति की छूट थी—अपने-अपने कार्यों की सूक्ष्म बातों को साझा करने के लिए और यह बताने के लिए कि कैसी कठिनाइयाँ आईं और कैसे उन पर विजय पाई गई। यह सबको सिखाने और सबसे सीखने का अवसर था। यह आत्मावलोकन का अवसर था। साथ ही, अपनी कार्यशैली पर दूसरों की आलोचनात्मक टिप्पणियाँ सुनने के धैर्य की परीक्षा का भी।

चाणक्य मौन होकर सब सुन रहे थे। अपने गुप्तचरों के अनुभवों से वे स्वयं को समृद्ध कर रहे थे। बीच-बीच में वे संक्षिप्त, पर चुटीली टिप्पणियाँ करते चल रहे थे।

काफी देर तक चली चर्चा को चाणक्य ने एक संक्षिप्त समीक्षात्मक सम्बोधन से समाप्त किया, "आप सबने मिलकर इतिहास की धारा मोड़ दी। युद्ध को नए सन्दर्भों में फिर से परिभाषित किया है आप सबने। आनेवाली पीढ़ियाँ बड़ी मुश्किल से विश्वास करेंगी कि एक युद्ध बिना अस्त्र-शस्त्र के लड़ा गया। किन्तु दुर्भाग्य कि जैसा सर्वदा होता आया है, इतिहास मात्र नायकों को याद रखता है। इतिहास चाणक्य और चन्द्रगुप्त को पहचानेगा। अपनी सुख-सुविधा की अवहेलना कर, संकटों से जूझते, निहत्थे, गुमनाम लोगों के निरन्तर प्रयास को पहचानने की क्षमता इतिहास के पास भी नहीं है। दुर्भाग्य, जिन गुप्तचरों को वर्तमान नहीं पहचान पाता, उन्हें इतिहास क्या पहचानेगा!"

चाणक्य के दोनों हाथ गुप्तचरों की गुमनाम राष्ट्रसेवा के प्रति कृतज्ञता व्यक्त करने के लिए अपने आप जुड़ गए। उनके गुप्तचर शिष्यों के लिए अभूतपूर्व और अप्रत्याशित दृश्य था यह। आचार्य चाणक्य किसी के प्रति इतने कृतज्ञ और विनीत नहीं हुए थे अब तक। अपने गुरु को भुनभुनाते सुना उन्होंने, शायद वह उनका व्यथित आत्मालाप था, "फिर, गुप्तचरों की अपनी निजी उपलब्धि क्या है? उनका अपना आत्म-गौरव, आत्म-तुष्टि, राष्ट्र की रक्षा में अपनी मौन आहुति।"

शिष्यों ने अपने-अपने स्पंदित हृदय में यह अपूर्व अनुभूति सहेज ली। यही रही उनकी अपनी निजी उपलब्धि, अपनी अगली गुप्त यात्रा का पाथेय।

दस

प्रस्थान

1

चन्द्रायण चतुष्पथ के नन्दनकानन प्रखंड में बाँस-बल्लियों, कपड़ों-कनातों से एक भव्य सभामंडप तैयार हुआ। रंगीन झालरों से उसे चारों ओर से सजाया गया था। बीच-बीच में रंगीन पत्थर एवं मूल्यवान रत्न टाँके गए थे जिससे विपुल वैभव व कलात्मकता का भाव पैदा हो।

सभामंडप की बाहरी और भीतरी दीवारों को चित्रों से सजाने के लिए दर्जनों चित्रकार लगाए गए थे। उन्होंने चाणक्य के निर्देशनुसार उत्सव, भक्ति, श्रृंगार, प्रेम कथाओं तथा वीराख्यानों के विशिष्ट दृश्यों के अंकन के साथ-साथ मागधी लोक संस्कृति के बड़े ही सूक्ष्म और सजीव दृश्य अंकित किए थे। इन चित्रों में नए सम्राट की वीरतापूर्ण विशिष्टताओं के साथ-साथ नागरिक एवं ग्रामीण लोकजीवन के विभिन्न मनोभावों को बड़े मनोवैज्ञानिक ढंग से उभारा गया था।

चाणक्य की इच्छा थी कि नए सम्राट का राज्यारोहण विजयोत्सव के रूप में मनाया जाए और उसमें जनसहभागिता के द्वारा लोगों तक पूरी पहुँच बनाई जाए। वह लोगों के मन में भर देना चाहते थे कि नया सम्राट उन्हीं लोगों में से एक है और लोग नए सम्राट के निर्धन बचपन और पुराने सम्राट के अत्याचारों को न भूलने पाएँ।

***

सभामंडप के दक्षिणी छोर पर एक भव्य और कलात्मक मंच तैयार किया गया था। उत्तर दिशा की ओर मुँह वाला यह मंच एक दिव्य और देदीप्यमान चंदोवे से आच्छादित था। इसे बहुमूल्य वस्त्रों के रंगीन पर्दों और झालरों से विशेष

रूप से सजाया गया था। इनमें बीच-बीच में चमकते रत्नों को टाँक कर पूरे मंच को राजसी वैभव का परिचायक बनाया गया था। मंच के पीछे से प्रवेश के लिए एक छोटा-सा, लेकिन अत्यन्त कलात्मक, द्वार बनाया गया था, जो सीधे राजभवन के सभामंडप के मुख्यद्वार से दोनों तरफ कनातों को खड़ा कर बनाए गए गलियारे से जोड़ा गया था।

मंच से नीचे उतरकर सभामंडप में जाने के लिए मंच के दोनों तरफ बड़ी कलात्मक सीढ़ियाँ बनाई गई थीं। सीढ़ियों के ठीक नीचे ऊँचे कद, बड़ी-बड़ी आँखों, गलमुच्छों और रोबीले चेहरों वाले प्रहरी अत्यन्त रंगीले-भड़कदार वस्त्रों में सजे, हाथों में लम्बे-तीखे भाले लिए जोड़ों में खड़े थे।

मगध साम्राज्य का चमचमाता पारम्परिक राजसिंहासन राजभवन के सभामंडप से लाकर इस मंच के केन्द्र में रखा गया था। इसके दोनों तरफ कुछ फासले पर छोटी-छोटी कलात्मक आसन्दिकाएँ रखी हुई थीं। दाईं तरफ की आसन्दिका राजकुमार मलयकेतु और फिर बराबर आकार-प्रकार की पाँच आसन्दिकाएँ पाँचों मित्र राजाओं के लिए थीं। बाईं ओर एक छोटी-सी परन्तु कलात्मक आसन्दिका थी जो महामात्य के लिए निर्धारित थी।

नीचे पूरा सभामंडप भी भव्य रूप से सजा था। यह सभामंडप सजावट एवं लोगों के पदानुरूप बैठने की व्यवस्था में राजभवन के मूल सभामंडप की अनुकृति था। फर्क सिर्फ इतना था कि यह बहुत विशाल क्षेत्र में फैला था और सभामंडप के बीचोबीच जमीन पर साफ़-सुथरी दरियों के ऊपर गद्देदार बिस्तर बिछा कर सामान्य लोगों के बैठने की व्यवस्था की गई थी। इनमें बीच-बीच में नियत स्थानों पर रोबीले चेहरों और भड़कदार वस्त्रों वाले प्रहरी व्यवस्था और सुरक्षा के लिए खड़े थे। आने-जाने की सुगमता के लिए बीच-बीच में मार्ग निर्धारित किए गए थे।

सभामंडप की दोनों दीवारों के किनारे-किनारे पदानुरूप लगी आसन्दिकाओं पर उच्च राज पदाधिकारीगण, विभिन्न निगमों के अध्यक्ष और विशिष्ट नागरिक जन आसन्दिकाओं पर पहले ही आकर विराज चुके थे। उनसे भी पहले आकर सामान्यजन नीचे गद्दों पर आकर जम गए थे। प्रहरियों के दस्ते अपने-अपने प्रभारियों के पर्यवेक्षण में विभिन्न स्थानों पर सुव्यवस्था सुनिश्चित करने में लगे हुए थे।

***

वेदपाठी ब्राह्मणों, कर्मकान्डियों व ज्योतिषियों ने शुभमुहूर्त पर राजभवन दुर्ग

के भीतर चन्द्रगुप्त का विस्तृत वैदिक विधि से संस्कार प्रारम्भ किया। सुन्दर सुमुखी स्त्रियों के मंगलगान और पंडितों के मंत्रोच्चार के मध्य चन्द्रगुप्त को विभिन्न नदियों से लाए गए पवित्र जल से स्नान कराया गया। इसके पूर्व उनकी विविध स्निग्ध पदार्थों और हल्दी आदि से मालिश हुई थी। स्वच्छ, पवित्र होने पर उन्हें बहुमूल्य वस्त्र एवं आभूषण धारण कराए गए और उन पर सुगन्धियाँ छिड़की गईं।

यह कार्यक्रम इतना विस्तृत और समयभोजी था कि चाणक्य उसमें सम्मिलित नहीं हुए। वे नन्दनकानन में बने विशाल पांडाल में अपने गुप्तचरों के साथ सुरक्षा एवं व्यवस्था देखने में व्यस्त थे। यद्यपि उनके कुछ विशिष्ट गुप्तचर राजभवन के भीतर संस्कार के समय चन्द्रगुप्त के इर्द-गिर्द लगातार उपस्थित थे। वे चन्द्रगुप्त का साथ निभाने के बहाने उनकी निजी सुरक्षा पर लगातार दृष्टि बनाए हुए थे।

***

उच्च उद्घोष, विभिन्न वाद्ययंत्रों की झंकार और वेदपाठी ब्राह्मणों के मंत्रोच्चार के बीच युवा सम्राट चन्द्रगुप्त, राजकुमार मलयकेतु, पाँचों मित्र राजाओं और कात्यायन के साथ मंच के पीछे बने प्रवेश द्वार से मंच पर आ विराजे। उनके आते ही सभामंडप में उपस्थित सभी लोगों ने उच्च स्वर में जयघोष के साथ अपने नए सम्राट का स्वागत किए।

सबका अभिवादन बड़ी विनम्रता से स्वीकार करते हुए चन्द्रगुप्त देर तक खड़े रहे। चाणक्य ने शीघ्रता से आगे आकर चन्द्रगुप्त को राजसिंहासन पर बैठाने का विधान निभाया। उनकी दाहिनी ओर के आसन पर राजकुमार मलयकेतु और बाईं ओर के आसन पर महामात्य कात्यायन बैठे।

आचार्य चाणक्य को अत्यन्त सादे वेश में विनम्र भाव से मंच के एक कोने पर एक छोटे से मोढ़े पर जा कर बैठता देख लोगों को अत्यन्त आश्चर्य हुआ। सन्तोष उन्हें सिर्फ इतना था कि सभा का संचालन स्वयं आचार्यश्री ही कर रहे थे।

पंडितों के उच्च आरोह-अवरोह वाले मंत्रोच्चार के बीच आचार्य चाणक्य ने स्वयं अपने हाथों मगध साम्राज्य का राजमुकुट चन्द्रगुप्त के सिर पर रख कर आशीर्वाद दिया। राजकुमार मलयकेतु का पौर्वत्य प्रदेश के नरेश के रूप में राज्याभिषेक किया गया। पाँचों मित्र राजाओं को सोने की मूठों और उन पर बहुमूल्य रत्न जड़ी तलवारें सम्मान-स्वरूप भेंट की गईं।

यथोचित कर्मकांडों और मंत्रोच्चारों के बीच चाणक्य ने स्वयं अपने हाथों अपने बालसखा कात्यायन के सिर पर महामात्य का पारम्परिक शिरस्त्राण सजा दिया और उन्हें महामात्य का पारम्परिक खड्ग सादर सौंप दिया। महामात्य कात्यायन विनम्रता से चाणक्य के समक्ष अत्यधिक झुक गए।

***

मुख्य कार्यक्रम सम्पन्न होते ही चाणक्य ने स्वतिवाचन शुरू किया। फिर, नए सम्राट को आशीर्वाद दिया और उनके सुखद और यशस्वी भविष्य की कामना की। तत्पश्चात्, अपने संक्षिप्त सम्बोधन में चाणक्य ने कात्यायन की प्रशंसा में बोलना शुरू किया और बताया कि निरन्तर प्रयासों और आग्रहपूर्ण निवेदनों के बाद मान्यवर कात्यायन ने नए सम्राट का महामात्य बनाना स्वीकार कर लिया है।

चाणक्य ने सम्राट चन्द्रगुप्त के कुछ महत्त्वपूर्ण निर्णयों को पढ़कर सुनाया—सम्राट चन्द्रगुप्त ने निर्णय किया है कि पौर्वत्य प्रदेश के नरेश मलयकेतु को सुरक्षित, ससम्मान और बहुमूल्य उपहारों के साथ उनकी अपनी राजधानी पहुँचाने का प्रबन्ध किया जाए। इस अवसर पर उनको माननीय राज अतिथि का सम्मान प्रदान किया गया है। पश्चिमोत्तर प्रदेशों की संवेदनशील सीमाओं का बोध कराते हुए उन्हें सतर्क किया गया है कि सीमाओं की सुरक्षा उनका सर्वोच्च कर्तव्य होगा और किसी संकट की आशंका पर उन्हें अविलम्ब मगध के सम्राट को सूचित करना होगा।

चाणक्य की बात खत्म होने के बाद नरेश मलयकेतु धन्यवाद ज्ञापन के लिए उठे और बोले, "पाटलिपुत्र में मुझे एक अनूठा अनुभव हुआ है। यहाँ घटनेवाली अभूतपूर्व और अविश्वसनीय घटना का मुझे साक्षी होने का सौभाग्य मिला। निश्चित रूप से यह गुप्तचर्या के कुशल और अद्‌भुत प्रयोग से हुआ। मैं आचार्य चाणक्य से निवेदन करता हूँ कि विगत दिनों के गुप्तचर्या अभियानों पर कुछ प्रकाश डालें ताकि सामान्य प्रजा जन सहित हम सब इस अनूठे अस्त्र से परिचित हो सकें। साथ ही, मैं यह भी निवेदन करता हूँ कि आचार्यश्री इस विद्या पर एक ग्रन्थ का प्रणयन करें ताकि आनेवाली पीढ़ियाँ इस विद्या से लाभान्वित हो सकें।"

मलयकेतु के निवेदन पर चाणक्य मंच के केन्द्र में आ गए और सभी सम्मानीय लोगों को सादर सम्बोधित करते हुए बोले :

"सामान्यतः गुप्तचर्या के अभियान गुप्त ही रखे जाते हैं, गुप्तचर अपने निजी सुख-दुख, हानि-लाभ, राग-द्वेष पर ध्यान दिए बिना सामाजिक रूप से अनाम-अदृश्य रहकर एक उच्च उद्देश्य के लिए कार्य करते रहते हैं। आप जानना चाहेंगे कि वह उच्च उद्देश्य क्या है? राष्ट्र की सुरक्षा ही वह उच्च उद्देश्य है जिसके लिए एक गुप्तचर अपने नाम-धर्म इत्यादि को त्याग कर लक्ष्य की प्राप्ति के लिए स्वयं को समर्पित कर देता है।"

आगे आचार्य चाणक्य ने राष्ट्र की सुरक्षा के विविध आयामों पर प्रकाश डालते हुए, साम्राज्य की संरचना, सम्राट के कर्तव्य, गुप्तचर्या की कला इत्यादि पर संक्षिप्त चर्चा की।

अन्त में बारी आई कुछ विशेष घोषणाओं की जिन्हें चाणक्य ने इस प्रकार सुनाया :

"सम्राट चन्द्रगुप्त ने निर्णय लिया है (ये सारे निर्णय चाणक्य ने स्वयं लिए थे, किन्तु इन्हें सम्राट चन्द्रगुप्त का निर्णय बताया जा रहा था) कि नगरश्रेष्ठि कुन्दन के मृत्युदंड को समाप्त किया जाए। महामात्य कात्यायन के सचिव मिलिन्द कायस्थ एवं बधिकों का मृत्युदंड भी वापस लिया जाता है। यहाँ यह स्पष्ट करना जरूरी है कि गुप्तचर्या के अभियानों में फँसने के बाद ये दोषी ठहराए गए थे। इन निर्दोषों को सम्राट की ओर से पर्याप्त क्षतिपूर्ति दी जाएगी। अन्य सभी जिन्हें गुप्तचर्या के बृहद् प्रभाव क्षेत्र में पड़कर किसी प्रकार की क्षति उठानी पड़ी है उनकी क्षतिपूर्ति के आकलन और निर्धारण के लिए सम्राट ने एक समिति गठित करने का निर्णय लिया है।"

लोगों की करतलध्वनि और 'साधु, साधु' के घोष के बीच चाणक्य को कुछ देर रुकना पड़ा।

अपने दाहिने हाथ से लोगों को शान्त होने का संकेत करते हुए चाणक्य ने फिर बोलना शुरू किया, "विभिन्न गुप्तचरों—चाहे वे किसी भी पक्ष के रहे हों—को उनके कार्य और योगदान के लिए विविध पुरस्कार दिए जाएँगे, इस सम्बन्ध में भी एक समिति गठित करने का निर्णय लिया गया है जो पुरस्कारों के प्रकार और राशि का आकलन करेगी। गुप्तचर विद्या को प्रोत्साहन देने के लिए यह निर्णय लिया गया है कि प्रतिवर्ष सर्वश्रेष्ठ गुप्तचर को सम्राट के हाथों 'सुकृति' पुरस्कार दिया जाएगा। और, हाँ, अब एक महत्त्वपूर्ण अनुरोध। सम्राट

चन्द्रगुप्त के अनूठे रक्तहीन विजय के उपलक्ष्य में आयोजित इस विजयोत्सव में कान्ताकान्तार और अभयारण्य में आयोजित सांस्कृतिक कार्यक्रम में आप सब अवश्य साक्षी एवं सहभागी बनें। साथ ही, निधिवन प्रखंड में आयोजित सार्वजिनक भोज कार्यक्रम में आज सम्राट के साथ भोजन करने को आप सभी सादर आमंत्रित हैं। यह ऐतिहासिक अवसर आप सबकी विजय है।"

लोगों ने पुन: करतलध्वनि की। कुछ पल बाद जब लोग शान्त हुए तब गम्भीर मुखमुद्रा बनाते हुए चाणक्य ने कहा, "गुप्तचर्या के इस महायज्ञ में कुछ प्राणों की आहुतियाँ भी पड़ीं। उन सभी हुतात्माओं की मुक्ति के लिए सम्राट की ओर से अन्त्येष्टि संस्कार किए जाएँगे।"

***

राज्याभिषेक का कार्यक्रम लगभग समाप्त हो रहा था कि अचानक, सम्राट चन्द्रगुप्त बड़ी फुर्ती से राजसिंहासन से उठे और मंच के दाहिनी ओर दूर खड़े चाणक्य के पास जाकर उनके चरणों में गिर पड़े। उन्होंने अपना राजमुकुट चाणक्य के चरणों में रख दिया और बच्चों की भाँति फूट-फूटकर रोने लगे।

नए सम्राट को सार्वजनिक रूप से इस तरह व्यवहार करता देख चाणक्य घबड़ा गए। वहाँ उपस्थित सभी जन भी आश्चर्यचकित होकर ताकते रह गए। उन्हें समझ न आ रहा था कि अचानक यह क्या हो गया।

क्षण भर में ही स्थिति की संवेदनशीलता भाँपकर चाणक्य सँभल गए। उन्होंने तेजी से नीचे झुक कर एक हाथ से राजमुकुट उठा लिया और दूसरे हाथ से चन्द्रगुप्त को उठाते हुए गले लगा लिया। फिर फुर्ती से दोनों हाथों से राजमुकुट चन्द्रगुप्त के सिर पर रख कर उन्हें पुन: राजसिंहासन पर बैठा दिया। फिर बोले, "मेरा अपराध क्षमा हो, देव। अब आप सर्वप्रभु सम्राट हैं।" तत्क्षण उपस्थित लोगों की ओर मुँह करके चाणक्य ने उद्घोष किया, "सर्वप्रभु सम्राट महाराजाधिराज चन्द्रगुप्त की जय हो।" उपस्थित लोगों ने प्रत्युत्तर में तीन बार जोर-जोर से जयघोष किया—"जय हो, जय हो, जय हो।"

इसके बाद चाणक्य ने एक संक्षिप्त सम्भाषण दिया जो मुख्यत: सम्राट चन्द्रगुप्त को सम्बोधित था, "सर्वप्रभु सम्राट महाराजाधिराज चन्द्रगुप्त देव, यह मेरा परम सौभाग्य रहा है कि कभी मैं आपका शिक्षक रहा। एक शिक्षक के प्रति एक सर्वप्रभु सम्राट की विनम्रता से मैं अतिशय कृतार्थ हुआ और विश्वस्त हुआ कि मैंने जो शिक्षा आपको दी उससे सम्यक् विनम्रता फलीभूत हुई। किन्तु, महाराज, आप अब सर्वप्रभु सम्राट हैं। आपके भाल पर सजा

राजमुकुट मगध सम्राट की सम्प्रभुता का प्रतीक है। इस प्रतीक की रक्षा और सम्मान करना सम्राट सहित साम्राज्य के प्रत्येक प्राणी का प्रथम कर्तव्य है।

"हम इतिहास के संक्रमण काल से गुजर रहे हैं। इतिहास का प्रवाह एक तीव्र मोड़ लेकर दूसरी दिशा में बहने लगा है। आनेवाली शताब्दियाँ इस महत्त्वपूर्ण मोड़ के लिए हमें याद करेंगी। मगध साम्राज्य का अब तक का इतिहास रक्तरंजित और क्रूरतापूर्ण रहा है। इस साम्राज्य के इतिहास में पहली बार राजसत्ता का हस्तांतरण इतनी शान्ति से हुआ है।"

चाणक्य थोड़ी देर के लिए रुके और आत्म-सन्तोष की गहरी साँसें लेते हुए आगे बोले, "आनेवाली शताब्दियाँ स्मरण रखेंगी कि इस विजयोत्सव के असली नायक हमारे वे गुप्तचर हैं जो आज भी अपना चेहरा छुपाए किसी कोने में दुबके होंगे। यह उनका ही पुरुषार्थ है कि बुद्धि के युद्ध में अपनी पहचान छुपाए वे अपने प्राण हथेली पर लेकर निरन्तर संघर्षरत रहे। ये अनाम नायक अपने पारिवारिक और सामाजिक जीवन की सुख-सुविधाओं और प्रतिष्ठाओं का मोह त्याग कर गुप्त रूप से निरन्तर कर्मशील रहते हैं। ये अपने संचालक की आँख और कान बन जाते हैं और आवश्यकता पड़ने पर अदृश्य हाथ बनकर ऐसे कारनामे कर जाते हैं जो उनका संचालक खुलेआम नहीं कर सकता।"

बोलते-बोलते चाणक्य की भंगिमा अचानक बदल गई। उनके स्वर में कटुता और व्यंग्य के भाव भर गए, "किन्तु, आप में से कई ऐसे हैं जो गुप्तचरों के आचरण पर अँगुली उठाते हैं; उन्हें प्रवंचक, असत्यवादी और गर्हितकर्मा समझते हैं। ऐसा समझनेवाले अज्ञानी हैं। वे गुप्तचर्या की नीति और आदर्श से परिचित नहीं हैं। वे भूल जाते हैं कि गुप्तचर अपने कर्तव्य का पालन करते हैं चाहे जिस किसी भी उपाय से सम्भव हो। साधन की शुचिता की परवाह किए बिना वे अपने साध्य तक पहुँचने में जी-जान लगा देते हैं। ऐसे त्यागी, मोहमुक्त कर्मयोगियों का मैं हृदय से अभिनन्दन करता हूँ। वे ही हमारे वास्तविक सैनिक हैं; सेनानी हैं और नायक हैं।"

अल्प विराम के पश्चात्, चाणक्य शान्त और गम्भीर भाव से बोलने लगे, "आततायी धननन्द के विनाश के लिए प्रण करते हुए मैंने अपनी जो शिखा खोली थी, आज लक्ष्य की पूर्ति पर उसे बाँधता हूँ।" लोगों के हर्षध्वनि के बीच बड़ी सहजता से चाणक्य ने अपनी बिखरी शिखा को समेट कर बाँध लिया।

"और अन्त में, मेरा स्वयं का एक निजी निर्णय।" चाणक्य लोगों

को देखते हुए कुछ देर रुके। यद्यपि उनका यह निर्णय सम्राट चन्द्रगुप्त, महामात्य कात्यायन समेत कुछ लोगों को पहले से ही पता था, लेकिन अधिकांश लोग इससे अनभिज्ञ थे। चाणक्य ने घोषणा की, "अकिंचन का जीवन जीने के लिए गंगा-तट पर पर्णकुटी मेरा नया आवास होगा। वही हमारी साधना-स्थली होगी। साधना सम्राट के संरक्षण से दूर रहकर ही होती है। सम्राट की कृपा साधक की साधना भ्रष्ट कर देती है। वह स्वतंत्र और निर्भीक चिन्तक नहीं रह पाता।"

लोग जब तक चाणक्य के इस कथन का वास्तविक अर्थ समझ पाते, वे अति विनम्रता से दोनों हाथ जोड़ते हुए फुर्ती से मंच से उतरे और सभामंडप से बाहर की ओर चल पड़े।

देखते-ही-देखते सम्राट चन्द्रगुप्त, महामात्य कात्यायन समेत सभी विशिष्ट और सामान्यजन चाणक्य के पीछे-पीछे चल पड़े। चाणक्य बिना पीछे मुड़े सीधे चले जा रहे थे। कुछ ही देर में जब उन्हें आभास हुआ, तो वे मुड़कर खड़े हुए और हाथ जोड़ते हुए बोले, "आप सबके स्नेह से मैं अत्यन्त विह्वल हूँ। किन्तु, मुझे अपने कर्तव्य-पथ पर अकेला जाने दें। आप सब कृपया लौट जाएँ।"

इतना कहकर चाणक्य मुड़े और आगे चल पड़े। सब खड़े रहे चुपचाप जहाँ के तहाँ।

2

चाणक्य को आभास हुआ कि अभी भी कोई उनके पीछे-पीछे चला आ रहा है। मुड़कर देखा तो पाया कि वह तो प्रभाष है। उन्होंने कुछ रूखेपन से कहा, "प्रभाष, मुझे अकेला छोड़ देने का निवेदन तुम्हारे लिए भी था।"

प्रभाष : "गुरुदेव, आप मात्र मेरे गुरु ही नहीं, पिता भी हैं। क्या मुझे आपको यह याद दिलाना पड़ेगा कि दस वर्ष के अज्ञातवास के पश्चात् मेरी माँ ने आपकी अँगुली पकड़ाते हुए कहा था कि यही तुम्हारे पिता हैं, जाओ इनके पास। इसके बाद माँ न जाने कहाँ अज्ञात में विलीन हो गईं।"

चाणक्य की आँखों से धार-धार आँसुओं की धारा बह चली। प्रभाष को गले लगाते हुए उन्होंने रुँधे गले से कहा, "उन बातों की याद न दिलाओ, पुत्र प्रभाष। तुम्हारी माँ से मेरा मिलना मात्र एक संयोग था। वह क्षणिक आकर्षण था जिसे तुम्हारी माँ स्थायित्व देने के लिए जिद पर अड़ी थी,

जबकि वह अच्छी तरह जानती थी कि विवाह-बन्धन में बँधना मेरे लिए सम्भव न था। मेरे बहुत समझाने के पश्चात् भी अन्त में वह मेरी सन्तान की माँ बनने के लिए अड़ गई।"

"लेकिन, आप के अलावा मेरा कौन है, पिता जी," प्रभाष ने जिद पकड़ते हुए कहा।

"ऐसा न कहो, पुत्र। अब तुम बच्चे न रहे। पढ़ा-लिखा कर तुम्हें मैंने योग्य बना दिया है। रुद्रनाथ के रूप में तुमने गुप्तचर्या का सर्वश्रेष्ठ प्रदर्शन किया है। तुम्हारी कुशलता ने ही वास्तव में नन्दवंश का अन्त किया। चन्द्रगुप्त को तुम्हारी बहुत जरूरत पड़ेगी। अब तुम लौट जाओ, पुत्र," चाणक्य ने प्रभाष को पुचकारा।

"मैं आपके साथ रहकर आपकी सेवा करना चाहता हूँ, पिता जी," प्रभाष ने फिर अपनी बात दुहराई।

"मुझे किसी की सेवा की जरूरत नहीं है। सेवा और आश्रय की आवश्यक़ता तुम्हारी माँ को है। उन्हें खोज कर उनकी सेवा करो। अपना घर बसाओ; आदर्श नागरिक बनो; गुप्तचर्या में नए कीर्तिमान बनाओ ताकि समाज और राष्ट्र सुरक्षित रह सके।"

"किन्तु, मैं आपके साथ रहना चाहता हूँ," प्रभाष ने हठ पकड़ लिया।

"बच्चों जैसा हठ न करो, प्रभाष। मेरे और तुम्हारे मार्ग अलग-अलग हैं। मैं सैद्धान्तिक रणनीतिकार हूँ, तुम कार्यकारी हो। मुझे सिद्धान्त विकसित करने जाने दो। तुम कार्यान्वयन में मन लगाओ। जाओ, पुत्र, सम्राट चन्द्रगुप्त तुम्हारी प्रतीक्षा कर रहे होंगे।"

चाणक्य के कथन में कोई भावुकता नहीं थी। उनका निश्चय स्पष्ट था—यह समझते ही प्रभाष सिसकने लगा।

उसे उसी स्थिति में छोड़ चाणक्य अपने पथ पर आगे बढ़ गए।

कौन जाने चाणक्य आँसुओं से अपना चेहरा भिगोते जा रहे हों। हाँ, इतना जरूर दिखा कि अपने उत्तरीय से अपना चेहरा पोंछते हुए चाणक्य लम्बे डग भरते हुए गंगा-तट की ओर तेजी से चले जा रहे थे।

परम्परा प्रगति पर

महामात्य कात्यायन बड़े लज्जित थे कि अपने बालसखा चाणक्य के लिए उन्होंने विद्वेषवश कभी जो 'कौटिल्य' शब्द गढ़ा था, वह लोगों में बहुप्रचलित हो गया। कभी कात्यायन को चाणक्य में कुटिलता कूट-कूटकर भरी दिखती थी। अब उन्हें लग रहा था कि कौटिल्य तो करुणा की मूर्ति हैं। निराकरण कैसे हो—कात्यायन के समक्ष यह बड़ी चुनौती थी। लोगों को विधिक चेतावनी दी गई, लेकिन जनमानस में यह शब्द गहरे जा धँसा था।

अन्तत: कात्यायन को सूझा कि क्यों न इस शब्द को सकारात्मक सन्दर्भ दिया जाए ताकि चाणक्य की विशिष्टता उजागर हो सके। महामात्य ने सम्राट चन्द्रगुप्त के समक्ष प्रस्ताव रखा और सम्राट ने क्षण भर में सहर्ष स्वीकृति दे दी।

निर्णय यह हुआ कि गुप्त सूचनाओं के संकलन में सर्वश्रेष्ठ गुप्तचर को 'सुकृति' पुरस्कार दिया जाए और गुप्त अभियानों के संचालन में सर्वश्रेष्ठ गुप्तचर को 'कौटिल्य' नामक विशिष्ट पुरस्कार प्रदान किया जाए। वर्ष में एक बार दिए जानेवाले इन दोनों पुरस्कारों के लिए योग्य गुप्तचरों के चयन का कार्य एक समिति को सौंपा गया। इस चयन समिति के अध्यक्ष स्वयं सम्राट बनाए गए। महामात्य कात्यायन, गुप्तचराध्यक्ष प्रभाष और सेनाध्यक्ष आप्रीत इस समिति के सदस्य बने।

शताब्दियों बाद आज भी यही व्यवस्था चल रही है। भारत सरकार का गुप्तचर विभाग आज भी इसी प्रणाली को अपना कर 'सुकृति' और 'कौटिल्य' पुरस्कार अपने श्रेष्ठ गुप्तचरों को प्रतिवर्ष देता है।

सन्दर्भ टिप्पणी

1. बौद्ध ग्रन्थ 'महावंश' के अनुसार मगध साम्राज्य के शासकों और उनके वंशों की सूची इस प्रकार है—
   - हर्यंक वंश।
   - बिम्बिसार (शासन 546-494 ई.पू.), अजातशत्रु (494-462 ई.पू.), उदयिन (462-446 ई.पू.), अनुरुद्ध व मुंड (446-438 ई.पू.), नागदशक (438-414 ई.पू.)।
   - शिशुनाग वंश।

     शिशुनाग (414-396 ई.पू.), कालाशोक (396-368 ई.पू.), कालाशोक के दस पुत्र (368-346 ई.पू.)।
   - नन्द वंश (346-324 ई.पू.)।
2. पाटलिपुत्र नगर से कुछ दूरी पर पूर्व में गंगा के किनारे बसा एक प्राचीन ग्राम।
3. पाणिनी के अष्टाध्यायी के अनुसार कार्षापण प्राचीन भारत के सिक्के थे जिनका चलन छठीं शताब्दी ईसा पूर्व से शुरू हो गया था। ये सिक्के काँसे, ताम्बे, चाँदी या सोने के होते थे, किन्तु प्राय: ये चाँदी के सिक्के होते थे जिनके एक तरफ पाँच या छह रूप अंकित होते थे।
4. सोलह ऐतिहासिक महाजनपदों में से काशी भी एक महाजनपद था जिसकी राजधानी वाराणसी थी। वर्तमान में यह वाराणसी जिला है। (स्रोत—काशी का इतिहास—डॉ. मोती चन्द्र)।
5. प्रहरी दो प्रकार के होते थे—1. आरक्षी = पुलिस, 2. सुरक्षा = सिक्यूरिटी।
6. बौद्ध ग्रन्थ महावंश के अनुसार नवनन्दों के नामों की सूची इस प्रकार है—

   1. उग्रसेन, 2. पंडुक, 3. पांडुगति, 4. भूतपाल, 5. राष्ट्रपाल, 6. गोविशनक, 7. दशसिद्धक, 8. कैवर्त, 9. धन।
7. कहा जाता है कि बालक चन्द्रगुप्त ने राजकीलम नामक खेल का आविष्कार किया था। इस खेल में वह राजा बनता था और अपने साथियों को अपना अनुचर बनाता था। वह राजसभा भी आयोजित करता था जिसमें बैठकर वह न्याय करता था। गाँव के बच्चों की एक ऐसी ही राजसभा में चाणक्य ने पहली बार चन्द्रगुप्त को देखा था।
8. कर्टियस के अनुसार महापद्म की सेना में 20,000 घुड़सवार, 2,00,000 पैदल, 2,000 रथ एवं 3,000 हाथी थे। डायोडोरस के अनुसार नन्द शासन के पास 4,000 हाथी थे, जबकि प्लूटार्क के अनुसार, 80,000 अश्वारोही, 72,00,000 की पैदल सेना, 8,000

घोड़ा वाला रथ और 6,000 हाथी की सेना थी।

9. गान्धार प्राचीन भारत के 16 महाजनपदों में से एक था। इस प्रदेश का मुख्य केन्द्र आधुनिक पेशावर और आसपास के इलाके थे। इस महाजनपद के प्रमुख नगर थे—पुरुषपुर (आधुनिक पेशावर) तथा तक्षशिला। तक्षशिला इसकी राजधानी थी। वर्तमान पाकिस्तान का पश्चिमी तथा अफगानिस्तान का पूर्वी क्षेत्र उस काल में भारत का गन्धार प्रदेश था। जो क्षेत्र इससे कुछ दक्षिण में स्थित था, वह आजकल का कन्दहार है।

10. आम्भिक या आम्भी ई.पू. 327-26 में भारत पर सिकन्दर महान के आक्रमण के समय तक्षशिला का राजा था। उसका राज्य सिन्धु नदी और झेलम नदी के बीच विस्तृत था। वह पुरु अथवा पोरस का प्रतिद्वन्द्वी राजा था, जिसका राज्य झेलम के पूर्व में था। कुछ तो पोरस से ईर्ष्या के कारण और कुछ अपनी कायरता के कारण उसने स्वेच्छा से सिकन्दर की अधीनता स्वीकार कर ली और पोरस के विरुद्ध युद्ध में सिकन्दर का साथ दिया। सिकन्दर ने जब सिन्धु को पार किया तब आम्भी ने अपनी राजधानी तक्षशिला में चाँदी की वस्तुएँ, भेड़ें और बैल भेंट कर उसका स्वागत किया।

11. राजा पुरु या पुरुवास पर ऐतिहासिक जानकारी राजा पोरस के नाम से एकमात्र यूनानी स्रोतों में ही उपलब्ध है, यद्यपि इतिहासकारों ने तर्क दिया है कि पुरु के नाम और उसके अधिकार क्षेत्र को देखते हुए उसके ऋग्वेद में उल्लिखित पुरु जनजाति का वंशज होने की सम्भावना है। वे पोरवा राजवंश के वशंज भी कहे जाते हैं, जिनका साम्राज्य पंजाब में झेलम से लेकर चिनाब नदी तक फैला हुआ था। जब सिकन्दर ने भारत पर आक्रमण किया तो झेलम के तट पर उसका राजा पुरु के साथ भीषण संघर्ष हुआ। इस युद्ध में यद्यपि पुरु हार गया, लेकिन सिकन्दर पुरु की वीरता से बहुत प्रभावित हुआ। पुरु के भाई अमर ने सिकन्दर के घोड़े बुकिफाइलस (संस्कृत—भवकपाली) को अपने भाले से मार डाला और सिकन्दर को जमीन पर गिरा दिया। ऐसा यूनानी सेना ने अपने सारे युद्धकाल में कभी होते हुए नहीं देखा था।

12. यह किसी विद्वान को दी जाने वाली सर्वोच्च उपाधि होती थी जो प्राचीन भारत में राजाओं की ओर से उस समय के सबसे बड़े विद्वान को दी जाती थी। (शाब्दिक अर्थ, उपाध्याय = शिक्षक, महोपाध्याय = महान शिक्षक। महामहोपाध्याय = महान शिक्षकों में महान शिक्षक)।

13. सन्ध्योपासना या सन्ध्यावन्दन उपनयन संस्कार द्वारा संस्कारित प्रत्येक आर्य जन के लिए अनिवार्य नित्य क्रिया है। सन्ध्यावन्दन में महान वेदों से उद्धरण शामिल हैं जिनका दिन में तीन बार पाठ किया जाता है। एक सूर्योदय के समय (जब रात्रि से दिन शुरू होता है), अगला दोपहर के समय (जब आरोही सूर्य से अवरोही सूर्य में संक्रमण होता है) और सूर्यास्त के समय (जब दिन के बाद रात आती है)। संस्कृत शब्द 'सन्ध्या' का शाब्दिक अर्थ होता है मिलन। जब दिन या रात या एक प्रहर का दूसरे प्रहर से मिलन होता है तो सन्ध्या होती है। वेदों की ऋचाओं के आधार पर आवाहन आदि करके गायत्री मंत्र का जप करना सन्ध्योपासना का अभिन्न अंग है।

14. स्वस्तिक (卐) अत्यन्त प्राचीन काल से भारतीय संस्कृति में मंगल-प्रतीक माना जाता रहा है। इसीलिए किसी भी शुभ कार्य को करने से पहले स्वस्तिक चिह्न अंकित करके

उसका पूजन किया जाता है। ऋग्वेद की ऋचा में स्वस्तिक को सूर्य का प्रतीक माना गया है और उसकी चार भुजाओं को चार दिशाओं की उपमा दी गई है। सिद्धान्त सार ग्रन्थ में उसे विश्व ब्रह्मांड का प्रतीक चित्र माना गया है। उसके मध्य भाग को विष्णु की कमल नाभि और रेखाओं को ब्रह्माजी के चार मुख, चार हाथ और चार वेदों के रूप में निरूपित किया गया है। अन्य ग्रन्थों में चार युग, चार वर्ण, चार आश्रम एवं धर्म, अर्थ, काम और मोक्ष के चार प्रतिफल प्राप्त करने वाली समाज व्यवस्था एवं वैयक्तिक आस्था को जीवन्त रखने वाले संकेतों को स्वस्तिक में ओत-प्रोत बताया गया है।

15. शिवलिंग भगवान शिव का प्रतिमाविहीन चिह्न है। यह प्राकृतिक रूप से स्वयम्भू व अधिकतर शिव मन्दिरों में स्थापित होता है। शिवलिंग का चिह्न इस प्रकार होता है— 

16. हमारे देश की यह प्राचीन परम्परा रही है कि जब कभी भी हम कोई कार्य प्रारम्भ करते हैं, तो उस समय मंगल-कामना के लिए वैदिक मंत्रों का पाठ करते हैं। इस पाठ या गायन को ही स्वस्तिवाचन या स्वस्तयन कहते हैं।

17. अस्त्र उसे कहते हैं, जिसे मंत्रों से आपूरित करके दूरी से फेंकते हैं। वे अग्नि, वायु और विद्युत तथा यान्त्रिक उपायों से चलते हैं। शस्त्र ख़तरनाक हथियार हैं, जिनके प्रहार से चोट पहुँचती है और मृत्यु होती है। ये हथियार अधिक उपयोग किए जाते हैं।

18. गुप्तचर्या में गुप्त सूचनाओं की संवेदनशीलता के आधार पर उन्हें चार अवरोही क्रमों में रखा जाता है—परम गुप्त (Top Secret), गुप्त (Secret), अप्रकाश्य (Confidential) और प्रतिबन्धित (Restricted)।

19-20. प्रतिबन्धित यानी गोपनीयता 'जानने की आवश्यकता' सिद्धान्त, जिसे अंग्रेजी में 'Need-to-know' principle कहते हैं, के अन्तर्गत सैन्य या जासूसी संस्थान संवेदनशील सूचनाओं तक सबकी पहुँच (access) अवरुद्ध करते हैं और सिर्फ उन सूचनाओं को जानने देते हैं जिन्हें उन्हें जानना जरूरी होता है। जासूसी अभियानों की महत्त्वपूर्ण सूचनाओं को लीक होने से रोकने के लिए इस सिद्धान्त को अपनाया जाता है। देखने में आया है कि जासूसी संस्थान कभी-कभी इस सिद्धान्त का दुरुपयोग अपनी असफलताओं या कदाचार को छुपाने और कर्मचारियों के अधिकारों के हनन करने में करते हैं।

21. लगे कि कोई चल रहा है, लेकिन घूम-फिरकर वह वहीं रहता है, सिर्फ चलने का आभास देता है।

22. आवरण (cover), जासूसों के लिए बहुत जरूरी उपाय होता है शत्रु पक्ष की निगरानी से बचने के लिए। आवरण धारण करके गुप्तचर अपने वास्तविक व्यक्तित्व को छुपा लेता है। आवरण विभिन्न प्रकार के होते है और इन्हें धारण करने के पीछे कई कारक काम करते हैं। कोई भी गुप्तचर हमेशा वैध आवरण धारण करता है, अन्यथा उसका अवैध आवरण ही उसे क़ानून के फंदे में फँसा देगा। अंडरकवर जासूस विभिन्न संस्थानों में घुस कर गुप्त कार्य करते रहते हैं। इसी प्रकार, बहाना बनाना, जिसे अंग्रेजी में एलीबी कहते हैं, भी गुप्त कार्यों के लिए बहुत जरूरी होता है। गुप्तचर्या में बहाना बना कर कोई गुप्तचर अपने आवरण में रह कर किसी स्थान में अपनी उपस्थिति या अनुपस्थिति

का सन्तोषजनक उत्तर देता है।

23. महाभारत, आदिपर्व, अध्याय 22 श्लोक 46-51.
24. आवेक्षण एक बहुआयामी शब्द है। इसके समानार्थी हैं—निगरानी, रखवाली, चौकसी, निरीक्षण, इत्यादि। अंग्रेजी में इसे सर्विलांस कहते हैं। किसी सन्दिग्ध, अपराधी या लक्षित व्यक्ति पर गहरी नजर रखने के लिए इसका प्रयोग प्राय: जासूसों, पुलिसकर्मियों या संस्थाओं द्वारा लक्षित व्यक्ति के बारे सूचनाएँ या साक्ष्य एकत्र करने के लिए किया जाता है। इसके प्रयोगों का नित नया विस्तार होता जा रहा है, क्योंकि इसमें मानवीय के साथ-साथ अन्य तकनीकों का भी प्रयोग होने लगा है। वर्तमान समय में टेलीफोन टैपिंग या इलेक्ट्रॉनिक सर्विलांस इसके प्रमुख उदाहरण हैं। यही कारण है कि अपराधियों या सन्दिग्धों के अलावा यह अन्य क्षेत्रों में भी सूचनाएँ एकत्र करने के लिए या रखवाली करने के लिए प्रयोग किया जाने लगा है। यह कार्य वैधानिक और अवैधानिक दोनों तरीकों से हो सकता है। निजता के सन्दर्भ में इसकी वैधानिकता या औचित्य को लेकर पूरी दुनिया में बहस छिड़ी रहती है।
25. कोई छुपाई जा रही जानकारी निकालने के लिए लम्बे समय तक सख़्ती से की गई पूछताछ में प्रश्नोत्तरी विधि का प्रयोग किया जाता है। अंग्रेजी में इसे इंट्रोगेशन कहते हैं। इसका प्रयोग प्राय: पुलिसकर्मियों, सेना के अधिकारियों और गुप्तचरों द्वारा सन्दिग्धों या पकड़े गए लोगों से गुप्त बातों को निकलवाने के लिए किया जाता है। पूछताछ की इस विधि में मानसिक दबाव, छल, प्रताड़ना, नशीली दवाओं इत्यादि का प्रयोग भी सन्दिग्ध के ऊपर किया जाता है।
26. महाभारत, वनपर्व।
27. यह श्लोक गीताप्रेस, गोरखपुर द्वारा प्रकाशित 'कल्याण' के 'शिवोपासनांक' से लिया गया है।
28. बाणभट्ट के 'हर्षचरितम' के एक प्रारम्भिक श्लोक से रूपान्तरित।
29. आजकल यह देवी सामान्यत: बगलामुखी कहलाती हैं। पीला वस्त्र धारण करने के कारण लोग इसे पीताम्बरा देवी कहते हैं।
30. कूट युद्ध प्रणाली, जिसे छापामार युद्ध प्रणाली या अंग्रेजी में गुरिल्ला वारफेयर कहते हैं, में नागरिक या सैन्य सैनिक किसी विशाल या पारम्परिक सेना के विरुद्ध अचानक, छल से आक्रमण करके युद्ध करते हैं। प्राचीन भारत में इस प्रणाली को धर्मयुद्ध विधान के अन्तर्गत मान्यता नहीं प्राप्त थी और इसे 'राक्षस युद्ध' कह कर अमान्य कर दिया जाता था, क्योंकि इस प्रणाली में वीरता की अपेक्षा छल को महत्त्व दिया जाता था।
31. मान्यता है कि हिन्दू पंचांग के अनुसार आश्विन मास की पूर्णिमा को शरद पूर्णिमा, कोजागरी पूर्णिमा या रास पूर्णिमा कहते हैं। ज्योतिष के अनुसार पूरे साल में केवल इसी दिन चन्द्रमा सोलह कलाओं से परिपूर्ण होता है। मान्यता है इस रात्रि को चन्द्रमा की किरणों से अमृत झरता है। तभी इस दिन उत्तर भारत में खीर बनाकर रात भर चाँदनी में रखने का विधान है। कहते हैं इसी दिन श्रीकृष्ण ने महारास रचाया था। इसीलिए इस दिन कौमुदी व्रत या कोजागर व्रत रखा जाता है। यह प्राय: प्रतिवर्ष अक्टूबर माह में पड़ता है।

32. प्राचीन भारत में अश्विन दूरी नापने की एक इकाई थी। एक अश्व (घोड़ा) एक दिन में जितनी दूरी तय कर लेता था उसे एक अश्विन कहते थे। यह दूरी 3 से 5 क्रोश के बराबर होती थी। दशमलव प्रणाली में यह दूरी लगभग 24.6 किमी. से 40 किमी. के बीच होती थी। एक योजन 4 क्रोश के बराबर होता था। दशमलव प्रणाली में एक क्रोश 914 मी. के बराबर होता है। (स्रोत—Chakrabarti, V. Indian Architectural Theory and Practice : Contemporary Uses of Vastu Vidya. 1998)
33. संज्ञाहरण, जिसे अंग्रेजी में एनेस्थेशिया कहते हैं, का पारम्परिक अर्थ है संवेदनशीलता अनुभव करने की स्थिति का अवरोधन अथवा अस्थायी रूप से हरण। यह औषधि-प्रेरित होती है और शब्दस्मृतिलोप, पीड़ाशून्यता, सजगता की हानि, कंकालीय मांसपेशी प्रतिक्रिया या कम तनाव प्रतिक्रिया या सभी के साथ अनुवर्ती हैं। यह गुप्तचर्या में प्रयोग होने के साथ-साथ चिकित्सा में रोगियों को तनाव तथा दर्द महसूस किए बिना शल्यक्रिया से गुजरने की अनुमति देती है।
34. यह नन्दवंश का गुप्त खजाना था जिसे धननन्द और कात्यायन की जानकारी में छुपा कर रखा गया था।
35. श्रेणियाँ, जिन्हें अंग्रेजी में गिल्ड कहते हैं, मूलत: शिल्पकारों (craftsmen) और व्यापारियों के संघ होती थीं। इनका लक्ष्य था सदस्यों की सहायता करना। प्राचीनकालीन आर्थिक संगठन में श्रेणियों का महत्त्वपूर्ण स्थान था। पेशे के आधार पर ही इनका संगठन होता था। एक श्रेणी के लोग एक ही प्रकार का पेशा करते थे।
36. महामात्य का एक विशाल सचिवालय था जिसमें विभिन्न विभागों को देखने वाले सचिवों के कार्यालय थे। इनमें वित्त सचिव एक प्रमुख सचिव था जो वित्त व्यवस्था सम्बन्धी कार्यों को देखने के साथ महामात्य को वित्त सम्बन्धी मामलों में सलाह देता था।
37. यमुना तट पर वत्स प्राचीन भारत के 16 महाजनपदों में से एक था। यह आधुनिक इलाहाबाद के आसपास केन्द्रित था। उत्तरपूर्व में यमुना की तटवर्ती भूमि इसमें सम्मिलित थी। वत्स को वत्स देश और वत्स भूमि भी कहा गया है। इसकी राजधानी कौशाम्बी (वर्तमान कोसम) इलाहाबाद से 38 मील दक्षिण-पश्चिम यमुना पर स्थित थी। महाभारत के युद्ध में वत्स लोग पांडवों के पक्ष से लड़े थे।
38. मृत पत्र पेटिका, जिसे अंग्रेजी में डेड ड्राप या डेड लैटर बॉक्स कहा जाता है, बिना सीधे सम्पर्क में आए दो गुप्तचरों के बीच गोपनीय पत्र-व्यवहार के लिए होती है। इसमें किसी पूर्वनिर्धारित स्थान पर प्रेषक चुपके से पत्र छुपा देता है जिसे प्राप्तकर्ता बाद में चुपके से निकाल लेता है। सुरक्षा की दृष्टि से अपनी पहचान छुपाए रखने के लिए ही गुप्तचर इस प्रकार का पत्र-व्यवहार करते हैं।
39. अर्थशास्त्र—अध्याय 2, प्रकरण 1, सूत्र 1
40. आन्वीक्षिकी प्राचीन भारत में विचारशास्त्र या दर्शन की सामान्य संज्ञा थी, लेकिन कालान्तर में इस शब्द का प्रयोग केवल न्यायशास्त्र (logic) के लिए संकुचित कर दिया गया। वात्स्यायन के न्यायभाष्य के अनुसार अन्वीक्षा द्वारा प्रवृत्त होने के कारण ही इस विद्या की संज्ञा 'आन्वीक्षिकी' पड़ गई। खंडन-मंडन की प्रक्रिया के द्वारा यह शास्त्र विकसित होता गया। आन्वीक्षिकी के सर्वाधिक महत्त्व को सर्वप्रथम चाणक्य ने प्रतिपादित किया

है। उनका कहना है—प्रदीप: सर्वविद्यानां उपाय: सर्वकर्मणाम्। आश्रय: सर्वधर्माणां शश्वद् आन्वीक्षिकी मता॥ (आन्वीक्षिकी सभी विद्याओं की शाश्वत प्रदीप है, सभी कार्यों का शाश्वत साधन है, और सभी धर्मों का शाश्वत आश्रय है)। गुप्तचरों द्वारा प्राप्त सूचनाओं के विश्लेषण में आन्वीक्षिकी का बहुत बड़ा योगदान है। पश्चिमी देशों में इसे इंटेलिजेंस एनालिसिस कहा गया है।

41. सरपत एक घास होती है जो 10-15 फुट ऊँची होती है। इसकी पत्तियाँ पतली एवं लम्बी होती हैं जिनके किनारे छोटे-छोटे काँटे होते हैं। इसके फूल सफेद रोएँदार होते हैं।
42. ऋग्वेद 1.89.5
43. प्राचीन सोलह महाजनपदों में से एक।
44. सुरक्षित गृह ऐसा गृह होता है जो देखने में एकदम सामान्य दिखता है, किन्तु ऐसा जहाँ गुप्तचर लोग छुपते हैं या गुप्त कार्यों और विचार-विमर्श में संलग्न होते हैं या गुप्तचर और उनके सूत्र मिलते हैं। सुरक्षित शरण उपलब्ध कराने के कारण ऐसे भवन या स्थान को सुरक्षित गृह या सेफ हाउस कहते हैं।
45. भारत में प्राचीन काल में रनिवास के दास-दासियों का मुखिया कंचुकी होता था। वह अन्त:पुर का अध्यक्ष या रक्षक/द्वारपाल भी होता था। संस्कृत नाटकों में वह एक वृद्ध पात्र होता था जो कंचुक धारण करता था तथा राजा का विश्वस्त होता था और रनिवास में बेरोक-टोक आ-जा सकता था। कंचुकी का एक अर्थ अँगिया या चोली भी होता है।
46. उत्पीड़न करके पूछताछ करने की प्रक्रिया को चाणक्य के जासूस कूटभाषा में, और अक्सर मजाक में, सन्दिग्ध का 'सत्कार' करना कहते थे। जब पूछताछ के सारे तरीके, जैसे छल, प्रलोभन, तीव्र प्रश्नोत्तर, सहानुभूति इत्यादि विफल हो जाते थे तब सन्दिग्ध से सच उगलवाने के लिए 'सत्कार' के तरीकों का प्रयोग किया जाता था। किन्तु, चाणक्य 'सत्कार' के तरीकों का समर्थन नहीं करते थे। वह उन्हें कुशल गुप्तचरों की पूछताछ प्रक्रिया की विफलता मानते थे। उनका कहना था कि गुप्तचर्या में हिंसा या उत्पीड़न को कोई स्थान नहीं है। बुद्धिमत्ता ही गुप्तचर्या में एकमात्र अस्त्र है।

    आजकल भी, वैधानिक रूप से वर्जित होने के बावजूद, पुलिस/गुप्तचरों द्वारा पूछताछ के दौरान उत्पीड़न के तरीकों का व्यापक प्रयोग होता है। पुलिस जब इसमें हिंसा का सहारा लेती है तो इसे 'थर्ड डिग्री' कहा जाता है। अमेरिका के सीआईए के लोग इसे सौम्यभाषा में 'एनहॉन्स्ड इन्टेरोगेशन तकनीक' कहते हैं। सन् 2009 में राष्ट्रपति बराक ओबामा ने अमेरिका में इस तरीके पर रोक लगवा दी थी और मार्च 2012 से विश्व के किसी भी देश में इस तरीके को वैधानिकता प्राप्त नहीं है। किन्तु, पुलिस द्वारा आज भी चोरी-छुपे इस तरीके का खूब इस्तेमाल होता है। जासूसों द्वारा पूछताछ में उत्पीड़न का तरीका बहुत कम या बहुत सौम्य तरीके से अपनाया जाता है और प्राय: इसमें शारीरिक हिंसा के स्थान पर मानसिक/मनोवैज्ञानिक त्रास को प्राथमिकता दी जाती है।
47. पुतला जलाने को प्राचीन काल में पुत्तल-दहन कहते थे। ऐतरेय ब्राह्मण एवं अन्य प्राचीन ग्रन्थों ने यह व्यवस्था दी है कि यदि मृतक की अस्थियाँ प्राप्त न हो सकें तो पलाश की 360 पत्तियों से काले मृगचर्म पर मानव-पुत्तल बनाना चाहिए और उसे ऊन के सूत्रों से बाँध देना चाहिए। उस पर जल से मिश्रित जौ का आटा डाल देना चाहिए और घृत

डालकर यज्ञपात्रों के साथ जला डालना चाहिए।

48. प्राचीन काल में राजचिह्न एवं पदचिह्न वाली अँगूठी जो मुहर लगाने के काम भी आती थी।

49. इच्छित व्यक्ति से दोस्ती गाँठ लेना और उसे विश्वास में लेकर उससे जासूसी का काम करवाना।

50. जब कई लोग मिलकर अफवाह फैलाते हैं तो उसे अफवाह-चक्र (अंग्रेजी में र्‌यूमर मिल) चलाना कहते हैं। किसी अवसर या किसी स्थान पर कोई विशेष स्थिति उत्पन्न करने के लिए गुप्तचर लोग अफवाह-चक्र चलाने की तकनीक से झूठी खबरें फैलाते हैं।

51. चतुरंग भारत का प्राचीन खेल है। इसे शतरंज, शोगी और मकरक आदि खेलों का पूर्वज माना जाता है।

चतुरंग के उत्पत्ति-स्थान के विषय में लोगों के भिन्न-भिन्न मत हैं। कोई इसे चीन देश से निकला हुआ बतलाते हैं, कोई मिस्त्र से और कोई यूनान से। पर अधिकांश लोगों का मत है और ठीक भी है, कि यह खेल भारतवर्ष से निकला है। यहाँ से यह खेल फारस में गया; फारस से अरब में और अरब से यूरोपीय देशों में पहुँचा। फारसी में इसे चतरंग भी कहते हैं। पर अरबवाले इसे शातरंज, शतरंज आदि कहने लगे। फारस में ऐसा प्रवाद है कि यह खेल नौशेरवाँ के समय में हिन्दुस्तान से फारस में गया और इसका निकालनेवाला दहिर का कोई बेटा 'सस्सा' नामक था। ये दोनों नाम किसी भारतीय नाम के अपभ्रंश हैं। इसके निकाले जाने का कारण फारसी पुस्तकों में यह लिखा है कि भारत का कोई युद्धप्रिय राजा, जो नौशेरवाँ का समकालीन था, किसी रोग से अशक्त हो गया। उसी का जी बहलाने के लिए 'सस्सा' नामक एक व्यक्ति ने चतुरंग का खेल निकाला। यह प्रवाद इस भारतीय प्रवाद से मिलता-जुलता है कि यह खेल मंदोदरी ने अपने पति को बहुत युद्धसक्त देखकर निकाला था। इसमें तो कोई संदेह नहीं कि भारतवर्ष में इस खेल का प्रचार नौशेरवाँ से बहुत पहले था।

चतुरंग पर संस्कृत में अनेक ग्रंथ हैं, जिनमें से चतुरंगकेरली, चतुरंगक्रीड़न, चतुरंगप्रकाश और चतुरंगविनोद नामक चार ग्रंथ मिलते हैं। प्राय: सात सौ वर्ष हुए त्रिभंगाचार्य नामक एक दक्षिणी विद्वान् इस विद्या में बहुत निपुण थे। उनके अनेक उपदेश इस क्रीड़ा के सम्बन्ध में हैं। इस खेल में चार रंगों का व्यवहार होता था—हाथी, घोड़ा, नौका और बट्‌टे (पैदल)। छठी शताब्दी में जब यह खेल फारस में पहुँचा और वहाँ से अरब गया, तब इसमें ऊँट और वजीर आदि बढ़ाए गए और खेलने की क्रिया में भी फेरफार हुआ।

तिथितत्त्व नामक ग्रंथ में वेदव्यास जी ने युधिष्ठिर को इस खेल का जो विवरण बताया है, वह इस प्रकार है—

चार आदमी यह खेल खेलते थे। इसका चित्रपट (बिसात) 64 घरों का होता था जिसके चारों ओर खेलनेवाले बैठते थे। पूर्व और पश्चिम बैठने वाले एक दल में और उत्तर दक्षिण बैठनेवाले दूसरे दल में होते थे। प्रत्येक खिलाड़ी के पास एक राजा, एक हाथी, एक घोड़ा, एक नाव और चार बट्‌टे या पैदल होते थे। पूर्व की ओर की गोटियाँ लाल, पश्चिम की पीली, दक्षिण की हरी और उत्तर की काली होती थीं। चलने की

रीति प्राय: आजकल के ऐसी ही थी। राजा चारों ओर एक घर चल सकता था। बट्टे या पैदल यों तो केवल एक घर सीधे जा सकते थे, पर दूसरी गोटी मारने के समय एक घर आगे तिरछे भी जा सकते थे। हाथी चारों ओर (तिरछे नहीं) चल सकता था। घोड़ा तीन घर तिरछे जाता था। नौका दो घर तिरछे जा सकती थी। मोहरें आदि बनाने का क्रम प्राय: वैसा ही था, जैसा आजकल है। हार-जीत भी कई प्रकार की होती थी। जैसे—सिंहसन, चतुराजी, नृपाकृष्ट, षट्पद, काककाष्ट, बृहन्नौका इत्यादि।

52. गन्धकाम्ल, जिसे गंधक का तेज़ाब या अंग्रेजी में Sulphuric Acid कहा जाता है, प्राचीनकाल से ही रसविद् आचार्यों को पता था। उस समय हरे कसीस को गरम करने से यह अम्ल प्राप्त होता था। बाद में फिटकरी को तेज आँच पर गरम करने से भी यह अम्ल प्राप्त होने लगा। प्रारम्भ में गन्धकाम्ल चूँकि हरे कसीस से प्राप्त होता था, अत: इसे 'कसीस का तेल' भी कहा जाता था। तेल शब्द का प्रयोग इसलिए हुआ कि इस अम्ल का स्वरूप तेल सा है।

53. गायत्री मंत्र, ऋग्वेद 3.62.10, अर्थ—उस प्राणस्वरूप, दुखनाशक, सुखस्वरूप, श्रेष्ठ, तेजस्वी, पापनाशक, देवस्वरूप परमात्मा को हम अपनी अन्तरात्मा में धारण करें। वह परमात्मा हमारी बुद्धि को सन्मार्ग में प्रेरित करे।

54. नन्द वंश के संस्थापक महापद्मनन्द के नौ बेटे हुए जो नवनन्द कहलाए। इनके नाम थे—गंगनपाल, पंडुक, पंडुगति, भूतपाल, राष्ट्रपाल, गोविषाणक, दशसिद्धक, कैवर्त और धननन्द। दोनों पीढ़ियों ने मिलकर 40 वर्षों (344 ई.पू. से 322 ई.पू.) तक शासन किया। नन्दवंश का अन्त धननन्द की मृत्यु के साथ हो गया।

55. अन्तर्ध्वंस या तोड़-फोड़, जिसे अंग्रेजी में sabotage कहते हैं, किसी संस्था, राजव्यवस्था या अभियान को नष्ट-भ्रष्ट कर देने की प्रक्रिया को कहते हैं। यह तोड़-फोड़ करने, कार्य में बाधा डालने, अवरोध उत्पन्न करने, तत्सम्बन्धी व्यक्तियों की समर्पण-भावना को प्रतिकूल रूप से प्रभावित करने इत्यादि तरीकों से किया जाता है। तोड़-फोड़ करनेवाले प्राय: अपनी पहचान बदल कर या चुपके से गुप्तचर लोग करते हैं ताकि इस आपराधिक कृत्य के दंड से बचे रहें। वर्तमान समय में तोड़-फोड़ के नित-नवीन रूप सामने आ रहे हैं।

56. सुषुप्त प्रकोष्ठ, जिसे अंग्रेजी में स्लीपर सेल कहते हैं, गुप्तचरों का वह गोपनीय दस्ता होता है जो आम लोगों के बीच में रहता है और अपने नियंत्रक के आदेश पर हरकत में आता है। लम्बे समय तक आम लोगों में रच-बस कर रहने वाले ये स्लीपर सेल गुप्त रूप से सूचनाएँ एकत्र करने में माहिर होते हैं। इन लोगों को पहचानना या ढूँढ़ निकालना प्रतिपक्षी गुप्तचरों या पुलिस के लिए बहुत मुश्किल होता है।

57. मनो-अभियान को अंग्रेजी में Psychological operations (PSYOP) कहते हैं। जासूसी के कार्यों में शत्रु पक्ष पर जबरदस्त मनोवैज्ञानिक प्रभाव डालने के लिए यह बहुत प्रभावकारी हथियार के रूप में प्रयोग किया जाता है। इसमें कुछ चुनी हुई सूचनाएँ (सच्ची या झूठी) या संकेत शत्रु पक्ष को इस प्रकार दिए जाते हैं या कुछ घटनाएँ इस प्रकार व्याख्यायित की जाती हैं कि शत्रु के मन में जबरदस्त मानसिक उथल-पुथल उत्पन्न हो जाए और हड़बड़ी में वह मनचाही गड़बड़ी कर बैठे।

58. प्राचीन भारत में अपराधियों को मृत्युदंड श्मशान भूमि में दिया जाता था, जहाँ मृतकों का दाह-कर्म होता था।

59. सील करने को संस्कृत में मुद्रांकन कहते हैं। प्राचीन भारत में विभिन्न प्रकार की सीलों के प्रयोग का उल्लेख मिलता है। उनमें अँगूठी का प्रयोग बहुतायत से होता था। सील व्यक्तिगत और शासकीय दोनों प्रकार की होती थीं। कई बार उच्च राजपुरुषों के मामले में उनकी व्यक्तिगत और शासकीय सील एक ही जाती थी। राजाज्ञाओं में मुहर लगाने के साथ-साथ वस्तु-विनिमय के समय वस्तु की शुद्धता और प्रमाणिकता को सुनिश्चित करने के लिए पोटलियों पर सील लगाई जाती थी। लोथल से प्राप्त एक गट्ठर के बंधन के ऊपर मुद्रांकन प्राप्त हुआ है, जिसमें एक ओर सैन्धव लिपि की छाप उभरी है तथा दूसरी ओर भेजे जाने वाले सामान का निशान उभरा है।

60. पुरातात्त्विक अनुसंधानों के अनुसार पाटलिपुत्र (अब पटना) नगर का इतिहास 490 ईसा पूर्व से शुरू होता है जब हर्यंक वंश के महान शासक अजातशत्रु ने अपनी राजधानी राजगृह या राजगीर से बदलकर यहाँ स्थापित की। यह स्थान वैशाली के लिच्छवियों से संघर्ष में उपयुक्त होने के कारण राजगृह की अपेक्षा सामरिक दृष्टि से अधिक महत्त्वपूर्ण था। अजातशत्रु ने गंगा के किनारे सामरिक रूप से महत्त्वपूर्ण यह स्थान चुना और अपना दुर्ग स्थापित कर लिया।

61. 'दशकुमारचरितम्', 'मालतीमाधव' रचा कर, संस्कृत के नाटककार भास के नाटक 'चारुदत्त' के अनुसार वसन्त के उत्सव पर लोग उमंग-उल्लास के साथ वाद्य यंत्र लेकर निकलते थे और नृत्यगान करते हुए उनकी शोभा यात्राएँ नगर में निकालते थे। 'रत्नावली' नाटिका में मदनोत्सव व वसन्तोत्सव नाम दिए गए हैं। 'दशकुमारचरित' में इसका चित्रण कामोत्सव के रूप में किया गया है। भवभूति के 'मालती-माधव' के अनुसार वसन्तोत्सव मनाने के लिए विशेष मदनोत्सव बनाया जाता था जिसके केन्द्र में कामदेव का मन्दिर होता था। इसी मदनोत्सव में सभी स्त्री-पुरुष एकत्र होते, फूल चुनकर हार बनाते, एक-दूसरे पर अबीर-कुमकुम डालते और नृत्य-संगीत आदि का आयोजन करते थे। 'भविष्य पुराण' में भी ऐसा जिक्र मिलता है कि आज के दिन काम और रति की प्रतिमा तैयार कर दोनों की पूजा की जाती है। उन दिनों मदनोत्सव का आयोजन अन्त:पुर में होता था और अन्त:पुर वासी परस्पर हास्य-विनोद और मनोविनोद करते थे।

'मालविकाग्निमित्रम्' की नायिका रानी सज-सँवर कर पैरों में महावर रचकर सुहाग नूपुर बाँधे अपने बाएँ चरण से अशोक वृक्ष पर आघात करती है जिससे पूरा वृक्ष पुष्पगुच्छों से भर उठता है। हर्ष ने अपने नाटक 'रत्नावली' तथा 'नागानन्द' में ऋतु-उत्सव यानी मदनोत्सव का विषद वर्णन किया है। 'वाल्मीकि रामायण' में भी वसन्तोत्सव का वर्णन मिलता है। दंडी ने अपने नाटक 'दशकुमार चरित' में कामदेव की पूजा के लिए आवश्यक ऋतुओं को बताया है।

62. वात्स्यायन ने अपने 'कामसूत्र' में इन 64 विद्याओं को स्त्री सौन्दर्य के आवश्यक प्रतिमान के रूप में मान्यता दी है—गीत, वाद्य, नृत्य, चित्र बनाना, बिंदी व तिलक लगाना सीखना, रंगोली बनाना, घरों को फूलों से सजाना, दाँतों, वस्त्रों, केश, नख आदि को सलीके

से रखना, घर के फर्श को साफ रखना, बिस्तर बिछाना, जलतरंग बजाना, जलक्रीड़ा करना, नया सीखने के लिए हमेशा उत्साहित रहना, माला गूँथना सीखना, सिर के ऊपर से नीचे की ओर मालाएँ लटकाना व सिर के चारों ओर माला धारण करना, समय एवं स्थान आदि के अनुरूप शरीर को वस्त्रादि से सजाना, शंख, अभ्रक आदि से वस्त्रों को सजाना, सुगंधित पदार्थ का उचित प्रयोग, गहने बनाना, चमत्कारी व्यक्तित्व, सुन्दरता बढ़ाने के नुस्खे अपनाना, बेहतरीन ढंग से काम करना, स्वादिष्ट भोजना बनाना, खाने के बाद की सामग्री जैसे पान, सोंठ, गीला चूर्ण आदि बनाना, सीना, बुनना और कढ़ाई, वीणा व डमरू बजाना, धागों की सहायता से चित्रकारी करना, पहेलियाँ पूछना और हल करना, अन्त्याक्षरी करना, ऐसी बातें जो शब्द व अर्थ की दृष्टि से दोहराने में कठिन हों, पुस्तक पढ़ना, नाटक व कहानियों का ज्ञान, काव्य का ज्ञान, लकड़ी के चौखटे, कुर्सी आदि की बुनाई, विभिन्न धातुओं की आकृतियाँ बनाना, काष्ठ कला, भवन निर्माण कला, मूल्यवान वस्तुओं व रत्नों की पहचान, धातुओं का ज्ञान, मणियों व रंगों का ज्ञान, उद्यान लगाना, बटेर लड़ाने की विधि का ज्ञान, तोता-मैना को बोलना व गाना सिखाना, पैरों से शरीर की मालिश, गुप्त अक्षरों का ज्ञान, कोड भाषा में बात करना, कई भाषाओं का ज्ञान, फूलों की गाड़ी बनाना, शुभ-अशुभ शकुनों का फल बताना, यंत्र बनाना, सुनी हुई बात, पुस्तक आदि को स्मरण करना, मिलकर पढ़ना, गूढ कविता को स्पष्ट करना, शब्दकोश का ज्ञान, छन्द का ज्ञान, काव्य रचना, नकली रूप धरना, ढंग से वस्त्र पहनना, विशेष प्रकार के जुए, बच्चों के खिलौने बनाना, व्यवहार ज्ञान, विजयी होने का ज्ञान व व्यायाम सम्बन्धी विद्या।

63-64. प्राचीन भारत में ऋग्वेद से लेकर परवर्ती विभिन्न ग्रन्थों में सोमरस और सुरा के प्रयोग की व्यापक चर्चा आई है। मदनोत्सव में प्रयोग के लिए इन पेय पदार्थों को तैयार करने और इनके सेवन का विशेष विवरण प्राप्त होता है। इन पेय पदार्थों को बड़ी मात्रा में निर्मित करने की तैयारी बसन्त पंचमी के दूसरे दिन से ही शुरू हो जाती थी। विशेष पर्वतीय क्षेत्र से सोम पौधे की पत्तियाँ और तने मँगवाए जाते थे जिन्हें बड़े-बड़े ऊखलों और सिल-बट्टों से पीसकर बहुत महीन कर लिया जाता था और फिर इसे छान कर इसमें पानी, दही, दूध और घी मिला कर तरल और स्वादिष्ट बना कर बड़े-बड़े मिट्टी के बर्तनों में रखा जाता था। सुरा बनाने की विधि बिलकुल भिन्न थी। जौ और बनैले गेहूँ को भिगो कर कई दिनों तक उन्हें सड़ा कर किण्वन किया जाता था और फिर आसवन करके इसे बड़े-बड़े ताम्र पात्रों में एकत्र किया जाता था।

65. अन्योक्ति का अर्थ है—अन्य के प्रति कही गई उक्ति। अन्योक्ति अलंकार में अप्रस्तुत के माध्यम से प्रस्तुत का वर्णन किया जाता है।

66. गलत सूचना, जिसे अंग्रेजी में disinformation कहते हैं, गुप्तचर अभियानों में एक सशक्त शस्त्र के रूप में प्रयोग किया जाता है। इस प्रक्रिया में जान-बूझकर झूठी खबरें या भ्रम शत्रु तक पहुँचवाई जाती हैं ताकि शत्रु को ठगा जा सके या उसे धोखे में रखा जा सके।

67. किसी संस्था या व्यवस्था में किसी गुप्तचर द्वारा चुपके से घुसकर गुप्त सूचनाएँ एकत्र करने एवं/या आघात पहुँचाने के कार्य को घुसपैठ (infiltarion) कहते हैं।

68. किसी जगह, बस्ती या देश में किसी नए व्यक्ति का आना-जाना आव्रजन (Immigration) कहलाता है। इस आने-जाने की क्रिया को नियंत्रित करने के लिए एक तंत्र स्थापित किया जाता है। आव्रजन नियंत्रण (immigration control) प्राय: सुरक्षा कारणों से होता है।

69. जब दो व्यक्ति गुप्त तरीकों से इस प्रकार आपस में सूचनाओं का विनिमय करें कि कोई तीसरा पक्ष अनधिकृत रूप से उसे सुन न ले। इस प्रकार के सुरक्षित संवाद के लिए गुप्तचरों या अन्य व्यक्तियों द्वारा संवाद के सैकड़ों गुप्त तरीकों की खोज की गई है। ये तरीके समय, सुविधा और परिस्थिति के अनुसार प्रयोग किए जाते हैं।

70. छिन्नगर्त शब्द अंग्रेजी के cut-out का हिन्दी रूपान्तर है। जासूसी में इसका उपयोग गोपनीय संवाद के लिए किया जाता है। जब दो व्यक्तियों के बीच गुप्त संवाद के लिए परस्पर सहमति से किसी बिचौलिए का प्रयोग इस प्रकार किया जाता है कि बिचौलिया सीधे सम्बन्धों के बीच एक खाई बना दे ताकि किसी तीसरे को उन दोनों व्यक्तियों के बीच के सम्बन्ध का पता न लगने पाए।

71. भेदिया, जिसे अंग्रेजी में mole कहते हैं, ऐसा गुप्तचर होता है जो शत्रु के खेमे में घुस कर उसकी व्यवस्था का एक अंग बन जाता है और चुपके-चुपके अपने मूल नियंत्रक को संवेदनशील सूचनाएँ भेजता रहता है।

72. महर्षि चरक की गणना भारतीय औषधि विज्ञान के मूल प्रवर्तकों में होती हैं। ये तीसरी शताब्दी ईसा पूर्व में कपिस्थल (कपूरथला, पंजाब) में पैदा हुए थे। इनकी शिक्षा तक्षशिला में हुई और वहीं ये आयुर्वेद के आचार्य थे। इनका रचा हुआ ग्रंथ 'चरक संहिता' आज भी वैद्यक का अद्वितीय ग्रंथ माना जाता है। कहा जाता है कि प्राचीन चिकित्सक आत्रेय के निर्देशन में अग्निवेश ने एक वृहत संहिता ईसा से 800 वर्ष पूर्व लिखी थी। इस वृहत संहिता को चरक ने संशोधित किया था जो चरक संहिता के नाम से प्रसिद्ध हुई। इस पुस्तक का कई भाषाओं में अनुवाद हुआ है।

73. अगदतंत्र आयुर्वेद के आठ अंगों में से एक है। आठ अंग हैं—काय चिकित्सा (जनरल मेडिसिन), शल्यतंत्र (सर्जरी), शालाक्य तंत्र (ENT व दन्त चिकित्सा), कौमार भृत्य (बाल रोग), अगद तंत्र (विष चिकित्सा), भूतविद्या (साइको थेरेपी), रसायन तंत्र (Geriatrics) और वाजीकरण (Sexology)। अगदतंत्र को व्यवहार आयुर्वेद भी कहा जाता है। इसमें अन्त:स्रावी ग्रंथियों और विष का उपचार होता है। 'गद' का शाब्दिक अर्थ 'रोग' है तथा 'अगद' का अर्थ 'अरोग'। अर्थात् कोई भी ऐसी वस्तु जो शरीर को रोगमुक्त करती है, 'अगद' कहलाती है। किन्तु आयुर्वेद में अगद का विशेष अर्थ है, और यहाँ वह विषविज्ञान (toxicology) के अर्थ में प्रयुक्त हुआ है, जिसमें विभिन्न प्रकार के विषों तथा उनके प्रतिकारकों का वर्णन है। अगदतंत्र में विभिन्न स्थावर, जंगम और कृत्रिम विषों एवं उनके लक्षणों तथा चिकित्सा का वर्णन है। इसमें खाद्य विषाक्तता, सर्पदंश, स्वानदंश (कुत्ते का काटना), कीटदंश आदि की चिकित्सा होती है। अगदतंत्र नाम सर्पकीटलतामषिकादिदष्टविष व्यंजनार्थं विविधविषसंयोगोपशमनार्थं च॥ (सु.सू. १.६)

74. भूत झोलकिया मिर्च को पूरी दुनिया में सबसे तीखी और तेज मिर्च के रूप में वर्ष 2007

में गिनीज बुक ऑफ रिकॉर्ड्स में भी दर्ज किया गया है। ऐसा इसलिए क्योंकि सामान्य मिर्च की तुलना में भूत झोलकिया मिर्च में 400 गुना ज्यादा तीखापन होता है। भारत में भूत झोलकिया मिर्च की खेती असम, नागालैंड और मणिपुर में होती है।

75. प्राचीन काल से रोगों के उपचार हेतु जोंक का प्रयोग किया जाता है। जोंक का प्रयोग रक्त को शुद्ध करने में किया जाता है। यह चिकित्सा रक्त-परिसंचरण बढ़ाने और रक्त के थक्के को तोड़ने के लिए प्रभावी हैं। जोंक चिकित्सा हेतु पहले रोगी के शरीर के उन भागों की पहचान की जाती है जो रोगग्रस्त हैं और जहाँ जोंक चिकित्सा करनी है। उन बिन्दुओं पर जोंकें चिपका दी जाती हैं। जोंकों के तीन जबड़े होते हैं। वे लगभग एक घंटे तक अपने दाँतों से रोगी की त्वचा में छेद करके रुग्ण रक्त चूसते हैं और कुछ लाभदायक रसायन रोगी के शरीर में छोड़ते हैं। आजकल भी यह चिकित्सा विश्व के कई भागों में प्रचलित है।

शब्दावली

आचार्य	:	प्रोफेसर
कुलानुशासक	:	प्रॉक्टर
कुलपति	:	वाइस चांसलर
विद्वत्परिषद	:	अकादमिक कौंसिल
अनुशासन समिति	:	प्रोक्टोरिअल बोर्ड
अन्वेषण	:	जाँच-पड़ताल
प्रवाद	:	अफवाह
पट्टिका	:	पटिया
सहगामी	:	कोलैटरल
छल	:	ट्रैप
संज्ञाशून्य	:	बेहोश
आन्तरिक	:	इंडोर
क्षेत्राभ्यास	:	फील्ड एक्सरसाइज
अनुरूपित परिस्थिति	:	सिमुलेटेड सिचुएशन
कंटक	:	काँटे, खतरे
सूत्र	:	एजेंट
संजाल	:	सोशल नेटवर्क
संचार	:	कम्युनिकेशन
कूटभाषा	:	कोड वर्ड्स
आवेक्षण	:	सर्विलांस
प्रतिवेदन	:	रिपोर्ट
चलायमान	:	मोबाइल
ध्येय-मंत्र	:	मोटो
प्रयाण	:	कूच
कामोन्मादिनी	:	निम्फोमनिअक

गुप्त सूत्र	: सीक्रेट एजेंट
आशय	: एजेंडा
अक्षयनिधि	: सेफ मनी
वृद्धि धन	: ब्याज
चाप-सेतु	: आर्क ब्रिज
विश्लेषणात्मक विवरण	: अनाल्यटिक रिपोर्ट
काष्ठ-प्राचीर-परिवेष्टित	: काठ की चहारदीवारी से घिरे
विप्रलम्भन	: स्ट्रेटेजिक ट्रिक
आवरण	: कवर
गुप्त पूछताछ	: सीक्रेट इन्क्वायरी
अनुगामी	: मुरीद
सुरक्षित गृह	: सेफ हाउस
मोहपाश	: हनी ट्रैप
अनियंत्रित प्रवाह	: अनरिस्ट्रिक्टेड
सैनिक संघटक	: कॉम्पोनेन्ट
अनुष्ठानिक	: रिचुअल
गुप्त जाँच विवरण	: इन्क्वायरी रिपोर्ट
पूर्णता-विवरण	: कम्पलीशन रिपोर्ट
यांत्रिक प्रयोग	: डिजिटल मैकेनिज्म
गुप्त पलायन-पथ	: एस्केप रूट
परिसम्पत्तियों	: एसेट्स
सुषुप्त प्रकोष्ठ	: स्लीपर सेल
ध्वस्त	: सैबोटेज
व्यवसायियों	: प्रोफेशनल्स
आरक्षी गण	: पुलिस पेरसोनेल
आरक्षी अधीक्षक	: पुलिस सुपरिंटेंडेंट
सैन्य सहायक	: एडजुटेंट
व्यवस्था-प्रमुख	: क्वार्टर मास्टर
छिन्नगर्त	: कट-आउट
मृत पत्र पेटिका	: डेड लेटर बॉक्स
भेदियों	: मोल
गुप्त निगरानी	: सर्विलांस
पर्यवेक्षण	: सुपरविज़न
भयदोहन	: ब्लैकमेल